GOLDMANN

Buch

Die Stürme des Bürgerkriegs verheeren den amerikanischen Süden. Deserteure machen das ganze Land unsicher. Und so ist es kein Wunder, daß Susannah Fallon dem verwundeten Mann, mit dem ihr Bruder eine Zelle im Gefängnis teilt, tiefstes Mißtrauen entgegenbringt. Doch ein Blick in die falkengleichen Augen dieses Rhys Redding überzeugt sie, daß er als einziger den Geschwistern helfen kann, den Kriegswirren zu entkommen und auf die Familienfarm nach Texas zurückzukehren. Rhys ist es völlig gleich, warum dieser Engel mit dem pechschwarzen Haar in der Hölle der Gefangenen auftaucht und von ihm Hilfe bei der Flucht erbittet. Er weiß nur, daß er entkommen muß. Denn Rhys, der »Waliser Falke«, der Mann ohne Moral, ahnt beim ersten Blick in die veilchenblauen Augen der schönen Susannah, daß die Liebe dieser Frau etwas ist, wofür es sich zu kämpfen lohnt...

Autorin

Patricia Potter, gelernte Journalistin, ist eine der erfolgreichsten und beliebtesten Autorinnen historischer Liebesgeschichten. Ihre Karriere als Schriftstellerin begann 1988, als sie für ihren ersten Roman mit dem *Romantic Times Award* ausgezeichnet wurde: Für *Wilde Liebe, weites Land* wurde sie zur Autorin des Jahres gekürt.

Bei Goldmann liegen von Patricia Potter außerdem vor:

Wilde Liebe, weites Land. Roman (42828)
Schön wie die Sünde. Roman (42898)
Im Kerker der Leidenschaft. Roman (42861)
Glut des Südens. Roman (43169)

Patricia Potter

Duell der Leidenschaft

Roman

Aus dem Amerikanischen
von Gertrud Wittich

GOLDMANN VERLAG

Originaltitel: Renegade
Originalverlag: Bantam Books, a division of Bantam Doubleday
Dell Publishing Group, Inc., New York

Umwelthinweis:
Alle bedruckten Materialien dieses Taschenbuches
sind chlorfrei und umweltschonend.
Das Papier enthält Recycling-Anteile.

Der Goldmann Verlag
ist ein Unternehmen der Verlagsgruppe Bertelsmann

Deutsche Erstveröffentlichung Dezember 1996

Umschlaggestaltung: Design Team München
Umschlagillustration: Spiak/Agentur Luserke
Satz: Uhl + Massopust, Aalen
Druck: Elsnerdruck, Berlin
Verlagsnummer: 43170
Lektorat: Silvia Kuttny
Redaktion: Elke Bartels
Herstellung: Heidrun Nawrot
Made in Germany
ISBN 3-442-43170-0

1 3 5 7 9 10 8 6 4 2

Prolog

Vor der Küste von North Carolina,
Februar 1865

Das war der allergrößte Witz!

Er wußte, daß die Kanonenkugel sein Schiff treffen würde. Langsam, aber zielsicher flog sie in weitem Bogen durch die sternklare Nacht auf ihn zu. Der Nebel, der bis dato das Schiff eingehüllt hatte, verzog sich, und nur noch einige wenige Nebelschwaden umwaberten das Gefährt wie Dampfwölkchen aus einem Teekessel.

Die *Specter II*, das Schiff, das er törichterweise in einem ziemlich schlechten Tauschhandel erworben hatte, lag wie ein angeschossener Hase, der darauf wartet, daß ihm vollends der Garaus gemacht wird, vor der Küste North Carolinas.

Der erste Maat und der Steuermann navigierten das Schiff. Er, Rhys Redding, war aus purer Abenteuerlust und weil er etwas über das Segeln lernen wollte, mitgefahren – und weil er jenen Moment der Schwäche vergessen wollte, jenen Vorfall, der ihn auf das hatte verzichten lassen, was er sich, wie er zumindest immer geglaubt hatte, am meisten wünschte.

Das Schiff schlingerte heftig, als der erste Maat dem lebhaften Beschuß auszuweichen suchte, und Rhys mußte sich an ein auf Deck vertäutes Faß mit Nägeln klammern. Sargnägel. Die standen bei der Konföderiertenarmee mittlerweile besonders hoch im Kurs. Wie passend, dachte er geringschätzig.

Sein schon berühmtes Glück hatte ihn im Stich gelassen. Das wußte er in dem Moment, in dem die Kanonenkugel das Heck des Schiffes traf und einen Hagel brennender Holzsplitter und Metallteile auf die Crew herabregnen ließ. Schreie ertönten, und er fühlte, wie er an mehreren Stellen schmerzhaft getroffen wurde und anfing zu bluten.

Er sah, wie zwei Besatzungsmitglieder noch versuchten, eine weiße Flagge zu hissen, doch ein zweiter Einschlag wirbelte sie in die Luft, und dann schien der Nachthimmel unter einer Dauerkanonade zu explodieren. Er schloß die Augen. Er hatte gehört, daß kurz vor dem Tod noch einmal das gesamte Leben vor dem geistigen Auge ablaufen würde.

Nun, er war nicht besonders scharf darauf, seines noch mal Revue passieren zu lassen...

Wieder und wieder hörte er dieses eine verhaßte Wort: Bastard.

Seine Mutter hatte es immer gesagt. Seine Mutter, die Hure. Er sei ein Mißgeschick, das nie hätte passieren dürfen, hatte sie ihm immer wieder gesagt. Höhnisch meinte sie: »Bist 'n Bastard von 'nem Lord. Bloß wegen dir hat er mich rausgeschmissen.« Sie habe versucht, ihn loszuwerden, erzählte sie ihm, aber es hatte einfach nicht funktioniert. Sie haßte ihn dafür, daß er zu stark gewesen war, daß er sich schon im Mutterleib an sein jämmerliches Leben geklammert hatte.

Wieder wurde das Schiff getroffen und legte sich langsam zur Seite, nach Steuerbord, oder wohin auch immer. Nach so vielen Monaten auf See hätte er's eigentlich wissen müssen, aber alles war nur ein wenig verschwommen. Sogar die Jahre, die vor seinem geistigen Auge vorbeizogen.

Der Stall. Er lag am Boden, blutend von den Peitschenhieben eines erzürnten Lords. Nachdem seine Mutter, die Prostituierte, gestorben war, hatte er dort Zuflucht gesucht, hatte sich im Austausch für ein Dach über dem Kopf und ein wenig Brot als Stallknecht verdingt. Aber dieses eine Mal war er nicht schnell genug gewesen und hatte die Reitpeitsche zu schmecken bekommen. Er war damals acht Jahre alt gewesen, doch den brennenden Schmerz der Hiebe, die unerträgliche Demütigung, fühlte er immer noch. Damals hatte er sich geschworen, daß ihn nie wieder jemand anrühren würde. Nie wieder.

Die Straßen von London. Fast sieben Jahre lang hatte er dort auf jede nur erdenkliche Weise überlebt: als Taschendieb, mit kleinen Betrügereien. Alles für ein paar Groschen. Alles, um einen ständig knurrenden Magen zu füllen.

Und dann war er Nathan Carruthers, dem schwarzen Schaf einer Adelsfamilie, über den Weg gelaufen. Selbst jetzt sah Rhys noch sein

Grinsen vor sich, jenes Grinsen, das nicht einmal vor dem Tod zurückschreckte. Nathan war der geborene Charmeur. Ein Gentleman-Gauner. Ein Spieler. Und er hatte Rhys alles beigebracht, was er wußte und war...

Er war ihm in einer Londoner Straße begegnet, als er einem Mann, der Nathan verfolgte, ein Bein stellte, und Nathan hatte in dem zähen, dreckigen kleinen Straßenjungen sofort einen formbaren Schüler erkannt. Nathan mußte London verlassen, und Afrika schien der passende Ort zu sein, um ein wenig unterzutauchen – und jede Menge Geld zu machen.

Afrika ... sonnendurchflutetes, heißes, gefährliches Land. Dort lernte Rhys, seine natürlichen Begabungen zu entwickeln und zu perfektionieren, lernte, sich wie ein Chamäleon den unterschiedlichsten Erfordernissen und Situationen anzupassen, lernte zu töten –

»Alle Mann von Bord!«

Der Ruf war unter dem Bersten und Krachen des schwer angeschlagenen Schiffs kaum zu hören. Das Deck neigte sich gefährlich, und Rhys mußte sich an dem Tau festhalten, das als Reling diente. Waren, die für die dem Untergang geweihte Konföderiertenarmee bestimmt waren, glitten in die aufgewühlte See. Ein Vermögen an Waren. Ein Vermögen, für das Rhys bezahlt hatte. Oder besser gesagt, das er eingetauscht hatte.

Und das nur wegen eines Paars haselnußbrauner Augen...

Rhys war als reicher Mann nach London zurückgekehrt. Allein. Nathan lag in der afrikanischen Erde begraben, Tausende von Meilen von seiner Heimat entfernt. Seine letzte Hinterlassenschaft für Rhys war ein Diamant, ein absolut perfekter Stein, den er irgendwo gefunden hatte. Nathan war am Fieber gestorben, bevor er Rhys den Fundort mitteilen konnte. Wahrscheinlich hätte er's ohnehin nicht getan. Nathan war noch nie jemand gewesen, der freiwillig etwas mit einem anderen teilte, außer wenn er sich etwas davon versprach.

Rhys besaß inzwischen jedoch bereits beträchtliche eigene Ersparnisse. Er war ein aufmerksamer Schüler gewesen. So viele Dinge hatte er von Nathan gelernt: Lesen und Schreiben, gute Manieren, die selbst in den besten Kreisen standhielten. Glücksspiel. Vollkommene Selbstbeherrschung. Ja, sogar Safeknacken, was der eigentliche

Grund für die überstürzte Abreise seines Partners aus England gewesen war.

Sein überwältigendes Bedürfnis nach Sicherheit, nach Unangreifbarkeit, ließ auch die letzten Skrupel, die ihm nach seiner Zeit als Straßenjunge noch geblieben waren, schwinden, und Nathan besaß schlicht und einfach keine, hatte nie welche besessen. Rhys stellte sehr schnell fest, daß Nathan seine Reise nach Afrika nicht aus Dankbarkeit bezahlt hatte und daß der in Ungnade gefallene Lord ihn nicht aus der Güte seines Herzens heraus stundenlang, wenn auch ungeduldig, unterrichtet hatte. Nathan schien in dem außerordentlich sprachbegabten Rhys einen langersehnten, nützlichen Komplizen für seine unterschiedlichen Gaunereien entdeckt zu haben. Zu Beginn waren sie einfach Glücksjäger gewesen, hatten Siedler durch die gefährlichen Ebenen und Prärien geführt und ihnen an den langen einsamen Abenden ihr Geld beim Spiel abgeluchst. Und Nathan hatte Pläne. Er hatte immer Pläne.

Als Nathan starb, wußte Rhys, daß es Zeit war, nach England zurückzukehren. Obwohl er Afrika mochte, die unendlichen Ebenen, die kräftigen Farben, hatte er nie das Gefühl gehabt, wirklich hierher zu gehören. Eine tiefe Sehnsucht nach etwas anderem erfüllte ihn, nagte an ihm, eine Sehnsucht nach etwas, das er nicht wirklich verstand. Seine Mutter hatte ihm einmal gesagt, daß er der Sohn eines Adligen sei. Vielleicht war es ja nun an der Zeit, seinen Platz unter jenen einzunehmen, die er schon immer beneidet hatte. Mit dem Diamanten besaß er genug finanziellen Rückhalt, um sich dort einzukaufen.

Aber nichts dergleichen passierte. Sein Geld verschaffte ihm zwar Zutritt zu den diversen Spielsalons und sein finsterer Ruf zu den Boudoirs der kühneren unter den Ladies der Stadt, aber schon bald mußte er feststellen, daß hier auch schon Schluß war, daß er nicht weiterkam, nicht einmal, nachdem er eins der ältesten Anwesen Englands im Spiel gewonnen hatte.

Dann begegnete er Lauren Bradley und Adrian Cabot, dem Bruder jenes Mannes, dessen Anwesen Rhys gewonnen hatte. Zum ersten Mal in seinem Leben sah er Selbstlosigkeit und Opferbereitschaft in einem Menschen: in Laurens Kampf um das Eigentum ihres Liebsten, selbst dann noch, als sie glauben mußte, verloren zu haben.

In einem Moment der Schwäche, dem einzigen, seit er erwachsen geworden war, tat Rhys Redding das Undenkbare: er gab sich spontan einem Akt der Großzügigkeit hin –

Rhys hörte das Knacken von Flammen und fühlte, wie ihn jemand am Ärmel zog. Es war der Steuermann.

»Mr. Redding, Sie müssen über Bord springen. Um Gottes willen, nun springen Sie schon.«

Teufel noch mal, es war Februar. Aber er war nicht der Mann, der sich so schnell unterkriegen ließ.

Mit einem beherzten Kopfsprung hechtete er ins eiskalte Wasser, das wie eine Schockwelle über ihm zusammenschlug. Während er überlegte, ob er nun zuerst ersticken oder erfrieren würde, kämpfte er sich wieder zurück an die Oberfläche. In diesem Moment schwor er sich, wenn er das hier überlebte, würde er nie wieder etwas Unüberlegtes tun und schon gar nicht für jemand anderen. Nie wieder!

1

Libby-Gefängnis,
Richmond, Virginia, 1865

Einen Augenblick lang glaubte Rhys Redding im Himmel zu sein und einen Engel vor sich zu haben.

Aber sein kalter, analytischer Verstand belehrte ihn rasch eines Besseren. Er zumindest hatte mit Sicherheit nichts dazu beigetragen, sich einen Platz an solch einem geheiligten Ort zu verdienen. Ganz im Gegenteil. Und wenn er an eine Hölle glaubte, dann war er bestimmt in einer. Hier gab's alles, was einen solchen Ort auszeichnete, alles, außer heiße Schwefelquellen, und die blubberten in seinem Körper.

Wenn tatsächlich ein Engel hier war, dann war das der größte Witz seines Lebens.

Er stöhnte unwillkürlich. Sein Leib brannte höllisch, die Schmerzen in seiner Seite waren unerträglich. Er versuchte sich an das Geschehene zu erinnern, doch alles, was ihm in den Sinn kam, waren Schreie und Gewehrfeuer und ein schrecklicher, sengender Schmerz, der ihn Tag und Nacht begleitete, während er immer wieder die Schwelle zur Bewußtlosigkeit überschritt. Er erinnerte sich, auf einer Karre gelegen zu haben und durchgerüttelt worden zu sein, erinnerte sich an graue Uniformen, an Flüche, daran, halb gezerrt, halb getragen und an diesen Ort hier gebracht worden zu sein.

Vor allem jedoch erinnerte er sich an Schmerzen. Er wußte nicht mehr, wie es war, ohne sie zu sein.

Der Engel trat näher an ihn heran, eine Schüssel mit Wasser in den Händen. Mit glasigen Augen beobachtete er, wie sie einen Lappen darin eintauchte und ihm den Schweiß mit Bewegungen von der Stirn wischte, die sanfter und zärtlicher waren als alles, was er bisher in seinem Leben gefühlt hatte.

Das hatte sie vorher schon getan, wie er sich jetzt wieder erinnerte. Ihr Duft war ihm vertraut, zart und blumig und unvergeßlich unter all dem Gestank nach Schmutz und Blut und Tod.

Er versuchte sich zu bewegen, doch nur ein qualvolles Keuchen kam über seine Lippen. Gottverdammt, sein ganzer Körper schien zu brennen. Er war schon öfter verwundet worden, aber noch nie so wie jetzt, nicht dieses schreckliche, qualvolle Brennen, das seine gesamte linke Körperhälfte erfüllte.

»Wasser«, krächzte er aus gesprungenen Lippen.

Sie nickte, und er erhaschte einen Blick auf nachtschwarzes Haar unter einem Hut und auf leuchtende, lavendelblaue Augen. Nein, ein Engel war das bestimmt nicht; niemand, der so schön ist, kann ein Engel sein, dachte er zynisch. Seine Erfahrungen mit Frauen ließen daran keinen Zweifel.

Nun, er würde jedenfalls nehmen, was ihm geboten wurde, selbst wenn er dafür einen Preis zu bezahlen hatte. Dann, als sie eine Hand unter seinen Kopf schob und ihn leicht anhob, damit er aus dem Becher trinken konnte, den sie ihm an die Lippen hielt, stellte er fest, daß ihm der mögliche Preis eigentlich sogar egal war. Er wußte es besser, als gleich alles in sich hineinzuschütten; es war nicht das erste Mal, daß er mit brennendem Durst aufwachte, aber es fiel ihm schwer, nicht sofort gierig auszutrinken.

Schluck für Schluck stillte er allmählich seinen Durst und wunderte sich über die Geduld der Frau. Sein eigener Gestank stieg ihm in die Nase, und er ekelte sich. Warum schien es sie nicht zu stören?

Schließlich hatte er alles ausgetrunken, und das gefiel ihm gar nicht, denn er wollte nicht, daß sie ihn schon wieder verließ. Mit großer Mühe schob er seinen Arm unter der stinkenden Decke hervor und stellte fest, was noch von seinem blauen Uniformhemd übriggeblieben war.

Er wollte die Decke abwerfen, aber die Frau legte die Hand auf seinen Arm. »Sie werden sonst krank«, sagte sie. Ihre Stimme war sanft und besaß jenen weichen, gedehnten Klang der Bewohner der Südstaaten.

Rhys fand ihre Bemerkung reichlich seltsam. Er konnte sich nicht vorstellen, sich noch kränker zu fühlen als ohnehin schon. Aber er versuchte dennoch, sich zu entspannen und zu lächeln. »Krank?«

In ihren außergewöhnlichen Augen blitzte Belustigung. »Dann also kränker«, erwiderte sie. »Sie sehen schon viel besser aus als gestern und vorgestern.«

Rhys versuchte sich aufzusetzen, ein wenig Würde, ein wenig Unabhängigkeit wiederzugewinnen, aber er fühlte sich schwach wie ein neugeborenes Kätzchen. »Wo zum Henker...?«

Sie neigte den Kopf zur Seite, eine überraschend anziehende Bewegung, wie er feststellte. Nun, zumindest hatte er nichts von seiner berühmt-berüchtigten Geilheit verloren, nicht einmal in seinem schlimmen Zustand.

»Sie sind kein Yankee«, stellte sie fest. Es klang wie eine Frage.

Wieder versuchte Rhys, sich zu bewegen, aber eine neue Schmerzwelle schwappte über ihn hinweg, und er schloß die Augen, um sich nichts anmerken zu lassen, um nicht aufzustöhnen und keine Schwäche zu zeigen. Er haßte es, Schwäche zu zeigen. Er hatte es immer schon gehaßt. Schon vor langer Zeit hatte er gelernt, sich Schmerz und Demütigung nicht anmerken zu lassen, sie mit einer Maske der Gleichgültigkeit zu überdecken. »Nein«, stieß er schließlich hervor.

»Sind Sie Engländer?«

»Waliser«, antwortete er und versuchte vergebens herauszufinden, wo er war und warum. Andererseits jedoch war er gar nicht sicher, ob er's überhaupt wissen wollte. Er hatte ein schlechtes Gefühl bei der ganzen Sache.

»Und kämpfen für die Yankees?«

Ihre Stimme war so leise, daß er sich anstrengen mußte, um sie unter all dem Ächzen und Stöhnen im Raum überhaupt hören zu können.

Wieder schloß er die Augen und mußte an die vergangenen Wochen denken.

Eine gute Tat. So war alles gekommen. Eine einzige gute Tat in seinem Leben, das ausschließlich auf das Vorwärtskommen eines gewissen Rhys Redding ausgerichtet war.

Eine gute Tat und schau, was sie ihm eingebracht hatte!

Nun, nie wieder. Schwäche zog bloß Katastrophen nach sich. Das wußte er. Er hatte es immer gewußt. Verdammt noch mal, welcher Teufel hatte ihn geritten, seine eigenen Grundsätze zu verraten?

Aber er hatte immer noch keine Antwort auf seine Frage. »Wo bin ich?«

»Im Libby, einem Gefängnis«, sagte die Frau.

»Was ist das Libby?«

Sie hob die Augenbrauen, samtige schwarze Halbmonde, die ihre herrlichen lavendelblauen Augen überspannten. »Ein Konföderiertengefängnis für Yankee-Offiziere, Major. Der Name muß Ihnen doch schon mal untergekommen sein.«

»Aber ich bin kein ...«

Erinnerungsblitze durchzuckten ihn. Flucht. Eine Flucht in einer Offiziersuniform. Er stöhnte, als ihm die Ironie seiner Lage zu Bewußtsein kam. Gott im Himmel, er war Gefangener der Yanks gewesen. Und jetzt hatten ihn offenbar die Konföderierten geschnappt.

»Sie sind kein was?«

Wer zum Teufel würde ihm schon glauben? Es war Krieg, und er trug die Uniform des Feindes. Sein Blick fiel auf das verdreckte blaue Hemd, das er trug. Es war voll getrockneten Bluts. Die Uniform eines Majors, Teufel noch mal. Auf einmal konnte er sich wieder an den Mann erinnern; aber selbst ihm erschien die Erklärung, wie er in diese Lage geraten war, geradezu lächerlich.

Angewidert von sich selbst preßte er die Lippen zusammen und wandte seinen Blick wieder der Frau zu. »Wer sind Sie?«

»Susannah Fallon«, sagte sie. Sie blickte auf die Pritsche neben ihm. »Wesley ist mein Bruder. Colonel Wesley Carr.«

Ihr Bruder war also auch ein Gefangener. Aber wie war sie bloß hierhergekommen? Warum half sie ihm? Er wußte, daß sie's tat. Schon seit Tagen. Er erinnerte sich, erinnerte sich an sanfte Hände, an eine sanfte Stimme, die ihn immer dann rief, wenn er aufgeben, sich der süß lockenden Dunkelheit hingeben wollte.

Er hörte Stöhnen und sah sich so weit um, wie er konnte. Männer wälzten sich ruhelos auf Pritschen hin und her, einige stöhnten, andere lagen verdächtig still. Der Raum war bis zur letzten Pritsche gefüllt, und nicht wenige lagen dazu noch auf dem Boden. Es gab nur ein einziges Fenster, hoch oben. Es war zugenagelt. Die Wände waren feucht und schimmelig, und der schreckliche Gestank, der eklig süße Geruch von Krankheit und Tod nahm einem den Atem.

Er versuchte sich auf das zu konzentrieren, was sie soeben gesagt hatte. Der Bruder. »Wie ... geht's ihm?«

»Er hat ein Bein verloren. Und ... seinen Lebenswillen.« Ihre herrlichen Augen verloren etwas von ihrem Glanz.

Gib nicht auf. Er erinnerte sich, daß sie das zu ihm gesagt hatte. *Gib nicht auf.* Wenn die Schmerzen so schlimm geworden waren, daß er sich am liebsten der Dunkelheit und dem Vergessen hingegeben hätte. Aber die Frau hatte das nicht zugelassen.

Ihr Bruder stöhnte, und die Frau stand auf und verließ ihn. Ihre Aufmerksamkeit war nun anderweitig in Anspruch genommen. Rhys verspürte ein unerklärliches Gefühl der Verlorenheit. Ihre bloße Gegenwart hatte ihm die Schmerzen irgendwie erträglicher gemacht.

Er hörte, wie sie ihrem Bruder mit kaum vernehmbarer Stimme Wasser anbot. Ihre Worte waren sanft, beruhigend, ermutigend. Wie eine süße Melodie oder das tröstliche Murmeln eines Bächleins in einem schattigen Flußbett. Rhys schloß die Augen und hörte einfach zu, konzentrierte sich ganz auf sie, benutzte diese Konzentration, um sich von seinen unerträglichen Schmerzen abzulenken.

Wortfetzen, abgerissene Sätze drangen an sein Ohr. »Wes ... denk doch an die Ranch, an Erin.«

Und die gebrochene, gequälte Antwort. »Das tue ich doch, verdammt noch mal. Aber ich ... bin doch zu nichts mehr nütze.«

»Und was ist mit mir? Ich brauche dich. Du bist alles, was mir noch geblieben ist.« Eine tiefe Traurigkeit lag in ihrer Stimme, und Rhys hätte dem Mann, der die Ursache dafür war, am liebsten den Schädel eingeschlagen.

Seltsam. Er hatte noch nie das Bedürfnis gehabt, jemanden beschützen zu wollen, außer ... vielleicht ... aber das war kein Beschützen gewesen. Das hatte er zu seinem eigenen Vergnügen getan. Zumindest versicherte er sich das.

»Du hast noch Mark.« Rhys hörte sowohl Bitterkeit als auch Resignation aus den fast gezischten Worten.

Eine lange Stille folgte. »Ich weiß nicht ... Ich hab' schon lange nichts mehr von ihm gehört ...«

Rhys öffnete die Augen und blickte zu der Frau hinüber. Ihre Schultern waren leicht gebeugt, ein Zeichen ihres Kummers und ihrer Erschöpfung, aber er fühlte dennoch, daß da etwas Starkes, etwas Stählernes in ihr wohnte, ein unbeugsamer Wille, ähnlich wie der seine. Und wieder sah er sie vor sich, wie sie über ihn gebeugt saß und ihn aus einem der Abgründe, in die er zu versinken drohte, zurückholte.

Das beunruhigte und quälte ihn. Er haßte es, jemandem etwas schuldig zu sein. Er wollte überhaupt niemandem verpflichtet sein. Nun, zum Teufel, er hatte schließlich nicht darum gebeten; also schuldete er ihr auch nicht das kleinste verdammte bißchen.

Er biß die Zähne zusammen, versuchte, das halblaute Gespräch von der Nachbarpritsche zu ignorieren, aber er konnte weder die Ohren noch die Augen noch seine Gedanken abstellen. Und zu seiner Verwunderung stellte er fest, daß er es auch gar nicht wollte, obwohl etwas in ihm ihn dringend warnte. Wieder fiel ihm das letzte Mal ein, als eine Frau ihn weichgekriegt hatte.

Gottverdammt, er wollte nicht mal dran denken, an die unglückselige Kette von Ereignissen, die ihn hierhergeführt hatte. Wieder wandte er seine Aufmerksamkeit dem Mann und der Frau neben ihm zu.

»Geh weg, Susannah. Laß mich in Ruhe.«

»Ich kann nicht.«

»Dein Herz gehört ohnehin der anderen Seite.«

»Zur Hölle mit dir, Wes.« Das paßte überhaupt nicht zu ihr, ein Fluch aus solchem Mund, das war, wie wenn ein Blitz aus heiterem Himmel einschlägt. Stahl, der durch zarte Spitzen schimmert.

Ich hatte also recht, dachte Rhys und wünschte wahrhaftig, es würde sie nicht noch anziehender machen.

Ein ganz anderes Geräusch drang in diesem Moment an sein Ohr, ein Schlüssel, der im Türschloß umgedreht wurde, und das Quietschen rostiger Angeln. Laute Schritte knirschten auf dem rohen Steinboden und hallten in dem riesigen Raum wider. Er drehte den Kopf, um zu sehen, wer da hereinkam, und sofort schoß ihm der Schmerz wie von Tausenden von Nadeln durch den ganzen Körper.

»Mrs. Fallon, Sie müssen jetzt gehen«, sagte ein Mann in einer schäbigen braunen Uniform mit rauher Stimme.

»Danke, daß Sie mir soviel Zeit gewährt haben, Sergeant«, sagte die Frau und erhob sich. »Ich komme morgen wieder.«

»Ja, Ma'am«, erwiderte er.

»Und könnten Sie den Doktor vielleicht bitten, nach diesem Mann hier zu sehen?« Sie deutete auf Rhys. »Er fiebert immer noch.«

»Sie wissen doch selber, daß wir hier keine Medizin nich ham.«

»Aber Wasser haben Sie doch«, meinte sie energisch und mit überraschendem Selbstbewußtsein.

»Ich werd's weitergeben«, brummelte der Sergeant.

Wieder veränderte sich ihre Stimme, wurde zuckersüß wie Sirup. »Herzlichen Dank«, flötete sie, »Sie sind schrecklich nett, Sergeant.«

Alles in Rhys krampfte sich auf einmal zusammen, und er fragte sich, ob es an dem lüsternen Blick des Sergeants lag. Vergiß es, Redding, sagte er sich. Susannah Fallon und ihr Bruder haben einen Mann namens Mark erwähnt. Und der Wachtposten nannte sie »Mrs.«. Die bringt nichts als Schwierigkeiten. Das war ihm in den letzten Minuten glasklar geworden; Leute zu beurteilen war ihm noch nie schwergefallen.

Sie besaß dieselbe Mischung aus Zartheit und Stärke, die ihm schon einmal zum Verhängnis geworden war. Er fragte sich, ob diese Eigenschaften wohl typisch für amerikanische Frauen waren. Nun, wie auch immer, diesmal würde er nicht darauf reinfallen.

Doch trotz seiner Vorsätze konnte er die Augen nicht von ihr abwenden, als sie sich nun ein Paar Handschuhe überstreifte. Auch ihr Blick war auf ihn gerichtet, und sie schenkte ihm ein trauriges Lächeln, bevor sie dem Wachtposten hinausfolgte. Rhys hörte, wie der Schlüssel im Schloß umgedreht wurde, und auf einmal war alles Licht aus dem finsteren, stickigen Raum verschwunden.

Wieder versuchte er sich zu rühren, jetzt wo sie nicht mehr da war, um Zeugin seiner Schwäche zu sein. Er fühlte, wie ihm der Schweiß in Strömen übers Gesicht lief und wie der Schmerz ihm erneut mit unerträglicher Intensität in die Seite fuhr. Trotzdem schaffte er es, sich aufzustützen und umzusehen.

Ihr Bruder, Wes, lag jetzt vollkommen still, doch seine Augen waren geöffnet und blickten trübe zur schmutzstarrenden Zimmerdecke hinauf. Als ob er Rhys' Blick gefühlt hätte, wendete er den Kopf und blickte ihn an. Er war blaß und dünn; das dunkelbraune, schmutzige Haar fiel ihm strähnig in die Stirn.

»Herzlich willkommen in der Hölle«, sagte Wes, und sein Mund verzog sich zu einer Grimasse. »Hier hat man's besser, wenn man nichts mitkriegt.«

Rhys Magen knurrte vernehmlich. Er war nicht sicher, ob er überhaupt etwas essen konnte, aber er wußte ebensogut, daß er nicht gesund werden würde, wenn er's nicht tat. »Gibt man uns hier was zu essen?«

Wes stieß ein verächtliches Lachen aus. »Verdammt wenig. Bevor mich meine Schwester hier gefunden hat, war's sogar noch weniger. Nicht, daß es mich groß kümmert.«

Es war eine einfache Feststellung, ohne jedes Selbstmitleid, und Rhys verstand nun, was die Frau gemeint hatte, als sie sagte, er hätte seinen Lebenswillen verloren. Er fragte sich, wie ihm wohl zumute wäre, wenn er ein Bein verloren hätte. Er konnte sich's nicht vorstellen.

Statt dessen fragte er ihn: »Wie ist Ihre Schwester hier reingekommen?«

»Sie ist mit 'nem Helden der Rebellenarmee verheiratet.« Wieder lag Bitterkeit in seiner Stimme. »Man duldet sie eben.«

Dann war sie also tatsächlich verheiratet. Mit einem Rebellen. Und ihr Bruder war ein Yankee. Das war ... faszinierend. So wie sie, sie und ihre unergründlichen lavendelfarbenen Augen, Augen, die bis in sein Innerstes zu dringen schienen. Er fluchte unterdrückt. Egal, sagte er sich. Er würde jemanden finden, der hier die Aufsicht hatte, erklären, was passiert war, und in Null Komma nichts wieder raus sein.

Er legte sich wieder zurück, ließ die Schmerzen über sich hinwegschwappen wie Feuerströme, die sich ihren Weg durch seine verwundete Seite bahnten. Er schloß die Augen vor dem Unerträglichen, und wieder tauchte ihr Antlitz vor ihm auf. Wie sie sich über ihn beugte. Wie sie sein Gesicht wusch. Wie sie ihn mit einer Zärtlichkeit berührte, die er niemals zuvor erfahren hatte.

Eine Zärtlichkeit, die schmerzte, weil sie so neu, so unbekannt war. Und so unerwartet. So vollkommen unerklärlich.

Er versuchte sich einzureden, daß es daran lag, daß sie etwas von ihm wollte. Aber was? Was hatte er schon zu bieten?

Er drehte sich auf seine unverletzte Seite und verbannte sämtliche

Gedanken aus seinem Kopf, wie er es schon vor langer Zeit gelernt hatte.

Susannah schaffte es bis zum äußeren Gefängnistor, bevor die Tränen kamen.

Sie versuchte sie zurückzuhalten. Sie mußte stark sein. Für Wes mußte sie stark sein. Und für sich selbst.

Sie waren die einzigen, die übriggeblieben waren. Der Krieg hatte fast alle heimgesucht.

Tränenblind stolperte sie die Straße entlang. Jetzt bloß nicht die Beherrschung verlieren, dachte sie. Ihr Mann, Mark, war schon vor Monaten in einem Gefängniskrankenhaus der Yankees gestorben, aber aus irgendeinem Grund war diese Nachricht erst letzte Woche nach Richmond gedrungen. Sie hatte es natürlich befürchtet. Diejenigen seiner Männer, die einem Hinterhalt der Yankees in Nordvirginia entkommen waren, wußten, daß er mehrmals getroffen worden war. Da ihnen die Yankees dicht auf den Fersen waren, hatten sie ihrem Anführer leider nicht zu Hilfe kommen können.

Bevor sie all dies aus einem Brief erfuhr, hatte sie zahlreiche Erkundigungen eingezogen, die jedoch alle ohne Erfolg geblieben waren. Also war sie, allen Befürchtungen zum Trotz, von Texas nach Richmond gereist, war per Schiff von Galveston auf die Bahamas und von dort auf einem der letzten Blockadebrecher bis nach Charleston gesegelt. Von dort aus hatte sie schließlich den Zug nach Richmond genommen. Sie mußte einfach Klarheit haben. Sie mußte einfach versuchen, ihm zu helfen, wenn auch nur die kleinste Chance bestand, daß er noch am Leben war. Das war sie ihm einfach schuldig. Und mehr als das.

Ihn hatte sie nicht gefunden, aber einen todkranken Wes.

Wütend wischte sie die Tränen ab. Sie hatte es noch nicht übers Herz gebracht, Wes die Nachricht zu überbringen. Er und Mark waren praktisch wie Brüder miteinander aufgewachsen. Erst in diesem Krieg gingen sie getrennte Wege, jeder den, den ihm sein Gewissen vorschrieb. Aber bevor Mark gegangen war, um sich als Kundschafter für General Lee zu verdingen, hatte er alles getan, um Wes und ihr selbst zu helfen, hatte sie sogar geheiratet, obwohl er wußte, daß ihr Herz nicht wirklich ihm gehörte. Er gab ihr den Schutz eines Offiziers der Konföderiertenarmee, einen Schutz, den sie dringend benötigte, da sie in einem Landstrich lebte, in dem ihre Familie wegen ihrer Loyalität zum Norden geächtet und verachtet wurde.

Er wollte, daß sie seine Ranch, daß sie seinen Namen bekam. Fast, als ob er gewußt hätte, daß er nie wieder zurückkehren würde, hatte er ihr gesagt, daß er das Land in den Händen jener wissen wolle, die es liebten. Er wußte, wieviel ihr an dem Land, an der Ranch und an den Pferden lag. Sein älterer Bruder war bereits im Krieg gefallen, und er war der einzige Fallon, der noch übrig war. Sie wußte, daß Mark sie von ganzem Herzen geliebt hatte, und nun lebte sie mit einem schrecklichen Schuldgefühl, weil sie diese Liebe nie auf dieselbe Weise hatte erwidern können.

Sie hatte es sich wirklich gewünscht, denn er war der beste und gütigste Mann, den man sich nur vorstellen konnte, aber er war für sie einfach immer mehr ein Bruder als ein Geliebter gewesen. Sie hatte nie Leidenschaft, nie wirkliche Lust für ihn empfunden, und sie wußte, daß sie ihm damit weh getan hatte. Aber sie hatte ihn dennoch geheiratet, hatte ihn geheiratet, weil er es sich sosehr wünschte, weil er ihr sein Land und sein Leben anvertraut hatte. Vielleicht, so dachte sie, würde sich Freundschaft irgendwann einmal in die Art von Liebe verwandeln, die er sich ersehnte. Alle meinten, daß es so kommen würde.

Doch jetzt blieb ihr diese Chance für immer verwehrt.

Sie wußte nicht einmal, wo er begraben lag. Dieser Gedanke bereitete ihr einen nagenden Schmerz. Sie konnte ihn noch nicht mal nach Land's End, zu der Ranch, die er sosehr geliebt hatte, überführen. Und sie konnte Wes nichts davon erzählen, nicht, solange er noch so schwach und mutlos war. Noch einen Schlag würde er nicht aushalten. Also ertrug sie ihren Kummer ganz allein, so wie vor drei Jahren, als ihr Vater gestorben war.

Langsam ging Susannah zu der Pension zurück, in der sie abgestiegen war. Das Erdgeschoß war, wie in so vielen anderen Häusern der Stadt, in ein Krankenlager verwandelt worden, und sie half aus, wann immer sie konnte. Sie, deren Ehemann der einen Seite und deren Bruder der anderen Seite angehörte, war nun derart hin- und hergerissen, was ihre Loyalitäten betraf, daß sie in jedem Menschen nur noch eins sah: den Menschen. Nicht den Yankee, nicht den Konföderierten.

Ihr Magen knurrte vernehmlich, aber sie hatte keinen Appetit. Das Libby verdarb ihn ihr noch jedesmal. Sie aß nur, was sie sich leisten konnte – die Lebensmittelpreise waren in exorbitante Höhen geschossen, nun, da Richmond von drei Seiten eingekesselt war – dennoch war ihr Geld schon fast völlig aufgebraucht, und sie mußte doch Wes und sich noch sicher nach Hause bringen.

Ihre Gedanken wanderten zu dem rätselhaften Mann, der auf der Pritsche neben Wesley lag. Er war so schwer verletzt worden, daß sie dachte, er würde sterben. Aber er hatte etwas an sich, etwas ganz Außergewöhnliches; es war selbst in den ersten Tagen spürbar gewesen, als er noch bewußtlos gewesen war. Als man ihn hereintrug, hatte er ausgesehen wie der todkranke Falke, den sie einmal gefunden hatte. Finster und bedrohlich und dennoch auf anrührende Weise verwundbar in seinem ungewöhnlichen Zustand der Schwäche. Sie hatte versucht, den jungen Vogel wieder hochzupäppeln, aber er war gestorben. Doch tief in den schwarzen Augen des Fremden sah sie ein Feuer lodern, das sogar noch stärker brannte als das des Falken.

In den letzten Monaten hatte sie einiges über Krankenpflege gelernt und eigenhändig Breiumschläge für die Wunde des Gefangenen gemacht. Heftiges Wundfieber schüttelte seinen Körper; seine Wunde wollte einfach nicht heilen. Doch dann hatte er angefangen, sich zu wehren, zu kämpfen. Wenn er doch nur etwas von seinem Lebenswillen an Wes weitergeben könnte.

Sie hatte sich dabei ertappt, wie sie dem Fremden den Schweiß vom Gesicht wusch und ihn drängte, noch härter zu kämpfen, als könnte sie ihm das geben, was Wes nicht von ihr annehmen wollte. Sie konnte sich selbst nicht erklären, warum ihre Gedanken ständig um den Yankeeoffizier kreisten, warum etwas an ihm, etwas in seinen schwarzen, abgrundtiefen Augen seltsame, undefinierbare Gefühle in ihr weckte. Warum faszinierte sie dieses finstere, harte Gesicht so? Sie fragte sich, warum sie jemanden, der so krank war, für gefährlich hielt. Instinktiv wußte sie jedoch, daß er es war. Das fühlte sie bis in ihr Innerstes, und es entsetzte sie, daß sie sich so zu ihm hingezogen fühlte, mehr sogar, als sie sich einzugestehen wagte, da es ihre Schuldgefühle Mark gegenüber nur verstärkte. Heute jedoch war sie belohnt worden. Ihr … Nachtfalke würde leben.

Wenn Wes doch nur akzeptieren könnte, was mit ihm geschehen war, und seine frühere Lebensfreude wiedergewinnen würde. Vielleicht konnte der Major ihm ja helfen, konnte etwas von seiner Stärke an ihren Bruder weitergeben.

Sie schloß die Augen. Daran durfte sie jetzt nicht denken. Nicht an eine Zukunft, die ihr von Tag zu Tag düsterer erschien.

Sie bog in den Weg zu ihrer Pension ein. Es gab genügend andere, die sie im Moment dringend brauchten.

2

Es war ein wundervoller Morgen, getrübt nur durch das entfernte Donnern von Kanonen. Die bitterkalten Winterregen hatten sich verzogen, und die späte Märzsonne schien mild aus einem mit zarten Schleierwölkchen bedeckten Himmel, fast wie an einem hellen texanischen Frühlingsmorgen. Susannah konnte die Glockenblumen und Goldruten, wie sie aus dem frischen Grün der heimatlichen Wiesen sprießten, fast sehen. Es war der Ort, den sie von ganzem Herzen liebte, der Ort, der Wes wieder heilen würde.

Wenn sie ihn doch bloß dorthin bringen könnte. Solange sie noch Land besaßen.

Susannah erlaubte sich den Luxus von ein wenig Optimismus. Dem Major mit dem attraktiven walisischen Akzent war es gestern schon viel bessergegangen. Es war der zweite Tag, seit er das Bewußtsein wiedererlangt hatte. Obwohl er offensichtlich immer noch schreckliche Schmerzen litt, gewann er rasch an Kraft, und das Leuchten in seinen Augen wurde zunehmend stärker.

Doch da war mehr in ihm als nur der unbeugsame Überlebenswille. Sie zerbrach sich den Kopf darüber: eine Art distanzierten Interesses an der Welt, an seinem eigenen Dilemma als verwundeter Kriegsgefangener, fern der Heimat. Er schien die Dinge mit einer leidenschaftslosen, ja fast amüsierten Akzeptanz zu betrachten, als ob das Leben eine Art Scherz sei, den nur er verstand.

Ganz im Gegensatz zu so vielen seiner Mitgefangenen empfand er keinerlei Bitterkeit über seine Lage. Nur eine wachsame Aufmerksamkeit beherrschte ihn. Aber wenn er sich unbeobachtet fühlte, sah sie, daß seine Augen, wie die des Falken, wachsam, gleichsam sprungbereit blitzen, bereit, die nächste sich bietende Gelegenheit zu ergreifen. Selbst in seinem derzeit so geschwächten Zustand war diese Eigenschaft unverkennbar.

Ihre Zuversicht wuchs, als ihr ein Gedanke kam. Eine verrückte Idee, zugegeben, aber ... möglich. Sie erfüllte sie mit derselben Hoffnung, die sie auf ihrer Reise durch dieses vom Krieg gezeichnete Land vorangetrieben hatte und die sie und Wes, so Gott wollte, in das Land zurückbringen würde, das sie beide sosehr liebten. Bedrohtes Land, Land, auf das finstere Gestalten es abgesehen hatten, die alles tun würden, um es ihnen zu nehmen und denen dies schon fast gelungen war.

Es war Land, das ihre Familie schon durch drei Kriege hindurch verteidigt hatte, auf dem viele von ihnen gestorben und noch mehr geboren worden waren. Dort lagen ihre Wurzeln, dort wohnte ihre Seele. Und die von Wes. Alles, was er sich je gewünscht hatte, war dieses Land.

Sie mußte ihr Erbe einfach bewahren, ihres und Marks und das von Wes. Sie mußte es einfach schaffen, Wes dorthin zurückzubringen. Und vielleicht hatte sie nun ja die Lösung gefunden.

Der Schleier, der ihren angeborenen Optimismus überschattet hatte, der ihre Überzeugung, daß das Gute letztendlich immer über das Böse siegt, zeitweise verdrängt hatte, hob sich, und ein Hoffnungsfunke erfüllte sie, eine Hoffnung, die sich um einen finsteren Fremden rankte.

Rhys Redding. Major Rhys Redding. Der Name allein besaß Kraft, und vielleicht war er ja auch ein Mann von Ehre, war er doch immerhin einen so weiten Weg gekommen, um in einem Krieg zu kämpfen, der nicht seiner war. Er hatte nichts von einer Familie erwähnt, hatte in seinen Fieberträumen nie Namen genannt, nie irgendwelche Andeutungen über eventuelle Bindungen gemacht. Vielleicht besaß er ja gar kein Zuhause, zu dem er zurückkehren konnte, vielleicht...

Sie brauchte jene physische Kraft, die er, wie sie wußte, schon bald wiedererlangt haben würde. Sie brauchte den Willen, den sie in ihm entdeckt hatte. Sie brauchte ihn, um Wes zu helfen.

Irgendwie ärgerte es sie, daß sie ihn brauchte. Während der vergangenen vier Jahre hatte sie die Führung von zwei Ranches übernommen: Marks Ranch, die nun ihr gehörte, und das Carr-Anwesen, das Wes zustand. Sie hatte Hosen angezogen und war mit den Männern geritten; sie hatte den Martin-Brüdern getrotzt, die wieder und wieder versucht hatten, sie zum Verkauf ihres Landes zu bewegen; sie hatte sich auf eine Weise verändert, die sie noch vor fünf Jahren nie für möglich gehalten hätte. Sie besaß genug Selbstvertrauen in sich und ihre Fähigkeiten, doch sie besaß nicht genug physische Kraft, um Wes nach Hause bringen zu können, nicht in seinem derzeitigen Zustand.

Rhys Redding würde diese Stärke in vielleicht einer Woche wiedererlangt haben. Sie hatte noch nie jemanden gesehen, der sich so schnell erholte wie er. Vielleicht konnte sie ihn ja dazu überreden, ihr und Wes zu helfen.

Aber warum sollte ich? fragte sie sich. Warum? Die ganze Idee war einfach lächerlich, doch sie konnte einfach nicht davon ablassen. Auch sie konnte äußerst zäh und beharrlich sein. Und immerhin hatte sie ihm geholfen, das ließ sich nicht abstreiten. Vielleicht fühlte er sich ihr ja ein ganz klein wenig verpflichtet. Sie würde sich nicht scheuen, seine Dankbarkeit auszunutzen, wenn es um Wes ging. Und um ihr Land. Alles würde sie dafür tun. Alles.

Sie begann einen Plan zu schmieden, der einem General zur Ehre gereicht hätte.

Rhys schreckte aus einem unruhigen Schlaf hoch. Es war dunkel. Und kalt. Verwirrt versuchte er sich zu orientieren, versuchte sich zu erinnern, was passiert war, versuchte, Klarheit in all die verschwommenen Bilder zu bekommen.

Er wurde gepackt. Grob gepackt.

»Vorwärts, du verdammter Tommy.« Wut ergriff Rhys, als ihn der Offizier rüde vorwärtsstieß. Niemand faßte Rhys ungestraft an. Nie mehr.

Er versuchte, die Hände des Mannes abzuschütteln, doch seine eigenen waren in Handschellen vor seinem Körper zusammengebunden, und er fühlte sich wieder wie der kleine Junge, der unter der Peitsche des grausamen Lords zusammengebrochen war.

Damals hatte Rhys sich geschworen, daß ihn keiner mehr so anfassen würde. Und es hatte auch keiner gewagt. Jedenfalls keiner, der danach mit dem Leben davongekommen war.

Er drehte sich um und sah seinen Wärter an. Der Unionsmajor funkelte ihn böse an, wie schon den ganzen Weg nach Washington über. Es hätte Rhys nicht überrascht, plötzlich eine Kugel in den Rücken zu bekommen.

Sie konnten ihn nicht ewig festhalten. Das hatte man ihm jedenfalls gesagt. Er war britischer Staatsbürger und damit neutral, selbst wenn er Waren durch die Blockaden der Unionisten zu den Konföderierten schmuggelte. Sein Schiff war jedoch aufgebracht und vor der südöstlichen Küste der Vereinigten Staaten versenkt worden, und nachdem er aufs Land zugeschwommen war, fand er sich plötzlich in den Händen von Unionsmatrosen wieder, die ihn an die Bundestruppen auslieferten, bevor sie sich erneut an ihre Aufgabe, das Aufhalten von Blockadebrechern, machten. Er wußte nicht, was mit dem Rest der Mannschaft der Specter *geschehen war.*

Seine Eskorte nach Washington bestand aus dem Major, der offensichtlich wegen eines Vergehens zu dieser Strafexpedition abkommandiert worden war, und zwei Begleitsoldaten. Sie waren bereits seit einem Tag und einer Nacht unterwegs, und an diesem Morgen hatte er etwas trockenes Toastbrot erhalten und sollte danach den alten flohzerfressenen Klepper besteigen, den man für ihn bereitgestellt hatte.

»Vorwärts, hab' ich gesagt!« brüllte der Major, und Rhys fühlte einen scharfen Schmerz, als der Offizier ihn mit der Mündung seines Gewehrs in den Hintern stieß.

Rhys reagierte spontan und ohne Zögern. Niemand schlug Rhys Redding, ohne dafür zu bezahlen. Ein Vielfaches zu bezahlen. Er hatte sieben Jahre lang in den Straßen Londons überlebt und zehn Jahre in Afrika und kannte jeden Trick. Er wirbelte herum, packte den Hals des Majors mit seinen gefesselten Händen und brach ihm mit einer einzigen geschmeidigen Bewegung das Genick. Gleich darauf bückte er sich, hob das heruntergefallene Gewehr des Majors wieder auf und richtete es auf die zwei geschockten Soldaten, die soeben ihre Pferde sattelten.

»Laßt eure Waffen fallen.«

»Der Major –« begann einer der beiden, während er tat, wie ihm befohlen.

»Die Schlüssel«, unterbrach Rhys und hob die Hände mit den Handschellen.

Einer der beiden Soldaten näherte sich ihm mit äußerster Vorsicht, die Augen immer auf die Waffe gerichtet.

»Schneller«, sagte Rhys bedrohlich.

Der Soldat warf nur einen Blick in die funkelnden höllenschwarzen Augen, bückte sich und griff in die Uniformtasche des Majors. Mit dem Schlüssel in der Hand tauchte er wieder auf. »Er ist ... tot.«

»Sicher ist er das«, sagte Rhys mit einer Stimme, die beiden Männern das Blut in den Adern gefrieren ließ. »Und das werdet ihr auch sein, wenn ihr nicht genau tut, was ich euch sage.«

Ohne zu mucksen schloß der eine daraufhin Rhys' Handschellen auf und legte sie sich und seinem Begleiter an. Rhys drängte die beiden gegen einen Baum und band ihre freien Hände um den Stamm fest. Die Straße lag nicht weit von ihnen, so daß die beiden sicher in nicht allzulanger Zeit Hilfe bekommen würden. Er zog sich die Majorsuniform an, sattelte danach sein Pferd und das der beiden Soldaten ab und schickte sie mit einem kräftigen Klaps in die umliegenden Wälder. Dann schwang er sich auf das Pferd des Majors, das beste von den vieren.

Er grinste den beiden kurz zu und galoppierte davon.

Zwei Stunden später ritt er mitten in einen Trupp Konföderierter hinein, die eigentlich nicht hätten dort sein sollen. Bevor er noch etwas sagen konnte, traf ihn eine Kugel in die Seite, und roter Nebel schwamm vor seinen Augen, als er vom Pferd fiel.

Als er sich jetzt bewegte, fühlte er diese Schmerzen wieder. Er hörte sich stöhnen, fühlte, wie die Schmerzwogen erneut über ihm zusammenschlugen. Er konnte sich wieder an alles erinnern und wünschte vergeblich, es wäre nicht so. Nichts an seinen derzeitigen Aussichten gefiel ihm. Aber er vertraute auf seine Fähigkeiten. Es war ihm noch immer gelungen, sich aus einer prekären Lage zu befreien. Während seine Augen sich langsam an die Dunkelheit gewöhnten, blickte er sich um, musterte die dicken Ziegelwände, die verbarrikadierten Fenster. Leises Stöhnen erfüllte das Halbdunkel.

Er merkte jedoch, daß seine Untersuchungen im Moment nutzlos waren. Er konnte ja noch nicht mal kriechen. Niedergeschlagenheit übermannte ihn.

Da tauchte auf einmal ein Gesicht vor ihm auf. Er fühlte ihren kühlen, süßen Atem und roch den leisen Rosenduft, der von ihr ausströmte, sah ihre herrlichen lavendelfarbenen Augen. Langsam schwanden seine Schmerzen.

Bis er merkte, daß das alles irreal war, es war nur Einbildung.

Er fluchte, wütend auf sich selbst. Er brauchte diese Art von Ablenkung nicht. Er brauchte sie nicht. Er brauchte niemanden. Nur Schwächlinge brauchten jemanden.

Und er war nie ein Schwächling gewesen.

Bis auf das eine Mal; einmal war er schwach geworden. Und das bereute er. Gottverdammt, das bereute er wirklich.

An diesem Nachmittag kam sie wieder und brachte Sonnenschein in die Düsterkeit der Seelen und der Umgebung. Er hätte es nie für möglich gehalten, daß jemand sein eigenes Licht, seinen eigenen Sonnenschein mit sich bringen könnte. Aber sie tat es; und trotz seines Vorsatzes von letzter Nacht fühlte er, wie sich Wärme in ihm ausbreitete, ein heftiger, fast unbeherrschter Hunger, nicht nur nach einem Frauenkörper sondern einfach nach der Berührung dieser Hände. Dieser Gedanke hätte ihn eigentlich amüsieren müssen, wenn er ihn nicht so verdammt beunruhigt hätte. Er brauchte und wollte diese kapriziösen, unnützen Gefühle nicht.

Sie schenkte ihm ein zufriedenes Lächeln, und er konnte nur vermuten, daß es daran lag, daß er sich aufgesetzt hatte. Freude durchzuckte ihn wie ein Sonnenstrahl, und er schalt sich sofort dafür, verbiß sich sein eigenes Lächeln sofort wieder, behielt es für sich, so wie die meisten Dinge in seinem Leben. Ein Lächeln diente als Maske, um seine wahren Gefühle zu verbergen, nicht um sie preiszugeben. Vergiß nicht, gemahnte er sich, sie muß etwas von dir wollen. Er war sich nun fast sicher, nicht zuletzt angesichts des fast spekulativen Blicks, mit dem sie ihn musterte.

Sie trug ein Paar offensichtlich handgefertigter Krücken sowie einen Korb. Ein Konföderiertensoldat folgte ihr mit einer Schüssel Wasser. Es war erstaunlich, wie sie es schaffte, die sonst so rauhen Kerle zu zähmen.

Nachdem sie Rhys mit einem Lächeln begrüßt hatte, wandte sie ihre gesamte Aufmerksamkeit ihrem Bruder zu. Sie sah müde und besorgt, ja, traurig aus, aber es lag Entschlossenheit in ihren Bewegungen.

Wes betrachtete die Krücken ohne Interesse.

Susannah – so nannte er sie mittlerweile insgeheim – setzte sich aufs Fußende der Pritsche. »Wirst du sie mal ausprobieren, Wes?«

»Nein.«

»Bitte.« Kummer lag in ihrer Stimme, Kummer und Dringlichkeit.

Rhys versuchte, die Ohren vor ihrem Gespräch zu verschließen, mußte jedoch feststellen, daß er's nicht konnte. Statt dessen ertappte er sich dabei, wie er aufmerksam zuhörte.

»Verdammt, ich bin noch nicht soweit, an ein Paar lächerlichen Stöcken zu gehen.«

»Du willst also für alle Zeiten hierbleiben?«

»Laß mich in Ruhe, Sue. Zum Teufel noch mal, laß mich in Ruhe.«

Susannah wandte sich ab, die Augen tränenblind, und sah Rhys' düsteres Gesicht. Ihre Blicke trafen sich und verharrten einen endlos scheinenden Moment lang. Rhys war zumute, als sei ihm der Boden unter den Füßen weggezogen worden. Beide schienen zu wissen, daß dies mehr war, als ein einfacher Austausch von Blicken, und Rhys fühlte, wie gewisse Teile seines Körpers auf einmal mit einer Hitze erfüllt waren, die nichts mit Schmerz zu tun hatte.

Er hatte das eigenartige Gefühl, sie zu kennen, das Gefühl, daß ein starkes Band zwischen ihnen bestand, das sie wie eine unsichtbare Kette aneinanderschmiedete. Schicksal? Er glaubte nicht an Schicksal. Jeder Mensch war für seine Zukunft selbst verantwortlich und entschied über sie mit den Mitteln, die ihm zur Verfügung standen. Dennoch stiegen seltsame, nie gekannte Gefühle in ihm auf, machten ihn verlegen und unsicher, Charakterzüge, die er verachtete. Ohne daß er etwas dagegen tun konnte, empfand er das Bedürfnis, sie in die Arme zu nehmen, festzuhalten und zu beschützen, so wie er noch nie zuvor jemanden beschützt hatte. Er wollte den Kummer, der ihre außergewöhnlichen Augen überschattete, fortwischen, ihn für immer verschwinden lassen. Bevor er sich's versah, streckte er die Hand aus, um sie zu trösten. Sie starrte fassungslos darauf, bevor sie den Blick zu seinem Gesicht hob. Auch sie schien ihn auf eine Weise bereits zu kennen oder wiederzuerkennen, das sagten ihre Augen unmißverständlich.

Sie streckte ihm die Hand entgegen, und ihre Finger trafen sich, brannten unter der Berührung. Die Flamme in seinen Lenden loderte nun heller als je zuvor, schien sie beide einzuhüllen wie ein schimmernder Mantel, wie ein Zelt aus bebenden, vibrierenden Gefühlen. Seine Hand zuckte zurück. Wilden Haß, ungezügelten Ehrgeiz, das kannte er, aber nichts, das diesem heftigen Gefühlssturm gleichkam, der wie eine Kanonenkugel in den Schutzwall seiner Existenz gekracht war. Hastig suchte er ihn wiederaufzurichten, die unbekannten und zutiefst beunruhigenden Gefühle wieder in den Griff zu bekommen.

Lust, das mußte es sein, sagte er sich erneut. Begierde, nichts weiter. Nun, vielleicht war es nicht ganz so einfach. Aber eben Lust. Etwas anderes kannte er nicht, an etwas anderes glaubte er auch nicht.

Ihr Blick war in ungläubigem Staunen auf ihn gerichtet. Sie stand reglos vor ihm, die Hand immer noch ausgestreckt. Dann weiteten sich ihre Augen, und ihre Hand fiel herunter. Sie wirbelte herum und lief rasch hinaus. Den Korb und die Krücken ließ sie zurück.

Unterdrückt fluchend schloß Rhys die Augen vor den heftigen Emotionen, die immer noch in ihm tobten. Gottverdammt, er entdeckte Gefühle in sich, die er nie für möglich gehalten hätte, von denen er nie geglaubt hätte, daß er sie überhaupt besaß. Das Bedürfnis, jemanden zu berühren, festzuhalten, zu trösten, war fast schmerzhaft in seiner Intensität – und ganz ohne Zweifel noch nie dagewesen.

Er lachte höhnisch in sich hinein. Rhys Redding verknallt wie ein Schuljunge! Er hatte immer schon jene als Schwächlinge verachtet, die von dem, was sie Liebe nannten, heimgesucht wurden. Frauen waren zum Vergnügen da, zu nichts weiter. Selbst Lauren Bradley war nicht mehr als das gewesen; es hatte ihm Vergnügen bereitet, ihr zu helfen. Vielleicht hatte dieser unerklärliche »Fehltritt« ja mit seinem derzeit so geschwächten Zustand zu tun. Das mußte es sein, was seinen sonst so wachen Verstand und seine Vernunft getrübt hatte.

Zornig wandte er sich Wes zu, der immer noch auf die Tür starrte, durch die Susannah verschwunden war. Rhys' Blick wanderte verächtlich vom Gesicht des Colonels zu den Krücken, die neben der Pritsche lagen. »Wie zum Teufel ist es möglich, daß ihr Geschwister seid?«

Wes funkelte ihn böse an.

»Scheint, als ob sie Rückgrat genug für euch beide hätte.«

»Fahren Sie zur Hölle, Redding.«

Rhys zuckte verächtlich mit den Schultern. »Geben Sie immer so schnell klein bei?« höhnte er. »Ich dachte, ihr Amerikaner hättet mehr Mumm in den Knochen.«

Wes biß die Zähne zusammen. Er setzte sich auf und griff nach den Krücken. Das linke Bein schwang er auf den Boden. Mit einer Hand packte er den Griff einer Krücke und zog sich langsam und mühsam hoch. Die Krücke rutschte weg, und er fiel zurück aufs Bett. Der Schweiß stand ihm auf der Stirn.

Er sah hinüber zu Rhys, der ihn immer noch verächtlich musterte. Da griff er wieder nach der Krücke, und diesmal gelang es ihm, aufzustehen und auch die andere Krücke zu ergreifen. Er machte einen Schritt, dann noch einen, und seine natürliche Anmut glich den Verlust des anderen Beins aus. Er ging ein paar Schritte. Die Schmerzen waren unerträglich, und er fühlte seine Schwäche. Sein fehlender rechter Fuß schmerzte, als ob er noch vorhanden wäre, und er versuchte, damit aufzutreten. Diese Bewegung brachte ihn aus dem Rhythmus, und er fiel zu Boden. Schmerz durchzuckte ihn wie ein Waldbrand. Er haßte den Mann auf der Nachbarpritsche, haßte ihn, wie er noch nie im Leben jemanden gehaßt hatte.

Wes fühlte, wie er mit festem Griff gepackt und hochgezogen wurde. Er merkte sofort, von wem die Hilfe kam, und da er wußte, daß der Zustand des Majors ebenso schlecht war wie der seine, wenn nicht sogar schlimmer, ärgerte ihn die Kraft, die in diesem Griff lag. Er schüttelte die helfende Hand zornig ab und zog sich, ohne auf die unerträglichen Schmerzen zu achten, mit Hilfe der Krücke auf die Füße und humpelte zu seinem Lager zurück.

Vollkommen erschöpft sank er darauf nieder. Er war wütend auf sich, war wütend auf den Mann neben ihm. Dennoch, er hatte einen Sieg errungen, und wenn er noch so klein war.

Rhys bemerkte den unverhüllten Zorn des Mannes natürlich. Mit einem Gefühl tiefer Genugtuung grinste er in sich hinein.

Warum war sie bloß davongerannt? So etwas hatte sie noch nie gemacht.

Vor dem Gefängnis blieb sie kurz stehen. Sie war total verwirrt. Eigentlich hatte sie vorgehabt, ihren Plan, den Major zu rekrutieren, in die Tat umzusetzen, doch dann trafen sich ihre Blicke, und der Boden schien unter ihren Füßen wegzusinken. Eine Wärme erfüllte sie, ein Brennen, das alle anderen Empfindungen außer Kraft setzte. Sie versank in seinen Augen, in seinen dunklen, abgrundtiefen Augen, die bis in ihre Seele zu blicken und ihre tiefsten Geheimnisse zu entdecken schienen. Sie fühlte, wie sie anfing zu zittern, wie ihr die Worte, die sie hatte sagen wollen, im Hals steckenblieben und nur noch die fast unerträgliche Spannung zwischen ihnen real zu sein schien.

Sie war um ihr Leben gerannt.

Und nun stand sie draußen und zitterte am ganzen Körper. Wie konnte sie ihn da bitten, sie beide zu begleiten?

Noch nie hatte sie so auf einen Mann reagiert. Sie lehnte sich einen Moment lang an die Ziegelmauer des Gefängnisses. Die neugierigen Blicke der Wärter bemerkte sie nicht. Sie wußte, daß es nicht Einsamkeit war, was sie fühlte. Sie war weiß Gott auch schon anderen Männern begegnet, seit Mark fortgegangen war. Der freundliche Kapitän auf dem Blockadebrecher beispielsweise oder die Offiziere hier in Richmond.

Warum also ausgerechnet der finstere Waliser? Er war verwundet. Und dreckig. Ein schwarzer, struppiger Bart bedeckte seine harten Züge, und er hatte Augen, die viel eher beobachteten als fühlten. Er sah aus wie ein Bandit, ein Straßenräuber, wie ein Gesetzloser und Tunichtgut, so gar nicht wie die Offiziere, denen sie bisher begegnet war. Sie schluckte. Ob sie's wirklich wagen sollte? Sollte sie es wagen, ihn um seine Hilfe bei ihrer Rückkehr nach Texas zu bitten? Oder hatte sie sich diese eine Bruchteilsekunde vielleicht bloß eingebildet, erschöpft, wie sie war, und krank, wie er war? War das alles nur ein Hirngespinst?

Doch die schwierige Lage, in der sie sich befand, besiegte ihre

Ängste. Sie hatte bereits entschieden, daß Rhys Redding ihr einziger Ausweg war, die einzige Möglichkeit, Wes rasch genug nach Hause zu bringen, solange es noch ein Zuhause gab. Sie würde ihre Gefühle eben einfach unter Kontrolle halten müssen, wie sie das ja auch schon in den letzten Jahren getan hatte.

Sie konnte es.

Und sie würde es tun.

Ohne darauf zu achten, daß ihr die Beine immer noch zitterten, daß tief in ihrem Innern die Wärme immer noch brannte, daß ihr ganz ungewohnte Schauder über den Rücken liefen, richtete sie sich auf und ging.

Rhys Redding mußte feststellen, daß er am nächsten Tag bereits auf sie wartete. Er versuchte, diese Erwartungsfreude zu unterdrücken, sagte sich, daß es bloß an der Langeweile des Gefängnisalltags lag. Da war jede Abwechslung willkommen. Und das Essen natürlich, das sie gewöhnlich mitbrachte.

Dennoch krampften sich seine Muskeln jedesmal zusammen, wenn sich die Tür öffnete. Er stellte sich vor, wie sie sich freuen würde, wenn sie ihren Bruder zum ersten Mal auf Krücken sah. Auch das gefiel ihm ganz und gar nicht. Auch nicht das leise Gefühl der Befriedigung darüber, daß dies auch sein Verdienst war, auch wenn seine Motive nicht ganz ehrenhaft waren und hinter seinem Spott eher der Wunsch gestanden hatte, etwas von seiner Wut auf sich selbst loszuwerden, als wirklich zu helfen.

Aber immerhin, es hatte funktioniert, und Colonel Wesley Carr hatte an diesem Morgen die Krücken erneut ausprobiert. Auch jetzt, am Nachmittag, stand er schon wieder und übte. Gestern fünf Schritte, heute morgen zehn. Und jetzt wieder. Er hatte noch ein paar mehr geschafft und wollte gerade zu seiner Pritsche zurückhumpeln, als sich die Eisentür quietschend öffnete und Susannah, gefolgt von einem Wachmann, hereintrat.

Sie hatte immer schon ein wunderhübsches Lächeln gehabt, doch bis jetzt war es immer von Kummer und Sorge überschattet gewesen. Das Lächeln jetzt kam völlig spontan. Erleichtert. Entzückt.

Strahlend, gottverdammt. Rhys fühlte, wie es ihm bis in das Herz drang, das er glaubte, nie besessen zu haben. Bis jetzt. Die Erkenntnis, daß er ein Herz in der Brust hatte, das verwundbar war, diese Erkenntnis gefiel ihm gar nicht.

»Wes«, sagte sie entzückt und war sich der Verheerung offenbar überhaupt nicht bewußt, die sie in dem Mann, der sie beobachtete, anrichtete, wie Rhys bitter feststellte. Sie ließ ihren Sack mit Lebensmitteln auf Rhys Pritsche fallen und schlug die Hände zusammen wie ein kleines Kind, während sie ihren Bruder bei seinen wackeligen Gehversuchen beobachtete. »Das machst du großartig.«

Wes zog eine Grimasse. »Ein paar Schritte wenigstens«, gab er widerwillig zu und warf einen wütenden Blick auf Rhys, einen Blick, den Susannah auffing.

Sie verstand und sah Rhys mit einer Dankbarkeit an, die ihn überraschte. Er hatte nichts getan, als den Mann zu ärgern, den er verachtete. Wesley Carr repräsentierte all das, worüber Rhys sich immer lustig gemacht hatte: einen Mann, der, wenn man den Gesprächen glauben konnte, die er gehört hatte, für Prinzipien kämpfte. Rhys selbst glaubte nicht an Prinzipien. Prinzipien konnte man nicht essen. Aus Prinzipien ließ sich kein Vermögen schaffen.

Rhys kannte den Typ. Ohne Furcht und Tadel. Daran lag Rhys selbst nicht sonderlich viel. Ganz besonders nicht, wenn man um der Prinzipien willen kämpfte. Um die eigene Haut zu retten, ja. Für Geld, auch gut. Aber für Grundsätze? Und jetzt, wo er einer ganz anderen Herausforderung gegenüberstand, hatte der Mann den Schwanz einkneifen wollen.

Dennoch nahm Rhys Susannahs blendendes Lächeln mit einem bewundernden Blick an, der sie erröten ließ. Sie erwiderte ihn jedoch, und er glaubte, wieder diesen leicht berechnenden Ausdruck in ihren Augen zu erkennen. Bevor er sich jedoch sicher sein konnte, hatte sie sich bereits abgewandt und beobachtete wieder ihren Bruder, der noch ein paar Schritte machte, bevor er sich geschickt auf sein Lager zurückfallen ließ.

Wie der Nikolaus griff sie daraufhin in ihren Sack und holte triumphierend einen Apfel hervor. »Der ist Gold wert«, sagte sie.

Wes blickte sich nach den anderen um. Neidische, hungrige Augen hingen an dem Apfel. »Ich... kann nicht.«

Wieder griff sie in den Sack und zog noch ein paar Äpfel und ein Messer heraus. »Genug, damit jeder einen Bissen bekommt.«

Köpfe drehten sich und Getuschel breitete sich aus bis zu den hintersten Pritschen.

»Wen hast du dafür umgebracht?« fragte Wes. Susannah lächelte über diesen Anflug von Humor, den ersten, seit ihr Bruder, früher ein so unbekümmerter, fröhlicher Kerl, verwundet worden war.

»Ich hab' gelogen«, gestand sie. »Aber nur ein bißchen. Ich hab' gesagt, es wär' für die Verwundeten.«

»Und alle dachten, du meintest die verwundeten Konföderierten?« fragte Wes trocken.

»Die können glauben, was sie wollen«, sagte sie und verschwieg die Tatsache, daß sie für die Äpfel auch die Kette ihrer Mutter eingetauscht hatte. Eine Halskette war in den Straßen Richmonds in diesen Tagen nicht viel wert, aber der Ladenbesitzer hatte eine Bemerkung darüber gemacht, und Susannah dachte, die Äpfel würden vielleicht helfen, Wes wieder ein wenig aufzurichten. Alles würde sie dafür geben. Eine Halskette war schließlich nur ein Ding. Wes dagegen war der einzige Mensch, der ihr noch geblieben war. Sie würde ihre Seele dafür verkaufen, um auch nur ein Quentchen von dem Menschen, den sie so bewundert hatte, wiederzubekommen.

Er grinste sie auf einmal an. »Meine gerissene kleine Schwester.« Er nahm das Stück, das sie aus dem Apfel schnitt, und biß genußvoll zu.

Dann schnitt sie auch den Rest der Äpfel in Stücke und reichte sie an die Reihen von Pritschen weiter. Rhys war der letzte, der sein Stück erhielt. Sie zögerte, als ihre Hände sich berührten. Wieder trafen sich ihre Blicke, so wie gestern, doch diesmal rannte sie nicht davon. »Danke«, flüsterte sie.

Rhys schüttelte langsam den Kopf, wollte alles abwehren, wollte sie abwehren, aber ihr Blick ließ ihn nicht los, und er fühlte, wie er forschend, suchend auf ihm lag. »Ich hab' nichts getan.«

»Doch, das haben Sie«, sagte sie, beugte sich vor und hauchte einen Kuß auf seine Stirn. Er fühlte ein Brennen an der Stelle, an der ihre Lippen seine Haut berührt hatten, und dann breitete sich dieses Brennen wie ein Buschfeuer in seinem ganzen Körper aus. Er ballte eine Hand zur Faust, um sich davon abzuhalten, sie zu packen und zu sich herunterzuziehen. Wieder knisterte es zwischen ihnen, so stark diesmal, daß er es förmlich hören konnte. Er sah, wie ihre Finger zitterten, als sie ihm den Apfelschnitz reichte.

Dann trat sie rasch einen Schritt zurück, als ob sie die überwältigende Anziehungskraft zwischen ihnen beiden fühlen, ja, fürchten würde. Sie schritt die Reihen der Männer ab, sprach mit jedem ein paar Worte, fragte, ob sie etwas tun, einen Brief schreiben oder mehr Wasser von den Wachen besorgen könne.

Rhys folgte ihren anmutigen Bewegungen, lauschte ihrer sanften, leisen Stimme, erinnerte sich an die Herausforderung, die sie ihrem Bruder gestern entgegengeschleudert hatte. Eine einzigartige Mischung aus Stahl und Seide, das war sie tatsächlich. Und gefährlich wie die Hölle. Er schloß die Augen und öffnete sie erst wieder, nachdem sie verschwunden war.

3

Der Geschützlärm erschütterte die schmutzigen Ziegelmauern des Libby wie ununterbrochenes Donnern. Tag und Nacht.

In den Ohren der Gefangenen jedoch klang dieses Geräusch wie süßes Vogelzwitschern. Es bedeutete, daß die Unionstruppen mit ihren Kanonen herankamen, daß sie von Tag zu Tag näher rückten.

Rhys konnte ihre Euphorie nicht teilen. Unionstruppen bedeuteten Gefahr für ihn, bedeuteten, daß sie entdecken konnten, daß er, ein Zivilist, einen Unionsoffizier getötet hatte. Im Fieberwahn der ersten Tage hier hatte er offenbar seinen richtigen Namen angegeben, und die Unionsbehörden würden sicher nicht lange brauchen, bis sie herausfanden, daß es keinen Rhys Redding unter ihren Offizieren gab. Viel wahrscheinlicher war, daß besagter Name auf einem ihrer Steckbriefe stand.

Und da war noch etwas. Er genoß die Besuche von Susannah Fallon. Sie entschädigten ihn für die Unfreundlichkeit der Wachen, für den Mangel an Essen, an Wasser.

An Freiheit.

Bis jetzt war Freiheit nicht so wichtig gewesen. Er hätte sowieso nirgends hingekonnt, selbst wenn er gewollt hätte. Er war noch viel zu schwach. Seine Wunde begann nun jedoch endlich zu heilen, nachdem sie tagelang genäßt hatte, und er wußte, daß er das ihren Breiumschlägen verdankte. Aber sie war immer noch offen und schmerzte höllisch. Der Wundbrand hatte sich ziemlich weit ausgebreitet.

Sie hatte ihn obendrein noch rasiert. Am Tag nachdem Wes seine ersten Gehversuche unternommen hatte, hatte sie ihren Bruder rasiert und sich ihm dann mit einem schüchternen Lächeln zugewandt und gefragt, ob er als nächster drankommen wolle.

Er fuhr sich mit den Fingern übers Gesicht. Verdammt noch mal, war er stoppelig. Er mußte aussehen wie der leibhaftige Teufel, und er war nicht sicher, ob er sich schon stark genug fühlte, um sich selbst zu rasieren. Er zögerte, nickte dann jedoch, da er wußte, daß es sich verdammt gut anfühlen würde, endlich wieder sauber rasiert zu sein.

Womit er jedoch nicht gerechnet hatte, waren die Gefühle, die die Berührung ihrer Finger bei ihm auslösten. Beide zögerten, nachdem sie seine Haut mit einem Tuch angefeuchtet und Wangen und Kinn eingeseift hatte. Er fühlte, wie seine Nerven zu zittern und zu brennen begannen, zuerst dort, wo sie ihn berührte, und dann überall, vor allem in den Lenden. Er fühlte auch, wie ihre Hände zitterten, und er war nicht sicher, ob er überhaupt wollte, daß sie fortfuhr.

Doch dann wurde sie ruhig. »Ich habe das noch nie gemacht, außer bei meinem Vater und meinem Bruder«, sagte sie. Ein freches Grinsen huschte über ihre Züge. »Aber ich verspreche, nicht noch mehr Schaden anzurichten.«

Er verkrampfte sich, obwohl er gleichzeitig erleichtert war. Was zum Teufel kümmerte es ihn überhaupt, daß sie noch keinen anderen rasiert hatte? Und warum zur Hölle gefiel ihm dieses Lächeln so? Es war gänzlich frei von Kummer und Sorgen, paßte so perfekt zu ihrem süßen kleinen Mund, daß man den Eindruck gewann, dieses fröhliche Lächeln gehöre mehr zu ihr, als das traurige. Er vermutete, daß sie früher viel öfter so gelächelt haben mußte.

Er konnte nicht anders, als ihr Lächeln zu erwidern, wenn auch ein wenig wachsam, denn etwas in ihren Augen warnte ihn, vorsichtig zu sein. Sie waren normalerweise so offen und ehrlich, doch jetzt erschien es ihm fast so als ob –

Rhys schüttelte diesen Gedanken energisch ab. Bloß weil er einen zweifelhaften Charakter besaß, mußte das bei ihr noch lange nicht der Fall sein. Sie begann nun, ihn unter den wachsamen Augen eines Konföderiertenpostens zu rasieren. Er fühlte, wie sie mit festen Strichen seine Stoppeln abschabte, und mußte all seine Kraft aufbieten, um reglos sitzen zu bleiben. Die Striche mit dem Rasiermesser erschienen ihm so ... intim, und wieder wogten Hitzewellen durch seinen Körper. Am liebsten hätte er diese sanfte Hand gepackt und sie zu sich hinuntergezogen. Er schloß die Augen und rang mit Aufbietung all seines Willens den verräterischen Drang nieder.

Und dann war sie fertig. Er nahm den Lappen, den sie ihm entgegenstreckte, und wischte sich das Gesicht ab. Wenn sie ihn noch mal berührte, würde er explodieren.

Es lag nur daran, so versicherte er sich, daß dies noch keine Frau für ihn getan hatte, ihn zu rasieren, ihn mit solch sanften, erfahrenen Händen zu berühren. Es war eine eigenartig intime Erfahrung, eine Erfahrung, die ihn an mehr als einer Stelle mit süßem Schmerz erfüllte.

Seitdem rasierte er sich selbst, um sich nicht noch einmal den Reaktionen auszusetzen, die sie unweigerlich in ihm auslöste. Auch erschien ihm ihr Lächeln nun spekulativ. Er mußte vorsichtig sein.

Dennoch mußte er feststellen, daß er ungeduldig auf jeden ihrer Besuche wartete, und das ärgerte ihn ... bis er sie sah zumindest und ihre sanfte Stimme hörte.

Er hatte noch keinem gesagt, daß er kein Yankeemajor war, sondern, gottverdammt noch mal, ein Blockadebrecher. Und zwar deshalb, weil er ganz einfach bezweifelte, daß man ihm glauben würde. Aber das war gar nicht so wichtig. Wenn er ehrlich mit sich war, was gewöhnlich der Fall war, dann mußte er zugeben, daß er diese Stunden mit Susannah einfach nicht missen wollte, nicht einmal an einem so gottverlassenen Ort wie diesem. Er war total fasziniert von ihr, von den unterschiedlichen Seiten, die er in ihr entdeckte. So wie Nathans Diamant war sie wunderhübsch anzusehen, ja, sogar kostbar. Aber sicher nichts, das man behalten konnte. Zumindest er nicht.

Er wälzte sich ruhelos auf seiner Pritsche hin und her. Auch an diesem Morgen war er wieder auf- und abgelaufen, so wie in den vergangenen Tagen. Jeder Schritt tat höllisch weh, seine Wunde hatte sich gerade erst geschlossen. Dennoch zwang er sich unerbittlich, denn er wußte, daß dies die einzige Möglichkeit war, seine Stärke wiederzugewinnen. Und jedesmal, wenn er aufstand und herumging, schien er Carr dazu anzustacheln, es ihm gleichzutun.

Inzwischen konnte Susannahs Bruder bis ganz zum anderen Ende des großen Raums und wieder zurück gehen. Am Ende fiel er jedoch immer vollkommen erschöpft und fluchend auf seine Pritsche zurück. Danach lag er meist reglos auf seinem Lager und starrte mit blinden Augen an die Decke. Ein hoffnungsloser, frustrierter Ausdruck lag dann auf seinem Gesicht.

Rhys konnte ihn irgendwie sogar verstehen. Andererseits jedoch wußte er, daß er sich anders verhalten hätte. Er war ein Mann, den nichts unterkriegen konnte. Er fand immer einen Weg, die Schwierigkeiten und Probleme des Lebens zu überwinden. Er war ein Bastard und eine Stallkröte, der Sohn einer Prostituierten; er hatte ein Vermögen gemacht und den sogenannten Noblen der Gesellschaft in die Ärsche und in die Geldbeutel gekniffen.

Die Eisentür, die zur Krankenabteilung des Gefängnisses führte, öffnete sich, und sofort verkrampfte er sich mit der inzwischen bereits vertrauten Erwartungsfreude.

Der Atem stockte ihm, als er sie erblickte. Sie trug ein einfaches dunkelblaues Baumwollkleid. Der Stoff war dünn und an bestimmten Stellen bereits verblaßt, aber die Farbe ließ ihren Teint noch rosiger, ihre erstaunlichen Lavendelaugen noch intensiver wirken.

Diesmal hatte sie weder einen Korb noch einen Sack mit Lebensmitteln dabei. Nur einen kleinen Stoffbeutel. Sie sah so grimmig aus, wie Rhys sie noch nie gesehen hatte. Sie ging gleich zu ihrem Bruder.

Niedergeschlagenes Schweigen empfing sie. Kein Gruß, kein Lächeln.

Sie kniete an seiner Pritsche nieder. »Man sagt, daß die Regierung Richmond aufgibt. Nur noch ein paar Tage, Wes, und du bist frei.«

»Verdammt«, erwiderte er mit leiser, bitterer Stimme. »Glaubst du wirklich, daß mich das kümmert? Was zum Teufel heißt Freiheit schon, wenn man nur noch ein Bein hat? Wenn man kein richtiger Mann mehr ist?«

»Ich würde Mark in jedem Fall wiederhaben wollen, egal, in welchem Zustand«, sagte sie.

Rhys zuckte bei diesen Worten zusammen. Mark. Ihr Ehemann. Den vergaß er immer wieder.

»Es ... tut mir leid, Sue. Das mit Mark«, sagte Wes mit zerrissener Stimme. »Hast du inzwischen irgendwas von ihm gehört?«

»Ja«, sagte sie. Es war an der Zeit, es ihm zu sagen. Sie konnte es nicht länger aufschieben. Sie brauchte seine Kraft, um zu tun, was getan werden mußte. »Er ist tot. In einem Yankeehospital gestorben.« Sosehr sie sich auch mühte, sie konnte das Zittern in ihrer Stimme nicht ganz verbergen. »Ich weiß es schon seit Wochen, aber ... ich wollte es dir noch nicht sagen.«

Rhys fühlte, wie es ihm den Magen zusammenzog. Er fragte sich, ob je ein Mensch so für ihn fühlen würde, ob eine Frauenstimme vor Emotion zittern würde, wenn sie von ihm sprach. Ein lachhafter Gedanke. Der finstere Waliser, so hatten ihn die genannt, deren Anerkennung er einst gesucht hatte. Nur ein einziger Mensch hatte ihn bisher anders angesehen. Auch eine Frau, ein wenig wie Susannah. Sie hatte sich auch nicht vor ihm gefürchtet.

Gottverdammt noch mal. Er drehte sich zur Seite, weg von Susannah und ihrem Bruder, versuchte, ihre geflüsterten Worte aus seinem Hirn zu verbannen. Aber er konnte nicht.

Eine lange Stille folgte ihren Worten. Und dann ein »O Gott« von Wes.

Rhys drehte sich wieder herum, als er den tiefen Schmerz in Wes' Stimme hörte, und sah, wie er nach der Hand seiner Schwester griff und sie festhielt.

»Ich wünschte, du hättest es mir gesagt.« Wes' Stimme zitterte vor Mitleid. »Du hast mit allem ganz allein fertig werden müssen, nicht wahr? Mit der Sache mit Vater. Mark. Und mir. Lieber Gott, du hast mich nicht auch noch gebraucht.« Zum ersten Mal empfand Rhys Mitgefühl mit Wes Carr, aber auch Zorn.

»Ich konnte dir doch nicht noch mehr ... schlechte Nachrichten zumuten«, sagte Susannah.

»Und da hast du deinen Kummer eben ganz allein ertragen. Wieder einmal. Es tut mir so leid, Susannah.«

Wes' unverhüllte Trauer über den unbekannten Mark ließ heiße

Eifersucht in Rhys hochsteigen. Mark Fallon stand ihnen beiden offensichtlich sehr nahe. Rhys haßte die plötzliche Welle der Verzweiflung, der Einsamkeit, die über ihm zusammenschlug, und er verbannte sie mit großer Anstrengung, aber rücksichtslos aus seinem Herzen. Er hatte mit dem Leben dieser Leute nichts zu tun. Er wollte auch nichts damit zu tun haben. Noch ein paar Tage und er war stark genug, um zu versuchen, hier rauszukommen. Stark genug, um die konföderierten Behörden von seiner wirklichen Identität zu überzeugen.

Und was dann? Zurück nach England. Zurück zu denen, die vor seinem Geld buckelten, aber hinter seinem Rücken die Nase über seine Herkunft rümpften? Zurück ins zivilisierte England, das er mehr und mehr zu hassen begann?

Das Gespräch an der Nachbarpritsche erstarb, und Stille legte sich über die beiden. Er wußte nicht, wieviel Zeit verstrichen war, als er endlich wieder ihre Stimme hörte. »Major Redding?«

Rhys drehte sich zu ihr um, begegnete ihrem kummervollen Blick.

»Mrs. Fallon«, erwiderte er steif.

»Wes ist eingeschlafen. Wie geht es Ihnen?«

Er bewegte sich langsam und vorsichtig, sorgfältig auf der Hut, daß sich keinerlei Emotionen auf seinem Gesicht abzeichneten. Das beherrschte er vorzüglich, keine Emotionen zu zeigen. Er entschied sich, die Augenbrauen verwundert zu heben, eine Geste, die ihre Frage irgendwie ins Lächerliche zog.

»Oder sollte ich nicht fragen?« Ihre Worte, die zeigten, daß sie ihn durchaus verstand, erklangen sanft und leise, wie ein kleiner Wasserfall, der einen Berg hinabrieselt. Kühl. Erfrischend. Es schien, als ob sie ihren eigenen Schmerz beherrschte, um seinen zu besänftigen.

Er zuckte mit den Schultern, gab sich einen Moment lang geschlagen. Es war schwer, sich nicht geschlagen zu geben, wenn sie ihn mit ihren großen, sorgenvollen Augen ansah. »Es geht mir schon viel besser«, sagte er. »Ich glaube, das habe ich Ihnen zu verdanken.«

Sie errötete leicht. »Ich glaube, Sie hätten sich in jedem Fall schnell wieder erholt.«

»Nein«, sagte Rhys mit Bestimmtheit, während sein Blick über die Kurvung ihrer Brüste unter dem enganliegenden Kleid glitt. Er wollte sie berühren, wollte den ganzen zarten, geschmeidigen Körper berühren. Die Intensität seines Wunsches erschreckte ihn. »Das glaube ich nicht«, sagte er mit einem Lächeln, das, wie er befürchtete, mehr lüstern als freundlich war.

Sie fingerte nervös an ihrem Stoffbeutel herum. Es war das erste Mal, daß er Unsicherheit bei ihr bemerkte, und auf einmal erschien sie ihm noch anziehender, so verwundbar. »Die ... Yankees werden schon bald hier sein, vielleicht schon morgen.«

Er sah sie an, sah in ihre Augen, die die Erschöpfung noch größer erscheinen ließen, auf die Lippen, die leise zitterten. »Ihr Gatte war bei den Konföderierten?«

»Ja.«

»Und Ihre Loyalität...?«

»Liegt bei denen, die noch leben«, sagte sie bitter. »Ich will einfach nur, daß der Krieg endlich ein Ende hat.«

Rhys sah, wie sie sich auf die Lippen biß, wie sie tapfer die Tränen zurückhielt. Sie hob eine Hand, wie um sie damit aufzuhalten, und er zuckte innerlich zusammen. Unsicherheit war etwas, das so gar nicht zu der starken Frau paßte, die in den letzten zwei Wochen um ihren Bruder gekämpft und sowohl mit dem Tod ihres Ehemanns als auch mit den Zuständen in einer belagerten Stadt fertig geworden war.

»Und Sie, Major. Sie sollten doch glücklich sein...«

Wieder in die Hände der Yankees zu fallen? Er konnte seine Freude kaum noch zügeln, gottverdammt noch mal. Er, der einen Major der Yankees getötet und sich seine Uniform und seinen Dienstgrad angeeignet hatte. Eins dieser Vergehen reichte schon, ihn an die Wand zu stellen. Das letzte, was er sich wünschte, waren Erkundigungen über einen Major Redding, der nie existiert hatte, oder über einen toten Major Howard, der sehr wohl existiert hatte, zumindest, bis er einen gewissen Waliser traf.

Gott im Himmel. Er mußte raus hier. Er hatte schon viel zu lange gewartet.

Sein Verstand arbeitete mit klarer Logik, so wie immer. Er stellte sich dem Problem und dachte über die möglichen Lösungen nach. Er besaß keinerlei Dokumente, die bewiesen, wer er wirklich war. Aber sie – Mrs. Fallon – war die Frau eines Offiziers der Konföderierten, eines Kriegshelden, wie Carr gesagt hatte. Langsam kam ihm eine Idee.

Es ging ihm so gut, daß er aufstehen konnte. Unter Schmerzen zwar, aber immerhin. Und wenn es um seine Haut ging, konnte er eine ganze Menge wegstecken.

Susannah Fallon trat an seine Pritsche und ließ ihren Beutel fallen. Mit ihrer Hand, die so unglaublich kühl war, strich sie ihm über die Stirn. Sie lächelte. »Kein Fieber mehr.« Sie zog die Decke beiseite und inspizierte seinen schmutzigen Verband. Die Berührung ihrer Hand durchzuckte ihn wie Feuer. Sein Körper verkrampfte sich, und er wußte, daß sein Geschlecht unter der Decke unmittelbar und heftig reagierte.

Sie entfernte sanft den Verband von der Wunde, und er biß die Zähne zusammen, als sie das letzte Stückchen, das daran festgeklebt war, herunterzog. Sie wusch die Wunde sorgfältig und verband sie mit den sauberen Bandagen, die sie in ihrem Beutel mitgebracht hatte.

Rhys beobachtete ihre ausdrucksvollen Augen, während sie ihn mit anmutigen Bewegungen versorgte. Sie mußte sich früher schon um Kranke gekümmert haben, wahrscheinlich sogar ziemlich häufig. Sie war viel zu geschickt, viel zu ruhig, als daß es anders hätte sein können. Sie hatte nie auch nur mit der Wimper gezuckt, wenn sie sich um seine häßliche Wunde kümmerte und auch nicht beim Anblick des noch häßlicheren Beinstumpfs ihres Bruders.

»Major?« fragte sie erneut, zögerte dann jedoch.

Er hob fragend eine Braue.

»Ich... ich brauche Ihre Hilfe.«

Rhys sämtliche Sinne waren mit einemmal in Alarmbereitschaft. Er wartete gespannt.

»Sind Sie... haben Sie... ein Zuhause?«

Wieder hob Rhys fragend die Braue.

»Ich meine, der Krieg ist fast vorbei... ich bin sicher, die Yankees werden Sie nicht noch länger behalten wollen. Jetzt nicht mehr.« Ihr Blick wanderte zu dem dicken Verband.

Wenn sie wüßte! Sie würden ihn ganz bestimmt behalten wollen, aber nicht aus den Gründen, die sie annahm. Doch sie hatte sein Interesse geweckt, ganz zweifellos. Er vermutete, daß das, was sie im

Sinn hatte, sich mit dem, was ihm vorschwebte, sehr wohl decken könnte.

Er zuckte mit den Schultern und wartete ab.

»Ich muß wieder nach Hause«, sagte sie langsam. »Nach Texas. Wir haben Schwierigkeiten, und es könnte sehr leicht sein, daß wir alles verlieren, was uns gehört, wenn wir nicht schnell zurückkehren. Aber ich brauche Hilfe, was Wes betrifft.« Sie zögerte. »Ich kann ihn doch nicht hierlassen, nicht in diesem Zustand. Und... unser Zuhause... er muß einfach dorthin zurück. Dort wird's ihm sicher bald bessergehen.« Sorge und Hoffnung schwangen in ihrer Stimme.

»Was für Schwierigkeiten?«

»Da sind Männer, die uns unser Land nehmen wollen. Sie haben unseren Vorarbeiter getötet. Ich hab's gestern erfahren.« Sie schluckte, offensichtlich im Zweifel darüber, ob sie das Richtige tat, indem sie sich ihm anvertraute und um seine Hilfe bat.

Er ließ sich ihre Worte durch den Kopf gehen. »Wann wollen Sie aufbrechen?«

»So schnell wie möglich. Ich weiß, Wes ist noch nicht in Ordnung und Sie auch nicht, aber wenn...« Ihre Worte erstarben.

»Wie sollen wir Ihrer Meinung nach reisen?«

»Mit einem Pferdewagen.« Ihre Stimme klang auf einmal ganz eifrig. »Ich hab' bereits einen gekauft. Und ein Gespann.«

Rhys dachte darüber nach. Ein Pferdewagen? Ja, er und Wes könnten auf diese Weise reisen. Reiten? Nun, das dürfte schwierig sein. »Vielleicht könnten Sie... die Yankees sind bereits so nahe, da könnten Sie uns vielleicht vorzeitig hier rausholen. Keiner von uns stellt mehr eine Bedrohung für sie dar.«

Susannah biß sich auf die Lippen. »Ich... hab's versucht, was Wes betrifft.« Sie mußte nicht hinzufügen, daß es ihr nicht gelungen war. Das war offensichtlich.

»Mrs. Fallon«, sagte er mit langsamer, fester Stimme, »ich möchte nicht unbedingt hier sein, wenn die Unionstruppen kommen.« Er sah, wie sich ihre Augen weiteten.

»Warum nicht?«

Er überlegte, ob er ihr die Wahrheit sagen sollte. Ihr Bruder war ein Yankee; ihr Mann ein Reb. Sie selbst glaubte offensichtlich mehr an ihre Familie als an die Sache. Und er befand sich in der Lage, dieser Familie zu helfen. So wie sie ihm helfen konnte.

»Ich bin nicht unbedingt das, was ich zu sein scheine«, antwortete er.

»Wer sind Sie, Major?« Ihre Stimme war nur noch ein Flüstern. Ungewißheit lag darin.

Ein Opportunist. Ein Spieler. Ein Glücksjäger. All das und noch viel mehr. Jemand, mit dem du besser nichts zu tun haben willst, süße Susannah. Aber er wollte sie nicht erschrecken. Er brauchte sie. So wie sie ihn offensichtlich brauchte.

»Nun, ich will es mal so ausdrücken: die Yanks wären sicher glücklich, mich zu sehen, aber nicht aus den Gründen, die Sie sich vorstellen. Können Sie mich hier rauskriegen?«

Sie musterte forschend sein Gesicht, seine Augen. »Werden Sie mit uns nach Texas kommen?«

Texas. Das Ende der Welt, was ihn betraf. Da konnte er genausogut wieder nach Afrika gehen. Wieder fiel Rhys das letzte Mal ein, als er einem anderen Menschen zuliebe etwas getan hatte. Er hatte geschworen, es nie wieder zu tun.

Aber hier ging es nicht um jemand anderen. Hier ging es um ihn. Es war ein Handel, bei dem beide Seiten das bekamen, was sie dringend brauchten: er die Möglichkeit zur Flucht und sie seine vorübergehende Hilfe.

Er fragte sich, ob er sich möglicherweise auf einen Teufelspakt einließ. Aber er hatte nun einmal keinen Ort, an den er sonst hätte hingehen können. Niemand wartete auf ihn in England oder sonstwo. Keiner scherte sich um ihn.

Er nickte. Doch noch während er es tat, warnte ihn sein Instinkt davor, daß es sehr gut sein mochte, daß er hier vom Regen in die Traufe kam.

Die Tatsache, daß ihm keine Wahl blieb, war auch kein großer Trost.

4

Chaos herrschte in den Straßen von Richmond. Panik und Kummer standen an diesem Tag, dem 2. April 1865, auf den Gesichtern fast aller. General Lee zog aus Richmond ab, und jeder in der Stadt wußte, daß dies das Ende der Konföderierten einläutete.

Während Susannah die Straße entlang zum Regierungsgebäude eilte, um ihren Teil ihrer Abmachung mit Major Redding einzulösen, fragte sie sich, warum sie dem Major eigentlich vertraute. Besonders, da er zugegeben hatte, nicht das zu sein, was er zu sein schien. Warum ließ sie sich auf einen Handel mit jemandem ein, über den sie so wenig wußte? Weil sie schon entschieden hatte, daß er ihre einzige Hoffnung war? Weil sie nur selten ihre Meinung änderte, wenn sie einmal einen Entschluß gefaßt hatte? Nein, es lag daran, daß sie keine andere Wahl hatte. Das versicherte sie sich zumindest.

Instinktiv vertraute sie dem Major jedoch, den sie mittlerweile insgeheim ihren Nachtfalken nannte, und auf ihren Instinkt hatte sie sich schon immer verlassen können. Sie traute ihm genug, um sich und ihren Bruder in seine Obhut zu begeben. Der Waliser strahlte eine Sicherheit und ein Selbstbewußtsein aus, die offensichtlich Erfahrung und Kompetenz entsprangen. Sie hoffte bloß, daß es wirklich nur ihre Sorge um Wes war, um das Land, das sie liebte und das Mark ihrer Obhut überlassen hatte, die bei ihrer Entscheidung eine Rolle gespielt hatte.

Ich werde es nicht im Stich lassen, versprach sie ihm. *Das ist das Mindeste, was ich für dich tun kann.*

Und Rhys Redding? Falls das überhaupt sein Name war. Sie würde vorsichtig sein, äußerst vorsichtig. Außerdem würde Wes bei ihnen sein und ihre gesamte Aufmerksamkeit in Anspruch nehmen. Sie kannte ihn. Wenn sie an seinen angeborenen Beschützerinstinkt appellierte, würde er schon bald wieder der große starke Bruder von früher sein. Die hilflose Frau zu spielen würde gar nicht so einfach werden, weil sie nicht länger hilflos und von einem Mann abhängig war, es auch nie wieder sein wollte. Aber Wes zuliebe würde sie sich in das Mädchen verwandeln, das sie einmal gewesen war, damit er sein Selbstvertrauen wiedergewann.

Das schuldete sie ihm einfach.

Trotz all ihrer widerstreitenden Gefühle für den Waliser – Schuld, Hoffnung, ja, Angst – konnte sie das warme Zittern, das durch ihren Körper lief, das völlig unpassende Gefühl von Erregung nicht ganz unterdrücken. Sie versuchte es, sie versuchte es wirklich, aber es gelang ihr nicht. Es ging heimwärts, und er würde mit ihnen gehen.

Irgendwie erschien ihr das richtig, ja, fast schicksalhaft zu sein. Doch sie verscheuchte diese kapriziösen Gedanken aus ihrem Kopf, als ihr der Brief wieder einfiel, den sie vor zwei Tagen aus Texas erhalten hatte.

Offenbar war es nur einer von mehreren, die ihr auf verschiedenem Wege nachgeschickt worden waren. Ihre Rückkehr war dringend erforderlich. Obwohl es auch schon in den letzten Jahren immer wieder Probleme gegeben hatte – zerschnittene Zäune, Pferde und Rinder, die gestohlen wurden –, war dies nichts, womit sie und ihr Vorarbeiter, Stan Green, nicht fertiggeworden wären. Nun mußte sie erfahren, daß Stan getötet worden war, und daß immer mehr Rinder verschwanden. Die Martins, die schon seit zwei Jahren versuchten, sich ihr Land unter den Nagel zu reißen, hatten einen Schuldschein von der Bank, der in fünf Monaten fällig war, aufgekauft. Diesmal würde es keinen Aufschub mehr geben.

Sie biß sich auf die Lippen, eine Technik, die sie sich in den Kriegsjahren angeeignet hatte, um nicht zu weinen. Major Redding oder wer immer er auch sein mochte, erschien ihr wie ein Geschenk des Himmels. Sie fühlte, daß Wes' Gehversuche irgendwie auf ihn zurückzuführen waren. Wes selbst hatte nichts gesagt, aber da war etwas in den Blicken, die die beiden Männer wechselten, das sie zu dieser Vermutung veranlaßte. Ganz sicher mochten sich die beiden nicht sonderlich. Ja, es war Feindschaft und Konkurrenzdenken, das zwischen ihnen herrschte, aber genau das war es auch, was Wes gebraucht hatte, was er immer noch brauchte.

Also hatte sie diesen Handel mit ihm geschlossen. Als er dann seine erstaunliche Bedingung stellte, hatte sie keine Zeit gehabt, lange zu überlegen oder sich über die Bedeutung seiner Worte klarzuwerden. Wenn sie auch nur ein bißchen Vernunft besessen hätte, hätte sie die Finger von dieser Idee gelassen. Aber da war etwas, etwas Eigenartiges, eine Dringlichkeit fortzukommen, trotz der gleichmütigen, ja, emotionslosen Art, in der er seinen Wunsch geäußert hatte. Und jetzt erst wurde ihr klar, daß sie keine Ahnung besaß, wen oder was sie da angeheuert hatte.

Nun, sie war trotz allem fest entschlossen. Energisch kämpfte sie sich durch die verängstigte, geschockte Menschenmenge, die die Straßen von Richmond verstopfte. Immer mehr Neuigkeiten verbreiteten sich in Windeseile von Gruppe zu Gruppe und sorgten für noch mehr Entsetzen und Angst, als sich die Befürchtungen der Menschen bewahrheiteten. Die Konföderierten zogen tatsächlich ab, füllten die Straßen auf ihrem Weg zum einzigen noch offenen Ausgang aus der Stadt. Richmond würde morgen früh um drei Uhr an den Feind übergeben werden.

Wenn die Straßen schon ein einziges Chaos waren, so war es im Regierungsgebäude noch schlimmer. Sie eilte von Büro zu Büro und fragte nach Namen, die sie einmal gehört hatte, nach Offizieren, die ihr schon mal geholfen hatten, nach jedem, der Mark irgendwie kennen konnte. Schließlich stieß sie auf Colonel Evan Carey, einen Offizierskollegen von Mark, der die Liste der Kriegsgefangenen für sie durchforschte und Wes auf einer davon entdeckte.

Beschäftigt wie er war, hörte er sich dennoch geduldig ihre Sorgen an und schrieb danach zwei Entlassungsschreiben für Wes und einen anderen Gefangenen aus.

»Ich weiß nicht, ob's funktioniert, Mrs. Fallon, aber Sie können's ja versuchen«, sagte er. »Warum auch nicht, zum Teufel? Ein Tag mehr oder weniger macht auch keinen Unterschied.« Er erhob sich. »Es ist vorbei«, fügte er in bitterer Niedergeschlagenheit hinzu. »Gott allein weiß, was nun mit dem Süden geschehen wird.« Er reichte ihr die Papiere. »Es tut mir verdammt leid wegen Mark –«

»Ich danke ihnen vielmals«, sagte sie und griff hastig nach den Papieren, bevor er sich's anders überlegen konnte.

Mit den kostbaren Dokumenten fest in der Hand kämpfte sich Susannah durch die Menge auf den Stall zu, in dem sie ihren Wagen und die Pferde untergestellt hatte. Sie hörte zufällig ein Gespräch zwischen zwei Männern, die Fässer und Krüge mit kostbarem Whiskey zerschlugen. Regierungsbefehl. Eine schreckliche Verschwendung, aber Befehl war nun mal Befehl. Selbst jetzt noch. Während der Whiskey die Straßen hinabrann, bückten sich Männer und Frauen, Schwarz und Weiß und versuchten, ihn mit Bechern oder bloßen Händen aufzufangen.

Susannah hörte einen lauten Knall, dann noch einen. Die ganze Umgebung schien mit einemmal aus Explosionen zu bestehen. In der Ferne war Geschützfeuer zu erkennen.

Doch irgendwie schaffte sie es bis zum Stall. Davor stand eine Gruppe von Männern, die den Besitzer förmlich mit wertlosem konföderiertem Geld überschütteten.

»Ich hab' keine Pferde mehr«, sagte er. »Sind alle schon verkauft.« Er erblickte Susannah und schob sie eilends herein. »Sie machen sich besser aus dem Staub, Miss. Die ganze Stadt ist ein einziges Tollhaus.«

Er befahl einem Jungen, die Pferde vor den Wagen zu spannen, und zog sie in eine Ecke, wo er ihr eine Pistole reichte. »Die nehmen Sie besser mit, kleine Miss.« Er sah sie skeptisch an. »Sie wissen doch, wie man damit umgeht, nicht wahr?«

Susannah nickte. Die meisten Frauen in Texas konnten schießen. Es blieb ihnen gar nichts anderes übrig. Es gab viel zuviel Ungeziefer, sowohl menschliches als auch tierisches. Sie war ein ausgezeichneter Schütze.

»Seien Sie bloß vorsichtig, kleine Miss. Die sind schon überall, die Banditen. Plündern, stehlen, was nicht niet- und nagelfest ist.«

Susannah betrachtete die Waffe. »Brauchen Sie die nicht selber?«

»Ich hab' noch 'ne andere, und ich glaub' kaum, daß uns die Yanks unsere Waffen behalten lassen. Machen Sie sich mal keine Sorgen.«

Sie nickte und legte die Pistole dann vorsichtig unter den Kutschbock.

Sie mußte noch zweimal haltmachen, bevor sie die Männer holen konnte. Sie brauchte Kleidung für Wes und den geheimnisvollen Major. In ihren schmutzstarrenden, blutverschmierten Yankeeuniformen würden sie nicht weit kommen. Und sie mußte ihre Sachen aus der Pension holen.

Angst stieg in ihr auf, während sie den Wagen durch die überfüllten Straßen lenkte. Sie setzte all ihre Hoffnungen auf einen einzigen Mann, einen Mann, von dem sie nichts wußte.

Warum mußte Major Redding die Stadt unbedingt verlassen? Warum sagte er, daß er nicht der wäre, der er zu sein schien? Wer und was war er? Ein leiser Schauder lief ihr an diesem warmen Frühlingstag über den Rücken. Da war etwas fast Furchterregendes an diesen schwarzen wachsamen Augen. Vor allem anderen jedoch strahlte er Selbstbewußtsein und große Kraft aus. Und genau das war es, was sie so dringend brauchte.

Dennoch, er ließ sie erschaudern, gefährlich erschaudern. Gestern hatte er sie mehr denn je an einen Falken erinnert, mit seinem durchdringenden, kalkulierenden Blick, der sich auch nicht veränderte, wenn sein Mund lächelte.

Beging sie möglicherweise einen schweren Fehler, wenn sie ihm vertraute? Hatte sie denn überhaupt eine Wahl?

Sie mußte einfach nach Hause kommen und konnte Wes nicht zurücklassen. Und sie wußte, daß sie es allein nicht schaffen konnte, nicht mit Wes.

Der Gefängnisbeamte warf nur einen kurzen Blick auf die Papiere, die sie ihm hinhielt. Die Hälfte der Wärter hatte sich bereits aus dem Staub gemacht, sich den abziehenden Konföderiertentruppen angeschlossen; nur noch eine Handvoll Freiwilliger war hiergeblieben.

»Wenn Sie sie hier rauskriegen, gehören sie ihnen«, sagte der aufsichtsführende Leutnant.

Sie zögerte, den Wagen und die Pferde allein zu lassen. In diesen Tagen war keinem mehr zu trauen. Der Leutnant sah den besorgten Blick, den sie auf den heruntergekommenen Wagen und die altersschwachen Klepper warf. »Ich werd' für Sie aufpassen, Mrs. Fallon.«

Sie nickte dankbar und nahm das Kleiderpaket, das sie erworben hatte. Dann folgte sie einem Gefreiten zum Krankenbereich des Gefängnisses. Sie preßte verzweifelt die Hände zusammen und betete, daß Wes und der Major in der Lage sein würden zu reisen. Es war einen Monat her, seit man Wes das Bein abgenommen hatte, und nur wenige Wochen, seit der Major verwundet worden war.

Der Major. Der vielleicht gar keiner war.

Die beiden Männer waren wach, als man sie eilig in den schmutzigen Raum führte.

Die Augen des Majors waren wachsam und vorsichtig, die ihres Bruders stumpf. Sie sehnte sich schmerzlich danach, sie wieder so blau und fröhlich leuchten zu sehen wie vor den vier Jahren Krieg.

Sie ging zunächst zu Wes. »Glaubst du, daß du reisen kannst?«

»Warum?«

Susannah schwieg einen Moment lang. Sie hatte ihm noch nichts gesagt; sie wollte ihn nicht beunruhigen, nicht, solange er noch Kriegsgefangener war. Aber jetzt mußte sie's tun.

»Die Ranch«, sagte sie. »Ich hab' einen Brief bekommen, der zwei Monate zurückdatiert ist. Stan wurde getötet, und immer mehr Pferde und Rinder verschwinden von beiden Ranches. Jaime hat als Vorarbeiter übernommen, aber er hat Angst. Alle haben Angst, der ganze Bezirk.«

»Die Martins?«

Sie nickte. »Das nimmt man an.«

Wes fluchte, dann sagte er bitter: »Was können wir schon tun? Eine Frau und ein Krüppel.«

»Du solltest einigen Einfluß haben«, sagte Susannah.

»Mit meiner blauen Uniform? In Texas? Du hast sie nicht alle, Schwesterchen.«

»Wer, glaubst du, wird nun in Texas das Sagen haben?« fragte sie ungehalten, »doch die Unionisten.«

»Zum Teufel noch mal. Unsere – deine – Nachbarn verachten mich. Man hätte mich fast geteert und gefedert an dem Tag, als ich ging. Die werden mich nie mehr akzeptieren. Du bist ohne mich besser dran.«

Susannah erzählte ihm nicht, daß sie genausowenig akzeptiert wurde, trotz Marks gutgemeinter Versuche, und auch nicht, wie isoliert die Ranch geworden war. Oder, was das betraf, wie sehr sich der ganze Landstrich verändert hatte, wie viele der Männer im Krieg umgekommen waren. »Ich brauche dich, Wes«, sagte sie. Das war keine Lüge; sie würde ihren Bruder immer brauchen. »Außerdem hat Dad die Ranch dir hinterlassen. Du kannst sie nicht einfach im Stich lassen.«

Eine angespannte Stille folgte. »Wie zum Teufel sollen wir da hinkommen? Ich weiß nicht mal, ob ich reiten kann.«

»Major Redding hat versprochen, uns zu helfen.«

Wes drehte den Kopf und starrte Rhys an, der sich aufsetzte. Es war klar, daß der Waliser jedes Wort gehört hatte. »Warum?« fragte Wes mißtrauisch.

Rhys zuckte mit den Schultern und fing den warnenden Blick von Susannah auf. »Ihre Schwester hat mir 'nen Job angeboten. Der Krieg ist ja wohl vorbei. Ich hab' nicht viel Lust, in einem Krankenhaus rumzuhocken, und ihre Schwester braucht Hilfe.«

»Sie sehen ganz bestimmt nicht wie 'n Rancharbeiter aus«, sagte Wes.

Wieder zuckte Rhys mit den Schultern. »Muß ich das? Außerdem glaub' ich nicht, daß ich gesagt habe, ich hätte vor, mich als Rancharbeiter zu verdingen. Ich will euch unterwegs helfen, mehr nicht. Wollte schon immer euren amerikanischen Westen kennenlernen. Scheint 'ne gute Gelegenheit zu sein.«

»Ich möchte bloß wissen –«, fuhr Wes stur fort, doch Susannah unterbrach ihn. »Wir haben keine Zeit, Wes. Richmond ist ein einziges Chaos. Wenn wir nicht gleich gehen, kommen wir vielleicht überhaupt nicht mehr raus.«

»Warum müssen wir jetzt gleich gehen?«

»Vielleicht sind dir unsere Ranches ja egal, deine und meine, aber mir nicht«, sagte Susannah. »Ich will, daß mir ... noch was von Mark bleibt. Das schulde ich ihm. Und du auch.«

»Aber warum jetzt gleich? Warum warten wir nicht, bis unsere Truppen eingetroffen sind?«

Susannah zögerte. Sie fühlte den Blick des Majors. »Möglicherweise ... wollen sie dich behalten. Oder auch Major Redding. Medizinische Gründe oder so.«

»Das ist Desertion«, protestierte er.

»Es ist Flucht, Flucht aus der Gefangenschaft«, versicherte sie ihm. Langsam stieg Verzweiflung in ihr auf. »Es ist Heimkehr, weil der Krieg vorbei ist.« Sie saß erschöpft auf seiner Pritsche und versuchte, ihn zu überzeugen. »Wes ... es ist vorbei, endgültig vorbei. Alle werden sie heimgehen, und keiner von euch wird mehr kämpfen. Du hast mehr als genug getan. Bitte hilf mir.« Sie blickte ihn aus großen, hilflosen Augen an, während sie das sagte. Es war, so versicherte sie sich, für einen guten Zweck.

»Ich bin nicht in der Lage, irgend jemand zu helfen«, beharrte er bitter und kam damit auf seinen ursprünglichen Einwand zurück.

»Nicht, wenn du dich weiter so bejammerst«, fauchte Susannah. »Ich hab' mich doch sonst immer auf dich verlassen können.«

Plötzlich fühlte sie Major Reddings Blick. Sie drehte sich zu ihm um. Seine Augen waren forschend auf sie gerichtet, während er stumm mit sich Rat hielt. Susannah kam auf einmal der Gedanke, daß dies ein Mann war, der ein Leben voller Geheimnisse lebte, Geheimnisse, die er so schnell nicht preisgab.

Er lächelte ihr etwas schief zu, ein herausforderndes, spöttisches Lächeln, als frage er sich, ob sie wirklich fähig war, das durchzuziehen, worüber sie kurz gesprochen hatten. Sehr viel mehr sagten seine Augen nicht. Er tat einfach, was er so gut zu können schien: abwarten, geduldig, wie der Falke, der auf die nächste Bewegung seiner Beute lauert. Keiner konnte wissen, ob Wes' Entscheidung irgendeine Bedeutung für ihn besaß. Außer ihr. Sie fühlte es.

»Wir müssen gehen«, sagte sie und drehte sich wieder zu Wes um. »Aber zuerst zieht ihr besser diese Uniformen aus. Richmond ist ein einziges Tollhaus.« Sie reichte beiden je einen Satz Kleidung und gab ihrem Bruder damit keine Gelegenheit zu weiteren Einwänden. Sie hatte für ihn entschieden. Bitte, flehte sie insgeheim.

Rhys sah Wes an, sah, wie er dem stummen, verzweifelten Flehen seiner Schwester nachgab, dann wieder auf Susannah, deren besorgtes Stirnrunzeln einem erleichterten Lächeln wich. »Ich warte draußen«, sagte sie. Ohne eine Antwort abzuwarten verließ sie den Raum.

»Ist sie immer so herrisch?« erkundigte sich Rhys in munterem Ton, und Wes funkelte ihn böse an, während er sich das Hemd auszog.

Rhys fragte sich, ob der Wagen überhaupt mehr als ein paar Meilen durchhalten würde, ganz zu schweigen von den Pferden. Die Räder eierten erbärmlich, und das Holz knackte und ächzte bei jeder Bewegung. Den Pferden stachen die Rippen unter ihrem glanzlosen, stumpfen Fell hervor.

Rhys hatte sich auf den Platz neben Susannah gesetzt und ihr die Zügel aus der Hand genommen. Wes hatte sich auf einer dünnen Matratze zurückgelehnt. Er hatte es kaum durch die Gänge des Gefängnisses bis zum Wagen geschafft und war wortlos auf dem für ihn vorbereiteten Lager zusammengesunken.

»Ich fahre«, sagte Rhys. Es klang mehr wie ein Befehl als wie eine

Bitte, und er sah, daß sie auffuhr, wie eine Katze, die einen beleidigten Buckel macht.

»Ich kann das wirklich selbst, Major.« Susannahs Antwort war unerwartet eisig. Jetzt, wo sie so dicht neben ihm saß, fühlte sie Dinge, die sie eigentlich nicht fühlen sollte. Hitzewellen zum Beispiel, die ihr jedesmal über den Rücken liefen, wenn sie sich zufällig berührten oder wenn ihre Blicke sich trafen. Bis jetzt hatte sie das alles immer unter Kontrolle gehabt. Oder etwa nicht? »Oder sollte ich nicht Major sagen?«

Rhys zuckte unbestimmt mit den Schultern. Jetzt war nicht die Zeit, seine komplizierte, verwickelte Geschichte zum besten zu geben. »Major ist vorläufig okay, Mrs. Fallon, und ich bezweifle nicht eine Sekunde, daß Sie ein Gespann lenken oder all das tun können, was Sie sich in ihren hübschen kleinen Kopf gesetzt haben, aber ich für meinen Teil hab's verdammt satt, immer nur rumzusitzen.«

»Aber ihre Wunde –?«

»Tut in jedem Fall höllisch weh«, sagte er kurz angebunden. Er ließ keinen Zweifel daran, daß er nicht weiter darüber zu sprechen wünschte. Natürlich war ihm klar, daß das Lenken des Wagens an seiner Wunde zerren würde, aber er wußte ebenfalls, daß dieses jämmerliche Gespann in all dem Durcheinander schwer zu kontrollieren sein würde.

Der aufsichtsführende Leutnant beäugte mißtrauisch ihre Zivilkleidung, doch Susannah, die ihm ihr strahlendstes Lächeln schenkte, das, wie Rhys vermutete, ein Dutzend Herzen auf einmal brechen konnte, beruhigte ihn mit wenigen Worten. »Wir gehen nach Hause, Leutnant. Ich wünsche ihnen viel Glück.«

»Ihnen auch, Ma'am. Und seien Sie vorsichtig.« Rhys konnte nicht umhin zu bemerken, daß er ihre beiden Begleiter nicht in seine Warnung mit einschloß.

Rhys blickte zurück, als der Wagen aus dem Gefängnishof auf die Straße hinausholperte. Gesichter tauchten hinter den Gitterstäben auf, aber die Wachen in Grau kümmerten sich nicht darum. Hinter dem Gefängnisgebaude erstrahlte der Himmel orangerot vom Geschützfeuer. Wieder hörte er das Dröhnen und Donnern von Kanonen, lauter diesmal, weil sich keine Wände mehr zwischen ihm und dem Geräusch befanden. Anderer Lärm war zu hören, als er den

Wagen in die überfüllten Straßen hinauslenkte. Schüsse. Schreie. Das Wiehern erschreckter Pferde. Das Trampeln Hunderter, ja, Tausender Füße, die Füße der Konföderiertenarmee, die sich aus der Stadt zurückzog.

Als sie die Hauptstraße erreichten, sah er sie, Tausende von Soldaten, und fragte sich, wie sie bloß so lange überlebt hatten. Viele besaßen keine Schuhe mehr, und ihre zerrissenen grauen Uniformen starrten vor Dreck und Schweiß. Dazwischen befanden sich Wagen, so wie Rhys und seine Begleiter einen fuhren, und jeder war bis zum Bersten mit allen möglichen Habseligkeiten gefüllt. Da waren auch Männer und Frauen mit Schubkarren, die offensichtlich retten wollten, was noch zu retten war. Sie alle befanden sich auf der einzigen Route, die aus der untergehenden Stadt führte. Wieder ertönte Geschützdonner in der Ferne, und die Pferde legten ängstlich die Ohren an. Der orangenrote Himmel verwandelte sich in leuchtendes Rot, während sich Staub über den hereinbrechenden Abend senkte.

Rhys lenkte die Pferde um einen Wagen herum, dem ein Rad gebrochen war, und die Bewegung fachte die Schmerzen in seiner Wunde erneut mit wütender Intensität an. Er fühlte Nässe an dieser Stelle, achtete jedoch nicht weiter darauf, versuchte statt dessen, die Pferde in Bewegung zu halten, da er befürchtete, daß sie vielleicht nicht wieder losgehen würden, wenn er anhielt, oder daß einige der Männer mit den stumpfen Blicken sich die Zügel schnappen und den Wagen mitsamt den Tieren konfiszieren würden.

Ein Kavallerietrupp galoppierte über die Straße, und die Zivilisten stoben erschreckt auseinander, während die Fußsoldaten müde beiseite traten.

Während sich die Nacht langsam herniedersenkte, wurde die Straße zunehmend belebter, und der Wagen kam nur noch im Schrittempo voran. Kurz außerhalb der Stadt mußten sie erneut zur Seite fahren, um einen weiteren Kavallerietrupp samt Artillerie vorbeizulassen.

Susannah wurde auf dem Wagen, der keine Federung besaß, gehörig durchgeschüttelt. Das dauernde Anhalten und wieder Losfahren und die zahlreichen Schlaglöcher taten ein übriges. Sie begann, hin- und herzurutschen und ihre schmerzenden Glieder zu strecken, als sie plötzlich vier Männer erblickte. Keiner von ihnen war in Uniform, und sie sahen reichlich zwielichtig aus. Sie blickte auf die Straße vor ihnen, aber der Kavallerietrupp war schon zu weit weg und niemand sonst mehr zu sehen. Und hinter ihnen erstreckte sich nur die lange, leere Straße... bis auf ein paar Verwundete, die kaum noch laufen konnten. Von dort war also auch keine Hilfe zu erwarten.

Einer der beiden, die zu Fuß waren, hielt ein Gewehr in der Hand. Die beiden anderen saßen auf einem Maulesel und hatten Pistolen in den Gürteln. Ihre Blicke waren begehrlich auf den Wagen und die Pferde gerichtet. Sie warf einen heimlichen Blick auf Major Redding und ihren Bruder.

Ihr Bruder hatte die Augen geschlossen und sah noch blasser aus als sonst. Redding hockte zusammengesunken auf seinem Sitz, die Lippen fest zusammengepreßt, und sie wußte, daß auch er große Schmerzen haben mußte und wahrscheinlich ebenfalls total erschöpft war.

Sie beugte sich vor und holte heimlich die Pistole unter der Sitzbank hervor. Erst jetzt wurde ihr klar, wie krank der Major sein mußte, wenn er gar nichts bemerkte. Gewöhnlich entging ihm nämlich nichts.

Susannah versteckte die Waffe in den Falten ihres Rocks, wo sie sie fest umklammert hielt. Sie war nicht sicher, ob sie überhaupt wollte, daß Redding wußte, daß sie eine Waffe besaß ... wenn es nicht unbedingt nötig war. Die Vorsicht gemahnte sie erneut daran, wie wenig sie doch eigentlich über den Mann wußte, obwohl wieder ein anderer Teil von ihr bereits entschieden hatte, ihm zu vertrauen. Die Pistole war ihre letzte Zuflucht sozusagen, der einzige Schutz, den sie und Wes besaßen.

Sie blickte zu Redding hinüber und stellte fest, daß auch er die herankommenden Männer bemerkt hatte. Er saß auf einmal kerzengerade, und Susannah hatte das seltsame Gefühl, neben einem sprungbereiten Panther zu sitzen.

Der Mann mit dem Gewehr trat bis auf etwa anderthalb Meter an den Wagen heran. Seine Augen musterten zuerst ihn und dann Susannah. Ein habgieriger Glanz lag darin. »Sie ham nich zufällig 'n bißchen Futter für 'n paar ausgehungerte Soldaten, oder?«

Susannah umklammerte fest den Griff der Pistole und zog

fragend eine Braue hoch, wie Redding es gelegentlich tat. »Soldaten?«

Obwohl sie die Spannung, die von Reddings Körper Besitz ergriffen hatte, förmlich fühlen konnte, hatte sich sein Gesichtsausdruck in den letzten Sekunden vollkommen verändert. Er wirkte beinahe wie ein Mann, der zwei und zwei nicht zusammenzählen konnte. Die vier Männer wußten natürlich nicht, daß er alles andere als ein Schwachkopf war.

Er plante etwas. Sie konnte fast fühlen, wie sich seine Muskeln unter dem schäbigen Hemd, das ihm viel zu klein war, anspannten. Sie konnte fühlen, daß Gefahr von diesem Mann ausging.

Der erste Mann richtete sein Gewehr nun auf sie. »Wenn Sie schon kein Futter nich ham, dann nehmen wir auch gern die Karre hier«, sagte er.

In diesem Moment wußte sie, daß Rhys Redding vorhatte, die Männer anzuspringen, trotz der Tatsache, daß er gegen vier auf einmal keine Chance hatte, nicht in seinem Zustand. Die linke Hand beruhigend auf seinen Arm gelegt, hob sie langsam die rechte und richtete die Pistole gelassen auf den Mann vor ihr.

»Das glaube ich kaum«, sagte sie sanft, ohne auf den überraschten Blick zu achten, den ihr der Major zuwarf.

Der Mann mit dem Gewehr zögerte sekundenlang und schnaubte dann verächtlich: »Damit schießen Sie ja sowieso nich.« Seine Hand umklammerte den Abzug des Gewehrs fester.

Susannah zielte auf seinen Oberschenkel und feuerte. Der Mann umklammerte sein Bein und sackte mit wüsten Verwünschungen zu Boden. Der Schuß hatte offenbar den Kavallerietrupp vor ihnen alarmiert, denn ein Mann in Offiziersuniform wendete sein Pferd und kam auf sie zugeritten.

Die beiden, die auf dem Maulesel saßen, setzten das Tier eilig in Trab, während der andere, der ebenfalls zu Fuß war, sich spornstreichs in Richtung auf ein Wäldchen aus dem Staub machte. Der verwundete Dieb stöhnte erbärmlich, als sich der Konföderiertenoffizier näherte.

Mit müden Augen nahm er die Situation in sich auf. Sein Blick blieb schließlich an Susannah haften, die noch die rauchende Pistole umklammerte. »Ma'am?«

»Er – die wollten unseren Wagen stehlen.«

Rhys drehte sich zu ihr. Sie saß anscheinend vollkommen gelassen da, die Pistole an ihrer Seite. Sie war blaß, aber ihre Hände waren vollkommen ruhig. Er ließ sich seine Überraschung nicht anmerken. Er wußte, daß sie enorme Willenskraft besaß, doch das hier überraschte ihn dennoch. Er hatte noch nie eine Frau derart entschlossen mit einer Waffe umgehen sehen, nicht einmal in Afrika, wo die Gefahren vor jeder Türschwelle lauerten.

Sein Engel mit der sanften Hand! Befriedigung, ja, Begeisterung durchzuckte ihn. Erneut hatte er einen Blick auf diese Seite seines Engels werfen dürfen. Dieser fast stählerne Zug, den sie besaß, faszinierte ihn, es machte sie so ganz anders als die Frauen, denen er bisher begegnet war. Wieder fühlte er die inzwischen schon vertraute Reaktion seines Körpers auf sie, das Pochen seiner Männlichkeit, das langsam ebenso schmerzhaft wurde wie seine Wunde.

Der Offizier blickte zuerst Rhys, dann Wes an, der sich mühsam aufrichtete. »Diese Männer –«

»Sind verwundet«, sagte Susannah, und Rhys bemerkte, daß sie akzentuierter sprach als sonst. Absichtlich? »Mein Bruder… und mein Cousin.«

»Wohin fahren Sie, Ma'am?«

»Nach Texas.«

»Großer Gott«, sagte er. »Wissen Sie nicht, daß drei bis vier Unionsarmeen zwischen hier und Texas liegen?«

Sie nickte. »Aber ich bin schon einmal durchgekommen, vor ein paar Monaten.« Sie zögerte. »Mein Mann diente unter General Lee.«

»Diente?«

»Er ist gefallen«, sagte sie leise, und Rhys bemerkte den teilnahmsvollen Blick, den der Offizier Susannah zuwarf.

»Wie war sein Name, Ma'am?«

»Mark Fallon, Colonel Fallon.«

»Ich hab' von ihm gehört«, meinte der Offizier. »Hat einen Yankeegeneral geschnappt, stimmt's?«

Susannah nickte. »Ich hörte, daß er vermißt wurde, also bin ich hierhergekommen, um Näheres herauszufinden. Von seinem Tod habe ich erst vor ein paar Wochen erfahren. Und zu Hause haben wir jede Menge Probleme.«

»Probleme gibt's zur Zeit überall, Ma'am. Ich finde, Sie sollten nicht so reisen, nicht mit zwei Verwundeten.« Er musterte den Wagen. »Wir haben Order, jegliche Fahrzeuge oder Tiere, die wir benötigen, zu konfiszieren.«

Rhys wollte sich schon einmischen, doch wie sich herausstellte, brauchte Susannah seine Hilfe keineswegs. Interessiert beobachtete er, wie sich ihre Augen mit Tränen füllten. Er kannte sie inzwischen gut genug, um an deren Echtheit zu zweifeln. Susannah Fallon, das mußte er nun feststellen, schreckte auch nicht vor einer gelegentlichen Lüge zurück. Auch das gefiel ihm an ihr. Sehr sogar.

Sie war wahrscheinlich die facettenreichste, energischste Frau, die ihm je untergekommen war. Die vor ihnen liegende Reise versprach auf einmal sehr viel interessanter und abwechslungsreicher zu werden.

»Bitte, Ma'am, jetzt bloß keine Tränen«, sagte der Offizier beschwichtigend. »Ich werde Ihnen einen Passierschein ausstellen. Das sollte helfen. Ich finde aber trotzdem –«

»Sie sind schrecklich nett«, sagte Susannah. »Aber ich denke, ich – und der Major hier – haben die Sache im Griff.«

Der Offizier blickte auf den Mann, der sich am Boden wand, und auf die Pistole, die sie immer noch in der Hand hielt. »Nun, das scheint wohl so. Wegelagerer, nehme ich an. Richmond wimmelt nur so davon. Verdammte Geier sind das, nichts weiter.«

Er zögerte, griff dann in seine Satteltaschen und holte ein Stück Papier heraus, das er Rhys reichte. »Ich werde Ihnen für die nächsten paar Stunden zwei meiner Männer zuteilen. Sie können später wieder zu uns stoßen.«

Er salutierte vor Susannah und galoppierte davon. Als er seine wartende Truppe erreichte, sprach er kurz mit jemandem, und dann ritten zwei Kavalleristen auf sie zu. »Ma'am«, sagte der eine, »wir werden Sie ein Stück begleiten.«

Susannah blickte auf den stöhnenden Mann am Boden. »Und was wird aus ihm?«

»Seine Freunde können sich ja um ihn kümmern. Wir können unsere Zeit nicht mit Wegelagerern und Deserteuren verschwenden.« Er wandte sich an Rhys. »Sir, ich glaube wir können nun weiterfahren.«

Rhys blickte Susannah mit anerkennend hochgezogener Braue an. »Cousinchen«, sagte er amüsiert, »soll's weitergehen?« Nicht nur, daß sie mit einer Pistole umgehen konnte, sie war ebenso geschickt, wenn es darum ging, die Wahrheit ein wenig zu dehnen.

Sie nickte, und er schlug mit den Zügeln, und der Wagen ruckte vorwärts, wobei ihnen die beiden Soldaten in kurzer Entfernung folgten. Rhys musterte sie mit einem langen, bewundernden Blick. Er hatte eine sanfte und eine willensstarke Seite an ihr gesehen und nun vielleicht sogar eine rücksichtslose.

Sie legte die Pistole wieder unter den Sitz und lächelte ihn zögernd an, so als ob sie nicht sicher war, wie er reagieren würde. »Ich werde Ihnen nicht zur Last fallen«, sagte sie. »Ich kann helfen, uns zu verteidigen.«

»Sie hätten mir die Pistole geben können.«

»Ich wußte nicht, wie gut Sie damit umgehen können.«

Er lachte leise. »Ist das wirklich der Grund, Mrs. Fallon? Oder wollten Sie nicht, daß ich etwas davon weiß?« Er klang keineswegs beleidigt, nur noch amüsierter.

Susannah wußte, daß ihre Erklärung reichlich schwach klang. Immerhin war er in der Armee; natürlich wußte er, wie man mit einer Pistole umging. Wahrscheinlich sogar sehr gut, wie sie vermutete. Sie überlegte, ob sie lügen sollte, ob sie sich eine andere Ausrede einfallen lassen sollte, doch sie hatte das Gefühl, daß er auch das durchschauen würde. Sie wußte, er würde ihr nicht abkaufen, daß sie einfach vergessen hatte, ihm davon zu erzählen. Also blickte sie ihn mit Schafsaugen an und meinte nur halb erklärend: »Ich bin in Texas aufgewachsen. Da gibt's jede Menge Ungeziefer«.

»Ich hab' selbst ein wenig Erfahrung mit Ungeziefer«, sagte er.

»Davon müssen Sie mir erzählen. Sie müssen mir überhaupt jede Menge erzählen.« Das war eine Herausforderung und eine erneute Mahnung an Rhys, eine gewisse Mrs. Susannah Fallon nicht zu unterschätzen.

Er nickte.

»Wer sind Sie, Major…?«

»Redding. Ich heiße wirklich Redding«, sagte er leichthin.

»Und was noch?«

»Ist reichlich spät, jetzt danach zu fragen, Mrs. Fallon.«

»Und Sie wollen's mir auch nicht sagen, stimmt's?«

Er sah sie an, und seine Augen waren so schwarz und unergründlich, daß sich Susannah fragte, ob überhaupt jemand die Wahrheit über ihn wußte. Manchmal glitzerten sie, seine Augen, glitzerten wie die Augen eines Falken, der ein Beutetier erspäht, aber nie, niemals, enthüllten sie mehr als das. Ein Schauder lief ihr über den Rücken, und sie wußte, daß dieser Schauder mehr Erregung als Furcht entsprang. Das allein war Grund genug, jeder vernünftigen Person Angst einzujagen.

»Nicht mehr, als daß ich mein Wort gewöhnlich halte. Und die Abmachungen, die ich treffe.«

»Gewöhnlich?«

»Ich glaube nicht an Absolutismen, Mrs. Fallon. Außer, was den Tod betrifft, vielleicht. Absolutismen haben mir noch nie was gesagt.«

»Und was soll das in bezug auf uns heißen?«

Er verzog leicht verächtlich den Mund, was alles bedeuten konnte. Es machte einen rasend. »Daß Sie ziemlich beruhigt sein können«, erwiderte er. »Aber vergessen Sie nicht, ich habe nichts versprochen.«

»Ziemlich beruhigt sagen Sie?« Susannah konnte den Sarkasmus nicht ganz verbergen.«

Seine Lippen verzogen sich zu einem Lächeln, das sagen wollte, »sei beruhigt, Häschen, wenn du kannst«. Susannah fühlte wieder ein Schaudern über ihren Rücken laufen, wie Eis diesmal, das langsam über die Wirbelsäule zum Nacken hinaufkriecht ... und Wärme, intensive Wärme, die sich zwischen ihren Beinen ausbreitete, wie Feuer. Feuer und Eis. Irgendwie war beides Teil von ihm, wie die zwei Seiten einer Münze.

Sie erwiderte seinen Blick und hoffte inständig, daß ihre Gefühle genausowenig sichtbar waren wie die seinen. »Ich sehe besser mal nach Wes«, sagte sie.

Wieder zog er die Braue hoch, und seine Augen glitzerten, und da wußte sie, daß sie jämmerlich versagt hatte. Was hatte sie sich bloß dabei gedacht, ihn zu bitten mitzukommen? Großer Gott, nie zuvor hatte sie solche Gefühle für einen Mann empfunden, nicht solch lächerliche Himmelhoch-jauchzend-zu-Tode-betrübt-Gefühle, nicht dieses kindische Verknalltsein. Nein, nicht kindisch. An ihren Gefühlen und an ihrer wachsenden Sehnsucht nach diesem Mann war nichts Kindisches. Das war ja gerade das Problem!

Sie schluckte. Sie zitterte und bebte am ganzen Körper, sehnte sich nach etwas und wußte doch nicht genau, wonach und warum. Mit einer bewußten Willensanstrengung zwang sie sich, sich abzuwenden, doch ihr Körper zögerte, bevor er gehorchte, als ob seine stumme Eindringlichkeit, die Kraft, die von ihm ausging, stärker wäre als sie; und er setzte sie ganz bewußt ein, diese Kraft, setzte sie gegen sie ein. Auf einmal war ihr die Kehle wie zugeschnürt, sie konnte nicht mehr schlucken, und ihr Magen krampfte sich verzweifelt zusammen. Es würde Wochen, ja, Monate dauern, bis sie wieder in Texas waren. Was in Dreiteufelsnamen hatte sie sich bloß dabei gedacht, ihn zu bitten mitzukommen?

Irgendwie schaffte sie es, den Blick schließlich von ihm loszureißen und in den Fond des Pferdewagens zu klettern. Die Pistole nahm sie mit.

Die Stunden krochen ebenso langsam dahin wie ihr Wagen, während sie sich durch die verstopfte Landstraße kämpften. Oft waren sie gezwungen, den im Rückzug befindlichen Truppen auszuweichen. Die Nacht brach herein. Die Straße war jedoch im dumpfen Schein der brennenden Stadt noch schwach sichtbar. Rhys konnte immer noch Geschützdonner aus dieser Richtung hören. Außerdem war das Poltern von Kanonen zu hören, die über die Straße gezogen wurden, das Rattern von Ambulanzwagen und das schreckliche Stöhnen der Verwundeten. Eine Szene, die gut und gerne Dantes *Inferno* entsprungen sein könnte, einem Roman, den Rhys sehr bewunderte. Er sprach die düstere Seite in ihm an.

Niemand schien sich darum zu kümmern, wer sie waren, besonders jetzt nicht, wo sie von zwei Soldaten begleitet wurden. Keiner hielt sie auf, um Fragen zu stellen. Das war es nämlich, was er fürchtete, aber die Soldaten warfen ihnen nicht mal einen Blick zu.

Langsam wurden der Feuerschein und der Lärm der Stadt jedoch schwächer, obwohl das Poltern der Artillerie und das Stampfen Hunderter müder Füße der Nacht keinen Frieden gönnten.

Susannah kletterte wieder zu ihm auf den Kutschbock. Nach

einem Blick in sein Gesicht nahm sie ihm wortlos die Zügel ab, und er versuchte gar nicht erst zu protestieren. Er hatte nicht mehr genug Kraft dazu.

Er fühlte sich schwach, schwächer, als er geglaubt hatte. Er war froh, daß Susannah seine Wunde nicht sehen konnte. Er fühlte, wie warmes, dickes Blut durch den Verband sickerte, und wußte, daß es ihm mehr und mehr von seiner ohnehin äußerst begrenzten Kraft nahm. Mit bloßer Willensanstrengung hatte er die Schmerzen in den letzten paar Stunden ignoriert, hatte sie einfach aus seinem Gehirn verbannt, wie er es schon vor Jahren gelernt hatte. Doch nun mußte er sich fragen, ob er nicht vielleicht zu lange gezögert hatte. Er kämpfte darum, das Bewußtsein nicht zu verlieren, aber es wurde schwerer und schwerer. Er fühlte, wie er abglitt, wie sein Körper fiel, fiel…

5

Susannah fing Rhys gerade noch auf, bevor er vom Wagen fallen konnte. Ihre Hände zitterten. Mit Wes' Hilfe zog sie den Major in den hinteren Teil des Wagens, dann wickelte sie den Verband von seiner Wunde. Sie machte sich Vorwürfe, daß sie ihn und ihren Bruder so früh aus dem Libby geholt hatte, aber das stumme Drängen des Majors selbst hatte sie veranlaßt, es zu tun. Tatsächlich war es die Bedingung, daß er ihr überhaupt mit Wes half. Warum er das Gefängnis so dringend hatte verlassen wollen, war ihr ein Rätsel, vor dessen Aufklärung sie immer noch zurückscheute.

Es schien ihm so gutgegangen zu sein. Sie hätte jedoch wissen müssen, daß er nach außen hin so tun würde; seine Züge, das leicht spöttische Lächeln enthüllten nie, was er wirklich dachte oder fühlte. Nun hatte sie den Beweis dafür, daß weder sie noch sonst jemand auch nur den leisesten Hinweis von ihm erhalten würde, wenn er Schmerzen hatte oder gar kurz vorm Sterben war.

Anscheinend blutete er schon seit geraumer Zeit. Auch das hätte sie voraussehen müssen, aber er wirkte so entspannt, als er sie vorhin neckte.

Du hättest es wissen müssen. Dieser Gedanke ließ sie nicht mehr los. Sie hätte an den Nachtfalken denken müssen; es war jetzt schon ein paar Jahre her. Auch er hatte ihre Hilfe stolz und trotzig zurückgewiesen, bis er schließlich verendet war.

Rhys Redding. Selbst sein Name war eindrucksvoll, ja, gefährlich und paßte zu dem düsteren, mysteriösen Mann, der sie so an den Falken erinnerte. *Ihr* Nachtfalke. Es war eigenartig, aber so nannte sie ihn inzwischen insgeheim. Ihrer. Sie konnte nicht anders, obwohl sie wußte, daß es töricht, ja, gefährlich war. Schon fast von Anfang an war es so gewesen, im Gefängniskrankenhaus, als er zum ersten Mal die Augen öffnete und sie, sterbenskrank, wie er war, dennoch mit amüsiertem Erstaunen angeblickt hatte. Sosehr sein Gesichtsausdruck und seine durchdringenden Augen sie auch aufwühlten, sie würde ihre Seele für jenes spöttische Lächeln, die hochgezogenen Brauen und den so zynischen Blick, mit dem er die Welt betrachtete, verkaufen.

Aber vielleicht besaß sie ja gar keine Seele mehr, die sich verkaufen ließ. Zumindest war sie in letzter Zeit mehr als leichtsinnig damit umgegangen. Auch ihr Umgang mit der Wahrheit war seit ein paar Wochen gelinde gesagt ziemlich freizügig, und ganz besonders in den letzten paar Stunden. Sie hätte nie gedacht, daß es so leicht wäre – und so lohnend. Sie hatte sich nie für einen Menschen gehalten, der andere manipuliert, aber auch dies hatte sie in der letzten Zeit reichlich getan. Konföderierte, Wes und auch den Major, obwohl sie sich in seiner Gegenwart manchmal fragte, wer hier eigentlich wen manipulierte.

Wie weit würde sie tatsächlich gehen? Verdammt weit, das wußte sie, wenn es darum ging, nach Hause zu kommen und Wes dahin zurückzubringen, wo er hingehörte.

Ihr Ehrgefühl war ganz offensichtlich zum Teufel gegangen. Der Krieg hatte sie für immer verändert. Ihre Illusionen und Kindheitsträume hatten der harten Realität weichen müssen, und sie fragte sich inzwischen, ob es tatsächlich die Sanftmütigen waren, denen das Himmelreich gehörte. Die Sanftmütigen waren in den letzten vier Jahren untergegangen. Aber nicht sie, niemals. Koste es, was es wolle.

Ihre Mutter wäre über Susannahs Veränderung entsetzt gewesen.

Aber ihre Mutter war tot, wie so viele andere. Nichts zählte jetzt mehr, außer ihren Lieben und dem Land, an dem sie mit ganzem Herzen hing. Sie würde alles tun, wirklich alles, um es vor Schaden zu bewahren.

Diese Gedanken schossen ihr durch den Kopf, während sie vorsichtig die blutdurchtränkten Bandagen abzog, und nun sah sie, daß sich die Wunde wieder geöffnet hatte, sah, daß die groben Stiche eines überlasteten Arztes aufgerissen waren. Wann war es geschehen?

Sie würde sie wieder zunähen müssen; sie zuckte zusammen, wenn sie daran dachte. Die Wundränder waren rot und geschwollen, immer noch entzündet. Seine von Natur aus dunkler getönte Haut war bleich. Sie konnte nicht widerstehen und fuhr sanft über sein dichtes schwarzes Haar, fühlte, wie feucht es war.

Warum hatte er bloß darauf bestanden, den Wagen zu lenken?

»Können wir etwas für Sie tun, Ma'am?« Die gedehnte Stimme mit dem Südstaatenakzent überraschte Susannah. Ihre Eskorte war bereits wieder abgezogen, aber sie hatte den Wagen in der Nähe eines Konföderiertentrupps an den Straßenrand gelenkt, um dort die Nacht zu verbringen. Sie hatte keine Wahl gehabt, nachdem sie Major Redding gerade noch erwischte, als er herabzufallen drohte. Ein paar Soldaten waren ihr zu Hilfe geeilt. Sie war dankbar dafür, doch innerlich seufzte sie. Noch mehr Lügen. Mehr und mehr.

Sie schüttelte den Kopf. »Haben Sie Whiskey?« fragte sie.

»Leider nein, Ma'am. Aber wir könnten ihn für Sie festhalten«, sagte einer, während der andere Wes vom Wagen half.

Susannah schauderte. »Sie haben keinen Arzt hier?«

»Nein, Ma'am.«

»Wenn Sie dann bitte ein Feuer machen könnten«, sagte sie und hoffte, daß Major Redding die nächste Zeit noch bewußtlos blieb. Während ihn die beiden Männer zu einem Baum trugen und dort auf den Boden legten, suchte sie in ihrem Beutel nach der kostbaren Nadel und dem Faden, die sie mitgenommen hatte.

Sie ging damit zu Major Redding. Das geschäftige Treiben um sie herum bemerkte sie kaum, da ihr Patient sich in diesem Moment leicht bewegte und die Augen öffnete. Eine andere Art von Schmerz ließ ihr Innerstes zusammenkrampfen, als sein Blick ihr Gesicht fand und sein Mund sich zu einem spöttischen Lächeln verzog. »Das scheint... zur Gewohnheit zu werden«, sagte er langsam, als bereitete ihm jedes Wort Mühe. »Was zum Teufel ist passiert?«

»Sie wollten unbedingt den Wagen lenken.«

»Haben Sie mich nicht deshalb angeheuert?«

»Habe ich das?« Sie war sich mittlerweile nicht mehr sicher, wer hier wen anführte, wann ihr die Dinge aus der Hand genommen worden und in seine übergegangen waren. Er grinste schwach, und da wußte sie, daß er schon wieder ihre Gedanken las. Er war so scharfsinnig. »Und was noch?« fragte er spöttisch.

»Ich wünschte, ich wüßte es«, meinte sie mit einem fast unmerklichen Zittern in der Stimme. Sie wünschte auch, er würde es nicht immer wieder mit ihr machen, aber er tat's, mit seinem herausfordernden Blick und den frech hochgezogenen Brauen. »Ich weiß immer noch nicht, warum...«

»Ah«, stieß er spöttisch zwischen zusammengebissenen Zähnen hervor – er schien wieder drauf und dran zu sein, das Bewußtsein zu verlieren –, »aber Sie haben mich doch auf Treu und Glauben mitgenommen. Hat Ihnen schon mal jemand gesagt, daß Sie eine höchst ungewöhnliche Frau sind?«

»Hat Ihnen schon mal jemand gesagt, daß Sie ein höchst schwieriger Mann sind?«

»Oft sogar, aber meist nicht mit so schönen Worten.« Er versuchte sich aufzusetzen. Sein Körper fühlte sich schwerer an als sonst und sein Kopf leichter. Er spürte, wie ihn sanfte Hände zurückhielten.

»Nicht«, flüsterte sie. »Wir – ich – muß Ihre Wunde wieder zunähen.«

Er zog seine schwarzen Brauen zusammen.

»Sie wird immer wieder aufbrechen, wenn ich's nicht tue«, fügte sie hinzu.

Er überlegte einen Augenblick lang, dann nickte er.

»Ich habe leider gar nichts... nicht mal Whiskey.«

Wieder erschien dieses halbe Lächeln auf seinem Gesicht, das Lächeln, das sie faszinierte, weil es eine Fülle von Rätseln aufgab. »Ich glaube nicht, daß es mir gefallen würde, wenn Sie welchen hätten«, sagte er mit einem teuflischen Glitzern in den Augen.

Sie mußte über seinen Galgenhumor ebenfalls lächeln, und ihre Hände zitterten nicht mehr sosehr. Dennoch zögerte sie.

»Glauben Sie mir, Mrs. Fallon«, sagte er, »Ich hab' schon Schlimmeres erlebt. Ein paar kleine Stiche sind gar nichts.«

Susannah wünschte, sie könnte ihm glauben. Für ihn mochte das ja nichts sein. Sie selbst wußte jedoch nicht, ob sie's ertragen konnte, ihm weh zu tun, und sie hatte noch nie zuvor eine Wunde vernäht.

Wieder schien er ihre Gedanken zu lesen. »Denken Sie an Ihr Zuhause, Mrs. Fallon. Da wollen Sie doch unbedingt hin, nicht wahr?«

»Und was wollen Sie, Major?«

Sein bisher rätselhaftes Lächeln wurde auf einmal spöttisch. »Ich glaube nicht, daß Sie das wirklich wissen wollen, Mrs. Fallon«, sagte er.

Was er damit meinte, war offensichtlich. Susannah biß sich auf die Lippen, und eine heiße Welle der Erregung durchflutete sie. Er forderte sie schon wieder heraus, mit seinen schwarzen, durchdringenden Augen, mit dem sinnlichen Zug um den Mund. Auf einmal wurde ihr klar, daß sie wahrscheinlich mehr Skrupel hatte als er.

Sie beugte sich vor, mahnte ihre Hände unter Aufbietung all ihrer Willenskraft zur Ruhe und stieß die Nadel in seine Wunde. Er zuckte nicht mal zusammen. Sie wünschte, sie besäße seine Selbstbeherrschung. Sie wünschte, ihre Gefühle genauso abschotten, diese Mischung aus ... Lust und Mitgefühl ebenso niederkämpfen zu können wie er.

Sie versuchte, an nichts als an die Stiche zu denken, versuchte, nicht an die weiche Haut zu denken, die sich über seinen muskulösen Körper spannte. Hinein und hinaus, ein Stich nach dem anderen.

Ich glaube nicht, daß Sie das wirklich wissen wollen. Seine Worte gingen ihr nicht mehr aus dem Kopf. Lieber Himmel, sie waren schrecklich provokativ.

Und dann war sie fertig. Sie sah zu ihm auf und merkte, daß er sie wieder mit jenem raubvogelartigen Glitzern in den Augen beobachtete. Eine Sekunde lang wünschte sie, Schmerzen darin zu sehen, irgend etwas, irgendeine Art von Gefühl, das ihr sagte, daß er ein menschliches Wesen war.

Statt dessen warf er einfach nur einen Blick auf die zugenähte Wunde. »Besten Dank auch«, sagte er leichthin, als ob sie ihm gerade einen Penny gegeben hätte und nicht etwas getan hatte, das sie bis ins Mark erschütterte.

Er stützte sich auf den Ellbogen und blickte sich um. Wes saß am Boden, den Rücken an einen Baum gelehnt. Er sah müde und erschöpft aus. Drei Männer in schäbigen grauen Uniformen machten ein Lagerfeuer, während sie verstohlene Blicke auf Susannah warfen. Rhys konnte es ihnen kaum verdenken. Im Schein des sich langsam nährenden Feuers sah ihr hochgewachsener schlanker Körper wundervoll aus, und selbst jetzt, wo sie total erschöpft sein mußte, lag noch eine unglaubliche Vitalität in jeder ihrer Bewegungen.

Unglaublich. Das war die richtige Bezeichnung für sie, wenn er daran dachte, wie sie soeben seine Wunde vernäht hatte. Ihre tiefe Konzentration hatte ihn sogar ein wenig amüsiert, und er hatte dieses Gefühl dazu benutzt, um die Schmerzen zu dämpfen. Doch er hatte schon weit Schlimmeres mitgemacht.

Er blickte hinauf zum Nachthimmel. Im Norden war ein kaum noch merklicher orangeroter Schein zu erkennen. Staub und Rauch machten es fast unmöglich zu schätzen, wie spät es war. Es mußte jedoch früher Morgen sein, und Mrs. Susannah Fallon war immer noch auf den Beinen und hatte alles im Griff. *Sie* brauchte *ihn*? Das hatte sie jedenfalls im Gefängnis gesagt, aber im Moment schien es eher umgekehrt zu sein.

Er hatte sie schon von Anfang an gebraucht. Sie hatte ihn am Leben erhalten und ihm dann zur Flucht verholfen, bevor die Yankees auftauchten. Das gefiel ihm nicht. Nie zuvor hatte jemand soviel für ihn getan. Und er für andere auch nicht, was das betraf. Außer einmal. Und diese eine Erfahrung reichte ihm weiß Gott.

Noch weniger gefielen ihm die Gefühle, die sie in ihm weckte, die freudige Erregung, die er jedesmal empfand, wenn sie in seiner Nähe war, diese seltsame, nicht nur körperliche Sehnsucht nach ihr, die immer stärker wurde, statt nachzulassen. Nein, das gefiel ihm überhaupt nicht. Nicht einmal seine Schwäche oder die Schmerzen in seiner Seite hatten diese Sehnsucht, dieses Begehren verringern können. Er empfand sie selbst dann, als sie die Nadel durch sein Fleisch stach, als ihre Finger über die entzündete Wunde strichen.

Teufel noch mal, aber diese Gefühle machten ihn wehrlos, ja, fast nackt. Verwundbar. Sie ließen ihn an seinem eigenen gesunden Menschenverstand zweifeln, und das war schon lange nicht mehr der Fall gewesen. Er beschloß, seinen Gedanken Luft zu machen.

»Mrs. Fallon, ich glaube wirklich nicht, daß Sie mich brauchen. Sie können verdammt gut mit einer Pistole umgehen... und einer kleinen Notlüge hie und da. Sie sind vielleicht sogar besser darin als ich«, gab er trocken zu.

Susannah glaubte nicht, daß er das als Kompliment gemeint hatte. Oder doch? »Versuchen Sie, sich aus –« Sie zögerte und fuhr dann mit einem frechen, äußerst ansteckenden Grinsen fort – »Ihrem Versprechen rauszumogeln?«

Genau das versuchte er, und es war nicht gerade angenehm, feststellen zu müssen, daß sie seine Taktik so rasch durchschaute, daß sie seine Worte umdrehte und nun unverfroren gegen ihn verwendete. Sie lernte schnell. Zu schnell. Er zuckte mit den Schultern. »Ich scheine Ihnen mehr Mühe –«

»Das werden Sie, wenn Sie nicht aufhören, alles in die Hand nehmen und selbst tun zu wollen«, sagte sie, und ein besorgtes Stirnrunzeln ersetzte ihr zufriedenes Grinsen darüber, ihn in seinem eigenen Spiel geschlagen zu haben. »Und *ich* bin es nicht, die Sie braucht. Wes braucht Sie. Nein, ich lasse nicht zu, daß Sie Ihr Wort brechen, absolut oder nicht.«

Er fluchte unterdrückt. Er war schon des öfteren in seinem Leben von Frauen verletzt worden, aber diese offenen Worte trafen ihn tiefer, als er gedacht hätte.

»Ihr Bruder kommt schon zurecht«, sagte er kurz angebunden.

»Nein, noch nicht«, erwiderte sie. »Im Moment ... existiert er bloß. Aber auch das ist schon ein Fortschritt. Sie hätten ihn sehen sollen, bevor Sie zu Bewußtsein kamen, im Gefängnis. Er hatte vollkommen aufgegeben. Er hätte wahrscheinlich –«

Er erfuhr nie, was Wes vielleicht getan hätte. Sie wandte auf einmal den Kopf ab, aber ihre Hand lag noch auf seinem Arm, und Rhys sah, daß sie leicht zitterte. Sie mußte hundemüde sein. Teufel noch mal, zwei Invaliden, ein klappriger Wagen und zwei noch klapprigere alte Gäule. Und so wollte sie tausend Meilen oder noch mehr zurücklegen!

Rhys, Gott erbarme sich seiner, mochte das Mitgefühl nicht, das er auf einmal für sie empfand. Und auch nicht die Bewunderung. Sie war ein verdammter Sturkopf, das war sie. »Verdammt, er mag mich ja nicht mal«, sagte er.

Sie drehte sich wieder zu ihm herum, und er glaubte, Tränen in ihren Augen zu erkennen, war sich aber nicht sicher. Es mochte auch an dem Schein des Feuers liegen, der sich in ihren Augen verfing.

»Genau das ist es ja. Er mag Sie nicht, also sind Sie eine Herausforderung für ihn. Sie spornen ihn an und bringen ihn dazu zu kämpfen. Ich bin bloß seine kleine Schwester. Ich weiß gar nichts. Und ich kann ihm ganz sicher keine Vorschriften machen oder Ratschläge geben.«

Wenn es um Herausforderungen ging, war sie selbst nicht übel, das mußte er zugeben – und zwar das zweite Mal innerhalb weniger Minuten. Rhys unterdrückte ein Stöhnen. »Sie wollen also wirklich mit diesem … diesem Klappergestell über Land fahren.«

»Bis wir etwas Besseres finden, ja«, sagte sie mit einer Zuversicht, die er geradezu lächerlich fand. Aber hatte sie nicht praktisch die gesamte Konföderiertenarmee dazu gebracht, zwei entflohene Yankees zu beschützen?«

»Haben Sie noch irgendwelches Geld?« fragte er und bemerkte nicht unzufrieden, daß sie ihn mißtrauisch beäugte. Er war froh, daß sie nicht *so* vertrauensselig war.

Statt einer Antwort fragte sie: »Möchten Sie vielleicht etwas Wasser?«

»Und ein bißchen was zu essen, wenn möglich.«

Susannah warf ihm einen verlegenen Blick zu. »Es tut mir leid, aber wir haben nicht viel. Ich hatte keine Zeit und … die meisten Läden waren geschlossen.« Leise fügte sie hinzu, »alles, was da ist, sind etwas Zwieback und Käse.«

»Liebchen, das klingt wie ein Festessen.« Der Kosename kam ihm ganz leicht über die Lippen. Er hatte ihn schon hundert-, ja, tausendmal gesagt, aber noch nie mit einer derartigen Wirkung. Susannah errötete vom Kopf bis zu den Fingerspitzen, wahrscheinlich sogar bis zu den Zehen. Es war nicht zu übersehen, und er mußte insgeheim lächeln.

Etwas von seiner Selbstzufriedenheit mußte jedoch nach außen gedrungen sein, denn sie versteifte sich auf einmal, als ob sie einen Schlag erhalten hätte. Oder vielleicht fühlte sie ja auch nur diese heiße Energie, die zwischen ihnen entflammte, wann immer sie so wie jetzt miteinander sprachen oder wenn sie ihn berührte oder wenn…

Sie schritt zum Wagen und kam mit dem Lebensmittelsack zurück, den sie ganz einfach in seinen Schoß fallen ließ. Dann ging sie zu ihrem Bruder, wo sie eine Decke ausbreitete. Dort blieb sie, während Rhys langsam aß und seinem Magen, der in letzter Zeit nicht gerade mit Essen verwöhnt worden war, das Angebotene nur allmählich zuführte.

Er fühlte sich so schwach. Er war es nicht gewohnt, sich so verdammt hilflos zu fühlen; jede Bewegung war eine Qual und nur durch äußerste Willensanstrengung möglich. Das Essen half jedoch und auch der Becher Wasser, den sie ihm gebracht hatte. Sie hatte recht; er mußte sich schonen, wenn er irgendwann wieder von Nutzen sein wollte. Erst da merkte er, daß er bereits entschieden hatte, bei ihnen zu bleiben. Eine Zeitlang zumindest.

Sein Blick wanderte wieder zu ihr hinüber. Sie kniete mit vor Müdigkeit leicht hängenden Schultern, aber unbesiegt neben Wes. Dieses Wort hatte er im Zusammenhang mit einer Frau noch nie gebraucht. Nun, bei einem Mann auch nicht. Rasch lenkte er seine Gedanken in eine andere Richtung.

Er legte sich zurück und schloß die Augen. Er dachte daran, mit welchem Geschick sie heute die Pistole gebraucht hatte. Aber es brauchte mehr als eine Pistole, um ihn von ihr fernzuhalten.

Er hatte keinerlei Skrupel, was ihren Witwenstand betraf. Da die meisten Ehen in England ohnehin aus Vernunftgründen arrangiert wurden, hatte er schon so manch willige Ehefrau und mehr als nur ein paar Witwen, junge und weniger junge, in sein Bett gelockt. Warum sollte er sich also in diesem Fall Gedanken machen?

Dennoch fragte er sich, was für ein Mensch ihr Mann wohl gewesen sein mußte.

Dieser Gedanke ging ihm noch durch den Kopf, als er einschlief.

Susannah lag wach und blickte hinauf zu den Sternen, die in der rauchigen Luft kaum zu erkennen waren. Sie war zu erschöpft, um einschlafen zu können. Zu erschöpft und zu angespannt und auch viel zu aufgewühlt.

Es ging nach Hause. Ohne Mark.

Aber es ging nach Hause!

Sanfte Hügel. Blumenwiesen. Ein Himmel, der so blau und rein war, daß einem das Herz zerspringen wollte vor Freude. Sie hungerte nach dem Land, hungerte nach dem Trost, den es ihr schenkte und wie es ihre Sehnsüchte stillte, Sehnsüchte, die sie erst jetzt langsam zu begreifen begann. Sie fragte sich, ob die grünen Hügel von Texas ihren Hunger, ihre Sehnsüchte auch diesmal wieder stillen würden. Falls sie das überhaupt wollte.

Sie blickte hinüber zu Major Redding, der eingeschlafen war. Endlich. Sein bloßer Anblick ließ ihren Magen sich zusammenkrampfen. Sie ballte die Hände zu Fäusten, kämpfte dagegen an, versuchte, das Unleugbare zu verleugnen. Sie würden wochenlang zusammen sein. Sosehr sie es auch versuchte, sie konnte die freudige Erwartung, die sie bei diesem Gedanken empfand, nicht unterdrücken – genausowenig wie das dumpfe Gefühl, daß ihre Reise in einem Desaster enden würde.

Das Geräusch näher kommender Munitionswagen weckte sie früh am nächsten Morgen. Der Himmel war immer noch von Rauchschwaden verdüstert und die Straße wieder mit Konföderiertentruppen verstopft, die sich langsam in einer scheinbar endlosen Schlange nach Südwesten bewegten. Müde und ausgelaugt rieb Susannah sich den Schlaf aus den Augen.

Ihr Haar, das sie in zwei Zöpfen getragen hatte, hatte sich gelöst und fiel ihr nun über Schulter und Gesicht.

Ungeduldig strich sie es beiseite. Sie mußte ja aussehen wie der Leibhaftige selbst.

Sie stand auf und blickte sich um. Wes war bereits wach und saß an einem Feuer, das ihr Nachtfalke – nein, Major Redding, wie sie sich eilends schalt, versorgte.

Er stand da, und sie fühlte seinen durchdringenden, beunruhigenden Blick auf sich gerichtet. Sie fühlte sich schrecklich unsicher und unattraktiv; all ihr Selbstbewußtsein, das sie sich so hart erkämpft hatte, war auf einmal zum Teufel. Trotz des Blutverlusts und des Martyriums, dem sie ihn gestern mit ihrer Nadel unterzogen hatte, waren seine Bewegungen entschlossen und ruhig. Er sah aus wie ein Straßenräuber, das Gesicht wieder voller schwarzer Stoppeln. Sie dachte daran, was sie gefühlt hatte, als sie ihn vor Tagen rasierte; es hatte sie so aufgewühlt, daß ihre Hände förmlich bebten. Das taten sie auch jetzt, als sie sich an die Intimität dieses Moments erinnerte.

Ihn jetzt zu sehen, wie er sich bewegte, ließ wieder jenes Prickeln, jenen Sehnsuchtsschmerz tief in ihrem Innern aufsteigen. Verlegen strich sie sich eine Locke aus der Stirn.

Er lächelte und kam gemächlich auf sie zugeschritten.

»Mrs. Fallon«, sagte er höflich, aber mit einer nicht zu überhörenden Spur von Humor in der Stimme. »Ich habe etwas Wasser für sie aufgewärmt, falls Sie sich waschen möchten.«

Susannah ignorierte das Glitzern in seinen Augen. »Gibt's irgendwelche Neuigkeiten?«

Er zuckte mit den Schultern und wies mit einem Kopfnicken auf die Rebellenarmee. »Man sagt, daß Lee sich mit Johnston in den Carolinas zusammentun will, aber… Himmel, sehen Sie doch nur, in welchem Zustand sie sind. Keine Schuhe und die Uniformen in Fetzen. Kein Essen. Womit sollen sie kämpfen?« Er zögerte kurz und gab sich dann mit jener seltsamen Mischung aus Bewunderung und Verachtung, die so typisch für ihn war, selbst die Antwort. »Mit Kampfgeist vielleicht, genug, um noch ein paar von den armen Schweinen umzubringen.«

»Und was ist mit den Yankees?«

»Keiner weiß, was sie vorhaben. Ein Mann kam vor 'ner Stunde hier angeritten und sagte, daß sie die Stadt übernommen hätten, aber offensichtlich hat Grant seinen Truppen Order gegeben, nicht auf die im Rückzug befindlichen Konföderierten zu schießen.«

»Und Wes?«

Er blickte zu ihrem Bruder hinüber. »Ist ein bißchen rumgegangen heute morgen und hat mir sogar mit dem Feuerholz geholfen.«

Susannah rieb sich die Augen. »Es ist ein wenig Kaffee im Beutel«, sagte sie und fragte sich, ob dies wirklich der Zeitpunkt war, ihn zu verbrauchen. Aber wieso auch nicht? Wofür wollte sie ihn aufheben?

Er sah sie neugierig an. »Was haben wir sonst noch, Mrs. Fallon?«

Susannah fragte sich, wieviel sie ihm sagen konnte. Es war so wenig zu essen da, und so wenig Geld. Würde er bleiben, wenn er Bescheid wußte? Nun, sie konnte es ebensogut gleich herausfinden. Unter der dünnen Decke, mit der sie sich während der Nacht zugedeckt hatte, zog sie den Mehlsack hervor, in dem sich ihr dürftiger Vorrat befand.

Er nahm ihn und warf einen Blick hinein. Sein Mund verzog sich zu einem ironischen Lächeln. »Mehr, als ich dachte, aber weniger, als ich erhoffte«, gestand er und legte den Sack auf den Boden.

»Sie erhoffen aber nicht viel.«

»Nein«, stimmte er zu. »Das habe ich schon lange aufgegeben.« Es lag keine Bitterkeit in seinen Worten, nur Resignation, ein Akzeptieren der Dinge, die er für gegeben hielt. Dieses zynische Akzeptieren war schmerzlicher für Susannah, als es Bitterkeit hätte sein können. Sie fragte sich, ob ihm klar war, wieviel es über ihn sagte. Plötzlich empfand sie tiefes Mitgefühl, wußte jedoch, daß sie es nicht zeigen durfte. Er würde es hassen.

»Ich habe noch ein wenig Geld. Wir werden schon zurechtkommen.«

Wieder grinste er, noch breiter als zuvor. »Das bezweifle ich keinen Augenblick, Mrs. Fallon. Es würde mich nicht mal überraschen, wenn die ganze Konföderiertenarmee ihren gesamten, noch verbliebenen Proviant an Sie übergäbe.«

»Dann bleiben Sie also?«

»Hab' doch gesagt, daß ich bleiben würde«, antwortete er leichthin.

»Stimmt, aber dann haben Sie's wieder eingeschränkt. Keine Absolutismen, schon vergessen?«

»Vergessen Sie denn nie etwas?«

Sie schüttelte den Kopf. »Nichts Wichtiges jedenfalls.«

Er zuckte mit den Schultern. »Ich dachte nur, Sie betrachteten mich vielleicht eher als Last denn als Hilfe.«

Wieder schüttelte sie den Kopf. »Ich glaube nicht, daß Sie das je dachten, Major.«

»Ich bin nicht sicher, wie ich das verstehen soll, Mrs. Fallon.«

»Und ich bin nicht sicher, ob ich's Ihnen erklären soll«, erwiderte sie. Sie konnte es gar nicht, selbst wenn sie gewollt hätte. Aber er strahlte ein derartiges Selbstbewußtsein aus, daß es ihm nicht schaden konnte, ein wenig im ungewissen zu bleiben.

Er brütete kurz über ihrer rätselhaften Antwort, dann weitete sich sein Lächeln und reichte auf einmal bis zu seinen Augen. »Hat Ihnen noch nie jemand gesagt, daß Sie sich vor Fremden in acht nehmen sollen?«

»Sie sind kein Fremder für mich. Ich habe Sie in Ihrer schlimmsten Stunde gesehen, falls Sie's vergessen haben.«

Er zuckte zusammen, als er an jene ersten Tage im Gefängnishospital dachte. An den Gestank, den Schmutz, die Wunden.

»Major...«

Er blickte sie fragend an. »Mrs. Fallon?«

Susannah haßte die Art, wie er »Mrs. Fallon« sagte, als ob er sie ganz bewußt auf Distanz halten wolle. Die enorme Anziehungskraft zwischen ihnen sprach dagegen eine ganz andere Sprache: Das, was zwischen ihnen war, ließ sich auch durch solche Taktiken nicht wegleugnen.

»Ich würde gerne wissen, warum Sie das Libby unbedingt verlassen wollten.«

»Ist 'ne lange Geschichte.«

»Und Sie sind noch nicht bereit, sie mir zu erzählen?«

»Nein«, erwiderte er mit einer Gleichgültigkeit, die ihr klarmachte, daß sie kein Wort mehr aus ihm herausbekommen würde.

Er beäugte sie einen Moment lang, als wartete er nur darauf, daß sie eine weitere Frage stellte, und als nichts kam, hob er den Mehlsack wieder auf. »Ich werd' Kaffee machen, falls Sie inzwischen tun wollen... was immer Sie zu tun das Bedürfnis verspüren.«

Sie errötete bis unter die Haarwurzeln – wieder einmal. Gentlemen würden derartige Themen nie ansprechen, doch sie bezweifelte, ob ihm viel daran lag, als Gentleman zu gelten. Sie nickte und wandte sich von dem amüsierten Zwinkern in seinen teuflisch schwarzen Augen ab.

Sie versuchte gar nicht erst, sich zu bewegen, nicht bevor er wieder beim Feuer war. Sie war sicher, daß ihre Knie unter ihr nachgegeben hätten. Genau diese Wirkung übte er auf sie aus.

Susannah blickte zu ihrem Bruder hinüber. Er humpelte gerade zum Wagen, und sie sah, wie mühsam und schmerzvoll er vorankam. Als sie dabei an seinen früheren Überschwang denken mußte, spürte sie auf einmal einen dicken Kloß in der Kehle. Aber sie wagte es nicht, ihr Gefühl zu zeigen. Mitleid war das Schlimmste, was sie Wes antun konnte. Genau deshalb war Major Redding auch so wichtig für ihn. Er empfand kein Mitleid. Hatte vielleicht noch nie welches empfunden. Sie fühlte, wie sich ihre Hände zu Fäusten ballten, während ihr Blick unfreiwillig, ja, fast wie magisch in seine Richtung gezogen wurde. Er kniete beim Feuer, den Kopf über den Kaffee gebeugt.

»Sue.« Wes' Stimme klang unsicher und zögernd.

Sie sah ihn an.

»Hat er... hat Redding... irgendwas gesagt, was er nicht sagen sollte?«

Susannah zuckte zusammen. Offensichtlich war sie stärker errötet, als sie gedacht hatte. Sie schüttelte den Kopf. »Nein, er hat bloß gesagt, er würde sich um den Kaffee kümmern, während ich mich wasche.«

Wes' Augen ruhten forschend auf ihrem Gesicht. »Wir können's auch allein schaffen, wenn du wirklich so dringend heim willst. Oder wir können hier auf die Unionstruppen warten.«

Und Wochen, vielleicht Monate herumsitzen, bis sie anderswo Hilfe herbekamen? Trotz Wes' gegenteiliger Versicherung benötigte er immer noch Hilfe. Letzte Nacht zum Beispiel wäre er allein gar nicht aus dem Wagen gekommen. Er würde Hilfe brauchen, wenn er wieder reiten konnte, nur, um in den Sattel zu kommen, was er irgendwann würde tun müssen. Es gab keine Eisenbahn mehr im Süden. Durch die Blockade waren sämtliche Häfen geschlossen. Und wenn sie warteten, bis die Kämpfe vorbei waren, war ihr Zuhause vielleicht ebenfalls verloren.

Nein, sie konnten nicht warten. Und sie konnten es nicht allein schaffen.

»Er benimmt sich wie ein Gentleman«, sagte sie, wieder einmal nicht ganz wahrheitsgemäß. Sie versuchte, nicht an das spöttische Blitzen in Major Reddings Augen zu denken.

Wes blickte zum Gegenstand ihres Gespächs hinüber. »Er hat etwas an sich, das nicht...« Er konnte es nicht in Worte fassen.

Susannah wußte genau, was er meinte, war jedoch nicht so dumm, es sich anmerken zu lassen. »Vielleicht liegt's daran, daß er Waliser ist.«

»Was tut er dann bei den Yankees?«

Sie zuckte mit den Schultern. Zum Glück hatte Wes während ihrer mysteriösen Unterhaltung im Hospital geschlafen, als Major Redding sagte, er wäre nicht das, was er zu sein scheine.

»Das gefällt mir nicht«, fügte Wes hinzu. »Ich werde ein Auge auf ihn haben.«

Susannah mußte insgeheim lächeln. Genau das hatte sie sich erhofft. Nicht weil sie sich Gedanken darüber machte, daß der Major ihnen etwas antun könnte, sondern weil es Wes den Anstoß gab, den er brauchte. Der Major gab ihm einen Grund, sich über etwas anderes als nur sich selbst – und Erin daheim – Sorgen zu machen.

Sie nickte. »Ich wußte, daß ich mich auf dich verlassen kann.«

Er sah sie mißtrauisch an, doch sie achtete nicht darauf. »Glaubst du, daß ich hinter diesen Bäumen sicher bin?«

Wes Gesicht hellte sich ein wenig auf. »Ich begleite dich ein Stück.«

Ohne sich ihre Befriedigung über seinen neuerwachten Beschützerinstinkt anmerken zu lassen, nickte Susannah.

Dennoch warf sie einen Blick zurück. Ihr Nachtfalke war mit dem Kaffee fertig und lehnte nun am Wagen. Ein selbstzufriedenes Lächeln lag auf seinen Zügen.

6

Der klapprige Wagen holperte langsam über die staubige Straße. Es war der fünfte Tag ihrer Reise, drei Tage, seit Susannah Rhys' Wunde wieder zugenäht hatte.

Sie sah ihn bewundernd an. Es war erstaunlich, wie rasch er sich erholte. Seine von Natur aus bronzene Haut war durch die Sonne noch tiefer gebräunt worden, und die Blässe, die sie so beunruhigt hatte, war vollkommen verschwunden. Und sein Körper. Sein herrlicher, schlanker, muskulöser Körper, der sich so geschmeidig bewegte… und so sinnlich… sah wieder stark und gesund aus. Auch hatte er die Zügel wieder übernommen. Susannah versuchte, ihn nicht dauernd anzustarren, was ihr jedoch kläglich mißlang. Sie fühlte sich so stark zu ihm hingezogen, wie ein Bärenjunges zu einem Topf mit Honig.

Sie redete sich ein, daß sie ihn nur deshalb ansah, um sich zu vergewissern, daß es ihm auch wirklich gut genug ging, um zu kutschieren, doch in ihrem Herzen wußte sie, daß es eine Lüge war. Jedesmal, wenn sie ihn mit dem Arm streifte oder er ihr vom Wagen half, hatte sie das Gefühl, innerlich zu erglühen. Es war unbegreiflich, ja, beängstigend, aber sehr, sehr real. Und je mehr sie versuchte, ihre Gefühle zu unterdrücken, desto mehr rebellierten sie gegen ihre Bemühungen, sich selbst Zügel anzulegen.

Susannah und ihre beiden Begleiter hatten die lange Schlange der Konföderiertentruppen, die sich nach Süden wand, um sich Lees Hauptarmee anzuschließen, hinter sich gelassen. Es gab jedoch noch genug Soldaten, denen sie auf ihrer Route begegneten: Verwundete, die nach Hause gingen, Kuriere und kleine Kavallerieeinheiten. Aber die endlose Schlange erschöpfter Uniformierter war verschwunden. Und auch der beunruhigende Schein des brennenden Richmond lag längst hinter ihnen.

Susannahs Hinterteil war durch das dauernde Holpern des Wagens derart wundgerieben, daß sie kaum noch sitzen konnte und ihre Hände unter den Handschuhen waren voller Blasen. Außerdem knurrte nicht nur ihr Magen, sondern auch der ihrer Begleiter, denn sie hatten beschlossen, die wenigen Vorräte, die sie noch besaßen, zu rationieren.

Die Nacht brach herein, und die Pferde kamen nur noch stolpernd vorwärts. Susannah sah, daß beide Gäule wahrscheinlich nicht mehr sehr viel weiter kommen würden. Und sie auch nicht, wie sie sich eingestehen mußte.

Major Redding war offensichtlich derselbe Gedanke gekommen. Er deutete auf einen Feldweg und ein Licht, das von Ferne durch die Bäume schimmerte. »Sieht aus wie eine Farm. Vielleicht können wir dort Wasser bekommen und möglicherweise etwas zu essen.«

Susannah mußte an die paar Stücke Zwieback denken, die ihnen noch ubriggeblieben waren, und an das Stück Hartkäse und Trockenfleisch, die sich noch im Sack befanden. Sie nickte.

Er lenkte die Pferde auf den schmalen Weg, und Susannah sah, daß er tief zerfurcht war, was bedeutete, daß schwere Wagen schon vor ihnen diesen Pfad benutzt haben mußten. Eins der Wagenräder stieß gegen etwas Hartes, und sie hörte das Geräusch splitternden Holzes. Der Wagen schwankte, als das Rad zerbrach, und ein Ende des Gefährts senkte sich langsam zu Boden. Die Pferde versuchten sich vorwärtszukämpfen, und der Wagen brach krachend in sich zusammen. Alles, einschließlich der drei Insassen, kippte auf die linke Seite, während sich die Pferde in Panik losrissen und davongaloppierten.

Susannah hörte ein Stöhnen aus dem hinteren Teil des Wagens, und der Major fluchte, während sich der Wagen mehrmals überschlug.

Rhys versuchte instinktiv, Susannahs Körper mit dem seinen zu schützen. Doch er konnte nicht verhindern, daß sie im Fallen mit dem Kopf gegen ein Rad stieß.

Er hörte einen wüsten Fluch hinter sich und wußte, daß Wes zumindest noch am Leben war.

Er war sich Susannahs Körper, der unter ihm lag, überdeutlich bewußt. Noch bewußter war ihm jedoch dessen vollkommene Reglosigkeit. Langsam glitt er von ihr herunter und lag an ihrer Seite.

Der Mond verbarg sich hinter dem zerbrochenen Wagen, so daß er Susannahs Gesicht im Schatten der Bäume kaum sehen konnte. Sie lag vollkommen still. Seine Wunde schmerzte wieder, doch er kümmerte sich nicht darum.

»Sue?« Wes' Stimme klang fast panisch.

»Hier drüben«, sagte Rhys. Er suchte ihren Puls. Er war ruhig, ebenso wie ihr Atem. Seine Hände strichen über sie hinweg; er konnte jedoch keine offenen Wunden finden. Vielleicht war sie nur ohnmächtig.

Er fühlte, daß sie sich leise bewegte, und seine Finger strichen aus Versehen über ihre Brust. Sie zitterte und schlug die Augen auf, und da erst merkte er, daß er besorgt den Atem angehalten hatte. Verdammt seltsames Gefühl, sich um jemanden zu sorgen, wenn auch nur ein wenig.

»Mrs. Fallon?«

Sie hob verwirrt die Hand, und er ergriff sie, hielt sie fest und versuchte sie zu beruhigen, obwohl er wußte, daß er herzlich wenig Ahnung davon hatte. »Es ist gut, Mrs. Fallon«, sagte er mit einer Stimme, die rauher war als beabsichtigt.

Er hörte, wie Wes sich zu ihnen herüberschleppte »Schwesterchen?«

»Was ... ist passiert?« Ihre Stimme war leise, die Worte zögernd.

»Der Wagen hat das getan, was er schon die ganze Zeit tun wollte: den Geist aufgegeben.« Der trockene Humor war wieder in Rhys Stimme, nun, da er wußte, daß ihr nichts Schlimmes passiert war.

»Und Wes?«

»Mit mir ist alles in Ordnung. Du bist es, um die wir uns Sorgen gemacht haben.« Wes' Stimme klang kräftiger und selbstbewußter, als Rhys sie je gehört hatte. Vielleicht hatte Susannah Fallon ja recht; vielleicht besaß der Kerl ja wirklich mehr Mumm, als er ihm bisher zugetraut hatte. Sein Selbstmitleid war verschwunden, zumindest für diesen Moment.

Rhys merkte, daß sie sich erneut bewegte. Er spürte die Kraft und Weichheit ihres Körpers, und seine Erleichterung darüber war so groß, wie er es nie für möglich gehalten hätte. Er konnte sich nicht mehr erinnern, wann er sich zuletzt Sorgen um jemanden gemacht hatte, wirkliche Sorgen. Keine Ahnung. Vielleicht nie. Er hatte eine Art Verlustgefühl verspürt, als seine Mutter vor langer Zeit gestorben war. Aber es war nicht Trauer um eine Frau, die nie ein nettes Wort für ihn gehabt hatte, was er gefühlt hatte, sondern Angst um das bißchen Schutz und Sicherheit, die sie ihm als Kind geboten hatte.

Jetzt jedoch fühlte er etwas anderes. Mitleid? Sorge? Was immer es war, er war nicht sicher, ob es ihm gefiel. Tatsächlich wußte er genau, daß es ihm ganz und gar nicht gefiel. Es war ... höchst beunruhigend.

Er war früher schon oft in heiklen Situationen gewesen, unzählige Male sogar. Aber nie, nicht, seit er ein Mann war, hatte er das Gefühl gehabt, derart wenig Kontrolle über sich selbst zu besitzen.

Gottverdammt. Da saßen sie nun, mitten zwischen zwei feindlichen Armeen, von denen die eine ihn liebend gern in die Finger bekommen hätte. Die Pferde waren futsch und der Wagen wahrscheinlich nicht mehr zu reparieren. Geld hatten sie auch nicht. Und seine Schützlinge, Gott steh ihm bei, waren eine Frau und ein Krüppel.

Rhys bewegte versuchsweise Arme und Beine. Alles funktionierte noch. Ebenso wie ein anderer Körperteil – das wußte er in dem Moment, in dem sich Susannah Fallon erneut regte. Haar, seidenweiches Haar, strich über seine Hand. Sein Bein berührte ihre Hüfte, und das Gefühl ihrer weichen Rundung traf ihn wie ein Blitzstrahl, wie ein Sturm, der sich in der Ferne zusammenbraut und elektrische Ladungen vorausschickt, direkt auf ihn.

Er zwang sich, ein wenig abzurücken. »Hier können wir nicht bleiben«, sagte er schließlich.

Wes kroch zu Susannah, die sich aufgesetzt hatte. »Ich kann meine Krücken nicht finden«, sagte er beschämt. Wenn Rhys nicht so von seiner Sorge um Susannah aus der Fassung gebracht worden wäre, hätte er vielleicht Mitgefühl mit Wes empfunden.

»Sie sollte sich nicht bewegen«, sagte Rhys. »Ich werde mal zu dem Licht da hinten marschieren, mal sehen, wen und was es da gibt. Und gleich versuchen, die Pferde zu finden.«

Eine frustrierte Stille folgte. »Verdammt«, fluchte Wes.

Rhys hörte die Pein, die Verzweiflung, die in dem einen Wort lag, und verspürte, wenn auch widerwillig, eine Art Mitgefühl. Schon wieder. »Sie braucht Sie hier«, sagte Rhys.

»Ich bin hier«, sagte Susannah. »Reden Sie nicht über mich, als ob ich nicht da wäre.«

Beide Männer drehten sich zu ihr um. Ihr Gesicht wirkte leichenblaß im Schein des Mondlichts. Aber um ihren Mund lag wieder jener entschlossene Zug, den Rhys langsam recht gut zu erkennen wußte.

»Mir geht es gut«, beharrte sie und versuchte aufzustehen, nur um mit einem leisen Aufschrei erneut zu Boden zu sinken.

Rhys betastete vorsichtig ihr Fußgelenk. Es schwoll rasch an. Er bewegte es behutsam. »Bloß eine Zerrung, denke ich«, sagte er, »aber sie kann nicht gehen. Und diese Karre hier... höchstens noch gut für Brennholz, nicht mehr. Ich werd' sehen, ob ich die Pferde finden kann.«

»Und was soll ich tun, wenn's Probleme gibt?« fragte Wes bitter.

Die Pistole. Rhys durchforschte mit zusammengekniffenen Augen die Dunkelheit. Er trat aus dem Schatten des umgestürzten Wagens und blickte suchend auf den Boden. Er fand eine Krücke und den reichlich schlaffen Sack mit Lebensmitteln. Er griff hinein und stieß auf ein stumpfes Messer. Besser als gar nichts, aber sie brauchten dennoch unbedingt die Pistole.

Er mußte an seine Jahre in Afrika denken und an die Waffen, die er dort getragen hatte. Er würde alles darum geben, jetzt nur ein paar davon zu besitzen. In England trug er immer eine kleine Derringer bei sich, wenn er durch die Straßen Londons ging, und in seinem Stadthaus beherbergte er ein Paar Duellpistolen. Nicht, daß er je die Notwendigkeit verspürt hätte, seine Ehre zu verteidigen, davon hatte er ohnehin nie viel besessen. Er hatte mit Zähnen und Klauen ums bloße Überleben kämpfen müssen, und seine Ehre – was immer das auch heißen mochte – war dabei schon früh draufgegangen. Er hatte gelernt, immer den ersten Schlag zu tun, es dem Gegner nie zu erlauben, zuerst anzugreifen.

Und jetzt kam er sich nackt und verwundbar vor, mit nichts als den bloßen Händen und seinem gesunden Menschenverstand. Es gefiel ihm nicht, Susannah und ihren Bruder allein und schutzlos in der Dunkelheit zurücklassen zu müssen.

Rhys suchte weiter nach der Pistole. Wo zum Teufel war sie bloß?

Eine Wolke schob sich vor den Mond und machte ihm das Sehen noch schwerer. Doch dann stieß er mit dem Fuß an einen harten Gegenstand und bückte sich. Es war die Pistole. Vielleicht gab es ja doch einen Gott, obwohl er es stark bezweifelte. Automatisch überprüfte er die Waffe. Sie war geladen, und er wußte, daß Susannah sie, falls nötig, gebrauchen konnte und würde. Plötzlich wurde Rhys klar, daß trotz seiner Äußerung Wes gegenüber sein erster Gedanke gewesen war, Susannah die Pistole zu geben, daß er sie für die Stärkere und Fähigere der beiden hielt. *Höchste Zeit, daß der Yank sich ein wenig nützlich macht. Außerdem ist's Zeit, daß er wieder reiten lernt. Es ist gottverdammt offensichtlich, daß wir nicht den ganzen Weg per Wagen zurücklegen können; da brauchen wir ewig, ganz zu schweigen von meinem wunden Hintern.*

Er hielt zögernd inne und versuchte all die Gedanken zu verstehen, die ihm durch den Kopf gingen. *Wir. Wir* hatte nichts mit ihm zu tun. Er konnte Hilfe für die beiden besorgen und dann seiner Wege gehen.

Rhys Redding war schwer versucht, genau das zu tun. Die verwirrende emotionale und sexuelle Anziehungskraft, die von der Frau ausging, sagte ihm, daß er genau das tun sollte.

Dennoch, er hatte immer seinen Teil einer jeden Abmachung, die er getroffen hatte, eingehalten, trotz seiner gegenteiligen Äußerung ihr gegenüber. Das war der Punkt, wo sein bißchen Gewissen begann und endete.

Die Ironie seiner Situation ließ ihn bitter auflachen.

»Major Redding?« In Susannahs Stimme lag ein leiser Anflug von Panik, und da wußte er, daß er nicht einfach gehen konnte. Nicht jetzt. Nicht, bevor Wes in der Lage war, ihr ein Minimum an Schutz zu bieten, nicht, bevor er sicher war, daß die beiden eine Chance hatten, allein durchzukommen.

Dann konnte er gehen. Ohne die Schuldgefühle, die ihm in den Eingeweiden brannten, Schuldgefühle, wie er sie nie zuvor gekannt hatte.

Aber wo sollten sie Pferde herkriegen? Einen Moment lang dachte er an seine Bank in London und an die beträchtliche Summe, die dort lag, Geld, das er sich als Söldner und Spieler sowie durch geschickte Investitionen erworben hatte. Doch was half ihm das in seiner jetzigen Situation? Nichts. Genausogut hätte es gar nicht existieren können. Er besaß im Moment keinen roten Heller, nicht mal einen wertlosen Konföderiertendollar. Sogar seine Uhr hatte man ihm abgenommen. Im Moment besaß er lediglich das Paar Stiefel, das er dem Unionsoffizier ausgezogen hatte, und die geborgten Kleider auf seinem Leib. Nun, er hatte schon mal weniger als das besessen.

Er ging zu Susannah und Wes hinüber, die beide auf dem Boden saßen. Er reichte Wes die Pistole. »Bin bald zurück«, sagte er und schritt davon, auf den schwachen Lichtschein zu.

Rhys bewegte sich lautlos durch die Schatten der Bäume. Als er näher kam, sah er ein hübsches Farmhaus und eine Scheune. Das Haus war beleuchtet wie ein Weihnachtsbaum, überall Kerzen. Da waren noch andere Schatten. Im Hof stand ein Ambulanzwagen. Ein paar Soldaten saßen um ein Lagerfeuer. Offensichtlich hatte man die Farm in eine Art Hospital verwandelt.

Er versuchte, die Uniformen zu erkennen. Keine Wachtposten. Das war seltsam. Rhys kroch näher. Konföderierte. Und gleich dahinter war eine Reihe von Pferden an einem langen Seil festgebunden. Sie sahen mager und erschöpft aus, nicht viel besser als die, die er verloren hatte.

Rhys überlegte, ob er mit den Männern sprechen sollte, doch dann fiel ihm das letzte Mal ein, als er das versucht hatte. Man hatte ihm eins auf den Pelz gebrannt. Die Yankees waren auch nicht weit, und er wollte weiß Gott keine Verzögerungen riskieren oder gar von den Konföderierten erwischt und festgehalten werden. Außerdem hatte er sich schon immer genommen, was er brauchte, und er hatte nicht vor, seine Gewohnheiten gerade jetzt zu ändern. Er schuldete den Rebs ganz gewiß nichts, nicht nach allem, was er durchgemacht hatte.

Ein Tauschhandel, ein simpler Tauschhandel. Zwei ihrer Pferde oder drei für die zwei, die ihnen ausgebüxt waren. Die Rebs würden sie schon finden, wenn sie nach ihren eigenen Pferden suchten.

Drei, dachte er, verwarf den Gedanken jedoch wieder. Wes und Susannah würden mißtrauisch werden, wenn er mit drei Pferden auftauchte und behauptete, er hätte sie für ihre zwei Klepper eingetauscht. Und so sehr sie auch nach Hause wollten, er hegte den starken Verdacht, daß sie gegen Pferdediebstahl etwas einzuwenden haben würden.

Mit einem Seufzer ob der ihm aufgezwungenen Tugendhaftigkeit wartete er, bis sich die Männer am Feuer niedergelegt hatten, und dann noch eine Weile, um sicherzugehen, daß sie auch eingeschlafen waren. Dann schlich er vorsichtig auf die Strickleine zu. Keine Wachen. Es war, als ob sie wüßten, daß der Krieg vorbei war, und viel zu müde waren, um auch nur ein, zwei Posten aufzustellen. Er vermutete, daß es sich hier ausschließlich um Verwundete handelte, die zurückgelassen worden waren, und daß die Pferde den Ambulanzwagen gezogen hatten.

Er suchte sich die zwei besten aus und wollte gerade die Leine durchschneiden, als er innehielt. Keine Sättel, Teufel noch mal. Keine verdammte Chance, daß Wes Carr ohne Sattel reiten konnte. Jetzt noch nicht.

Die Scheune. Er ließ sich auf den Bauch fallen und kroch darauf zu. Doch dann hörte er Stimmen und vermutete, daß in der Scheune wohl auch Verwundete liegen würden.

Langsam kroch er wieder zu den Pferden zurück, schnitt die Leinen der beiden durch, die er bereits ausgewählt hatte, und zog die Tiere mit sich. So geräuschlos wie möglich machte er sich auf den Rückweg durch die Bäume zur Straße. Nachdem er ein kleines Stück zurückgelegt hatte, bestieg er ein Pferd und kam nun rascher voran.

Zum ersten Mal, seit sie Texas verlassen hatten, war Susannah von Hoffnungslosigkeit erfüllt. Trotz all der Enttäuschungen und all des Unglücks war sie immer optimistisch gewesen. Sie würde ihren Mann finden; Wes würde sich wieder erholen und wie früher werden; sie würden es nach Hause, nach Texas schaffen. Doch nun wurde ihr klar, daß ihre Flucht aus Richmond töricht gewesen war. Mehr als das, Wahnsinn. Es war Wahnsinn, Richmond mit einem halb zerfallenen Wagen und zwei Pferden zu verlassen, die sie nur deshalb bekommen hatte, weil niemand sie haben wollte. Sie lehnte sich an den umgestürzten Wagen. Ihr Fußgelenk tat weh, aber der Schmerz war erträglich, und sie hatte nicht vor, sich davon oder von ihren anderen Kratzern und Wehwehchen aufhalten zu lassen. Wenn Major Redding sie und Wes als Last empfand, würde er sie möglicherweise doch noch im Stich lassen. Und Wes hatte selbst genug Probleme; da mußte er sich nicht auch noch um sie Sorgen machen.

Lieber Himmel, aber sie hatte Rhys Redding mit schwerem Herzen davonziehen sehen. Er war wie selbstverständlich mit den Schatten der Nacht verschmolzen. Es erinnerte sie an das, was oder wer er war. Oder nicht war! Dennoch, sie fühlte sich danach schrecklich verlassen, schrecklich allein. Selbst jetzt noch zitterte sie am ganzen Körper, wenn sie an die überraschende Sanftheit seiner Hände dachte, als er sie untersucht hatte, an die Sorge, ja, Angst in seiner Stimme, die er, da war sie sicher, um ihretwegen empfand. Sie wollte gar nicht daran denken, wie sehr sie das Gefühl, beschützt zu sein, genossen hatte. Es war so lange her, seit sie es empfunden hatte.

Doch fast sofort, nachdem sie sich bewegte, war die Besorgnis aus seiner Stimme gewichen und hatte seinem üblichen, distanzierten Spott Platz gemacht.

»Ich traue ihm nicht«, brummte Wes. Seine Beschwerde war mittlerweile nichts Neues mehr. »Was ist, wenn er nicht mehr zurückkommt?«

Die Unsicherheit in seiner Stimme traf sie bis ins Mark. »Es bleibt uns wohl nichts anderes übrig, als ihm zu vertrauen«, erwiderte sie ausweichend, da sie sich einer Auseinandersetzung im Moment nicht gewachsen fühlte.

Sie richtete sich auf und wollte zu ihm, konnte ein schmerzvolles Stöhnen jedoch nicht verhindern.

Wes fluchte erneut. »Hast du dir weh getan?«

»Mir ist bloß ein bißchen schwindlig geworden, das ist alles.« Das qualvolle Pochen in ihrem Schädel erwähnte sie nicht.

Er rutschte zu ihr hinüber und nahm ihre Hand in seine. »Bist du sicher? Ich kann versuchen, zu –«

»Er wird wiederkommen, Wes. Ich weiß, daß er wiederkommt.«

»Das gefällt mir nicht«, beharrte Wes stur. »Verdammt, Sue, warum wolltest du nicht in Richmond warten?«

»Die ganze Stadt stand in Flammen. Wir hätten leicht darin umkommen können.«

»Das hätten die Unionstruppen nicht zugelassen.«

Sie wünschte, sie könnte sein Gesicht sehen, aber immerhin fühlte sie seine Hand, die ihre hielt. Sie spürte, wie frustriert er war. Er war immer derjenige gewesen, auf den sich alle verlassen konnten. Stark. Zuverlässig. Seit seiner Verwundung war er nur noch ein Schatten seiner selbst. »Ich muß einfach nach Haus, Wes«, sagte sie.

Er seufzte. »Himmel, ich wünschte, ich könnte dir helfen.«

»Du hilfst mir schon, indem du nur da bist.«

Sie hörte ihn ungläubig ächzen. Aber es stimmte. Sie hatte in den letzten Jahren so viele ihrer Lieben verloren, daß ihr Wes' Überleben wie ein Wunder vorkam. Sie wollte ihn bei sich haben, egal, in welchem Zustand, und Erin auch, das wußte sie.

»Hast du mal drüber nachgedacht, warum dein Major es so eilig hatte, das Libby zu verlassen?« Seine Frage kam unerwartet und stand scheinbar in keinem Zusammenhang mit ihrer bisherigen Unterhaltung.

Susannah schwieg. Ja, genau das fragte sie sich. Warum nur?

»Ich glaube ... ich denke ... wir können ihm vertrauen«, erwiderte sie.

»Ja, aber wie weit?«

»Wir haben doch nichts, was er uns nehmen könnte.«

»Kein Geld?«

»Nur sehr wenig.«

Wes seufzte erneut. Und über tausend Meilen lagen noch vor ihnen. »Du bist verrückt, Schwesterchen.«

»Es gab mal eine Zeit, da hättest du dir nichts dabei gedacht.«

»Da hatte ich auch noch zwei Beine.«

Susannah drückte mitfühlend seine Hand. »Wes, ich bin so froh, daß du noch lebst. Ich weiß, daß Erin genauso denken wird.«

»Kann sein. Zunächst vielleicht.«

»Sie wartet seit fünf Jahren auf dich.«

Wes stieß ein bitteres Lachen aus. »Sie wird sehr bald merken, daß es eine Zeitverschwendung war.«

»Wes –«

»Ich kann ja nicht mal gehen, um Hilfe zu holen, geschweige denn den Wagen reparieren«, sagte er. »Ich kann ja noch nicht mal stehen, zum Teufel. Wir sind angewiesen auf diesen, diesen ...«

Auf meinen Nachtfalken.

Beide schwiegen, in ihre eigenen Gedanken versunken, während sie warteten.

Und warteten!

Wes kroch auf der Suche nach der zweiten Krücke herum. Der Major kam offensichtlich nicht mehr zurück. Nun, warum sollte er auch? Er wußte, daß sie weder Proviant noch Geld besaßen. Wahrscheinlich nicht mal Pferde.

Er hatte Redding von Anfang an nicht über den Weg getraut. Der Mann hatte etwas Finsteres, etwas Gnadenloses an sich, etwas, das Wes in den Jahren seines Soldatenlebens zu erkennen gelernt hatte. Ein Fehlen von Menschlichkeit vielleicht. Er hatte beobachtet, wie der Mann seinen Charme an- und abstellte, wie wenn man eine Tür öffnet und wieder schließt, und Susannahs offensichtliche Faszination und die Art, wie sie ihn adoptiert hatte, behagte ihm nicht. Noch weniger behagte ihm die Art, wie sie das Rebellengefängnis verlassen hatten; es war offensichtlich, daß Redding etwas zu verbergen hatte, und Wes gefiel auch das ganz und gar nicht.

Doch es gab nichts, gar nichts, was er dagegen tun konnte. Er verstand Susannahs Wunsch, so schnell wie möglich nach Hause zu kommen. Der Himmel wußte, daß sie schon genug Verluste hatte einstecken müssen, ohne nun auch noch Marks Land zu verlieren. Und er konnte sie nicht beschützen. Teufel, er konnte sich ja kaum auf den Beinen halten.

Wenn er doch bloß nicht so verdammt hilflos wäre.

Er fluchte leise in sich hinein. Er verfluchte seine Verwundung, er verfluchte den Krieg, er verfluchte die Nacht und ganz besonders Redding, wer oder was immer er auch sein mochte.

»Wes?«

Offensichtlich hatte er nicht leise genug geflucht. »Sue, ich glaube, dein Handlanger oder was immer er auch sein mag hat sich mit den Pferden aus dem Staub gemacht.«

Susannahs Schweigen sagte ihm, daß sie wahrscheinlich zu demselben Schluß gekommen war. Er sah, wie sie versuchte aufzustehen, nur um mit einem Keuchen wieder zurückzufallen.

»Sue?«

»Mir ist bloß ein bißchen schwindlig... laß mir eine Minute Zeit, ja?«

Wes blickte auf seinen Stumpf hinunter, auf das Hosenbein, das sauber zusammengefaltet unter seinem Knie festgemacht war. Er blickte auf die einzelne Krücke. Er hatte noch nie versucht, mit nur einer zu gehen, aber entweder er oder Sue würden Hilfe holen müssen, und er würde nicht zulassen, daß Susannah es tat, nicht bevor er wußte, wie schwer ihre Verletzung war.

Aber wie?

Sie hat Rückgrat genug für euch beide. Verdammt, warum mußte er ausgerechnet jetzt an Reddings Worte denken? Wut stieg in ihm hoch, Wut darüber, daß Redding sie offenbar im Stich gelassen hatte. Seine Wut war stark genug, um seine Zweifel zu besiegen.

Er packte die Krücke und versuchte, sich mühsam hochzuziehen. Er fiel hin und versuchte es erneut. Beim dritten Versuch kam er endlich hoch. Er machte einen Schritt, stolperte und fiel hin, dann zog er sich wieder hoch.

Diesmal verlor er nicht wieder das Gleichgewicht.

Wenn doch bloß die nagenden Schmerzen in seinem fehlenden Bein verschwinden würden. Wenn doch bloß sein rechter Fuß nicht weiterhin kribbeln würde, als ob er noch da wäre und ihn dazu bringen wollte, automatisch aufzutreten. Er machte noch einen ungeschickten, unsicheren Schritt, mehr ein Hopser, aber er kam vorwärts.

Ein teuflisch langer Weg lag vor ihm. Wes biß die Zähne zusammen und hoppelte einen Schritt vorwärts.

Dann noch einen.

Bei Gott, er schaffte es!

»Was zum Teufel –?«

Wes und Rhys stießen fast ineinander, als sie sich in dem Wäldchen an der Straße begegneten.

»Ich dachte, ich hätte Ihnen gesagt, daß Sie bei Mrs. Fallon bleiben sollen.« Rhys zornige Stimme erklang von einem Pferd herunter.

Wes stützte sich auf die Krücke. Er haßte das Gefühl der Erleichterung, das ihn beim Amblick des anderen übermannte. »Ich dachte –«

»Tun Sie mir einen Gefallen, und hören Sie auf zu denken. Es könnte uns beide den Hals kosten, verdammt noch mal.«

Wes fühlte, wie heißer Zorn in ihm hochstieg. »Die sehen nicht aus wie unsere –«

»Sind sie auch nicht. Ein Tauschhandel. Frische Pferde für unsere erschöpften.« Rhys lenkte sein Pferd zu Wes hin. »Halten Sie sich an meinem Bein fest, und geben Sie mir die Krücke.«

Wes zögerte.

»Sie werden reiten müssen, ob Sie wollen oder nicht«, sagte Rhys barsch.

Wes rührte sich nicht.

»Hören Sie«, sagte Rhys. »Ich werd's nur einmal erklären. Wir haben Glück, weil wir auf einer Hauptstraße sind und ziemlich harmlos aussehen. Ich bin jedoch nicht bereit, mit 'nem Yankee in ein Konföderiertenlager zurückzuhumpeln. Ich werde sicher nicht riskieren, gefangengenommen zu werden. Nun steigen Sie schon auf, Teufel noch mal.« Sein Ton war eisig. Er streckte die Hand aus.

Wes reichte ihm schweigend die Krücke und sah zu, wie Redding sie in die rechte nahm und ihm dann die linke entgegenhielt. »Na los«, sagte er, und Wes packte sie. Er wunderte sich, wie rasch der Major seine Kraft wiedergewonnen hatte.

Mit Reddings Hilfe schaffte es Wes, sich in den Sattel zu schwingen, und als er hinter dem Waliser saß, erfüllte ihn ein Gefühl von Stolz.

Er hatte jedoch keine Zeit, es lange zu genießen. Sein Kompagnon reichte ihm die Krücke und trieb sein Pferd zu einem langsamen Trab an.

7

Die Stunden zogen sich endlos dahin, eine nach der anderen, ungezählt. Susannah hielt sich für stark, selbst nach dem Unfall mit dem Wagen und ihrer Fußverletzung, aber auch sie war total erschöpft, als sie gegen Abend endlich anhielten. Wenn sie schon so müde war, wie mußten sich dann erst ihre Begleiter fühlen, die doch erst vor kurzem so schwer verletzt worden waren. Aber Rhys Redding war es, der sie derart unbarmherzig vorwärtsgetrieben hatte.

»Ich hab' die Pferde eingetauscht«, war alles, was er gesagt hatte, als er mit den zwei Tieren zurückkehrte. Und er ließ keinen Zweifel darüber, daß er keine weiteren Erklärungen abzugeben wünschte. »Ich denke, wir sollten uns auf den Weg machen. Es lagern Truppen nicht weit von hier.«

Susannah sah Wes an, der lediglich hilflos mit den Schultern zuckte.

Rhys packte rasch ein paar Habseligkeiten zusammen, eins ihrer Kleider und den Rest ihrer Lebensmittel. Nach kurzem Zögern stopfte er auch ihr Nähkörbchen in den Beutel. Er legte drei Decken über das reiterlose Pferd.

Dann reichte er Wes den Beutel und die zweite Krücke, die er ebenfalls gefunden hatte. Er wandte sich an Susannah. »Sie reiten mit mir.«

»Nein«, sagte Wes.

Rhys ignorierte ihn. »Ihr Bruder hat genug damit zu tun, sein Gleichgewicht zu halten. Wenn wir einen Sattel hätten... dann würde ich nichts sagen, aber...«

Er mußte nicht hinzufügen, daß beide, Bruder und Schwester herabfallen könnten, wenn sie zusammen ritten. Die Andeutung lag klar in der Luft.

»Wir sind beide ausgezeichnete Reiter«, protestierte Susannah, während Wes Rhys wütend anfunkelte. Sie war nicht sicher, was passieren würde, wenn sie Rhys Redding zu nahe kam. Sie versuchte, zu überlegen, aber es blieb keine Zeit.

Rhys war zu brutal. »Ihr Bruder hat nur ein Bein, Sie eine Gelenkzerrung, und wir haben weder Sättel noch Zügel. Noch mehr Unfälle können wir weiß Gott nicht brauchen. Wenn Sie mit mir kommen wollen, dann reiten Sie auch mit mir.«

Er drehte sich um, und es war offensichtlich, daß dies sein letztes Wort war. Er schritt zu einem Baumstumpf und stieg auf das reiterlose Pferd, streckte ihr dann die Hand entgegen, so daß ihr gar keine Wahl blieb, als zu tun, was er wollte. Sie ergriff seine Hand und schwang sich hinter ihm aufs Pferd. Ihr Rock rutschte dabei hoch und entblößte den Großteil ihrer Beine. Sie wünschte, sie hätte jetzt die Hosen da, die sie auf der Ranch manchmal trug.

Er spannte die Oberschenkel an, und das Pferd fiel in langsamen Trab. Ihr war sofort klar, daß er ein exzellenter Reiter sein mußte, ebenso gut wie Mark.

Als sie an seinen harten, kräftigen Körper stieß, wurde ihr glühend heiß, und sie zog die Hand sofort wieder weg. Insgeheim entschuldigte sie sich damit, daß sie nicht mit seiner Wunde in Kontakt kommen wollte. Aber das war's ganz und gar nicht. Ihre nackten Beine berührten seine behosten, und sie fühlte seine Oberschenkelmuskeln, die unglaubliche Kraft, die von ihnen ausging, und das Feuer in ihr breitete sich bis in die geheimsten Winkel ihres Körpers aus. Sie begriff die Spannung nicht, die zwischen ihnen knisterte, erregend und beängstigend zugleich.

Sie versuchte, nicht darauf zu achten, versuchte, ihre Hände auf ihren Oberschenkeln zu lassen und an andere Dinge zu denken: an ihr Zuhause, an den Fluß, der die fruchtbaren grünen Weiden speiste, an die Hügel, die im Frühling voller blauer Blumen waren. Sie schloß die Augen, versuchte sich auf diese Bilder zu konzentrieren, aber statt dessen fühlte sie die Wärme seiner Berührung nach dem Unfall mit dem Wagen, fühlte Arme, die sie festhielten und beschützten. Zärtliche Arme, sanfte Arme. Wie in einem wunderschönen Traum. Diese Momente waren so unendlich süß gewesen, wie nichts, was sie bisher gefühlt hatte. Eine solche… Zugehörigkeit hatte sie Mark gegenüber nie empfunden. Das hätte sie sollen, ganz zweifellos. Ganz sicher eher bei Mark als bei diesem finsteren, rätselhaften Fremden, der so voller Geheimnisse war.

Heimat. Denk an die Heimat. Und an Mark. Denk nicht an den Mann, dessen Rücken deine Brust berührt. Denk nicht daran, wie sich sein Haar im Nacken leicht kräuselt, oder an den maskulinen Geruch nach Leder. Denk nicht daran, daß er dir das Gefühl gibt, so lebendig zu sein, als ob du aus einem langen Schlaf erwacht wärst.

Lange Stunden dieser Nähe. Tage. Wochen. Sie mußte wirklich verückt gewesen sein, das alles überhaupt in Betracht zu ziehen.

Dennoch krochen ihr Schauer der Erregung und Vorfreude über den Rücken bei dem Gedanken an eben jene bevorstehenden Tage und Wochen.

Es ging nach Hause. Mit ihrem Nachtfalken.

Susannah biß herzhaft in den gebratenen Hühnerschenkel und ließ den köstlichen Geruch und Geschmack des Federviehs auch den letzten Rest von schlechtem Gewissen, den sie noch hatte, auslöschen.

Ihr einziger Trost war, daß sie sich zumindest um ihr Gewissen Sorgen machte. Sie glaubte nicht, daß sich Major Rhys Redding in dieser Beziehung den Kopf zerbrach.

Tatsache war, daß er, als er plötzlich mit dem Federvieh aus der Dunkelheit auftauchte, ein äußerst zufriedenes Gesicht gemacht hatte. Sie waren höchstwahrscheinlich gestohlen, da er kein Geld besaß und auch nichts, das sich eintauschen ließ. Er hatte seinen beiden Schützlingen die Beute mit einem amüsierten Blick präsentiert, offensichtlich nur darauf wartend, daß sie Fragen stellten und er ihnen die Antworten geben konnte, die sie und Wes, wie er genau wußte, bestimmt nicht hören wollten. Aber sie besaßen nur noch den trockenen Zwieback, den sie vor zwei Tagen aus dem umgestürzten Wagen gerettet hatten, und weder sie noch Wes waren willens, ihren Versorger zur Rückgabe der mageren Hühnchen aufzufordern.

Also sahen sie beide, erschöpft bis fast zur Bewußtlosigkeit, wortlos zu, wie Major Redding in der kleinen Lichtung, die weit von jeder Straße entfernt lag, ein Feuer machte und die Hühner mit einem Geschick, das Susannah mittlerweile von ihm erwartete, egal, was er auch anpackte, säuberte und rupfte.

Sie genoß die fette Mahlzeit und leckte genüßlich ihre Finger ab, um sich auch nicht einen Tropfen der köstlichen Nahrung entgehen zu lassen. Wes tat es ebenso, wenn auch grollend und zögernd, voller Mißtrauen ihrem Wohltäter gegenüber.

Sie sah zu Major Redding hinüber und wußte, daß er sie die ganze Zeit über beobachtet hatte. Mit einem Glitzern in den Augen tat er, was sie soeben vorgemacht hatte: Er leckte langsam und genüßlich seine Finger ab. Sie fragte sich auf einmal, ob ihre Geste, die normalerweise als schlechtes Benehmen galt, ebenso sinnlich gewirkt hatte wie jetzt bei ihm. Sein offensichtliches Vergnügen am Geschmack des Fleisches, die bewußt langsame Bewegung seiner Zunge, all das schien zu sagen, daß er am liebsten etwas ganz anderes gekostet hätte.

Susannah saß neben ihm, und ihre Blicke kreuzten sich. Sie fühlte die Hitze, die von ihm ausstrahlte, sog tief den Duft der Hühnchen und seine männliche Wärme in sich auf.

Sie fühlte, wie ihr Blut sich erhitzte, wie es heftig pulsierend durch ihre Adern strömte. Sie schluckte, versuchte, das Rasen ihres Pulses unter Kontrolle zu bringen, doch ihr Körper wollte ihr nicht mehr gehorchen.

Sie wußte, daß sie den Zauber irgendwie brechen mußte, denn sonst würde sie unweigerlich zu ihm hingezogen werden, egal, ob ihr Bruder nun einen knappen Meter entfernt saß oder nicht.

»Major Redding…«, begann sie und war erstaunt, wie heiser ihre Stimme klang.

Er schenkte ihr ein unschuldiges Grinsen, das, wie sie wußte, alles andere als unschuldig war. »Ich glaube, wir sollten die Formalitäten allmählich beiseite lassen«, sagte er leichthin, »und Major ist, nun… nicht unbedingt zutreffend. Nennen Sie mich Rhys.« Seine tiefe, melodiöse Stimme mit dem seltsam attraktiven Akzent ließ den Namen wie ein Versprechen in der Luft verklingen.

Seine Bemerkung rüttelte Wes auf, der bis dahin mürrisch in die Dunkelheit gestarrt hatte, offensichtlich in ebenso finstere Gedanken vertieft oder einfach nur vollkommen erschöpft vom heutigen Ritt.

»Was *ist* dann zutreffend?« fragte er.

»Captain, denke ich, wäre passender«, sagte Rhys, und sein Lächeln wurde noch breiter. Mit dieser Äußerung gab er noch mehr Rätsel auf und schien es offenbar zu genießen.

Wes schoß das Blut in die Wangen, als auch er merkte, daß Redding sein Spiel mit ihnen trieb. Doch er ließ sich nicht abwimmeln. »Wer sind Sie überhaupt? Finden Sie nicht auch, es ist verdammt noch mal an der Zeit, daß wir's erfahren?«

Rhys zuckte die Schultern. »Wieso? Was würden Sie dann tun?«

Wes ballte eine Hand zur Faust. »Wir brauchen Sie nicht.«

»O doch, das tun Sie«, sagte Rhys mit brutaler Offenheit. »Oder hätten Sie heute abend lieber die letzten paar Krümel Zwieback gegessen?«

Susannah fühlte die Feindseligkeit, die zwischen den beiden Männern herrschte und die jenen Moment intensiver Intimität zwischen ihr und... Rhys ein wenig entspannte. Sie empfand Erleichterung, aber auch ein fast schmerzliches Bedauern darüber. Warum tat er das bloß immer wieder mit ihr? Solch widerstreitende Gefühle wecken?

Sie sah ihn an, und sein Blick wanderte wieder zu ihr zurück. Da wußte sie, daß die sinnliche Hitze zwischen ihnen noch immer schwelte. »Was für ein Captain?« wollte sie wissen.

Er warf einen spöttischen Blick auf Wes und wandte sich dann wieder mit einem leisen Grinsen zu ihr. »Ich war so 'ne Art Schiffskapitän. Ein Blockadebrecher.«

Susannah merkte, daß sie ihn mit offenem Mund anstarrte. Nicht in ihren wildesten Träumen hätte sie sich *das* vorgestellt. »Ein Blockadebrecher?«

Sein Mund verzog sich zu einem schiefen Lächeln. »Ein Möchtegern-Blockadebrecher sollte ich wohl sagen. Ich wurde schon bei meiner ersten Fahrt in den Hafen von Charleston vom Wasser gepustet. Ein Schuß, der nach hinten losging, könnte man sagen.«

Susannah war fasziniert von seinem Gesichtsausdruck. Halb trocken, halb amüsiert, als ob er die Geschichte eines anderen erzählen würde. Und eine Geschichte konnte es durchaus sein, dachte sie, reine Erfindung.

Wes war es schließlich, der die Frage stellte, die auf der Hand lag. »Warum haben Sie das den Rebs nicht erzählt?«

Rhys zuckte mit den Schultern. »Ich dachte nicht, daß sie mir glauben würden. Kein Ausweis. Die Uniform eines Unionsmajors –«

Wenn Blicke töten könnten, dann hätte Wes Rhys soeben erledigt. »Das bringt uns auf eine andere Frage.«

»Ich war von den Yanks gefangengenommen worden und auf dem Weg nach Washington, als ich flüchten und mich zu den Linien der Konföderierten durchschlagen konnte, und zwar in der Uniform, die ich –«, Rhys zögerte und warf einen Blick auf Susannah, »die ich mir angeeignet hatte. Unglücklicherweise haben die Rebs meine Erklärungen gar nicht erst abgewartet. Im Libby hab' ich dann auch nichts anderes erwartet.«

Beim Wort »angeeignet« hatten sich seine Augen verdunkelt, und Susannah meinte, den Tod aus diesem Wort herauszuhören, falls das möglich war. Seine Augen waren auf einmal kalt und hart geworden, und sie fühlte, wie ihr ein Schauder über den Rücken rann.

Sie wußte, daß Wes es ebenfalls gehört beziehungsweise gespürt haben mußte, denn er versteifte sich. »Wie angeeignet – durch Mord?«

»Ist es das, was *Sie* getan haben?« Rhys starrte ihn mit unbeweglichem, finsterem Blick an. »Haben Sie in den letzten Jahren gemordet oder bloß den Feind getötet?«

»Für mich war es Krieg«, sagte Wes. »Und wie haben Sie's genannt, ein Abenteuer?«

»Genau«, sagte Rhys. »Ich glaube nicht an die Sache, ob gut oder schlecht.«

»Glauben Sie denn überhaupt an etwas?«

Rhys lachte. »An mich selbst, Colonel Carr. An mich selbst.« Und er erhob sich gemächlich. »Und das Gespräch hier fängt an, mich schrecklich zu langweilen. Ich werd' 'nen kleinen Erkundungsgang machen. Wir wollen doch sichergehen, daß niemand unser Feuer gesehen hat.«

»Redding?« Rhys war schon mehrere Schritte entfernt, als er zögerte und sich schließlich umdrehte. Er sah Wes mit hochgezogener Braue an.

»Das ist die blödeste Geschichte, die ich je gehört habe.«

»Das ist sie wohl«, stimmte Rhys mit einem breiten Grinsen zu, das sowohl Susannah als auch ihrem Bruder jegliche Spekulation über den Wahrheitsgehalt offenließ.

Außer seiner Bemerkung über die gute – oder schlechte – Sache.

Rhys Redding war in den nächsten Tagen ungewöhnlich einsilbig und distanziert, fast, als ob er bereute, neulich abends das bißchen Information über sich preisgegeben zu haben. Und er trieb sie unbarmherzig vorwärts.

Susannah und Wes waren gewöhnlich vollkommen erschlagen und am Ende ihrer Kräfte, wenn sie endlich für die Nacht haltmachten. Alles, was sie tun konnten, war, erschöpft zu Boden zu sinken, während Rhys Redding auf Streifzug ging. Sie war schon immer eine sehr gute Reiterin gewesen, doch nun waren ihre Beine aufgerieben und wund vom Kontakt mit der verschwitzten Haut des Pferdes.

Eine Woche. Es war erst eine Woche her, seit sie die neuen Pferde bekommen hatten. Rhys – so nannte sie ihn nun – war unermüdlich, ja, gnadenlos. Wes' Gesicht war von Schmerzen gezeichnet, seine Lippen fest zusammengekniffen, doch er dachte nicht daran, eine zusätzliche Rast zu fordern.

Das gleiche galt für Susannah. Irgend etwas trieb Rhys Redding an, etwas, das sie nicht verstand, das ihrem Wunsch, schnellstmöglich nach Haus zu kommen, jedoch in die Hände spielte. Also dachte auch sie nicht daran, ihn nach dem Grund seiner Eile zu fragen oder gar bremsen zu wollen.

Und die Erschöpfung, die sie nun nie mehr ganz verließ, betäubte teilweise den Effekt, den seine Nähe auf sie ausübte. Das Knistern, die Elektrizität war nach wie vor vorhanden – ja, sie fürchtete, daß sie nie ganz verschwinden würde –, aber wenn sie anhielten, dann wollte sie nur noch eins: schlafen, schlafen und nochmals schlafen. Selbst ein Lager auf dem harten Boden war dem sattellosen Rücken ihres Pferdes vorzuziehen.

Jetzt, da sie zu Pferd unterwegs waren, mieden sie die Straßen, um jeder Begegnung mit Truppen – oder sonstwem – aus dem Weg zu gehen. Jedesmal, wenn sie für die Nacht haltmachten, verschwand Captain Redding ohne jede Erklärung. Manchmal brachte er Beeren mit, manchmal einen Hasen. Er war ein ausgezeichneter Jäger, wie Susannah und Wes sehr bald feststellten.

Die nächste Beute, die er heimbrachte, waren ein Sattel und Kleidungsstücke.

Es war mehr als eine Woche her, seit sie den umgestürzten Wagen zurückgelassen hatten, als sie bei einer verlassenen Farm ihr Nachtlager aufschlugen. Wie gewöhnlich war der Abend bereits hereingebrochen. Rhys – sein Name kam ihr nun leicht über die Lippen, viel zu leicht – war wieder einmal verschwunden, und Susannah sank neben Wes, der an einem Baum lehnte, nieder. Es war später als gewöhnlich, aber ihr ... Anführer hielt nie eher an, als bis er ein abgelegenes Plätzchen, möglichst an einer Wasserstelle, gefunden hatte. Sie befanden sich nach wie vor irgendwo zwischen zwei feindlichen Armeen, und es konnte leicht passieren, daß man ihre Pferde konfiszierte, da sie ja nur über eine einzige Pistole verfügten.

Sie hatten also großes Glück gehabt, diesen Platz hier zu finden. Offensichtlich war das Haus einmal eine kleine Farm gewesen, doch alles, was noch übrig war, war das heruntergebrannte Skelett des Hauses und ein großer Haufen Asche, wo früher einmal die Scheune stand. Der Ort war verlassen, aber Rhys hatte hinter dem Haus einen Brunnen gefunden und eine große Eiche, unter der sie Schutz suchen konnten. Dann war er wieder auf einen seiner nächtlichen Beutezüge verschwunden.

Susannah und Wes stillten ihren Durst mit Brunnenwasser, und Wes wusch danach sein Pferd und rieb es sorgfältig trocken. Er tat dies äußerst gewissenhaft, egal, wie müde er auch war oder wie schwer es ihm auf zwei Krücken fiel. Als er fertig war, humpelte er zu Susannah, die Holz für ein Feuer gesammelt hatte.

Er ließ sich wortlos zu Boden fallen. Wie in den anderen Nächten auch, blieb ihnen nichts anderes übrig, als zu warten. Sie wußte, wie sehr Wes das haßte, wie sehr er es haßte, von Rhys abhängig zu sein, aber er war immer noch schwach, konnte sich immer noch nicht richtig auf einem Bein fortbewegen. Und Susannah merkte, daß er immer noch große Schmerzen haben mußte, denn nicht selten sah sie, wie sich sein Gesicht qualvoll verzerrte. Er hatte ihr gesagt, daß er den amputierten Fuß immer noch spürte, daß er manchmal so juckte und weh tat, daß er kaum noch stehen konnte, doch wie konnte man etwas kratzen, das nicht mehr vorhanden war? Und der Stumpf selbst war noch nicht völlig verheilt. Das dauernde Stoßen und Schütteln auf dem sattellosen Pferderücken war natürlich alles andere als förderlich, und sie hatte des öfteren hilflos zusehen müssen, wie er den Verband über dem Stumpf erneuerte. Er wollte nicht länger, daß sie es tat.

Susannah warf einen sehnsüchtigen Blick auf das Feuerholz. Wenn ihr Versorger nichts zu essen brachte, konnten sie sich das Feuer sparen. Sie wollten nicht unnötig Aufmerksamkeit erregen, jedenfalls nicht, solange ihr Führer fort war. Rhys Redding hatte sich die Pistole angeeignet, nachdem der Wagen umgestürzt war. Er hatte sie nach seiner Rückkehr mit den Pferden einfach an sich genommen, und Susannah, die immer noch fürchtete, daß er sie verlassen könnte, hatte nichts gesagt.

Er hätte eigentlich schon zurück sein müssen. So lange war er noch nie ausgeblieben. Langsam machte sie sich Sorgen. Sie ging hinüber zu Wes. Er hatte die Augen geschlossen und sein gesundes Bein aufgestellt. Sie konnte sein Gesicht im Mondlich nicht sehen, also kniete sie bei ihm nieder. Er sah so müde, so ausgelaugt aus.

Er öffnete langsam die Augen und streckte die Hand nach ihr aus. »Du mußt auch schrecklich müde sein, Knöpfchen. Ich hätte dir helfen sollen.«

Sie schüttelte abwehrend den Kopf, doch ihre Stimmung hob sich, als sie das alte Kosewort hörte. Es war Jahre her, seit er sie »Knöpfchen« genannt hatte. Sie unterdrückte mühsam die aufsteigenden Gefühle. »Du mußt erst wieder zu Kräften kommen.«

Er sagte nichts darauf, sah sie nur zweifelnd an und meinte dann: »Wo bleibt dein Freund?« So war es jetzt immer. Wes zog sich soweit wie möglich vor Rhys Redding zurück. Die Feindseligkeit zwischen den beiden war beinahe greifbar.

Freund. Rhys Redding war vieles, aber Susannah machte sich nichts vor, was ihre Beziehung zu ihm betraf. Sie hatte versucht, etwas wie Freundschaft zwischen ihnen entstehen zu lassen, doch anders als zu Anfang, als er mit Humor und Schlagfertigkeit geantwortet hatte, wurde er nun gewöhnlich schweigsam, aber vielleicht war er ja auch nur ebenso müde wie sie. Das hätte er jedenfalls sein müssen. Doch sie hatte ihn mehrmals gehört, wie er in der Nacht aufstand und verschwand und erst nach geraumer Zeit, es mußten Stunden vergangen sein, zurückkehrte. Doch am nächsten Morgen wirkte er unweigerlich frischer, als sie und Wes es je waren.

Er war ihr immer noch ein vollkommenes Rätsel. Und sie war der Lösung noch keinen Schritt näher gekommen. Sie wußte immer noch nicht, warum er eigentlich bei ihnen blieb; ganz sicher nicht aus Furcht, denn er schien keine Furcht, ja, nicht mal Nerven zu kennen. Er hatte immer eine Lösung, eine Lüge, oder sonstwas parat, um mit jeder möglichen Krise fertig zu werden. Und nie sah sie Wärme in seinen Augen, immer nur vorsichtige Spekulation.

Instinktiv wußte sie jedoch, daß er der Anziehung zwischen ihnen keineswegs immun gegenüberstand; sie hatte gesehen, wie er zusammenzuckte, wenn sie ihn berührte. Sie hatte gesehen, wie er die Zähne zusammenbiß, wie er mühsam um Beherrschung rang. Langsam begann sie seine enorme Selbstbeherrschung zu hassen, begann sich zu fragen, was wohl passieren mochte, wenn er sie einmal verlor.

Gefährlicher Gedanke. Doch sie fing an, sich an Gefahr zu gewöhnen, sie sogar zu suchen. Das war ein noch gefährlicherer Gedanke.

Sie fühlte, wie Wes sich auf einmal verkrampfte, und blickte auf. Captain Redding ritt auf sie zu. Pferd und Reiter zeichneten sich lediglich als eine schwarze Silhouette gegen den Nachthimmel ab, und dennoch wußte sie, daß er es war. Da war eine unübersehbare Eleganz in der Art, wie er ritt, in seiner Haltung, ein wilder Stolz, eine Herausforderung, wie sie sie noch nie gesehen hatte. Ihr Herz fing an, wie wild zu klopfen, und sie fuhr unwillkürlich mit der Hand an den Kopf, um eventuelle Strähnen, die sich aus ihrem langen Zopf gelöst hatten, zu glätten.

Erst da bemerkte sie, daß etwas anders war. Sie erhob sich, um ihm entgegenzugehen, und ihre Müdigkeit war auf einmal wie weggeblasen, als er auf sie zuritt. Er saß lässig in einem abgetragenen Sattel. In der Hand hielt er ein Bündel, ein Paar Jungenhosen, das er ihr zuwarf.

Er blickte sie mit einem frechen Grinsen an. Mit leiser, fast schnurrender Stimme sagte er: »So sehr ich es auch genieße, Ihre

Beine zu sehen, ist mir doch aufgefallen, daß sie in einem schlimmen Zustand sind.« In seinen Augen stand ein provokatives Glitzern.

Susannah wurde trotz ihrer verzweifelten Bemühungen rot bis unter die Haarwurzeln. Wie schaffte er es bloß, seine Gefühle so gut zu verbergen, wenn ihr das überhaupt nicht gelang? Sie hatte versucht, sich zu verstecken, als sie ihre wundgeriebenen Beine untersuchte. Offensichtlich hatte er jedoch mehr gesehen, als sie gedacht hatte. Und woher wußte er bloß, wie sehnlichst sie sich genau das gewünscht hatte, was er mitbrachte?

Und der Sattel. O Gott, wie sehr sie diesen Sattel brauchten, wie sehr Wes ihn brauchte. Wes, der zwar ein ausgezeichneter Reiter war, mußte jedesmal kämpfen, um aufs Pferd zu kommen. Susannah wußte, daß er es haßte, Rhys Hilfe annehmen zu müssen, aber es ging nun mal nicht anders. Jetzt, mit dem Sattel, konnte er selbst aufsteigen. Auf den Gedanken, daß der Sattel für jemand anderen als für Wes gedacht sein könnte, kam sie gar nicht.

Rhys hatte jedoch noch etwas anzubieten. Er schwang sich vom Pferd, führte es die paar Schritte zum Lager und blickte auf Wes hinunter. »General Lee hat sich ergeben«, sagte er.

Wes fuhr hoch, und in seinen Augen stand ein Glanz, wie ihn Susannah seit vier Jahren nicht mehr gesehen hatte. »Es ist vorbei? Sind Sie sicher?«

»Was Lee betrifft, ja. Die Neuigkeit macht gerade per Kurier die Runde. Ich bin auf der Straße einem begegnet. Die Konföderierten dürfen ihre Waffen und Pferde behalten. Das ist recht großzügig, wie ich hörte, aber auch kein verdammter Grund, um zu feiern.«

»Soweit es Lee betrifft?« wiederholte Wes leise. »Was ist mit den anderen Armeen? Mit General Johnston in den Carolinas? Kirby Smith in Texas? All die anderen?«

Redding zuckte mit den Schultern. »Lee hat sich ergeben. Das ist alles, was man weiß.«

Susannah schloß die Augen und flüsterte: »Vorbei«. Dann riß sie sie wieder auf. »O Gott, und so viele Tote.«

»Und was ist mit Ihnen, Redding?« fragte Wes mit einem Blick, der so durchdringend war wie in alten Zeiten. »Ist es für Sie nun auch vorbei?« Was er hören wollte, waren Antworten, mehr Antworten als nur die eine auf seine Frage.

»Ich weiß nicht«, meinte Rhys ehrlich. Und er wußte es auch nicht. Er hatte trotz allem einen Unionsoffizier getötet, ohne wirklich Soldat zu sein. Er zuckte gleichgültig mit den Schultern, ließ sich nichts von seinen Gedanken anmerken. »Für uns jedenfalls macht es die Dinge ein wenig leichter. Es werden jede Menge Leute unterwegs sein. Heimkehrende Soldaten, und zwar in beide Richtungen. Da fallen wir nicht weiter auf.«

Wes sah Susannah an. »Zu Hause wird's jede Menge Bitterkeit geben, Knöpfchen.«

Rhys blickte fragend von einem zu anderen.

»Die meisten in unserem Bezirk waren Sympathisanten der Konföderierten. Fast jede Familie hat jemanden im Kampf gegen den Norden verloren«, erklärte Susannah.

»Außer den Martins«, fügte Wes bitter hinzu.

Wieder sah Rhys die beiden fragend an.

»Ein habgieriger Clan, der den Krieg ausgesessen hat und nun Vorteil daraus schlägt«, antwortete Susannah mit derselben Bitterkeit. »Sie machen uns schon seit Jahren Probleme, doch seit kurzem gibt es niemanden mehr, der ihnen Einhalt gebieten könnte.« Sie wandte sich wieder Wes zu. »Und es macht keinen Unterschied, was die Leute denken. Ich brauche dich, Wes. Allein schaffe ich's nicht, jetzt, da Mark...« Ihre Stimme versagte.

Sie wandte sich abrupt ab, als ihr klarwurde, daß sie in den letzten Tagen überhaupt nicht an ihn gedacht hatte. Eine Woge der Beschämung überrollte sie. Scham und Einsamkeit, die ihr fast das Herz zerrissen. So vieles war anders geworden, seit sie und Wes und Mark über die Prärien geritten, im Fluß geschwommen und an seinen Ufern geträumt hatten. Hatte ein derartiger Friede überhaupt je existiert? Sie alle waren nun fort, für immer: ihre Mutter, ihr Vater, Mark, ja, selbst Wes. Zumindest jener ungestüme, selbstbewußte Bruder mit dem starken Pflichtbewußtsein und dem unbeugsamen Mut, für seine Grundsätze auch einzustehen. Und jetzt sah er so unsicher aus, hatte Angst, mehr Last als Nutzen zu sein, und am liebsten wäre sie zu ihm gegangen und hätte seinen Kopf an ihre Brust gedrückt. Aber das wäre das Schlimmste, was sie hätte tun können. Er brauchte kein Mitleid. Er mußte sich wieder wie ein Mann fühlen können.

Ihr Blick wanderte zu Rhys Redding zurück, einem Fremden, trotz der vielen Tage, die sie nun schon zusammen waren. Er lehnte an einem Baum und beobachtete sie beide distanziert, als ob sie Schauspieler in einem Theaterstück wären. In seinem Gesicht zeichnete sich nicht mehr Gefühl ab, als bei einem Zuschauer: Neugier, ein klein bißchen Verwirrung vielleicht, während er auf Wes' Reaktion wartete.

»Ich bleib' bei dir«, sagte Wes schließlich, »bis Texas.« Und seine Augen waren auf Rhys gerichtet, die Botschaft darin glasklar: *Ich traue dir nicht.*

Rhys zuckte lediglich mit den Schultern, als ob er sich nicht das geringste aus Wes' Meinung machte, was, wie Susannah wußte, nicht mal gelogen war. Er ging in die Hocke und betrachtete interessiert das Häufchen Feuerholz.

»Große Erwartungen, hm?« bemerkte er trocken. Rhys war auf Nahrungssuche gewesen, war dann jedoch auf den Rebkurier, einen einzelnen Reiter, gestoßen, den er angehalten und um seinen Sattel erleichtert hatte. Seiner Ansicht nach brauchte Wes ihn dringender. Die Tatsache, daß der schlaksige junge Mann eine zweite Garnitur Kleidung in seinen Satteltaschen hatte, war ein unerwarteter Glücksfall. Er hatte sich dagegen entschieden, dem Jungen sein letztes bißchen Proviant abzunehmen, und hatte ihn lose gefesselt, sein Pferd nicht weit von ihm angebunden, zurückgelassen. Schließlich hatten ihn die Rebs angeschossen und eingesperrt, und da war es nur gerecht, wenn er's ihnen auf so milde Art heimzahlte.

Dafür hatte er nun jedoch nichts zu essen anzubieten. Der Kurier, nicht älter als ein Halbwüchsiger, hatte ohnehin nur etwas harten Schiffszwieback bei sich gehabt und selbst halb verhungert ausgesehen. Und Rhys nahm an, seine Neuigkeiten wären seinen beiden Schützlingen wichtiger als Nahrung. Er hatte allerdings etwas glücklichere Gesichter erwartet; Wes' Ausdruck war noch sorgenvoller als sonst, und Susannahs war stumpf, der Blick in irgendwelche Fernen gerichtet. Auf ihren Ehemann. Den verstorbenen Ehemann. Rhys empfand auf einmal eine große Einsamkeit, ein Gefühl, das er, wie er dachte, schon vor Jahren überwunden hätte. Doch nun befürchtete er, daß es sich lediglich unter einem Mantel der Gleichgültigkeit verborgen hatte.

Teufel noch mal, aber das Gefühl von Susannahs Körper an seinem während der letzten Tage hatte ihn ganz sicher nicht kaltgelassen. All die sanften Rundungen, die sich so herrlich an ihn schmiegten, besonders wenn sie müde war und nicht mehr so verkrampft und ihren Kopf dann an seinen Rücken lehnte. Er mußte all seine Willenskraft aufbieten, um die Maske der Gleichgültigkeit aufrechtzuerhalten, und genau deshalb drängte er auch so erbarmungslos voran, bis sie nachts alle so erschöpft waren, daß sie an nichts anderes als an Schlaf denken konnten. Selbst dann noch ließ ihm seine angeborene Rastlosigkeit zusammen mit seinem immer größer werdenden Verlangen nach ihr keinen Frieden und zwang ihn, sich allein auf den Weg zu machen: auf Proviantsuche, auf die Jagd und sogar hin und wieder auf ein paar Diebstähle.

Letzeres hatte er schon als kleiner Junge gelernt. Da er nicht an einem Ort, der ihn beständig an seine Demütigung und an seinen Schmerz erinnerte, bleiben konnte, hatte er den Gasthof nicht lange nach der Auspeitschung verlassen und sich nur durch Diebstähle über Wasser gehalten. Leibeigenschaft oder Deportation hätten sehr wohl seine Zukunft sein können, wenn er Nathan Carruthers nicht getroffen und unter seiner Anleitung Lesen und Schreiben gelernt hätte. Und noch vieles mehr, an das er jetzt lieber nicht denken wollte. Die beiden hatten sofort einen Draht zueinander gehabt, gleich und gleich gesellt sich gern, sozusagen, und waren mehr als zehn Jahre zusammengeblieben. Nathan war sein Lehrer gewesen, was Aussprache, Manieren und Bildung betraf. Rhys dagegen hatte ihm das Kartenspiel und andere zweifelhafte Kunstfertigkeiten beigebracht. Eine wertvolle, um nicht zu sagen erhebende Erfahrung für beide.

Rhys wurde sich plötzlich zweier Augenpaare gewahr, die schweigend auf ihn gerichtet waren.

»Ich werd' das Pferd versorgen«, sagte er abrupt und erhob sich geschmeidig. »Ich hab' übrigens nichts zu essen gefunden, also brauchen wir auch kein Feuer. Bringt nichts, unnötig Aufmerksamkeit auf sich zu lenken.«

Er trat zu seinem Pferd und tätschelte es liebevoll, was ihm ein dankbares Wiehern einbrachte. Armes Tier. Es hatte ebenfalls Peitschenspuren auf seinem Rücken und mußte, soweit Rhys das beurteilen konnte – und das konnte er! –, in seinem Leben schon so manches Mal schwer mißhandelt worden sein. Dennoch hatten beide Tiere bis jetzt besser durchgehalten, als man hätte erwarten können.

»Hast dir eine ausgiebige Rast verdient«, sagte er leise, »und etwas Hafer. Ich versprech' dir, daß ich schon bald welchen für dich auftreiben werde.« Das Pferd antwortete mit einem neuerlichen Wiehern und warf den Kopf zurück, die erste spontane Bewegung, die Rhys bei ihm sah. »Na, wirst wohl auch langsam wieder lebendig? Ich glaub', das geht uns allen so.«

Er führte das Pferd an eine Stelle, an der saftiges Gras wuchs, und legte ihm Fußfesseln an. Er wünschte bei Gott, er würde noch ein Pferd finden, damit dieses hier nicht dauernd eine so schwere Last zu tragen hatte. Er war schon seit einiger Zeit auf der Suche nach einem einzelnen Reiter, egal, ob Reb oder Yankee, hatte jedoch nichts gesehen, außer dem Kurier, und etwas hatte ihn davon abgehalten, ihm außer dem Sattel auch noch das Pferd wegzunehmen. Der junge Kurier hatte so müde ausgesehen, so niedergeschlagen. Ein Militärsattel ließ sich leicht ersetzen, ein Pferd nicht.

Verdammt, er wurde doch wohl am Ende nicht noch weichherzig, oder?

Er streichelte das Tier ein letztes Mal und ging dann auf eine Baumgruppe zu seiner Linken zu. Er brauchte die Bewegung, sagte er sich, die Beine nach einem Tag im Sattel mal ordentlich strecken. Keinesfalls jedoch wollte er von einer gewissen jungen Dame fortkommen, deren lavendelblaue Augen ihn nicht losließen und die höchst ungebetene Erinnerungen und Gefühle in ihm weckten.

Als er die Baumgruppe erreichte, sah er, daß dort ein kleiner Familienfriedhof lag, der von einem kleinen gußeisernen Zaun umgeben war. Eine riesige Eiche überschattete das Plätzchen mit den paar Grabsteinen. Er las einige der Inschriften. Hier lagen mehrere Generationen einer Familie begraben. *»Sylvia, geboren 1808, gestorben 1815. Sie weilt bei den Engeln im Himmel.« »David Metcalf, geboren 1840. Gestorben 1861. Fand den Heldentod bei Manassas. Er war unsere Hoffnung.«*

Da waren noch andere, die Geschichte einer ganzen Familie. Er dachte an die Inschrift, »Fand den Heldentod... Er war unsere Hoffnung«. Rhys glaubte nicht an Heldentum. Dennoch, dachte er, während sein Blick über die Gräber glitt, es wäre wohl interessant, eine Familie zu haben. Die Inschriften schienen zu sagen, daß sich diese Menschen geliebt hatten, daß sie einander vermißten. Wie war das, jemanden zu lieben? Er konnte es sich nicht vorstellen.

»Es ist so friedlich hier.« Die Stimme war leise und traurig, und Rhys fuhr zusammen. Er hatte Susannah nicht kommen hören, was bedeutete, daß er nachlässig geworden war. Nicht gut. Gar nicht gut. Lag es an seiner Müdigkeit? Oder an ihr?

Er drehte sich nicht um. »Friedlich?« Er sagte es trocken, fast spöttisch, um seine Fassade aufrechtzuerhalten, was ihm zunehmend schwerer fiel, wenn sie in der Nähe war.

Ihre Stimme zitterte, als sie antwortete: »Ich muß das denken.«

Nun drehte er sich doch herum und sah sie an. Ihre Lippen bebten fast unmerklich. »Ihr Mann?«

»Und so viele andere.« Sie blickte zu ihm auf, und eine Träne hing in einem ihrer Augenwinkel. Rhys konnte nicht anders, er streckte die Arme aus, und sie kam zu ihm, als wären sie beide metallische Objekte, die magnetisch zueinander hingezogen wurden, und nicht Menschen mit einem freien Willen.

Rhys fühlte in diesem Moment einen neuen Schmerz, das Bedürfnis zu trösten, doch er wußte nicht, wie. Seine Arme schlossen sich wie von selbst fest um sie, um diese starke, unabhängige Frau mit den Tränen in den Augen und der Traurigkeit in der Stimme. Auf einmal wünschte er, er könnte ihre Verzweiflung auf sich nehmen, könnte ihr die Last abnehmen. Dieser Gedanke war so eigenartig, so fremd für ihn, daß er ihn erschütterte wie kaum etwas in seinem bisherigen Leben.

Er sagte sich, daß es höchste Zeit war, einen Schritt zurückzutreten, tief Atem zu holen und sich die Dinge gründlich durch den Kopf gehen zu lassen. Sein Verstand drängte ihn, genau das zu tun. Doch da war etwas, etwas noch Stärkeres, eine eigenartige, tiefe Sehnsucht, die ihn anspornte weiterzugehen.

Er senkte den Kopf, und seine Lippen berührten ihr schwarzes Haar mit einer Zärtlichkeit, die selbst ihn überraschte. Es fühlte sich gut an, ihr Haar, seidenweich. Seidenweich und einladend. Seine Lippen wanderten zu ihrer Stirn, und sie bog den Kopf zurück, bis sie ihm direkt in die Augen sehen konnte.

So viele Fragen standen in ihren Augen. Doch da war auch etwas Einladendes, eine Sehnsucht, die sie nicht verbergen konnte. Und Angst. Angst vor dem Unbekannten, Angst davor, Neuland zu betreten.

Ein Gentleman würde diese Angst respektieren, aber er war kein Gentleman. War nie einer gewesen. Seine Lippen preßten sich auf ihre und erwarteten Erfahrung. Und eine Antwort.

Die Antwort kam, aber nicht die Erfahrung. Er sah die Überraschung in ihren Augen, als seine Lippen die ihren einfingen, sah das Erstaunen, als sie sich aufeinanderpreßten, sanft zuerst und dann mit fast verzweifelter Leidenschaft. Dennoch hatte ihre Reaktion eine Unschuld, die er bei einer verheirateten Frau nicht erwartet hätte. Als ob sie nicht so recht wüßte, was zu tun sei.

Er wußte es.

Rhys fühlte, wie sie erbebte, als seine Lippen ihren Mund dazu verführten, sich zu öffnen. Sein Kuß vertiefte sich, und seine Lippen glitten mit wilder Sehnsucht über ihren süßen Mund. Er mußte sich beherrschen, um sie nicht hier und jetzt zu verschlingen, um ihr nicht mit einem Kuß weh zu tun, der wilder und wilder wurde. Seine Zunge drang langsam in ihren Mund ein, suchend, streichelnd, fordernd. Ihre Hilflosigkeit, ihre Unschuld war es, die seine Begierde noch mehr anfachte. Verheiratet oder nicht, er hatte das deutliche Gefühl, daß sie nie zuvor so geküßt worden war, daß sie bisher noch nie so auf einen Mann reagiert hatte. Er fühlte es fast mit Gewißheit, obwohl solche Unschuld neu für ihn war ... neu, bewegend und verwirrend.

Seine Erinnerung wuchs, und er wußte, daß es ihr ebenso ging, denn ihr Körper, der sich an den seinen schmiegte, zitterte wie Espenlaub. Ihre Lippen hatte sie fest auf die seinen gepreßt und die kleinen Hände zu ihm hochgereckt und besitzergreifend um seinen Nacken geschlungen. Er wußte es, denn ihre süße rosa Zunge begann einen zarten, sinnlichen Tanz mit der seinen, und ihre Augen weiteten sich, als sie fühlte, wie die Anziehungskraft zwischen ihnen zu einer Leidenschaft entbrannte, die sie beide mit sich fortriß.

Die langsame, sinnliche Paarung der Zungen wurde zu einem heißen Tanz der Lust, der einen solchen Hunger in ihm weckte, daß er Susannah am liebsten hier und jetzt genommen hätte. Doch da war ein Zögern in ihr, in der fast scheuen Leidenschaft ihrer Liebkosung, das ihn warnte, langsam vorzugehen.

Er löste seine Lippen von ihrem Mund und blickte auf sie nieder. »Susannah«, flüsterte er, und sein britischer Akzent ließ den Namen wie eine Melodie klingen. Wie eine Liebkosung. Das hatte er nicht beabsichtigt.

Doch er hatte auch nicht beabsichtigt, so für sie zu fühlen.

Wie um diese Gefühle zu bestätigen, blickte er ihr tief in die Augen und fuhr mit dem Finger über ihre Wange zu ihrem Augenwinkel. Sanft wischte er die zarte Tränenspur fort. Ihre lavendelblauen Augen blickten ihn träumerisch und leicht verhangen an, wie taufeuchte Blumen. Ihr Blick war staunend und forschend auf sein Gesicht gerichtet.

Er wußte nicht, was sie dort finden würde, also preßte er seine Lippen erneut auf die ihren, hart diesmal, als ob er die Zärtlichkeit vertreiben wolle, als ob er etwas Gewöhnliches, etwas, das jeder verstehen konnte, aus ihrem Kuß machen wollte. Ein Mann, der sich zu einer hübschen Frau hingezogen fühlt. Zu einer einsamen Frau. Mehr nicht.

Aber so funktionierte es nicht.

Sobald seine Lippen die ihren berührten und er erneut von ihrem süßen Geschmack kostete, wurden sie instinktiv weich, und er verspürte auf einmal einen nie gekannten Hunger, eine nie gekannte Begierde. Es war nicht nur Lust; damit wurde er fertig. Seine Begierde ging weit darüber hinaus. Er hatte sich noch nie derart lebendig gefühlt wie in diesem Moment, hatte noch nie so intensiv gefühlt. Der Abenteurer in ihm war vollkommen gefangen. Gefährliche Gefühle, sagte er sich. Aber er hatte bereits einen Punkt erreicht, wo es ihm egal war. Sein Körper zog sich zusammen wie eine Feder, als er mit aller Kraft um Beherrschung rang, aber er hörte nicht länger auf ihn. Sein Kuß wurde heftiger, wilder, und er wurde von ihr erwidert, bis beide die Welt um sich herum vergaßen.

Und dann begann der Waldbrand. Er fühlte ihn tief in seinem Innern, und er fühlte, wie sich das Feuer ausbreitete, und sie fühlte es ebenso, denn sie preßte sich noch enger an ihn, klammerte sich mit einer Dringlichkeit an ihn, die der seinen in nichts nachstand.

Wie blind tastete er nach ihren Knöpfen, während er ihr Gesicht mit hastigen kleinen Küssen bedeckte. Und dann fühlte er plötzlich die Nässe auf ihren Wangen. Weicher als Regen. Schmerzhafter als Messerstiche.

Mit einiger Willensanstrengung hob er den Kopf. Der einzelnen Träne hatte sich ein kleiner Strom angeschlossen, leise Tränen, die einem Mann die Seele aus dem Leib reißen konnten – falls er eine hatte. Rhys befürchtete in diesem Moment genau das.

Bemüht, ihre Tränen fortzuwischen, glitt seine Zunge mit unendlicher Zärtlichkeit über ihre Wange, bis er wieder ihren Mund erreichte. Dort zögerte er für den Bruchteil einer Sekunde, bevor er sie sanft küßte, und dann tat er trotz seiner heiß lodernden Erregung das Unglaubliche: Er trat zurück. Er schimpfte sich einen Trottel, aber er wich zurück. Sie war bereit, das konnte er sehen, das konnte er fühlen. Es fehlte nur noch ein kleiner Schritt.

Doch er mußte feststellen, daß er diesen Schritt nicht tun konnte. Noch nicht. Nicht mit den Tränen in ihren Augen und dem Blick, mit dem sie ihn ansah – als ob er viel mehr wäre, als er tatsächlich war.

Rhys spannte sämtliche Muskeln an, als sie mit den Fingerspitzen zärtlich die Konturen seines Gesichts nachzeichnete, als wollte sie es sich für immer ins Gedächtnis einprägen. Die Berührung war so zart, so liebevoll, daß er vollkommen verzaubert war und unfähig, sich zu rühren. Noch nie hatte ihn jemand so angefaßt.

Er verspürte einen Schmerz, der sich vollkommen von all den anderen physischen Wunden unterschied, die ihm das Leben bisher zugefügt hatte. Es schmerzte ihn an Stellen, von deren Existenz er nichts gewußt hatte, und an einer Stelle, die er sehr wohl kannte. Und dieser Schmerz war besonders quälend. Teufel noch mal, aber er hielt's nicht länger aus. Er wollte sie wieder an sich ziehen, doch sie wich zurück.

»Mark –«

»Dein Mann ist tot.« Seine Worte waren fast brutal, und Rhys sah, wie sie sie trafen.

»Ich weiß, aber ...«

Aber sie liebt ihn immer noch, dachte Rhys. Warum sollte sie sonst zögern, wo ihr Körper doch so offensichtlich willens war? Er versuchte mit Aufbietung aller Kraft, sich ein wenig zu entspannen.

Verdammt, aber der Gedanke, mit einem Toten konkurrieren zu müssen, gefiel ihm gar nicht. Es war ein unfairer Wettbewerb, und unfaire Wettbewerbe mochte er nicht, außer, wenn die Vorteile auf seiner Seite lagen.

Dennoch drängte er mit sanfter Stimme: »Aber was?« Es war fast ein Schnurren, ein sehr verführerisches Schnurren, als seine tiefe Stimme die beiden Worte langzog und gleichsam in der Luft hängen ließ.

»Ich weiß nicht…« schluchzte sie, als sie tränenblind zu ihm aufsah. Seine Stimme besaß eine fast hypnotische Qualität, fast wie das Schnurren eines Tigers vor seiner nächsten Mahlzeit. Und in seinen Augen stand ein fast raubtierartiges Glitzern. Doch da war noch etwas, jener ironische Zug um seinen Mund, der sie besonders schmerzlich traf. Niemand sollte derart zynisch sein, und sie wußte, daß er Gründe dafür haben mußte. Zumindest nahm sie das an, und der Gedanke schmerzte. Auf einmal konnte sie den Gedanken nicht ertragen, daß ihm jemand weh tat, selbst wenn sie wußte, daß solche Gefühle lächerlich waren. Rhys Redding konnte offensichtlich recht gut auf sich selbst aufpassen. Und doch…

Und doch konnte sie nicht anders, als an den Falken zu denken, den sie gefunden hatte, der Raubvogel, dem sie zu helfen versucht hatte. Er hatte sich in seinem Schmerz gegen sie gewandt und sie gebissen, und dennoch hatte er etwas an sich gehabt, das sie mehr als alles andere berührt hatte. Sein heftiges Ringen um Freiheit, sein Trotz, sein Mut.

Du kannst die beiden nicht miteinander vergleichen. Rhys Redding ist ein Vernunftwesen; der Falke ein Instinktwesen. Doch sie fragte sich, ob sie die beiden in ihrem Geist je würde trennen können.

Lauf. Lauf, als ob der Teufel hinter dir her wäre. Sie wußte, daß sie das tun sollte, aber ihre Beine wollten einfach nicht gehorchen. Nicht mal der Gedanke an Mark konnte sie in Bewegung bringen. Mark, ihr Freund, aber nie wirklich ihr Ehemann… Sie hatte nie das Bedürfnis gehabt, ihn zu berühren, wie sie Rhys Redding berühren wollte. Sie hatte nie zuvor jene überschäumende Erregung im Zentrum ihres Seins verspürt und auch nicht jene unglaubliche Zärtlichkeit, die sie erfüllte, wenn sie ihren Nachtfalken ansah. Sie hatte nicht gewußt, daß man so für einen anderen empfinden konnte, daß man so viele widersprüchliche Gefühle auf einmal haben konnte, die sich dennoch überhaupt nicht zu stören schienen: Vertrauen und Angst, Geborgenheit und Bedrohung, Zärtlichkeit und gleichzeitig eine verzweifelte, heftige Leidenschaft, die sie bis in ihr Innerstes erschütterte.

Lauf. Sie sah zu ihm auf. Seine Augen waren wieder voller Rätsel, abschätzend, wartend. Um seine Mundwinkel spielte ein herausforderndes, fragendes Lächeln.

Susannah tat das einzige, was sie tun konnte. Susannah – die zwei Ranches geleitet, die sich allein durch die Blockadelinien und durch ein vom Krieg zerrissenes Land geschlagen, die gegen die Martins gekämpft hatte –, Susannah tat, was sie geschworen hatte, nie zu tun. Susannah, die stolz darauf war, vor nichts und niemandem davonzulaufen, ergriff die Flucht.

Zumindest im Geist, denn physisch drehte sie sich einfach um und ging.

Es war das Schwerste, was sie je in ihrem Leben getan hatte.

8

Der nächste Morgen war mit der schwierigste, den Susannah je verbracht hatte, und das wollte wahrhaftig etwas heißen.

Aber wie widerstand man dem Unwiderstehlichen? Selbst wenn man mußte?

Susannah hatte nach dem Kuß eine schlaflose Nacht verbracht. Sie überlegte, ob sie nicht doch mit Wes reiten sollte; sie wußte, daß es das Vernünftigste wäre. Aber sie verwarf diesen Gedanken wieder. Es war einfach kein Platz mehr auf dem Sattel, nachdem Rhys die Krücken und ihren Beutel daran befestigt hatte, die Rhys und sie bisher abwechselnd gehalten hatten.

Zumindest redete sie sich das ein. Sie wollte außerdem nicht, daß Wes glaubte, es könne ein Grund hinter ihrem Wechsel der Reitpartner stecken. Er hatte schon genug Sorgen.

Aber, um die Wahrheit zu sagen, sie konnte sich einfach nicht dazu entschließen, das Vernünftige zu tun und auf all die wundervoll erregenden Gefühle zu verzichten, die Rhys Redding in ihr weckte. Ich habe sie unter Kontrolle, sagte sie sich wieder und wieder.

Sie stellte fest, daß ihn die ganze Sache offensichtlich nicht so beeindruckt hatte wie sie. Er pfiff eine bittersüße Melodie, und der Blick, den er ihr zuwarf, enthielt nichts von der Leidenschaft der vergangenen Nacht – oder der Zärtlichkeit. Seine Augen blitzten mit spöttischem Vergnügen, als er sie in den Hosen betrachtete, die er ihr verschafft hatte. Sie saßen ein wenig eng um die Hüften, und sie wußte, daß sie ihre weiblichen Rundungen enthüllten.

»Sehr schick«, sagte er und sie wußte nicht, ob es Sarkasmus oder Bewunderung war, die dem weichen Rhythmus seiner Stimme einen noch melodiöseren Klang verlieh, aber was immer es auch war, es rann ihr über den Rücken wie warmer Honig. Immerhin hielt er ihre Hand ein klein wenig länger fest als notwendig, nachdem er ihr aufs Pferd geholfen hatte und sich ihre Beine nun so viel leichter in die muskulöse Kurve seiner Oberschenkel schmiegten.

Und nach letzter Nacht war das erotische Knistern zwischen ihnen stärker denn je, zumindest für sie. Jedesmal, wenn ihr Körper, ihre Hände oder Beine ihn berührten, prickelten sie. Ein brennendes, fast unerträgliches Prickeln, das nie ganz verschwand, denn die Hitze zwischen ihnen war nun immer vorhanden, ein warmer Strom, der anschwoll und verebbte, aber nie ganz verschwand, allzeit bereit, sich bei der kleinsten Provokation in eine Springflut zu verwandeln.

Sie sah, wie sich sein Rücken versteifte, als ob er einen Schlag erhalten hätte, als sie ihre Arme um seine Taille schlang. Sie konnte fühlen, daß er auf etwas wartete. Sie war nicht sicher, was es war, aber sie spürte es bis in die Zehenspitzen.

Auch ihr Bruder schien dies zu spüren. Nachdem Wes sich, diesmal ohne Hilfe, in den neuerworbenen Sattel geschwungen hatte, ließ er Rhys Redding kaum noch aus den Augen, auch wenn er jedes überflüssige Wort mit ihm vermied. Es war, als ob auch er wartete und Kräfte sammelte für eine bevorstehende Konfrontation.

Sie ritten den ganzen Morgen über, und die Spannung zwischen ihnen war fast greifbar. Sie machte sie alle zu Fremden, selbst Susannah und Wes, die sich früher doch so nahegestanden hatten. Doch sie konnte Wes' Bitterkeit einfach nicht durchdringen, konnte die Mauer des Selbstmitleids, die er um sich errichtet hatte und die jede Annäherung schon im Keim erstickte, nicht überwinden.

Susannah fragte sich, wie lange sie diese Spannung wohl würden ertragen können, bevor die Explosion kam. Und dennoch, sie konnte sich nicht vorstellen, Rhys Redding zu bitten, sie zu verlassen. Er war es, der dafür gesorgt hatte, daß sie so weit gekommen waren. Seinem Charme, seiner Initiative und seinen Lügen war es zu verdanken.

Das durfte sie nie vergessen. Er war der geborene Lügner. Sie hatte ihn mittlerweile oft genug dabei beobachtet. Aber sie log ja auch. Um zu überleben. Um Wes zu helfen. Um Rhys Redding zu helfen. Um… sich selbst zu helfen. Um nach Hause, nach Texas zu kommen.

Nur das unbarmherzige Tempo, das Rhys vorlegte, bewahrte sie davor, etwas unglaublich Törichtes zu tun: ihren Gefühlen, die von Tag zu Tag stärker wurden, nachzugeben. Sie fragte sich manchmal, warum er sie so hart antrieb, als wäre er von irgendwelchen Dämonen besessen.

Nun, vielleicht will er sich ja auch bloß schnellstmöglich von der Last befreien, die er so widerwillig auf sich genommen hat, dachte sie unglücklich. Susannah versuchte, es nicht zu vergessen, selbst wenn es weh tat. Und es tat weh, schrecklich weh.

Zwei Tage später hörten sie, daß Abraham Lincoln ermordet worden war… erschossen, während er eine Vorstellung in einem Washingtoner Theater besuchte.

Sie erfuhren die Neuigkeit in einem kleinen Dorf in Virginia, nicht weit von der Grenze zu North Carolina. Rhys hatte beschlossen, eine Rast in dem kleinen Ort, den sie von einem Hügel aus unter sich liegen sahen, zu riskieren. Er bestand lediglich aus einer kleinen Ansammlung von Häusern: einer Schule, einer Kirche, einer Schmiede, Getreidemühle und Laden. Dies hier war Hill Country, vereinzelte Farmen in einer wundervollen, grünen Hügellandschaft und weit und breit weder Truppen noch Uniformen zu sehen.

Es gab kein Wild mehr in dieser Gegend. Offensichtlich hatte die Armee den Bestand leergejagt, und Susannah hatte zögernd vorgeschlagen, ein wenig von ihrem mageren Geldvorrat für den Kauf von Getreide für die Pferde sowie Eiern und Mehl für sie selbst zu verwenden. Vielleicht sogar etwas Speck und Kaffee. Sie mußte Rhys gegenüber ihre Finanzen offenlegen: dreißig Dollar in Gold und zweitausend Konföderiertendollar, die inzwischen mehr oder weniger wertlos waren. Sie hatten kaum mehr etwas zu essen, und die Pferde benötigten dringend mehr als nur das Gras, das sie fraßen.

Susannah hatte heute morgen ein Kleid angezogen, was sie dazu zwang, sich vor Rhys aufs Pferd zu setzen – im Damensitz. Das bedeutete noch engeren Kontakt mit ihm, doch sie wußte, daß sich trotz der Zerstörung, die der Krieg angerichtet hatte, bestimmte Sitten nicht änderten, und sie wollte nicht riskieren, jemanden durch Unschicklichkeit vor den Kopf zu stoßen.

Mehrere Wagen und gesattelte Reitpferde standen vor dem Laden, und eine kleine Gruppe von Männern unterhielt sich grimmig auf der Veranda, als Rhys, Susannah und Wes heranritten.

Wie auf ein geheimes Kommando unterbrachen die Männer ihr Gespräch und starrten die drei Neuankömmlinge an. Die Gruppe bestand aus sechs Männern, vier älteren und zwei jüngeren; einer der jüngeren Männer trug eine Augenklappe, der andere hatte nur noch einen Arm. Ihre Gesichter waren mißtrauisch, doch einer der Männer nahm seinen Hut ab, als er Susannah erblickte, und die anderen folgten seinem Beispiel. Ein siebter Mann stand etwas abseits, als ob er nicht dazugehörte, und er behielt seinen Hut auf dem Kopf, doch er trat näher, um zuzuhören.

Rhys half Susannah vom Pferd und folgte ihr dann auf die Veranda des Ladens. Wes, dessen amputiertes Bein es ihm schwermachte, auf- und abzusteigen, blieb auf seinem Pferd sitzen.

»Ma'am«, grüßte einer der Männer und sah sie dabei fragend an.

Susannah blickte von einem Gesicht zum anderen und sah mehr darin, als bloße Neugier angesichts von Fremden. Etwas Drückendes lag in der Luft, wie die Schwüle vor einem Gewitter.

»Gibt's irgendwelche Neuigkeiten? Außer, daß Lee sich ergeben hat?« fragte sie.

Einer der Männer schluckte herunter, was er gekaut hatte. Wahrscheinlich Tabak. »Ja, Ma'am, das könnte man sagen. Man hat auf Lincoln geschossen. Ist wohl tot, laut Telegraph jedenfalls.«

Susannah schloß schmerzerfüllt die Augen. Weder ihr Bruder noch ihr Vater hatten vor viereinhalb Jahren für Lincoln gestimmt. Aber nach allem, was sie gehört hatte, war er ein guter, anständiger Mann gewesen. Sie blickte zu ihrem Bruder hinauf und sah, daß auch in seinem Gesicht der Kummer stand. Er krampfte die Hände um den Knauf seines Sattels, sagte jedoch nichts.

»Jetzt ist natürlich der Teufel los«, sagte einer der Männer und fügte rasch hinzu: »'tschuldigung Ma'am. Man sagt, es wär' 'ne Verschwörung der Südstaatler gewesen.«

»Und Jefferson Davis hat sich nach Charlotte, North Carolina, aus dem Staub gemacht«, fügte ein anderer hinzu. »Die ganze verdammte Yankeearmee is hinter ihm her.«

»Dann ist es also vorbei?«

»Nein, Ma'am. Da sind immer noch welche in North Carolina, Georgia, Alabama, ja, sogar Texas, die noch nich aufgegeben haben, wie ich gehört hab'.«

Der Mann mit der Augenklappe fügte hinzu: »Der alte Kirby Smith, der gibt Texas so schnell nich auf.«

Da mischte sich Rhys ein. »Irgendwelche Yankeetruppen in der Gegend?«

»Sherman hat sich in ganz North Carolina breitgemacht und sucht wie der Teufel nach Jefferson Davis«, sagte ein Mann. »He, was is das überhaupt für 'ne Sprache?« Alle blickten ihn mißtrauisch an.

Rhys lächelte entwaffnend. »Englisch. Und ich will verdammt noch mal nicht in irgendwelche Yanks reinrennen.« Das genügte, um die feindselige Stimmung zu zerstreuen.

Einer der Männer trat vor. »Kann ich was für euch tun, Leute?«

»Sind Sie der Ladenbesitzer?«

»Wir würden gern ein paar Vorräte einkaufen ... Mehl, Speck, 'n bißchen Getreide vielleicht.«

»Konföderiertengeld?« Die Augen des Mannes verengten sich mißtrauisch. Offensichtlich hatte das Geschäft nichts mit Patriotismus zu tun.

Rhys schüttelte den Kopf und zog die Münze heraus, die Susannah ihm zuvor gegeben hatte. »Gold.«

Der Ladenbesitzer nickte, und seine finstere Miene erhellte sich ein wenig. »Hab' nich mehr viel übrig. Die Armee hat mir das meiste abgenommen und ihre wertlosen Dollars dagelassen. Aber 'n bißchen Mehl und Speck hab' ich noch. Leider kein Getreide. Ham die Soldaten alles mitgenommen.« Sein Gesicht erhellte sich. »Hab' aber noch 'n paar frische Eier.« Er musterte die ziemlich abgetragene Kleidung seiner Kunden. »Wenn Sie noch 'n bißchen mehr von dem Gold haben, kann ich Ihnen sogar 'n paar Kleidungsstücke verkaufen.«

Rhys schüttelte den Kopf. »Bloß die Lebensmittel, wenn's recht ist, Sir«, sagte er mit jener Höflichkeit, die gewöhnlich die schnellsten Resultate brachte. Er schenkte dem Mann ein freundliches Lächeln, das, wie Susannah bemerkte, jedoch nicht bis zu seinen Augen reichte.

Sie brauchten nicht lange, bis sie das Gewünschte ausgewählt hatten. Selbst das Fünfdollar-Goldstück brachte sie nicht weit in einer Gegend, in der Lebensmittel so rar waren. Sie tauchten mit einem kleinen Sack Mehl, einem Stück Speck, ein wenig hartem Zwieback und sechs sündteuren Eier wieder auf. Es gab weder Salz noch Getreide für die Pferde und auch keinen Kaffee.

Rhys reichte Wes den Sack und schwang sich in den Sattel. Danach half er Susannah vor sich aufs Pferd, der einzige Platz, auf dem sie mit ihrem Kleid reiten konnte.

Der Ladenbesitzer war mit ihnen herausgekommen. »Es sind überall Deserteure in der Gegend«, sagte er. »Eine Bande hat wiederholt Reisende und kleine Farmen überfallen. Sie passen besser auf.«

Susannah schenkte ihm ein blendendes Lächeln, und wieder wurden sechs Hüte gezogen.

Als sie die staubige Straße ein Stück weit hinabgeritten waren, blickte sich Rhys um. Die sechs Männer standen immer noch da, hatten ihre Unterhaltung jedoch wieder aufgenommen.

Der siebte Mann aber blickte ihnen noch nach, nachdem sich die anderen bereits wieder umgedreht hatten. Rhys hatte den Mann zuvor schon bemerkt und auch das Interesse, das er an dem Goldstück und an Susannah gezeigt hatte.

Ein Schauder lief plötzlich über seinen Rücken. Und da wußte er, daß seine alten Instinkte wieder erwacht waren.

Rhys trieb sie länger und härter an als je zuvor. Selbst Susannah, die es von zu Hause her gewohnt war, lange Stunden im Sattel zu verbringen, wäre fast vom Pferd gefallen, als sie endlich anhielten. Sie hatten das Farmland verlassen und befanden sich nun in bewaldetem Bergland.

Susannah merkte ganz genau, daß Rhys irgend etwas beunruhigte, aber er sagte nichts. Er war mehrmals umgekehrt und einmal sogar einem Flußbett gefolgt. Es war offensichtlich, daß er versuchte, ihre Spuren zu verwischen.

Sie wußte nicht, aus welchem Grund er das tat. Die Männer vor dem Laden hatten ziemlich harmlos ausgesehen, und Susannah hatte in den letzten Tagen auch keine Truppen mehr erblickt, weder graue noch blaue. Aber es war offensichtlich, daß ihr Nachtfalke nervös war. Sie fragte sich, ob das etwas mit der angeborenen Vorsicht des Raubtiers zu tun haben konnte. Und dann fragte sie sich, warum sie im Zusammenhang mit ihm immer an ein Raubtier denken mußte, obwohl sie ihm doch vertraute. Obwohl sie ihm sich und ihren Bruder anvertraut hatte.

Als sie schließlich für die Nacht anhielten, half ihr Rhys vom Pferd und wartete, bis Wes abgesessen war und seine Krücken an sich genommen hatte. Rhys, der noch im Sattel saß, winkte ihr einen kurzen Gruß zu und trabte dann wie gewöhnlich davon.

Noch enttäuschter als sonst fragte sich Susannah, ob er sich absichtlich von ihr fernhielt, ob er sie nach dem Vorfall von neulich vielleicht für ein törichtes Weibsbild hielt, das nicht wußte, was es wollte.

Sie wußte es ja selbst nicht. Nein, das stimmte nicht ganz. Sie wußte es. Es brachte sie nur vollkommen durcheinander. Sie kannte sich einfach nicht mehr aus. Sie war immer äußerst loyal Freunden und Familie gegenüber gewesen. Ihre Familie war ihr immer das Wichtigste auf der Welt gewesen. Und genau deshalb hatte sie Mark auch geheiratet; sie schuldete ihm diese Loyalität, weiß Gott, das tat sie, nach allem, was er für sie und Wesley getan hatte. Nicht einmal Marks Tod sollte daran etwas ändern, und sie fühlte sich schuldig und unwert, weil sie so bald nach seinem Tod schon derartige Gefühle hegte. Aber sie hätte niemals gedacht, daß sie das Lächeln eines Mannes erschauern lassen würde, egal, wie zynisch es auch war, oder daß sie bei einer Berührung dahinschmelzen könnte, selbst wenn sie nur dazu diente, ihr beim Auf- und Absteigen zu helfen. Noch nie hatte sie jemand so berührt wie Rhys in jener Nacht, nicht mit dieser Mischung aus Wildheit und Bewunderung. Auch hatte sie nie zuvor jemanden so schmerzlich vermißt, wenn er auf seinen mysteriösen Erkundungsgängen verschwand. Es war, als ob der Mond auf einmal vom Himmel gepflückt worden wäre.

Törichte Träumerin! schalt sich Susannah. Dafür hatte sie wirklich keine Zeit. Der Mond war da, voll und leuchtend und hell genug, um Feuerholz zu sammeln. Eier. Sie hatten ja jetzt Eier. Und Speck. Und Mehl. Mit ein wenig Wasser konnte sie Eierkuchen backen.

Wes sattelte sein Pferd ab. Es war nicht leicht, aber er tat es schon seit Tagen, und Susannah bemerkte eine neue Art von Kraft, ja, Zuversicht an ihm, die von Tag zu Tag zunahm, seit er festgestellt hatte, daß er Dinge tun konnte, die er zuvor für unmöglich gehalten hatte. Er fiel immer noch gelegentlich hin, aber seine Bewegungen hatten enorm an Sicherheit gewonnen, und auch einige der kummervollen Linien in seinem Gesicht waren verschwunden. Rhys – so nannte ihn Susannah jetzt immer, denn weder Captain noch Major schien länger zu passen – half ihm nie, sondern schien vielmehr all das von ihm zu erwarten, was er von jedem Mann erwarten würde. Susannah hatte sich anfangs Sorgen gemacht, ob er nicht ein wenig zu viel erwartete, hatte dann jedoch gesehen, wie gut seine Taktik funktionierte. Wes verabscheute und mißtraute ihrem Begleiter offensichtlich und war nicht bereit, auch nur um den kleinsten Gefallen zu bitten. Also fand Wes seine eigene Methode, die Dinge zu erledigen, ob es sich nun um ein Bad in einem Fluß oder um das Satteln seines Pferdes handelte.

Ihr Bruder legte seinem Pferd Fußfesseln an und erhob sich mit Hilfe einer Krücke. Dann humpelte er zu einem Baum und lehnte sich schweratmend dagegen. »Wo zum Teufel ist Redding jetzt schon wieder hingegangen?«

»Vielleicht wollte er bloß ein wenig allein sein.«

»Der ist doch immer allein«, fauchte Wes, und Susannah dachte, wie recht er doch damit hatte. Selbst wenn er mit ihnen zusammen war, war er allein. Selbst wenn er lächelte.

Außer neulich nachts, da war er für ganz kurze Zeit wirklich mit ihr zusammengewesen. Und der Mond hatte heller geleuchtet als je zuvor.

Sie beugte sich vor, damit ihr Bruder ihr trauriges Gesicht nicht sehen konnte, und sammelte ein paar heruntergefallene Zweige ein. Es tat so gut, sich nach dem langen Ritt ein wenig zu strecken und die Beine zu vertreten, und schon bald hatte sie ein hübsches Häufchen Feuerholz beisammen. Doch sie dachte an das, was Rhys zuvor über das Anzünden von Lagerfeuern gesagt hatte, und beschloß, damit bis zu seiner Rückkehr zu warten.

Wes ließ sich am Stamm des Baumes hinabgleiten und saß nun total erschöpft mit dem Rücken an den Stamm gelehnt. Er war immer noch ziemlich schwach, und ihre kärglichen Mahlzeiten waren nicht dazu angetan, ihm neue Kraft zu geben.

Da ertönte plötzlich ein Geräusch, ein Rascheln im Unterholz, und sie blickte in die Richtung, aus der es kam. Aus irgendeinem Grund bekam sie eine Gänsehaut, und es lag nicht daran, daß sie dachte, Rhys Redding käme zurück. Der wäre einfach herangekommen und hätte nicht irgendwo im Gebüsch gelauert.

Großer Gott, Rhys hatte ihre einzige Pistole mitgenommen, die einzige Waffe, die sie außer dem Messer, das immer noch in den Statteltaschen steckte, besaßen. Sie sah, daß sich auch ihr Bruder aufgerichtet hatte, als spürte auch er, daß Gefahr im Verzug sei. Sie nickte in Richtung der Satteltaschen und ging dann vorsichtig dorthin.

Sie bückte sich und zog vorsichtig das Messer aus der Satteltasche. Aber wohin damit? Sie hatte in der Zwischenzeit ihre Hosen wieder angezogen, und nun zog sie ein Hosenbein ein wenig hoch und steckte das Messer in ihren Stiefel. Sie spürte den kalten Stahl der Klinge auf ihrer Haut.

Gerade als sie sich wieder aufrichtete, traten drei Männer auf die kleine Lichtung, in der sie ihr Lager aufgeschlagen hatten. Einen davon erkannte sie als einen der Männer, die auf der Veranda des Ladens gestanden hatten. Er war älter, aber seine beiden Begleiter waren ziemlich jung.

»Wo ist der andere Gentleman?« fragte er in scharfem Ton und versuchte gar nicht erst, seine Absichten zu verbergen.

Wes war es, der antwortete. »Wir hatten einen Streit, und da hat er uns verlassen.«

Die beiden jüngeren sahen den dritten an, offensichtlich ihr Anführer. »Na, macht ja sowieso nix«, sagte der Mann. »War eh 'n Ausländer … konnte nich mal richtig reden, der Kerl.«

»Dann also bloß Sie und die kleine Lady hier«, sagte einer der beiden jüngeren gedehnt.

»Was wollt ihr?« fragte Wes barsch, und seine Stimme klang wieder so wie früher, autoritär und befehlsgewohnt.

»Na, euer Geld, was denn sonst. Ihr seid ja wohl Yanks, mit all dem Gold, das ihr dabeihabt. Is nur gerecht, daß ihr uns das zurückzahlt, was ihr uns genommen habt.«

»Die Münze war das letzte, was wir hatten«, sagte Susannah und hoffte, daß ihre Stimme nicht zu sehr zitterte. Daß sie laut und fest war, falls Rhys in der Nähe sein sollte. »Deshalb ist der andere Mann ja gegangen.«

»Das glaub' ich nich, Missy. Wird 'n schöner Spaß werden rauszufinden, wo Sie's versteckt haben.«

Einer der Männer kam auf sie zu, und Wes langte nach seiner Krücke, um aufzustehen. Sein Begleiter streckte blitzschnell seinen Fuß vor und stieß ihm die Krücke weg. Er lachte, als Wes hinfiel. Dann nahm er auch die andere Krücke und warf beide ins Gebüsch.

Dann näherte er sich erneut Susannah. Sie versuchte, in ihr Hosenbein zu greifen, hatte aber keine Zeit mehr dazu. Er packte ihren Arm und drehte ihn ihr auf den Rücken. »Ist 'ne echt hübsche kleine Lady, stimmt's?«

»Sie is keine Lady nich. Ladies ham keine Hosen an.« Der ältere ging ebenfalls auf sie zu. »Wo ist der Rest von dem Gold, Mädchen?«

Susannah überlegte, ob sie es ihnen sagen sollte. Das Gold war's nicht wert, ihr Leben dafür zu riskieren, aber sie wußte, daß sie es damit wahrscheinlich ohnehin nicht retten würde. Rhys. Wo steckte er bloß? Ob er irgendwo in der Nähe war? Sie mußte ihn warnen.

Sie stieß einen markerschütternden Schrei aus, der durch die Wälder hallte, und sofort preßte ihr einer der beiden die Hand auf den Mund. Sie biß zu, und der Mann fluchte und ließ sie sekundenlang los, und sie schrie erneut. Dann schob ihr der ältere Mann ein Stück Stoff in den Mund und band es fest.

»Himmelherrgott, das war in der ganzen Gegend zu hören« sagte er.

»Is doch keiner da, der's hören könnte.«

»Außer diesem Ausländer vielleicht«, sagte der Ältere. »Vielleicht hat sie uns ja angelogen.« Er blickte einen der beiden jüngeren an. »Ollie, geh und halt Wache, falls sie uns tatsächlich angelogen hat.«

»Aber, Pa –«

»Tu, was ich dir sag. Du kannst sie ja haben, wenn Amos dich ablöst.«

Mürrisch wandte sich der Mann, den sie gebissen hatte und dessen Hand immer noch blutete, ab und schritt wortlos davon, das Gewehr in der Hand, und Susannah lief ein kalter Schauder über den Rücken. Was war bloß mit Rhys los? Wieder einmal mußte sie sich eingestehen, daß sie überhaupt nichts über den Mann wußte. Vielleicht machte er sich einfach aus dem Staub, nun, da sie ernsthafte Probleme hatten.

Aber sie hatte nicht viel Zeit, sich diese Möglichkeit auszumalen. Der ältere Mann trat an sie heran und riß ihr einen Fetzen Stoff von der Bluse, mit dem er ihr die Hände hinter dem Rücken fesselte. Sie blickte zu Wes hinüber. Er war ein wenig näher gekommen, während aller Aufmerksamkeit auf sie gerichtet war, aber er mußte kriechen, und sein Gesicht war weiß vor Frustration und Wut.

Der Mann fuhr mit der Hand in ihre zerrissene Bluse und fummelte an ihren Brüsten herum. »Is der Krüppel da dein Mann?«

Susannah starrte ihn haßerfüllt an.

»Ich mag's, wenn Weiber Feuer im Hintern ham«, sagte er. »Aber zuerst will ich das Gold haben, oder ich stech' deinen Mann dort ab. Überleg mal, wie er aussieht, wenn er gar keine Beine mehr hat. Also Missy, schön nicken, wenn du bereit bist, mir zu sagen, was ich wissen will.«

Er gab Susannah an den anderen weiter und schritt bedrohlich zu Wes hinüber, wobei er ein Messer aus seinem Gürtel zog. Das Gewehr, mit dem er sie anfangs in Schach gehalten hatte, lehnte er an einen Baum.

Susannah sah, wie Wes sämtliche Muskeln anspannte, und sie sah das Feuer, das auf einmal in seinen Augen loderte. Sie hatte es schon einige Male gesehen und gnade Gott demjenigen, der es provozierte. Aber er war noch so schwach.

Dennoch war sie nicht überrascht, als seine Hand vorschoß und er das Handgelenk des Mannes mit dem Messer packte und den weit größeren Mann zu Boden zwang. Er bewegte sich mit einer Schnelligkeit, daß sie ihren Augen kaum traute, und die beiden wälzten sich im Kampf um das Messer am Boden, während der andere Mann sie fest umklammert hielt.

Der ältere Mann heulte auf, als er von dem Messer getroffen wurde. Er stieß wütend mit dem Fuß zu und traf den immer noch äußerst empfindlichen Stumpf von Wes' amputiertem Bein. Ihr Bruder fiel vornüber und stöhnte vor Schmerzen, während der andere aufstand, das Messer immer noch in der Hand.

»Na warte, jetzt werd' ich dir das andere Bein abschneiden«, knurrte er und stolperte erneut auf Wes zu.

Susannah wehrte sich mit aller Kraft gegen den Mann, der sie festhielt, aber da ihr die Hände auf dem Rücken gefesselt waren, konnte sie nichts ausrichten. Verzweifelt warf sie sich gegen ihren Peiniger, und beide stürzten zu Boden, was den Mann, der sich über Wes gebeugt hatte, einen Moment lang ablenkte.

Ein Schuß ertönte, und Susannah wurde beiseite gestoßen, als ihr Peiniger fluchend versuchte, sich hochzurappeln. Sie hörte ein Grunzen und kämpfte sich ebenfalls auf die Füße. Ihre Augen suchten panisch die Stelle, an der Wes gelegen hatte.

Sein Angreifer lag zusammengekauert am Boden und fluchte, während sich ein Strom von Blut aus einer Wunde an seinem Bein ergoß. Wes rappelte sich an einem Baumstamm hoch, versuchte zu stehen. Jenseits der Lichtung stand Rhys Redding im Mondlicht. Er wirkte vollkommen entspannt, was ihn um so bedrohlicher machte. Sein Gesichtsausdruck, im Mondlicht nur vage zu erkennen, war grimmig, und sie sah, daß die Pistole tödlich ruhig in seiner Hand lag. In der anderen Hand hielt er lässig das Gewehr, das der dritte Mann, der auf Wache geschickt worden war, getragen hatte.

»Komm hierher«, sagte er zu Susannah, und sein britischer Akzent machte die Worte knapp, fast abgehackt. Sie blickte auf den Mann, der sie festgehalten hatte und der nur wenige Zentimeter von ihr entfernt stand. Er schien wie gelähmt vor Angst.

Vielleicht lag es an der kalten Wut, die in fast greifbaren Wellen von Rhys ausging. Besonders seine Augen waren erschreckend. Ihr vollkommen emotionsloser Ausdruck konnte einem das Blut in den Adern gefrieren lassen.

»Hierher, Susannah«, wiederholte Rhys, und es war das erste Mal, daß er sie beim Vornamen nannte. Doch er sagte es mit einer Stimme, die eiskalt war. Er klang wie ein Fremder. Langsam ging sie zu ihm. Er blickte auf ihre gefesselten Hände und dann auf Wes. »Werfen Sie das Messer rüber.«

Wes gehorchte schweigend. Rhys ließ das Gewehr fallen und fing das Messer elegant auf. Dann schnitt er mit einem raschen Schnitt ihre Fesseln durch.

»Nehmen Sie das Gewehr.« Er sah zu, wie sie tat, was er befahl.

Dann richtete Redding seine Aufmerksamkeit auf den Mann am Boden. »Sie wollten also auch noch sein anderes Bein abschneiden«, sagte er in beinahe beiläufigem Ton, der die tödlichen Absichten, die in seinen Augen standen, Lügen strafte. »Ich frage mich, was Sie tun würden, wenn Sie dieses Schicksal träfe. Was glauben Sie, wie's *Ihnen* ohne Beine gehen würde?« Keiner der Anwesenden – weder Susannah noch der Mann am Boden, dessen Gesicht bei Rhys' Worten kalkweiß geworden war – bezweifelten auch nur eine Sekunde, daß er es ernst meinte.

Bevor Susannah oder der Mann auch nur ein Wort sagen konnte, zielte Rhys langsam und sorgfältig auf das Bein des Angreifers.

»Nicht!« kreischte der Mann.

Rhys sah Wes an. »Was glauben Sie?«

Wes hatte es geschafft, eine seiner Krücken zu finden, und stand nun aufrecht. Er blickte Susannah an, und sie wußte, er wollte nicht, daß sie sah, was Rhys offensichtlich vorhatte. »Lassen Sie sie laufen.«

»Sie haben ein nobles Herz, Colonel Carr, weit nobler als meins«, sagte Rhys mit einem leisen Lächeln, das der Bedrohlichkeit seiner Worte jedoch keinen Abbruch tat.

»Wo is Ollie?« fragte der Mann, der noch stand. »Wo is mein Bruder?«

»Dieser Bösewicht«, sagte Rhys mit dem arrogantesten Upper-Class-Akzent, den er sich über die Jahre angeeignet hatte, »ist, fürchte ich, tot. Kleiner Irrtum seinerseits, Sie verstehen, nichts Persönliches.« Sein Blick wanderte zu dem Mann, der Susannah festgehalten hatte. »Aber Sie da… eine Lady mißhandeln. Das ist *sehr* persönlich!«

»Redding.« Wes' Stimme war kühl und vollkommen ruhig. »Lassen Sie sie gehen. Sie können sowieso keinen Schaden mehr anrichten.«

»Susannah?«

Susannah nickte zögernd. Ihre Wut und Angst verschwanden langsam. Und Rhys Reddings eiskaltes Gesicht ängstigte sie mehr als die drei Männer vorhin. Rhys zögerte, und die anderen vier – Wes, Susannah und die beiden Räuber – sahen, wie sich seine Hand um die Pistole krampfte, als kostete es ihn seine gesamte Beherrschung, nicht den Abzug zu betätigen. Er kam ihr in diesem Moment fast seelenlos vor, als ob er sein Urteil gegen das von Bruder und Schwester abwägen würde. Schließlich zuckte er mit den Schultern.

»Sie sind ohnehin keine Kugel wert«, sagte er fast bedauernd. »Aber es steht eine bestimmte Strafe auf das Mißhandeln von Frauen. Ihr könnt zu Fuß zurückmarschieren. Wir nehmen uns eure Pferde als Entschädigung.«

»Entschädigung?« knurrte der jüngere Bandit.

»Ein alter englischer Brauch, mein Freund. Dem Sieger gehört die Beute. Also, Sie und Ihr sauberer Freund haben drei Minuten Zeit, um von hier zu verschwinden. Und zwar in die entgegengesetzte Richtung, in der Sie Ihre Pferde freundlicherweise für uns zurückgelassen haben. Ich werde Ihnen ein Stück auf dem Weg folgen, damit Sie sich auch ja nicht verirren.«

Der Mann, der auf dem Boden lag, versuchte aufzustehen. »Ich kann nicht gehen… Sie werden uns doch nicht so…«

»Ich kann Sie ja immer noch töten, wenn es das ist, was Sie wollen«, sagte Rhys in freundlich plauderndem Ton.

»Fahren Sie zur Hölle.«

Rhys lächelte. »Sie verschwenden Ihre Zeit. Drei Minuten, schon vergessen? Jetzt sind's noch ungefähr zwei und eine halbe.«

Der Verwundete wandte sich an Susannah. »Lady …«, sagte er flehentlich.

Susannah kehrte ihm den Rücken zu und ging zu Wes.

»Noch zwei Minuten«, Rhys' eisige Stimme ließ keinen Zweifel am Ausgang der Situation, wenn die Eindringlinge nicht innerhalb der ihnen zugewiesenen Zeit verschwanden.

»Und die Leiche meines Bruders?« fragte der jüngere Mann und spähte zwischen den Bäumen hindurch.

»Der wird Sie bestimmt nicht vermissen«, sagte Rhys. »Sie können ja später zurückkommen und ihn mit gebührenden Ehren bestatten. Falls Sie solche Formalitäten wirklich für notwendig erachten.« Er könnte ebensogut vor einem Saal voller Lords sprechen, dachte Susannah, wenn man seinen kühlen, ja, fast höflichen Ton hört und das Fehlen jeglicher Emotion darin. »Ich denke, Sie haben jetzt noch zirka eine Minute.«

Jetzt gab es kein Reden mehr. Der Amos genannte Bandit ging zu seinem gestürzten Kameraden und half ihm auf; er wäre dabei fast gestolpert. Dann versuchte er es noch ein letztes Mal. »Sie können uns doch nicht so fortschicken, ohne Essen und ohne Waffen.«

»O doch, das kann und werde ich. Ich bezweifle, daß Sie für meine Freunde hier etwas anderes im Sinn hatten.«

»Wir sind noch nicht fertig miteinander.«

»Stimmt«, erwiderte Rhys freundlich. »Ich werde mir eure Gesichter sorgfältig merken, und das nächste Mal ist dann vielleicht keine Dame anwesend.« Nur das fast unsichtbare Zucken eines Wangenmuskels verriet seine wahren Gefühle.

Als die beiden Männer aus der Lichtung gestolpert waren, blickte Rhys Susannah an. »Alles in Ordnung mit Ihnen?«

Sie nickte, zu betäubt von den Vorfällen, um zu sprechen, zu erstaunt über den kalt distanzierten Fremden, der so bedenkenlos bereit gewesen war zu töten.

»Carr?«

Wes blickte ihn direkt an, aber im schwachen Licht des Mondes waren seine Augen nicht klar zu erkennen. An seinen leicht hängenden Schultern ließ sich jedoch eine gewisse Niedergeschlagenheit und Mutlosigkeit ablesen. Seine Lippen bewegten sich sekundenlang lautlos, als ob es ihm schwerfiele, die folgenden Worte auszusprechen. »Wir schulden Ihnen unseren Dank, Redding.«

Rhys erwiderte seinen starren Blick. »Sie haben alles getan, was Sie konnten.«

Wes lachte freudlos. »Ja, genau«, sagte er bitter, »alles, was ich tun konnte.«

Rhys wandte sich wieder an Susannah. »Könnten Sie die Pferde der Gauner holen? Sie stehen gleich nördlich von hier. Ich hab' sie dorthin gebracht, bevor ich hierherkam. Ich werde unseren Besuchern ein Weilchen folgen, um sicherzugehen, daß sie auch die richtige Richtung gewählt haben.« Er nahm das Gewehr, das Susannah immer noch in der Hand hielt, schritt damit zu Wes und drückte es ihm wortlos in die Hand. Er wandte sich ab, bevor der andere protestieren konnte.

Und dann verschwand er ein weiteres Mal fast lautlos in den Wäldern.

Susannah sah Wes nicht an, sondern ging dorthin, wo seine zweite Krücke lag, und brachte sie ihm. Er steckte sie sich wortlos unter die Achseln. Seine Brauen waren finster gerunzelt, sein Blick leer.

Susannah fühlte sich mindestens ebenso unbehaglich wie er. Sie hatte sich eingeredet, ihren Bruder inzwischen ein wenig zu kennen, aber die letzten paar Minuten hatten ihr bewiesen, daß sie überhaupt nichts wußte. Nie zuvor war ihr ein Mensch begegnet, der so wenig Emotionen zeigte und dennoch so bereitwillig einen anderen, der nicht länger eine Bedrohung war, verstümmeln oder gar töten konnte. Rhys Redding hatte sie beschützt, das stimmte, aber mit einer Distanziertheit, als ginge es ihm nur darum, den Kampf zu gewinnen.

Oder vielleicht wollte er Wes und ihr ja nur diesen Eindruck vermitteln. Auf einmal mußte sie wieder an den zuckenden Muskel an seiner Wange denken, an den kalten Zorn, den er fast sofort wieder verbarg. Oder hatte sie es vielleicht nur deshalb gesehen, weil sie es sehen wollte?

»Ich geh' die Pferde holen«, sagte sie zu Wes.

Wes bewegte sich langsam auf seinen Krücken vorwärts. Mit dem Gewehr in der Hand fiel ihm das offensichtlich schwer. Er umklammerte es zusammen mit dem Griff der einen Krücke, doch es war reichlich unbequem, und er bewegte sich langsamer als gewöhnlich. »Knöpfchen«, sagte er zögernd.

Susannah sah ihn an.

»Findest du's nicht auch ein wenig seltsam, daß er gerade im richtigen Moment aufgetaucht ist... als ob er sie erwartet hätte?«

»Wie wäre das möglich?« fragte sie. »Du hast selbst gesehen, wie vorsichtig er war, wie oft er zurückgeritten ist und unsere Spuren verwischt hat.«

»Noch so eine Fähigkeit, die nicht viele Blockadebrecher oder englische Gentlemen haben.«

Susannah starrte ihn an. »Was willst du damit sagen?«

»Ich weiß nicht«, meinte Wes langsam. »Ich wünschte, ich wüßte es. Ich weiß nur, daß irgendwas an dem Mann nicht stimmt. Ich wünschte, du würdest ihm nicht so vertrauen.«

»Aber heute abend –«

»Heute abend hat er genau das bekommen, was er wollte. Mehr Pferde. Überleg doch mal. Überleg doch mal, wann er auftauchte. Und wie perfekt er mit einer Pistole umgehen kann.«

Aber Susannah brauchte seine Warnung nicht. Sie zerbrach sich selbst bereits den Kopf über all das, was Wes erwähnt hatte. Und über mehr als das.

Sehr viel mehr.

9

Rhys folgte den beiden Männern eine ganze Weile, um sich zu vergewissern, daß sie sich vom Lager entfernten. Er brauchte außerdem Zeit, um die heiße Wut, die in ihm brodelte, wieder ein wenig abkühlen zu lassen.

So hatte er nicht mehr gefühlt, seit er ein Junge war. Schon als Kind hatte er gelernt, seine Gefühle zu beherrschen, so ähnlich, als verschlösse man sein Spielzeug in einer Kiste. Wut, Mitleid oder Kummer konnte er sich nicht leisten, also hatte er sie konsequent verdrängt. Solche Gefühle waren Luxus für einen Menschen wie ihn.

Ein Mensch wie er. Er war keinen Deut besser als die drei Männer, die Susannah und ihren Bruder überfallen hatten. Nun, wahrscheinlich wäre er nicht so roh gewesen. Nathan hatte ihm etwas feinere Methoden beigebracht, um zu bekommen, was er wollte.

Teufel noch mal, aber das konnte er wirklich nicht brauchen! Er hatte es nicht nötig, das Kindermädchen für zwei Unschuldslämmer zu spielen, und Wes Carr war offenbar ebenso weich wie seine Schwester, wenn es ums Blutvergießen ging. Schon komisch für einen ehemaligen Soldaten. Rhys spürte bis in die Knochen, daß er sich nicht davon hätte abhalten lassen sollen, die beiden Männer zu töten, so wie sie Carr und Susannah getötet hätten. Und schlimmer. Das Gefühl in seinem Magen, bis dato ein recht verläßliches Omen, sagte ihm, daß noch mehr Schwierigkeiten im Anmarsch waren. Der Ladenbesitzer hatte gesagt, daß eine Bande von Deserteuren die Gegend unsicher machte; die drei von vorhin hatten vielleicht gedacht, daß sie eine leichte Beute wären, und sich nur deshalb allein an sie herangewagt. Aber sie konnten Freunde in der Nähe haben.

Wegen Susannah hatte Rhys versucht, einem Überfall aus dem Weg zu gehen, deshalb hatte er unterwegs soviel Vorsicht an den Tag gelegt. Wenn er allein gewesen wäre, hätte er eine Begegnung sogar gesucht, bloß, um ihrer Pferde habhaft zu werden. Dennoch, sein sechser Sinn, der ihm – und Nathan – in Afrika so gute Dienste geleistet hatte, warnte ihn vor dem, was geschehen konnte. Im Hinterkopf wußte er, daß es ihm nicht wirklich etwas ausgemacht hatte. Es war seine Chance, an die Pferde und Waffen heranzukommen, die sie so dringend benötigten.

Der Rhys Redding, der ein Opportunist und Aasgeier war, hatte sich die Hände gerieben vor Entzücken; der Beschützer, der langsam in ihm erwachte, war dagegen zusammengezuckt, aber nur allzu leicht überstimmt worden. Er hatte beschlossen, seine beiden Schützlinge nicht zu warnen, da er fürchtete, es könne ihm seine Überraschung verderben. Nur für den Fall, daß es doch zu einem kleinen Besuch kommen sollte.

Also hatte er sich im Wald versteckt und gewartet. Er sah, wie sich die drei heranschlichen, und wartete, bis sie einen Mann als Wache abstellten. Es war wahrhaftig nicht schwer gewesen, sich den Mann zu schnappen, ihm den Arm um den Hals zu legen und ihm mit einem geschickten, tödlichen Ruck das Genick zu brechen. Danach brachte er die Pferde woanders hin, damit die beiden anderen, falls sie es doch irgendwie schaffen sollten zu entkommen, diese nicht fanden.

Alles war nach Plan gegangen, außer was seine Reaktion betraf, als er sah, wie sie Susannah mißhandelten. Rhys war auf die heiße Wut, die bei diesem Anblick in ihm hochstieg, nicht vorbereitet gewesen. Er hatte sich kaum beherrschen können.

Er mochte diese Gefühle gar nicht, dieses Eindringen in Orte, die er für längst verschlossen gehalten hatte. Das alles war symptomatisch für einen Mangel an Selbstbeherrschung, und das konnte er schon gar nicht vertragen. Ganz und gar nicht. Susannah Fallon war nur ein Mittel zum Zweck, nichts weiter, und sie war bloß eine Frau wie all die anderen Frauen, denen er bisher in seinem Leben begegnet war.

Er würde nicht zulassen, daß mehr daraus wurde. Er hatte heute nacht ja bereits etwas getan, was er normalerweise nicht tun würde: den Abschaum zu verschonen, bloß, damit er möglicherweise bei einer anderen Gelegenheit wieder auftauchen konnte. Dennoch, er hatte sich zurückgehalten. Das paßte überhaupt nicht zu seinem sonst eher auf Zweckdenken ausgerichteten Wesen.

Verdammt, er wollte sich nicht ändern! Er hatte noch nie jemanden gebraucht, nicht mal Nathan. Nathan war ein nützlicher Kompagnon gewesen, aber nie ein Freund. Rhys wußte von Anfang an, daß ihre Beziehung auf gegenseitigem Nutzen beruhte, daß Nathan unfähig war, jemanden zu lieben, und daß es ein möglicherweise tödlicher Fehler hätte sein können, etwas anderes anzunehmen. Rhys Redding machte keine tödlichen Fehler.

Bis jetzt zumindest, warnte er sich. Er kam dem jedoch gefährlich nahe, wenn er anfing, sich um zwei Menschen zu sorgen, die verabscheuen würden, was er war. Und seine Gefühle, die *konnte* er kontrollieren. Er hatte oft genug gesehen, wie sich andere ihrer Gefühle wegen zum Narren gemacht hatten.

Dennoch, er konnte das Aufflackern von Entsetzen in Susannahs Augen nicht vergessen, als er so beiläufig vorschlug, zwei Menschen zu verstümmeln oder gar zu töten, und auch nicht die Besorgnis, das langsam erwachende Verstehen in Wes Carrs Gesicht. Rhys schüttelte den Kopf. Sinnlos, sich über etwas Gedanken zu machen, das zu keinem Ergebnis führen konnte. Mit einem fast verächtlichen Schnauben drehte er sich um und machte sich auf den Rückweg zum Lager.

Sie mußten heute nacht noch von hier weg. Jetzt gleich. Egal, wie müde sie waren. Er wußte nicht, wo der Rest der Deserteure lagerte, und er konnte nicht riskieren, daß sie Verstärkung holten. Jetzt hatten sie drei gute Pferde. Jetzt konnten sie Zeit gutmachen, verdammt viel Zeit sogar, und er war Bruder und Schwester bald los. Er würde eine Bank finden, sich etwas Geld schicken lassen und dann ein gutes Hotel suchen. Er würde exzellenten Wein bestellen – Himmel noch mal, wie sehr er das vermißte – und sich eine Frau besorgen. Eine Frau mit Erfahrung.

Aber aus irgendeinem Grund übte diese Vorstellung nicht mehr dieselbe Anziehungskraft aus wie früher. Mit besonders wüsten Flüchen auf den Lippen, die er auf den Straßen Londons aufgeschnappt hatte und die wahrscheinlich sogar den aufrechten Wes Carr in Verlegenheit gebracht hätten, stampfte er mit Riesenschritten ins Lager zurück. Die drei Pferde waren bereits da, und nun hatte Rhys Gelegenheit, einen genauen Blick auf sie zu werfen. Er übersah weder das Brandzeichen der U. S. Army noch die offensichtlich gute Qualität der Tiere. Alle trugen gute Sättel und vollgestopfte Satteltaschen.

Rhys achtete nicht auf Wes oder Susannah, als er, in bester Räubermanier, die Satteltaschen durchwühlte. Da war Schmuck, eine Männeruhr, etwas wertloses Konföderiertengeld und eine Anzahl U. S. Dollars. Er zählte sie wortlos. Achtzig Dollar. Der Schmuck würde mehr einbringen.

Er packte die Sachen wieder in die Satteltaschen und wandte sich seinen zwei schweigenden Beobachtern zu. »Wir machen uns besser auf den Weg. Könnte sein, daß sie uns ein paar ihrer Freunde hinterherschicken.«

Susannah zögerte. »Der Schmuck... der bedeutet doch sicher jemandem etwas.«

Rhys blickte sie mit kaum verhüllter Ungeduld an. »Sie verstehen wohl immer noch nicht, Mrs. Fallon.« Seine Betonung der »Mrs.« ließ eine neuerliche, fast unüberwindliche Kluft zwischen ihnen entstehen, und das nach der Intimität auf dem Pferd und jenen paar Augenblicken auf dem kleinen Friedhof. Es war, als ob er sie ganz bewußt von sich stoßen wolle. »Die hätten Sie und Ihren Bruder getötet, und zwar nicht rasch und schmerzlos. Genauso, wie sie höchstwahrscheinlich die Besitzer des Schmucks getötet haben. Aber wenn Ihnen wirklich soviel daran liegt, können Sie ihn ja immer noch zu dem Laden zurückbringen und erzählen, was geschehen ist.«

»Und Sie?« flüsterte Susannah.

»Ich geh' nach Westen. Mit Ihnen oder ohne Sie.« Rhys' Stimme war emotionslos.

Susannah, die offensichtlich mit ihrem Gewissen kämpfte, blickte ratlos zu ihrem Bruder.

Wes hatte das Gewehr an einen Baum gelehnt und stützte sich müde auf seine Krücken. »Er hat recht«, sagte er zögernd. »Die Besitzer sind wahrscheinlich tot und falls nicht, unmöglich zu finden. Wir können den Schmuck ja später immer noch hierherschicken.«

»Aber du bist so müde«, protestierte Susannah. Sie war nicht sicher, wen sie damit meinte, obwohl sie Wes ansah.

»Lieber müde als tot«, bemerkte Rhys mit seinem typischen spöttischen Lächeln.

Wes bückte sich mit hängenden Schultern und nahm das Gewehr an sich, dann humpelte er ungeschickt zu einem der drei frischen Pferde. Er stützte sich auf eine Krücke und steckte das Gewehr in die dafür vorgesehene Halterung. Er zögerte. »Was ist mit unseren Pferden?«

»Wir nehmen sie mit in die Berge und lassen sie an irgendeiner Wasserstelle frei. Da gibt's sicher auch jede Menge frisches Gras. Sie haben sich eine ausgiebige Rast verdient.«

Wes nickte und packte das Sattelhorn. Dieses Pferd war jedoch etwas temperamentvoller als sein bisheriges und trat plötzlich zur Seite. Wes fiel längelang zu Boden. Einen Moment lang rührte er sich nicht, dann vergrub er verzweifelt den Kopf in den Händen. Susannah, der es fast das Herz zerriß, blickte verstört zu Rhys, der leise den Kopf schüttelte und sie so davor warnte, sich einzumischen.

Niemand bewegte sich in den nächsten paar Sekunden, doch dann rappelte sich Wes schließlich mit Hilfe einer Krücke hoch. Diesmal sprach er zunächst beruhigend auf das Pferd ein, vielleicht ja auch auf sich selbst, um sich Mut zu machen. Wieder ergriff er das Horn, und diesmal schaffte er es, sich in den Sattel zu schwingen.

Ohne ein weiteres Wort ging Susannah zu einem der anderen

Tiere, und plötzlich war Rhys da und hielt ihr die verschränkten Hände hin, um ihr in den Sattel zu helfen. Seine Kraft, wenn er sie zu sich aufs Pferd hob, hatte sie immer schon überrascht, und jetzt war es auch nicht anders. Seine Hände und auch seine Arme besaßen eine geradezu drahtige Kraft, die seine gepflegte englische Aussprache Lügen strafte. Alles an ihm strafte seine Aussprache Lügen, und jetzt wußte sie sogar, wie sehr.

Sie erschauderte plötzlich, nicht so sehr vor ihm, als vor ihrer Reaktion auf ihn. Er zögerte nicht länger, sondern schickte sie mit einem Schwung in den Sattel. Dann trat er rasch beiseite, als ob er sich verbrannt hätte. *Ich hab's nicht so gemeint,* wollte sie sagen, doch er hatte ihr brüsk den Rücken zugewandt, wie Wes es so oft im Verlauf ihrer Reise getan hatte. Bei Wes lag es an einem Schmerz, der zu tief saß, um ihn ausdrücken zu können.

Aber was war es bei ihrem Nachtfalken? Ungeduld wahrscheinlich. Ganz sicher nicht Schmerz oder Betroffenheit.

Sie sah, wie er Wes die Zügel von einem ihrer alten Pferde gab, dann die Zügel des anderen nahm und sich mit unermüdlicher Grazie in den Sattel schwang. Als er sie anschließend auf einem fast unsichtbaren Pfad aus der Lichtung herausführte, wußte sie, daß ihn die Art, wie sie vor ihm zurückgeschreckt war, nicht verletzt hatte. Wieder einmal wirkte er unnahbar und unverletzlich – und wollte es offensichtlich auch so.

Sie hielten erst wieder gegen Mittag des folgenden Tages an. Sie hatten vielleicht dreißig Meilen zurückgelegt, und alle, einschließlich der Pferde, waren total erschöpft.

Wes konnte sich kaum noch im Sattel halten. Er betete, daß sie bald haltmachten, konnte sich jedoch nicht überwinden, Redding darum zu bitten.

Die erniedrigende Erfahrung von gestern nacht war noch zu lebendig, zu bitter. Er hatte nichts tun können, um seiner Schwester zu helfen. Der Vorfall hatte ihm gezeigt, wieviel er von dem, was er einmal war, verloren hatte.

Die Hoffnungslosigkeit, die ihn seit seinem Aufenthalt im Konföderiertenhospital verfolgte, traf ihn mit neuerlicher Wucht. Eine Zeitlang, in den letzten Tagen vor allem, hatte er wieder etwas Zuversicht gewonnen. Er hatte gehen gelernt, war wieder geritten. Aber all das war nun vorbei, weggestoßen wie die Krücke gestern.

Er versuchte, nicht an Erin zu denken. Er hatte sich den einen oder anderen Gedanken an sie in den letzten Tagen erlaubt, als er noch dachte, es bestünde vielleicht doch Hoffnung auf ein normales Leben, aber jetzt...

Wie sollte er sie je beschützen?

Es war ohnehin ein Wunder, daß sie immer noch auf ihn wartete. Sue hatte es jedenfalls gesagt. Es war vier Jahre her, seit er sie zuletzt gesehen, seit er versucht hatte, ihre Verlobung rücksichtsvoll zu lösen. Aber sie hatte sich geweigert und ihm wundervolle Briefe geschrieben, die ihn in den bitteren Jahren aufrecht erhalten hatten. Sie war eine der wenigen, die verstand, warum er sich dem Norden angeschlossen hatte. Sie und Mark. Sein Freund Mark. Der Mann seiner Schwester.

Aber Mark war tot. Mark war einer der anständigsten Männer gewesen, die er gekannt hatte, obwohl Wes über die Hochzeit so seine Zweifel gehabt hatte. Er fürchtete, daß Sue ihn aus Freundschaft und Dankbarkeit heiratete und nicht aus der Art von Liebe, die eine Frau für ihren Mann empfinden sollte. Die Art Liebe, die er für Erin empfand, wenn die Luft vibrierte und sang, wann immer sie zusammen waren.

Er wünschte Sue dieses Glück von ganzem Herzen, wünschte sich, ihre Augen wieder blitzen, wieder ihr unbekümmertes Lächeln zu sehen. Sie hatte soviel ertragen müssen in diesen letzten Jahren.

Aber es erschreckte ihn zu beobachten, wie ihre Augen aufleuchteten, wenn sie Redding ansah. Es erschreckte ihn zutiefst – und noch nie so sehr wie in den vergangenen Stunden. Er hatte in den letzten Jahren reichlich Bekanntschaft mit dem Tod gemacht, aber Rhys Redding hatte eine kaltblütige Rücksichtslosigkeit an sich, die ihm das Blut in den Adern gefrieren ließ. Und sein gepflegtes Upper-Class-Englisch verbarg offenbar eine Vergangenheit, die mit Gewalt sehr vertraut war. Redding hatte die Pistole gehalten, als ob sie ein Freund wäre; jede seiner Bewegungen, einschließlich der lautlosen Annäherung an ihr Lager letzte Nacht, deuteten auf mehr als nur eine Spur von Falschheit und Doppeldeutigkeit hin.

Und ihm war auch nicht die Gier entgangen, die gelegentlich in

Reddings Augen aufblitzte, wenn der Brite sich unbeobachtet fühlte und Susannah ansah.

Doch Wes konnte nichts gegen ihn sagen. Nicht nach letzter Nacht. Nicht, nachdem er wußte, wie wenig Schutz er selbst bieten konnte. Nicht, solange Susannah auf dieser Reise nach Texas bestand, und er kannte sie gut genug, um zu wissen, daß sie sich niemals davon abbringen lassen würde. Sie war so störrisch wie ein texanischer Maulesel, und das wollte wahrhaftig etwas heißen, denn störrischere Tiere als diese gab es auf Gottes Erdboden kaum. Ihre Heirat war dafür das perfekte Beispiel. Niemand konnte sie davon abbringen, nicht wenn sie der Ansicht war, das Richtige zu tun. Und dieser Ansicht war sie jetzt wieder.

So, wie sie offensichtlich an den Mann glaubte, der mit ihnen ritt, einen Mann, dem Wes mit sämtlichen Instinkten mißtraute. Besonders wenn er lächelte, dieses anscheinend sorglose Lächeln, das jedoch nie wirklich bis zu seinen Augen reichte. Oder, wie Wes vermutete, bis zu seiner Seele.

Das einzige, was Wes jedoch überhaupt nicht verstand, war, warum er bei ihnen blieb. Am Anfang hatte Rhys Redding sie gebraucht, hatte Susannah gebraucht, doch nun hatte sich das Blatt gewendet. Jetzt waren sie diejenigen, die auf Rhys Redding angewiesen waren; er dagegen brauchte sie nicht mehr. Er wäre allein viel besser dran. Das alles ergab einfach keinen Sinn. Wes hätte aufgrund seiner Menschenkenntnis schwören können, daß Redding kaum Pflichtgefühl besaß. Er hatte schon lange erwartet, daß er sich aus dem Staub machen würde, vielleicht sogar mit ihren sämtlichen Habseligkeiten.

Die Tatsache, daß er immer noch da war, war Wes nicht geheuer. Er mußte einen Grund dafür haben und höchstwahrscheinlich keinen ehrenhaften. Ein Job in Texas paßte jedenfalls nicht ins Bild. Rhys Redding war einer jener Männer, die unter allen möglichen Umständen überleben konnten, doch er konnte sich den geschmeidigen Engländer mit dem gepflegten Upper-Class-Englisch und dem spöttischen Lächeln einfach nicht als Kuhhirten vorstellen.

Der einzige Grund, der Sinn ergab, war Susannah. Und dennoch, außer einem gelegentlichen hungrigen Blick hatte der Engländer kaum wirkliches Interesse an seiner Schwester gezeigt, und er behandelte sie nicht besser als ihn, Wes.

Dennoch, das war die einzige Erklärung. Und alles, was Wes tun konnte, war sicherzustellen, daß die beiden nie allein waren. Dafür würde er sorgen, wie auch immer.

Ein Tag verging wie der andere. Sie legten nach Wes' Schätzung – und nach vier Jahren Zwangsmärschen konnte er Entfernungen weiß Gott einschätzen – dreißig bis vierzig Meilen am Tag zurück. Ein wahrhaft tödliches Tempo, für beide – Menschen und Tiere – gleichermaßen, aber keiner erhob irgendwelche Einwände. Wes vermutete, daß sie alle von ihren ganz persönlichen Dämonen vorwärtsgetrieben wurden, selbst Redding, wenn das Tempo, das er vorlegte, irgendwelche Rückschlüsse zuließ. Aber vielleicht wollte er sie ja nur so schnell wie möglich vom Hals haben.

Das abendliche Ritual änderte sich nie. Sobald sie anhielten, verschwand Rhys, kehrte mal mit einem Kaninchen, mal mit etwas Wildbret zurück. Wenn er zurückkam, war immer ein Feuer bereit. Gewöhnlich kampierten sie an einem Fluß, so daß Susannah sich waschen oder baden konnte, während Rhys weg war und Wes sich um das Feuer kümmerte.

Bei den wenigen Malen, die er das Abendessen mit ihnen teilte, versuchte Susannah, ihren wortkargen Reisegenossen ein wenig aus der Reserve zu locken. Sie fragte ihn über London und die Londoner Mode aus; er antwortete ihr bereitwillig und mit einem humorvollen Charme, der Susannah ganz offensichtlich bezauberte und Wes das Blut kochen ließ. Doch jeder Versuch, ein wenig tiefer in seine Vergangenheit vorzudringen, endete unweigerlich mit einem gleichgültigen Schulterzucken seinerseits.

Eines Abends jedoch ließ Wes sich nicht länger abwimmeln. »Waren Sie bei der britischen Armee?«

Rhys blickte ihn amüsiert an. »Ich fürchte, daß ich mich für den Militärdrill nicht sehr gut eigne.«

Wes hätte sogar darauf gewettet, doch das beantwortete seine Frage nicht. »Wo haben Sie so viel gelernt über ...« Er zögerte.

Rhys hob fragend eine Braue, fast wie eine Warnung, ihn weiter mit Fragen zu bedrängen.

»Waffen.«

»Wir Engländer sind doch alle passionierte Jäger«, antwortete Rhys grinsend. »Noch nie gehört? Ist doch unser liebstes Freizeitvernügen.«

»Aber doch nicht auf Menschen.«

»Sie meinen damit wohl unsere Freunde von neulich. Sie als Menschen zu bezeichnen hieße, ihnen zuviel Ehre anzutun.«

»Sie weichen mir aus, Redding.«

»Tue ich das?« fragte er. »Und wovor weiche ich Ihrer Meinung nach aus?«

»Vor der Frage nach Ihrer Herkunft. Ich finde, wir haben ein Recht, darüber Bescheid zu wissen.«

»Meine Herkunft, Carr, geht Sie einen Dreck an.«

Die Belustigung war verschwunden; ein hartes Glitzern stand in Rhys' Augen.

»Verdammt, Redding, sie geht uns was an, solange Sie mit meiner Schwester und mir reisen.«

»Solange Sie und Ihre Schwester mit mir reisen, wollen Sie wohl sagen«, korrigierte ihn Rhys. »Und das kann sich jederzeit ändern.«

Susannah unterbrach die spannungsgeladene Stille, die seinen Worten folgte. »Sie sagten, Sie wären ein Blockadebrecher gewesen. Sind Sie denn Seemann?«

Rhys' Gesichtsausdruck glättete sich wieder ein wenig, als er sich zu ihr umdrehte. »Bloß Passagier.«

»Aber wie ist es dazu gekommen?«

Rhys zuckte mit den Schultern. »Kleine Fehleinschätzung meinerseits. Das passiert schon mal, wenn man sich für unbesiegbar hält. Oder wenn einem langweilig wird.«

»Und Sie waren beides?« fragte sie leise.

»Ein kleiner Fehler, wie sie manchmal vorkommen«, sagte er mit einem flüchtigen, trockenen Lächeln.

»Und deshalb sind Sie im Libby gelandet? Weil Sie sich gelangweilt haben?«

Rhys blickte sie mit seinen undurchdringlichen Augen an. Er fragte sich, wie jemand nur so hübsch aussehen konnte, nachdem er den ganzen Tag im Sattel verbracht hatte, und ganz besonders in der Männerkleidung, die sie auch weiterhin trug. Aber ihr schwarzes

Haar besaß im Schein des Feuers einen fast rötlichen Glanz, und ihre lavendelblauen Augen leuchteten verführerisch in dem schwachen Licht. Sie überraschte ihn immer wieder mit ihrer Stärke und Ausdauer. Sie beklagte sich nie, nicht einmal, wenn er wußte, daß sie am Ende ihre Kräfte war. Er hatte sie mehr als einmal so weit getrieben, nur um zu sehen, wo ihre Grenzen lagen. Doch weder Bruder noch Schwester hatten klein beigegeben. Dafür mußte er Wes Carr sogar, wenn auch widerwillig, Respekt zollen. Aber mögen tat er ihn deswegen noch lange nicht.

Sie wartete auf seine Antwort. Rhys mußte überlegen, was ihre Frage gewesen war. *Weil Sie sich gelangweilt haben?*

»Ein wenig«, erwiderte er.

»Warum?«

»Ich hab' versucht, mich unter den Landadel zu mischen. Hat offenbar nicht zu mir gepaßt«, erwiderte er mit jener Selbstironie, die Susannah so unwiderstehlich fand. Sie konnte alles ertragen, nur das nicht, denn in seinem Spott lag eine Verletzlichkeit, die ihr das Herz bluten ließ.

»Sind Sie ein Adliger?« Die Ungläubigkeit in Wes' Stimme war unüberhörbar.

»Der Sohn eines Lords«, sagte Rhys, und der Spott in seiner Stimme war jetzt sogar noch deutlicher. »Und jetzt kennen Sie meine Herkunft. Zufrieden? Fühlen Sie sich jetzt sicherer?« Er stand auf. »Ich geh' mich waschen. Sie beide sollten besser schlafen. Wir brechen morgen sehr früh auf.«

Das war eine höchst unnötige Bemerkung, denn sie brachen jeden Morgen sehr früh auf, bei Sonnenaufgang, um genau zu sein. Susannah hätte ihn am liebsten zurückgehalten, aber da war etwas an ihm, etwas unterdrückt Explosives, das sie zuvor noch nicht an ihm bemerkt hatte.

Wes schwieg, als ob auch er fühlte, daß etwas nicht stimmte, als ob sie an etwas gerührt hatten, das besser unberührt blieb. Nach einigen Augenblicken sagte er: »Er hat recht, Sue. Laß uns schlafen gehen.« Er legte sich nieder, und schon bald konnte sie aus seinen regelmäßigen Atemzügen hören, daß er eingeschlafen war.

Aber sie konnte jetzt nicht schlafen. Immer wieder kamen ihr Rhys' letzte Worte in den Sinn: »Der Sohn eines Lords«, und das gab ihr noch mehr Rätsel auf als alles, was er bisher gesagt hatte, besonders der Tonfall, in dem er es erklärt hatte. Den Lord traute man ihm bei seiner Redeweise, Aussprache und Haltung natürlich durchaus zu. Aber nichts sonst paßte. Nun, die üblichen Kriterien hatten noch nie auf ihn gepaßt, wie sie sich eingestehen mußte.

Sie wußte, wo er sein würde. Sie wußte es so sicher wie nur irgend etwas. Obwohl sie ihm seit dem Vorfall mit den Banditen aus dem Weg gegangen war, zog es sie nun unwiderstehlich zu ihm. Damals hatte sie eine Seite an ihm entdeckt, die sie auf eine Weise ängstigte, wie sie sich gewöhnlich nicht ängstigen ließ. Sie hatte nicht direkt vor ihm Angst, sondern vor den vielen verschiedenen Facetten seiner Persönlichkeit. Es war, als blicke man durch ein Prisma und sähe das Objekt dahinter verzerrt oder schief oder in den unterschiedlichsten Färbungen. Man wußte nie, was als nächstes zu erwarten war. Es ängstigte sie, obwohl es sie gleichzeitig faszinierte. Oder war es die Faszination, vor der sie sich fürchtete?

Susannah wußte es nicht. Sie wußte nur, wie sehr sie es vermißte, mit ihm zusammen zu reiten, seinen Körper an ihrem zu fühlen. Sie wußte nur, wie oft sie nachts wachlag und nicht einschlafen konnte, weil sie an den Kuß denken mußte, an die wilde Leidenschaft, die hinter jener kaum beherrschten Zärtlichkeit steckte. Sie zitterte, wenn ihr bewußt wurde, wie sehr sie sich nach dieser Leidenschaft sehnte, nach jener Wildheit, die er so fest in sich eingeschlossen hielt. Sie wollte, daß er fühlte, damit sie wieder fühlen konnte. Es war so lange her, seit sie wirklich etwas empfunden hatte; das wußte sie jetzt, nach jener Nacht. Sie hatte sich in den letzten Jahren in sich selbst verkrochen, hatte sich verschlossen, hatte auf die beste Art zu überleben versucht, während sie zusehen mußte, wie einer nach dem anderen von ihren Lieben starb. Sie hatte alle ihre Leidenschaft auf das Land gerichtet, und nun wußte sie, daß das nicht genug war, daß es nie genug sein würde.

Und Mark. Eine schreckliche Traurigkeit erfüllte sie beim Gedanken an ihn, bei den Erinnerungen an ihn. Sie hatte versucht, ihn lebendig zu erhalten, teilweise wegen der Schuldgefühle, die in den letzten Wochen immer stärker geworden waren, weil ihr klar wurde, wie wenig sie ihm wirklich gegeben hatte. Sie hatte nie jene wilde, ungezügelte Leidenschaft, die sie so elektrisierte, die sie sich so lebendig fühlen ließ, mit ihm geteilt. Zum ersten Mal in ihrem Leben fühlte sie sich wirklich lebendig, fühlte, daß dies ihr wahres Ich war. Bis jetzt hatte sie immer nur eine Rolle gespielt, hatte das getan, was andere von ihr erwarteten, was notwenig war, was sie dachte, tun zu müssen.

In jenen kurzen Augenblicken neulich nachts jedoch hatte Rhys sie aufgebrochen, wie man eine Erbsenschote aufbricht, und ihr Innerstes freigelegt. Genau das hatte er getan, und jetzt wollte sie dasselbe tun, wollte all die Schichten wegreißen, die sein wirkliches Ich verbargen.

Sie fand ihn dort, wo sie es erwartet hatte, wie ein Planet, der von seiner Sonne angezogen wird. Er lehnte an einem Baum, der den Fluß überschattete. Doch trotz seiner lässigen Haltung strahlte sein Körper eine Art ungezähmte Energie aus, eine Spannung, die auf starke innere Konflikte hindeutete. Sie erkannte das, denn sie fühlte genau dasselbe.

Er drehte sich zu ihr um, als ob er ihren stummen Blick gefühlt hätte. »Sie sollten wirklich ein wenig schlafen«, sagte er.

»Sie auch«, entgegnete sie.

»Ich brauch' nicht viel Schlaf«, sagte er kurz angebunden. »Hab' noch nie viel gebraucht.«

»Nicht wie normale Menschen«, beendet sie leise seinen Satz.

»Gehen Sie ins Lager zurück, Mrs. Fallon.«

»Ich kann aber nicht schlafen.«

»Das ist Ihr Problem.«

Susannah ignorierte seinen fast feindseligen Ton. »Ich hab' Ihnen noch gar nicht für neulich Nacht gedankt.«

Da drehte er sich um und schritt auf sie zu. Er ergriff ihr Kinn und hob ihr Gesicht zu sich auf, so daß sie ihm direkt in die Augen sehen mußte. »Ich hab' Sie verdammt noch mal zu Tode erschreckt.«

»Ja«, sagte sie und sah ihm offen in die Augen. Sie wußte, daß sie ehrlich mit ihm sein mußte. »Sie sind auf einmal ein ganz anderer Mensch geworden.«

»Kein anderer Mensch, Mrs. Fallon«, sagte er und betonte erneut das »Mrs.«. Seine Augen glitzerten wieder wie die eines Falken, voller Trotz und Hohn. »Sie haben nur das gesehen, was Sie sehen wollten, haben geglaubt, was Sie glauben wollten. Und dann haben

Sie mein wirkliches Ich gesehen und sind davongerannt wie der Teufel. Rennen Sie, Mrs. Fallon, rennen Sie, bevor Sie mehr sehen, als Ihr empfindliches Gemüt vertragen kann.«

In seinem Ton lag eine bewußte Grausamkeit, wie sie sie nie zuvor bei ihm gehört hatte, aber sie konnte nicht aufhören, sie konnte nicht glauben, ganz gleich, wie sehr ihre Vernunft sie auch drängte.

»Gibt es denn noch mehr zu sehen?« Susannah fühlte sich wie ein Kind, das einen Tiger reizt, das dessen Stärke nicht kennt und dennoch in törichter, ja, selbstmörderischer Weise weitermacht, solange der Tiger nicht mehr tut als knurren.

Er stieß ein freudloses Lachen aus. »Sie und Ihr Bruder, Sie sind so neugierig. Möchten Sie wissen, wie ich an die Uniform, die ich im Libby anhatte, rangekommen bin?« Seine Frage war eine Herausforderung, und er äußerte sie in einer Weise, daß Susannah sicher war, die Antwort nicht hören zu wollen.

»Oder wie ich zu einem Blockadebrecher geworden bin? Ich sagte, es lag an einem Fehlurteil meinerseits und an Langeweile. Wollen Sie hören, wie ich mit Anfällen von Langeweile fertigwerde? Die überfallen mich nämlich nicht selten, wissen Sie? In diesem Fall habe ich ein kleines Glücksspielchen mit einer amerikanischen Lady gemacht. Ihre Tugend gegen etwas, das sie sich sehnlichst für den Mann wünschte, den sie ... zu lieben glaubte. Also nahm ich sie mit in eine Spielhölle, einen ziemlich bekannten Ort in London, und wir machten ein Spielchen.« Er hielt inne, wie um seinen Worten noch mehr Gewicht zu verleihen, und fuhr dann fort, »*ich* spielte das Spiel, Mrs. Fallon, ich spielte mit ihrer Ehre und mit ihrem guten Ruf. Das ist es, was ich tue. Ich spiele Spiele. Und ich glaube wirklich nicht, daß Sie sich auf ein Spiel mit mir einlassen wollen.«

Der Tiger zeigte seine Zähne. Aber das Kind konnte immer noch nicht gehen. Sie war wie verzaubert, wie hypnotisiert von der Schönheit und der Gefährlichkeit des Tieres.

»Warum haben Sie uns dann nicht längst verlassen?«

Er sah sie mit seinem leicht schiefen, spöttischen Lächeln an. »Es war interessant.«

»Ein Spiel?«

»Kluges Fräulein«, sagte er zustimmend.

»Und wann wird Ihnen dieses Spiel langweilig?«

»Das ist es schon, Mrs. Fallon.«

Susannah wußte, daß sie gehen sollte. Sie hatte es fast sofort gewußt. Er war offensichtlich in einer gefährlichen Stimmung, und sie war es ebenfalls. Sie empfand eine schreckliche Sehnsucht, das fast unerträgliche Bedürfnis, ihn zu berühren und jene Zärtlichkeit zu fühlen, von der sie sich inzwischen fragte, ob sie nicht vielleicht nur Einbildung gewesen war.

Aber sie konnte nichts tun, als zu ihm hinaufzustarren, seine falkenähnlichen Züge zu mustern, die solch eiskalte Kraft zu beherbergen schienen. Es war keine Spur von Zärtlichkeit in diesem Gesicht, nichts Sanftes, nur harte Realität.

Sie wollte diese Realität. Fast ohne sich dessen bewußt zu sein, erhob sie sich auf die Zehenspitzen und näherte ihr Gesicht dem seinen. Ihre Hände streckten sich wie von selbst hinauf, um die Falten auf seiner Stirn zu glätten.

»Tun Sie das nicht«, sagte er, aber es war weniger ein Befehl als ein Waffenstrecken. Seine Lippen näherten sich den ihren und nahmen sie in Besitz, genau so, wie sie es sich erträumt hatte. Es lag Zorn in seinem Kuß – kalter, harter Zorn – und sie wünschte, sie wüßte, woher er kam. Aber es war außerdem Leben darin, eine plötzliche Woge der Leidenschaft, die sie beide mitriß wie ein Tornado, ein Tornado, der jede Vorsicht, jede Furcht, jede Hemmung mit sich reißt. Sie umschlangen sich gegenseitig, bis sie eins waren. Ihre Lippen vereinigten sich mit einer Wildheit, die nichts mehr aufhalten konnte, und es fühlte sich plötzlich so richtig an, so schicksalshaft. Susannah wußte es, wußte es bis in ihr Innerstes. Sie war dazu bestimmt, hier zu sein, jetzt, in diesem Moment, an diesem Ort und zu dieser Zeit. Sein Mund öffnete sich, und seine Zunge traf wie von selbst auf ihre, und sie wußte instinktiv, wie sie ihn verführen konnte, so wie er sie verführte, und sie wunderte sich über den Zauber dieses Wissens, erkannte, daß wohl jede Frau wußte, wie, wenn die Zeit reif war.

Seine Lippen wanderten abwärts zu ihrem zarten Hals, und dort zögerte er, und sein Atem ließ ihr Schauer über den Rücken laufen. Er knabberte ein wenig an ihrer weichen Haut und fuhr ihr mit einer Hand an ihre Brust, schmiegte seine langen, erfahrenen Finger um ihre Halbkugel und rieb sanft ihre Knospe, bis sie hart wurde. Seine

Lippen glitten zu ihrem Ohr, leckten um ihr Ohrläppchen herum, bis sie glaubte, verrückt zu werden vor Begierde, einer Begierde, die nach mehr schrie. Ihre Hände wanderten hinauf zu seinem Nacken, und ihre Finger gruben sich in sein dichtes schwarzes Haar.

»Verflucht«, hörte sie ihn stöhnen und wußte, daß seine Maske der Kälte zumindest ein wenig verrutscht war. Hitze durchströmte ihrer beider Körper, eine glühende Erregung, die nach Erfüllung strebte.

Auf einmal war sie auf den Knien und Rhys mit ihr. Seine Hände erforschten ihren Körper, fanden ihren Weg in ihre Bluse und zu ihrem Korsett, das ihre letzte Bastion der Schicklichkeit war. Sie widerum erforschte den muskulösen Oberkörper unter dem groben Baumwollhemd. Er war so hart, so verlockend, und ihre Finger fanden die Haut gleich unter dem Hemdkragen. Er zitterte, als sie ihn dort liebkoste und dann ganz behutsam berührte, mit sanften Fingern imaginäre Kreise zog, sanft im einen Moment und besitzergreifend im nächsten.

Er preßte sie an sich, und sie fühlte seine harte Männlichkeit gegen ihren Schoß drängen. Sie fühlte sein Pulsieren, seine Hitze, und sie rieb sich verlangend an ihm, spürte, wie ein lustvolles Zittern durch seinen Körper lief. Sein Mund begrub erneut den ihren unter sich, hungrig und dennoch auf einmal zögernd. Er hob den Kopf.

»Sind Sie auch sicher, Mrs. Fallon?« Wieder verwendete er das »Mrs.«, wie um sich – oder sie – an ihre Ehre zu erinnern.

Ihre Lippen streiften über die bronzene Haut seines Gesichts, das nach all den Tagen in der Sonne inzwischen noch dunkler geworden war. Himmel, er schmeckte so gut. Sie knabberte ein wenig.

»Mrs. Fallon?«

»Ich dachte, du spielst gerne Spiele«, sagte sie leise und wunderte sich über ihre eigene Kühnheit.

Er fuhr mit dem Finger an ihrer Wange entlang, stoppte an ihrem Mundwinkel. »Nur mit denen, die die Spielregeln kennen.«

»Hat diese andere Frau die Spielregeln gekannt?«

»Besser als ich«, antwortete er trocken.

Sie mußte plötzlich grinsen. »Ausmanövriert, was?«

»Vielleicht.«

»Du sprichst immer in Rätseln«, beschwerte sie sich leise, und ihre Hand spielte immer noch mit seinem Nacken. »Wenn du überhaupt etwas sagst.«

Statt einer Antwort beugte er sich wieder zu ihr hinunter, und seine Lippen fingen erneut Feuer. Sie drängten sich in plötzlicher Verzweiflung aneinander, sie, weil sie das Gefühl hatte, ihn irgendwie zu verlieren, er, weil er die Fragen in seinem Kopf ersticken wollte, Fragen, auf die er keine Antworten hatte. Er hatte sie viel zu lange verdrängt. Manchmal wußte er nicht, wer er war.

Ihre Verzweiflung steigerte sich zu fieberhaftem Verlangen, und er tastete nach ihren Knöpfen, wollte alles vergessen, als sie plötzlich jemanden ihren Namen rufen hörte, gefolgt von einem lauten Krachen im Unterholz.

Und plötzlich war Susannah wieder allein.

10

Rhys Redding hatte noch nie im Leben einen ehrenhaften oder gar selbstlosen Gedanken gehabt.

Außer das eine Mal vielleicht, und das war nicht unbedingt erfreulich für ihn ausgegangen. Doch selbst das hatte er genauso zu seinem eigenen Vernügen wie für irgend jemand anderen gemacht. Eine Studie menschlichen Verhaltens, nichts weiter. Ein Spiel, wie er Susannah gesagt hatte. Und so tat er diese Erfahrung auch ab und konnte sich damit weiterhin im Glauben wiegen, gewöhnlichen menschlichen Emotionen gegenüber immun zu sein.

Er war daher verständlicherweise verärgert, nach all den Jahren feststellen zu müssen, daß er möglicherweise doch noch Gefühle besaß, die sich nun an die Oberfläche zu kämpfen drohten.

Oder warum hätte er sonst auf eine goldene Gelegenheit verzichten sollen?

Rhys wußte jetzt, daß er Susannah Fallon haben konnte, wann immer er wollte. Er wußte es, wie es jeder Mann weiß, wenn eine Frau bereit ist. Es war ihm in der Nacht klar geworden, in der Wes unterbrochen hatte, was ein höchst vergnügliches Schäferstündchen hätte sein können.

Er redete sich ein, daß es an der fehlenden Gelegenheit lag. Aber er war auch früher immer in der Lage gewesen, für die notwendigen Gelegenheiten zu sorgen.

Tatsache war – und wenn es ihm noch so wenig behagte –, daß er Susannah gern hatte.

Er hatte noch nie jemanden gern gehabt und war nicht sicher, wie er damit fertig werden sollte. Aber etwas tief in ihm sträubte sich gegen den Gedanken, ihr Schaden zuzufügen, egal, wie sehr er auch versuchte, diese Skrupel beiseite zu drängen.

Er mochte alles an ihr, obwohl er sein möglichstes getan hatte, etwas Negatives an ihr zu finden. Er mochte die Art, wie sie lügen konnte, wenn es notwenig war. Er mochte ihre unbeugsame Entschlossenheit. Es gefiel ihm, daß sie sich nie beklagte, egal, wieviel er von ihr verlangte. Er mochte ihre offene Art, das Fehlen jeglicher Heuchelei. Kein Händeringen über Moral, wenn er mit etwas ankam, das sie dringend brauchten.

Ihre Entschlossenheit, irgendwie zurück nach Hause zu gelangen und sich um Wes zu kümmern, war ebenso stark wie die seine vor Jahren, als es darum ging, sich ein Vermögen zu erwerben. Ihre Ziele mochten unterschiedlich sein, seines weniger altruistisch als das ihre, aber die stählerne, unbeugsame Entschlossenheit war dieselbe.

Er mochte außerdem, wie sie errötete, wie ihre lavendelblauen Augen an seinem Gesicht hingen, als ob er wer weiß was für ein Held wäre. Es gefiel ihm, wie sie in Hosen aussah, wie sich der Stoff über ihre sanft gerundeten Hüften spannte. Ganz besonders jedoch hatte ihm gefallen, wie ihr Körper sich an seinen schmiegte, wenn sie zusammen ritten, wie ihre Arme sich vertrauensvoll um seine Hüfte geschlungen und sie den Kopf an seinen Rücken gelehnt hatte.

Er vermißte das.

Rhys wußte, daß er oft Zerstörung hinterlassen hatte. Er hatte sich nie wirklich um einen anderen Gedanken gemacht. Die meisten seiner Opfer hatten ihr Los auch verdient. Sie waren Opfer ihrer Habsucht und überhaupt nur deshalb in seine Hände geraten. Doch nun fühlte er deutlich, daß er, wenn er aus Susannah Fallon ein Opfer machte, selbst zum Opfer werden würde. Und das wollte er keinesfalls.

Also mied Rhys Susannah in den folgenden Reisewochen, wo er

nur konnte, und ließ sich in keiner Weise anmerken, daß überhaupt etwas zwischen ihnen vorgefallen war.

Susannah wünschte, er wäre in jener Nacht nicht einfach verschwunden, aber sie fühlte deutlich, daß er es für sie getan hatte, damit Wes nicht erfuhr, was beinahe geschehen wäre. Sie dachte auch, daß dies ein höchst ungewöhnliches Verhalten für einen Mann war, der erklärtermaßen keine Skrupel hatte.

Warum hielt er sich von ihr fern? Sie konnte sich einfach keinen Reim darauf machen, noch dazu, wo sie seinen Blick hin und wieder begehrlich auf sich gerichtet fand und daher wußte, daß sein Rückzug nicht an mangelnder Anziehungskraft ihrerseits lag. Sie selbst hätte diese Anziehungskraft nicht so stark gefühlt, wenn es so wäre. Und da er selbst so oft behauptet hatte, keinerlei Ehrgefühl zu besitzen, hatte er wohl auch keines.

Als sie sich schließlich etwa einen Monat später der texanischen Grenze näherten, wußte sie kaum mehr über Rhys als bei ihrer ersten Begegnung, außer was seine außerordentlichen Überlebensinstinkte und -fähigkeiten betraf.

Sie waren immer noch Fremde, alle drei: sie, Wes und der Nachtfalke.

Es ist schon seltsam, dachte Susannah bei jener schmerzlichen Sehnsucht, die sie nun fast ständig verspürte, wie jemand gleichzeitig Teil einer Gruppe sein und doch nicht wirklich dazugehören kann. Das ergab einfach keinen Sinn, aber was Rhys Redding betraf, hatte noch nichts viel Sinn gemacht.

Rhys war in jener Nacht einfach in der Dunkelheit verschwunden, nachdem er ausgerufen hatte: »Verdammt noch mal, dein Bruder hätte sich keinen schlechteren Zeitpunkt aussuchen können... oder keinen besseren.« Sie hatte kaum noch Zeit gehabt, sich die Bluse wieder zuzuknöpfen und ihr Haar glattzustreichen, als Wes auch schon mit bestürzter Miene auftauchte.

Er hatte sich suchend umgesehen, doch außer ihr war niemand mehr da. Auf seine Frage hatte Susannah geantwortet, sie hätte sich zurückgezogen, um sich um ihre persönlichen Bedürfnisse zu kümmern. Er hatte ihre Erklärung widerspruchslos hingenommen.

Sie hatte Rhys in jener Nacht nicht wiedergesehen. Er mußte zurückgekehrt sein, nachdem sie bereits eingeschlafen war. Am nächsten Morgen war er schon wieder auf und sattelte fröhlich pfeifend, als ob nichts geschehen wäre, sein Pferd.

In den darauffolgenden Tagen wurde Rhys dann noch mehr zu einem Phantom. Er verschwand jede Nacht wie eine Art scheues Tier, und sie machte sich jedesmal Gedanken darüber, ob er auch wieder zurückkommen würde. Aber morgens war er dann unweigerlich wieder im Lager, sein verdammtes Lächeln auf den Lippen und die Augen undurchdringlicher denn je. Manchmal aß er mit ihnen zu Abend, manchmal nicht. Und er und ihr Bruder behandelten sich gegenseitig weiterhin mit einer Art wachsamer Höflichkeit, die mit Sympathie nichts zu tun hatte. Seit der Nacht, in der Wes ihr nachgegangen war, ließ er sie kaum noch aus den Augen – nicht, daß es was ausgemacht hätte, denn Rhys Redding hatte sie offensichtlich als nicht der Mühe wert abgeschrieben.

Das tat weh. Unerträglich weh. Wie konnte er nicht die Hitze fühlen, die jedesmal in ihr aufwallte, wenn er ihr aufs Pferd half oder sie aus Versehen berührte? Wie konnte er jenen Kuß vergessen, die Leidenschaft, die sie beide beinahe überwältigt hätte?

Doch selbst wenn ihr Stolz es erlaubt hätte, ihn zu fragen, wußte sie, daß sie ohnehin keine Antwort erhalten hätte. Zumindest keine, die irgendwelche Bedeutung besaß.

Und so legten sie Meile um Meile zurück, endlose Strecken, bis die Pferde nicht mehr weiterkonnten. Und dann rieben Rhys und Wes sie jedesmal sorgfältig ab, tränkten sie und sorgten, wann immer es möglich war, für etwas Getreide. Sie beide hungerten lieber, als den Pferden Nahrung und Pflege vorzuenthalten. Das war die einzige Gemeinsamkeit, die sie hatten.

Je mehr sie sich Texas näherten, desto deutlicher wurden für Susannah auch die Veränderungen in Wes. Er konnte mittlerweile viel geschickter mit den Krücken umgehen, und auch im Sattel saß er nun sicherer. Doch er war darüber hinaus noch mürrischer und verschlossener geworden als vorher. Eines Tages – sie hatten in einer kleinen Stadt in Mississippi angehalten, um ihre Vorräte aufzufüllen – verschwand er einfach eine Zeitlang, und als er zurückkehrte, roch er nach Whiskey.

Auf Susannahs fragenden Blick funkelte Wes sie trotzig an. »Mein Bein tut weh.«

Aber Susannah wußte, daß es nicht sein Bein war. Sie wußte, daß er schon weit größere Schmerzen ausgehalten hatte. Es war die Leere und Hoffnungslosigkeit in den Augen ihres Bruders, die ihr Sorgen bereitete. Sie schien stärker zu werden, je näher sie der Heimat kamen. Und seine Hoffnungslosigkeit hatte nichts mit körperlichen Schmerzen zu tun.

»Whiskey hilft da auch nicht«, sagte sie daraufhin und wußte gleichzeitig, daß ihre Worte nichts bewirken würden.

»Nicht? Was hilft dann, Schwesterchen?«

Susannah wünschte, sie wüßte es. Sie wußte, daß er sich davor graute, Erin gegenüberzutreten und sich mit seinem früheren Leben auseinandersetzen zu müssen, als er noch besser reiten, mit dem Lasso umgehen und kämpfen konnte als jeder andere in der Gegend. Bis zu dem Vorfall mit den Deserteuren hatte er wieder etwas Zuversicht gewonnen, doch danach...

»Jedenfalls nicht Whiskey«, sagte sie etwas schärfer als beabsichtigt und sah die Überraschung in seinem Blick. Es war das erste Mal, daß sie ihn kritisierte oder ungeduldig mit ihm war. »Und wir brauchen das Geld«, fügte sie hinzu. »Wir haben doch nur noch so wenig.«

Susannah hatte Wes das bißchen Geld gegeben, das sie noch besaßen, da sie glaubte, er brauche die Verantwortung. Rhys hatte das Geld, das sie bei den Dieben gefunden hatten, behalten. Beide Männer waren bis jetzt sehr sparsam damit umgegangen; das einzige, was sie außer kleinen Mengen Mehl, Speck und Kaffee gekauft hatten, war eine kleine Derringer, die Rhys in einem Laden entdeckt und als Extraschutz für Susannah gekauft hatte. Er hatte ihr gezeigt, wie man sie verbarg und benutzte.

Wes' Gesicht lief rot an, und er wich ihrem Blick aus, was ganz untypisch für den Bruder war, den sie kannte. Da hätte sie am liebsten geweint, wußte jedoch, daß das die Dinge nur noch verschlimmert hätte. Zorn war angemessen, Mitleid aber nicht.

Gelegentlich hielten sie bei Farmen oder Plantagen an, die auf ihrem Weg lagen. Bei einem jener Aufenthalte entdeckte sie etwas Neues an Rhys Redding. Er war das reinste Chamäleon und ein perfekter Schauspieler. Als sie bei einer Plantage im Nordwesten von Mississippi Rast einlegten, verfiel er zu ihrer großen Verblüffung in den texanischen Akzent ihres Bruders. Es war schrecklich heiß, und sie hielten an, um den Pferden Wasser zu geben. Wes war ein wenig zurückgefallen, und Rhys Redding ritt an der Spitze ihrer kleinen Gruppe, als eine Frau von einem Feld aufblickte, das sie mit ihren fünf Kindern bearbeitete. Angst zeichnete sich deutlich auf ihrem Gesicht ab, als sie die Fremden erblickte, doch Rhys zerstreute sie mühelos indem er in den weichen, gedehnten Akzent der Texaner verfiel.

»Ma'am«, sagte er freundlich, »wir wären Ihnen mächtig dankbar für 'n bißchen Wasser.«

Die Frau schmolz sofort dahin, als sie sein Lächeln sah und den ihr vertrauten Dialekt hörte, ja, sie bot ihnen allen sogar von dem Eintopf an, den sie am Herd stehen hatte.

Rhys schien zufrieden zu sein, als sie wieder aufbrachen, und Susannah warf einen verstohlenen Blick auf Wes, der ohne Umschweife nach einer Erklärung verlangte.

»Eins meiner kleinen Talente«, sagte Rhys leichthin mit jenem herausfordernden Lächeln, das, je nach Gegenstand der Unterhaltung, charmant oder ärgerlich sein konnte. »Ich habe ein Ohr für Sprachen und Dialekte. Ich hab' Ihnen einen Monat lang zugehört und beschlossen, es mal auszuprobieren.

»Was für *kleine* Talente haben Sie denn sonst noch?« fragte Wes mit zusammengekniffenen Lippen.

»Ich bin ein verdammt guter Glücksspieler«, erwiderte Rhys bescheiden.

»Lieber Himmel«, murmelte Wes, fragte aber nicht weiter.

Susannah auch nicht. Jede Frage zog ohnehin bloß weitere Fragen nach sich, die Rhys Redding, wie beide wußten, nicht beantworten würde. Je länger sie mit ihm zusammen waren, desto mehr Fragen schien er aufzuwerfen.

Sie wußte, daß es ihm Spaß machte, Wes zu ärgern, obwohl sie nicht genau wußte, warum. Anfangs hatte sie naiverweise angenommen, seine Motive wären altruistischer Natur: ein Versuch, Wes herauszufordern, damit er sich noch mehr anstrengte. Jetzt fragte sie sich jedoch, was wirklich dahintersteckte. Rhys pfiff oft, immer eine von zwei Melodien, beide ebenso gegensätzlich wie er selbst. Die erste war, wie er sagte, ein walisisches Wiegenlied und die zweite ein englisches Seemannslied, genannt »The Drunken Sailor«, das Wes fast in den Wahnsinn trieb. Was wohl genau der Grund war, so vermutete er, warum Rhys Redding es pfiff.

Zwischen den beiden würde es wohl nie zu übermäßigen Sympathiebezeugungen kommen.

Immer öfter fragte er sich nun, was wohl werden würde, wenn sie zu Hause ankamen. Ein Teil von ihr sehnte sich schmerzlich nach dem Blockhaus, in dem sie aufgewachsen war, sogar noch mehr als nach dem luxuriöseren Haus der Fallons, wo sie seit ihrer Heirat lebte. Ein anderer Teil von ihr schreckte jedoch vor dem Gedanken, Rhys Redding zu verlieren, zurück. Es war ein Dilemma, das ihr fast das Herz zerriß: trotz ihres Wunsches, so schnell wie möglich nach Haus zu kommen, bedeutete jede Stunde, die sie ihrem Ziel näher brachte, eine Stunde weniger mit dem Mann, der es geschafft hatte, daß sie sich wieder lebendig fühlte. Sie wollte das Gefühl, endlich wieder zu leben, nicht verlieren, wollte *ihn* nicht verlieren.

Auf sein Sattelhorn gestützt, blickte Rhys Redding auf den Sabine River. Texas.

Er hatte in England von Texas gehört. Die Engländer waren vom amerikanischen Westen fasziniert: ein wildes, unzivilisiertes Land, voll Indianern und Abenteurern – so hieß es zumindest. Und dann hatte er Susannah und Carr fast ehrfurchtsvoll darüber sprechen gehört. Er konnte ihre Verbundenheit mit dem Land nicht verstehen. Er hatte sich selbst mal in der Landwirtschaft versucht, als er beim Kartenspiel ein Gut in England gewonnen hatte, hatte es jedoch gehaßt. Er hatte gehofft, damit Anerkennung und etwas inneren Frieden zu finden, war aber bald wieder rastlos geworden, als er feststellte, daß ihn die Landwirtschaft nicht besonders interessierte. Er hatte daraufhin einen Gutsverwalter angeheuert, der sich jedoch als ausgesprochener Schwindler erwies, und die Anerkennung, auf die er gehofft hatte, blieb ebenfalls aus. Er war danach einsamer denn je gewesen und sogar Gegenstand allgemeiner Verachtung, weil er versucht hatte, etwas zu sein, was ihm nicht zustand.

Ein Fehler, den er nicht zu wiederholen gedachte.

Texas! Der Name schien eine fast magische Wirkung auf seine

zwei Schützlinge auszuüben. Für ihn jedoch bedeutete er lediglich die Vergeltung einer Schuld. Die Bezahlung für die Fluchthilfe aus dem Libby. Er bezeichnete sie immer noch so: als seine Schützlinge. Er wollte und mußte sie so sehen. Seine Schutzbefohlenen, nichts weiter. Er tat alles, was er konnte, um eine tiefere Beziehung gar nicht erst entstehen zu lassen.

Er seufzte. Susannah und Wes waren hinter ihm, vielleicht ein oder zwei Meilen. Er war, wie so oft, vorausgeritten. Alles, nur um nicht in jene ausdrucksvollen Lavendelaugen, die seine sämtlichen Verteidigungswälle zu durchbrechen schienen, blicken zu müssen. Sie hatte jedoch aufgehört, ihn anzusehen, als ob er ein Held oder etwas Derartiges wäre. Ihr Blick war nun vorsichtig und verhalten, doch er wußte, obwohl es schmerzte, daß es so besser für sie beide war.

Nur noch eine Woche! Eine Woche, und er hätte sie sicher abgeliefert. Er hatte bereits seine eigenen Pläne gemacht. Susannahs und Wes' Land lag etwa vierzig Meilen von Austin entfernt, und er wußte, daß Austin als Hauptstadt des Staates Texas groß genug sein mußte, um ein paar Banken zu besitzen. Dort könnte er um Geld schicken und von Galveston aus ein Schiff zurück nach England nehmen. Dieser Gedanke war jedoch erschreckend wenig verlockend.

Aber er wußte, daß er nicht bleiben konnte. Teufel noch mal, aber die Schutzmauer, die er um sich aufgebaut hatte, war in den letzen Wochen buchstäblich zu Staub zerfallen. Seit der Nacht, in der er Susannah beinahe genommen hätte, mußte er all seine formidable Willenskraft aufbieten, um sich von ihr fernzuhalten. Wenn er gedacht hätte, einfach mit ihr schlafen und sie danach vergessen zu können – er hätte nicht eine Sekunde gezögert. Doch so sehr er auch haßte, es zugeben zu müssen, wußte er doch, daß das nicht länger möglich war.

Sie hatte an eine zärtliche Seite in ihm gerührt, von der er gar nicht gewußt hatte, daß er sie besaß, und ganz gewiß kam nichts Gutes dabei heraus. Jedenfalls nicht für ihn. Er hatte gelernt, daß Schwäche leichtsinnig machte, und Vertrauen war geradezu katastrophal. Wer niemandem vertraute, konnte auch nicht verletzt werden; wer sich nur auf sich selbst verließ, konnte nicht enttäuscht werden.

Also hatte er Distanz gehalten, hatte seine Reisegefährten bis zum Umfallen angetrieben und sich selbst sogar noch stärker, damit er nichts mehr fühlte außer einer inneren Leere, die er willkommen hieß. Er schlief immer abseits, und wenn er abends seine Spaziergänge unternahm, stellte er jedesmal sicher, daß Susannah ihn nicht finden konnte. Er ritt oft voraus, um, wie er sagte, Gefahren zu verhüten. Er war schon immer in der Lage gewesen, Gefahren vorauszuahnen, und diese Fähigkeit hatte ihm bisher auch immer gute Dienste geleistet.

Wenn Susannah nicht gewesen wäre und die beunruhigende Wirkung, die sie auf ihn ausübte, hätte er die Reise vielleicht sogar genossen. Sie waren durch die bewaldeten Hügel von Tennessee geritten, hatten das fruchtbare Tal des Mississippi durchquert, die Berge von Arkansas und die sumpfige Südspitze von Louisiana. Meile für Meile hatte er gespürt, wie er seine Kräft langsam wiedergewann, wie seine Instinkte wieder rasiermesserscharf wurden. Er hatte in den Jahren in London ganz vergessen, wie herrlich es war, wenn der ganze Mann, wenn Instinkt, Verstand und alle Überlebensfähigkeit gefordert waren. Er wußte nun, daß London ihn weich gemacht, ja, verletzt hatte. Er hatte versucht, jemand zu sein, der er nicht war, und hatte dabei seine wahre Identität vergessen. Warum dachte er dann überhaupt an Rückkehr?

Weil er nicht hierbleiben konnte. Nicht bei einer Frau, die er so sehr begehrte, daß es ihn am Ende zerstören konnte. Sie fühlte sich von dem angezogen, was sie in ihm sehen wollte, einen Mann, der ihr beistand, wenn auch aus durchaus eigennützigen Gründen. Sie sah nicht, was er in Wirklichkeit war: ein Bastard und Dieb, ein Betrüger erster Güte. Für ihn war das in Ordnung, für jemanden wie Susannah Fallon jedoch nicht. Konnte es auch nie sein.

Er würde jedenfalls nicht lange genug hier herumhängen, bis sie es herausfand.

Sie schlugen ihr Lager an diesem Abend auf der Louisiana-Seite des Sabine Rivers auf. Am nächsten Morgen würden sie den Fluß dann überqueren.

An diesem Abend blieb Rhys bei Wes und Susannah. Heute gab es etwas ganz Besonderes zum Abendessen: einen wilden Truthahn, den Wes an diesem Tag geschossen hatte. Er war besonders stolz darauf, und Susannah freute sich riesig, als sie seine leuchtenden Augen sah.

Sogar Rhys hatte die Jagdbeute mit einem anerkennenden Nicken quittiert, ohne sein übliches spöttisches Lächeln.

Sie hatten früher als gewöhnlich angehalten; die Sonne stand noch, wenn auch tief, am Himmel. Sie waren flußabwärts bis zu einer Stelle geritten, wo sich der Fluß verengte, und hatten dort ein ruhiges, abgeschiedenes Plätzchen gefunden. Rhys' erster Gedanke war, den Fluß heute noch zu durchqueren, was er sich jedoch anders überlegte, als er die Erschöpfung in Susannahs Zügen und die fest zusammengepreßten Lippen von Wes Carr sah. Der Mann hatte sich weit besser gehalten, als er vermutet hätte, das hieß, bis auf die Tatsache, daß er seit etwa zehn Tagen regelmäßig Alkohol trank.

Ja, er mußte Carr sogar Bewunderung zollen. Rhys gab es zwar nur widerwillig zu, aber er bezweifelte, ob er selbst sich unter den gegebenen Umständen besser gehalten hätte: das halbe Bein weg und die Aussicht auf ein Zuhause, wo er offenbar gehaßt wurde. Es gehörte schon eine gehörige Portion Mut dazu zurückzukehren.

Aber das war Carrs Problem, nicht seins. Er würde sich aus dem Staub machen. Vogelfrei.

Rhys sah amüsiert zu, wie Susannah den Truthahn säuberte und ihn, nachdem sie ihn kurz in heißem Wasser überbrüht hatte, mit geschickten Fingern rupfte. Sie blickte auf und sah, daß er sie beobachtete.

Susannah errötete und wandte hastig den Blick ab. Sie fragte sich, wie sie wohl aussehen mußte: total staubig von einem heißen Tag im Sattel, das ungewaschene Haar zu einem schlampigen Zopf geflochten, die Hände blutverschmiert.

Sie biß sich auf die Lippe. »Das habe ich zu Hause immer gemacht.«

»Ich dachte, ihr Südstaatler hättet alle Sklaven«, sagte Rhys.

»Vater hielt nichts von der Sklaverei. Deshalb haben er und Wes ja auch den Norden unterstützt.« Sie warf einen Blick auf Wes, der gerade ein Feuer und einen Bratspieß vorbereitete.

»Er hat mit Sam Houston um deren Befreiung gekämpft. Er

konnte nicht einsehen, warum er in Freiheit leben sollte, wenn andere sie nicht hatten«, fügte sie hinzu.

»Und sie?«

»Ich denke ebenso.«

»Aber Ihr Mann nicht?« Es war das erste Mal, daß er sich nach Mark erkundigte.

»Über die Sklaverei dachte er genauso, aber er war auch der Ansicht, daß Texas das Recht hat, sich für unabhängig zu erklären.«

Rhys schwieg einen Moment lang. »Das sind recht widersprüchliche Ansichten.«

Sie nickte. »Es war nicht leicht für uns. Für keinen von uns.«

»Aber der Ehre den Sieg?« Seine Stimme hatte wieder den alten spöttischen Tonfall.

»Ich weiß nicht«, sagte sie traurig. »Eigentlich weiß ich gar nichts mehr.«

»Sie wissen, wie man einen Truthahn rupft.«

Da mußte sie grinsen, erleichtert darüber, daß er das Thema gewechselt hatte. »Ich glaube, ich kann sogar jede Menge. Unser Vater hat Rinder gezüchtet oder es zumindest versucht. Er wollte die Zucht verbessern und hat seinen letzten Cent dafür ausgegeben, den perfekten Bullen aufzutreiben. Seine Anwaltspraxis hat natürlich darunter gelitten, deshalb haben Wes und ich alle Angelegenheiten auf der Ranch erledigt.«

»Haben Sie auf diese Weise schießen gelernt?«

Sie nickte. »Das muß man auch auf einer texanischen Ranch. Das werden Sie schon noch feststellen.«

Er schwieg, und Susannah merkte, daß sie sich verplappert hatte. Sie hatte praktisch zugegeben, daß sie sich wünschte, er würde bei ihnen bleiben.

Er ließ ihre Bemerkung kommentarlos stehen, erhob sich jedoch. »Ich werd' mich waschen, bevor wir zu Abend essen.«

Die Dämmerung war bereits hereingebrochen, als sie fertig war, und Wes steckte den Truthahn auf den vorbereiteten Spieß. Rhys war noch nicht wieder zurück, und Susannah fragte sich, ob er überhaupt mit ihnen essen würde. Sie wußte, daß er es mit der Körperpflege peinlich genau nahm, schon von Anfang an. Er hatte sich, ebenso wie Wes, eine zweite Garnitur Kleidung gekauft und wusch sie oft, wobei er gar nicht auf den Gedanken kam, daß sie dies, ebenso wie die Wäsche ihres Bruders, für ihn erledigen könnte. Er rasierte sich außerdem jeden Abend, schabte sich den starken schwarzen Tagesbart vom Gesicht, der ihn noch mehr aussehen ließ wie einen Banditen.

Sie blickte auf ihre Hände. Sie fragte sich, in welche Richtung er wohl gegangen war, denn sie wollte ihm nicht über den Weg laufen. Er hatte zweifelsfrei deutlich gemacht, daß er ihr so wenig wie möglich zu begegnen wünschte. Sie beschloß, nach links zu gehen, wo die Bäume dichter standen.

Der Fluß war seicht und schlammig, und es gab kaum Strömung. Sie sehnte sich nach einer klaren Quelle, in der sie ein Bad nehmen und ihr Haar waschen konnte. O Gott, sich mal wieder richtig sauber zu fühlen. So wie das Wasser aussah, stand jedoch zu befürchten, daß sie das Blut an den Händen bloß gegen Flußschlamm eintauschen würde. Doch es war furchtbar heiß, und das Wasser sah, trotz seiner dunklen Färbung, einladend kühl aus.

Sie tauchte die Hände hinein und stellte fest, daß es noch angenehmer war, als sie gedacht hatte. Susannah kämpfte sich die Uferböschung wieder hinauf und zog Reitstiefel und Baumwollsocken aus. Dann rollte sie die Hosenbeine hoch und watete ins Wasser. Sie fühlte sich herrlich, fast übermütig wie ein Kind, und lüpfte keck ihren Rock.

Sie vergrub die Zehen im Schlamm und bewegte sie genüßlich. Nach den heißen Stiefeln fühlte sich der kühle Schlick köstlich an und auch das Wasser, das um ihre Waden schwappte. Da hörte sie plötzlich ein Platschen und watete vorsichtig um die Flußbiegung vor ihr. Sie sah einen Mann, der in der Vertiefung in der Mitte des Flusses schwamm.

Sein schwarzes Haar sagte ihr sofort, wer er war. Sie beobachtete, wie er wieder auftauchte, sah seinen breiten muskulösen Rücken, der sich aus dem Wasser hob. Mit sicheren Kraulbewegungen schwamm er lässig umher, als ob er nie etwas anderes getan hätte. Sie fragte sich, ob sein übriger Körper wohl ebenso nackt war, wie seine Schultern.

Verschwinde, sagte sie sich. Aber sie konnte nicht. Sie war wie hypnotisiert, wie an dem Abend, an dem er sie geküßt hatte. Genau in diesem Moment drehte er sich um, und aus seinem überraschten Gesichtsausdruck ging klar hervor, daß er sie gesehen hatte. Entsetzt wich sie zurück. Was mußte er von ihr denken – ihn so schamlos zu beobachten! In ihrer Hast und Verlegenheit stolperte sie jedoch über eine Wurzel und fiel wild fuchtelnd mit einem lauten Platsch ins Wasser. Sie versuchte aufzustehen, rutschte jedoch erneut aus und landete mit einem Klatsch auf ihrem Hinterteil. Sie war bloß froh, daß sie die Bäume der Flußbiegung nun vor seinem Blick schützten.

Einen Moment lang vergrub sie den Kopf in den Händen. Wo war bloß die vernünftige, ruhige Susannah Fallon geblieben? Sie wurde von so vielen unterschiedlichen, heftigen Gefühlen geschüttelt, daß sie vollkommen verwirrt war. Was war bloß los mit ihr?

Nein, sie würde nicht weinen. Auf gar keinen Fall. Das letzte Mal, daß sie geweint hatte, war auf dem kleinen Friedhof gewesen, als sie erfuhr, daß General Lee sich ergeben hatte. Sie hatte um sie alle geweint, um all die Toten, all das Leid und die Einsamkeit. Jetzt wollte sie um ihrer selbst willen weinen, wegen all der Dinge, die mit ihr passierten und die sie nicht verstand, das hoffnungslose Begehren, die schreckliche, verzweifelte Sehnsucht nach einem Mann, den sie nicht haben konnte.

Wie ein Blitz aus heiterem Himmel fühlte sie auf einmal seine Hand auf ihrer Schulter und sah mit Augen, die von dichten schwarzen Wimpern überschattet waren, zu ihm auf. Sie fragte sich flüchtig, wie sie wohl aussehen mußte, im Wasser hockend wie ein einsames Waisenkind. Sie wollte ihn nicht ansehen, konnte aber nicht anders.

Und dann konnte sie den Blick nicht mehr abwenden. Er hatte sich, offenbar in Eile, die Hose übergezogen. Sie klebten an seinen nassen Beinen wie eine zweite Haut, und der Rest seines nackten Körpers schimmerte feucht im Licht der untergehenden Sonne.

Er war so dünn gewesen im Gefängnis, aber jetzt sah sein Oberkörper, trotz ihrer recht kärglichen Mahlzeiten, prachtvoll aus, breite Schultern, muskulöse Beine, ohne ein Gramm Fett. Wegen der nassen Hose war sein Unterleib fast ebenso deutlich sichtbar, und ihr Blick hing an seinen schlanken Hüften und seinen kräftigen Oberschenkeln. Sie versuchte, das Unübersehbare zu ignorieren, konnte aber nicht anders. Unter seiner Hose zeichnete sich ein Geschlecht ab, das mehr als nur ein wenig erigiert war. Ihr schmutziger, zerzauster Anblick konnte sicherlich nicht der Grund für seine Erregung sein.

Doch dann sah sie an sich nieder. Ihre Bluse klebte an ihr, und unter dem dünnen Stoff zeichneten sich deutlich ihre Brüste ab. Das strapaziöse Reiten während der letzten Monate mußte ihre Figur ebenso verbessert haben wie die seine – kein überflüssiges Gramm Fett, jeder Muskel schön ausgeformt. Sie blickte wieder zu ihm auf, und zum ersten Mal sah sie, daß seine Augen vor Vergnügen leuchteten, ganz ohne den sonst üblichen Spott darin.

»Dort, wo ich war, läßt sich's besser baden als hier«, sagte er mit einem frechen Grinsen, das so herrlich natürlich war, daß ihr Kummer sofort verflog. »Es gibt 'ne leichte Strömung dort, und das Wasser ist auch sauberer.«

Er ergriff ihre Hand und zog sie hoch, wobei er sie mit einem raschen Blick von Kopf bis Fuß musterte, was ihr ihren jämmerlichen Zustand erneut peinlich ins Bewußtsein rief. Sie faßte sich verlegen an den Zopf, und er grinste verständnisvoll. Er griff nach ihrem Haar und löste es sanft, wobei sich sein Blick erwärmte, als es ihr in dichten Wellen um die Schultern floß. »Ich komm' mit dir, wenn du nicht schwimmen kannst«, schlug er vor.

Das überraschte sie so sehr, daß sie ihn nur sprachlos anstarren konnte. Er grinste sie auf jene schiefe Weise an, die gewöhnlich etwas Zweideutiges bedeutete. »Ich behalte sogar meine Hosen an, und deine, nun ... sehr viel nasser können sie nicht mehr werden.«

»Ich kann schwimmen«, sagte sie.

»Das habe ich mir beinahe gedacht«, sagte er, und aus seinem bewundernden Blick konnte sie sehen, daß es ein Kompliment war. Sie fühlte, wie ihr ein warmes Prickeln über den Rücken kroch, und auf einmal wollten sich ihre Beine nicht mehr bewegen. Alles, was sie sich wünschte, war, diesen bewundernden Blick, diese beunruhigenden schwarzen Augen mit dem eigenartigen Licht darin noch ein wenig länger auf sich zu spüren.

»Komm«, sagte er und streckte die Hand aus. Sie trat aus dem Wasser und zögerte, als sie ihre Stiefel am Ufer liegen sah. Ihre Kleidung triefte. Er folgte ihrem Blick, bückte sich und nahm die Stiefel mit seiner freien Hand. »Wir beeilen uns besser«, sagte er trocken, »bevor dein Bruder uns mit dem Schießprügel hinterherkommt.«

»Er ist mit dem Truthahn beschäftigt.«

»Im Moment noch«, sagte Rhys amüsiert, und sie wußte, daß er an den Abend vor fast einem Monat dachte.

Sie wußte nicht, was sie sagen sollte. Rhys war so distanziert gewesen seit jener Nacht. Sie wußte verflixt genau, daß er keine Angst vor Wes hatte, brachte es aber nicht fertig, ihn zu fragen, brachte es nicht fertig, den Zauber, der sie erneut umfing, zu brechen. Der Zauber, der sie einhüllte, wann immer er es zuließ. Dieser Gedanke beunruhigte sie plötzlich.

Doch dann waren sie jenseits der Flußbiegung, und er ließ ihre Stiefel fallen und nahm ein Stück Kernseife, das er offensichtlich in seinen Satteltaschen gehortet hatte. Wieder wurde ihr klar, wie groß die Distanz zwischen ihnen war, trotz der Monate, die sie inzwischen miteinander verbracht hatten. Er hatte sie ja auch nie gebeten, seine Sachen zu waschen, als ob er sich dadurch auf eine Weise abhängig machen könnte, die er nicht wollte. Und doch schuldeten sie und Wes ihm so viel. Er zuckte mit den Schultern, als er ihren Blick sah, und da wußte sie, daß er wieder einmal ihre Gedanken las.

»Ich mach' die Dinge eben lieber selbst«, sagte er mit seinem schiefen Lächeln. Diesmal lächelten seine Augen jedoch nicht mit.

Susannah fühlte, wie der inzwischen vertraute Schmerz in ihr hochstieg. Er hatte die Tür wieder zugemacht, nachdem sie einen kurzen Moment auf den Mann dahinter hatte blicken dürfen.

Sie watete ins Wasser bis zu der Stelle, an der sie ihn gesehen hatte. Dort verlor sie den Boden unter den Füßen und fühlte die kühle Strömung. Das Wasser war hier wirklich viel sauberer. Sie schwamm wieder zu einer Stelle zurück, wo sie stehen konnte, und tauchte unter, befeuchtete ihr langes, dichtes Haar. Sie seifte es ein und legte den Kopf zurück, um es auszuwaschen, bevor sie auch den Rest ihres Körpers sowie ihre Kleidung einseifte. Als sie fertig war, trat sie wieder in die Strömung und schwamm ins tiefe Wasser, wo es herrlich kühl war. Während sie ein paar Züge schwamm, mußte sie daran denken, wie sie mit Mark und ihrem Bruder früher immer heimlich schwimmen gegangen war. Ihr Vater wäre entsetzt gewesen, wenn er davon gewußt hätte. Mark brachte immer ein altes Paar

Hosen und ein Hemd für sie mit, damit ihr Kleid nicht naß wurde.

Sie schluckte, als ihr plötzlich ein Kloß in der Kehle saß. Diese Tage waren für immer vorbei.

Sie schwamm wieder zurück, wo das Wasser seicht war. Rhys saß am Ufer und sah ihr zu. Er hatte Hemd und Stiefel angezogen und sich das dichte schwarze Haar gekämmt. Die Dämmerung wich langsam der Nacht, und Sterne blinkten neben einer hellen Mondsichel am blauschwarzen Himmel. Sie wünschte, sie könnte sein Gesicht sehen, als sie das Ufer wieder hinaufkrabbelte, aber alles, was sie erkennen konnte, war eine plötzliche Wachsamkeit.

»Du siehst aus wie eine Seenymphe«, sagte er.

»Ich wage nicht zu fragen, wie ein Seenymphe aussieht.«

»Besser, als gut für sie ist«, sagte er leise. »Wir machen uns lieber auf den Rückweg.«

Sie zögerte. Sie wollte den Ort, an dem er sich ihr, wenn auch nur für ein paar Augenblicke, ohne Maske gezeigt hatte, nicht verlassen.

»Kann ich deinen Kamm haben?«

Er griff wortlos in die Satteltasche, die er in der Hand hielt, und zog den Kamm heraus. Er sah zu, wie sie damit durchs Haar fuhr, wie sie ungeduldig an verfitzten Strähnen zog.

Schweigend nahm er ihr den Kamm aus der Hand und führte ihn mit einer Geduld durch die Strähnen, wie sie sie nie bei ihm vermutet hätte. Es war etwas so Intimes an dem, was er tat, wie er sie berührte, daß ihr sofort wieder heiß wurde.

Sie hatte das Gefühl, in einem Topf mit warmem Honig zu versinken. Es fühlte sich so gut an, aber man konnte leicht darin ertrinken. Treibsand. Sie war schon einmal dort gewesen, in dieser warmen, intimen Welt, die sie gemeinsam schufen, und plötzlich hatte sie Angst, daß er sie wieder verlassen könnte, sie im Chaos ihrer Gefühle versinken lassen könnte.

Er war fertig, doch seine Finger ruhten noch einen Moment an ihrer Wange. Sie drehte sich um und sah zu ihm auf.

»Rhys?«

»Hmmmmmmm?«

Es klang halb wie ein Stöhnen, halb wie ein Seufzen, und da wußte sie, daß er unter demselben Gefühlssturm litt wie sie. Oder doch zumindest etwas fühlen mußte.

Susannah ertappte sich dabei, wie sie sich an ihn lehnte, wie sie eine Wärme mit ihm teilte, die ebensoviel mit Verbundenheit wie mit Leidenschaft zu tun hatte, obwohl letztere unübersehbar war. Sie fühlte es tief in sich, fühlte es in ihm, fühlte es an den Reaktionen ihrer beider Körper, an der plötzlichen Sensibiltität ihrer Brüste an seinem Oberkörper, an der plötzlichen Härte seines Geschlechts. Sie schluckte hart, als wollte sie ihre Gefühle herunterschlucken und den Drang, Dinge zu sagen, die ihn vielleicht wieder vertreiben oder eine Kluft schaffen könnten, die unüberbrückbar war.

»Susannah, du weißt nicht, was du tust.«

Sie blickte zu ihm hoch. »Doch«, widersprach sie.

Da mußte er leise lachen, das erste Mal, daß sie wirkliche Fröhlichkeit in seiner Stimme hörte. Sie fühlte dieses Lachen in seiner Brust und drehte ihr Ohr dorthin, wo sich das Lachen mit seinem Herzschlag vermischte. Beides die herrlichsten Geräusche, die man sich vorstellen konnte.

»Du hattest doch mal Angst vor mir«, erinnerte er sie.

»Ich glaube, ich werde immer ein bißchen Angst vor dir haben«, gestand sie ehrlich.

»Kluges Mädchen.«

»Aber irgendwie macht das gar nichts mehr aus«, fügte sie hinzu.

»Törichtes Mädchen.«

»Ich weiß.«

»Ach, zum Teufel noch mal«, sagte er bedauernd, »der Herr bewahre mich vor Amerikanerinnen.«

»Erzähl mir von dieser anderen Frau«, bat Susannah.

»Irgendwann vielleicht«, meinte er, und Susannah merkte, daß er sich wieder von ihr zurückzog.

»Gibt es denn ein Irgendwann?« Ihre Frage klang traurig.

Er antwortete nicht, sondern drehte sich statt dessen zu ihren Stiefeln um. »Du ziehst die hier besser an. Ich geh' schon mal voraus.«

»Rhys, wirst du bei uns bleiben? Wenn wir zu Hause in Texas sind? Wir... ich... brauche dich.«

»Du brauchst mich so wie die Pest.« Sein Ton war nachlässig, doch etwas klang darin mit. Etwas, das sie nicht identifizieren konnte. Ironie vielleicht.

»Läufst du deshalb immer von uns weg?«

Er blieb stehen. »Ich laufe nicht weg.«

»Dann bleib.« Es war eine Herausforderung, wie auch er Wes oft herausgefordert hatte.

»Ich habe nicht mehr versprochen, als euch bis nach Texas zu bringen.«

»Bist du denn so scharf darauf, wieder nach England zurückzukehren?«

Er sagte nichts – was auch eine Antwort war, und wieder fragte sie sich, wie sein Leben, wie seine Vergangenheit aussehen mochten.

Er drehte sich zu ihr um. Mit zwei langen Schritten war er bei ihr. Seine dunklen Augen brannten, und er beugte sich nieder und küßte sie, hart und brutal diesmal, nicht wie ein Gentleman, sondern mit einer Roheit, die keine Grenzen zu kennen schien. Da fühlte Susannah, wie eine neue Angst in ihr aufstieg, die Angst davor, den Tiger vielleicht zu lange gereizt zu haben.

Er gab ihr keine Gelegenheit, seinen Kuß zu erwidern; er nahm sie auf brutalste Weise. Sie mußte an die Kälte denken, an die Skrupellosigkeit, die ihn damals beinahe dazu getrieben hätte, den Dieb zu töten, an die kühl berechnende Art, als er die Habseligkeiten der Banditen an sich genommen hatte, ohne jedes Mitgefühl für die eigentlichen Besitzer.

Susannah wurde klar, daß er recht gehabt hatte, als er ihr vor Wochen sagte, daß sie nur das sah, was sie sehen wollte. Und auf einmal bekam sie große Angst, fürchtete sich wie noch nie in ihrem Leben. Fürchtete sich vor ihren Gefühlen, über die sie keine Macht besaß, fürchtete sich vor seiner plötzlichen Brutalität.

Es schien, als ob ihm die Angst, die er in ihren Augen las, und die Art, wie sie sich gegen ihn zu wehren versuchte, Befriedigung bereitete.

Plötzlich ließ er sie los und trat zurück. »Reize nie einen Wolf«, knurrte er warnend, und wieder fragte sie sich, woher er so genau wußte, was sie dachte. Tiger, Wolf, Falke. Alles Raubtiere. Sie merkte, daß sie am ganzen Leib zitterte. Ihre Lippen waren geschwollen und taten weh, und sie fühlte, wie Tränen in ihren Augen brannten. Sie schloß sie einen Moment lang, und als sie sie wieder öffnete, war Rhys verschwunden.

11

Er hatte sich benommen wie ein Rohling. Rhys war gar nicht wohl in seiner Haut, als er zum Lager zurückging. Er war zwar vieles, aber nicht jemand, der sich an Unschuldigen vergriff. Er nahm von denen, die's verdienten.

Verdammt, er hätte direkt ins Camp zurückgehen sollen, aber Susannah hatte so schrecklich verloren und gleichzeitig so unwiderstehlich ausgesehen, als sie so auf ihrem kleinen Hintern im Wasser saß. Er hatte es einfach nicht geschafft, sie zu ignorieren – was wahrhaftig das beste gewesen wäre.

Er hatte die Dinge noch viel schlimmer gemacht. Aber als sie ihn so ansah, so voller Zuneigung, wußte er, daß er etwas unternehmen mußte, oder sie wären beide verloren gewesen.

Es war mit das Schwerste, was er je hatte tun müssen: sie so rücksichtslos und brutal zu küssen, obwohl seine Lippen so gerne weich und sanft geworden wären, sobald sie die ihren spürten. Aber er mußte ihr einfach begreiflich machen, wer er war, ihr ihre verdammte Heldenverehrung austreiben. Verdammt noch mal, er kam sich ja selbst schon langsam so vor!

Wes war immer noch mit dem Feuer beschäftigt, als Rhys auftauchte. Trotz der Dunkelheit bemerkte er, wie Wes sich suchend umsah.

»Wo ist Susannah?«

Rhys zuckte mit den Schultern. »Bin flußabwärts gegangen. Waschen und Rasieren.« Er wechselte das Thema. »Riecht nicht schlecht.«

Wes sah ihn mißtrauisch an, fand aber nichts Verdächtiges und entspannte sich. Er zögerte, als ob er etwas sagen wolle. Doch was immer es auch war, Rhys war sicher, daß er's nicht hören wollte.

Er kauerte nieder und riß ein Stück vom Truthahn ab. »Sie sind jetzt fast zu Hause«, bemerkte er überflüssigerweise.

Wes stocherte im Feuer herum. »Ich frage mich, ob es das überhaupt noch für mich gibt, ein Zuhause«, sagte er fast abwesend. »Wenn Mark nicht gewesen wäre, hätten sie uns die Bude wahrscheinlich schon vor Jahren angezündet. Ich hab' wirklich keine

Ahnung, wie Sue sich gegen die anderen wehren will. Der Himmel weiß, daß ich ihr nicht helfen kann.« Er streckte die Hand nach einer Feldflasche aus und nahm einen tiefen Schluck. Rhys war sofort klar, daß die Flasche kein Wasser enthielt, teils wegen Wes' leicht nuschelnder Sprechweise, teils, weil er seine gewohnte Zurückhaltung vermissen ließ und weil sich seine Lippen ausgesprochen genüßlich um den Hals der Feldflasche geschlossen hatten. Das tat man nur, wenn man lange Zeit kein Wasser mehr gehabt hatte oder wenn man etwas ganz anderes trank.

»Gegen wen?«

»Gegen das ganze verdammte Land. Besonders 'ne Familie namens Martin. Die waren schon vor dem Krieg ganz scharf auf unser Land, haben versucht, es uns abzuluchsen, und als alle wußten, daß ich auf seiten der Union war, versuchten sie, uns zu vertreiben. Aber mein Vater und Susannah waren zäher, als die dachten, besonders Sue, nachdem Vater gestorben war. Der Himmel weiß, was alles während ihrer Abwesenheit passiert ist.«

Rhys wollte nichts mehr hören. Er wollte nichts über ihre Probleme hören. Das war nicht sein Bier. Er hatte versprochen, sie bis Texas zu bringen, nicht mehr. Und jetzt würde *sie* sowieso nicht mehr wollen, daß er blieb. Dafür hatte er gottverdammt noch mal gründlich gesorgt.

»Redding...«

Rhys wollte nichts mehr hören. Er stand auf.

»Dieser Job, den Susannah Ihnen angeboten hat. Werden Sie ihn annehmen?«

»Nein«, sagte Rhys rundheraus.

»Und... wenn ich Sie bitten würde?«

Rhys starrte ihn überrascht an. Seine übliche Lässigkeit war ausnahmsweise einmal verschwunden. »Sie wollten mich doch nie mithaben.«

Wes zögerte. Der Muskel, der in seiner Wange zuckte, war ein deutlicher Hinweis darauf, wie schwer ihm das alles fiel. »Vielleicht... vielleicht hab' ich mich ja geirrt, was Sie betrifft.«

»Nein, haben Sie nicht. Sie und Ihre Schwester kamen mir gerade recht. Das ist alles.«

»Aber warum? Das habe ich mich schon die ganze Zeit gefragt.«

Es gab keinen Grund mehr, länger zu schweigen, und jede Menge Gründe, endlich reinen Wein einzuschenken. Wenn Susannah schon nicht verstehen wollte, was er war, nun, dann vielleicht Wes. »Weil ich einen Unionsmajor umgebracht habe, Colonel«, sagte er eisig. »Einen der Ihrigen. Ich konnte nicht riskieren, im Libby zu bleiben und... befreit zu werden. Und entdeckt.«

»Dann waren Sie also wirklich ein Blockadebrecher?«

»Für kurze Zeit, ja.«

»Warum haben Sie das den Rebs nicht gesagt?«

Rhys zuckte mit den Schultern. »Ich hatte keine Papiere, um mich zu identifzieren. »Es war meine erste Fahrt, und keiner kannte mich. Ich glaub' nicht, daß mir irgend jemand geglaubt hätte.«

»Wo haben Sie gelernt, so zu schießen?«

Rhys Augen funkelten. »Sie stellen aber jede Menge Fragen.«

Wes lächelte grimmig. »Sie haben mir gerade 'ne Waffe in die Hand gegeben, Redding.«

Rhys starrte ihn an, als ihm klarwurde, daß er genau das getan hatte. Er hatte Wes, wie auch Susannah, lediglich abschrecken wollen, ihm die unerwünschte Dankbarkeit austreiben wollen. Stattdessen hatte er Wes sein Leben in die Hand gegeben, oder es doch zumindest ziemlich schwierig für sich gemacht. »Ich glaube kaum, daß das jetzt noch jemanden kümmert.«

»Wenn Sie ein Blockadebrecher waren, dann waren Sie Zivilist«, sagte Wes. »Man könnte Sie wegen Mordes anklagen.«

»Ich könnte Sie natürlich töten«, sagte Rhys im Plauderton, »oder einfach verschwinden.«

Wes' Blick war unbeweglich, doch er nahm noch einen Schluck aus der Feldflasche. »Das könnten Sie«, sagte er zufrieden, »aber ich glaube nicht, daß Sie das erstere tun. Und was das zweite betrifft – die Unionisten werden schon bald jeden Hafen kontrollieren. Wenn das nicht bereits der Fall ist.«

Rhys knirschte mit den Zähnen. Er mochte es gar nicht, ausgebootet zu werden. Und schon gar nicht, jemanden zu unterschätzen. »Was wollen Sie also?«

»Nur noch ein paar Wochen Ihrer Zeit. Bis wir wissen, womit wir's zu Hause zu tun haben.«

»Sie überraschen mich wirklich, Carr. Hätte nicht gedacht,

daß Sie mich noch länger in der Nähe Ihrer Schwester haben wollen.«

»Will ich auch nicht. Aber ich will auch nicht, daß sie getötet wird, und sie ist leichtsinnig und stur genug, genau das zu riskieren.« Er blickte auf seinen Beinstumpf. Sein Wangenmuskel zuckte wieder. »Wir brauchen Sie. Der Himmel weiß, wie sehr ich das hasse, aber mir bleibt jetzt wohl keine andere Wahl mehr.«

»Als Erpressung?«

Wes starrte ihm direkt in die Augen. »Ja.«

Rhys lächelte bitter. »Ich hab' mich in Ihnen wohl ebenfalls geirrt.«

Wes zuckte nicht mit der Wimper. »Und noch eins, Redding: Halten Sie sich von meiner Schwester fern.«

Wieder lächelte Rhys ohne jede Fröhlichkeit. »Fahren Sie zur Hölle.«

Sechs Tage später näherten sie sich dem Land der Carrs. Rhys wußte inzwischen, daß das Land Wes gehörte, während Susannah als Marks einzige Erbin nun die Eigentümerin von Land's End, dem Grundstück neben dem der Carrs, war.

Er wußte außerdem, daß beide Grundstücke an den Colorado River grenzten, wobei Land's End dreimal so groß war wie Wes' Land. Die ursprünglichen Grundstücke hatten die Carrs und die Fallons als Mitglieder der »Old Three Hundred«, der »Ersten Dreihundert«, den ersten Siedlern, die mit Stephen Austin nach Texas gekommen waren, erhalten. Die Fallons hatten im Lauf der Zeit mehrere der ursprünglichen Familien ausgekauft... und ihren Besitz beträchtlich erweitert; die Carrs dagegen expandierten nicht, sondern waren traditionell mehr im Anwaltsgeschäft als in der Landwirtschaft oder Viehzucht tätig.

Dies hatte er teilweise in den eineinhalb Monaten ihrer Reise erfahren. Das übrige dann vor drei Nächten.

Das war an dem Abend, als Wes verkündete, daß Rhys noch ein wenig länger bleiben würde, und Rhys hatte Susannahs überraschten Gesichtsausdruck, die vorsichtige Freude in ihren Augen gesehen, eine Freude, die langsam schwand, als sie sein grimmiges Gesicht sah.

Er erfuhr darüber hinaus auch alles über die Martins – über Hardy, Lowell und Cate. Die Martins, erklärte Susannah, hatten ihre gierigen Augen schon vor Jahren auf beide Besitztümer gerichtet, Grundstücke, die zu den fruchtbarsten und besten am Flußufer zählten. Während des Krieges war es ihnen dann gelungen, weitere Landstücke aufzukaufen, und nun standen ihnen nur noch die Ranches der Fallons und der Carrs im Weg. Wenn sie auch diese besaßen, gehörte das Ostufer des Colorados ihnen.

Er hatte außerdem mehr über Mark Fallon, Susannahs Mann gehört, als ihm lieb war. Mark, der Noble, Mark, der Treue. Mark, der als einziger zu ihnen gehalten hatte, als Wes und sein Vater, der Rechtsanwalt, sich auf die Seite des Nordens stellten. Eine wahnsinnige Eifersucht erfüllte ihn auf einmal, so stark, daß es ihn überraschte. Was zum Teufel ging ihn ein Toter an?

Ich habe Susannah besessen. Der Gedanke war einfach lächerlich. Er hätte Susannah mit einem Fingerschnippen haben können und hatte sie bloß aus irgendeinem törichten Grund nicht genommen. Er hatte sich schon ein Dutzend Gründe dafür genannt. Er vergriff sich nicht an Unschuldslämmern; das brachte nichts als Scherereien. Eine erfahrene, gute Hure – jederzeit. Und er brauchte weiß Gott nicht noch mehr Probleme oder jemanden, der ihm Zügel anlegen wollte, sein Leben war kompliziert genug.

Nur einmal, in einem kurzen Moment der Ehrlichkeit, gestand er sich noch einen weiteren Grund ein: eine tiefe, unvernünftige Angst davor, sich jemandem gegenüber Blöße zu geben, der ihn höchstwahrscheinlich tiefer verletzen konnte, als er es je zugelassen hatte. Sobald Susannah einmal wußte, wer und was er wirklich war, würde sie sich entsetzt und angeekelt von ihm abwenden. Er glaubte nicht, daß er das ertragen konnte.

Also fragte er sich immer wieder, warum er noch hier war. Er hatte sich in den letzten Tagen halb und halb davon überzeugt, Wes' Drohung nicht ernst zu nehmen. Er war in der Lage gewesen, aus London herauszukommen, als er mußte. Das konnte er hier genauso. Carr würde ihn nie aufhalten können, nicht mit seinem Talent für Dialekte und Sprachen. Rhys wußte, daß er, wenn nötig, sehr leicht als französischer Seemann durchkommen konnte. Aber er brauchte Geld, und das konnte ihm Carr tatsächlich erschweren.

Die Tatsache, daß Carr ihm überhaupt gedroht hatte, war jedoch faszinierend. Rhys glaubte nicht eine Sekunde lang, daß Carr seine Meinung über ihn geändert hatte, sondern daß er, Rhys, sich in seinen Augen als nützlich erwiesen hatte, und Carr war schließlich ein Pragmatiker. Bei diesem Gedanken mußte er grinsen. Wie weit würde Wes Carr gehen?

Sie hatten an einer Poststation haltgemacht und erfuhren die neusten Nachrichten über den Krieg. Jefferson Davis und was noch von seinem Kabinett übrig war, waren am 10. Mai in Georgia verhaftet worden; William Quantrill, einer der letzten Rebellen, war angeblich tot; und Kirby Smith, der die letzten noch verbliebenen Konföderiertentruppen kommandierte, verhandelte anscheinend über Aufgabebedingungen. Ein Teil von Texas befand sich immer noch in den Händen der Konföderierten, aber die Soldaten, die wußten, daß der Krieg verloren war, desertierten zu Tausenden, zogen nicht selten plündernd und raubend durch die Lande.

Im Texas dieser Tage herrschte Gesetzlosigkeit, wie sie erfuhren. Die Reihen der Texas Rangers, einst die wichtigste Polizeitruppe, waren durch den Krieg empfindlich dezimiert worden, viele der Kompanien waren beispielsweise zum regulären Kriegsdienst abgezogen worden. Was noch von ihnen übrig war, war aufgelöst und auf die unionskontrollierten Gebiete von Texas abgeleitet worden. Niemand wußte, was nun geschehen würde.

Als sie von der Hauptstraße in den Feldweg einbogen, der zum Grundstück der Carrs führte, konnte Rhys die Augen nicht von Susannah abwenden. Ihr Gesicht war freudig erregt, und sie saß hochaufgerichtet im Sattel. Sie würden zuerst dort anhalten, um zu erfahren, was es Neues gab, und dann nach Land's End weiterreiten.

Er zügelte sein Pferd und ließ Bruder und Schwester den Vortritt. Ein hölzener Torbogen mit der Aufschritt »Carr« überspannte die Straße.

Bruder und Schwester setzten ihre Pferde in einen langsamen Trab, und Rhys folgte in gewissem Abstand. Er war's zufrieden, den Zuschauer bei dieser Heimkehr zu spielen. Und dann sah er es, im selben Moment wie Wes und Susannah: die verkohlten Überreste eines Hauses. Nur noch der steinerne Kamin stand, wie ein desolater Finger, der sich den wolkenlos blauen Himmel reckt. Links davon waren noch mehr Trümmer, wahrscheinlich die ehemalige Scheune. Die Zäune waren niedergerissen, die Pfosten lagen überall verstreut herum. Die Szene wirkte schrecklich trostlos und verlassen, hoch oben auf dem Hügel, der den Fluß überschaute. Der Kadaver einer Kuh lag ebenfalls dort, schon halb aufgefressen von Aasvögeln.

Keine lebende Kreatur war zu sehen. Rhys lenkte sein Pferd neben Susannah. Sie war kreidebleich, entsetzt. Wes wirkte ungläubig, geschockt, schien unfähig, sich zu rühren.

Rhys stieg ab und ging zu dem Kuhkadaver. Was immer auch passiert war, es konnte noch nicht allzulange her sein. Sonst wären jetzt nämlich nur noch Knochen übrig. Er schritt zu den Ruinen der anscheinend einmal recht geräumigen Blockhütte, bückte sich und fuhr mit der Hand durch die Asche.

Er drehte sich wieder zu Wes und Susannah um, die immer noch auf ihren Pferden saßen. »Sollte nicht irgend jemand hier sein?«

»Miguel«, flüsterte Susannah. »Miguel und seine Söhne. Sie haben sich in Wes' Abwesenheit um die Ranch gekümmert.«

Rhys sah sich auf dem Gelände um. Gleich am Fuße des Hügels lag ein Maisfeld, ebenfalls verbrannt; nur noch ein paar verkohlte Pflanzen wiesen auf das hin, was früher einmal dort gewesen war. Das alles war kein Unfall, sondern ein sorgfältig geplanter und ausgeführter Akt der Zerstörung.

Er ging zurück zu seinem Pferd. Susannah sah ihn an. »Das Tier ... war ... war doch kein Bulle?«

Rhys schüttelte den Kopf und saß auf. »Nein.«

»Mein Vater wollte die Zucht verbessern. Wir hatten einen Bullen, den wir aus dem Norden eingekauft hatten. King Arthur.«

Rhys Lippen verzogen sich zu einem leichten Lächeln. »Das war nicht King Arthur.« Sein Blick wanderte zu Wes. In den Augen des Texaners brannte eine hoffnungslose, verzweifelte Wut. »Und was nun?«

Wes antwortete nicht. Statt dessen lenkte er sein Pferd zu einem kleinen umzäunten Grundstück, das hinter den Überresten des Hauses lag, und stieg ab. Die Krücken nahm er mit. Rhys beobachtete schweigend, wie er sich dem kleinen Platz, vermutlich der Friedhof der Familie, näherte und mit gebeugtem Kopf vor einem Grabstein stehenblieb.

Susannah wandte sich an Rhys. »Unser Vater ist vor zwei Jahren gestorben. Wes ... Wes konnte nicht heimkommen.«

»Und eure Mutter?«

»Ist schon vor fünfzehn Jahren gestorben. Im Kindbett.«

»Und sonst gibt's niemanden mehr?«

Susannah schüttelte den Kopf. »Da waren noch zwei andere Brüder. Einer ist an einem Schlangenbiß gestorben, als er fünf war; ein anderer ist schon vor Jahren von Indianern getötet worden.

Rhys' Pferd tänzelte unruhig hin und her, und Rhys wußte, daß sich seine plötzliche Unruhe auf das Tier übertragen hatte. »Warum gehst du nicht zu deinem Bruder?«

»Ich glaube, er muß jetzt eine Weile allein sein.« Das sanfte Verständnis in ihrer Stimme erschütterte Rhys wie ein fernes Donnern. Sie drehte sich zu ihm. »Hast du Familie?«

»Nein«, sagte er kurz angebunden.

»Mutter und Vater?« Das Violett ihrer Augen wirkte düster, als ob sie mit schierer Willenskraft einen Sturm von Gefühlen zurückhielt. Offensichtlich stellte sie nur deshalb Fragen, um sich irgendwie von der vor ihnen liegenden Zerstörung abzulenken. Teufel noch mal, sie war tapfer.

Wieder schweifte sein Blick über die traurige Szenerie, über die Ruinen des Hauses, in dem sie aufgewachsen, zur Frau herangereift war. Vielleicht war er am Ende ja doch glücklicher dran. Wer nichts besaß, konnte auch nichts vermissen.

Oder doch?

Er konnte sich vorstellen, wie friedlich es hier einmal gewesen war. Riesige Pyramidenpappeln und Wiesenblumen wuchsen hier, sanft rollende Hügel erstreckten sich in alle Richtungen und saftige, fruchtbare Erde, und über ihm spannte sich ein Himmel, der so blau war, daß es beinahe in den Augen weh tat. Er konnte sich fast vorstellen, wie Wes und Susannah hier als Kinder gespielt hatten, und ihr Vater ihnen gutmütig zusah und die Mutter die Veranda, von der aus man den Fluß überblicken konnte, sauberfegte.

Alles vorbei. Das Haus. Der Frieden. Die Träume. Er blickte wieder zu Wes, der immer noch mit gebeugtem Kopf, auf die Krücken gestützt, dastand. Da war's doch besser, überhaupt keine Träume zu haben. Und dennoch fühlte Rhys eine Leere in sich, die weit aus schmerzvoller war als die Verletzung, die er kürzlich erhalten hatte. Er war schon immer allein gewesen und hatte sich eingeredet, daß das noch lange nicht Einsamkeit bedeuten mußte. Diesen Gedanken hatte er nie aufkommen lassen, aus Angst davor, daß er aus Verzweiflung seinem Grundsatz untreu werden könnte – sich immer und ausschließlich auf sich selbst zu verlassen.

»Rhys!« Ihre Stimme riß ihn aus seinen Gedanken.

Zögernd drehte er sich zu ihr um.

»Ich hab' dich doch nach deiner Familie gefragt.«

Er sah ihr in die Augen und merkte, wie sie plötzlich zusammenzuckte. Er wußte nicht, was sie in seinem Blick gesehen hatte. Er wollte es auch gar nicht wissen, doch offensichtlich hatte es gereicht, um sie von weiteren Fragen abzuhalten.

Er hätte sie gerne getröstet, wußte im Moment jedoch beim besten Willen nicht, wie. Die Leere und Hoffnungslosigkeit in ihm saß viel zu tief, die Gewohnheit, seine Gefühle zurückzuhalten, war zu sehr verwurzelt. Er wendete sein Pferd und ritt auf den Hügel hinauf, von wo aus er einen besseren Überblick hatte. Es herrschte eine fast unnatürliche Stille, als ob alles Lebende vertrieben worden wäre. Gewalt lag in der Luft, und, wenn er's nicht besser gewußt hätte, auch etwas Böses. Aber er wußte es besser. Das war Habsucht, ganz einfach Habsucht, er hatte das oft genug erlebt. Eigentlich sollte ihn der Anblick nicht so erschüttern, wie es anscheinend der Fall war. Er war auf ihrer Reise durch ein vom Krieg verwüstetes Land so viel Zerstörung begegnet; ausgebrannte, verlassene Häuser. Verwüstete Felder. Haß. Kummer. Verzweiflung.

Doch all das hatte ihn nie wirklich betroffen gemacht. Bis jetzt. Und er verstand nicht, warum es dieses Mal anders sein sollte. Er war bloß Zuschauer, nicht mehr. Ein Zuschauer, wie er immer einer gewesen war. Ein Mann, der die Gelegenheiten beim Schopf ergreift, die sich ihm bieten. Aber er war erschüttert. Er fühlte, wie heiße, lange unterdrückte Wut in ihm aufstieg angesichts der sinnlosen Zerstörung, und dieses Gefühl konnte er, Gott helfe ihm, nur auf sein Interesse an Susannah und sogar an Wes Carr zurückführen. Er fing schon an, sich wie ein gottverdammtes Kindermädchen aufzuführen. Er saß auf seinem Pferd und wartete. Und fragte sich, was zum Teufel mit seinem Urteilsvermögen passiert war.

Wes fühlte, wie seine Augen brannten. Er hatte nicht mehr geweint, seit er ein Kind war, seit sein erster Hund gestorben war. Und jetzt gab's einfach zuviel Anlaß zum Weinen. Es gab gar nicht genug Tränen dafür. Selbst wenn er hätte weinen können, und das konnte er nicht. Nicht vor Sue. Nicht vor dem Briten, der sich, soweit Wes das beurteilen konnte, noch nie im Leben trostlos und niedergeschmettert gefühlt hatte.

Er sah den Grabstein seines Vaters an. Sein Herz habe versagt, hatte Susannah geschrieben. Wes fürchtete jedoch, daß er eher an gebrochenem Herzen, als an Herzversagen gestorben war. Sein Vater hatte mit fünfzehn an der Seite von Sam Houston für ein unabhängiges Texas gekämpft und sich später vehement für die Zugehörigkeit zur Union der Vereinigten Staaten eingesetzt. Er hatte auch 1861 neben Sam Houston gestanden, als es darum ging, die Sezession zu bekämpfen, was ihm die Feindschaft all seiner früheren Freunde eingebracht hatte.

Und Wes war ihm gefolgt. Seine Ansichten waren von der unverbrüchlichen Treue seines Vaters zur Union beeinflußt worden. Er war nach Osten gegangen und hatte sich einem dortigen Regiment angeschlossen, um nicht gegen seine Freunde kämpfen zu müssen. Sein Ehrgefühl verlangte von ihm, etwas zu tun; er konnte nicht zu Hause bleiben und müßig herumsitzen, während so viele andere für ihre Überzeugungen kämpften, wie immer diese auch aussehen mochten.

Nun war alles, was er einst geliebt hatte, Vergangenheit, außer Sue. Sein Vater, den er so bewundert hatte. Das Heim, das einmal ihm gehören sollte. Und Erin, die er früher einmal gehofft hatte zu heiraten, war nun ebenfalls unerreichbar. Und er besaß verdammt wenig, für das es sich zu kämpfen lohnte. Er kehrte als Krüppel nach Hause zurück, ein Krüppel, der nicht mal die eigene Schwester beschützen konnte, ganz zu schweigen von Heim und Erbe.

Es gab nichts mehr, womit er einen Neuanfang hätte machen können, er war körperlich und finanziell am Ende. Nicht, daß sie je viel Geld besessen hätten. Sein Vater war Anwalt in einem Staat gewesen, der mehr Anwälte besaß als jeder andere, aber sowohl er als auch Wes hatten denselben Traum gehabt.

Rinder gab es überall in Texas, aber es waren zähe, störrische Biester, kaum was fürs Auge und noch weniger was für den Gaumen. Wes' Vater hatte die Idee gehabt, die hiesige Rasse mit Rindern aus dem Osten zu kreuzen. Sie wollten eine kleine Herde als Grundstock züchten, diese dann verkaufen, um auch die anderen Herden zu verbessern und so einen echten Beitrag zur Aufwertung dieses Teils von Texas zu leisten. Vor dem Krieg hatte es kaum Nachfrage nach Rindern gegeben, doch Wes und sein Vater hatten auf den rasch wachsenden Westen und auf den Bau der Eisenbahnlinien gesetzt.

Aber diese Träume waren nun Vergangenheit, waren in vier Kriegsjahren, in vier Jahren voller Mord und Tod, zerstört worden, und Wes hatte einfach nicht mehr den Mut, um wieder neu anzufangen. Alles, was er tun konnte, war, für Susannahs Sicherheit zu sorgen. Und sogar dafür muß ich mich auf Erpressung verlegen, dachte er bitter. Er war nicht sicher, ob der Brite nur wegen seiner Drohung blieb oder aus seinen eigenen, undurchsichtigen Gründen. Wes traute dem Engländer nicht, schon von Anfang an nicht, auch wenn ihr mysteriöser Reisegenosse sich offenbar weitgehend von seiner Schwester ferngehalten hatte.

In seiner Verzweiflung hoffte er, daß Rhys Redding weniger gefährlich für Susannah war als die Martins. Nun, zumindest wußte Wes, daß er da war, um dafür zu sorgen.

Er berührte den Stein, der das Grab seines Vaters und den Untergang von Träumen markierte, der sowohl den Verfall einer Ära als auch den alles Irdischen darstellte. »Ich liebe dich«, flüsterte er. »Und ich werd' mich um Sue kümmern. Irgendwie werd' ich mich um Sue kümmern.«

Er schluckte einen Kloß herunter, der ihn fast erstickte, drehte sich langsam auf seinen Krücken um und humpelte zurück, wo Sue auf ihn wartete. »Laß uns nach Land's End reiten.«

Selbst aus einiger Entfernung war Rhys von Land's End beeindruckt. Er hatte nicht viel erwartet, nicht nachdem er das Carr-Anwesen gesehen hatte. Aus den Ruinen konnte er noch erkennen, daß es kein sehr großes Haus gewesen sein mußte.

Wie Wes' Haus stand dieses Gebäude ebenfalls auf einem Hügel. Das lange Ranchhaus erstreckte sich in lässiger Eleganz über die Breite des Hügels. Zu seinen Füßen standen eine ebenso beeindruckende Scheune, ein langes Gebäude, das wahrscheinlich die Rancharbeiter beherbergte, und eine Reihe von Zäunen. Er fragte sich einen Augenblick lang, wie Wes sich nun wohl fühlen mußte, jetzt da seine Schwester offensichtlich so viel mehr besaß. Situationen wie diese führten in England oftmals zu sehr häßlichen Auseinandersetzungen.

Aber Wes' Gesicht zeigte deutliche Erleichterung, als sie heranritten. Pferde liefen in mehreren Korrals herum, und eine Anzahl braungebrannter Männer arbeitete bei der Scheune.

Einer von ihnen kam nun auf sie zugerannt. »Señor Wes, Señora Fallon. Sie sind wieder da!« Er sprach mit einem starken spanischen Akzent. »Gracias, Mutter Gottes.«

Susannah sprang vom Pferd. »Miguel, Gott sei Dank. Wir waren daheim und...«

Das Gesicht des Mexikaners verzog sich kummervoll. »Sie haben Ramon getötet. Jesus hat gehört, daß es Probleme geben könnte, und da haben wir King Arthur nach Land's End gebracht. Ramon ist dortgeblieben, um Wache zu halten –«

»Wann?«

»Vor vier Tagen, Señora.«

Susannah schloß die Augen. Wenn sie doch bloß schneller geritten wären. Sie ergriff Miguels Hände. »Es tut mir so leid. Weißt du, wer's war?«

»Sí, das wissen wir. Aber beweisen? Der Sheriff sagt, wir müssen Beweise haben.«

»Sheriff Paley?«

Der Mexikaner schüttelte den Kopf. »Er ist auch getötet worden...nicht lange nachdem Sie fort waren. Ungefähr zur selben Zeit wie Señor Green.«

»Und Jaime?« Jaime Powers war zweiter Vorarbeiter neben Stan Green, der jahrelang Marks Vorarbeiter gewesen war.

»Er ist hier, aber wir verlieren jede Woche mehr Rinder und Pferde. Deshalb sind so viele hier im Korral. Aber jetzt, wo Sie und Señor Wes...« Er blickte auf, und sein Lächeln wurde noch trauriger, als er bemerkte, daß Wes' rechter Steigbügel festgebunden war und sein Bein am Knie endete. *»Por el amor de Dios.«*

Lieber Gott, übersetzte sie stillschweigend. Sie sah, wie Wes zusammenzuckte, und lenkte Miguels Aufmerksamkeit sofort auf den anderen Reiter. »Das ist Señor Redding, Miguel. Ein Freund.«

Der Mexikaner nickte Rhys mißtrauisch zu und wandte sich dann wieder an Susannah. »Gibt es Neuigkeiten von Señor Fallon?« fragte er hoffnungsvoll. Er wußte, daß das der Zweck von Susannahs Reise gewesen war.

Susannah erstarrte. Die Qual, die schrecklichen Schuldgefühle, die sie unter den Strapazen der Reise und unter ihrer Sorge um Wes und die Ranch zu vergraben versucht hatte, trafen sie mit neuerlicher Wucht. Mark erschien ihr auf einmal wieder so lebendig, hier auf dem Land, das er liebte, wo er aufgewachsen war. Sie konnte ihn fast auf der Veranda stehen sehen, die Lippen zu einem kleinen, herzlichen Lächeln verzogen. »Er ist auch tot, Miguel. In Virginia gefallen.«

Miguel senkte den Kopf. »Es tut mir so leid, Señora. So viele feine Männer.«

Sie nickte. »Ich weiß«, flüsterte sie.

»Ich geh' Señor Jaime holen. Er wird froh sein, daß Sie wieder da sind. Sie und Señor Wes.«

Ein Mexikanerjunger, nicht älter als vielleicht zwölf, kam heran und ergriff die Zügel, als Wes und Rhys abstiegen und Susannah folgten, die die vier Stufen zur Veranda erklomm, kurz zögerte und dann eintrat. Marks Zuhause.

Ich will, daß jemand Land's End erhält, der es ebenso liebt wie ich. Sie erinnerte sich so deutlich, wie Mark dies gesagt hatte, als ob es gestern gewesen wäre.

»Und ich werde mich für dich darum kümmern«, sagte sie leise, »das verspreche ich dir.«

Sie hörte das Geräusch von Wes' Krücken hinter sich und öffnete die Tür zu dem großen Wohnzimmer, dem Hauptraum des Hauses.

Es war noch genauso, wie sie es verlassen hatte. Ein riesiger steinerner Kamin war in die gegenüberliegende Wand eingebaut. Ein Gewehrständer, der schon so lange dort war, wie sie denken konnte, stand daneben. Ein bunter Teppich bedeckte den Pinienholzboden, und riesige, bequeme Sessel luden müde Reisende zum Ausruhen ein. Sie hatte diesen Raum schon immer gemocht: seine maskuline Ausstrahlung, die gleichzeitig so gemütlich war. Sie mußte daran denken, wie Mark, sein Bruder und sein Vater lässig in den Sesseln gehockt hatten, die Hunde zu ihren Füßen. Alle drei waren nun tot, und obwohl sie in den letzten vier Jahren schon hier gelebt hatte, fühlte sie sich plötzlich wie ein Eindringling in einem Raum voller Geister.

»Susannah?«

Sie drehte sich um, als sie die Stimme ihres Bruders hörte. Er stand auf die Krücken gestützt an der Tür und blickte forschend in ihr Gesicht.

»Hier sind so viele Erinnerungen, Wes.«

»Ich weiß«, sagte er und streckte die Hand nach ihr aus. Susannah ergriff sie und umklammerte sie einen Moment lang ganz fest. Irgendwie hatte ein Teil von ihr immer noch nicht akzeptiert, daß Mark tot war. Warum hatte sie ihn nicht mehr geliebt? Aber sie hatte ihn ja geliebt. Sie hatte ihn von Herzen geliebt, nur nicht so, wie er es sich gewünscht hätte.

Sie biß sich auf die Lippe, kämpfte die aufsteigenden Tränen nieder. Sie durfte jetzt nicht zusammenbrechen. Es gab so viel zu tun. Susannah hatte das schreckliche Gefühl, daß sie sich nie wieder erholen würde, wenn sie ihrem Schmerz und ihrer Trauer nachgab.

Sie drehte sich zur Tür um. Rhys stand dort. Nein, er stand nicht, er lehnte im Türrahmen und musterte sorgfältig den Raum. Seine Haltung war lässig wie immer, sein Blick jedoch düster und durchdringend. Offensichtlich nahm er jede Einzelheit auf und bildete sich sein Urteil darüber.

Sie fühlte wieder jenes vertraute Kribbeln, jenes Hochgefühl, das sie immer dann überfiel, wenn sich ihre Blicke trafen, und eine Welle von Schuldgefühlen erfaßte sie. Schuld und ein Gefühl des Versagens. Dies war Marks Haus. Da sollte sie doch wirklich in der Lage sein, um ihn zu trauern, ohne…

Sie drehte sich abrupt um, da sie nicht wollte, daß Rhys die Tränen sah, die ihr plötzlich in die Augen stiegen.

In diesem Moment kam Hannah herein und rieb sich die Hände an der Schürze ab, die sie immer trug. Hannah war die Tochter eines der ersten deutschen Siedler hier in Texas und Haushälterin und Köchin der Familie Fallon, seit Susannah denken konnte. Und eine Mutter für die Jungen. Und oft auch für Susannah.

Mit verweinten Augen und ausgebreiteten Armen eilte sie auf Susannah zu. »Miguel hat mir von Mark erzählt«, sagte sie, und ihre Stimme versagte.

Susannah erlaubte Hannah, sie an ihren fülligen Leib zu drücken, und fühlte wieder die Geborgenheit und den Trost, den sie schon als kleines Mädchen dort gefunden hatte. Hannah gehörte nun zu ihrem Leben. Sie war jetzt ihre einzige Konstante, denn sogar Wes hatte sich verändert, war verschlossen und distanziert geworden.

Schließlich löste sie sich wieder. »Hannah, Wes wird hier wohnen, ebenso... Mr. Redding. Er hat uns geholfen, nach Hause zu kommen.«

Hannahs Blick, mit dem sie Rhys nun maß, war mißtrauisch, so wie es Miguels Blick gewesen war.

»Er wird in der Baracke mit den anderen Arbeitern schlafen«, unterbrach Wes sie und schenkte Hannah ein trauriges Lächeln.

Susannah drehte sich um und sah ihren Bruder an und dann Rhys, der immer noch im Türrahmen lehnte. Obwohl seine Haltung entspannt zu sein schien, bemerkte Susannah eine gewisse Starre. Sie bezweifelte, ob jemand außer ihr sie bemerkt hatte, aber sie hatte diese Haltung schon mehrmals gesehen. Er schien sich dann noch mehr in sich selbst zurückzuziehen als gewöhnlich. Sie erwartete fast, daß er aus der Tür verschwand.

Aber dann merkte er, daß sie ihn beobachtete, und zuckte mit den Schultern. »Die Baracke ist okay«, sagte er. »Ich bleibe ohnehin nicht lange.«

Er sprach wieder mit seinem britischen Akzent und nicht im texanischen Dialekt, den er in den letzten Wochen benutzt hatte, und Susannah sah die Überraschung in Hannahs Gesicht, als sie die unvertraute Aussprache hörte. Etwas war sonderbar an Rhys. Seine Selbstsicherheit, seine Überlegenheit, die sie immer so unwiderstehlich fand, war auf einmal verschwunden, ebenso wie die seltsame Vorsicht, mit der er den Raum gemustert hatte. Er sah auf einmal ganz anders aus. Er wirkte... irgendwie unbedeutend. Sie fragte sich, wie das möglich war, nach allem, was passiert war, wie dieses starke, harte Gesicht auf einmal fast weichlich aussehen konnte. Sie hatte das bei Schauspielern schon mal beobachtet, die sich in andere Persönlichkeiten zu verwandeln schienen, und nun sah sie, wie es vor ihren Augen passierte. Sie blickte Wes an, und auch er sah erstaunt aus.

Sie hatte in den langen Wochen ihrer Reise schon so viele Seiten an Rhys entdeckt, doch dies war wieder eine ganz neue. Aber warum? So wie sie Rhys kannte, mußte er einen Grund haben.

Aber welchen?

12

Rhys lehnte sich vorsichtig auf dem unteren Etagenbett zurück und versuchte es sich bequem zu machen. Selbst die dünne klumpige Matratze war ihm noch zu weich, nachdem er die letzten eineinhalb Monate auf dem Erdboden geschlafen hatte.

Und er hatte sich an die Nachtgeräusche der Tiere gewöhnt, die ihn in den Schlaf wiegten, nicht an das Schnarchen und Grunzen seiner Artgenossen.

Die Baracke war nur zu einem Viertel belegt, ungefähr zehn Männer wohnten derzeit darin, sechs davon Mexikaner, die ihn mißtrauisch beäugten, was ihm jedoch eher lieber war. Die anderen vier waren noch ziemlich jung, nicht älter als achtzehn, und Rhys vermutete, daß der Krieg und die damit verbundene Einberufung an der etwas kuriosen Zusammenstellung der Gruppe schuld war.

Jaime, der Vorarbeiter, war ebenfalls noch recht jung; zu jung für diese Art Job, dachte Rhys, aber offensichtlich war er noch der brauchbarste von denen, die übriggeblieben waren, nachdem der ältere Vorarbeiter getötet worden war. Alles in allem fand Rhys, daß die Gruppe ein recht trauriger Haufen war und geradezu lächerlich unzureichend, wenn man von dem ausging, was er über die Martins gehört hatte.

Aber das geht mich alles nichts an, versicherte er sich. Er hatte seinen Teil der Abmachung erfüllt und würde, Erpressung hin oder her, nur noch so lange bleiben, bis er über eine Bank in Austin an Geld herangekommen war.

Das hatte er beschlossen, als er sah, wie sich Susannahs Augen beim Anblick des Ranchhauses mit Tränen füllten, und als er den

Kummer sah, den die Nachricht von Mark Fallons Tod bei allen Anwesenden auslöste. Mark Fallon war offensichtlich ein sehr beliebter Mann gewesen. Ein guter Mann. Für Rhys, der solche Beurteilungen schon immer verabscheut hatte, ein rotes Tuch. Nun, Susannah konnte ihre verdammten Erinnerungen ruhig behalten und damit leben. Er hatte nicht die Absicht, sich zu ändern. Er war ganz zufrieden mit seinem Charakter, so wie er war.

Und dennoch hatte er aus irgendeinem Grund beschlossen, seiner Umwelt den Schwächling vorzuspielen. Wes und Susannah konnte er damit natürlich nicht täuschen, aber es gab keinen Grund, gewisse Talente, über die er verfügte, gleich in alle Welt hinauszuposaunen. Jetzt noch nicht jedenfalls. Es hatte seine Vorteile, wenn man nicht für voll genommen wurde, diese Erfahrung hatte er in der Vergangenheit oft genug gemacht.

In diesem Moment ertönte ein besonders lautes Schnarchen aus der Kehle eines Mannes, der zwei Betten weiter lag, und Rhys fühlte auf einmal den unwiderstehlichen Drang, eins dieser besagten Talente zu demonstrieren, und zwar eins der unangenehmeren. Er setzte sich auf. Es war hoffnungslos. Teufel noch mal, er hatte seit Jahren nicht mehr in einem Raum mit so vielen Männern geschlafen. Reichtum, das wußte er, hatte gewisse Vorteile, die man nur allzu leicht vergaß.

Wes, dachte er grimmig. Wes wußte genau, was er tat. Er dachte, er hätte Rhys in der Hand. Er dachte, er könnte ihn von Susannah fernhalten. Nun, da sollte er lieber noch mal überlegen.

Der einzige Grund, warum er sich von Susannah fernhielt, war um seiner selbst, nicht um ihretwillen, und auch nicht Wes zuliebe. Und er blieb nur noch deshalb hier, weil er ebensogut auf Land's End auf sein Geld warten konnte wie anderswo.

Er stand auf und schritt zur Tür, die er leise öffnete. Vom Fluß her wehte ein kühles Lüftchen, aber der Nachthimmel war klar. Er ging hinaus zum Korral, wo ein Mann mit einem Gewehr in der Hand an einem Pfosten lehnte. Miguel. Er nickte ihm freundlich zu und ging weiter.

»Gehen Sie nicht zu weit, Señor. Einer meiner Söhne hält weiter unten Wache, und er ist... wie sagt man – sehr nervös?«

»Erwarten Sie denn heute nacht Unannehmlichkeiten?«

»Ich weiß nicht, ob die verdammten Schweine gemerkt haben, daß die Señora wieder zurück ist. Ich habe Angst um sie.« Er sah Rhys an, und sein Blick fiel auf seine Hüften. Die Enttäuschung beziehungsweise Mißbilligung stand deutlich auf seinem Gesicht geschrieben. »Es ist nicht gut, hier ohne Pistole herumzulaufen.«

Rhys antwortete: »Mit einer Waffe könnte es gefährlicher sein.«

»Sie können nicht mit einem Gewehr umgehen, Señor?«

Rhys' Antwort war ausweichend. »Wir brauchen keine Waffen in England.«

»Dann müssen Sie sehr vorsichtig sein. Sie sind der Freund der Señora und damit eine Zielscheibe wie wir alle.«

»Warum bleiben Sie dann hier?«

»Mein Vater kämpfte mit Señor Marks Großvater bei San Jacinto. Er hat meinem Vater das Leben gerettet. Seitdem leben wir mit ihnen.« Er zuckte die Schultern. »Ihr Schicksal ist unser Schicksal.«

»Sogar bis zum Tod?«

»Sogar bis zum Tod, Señor. Gibt es in Ihrem Land denn keine Loyalität?«

Loyalität ist was für Dummköpfe, hätte Rhys am liebsten gesagt, würde aber nichts damit erreicht haben. Verflucht, in was für eine Sache war er hier wieder hineingeraten?

»Werden sie lange bleiben, Señor?«

»Nein«, lautete die kurze Antwort.

»Aber Sie sind den weiten Weg bis hierhergekommen...« Die Frage in seiner Stimme war unüberhörbar.

»Es ging um eine Abmachung«, sagte Rhys. »Mrs. Fallon brauchte Hilfe für ihren Bruder. Und ich habe einen starken Arm.«

Miguels Blick wankte nicht. »Sie haben einen langen Weg hinter sich, Señor, und das in sehr schwierigen Zeiten. War das nicht... sehr gefährlich?«

»Ich habe gelernt, Schwierigkeiten aus dem Weg zu gehen.«

»Und das werden Sie jetzt auch tun?«

»Ja.«

Wieder war dem Mexikaner die Enttäuschung anzumerken, als er sich daraufhin umdrehte und Rhys stehenließ. »Vergessen Sie nicht, Señor, mein Sohn könnte auf Schatten schießen. Es wäre mir unangenehm, wenn er für Ihren Tod verantwortlich wäre.«

»Ein Gefühl, das ich aus ganzem Herzen teile«, erwiderte Rhys höflich, ja, fast affektiert. Er mußte innerlich grinsen, als er sah, wie der Mexikaner angewidert den Mund verzog. Er konnte sich gratulieren. Die Fähigkeit besaß er zumindest noch, sich zu verwandeln in was immer er wollte.

Er nickte dem Mann überaus freundlich zu, etwas, was er nicht mehr getan hatte, seit sie zu jener unseligen Reise aufgebrochen waren. »Dann gehe ich doch lieber wieder zurück in die Baracke.« Der verächtliche Gesichtsausdruck von Miguel gefiel ihm sehr, obwohl er sich gleichzeitig fragte, warum er diese Scharade eigentlich aufführte.

Doch sein Instinkt hatte ihm von dem Moment an dazu geraten, als sie sich der Ranch näherten, und er vertraute immer, wirklich immer, auf seinen Instinkt.

Und der Himmel wußte, daß er sich schon mehr als einmal zum Narren gemacht hatte. Auf mehr als nur eine Art.

Er fragte sich, ob dies auch jetzt zutraf.

Wes blieb zusammen mit Susannah auf, bis Jaime an diesem Abend zur Ranch zurückkehrte. Das jugendliche Gesicht des Vorarbeiters war von Erschöpfung und Müdigkeit, die nicht zuletzt aus seiner schweren Verantwortung herrührte, gezeichnet. Er lächelte Susannah und Wes flüchtig zu und mußte die Tränen zurückhalten, als er von Marks Tod erfuhr. Er war noch jung genug für die eine oder andere Träne. Aber kurze Zeit später war er wieder ganz geschäftlich, als er von »den Scherereien«, berichtete.

Er hatte gerade erst eine kleine Pferdeherde zur Ranch zurückgetrieben. Statt sie wie früher frei weiden zu lassen, brachten Reiter die Tiere nun jeden Tag auf die Weide, bewachten sie und brachten sie abends wieder in den Korral zurück.

Es war ermüdend und zeitraubend, hielt sie von ihren anderen Pflichten ab. Und die kleine Rinderherde litt schon seit einiger Zeit unter chronischem Schwund, da Diebe immer wieder heimlich Vieh wegtrieben. Aber es waren die Pferde, die Land's Ends Überleben sicherten. Sie besaßen mit die besten weit und breit, eine Kreuzung aus den zähen, ruppigen Wildpferden, Abkömmlinge jener Tiere, die einst von den Spaniern hierhergebracht worden waren, und Vollblütern, die sie aus dem Osten importiert hatten. Während sich Wes' Vater auf die Rinderzucht konzentrierte, hatte sich Marks Familie der Pferdezucht verschrieben, was sich als weit bessere Investition erwies. Die Texaner liebten gute Pferde; Pferderennen waren vor dem Krieg die Hauptfreizeitbeschäftigung, und während des Krieges hatten Pferde aus anderen Gründen ausgesprochen hoch im Kurs gestanden. Auf Land's End gab es die besten Pferde weit und breit, damals und auch heute noch.

Die Nachfrage nach Rindern war dagegen nicht so groß. Die Besiedlung des Westens, die Wes' und Susannahs Vater vorausgesehen hatte, steckte noch in den Anfängen, und es gab noch genug wilde Rinder, um die derzeitige Nachfrage zu decken. Wes wußte, daß die Zeit für die Expansion des Rindermarktes nun, nach Beendigung des Krieges, gekommen war. Die Schienenstränge würden sich rasch nach Westen ausdehnen, und eine starke Auswanderungswelle würde folgen. Der Süden war ausgebrannt; die Soldaten aus dem Norden hungerten nach mehr als nur Fabrikjobs; er hatte diesen Hunger selbst gesehen, in den Augen seiner Kameraden, nachdem sie ihre Fähigkeiten und Fertigkeiten vervollkommnet hatten. Der Westen war das gelobte Land, sowohl für Familien aus dem Norden als auch aus dem Süden, Familien, die alle einen neuen Anfang machen wollten. Sein Vater war ein Visionär gewesen, seiner Zeit um Jahre voraus. Und nun würde sich seine Vision erfüllen. Aber nicht durch Wes. Durch andere.

Jaime und Miguel hatten keine Zweifel daran gelassen. Die sorgfältig gezüchteten Rinder hatten Frank Carr das Leben und das bißchen Geld, das er verdient hatte oder borgen konnte, gekostet, und nun stand Wes vor Schulden, die er nicht bezahlen konnte. Nur noch King Arthur war übriggeblieben. Und Wes wußte, daß er einem Neubeginn nicht gewachsen war. Er sah hinunter an die Stelle, wo sein Bein gewesen war, und wußte, wußte tief in seinem Innern, daß er nicht die Kraft – ja, nicht einmal den Willen – besaß, um wieder neu anzufangen. Wofür auch? Er würde jetzt keine Familie mehr gründen können. Er konnte Erin nicht heiraten, nicht als der Krüppel, der er war. Er konnte nicht mal mehr hassen. Weder die Martins noch sonstwen. Vier Jahre Krieg hatten allen Haß und fast auch alle übrigen Gefühle aus ihm ausgetrieben.

Die Tatsache, daß er den Engländer oder Waliser, oder was immer er auch war, hatte erpressen müssen, zeigte doch, wie handlungsunfähig und nutzlos er war.

Susannah ging hinauf ins Bett, als Jaime sich zu seiner Hütte, der Hütte des Vorarbeiters, aufmachte. Sie hatte nichts darüber gesagt, daß Wes Redding in die Arbeiterbaracke verbannt hatte, obwohl ihre Augen ihn fragend angeblickt hatten. Er wußte, daß er eigentlich kein Recht hatte, das zu tun. Das war jetzt Susannahs Heim, und er hatte erwartet, daß sie ihm widersprechen würde, doch nichts war passiert.

Nachdem sie gegangen war, saß Wes eine Zeitlang schweigend in dem einsamen, leeren Raum, brütete vor sich hin, dachte über eine Zukunft nach, die ebenso leer war wie das Zimmer, in dem er saß. Schließlich erhob er sich und machte sich über Marks Schnapsschränkchen her. Er nahm eine Flasche heraus, ließ sich in einen großen Sessel plumpsen und die Krücken achtlos fallen. Er nahm einen tiefen Schluck, dann noch einen. Er fühlte, wie die Nerven in seinem amputierten Bein wieder anfingen zu kribbeln und fluchte. Warum hörte das nicht endlich auf, verdammt noch mal? Vielleicht… er sah erneut auf jene Stelle, doch es war kein Traum. Das Bein war weg, das Hosenbein schön säuberlich gefaltet und hochgesteckt. Warum tat er das bloß immer wieder? Er nahm noch einen tiefen Schluck aus der Flasche.

Susannah fand Wes am nächsten Morgen im Sessel liegend. Hannah hatte ihn wahrscheinlich auch schon gesehen, denn Susannah stieg der köstliche Duft nach frischem Kaffee in die Nase. Die Freude über solch einfache Genüsse wurde jedoch durch den Anblick von Wes getrübt. Sie wußte, daß er unterwegs immer wieder getrunken hatte, aber sie hatte ihn noch nie zuvor so gesehen, so vollkommen leblos; der Kiefer hing ihm herunter, und er roch nach Whiskey. Eine leere Flasche lag neben ihm.

Sie beugte sich über ihn und schüttelte ihn sanft: »Wes.«

Er erwachte langsam, öffnete ein blutunterlaufenes Auge und blinzelte sie an, bevor er das andere öffnete. Er stöhnte über das helle Tageslicht und die Realität, die langsam wieder Einzug nahm. »Wie spät ist es?« murmelte er.

»Zeit fürs Frühstück. Du weißt schon, Kaffee, echter Kaffee. Und Speck.«

Er schloß die Augen und stöhnte.

»Wes«, sagte sie sanft. »Bitte tu das nicht. Ich brauche dich doch so sehr.«

»Vergiß es, Sue. Ich brauche deine Lügen nicht, verdammt noch mal. Ich will sie nicht. Du und ich, wir beide wissen, wieviel ich tauge. Du hast's gesehen, als uns diese verdammten Banditen überfielen.«

»Ich weiß, daß du alles tun kannst, was du tun *willst*«, sagte sie leicht ungehalten. »Du hast es immerhin durch das halbe Land geschafft.«

»Bloß wegen des verdammten Briten«, sagte Wes bitter.

»Wolltest du deshalb, daß er in der Baracke schläft?«

»Wolltest du etwa, daß er woanders schläft?« Wes' Frage klang ungewöhlich scharf.

Susannah ignorierte die Anspielung als ihres Bruders unwürdig und führte sie auf seine schlechte Laune zurück.

»Du hast selbst gerade gesagt, daß wir in seiner Schuld stehen.«

»Das habe ich keineswegs gesagt«, erwiderte er. »Du kannst wetten, daß er seine eigenen Gründe hatte, uns zu begleiten.«

»Aber nicht, bei uns zu bleiben.«

Wes antwortete nicht gleich. Als er's schließlich tat, klang seine Stimme niedergeschlagen. »Sei dir da mal nicht so sicher, Sue. Halte dich von ihm fern. Ich kenne Männer wie ihn. Kein Gewissen. Keine Seele. Vielleicht können wir diese Seite von ihm jetzt ja gebrauchen. Aber mach dir nichts vor, Sue, mehr ist da nicht.« Er fuhr sich mit der Hand übers Gesicht, spürte die Stoppeln auf seiner Wange und roch den Whiskeygeruch, den er verströmte. Er fragte sich, ob er denn besser war als Redding. »Ich geh' mich waschen.« Er versuchte zu lächeln. »Der Kaffee riecht wirklich gut.«

Er beugte sich vor, nahm seine Krücken an sich und zog sich schwerfällig hoch. Gott, hatte er einen Kater! Ihm war, als ob ihm der Schädel zerplatzte, und sein Mund war pelzig und staubtrocken.

»Wes?«

Beim leisen Klang ihrer Stimme drehte er sich um.

»Ich bin so froh, daß du da bist.«

Da wurde Wes noch übler. Er konnte nur nicken und humpelte aus dem Zimmer.

Susannah hatte noch etwas Zeit vor dem Frühstück. Sie wußte, daß ihr noch Zeit blieb, hinauszugehen und nach ihm zu sehen. Nach Rhys Redding. Es war ihr so seltsam vorgekommen, heute morgen allein in ihrem Bett aufzuwachen. Sie hatte sich so daran gewöhnt, ihn morgens umhergehen zu sehen, seinen harten, durchtrainierten Körper zu sehen, die Gewandtheit, mit der er ihre Pferde sattelte und die paar Vorräte, die sie besaßen, verstaute. Sie war's gewöhnt, sein Gesicht zu sehen, all die Linien und Kanten, die ein so faszinierendes Ganzes ergaben. Sie wurde es nie müde, ihn anzusehen, sich zu fragen, was wohl hinter diesen dunklen Augen lag.

Selbst jetzt, in Marks Haus, konnte sie nichts anderes sehen als dieses Gesicht, nichts fühlen außer ihrer Zuneigung für ihn und den Schuldgefühlen, die sie deswegen hatte.

Sie ging hinaus auf die Veranda und blickte zur Baracke hinüber. Einige der Männer waren soeben damit beschäftigt, eine Pferdeherde auszusondern und auf die Weide zu treiben. Sie suchte nach der hochgewachsenen Gestalt von Rhys, fand ihn aber nicht. Sie sah Jaime, der selbstbewußt seine Befehle gab, und freute sich über die enorme Veränderung, die er in den letzten Monaten durchlaufen hatte.

Wo war Rhys Redding?

Sie suchte nach seinem Pferd im Korral, das, auf dem er hierhergekommen war, konnte es aber nicht sehen. Hatte er sie am Ende doch verlassen? Hatte er Wes' Aufforderung letzte Nacht als Beleidigung aufgefaßt? Irgendwie konnte sie das nicht glauben. Sie hatte oft genug gesehen, wie er sich über Wes' Bissigkeit nur amüsierte. Für Rhys wäre so etwas eher eine Herausforderung als eine Beleidigung, eine Herausforderung, es Wes mit gleicher Münze heimzuzahlen.

Woher zum Teufel willst du das wissen?

Aber es war nun mal so. Sie sehnte sich in diesem Moment schmerzlich danach, ihr eigenes Pferd zu satteln und hinauszureiten, um ihn zu suchen. Aber das konnte sie nicht. Nicht, solange Wes in so schlechter Stimmung war. Sosehr sie es sich auch wünschte, sie mußte ihn unterstützen, ihm helfen, sein früheres Selbstvertrauen wiederzugewinnen. Das konnte sie jedenfalls nicht, indem sie sich ihm vor anderen widersetzte oder widersprach. Also ging sie wieder zurück ins Haus und fragte Hannah, ob sie ihr helfen könne.

Auf ihre Bitte hin schloß sich ihnen Miguel zum Frühstück an. Es gab immer noch vieles, was sie noch nicht wußten. Miguel kümmerte sich um den restlichen Viehbestand von Wes' Ranch. Als Frank Carr während des Krieges gestorben war, hatte Susannah Miguel und seine Söhne gebeten, sich um ihre alte Ranch zu kümmern, und das hatten sie auch getan, die Herde versorgt und die Ranch verwaltet – bis zu jenem Überfall. Nun arbeiteten seine anderen Söhne für Jaime, und Miguel war dem Vorarbeiter gleichgestellt.

Sie konnte nicht anders, als die Frage zu stellen, die sie am meisten beschäftigte.

»Hast du Señor Redding gesehen?«

»Sí, Señora. Er ist heute morgen ausgeritten. Letzte Nacht konnte ich ihn noch davon abhalten herumzuwandern, aber heute morgen...« Er hob die Hände in einer Geste der Hilflosigkeit, eine Geste, die Susannah nur zu gut verstand. Sie wußte, wie schwer es war, Rhys von irgend etwas abzuhalten, was er sich in den Kopf gesetzt hatte.

Ernsthaft und besorgt fuhr Miguel fort: »Ich glaube, wir müssen Señor Redding beibringen, wie man schießt.«

Susannah und Wes sahen sich an; beide versuchten, sich nichts anmerken zu lassen.

Wenn Rhys Redding eine Komödie spielte, mußte er Gründe dafür haben, egal, wie undurchsichtig sie ihr auch vorkamen.

Wes schien etwas sagen zu wollen, doch Susannah warf ihm einen warnenden Blick zu. »Ich denke, er kann selbst auf sich aufpassen«, murmelte Wes schließlich.

»Er reitet sehr gut«, sagte Miguel, »aber er trägt keine Waffe. Er weiß nicht, wie gefährlich es hier ist. Er ist ein« – Miguel zögerte, da er nicht sicher war, ob er den Gast damit beleidigte –, »ein Greenhorn?«

Susannah hätte sich beinahe verschluckt. Ihr Nachtfalke spielte seine Rolle sogar besser, als sie gedacht hatte. Aber warum führte er diese Komödie auf? Ihr fiel ein, was er in jener Nacht vor ein paar

Wochen gesagt hatte. *Das ist es, was ich tue. Ich spiele Spiele. Und ich glaube wirklich nicht, daß Sie sich auf ein Spiel mit mir einlassen wollen.*

Sie wünschte, sie wäre da ebenso sicher. Aber welches Spiel spielte er nun?

»Ich würde mir nicht allzu viele Sorgen machen«, sagte Wes trocken.

»Wenn Sie's sagen«, meinte Miguel zögernd. »Er ist ja Ihr Freund.«

»Wohl kaum«, murmelte Wes wieder, und Susannah hoffte, daß sie die einzige war, die es gehört – und verstanden – hatte.

»Weißt du, wo er hingegangen ist?« frage sie schließlich und versuchte Wes' vernichtenden Blick zu ignorieren.

»Am Fluß entlang«, erwiderte Miguel. »Er ritt auf Ihre Ranch zu.«

»Ich werde ihn unterrichten«, sagte Susannah ernsthaft, »ich werde ihm beibringen, wie man schießt.«

»*Gracias*. Ich möchte nicht, daß noch jemand umkommt.«

»Können wir sie denn aufhalten?« Das war noch eine Frage, die Susannah auf der Seele lag.

»Ich weiß nicht.« Er blickte zweifelnd drein. »Vielleicht jetzt, wo Sie wieder da sind...« Er beendete den Satz nicht. »Wenn doch bloß Señor Mark...«

»Ich weiß, Miguel«, sagte Susannah leise. »Er könnte alle Rancher zusammenbringen. Ich weiß nicht, ob man auf Wes oder mich hören wird. Nicht, solange die Stimmung noch so feindselig ist.«

»So viele sind tot, Señora. Viele Familien haben ihre Männer verloren und aufgegeben, haben an die Martins verkauft. Und denen, die noch da sind, geht's wie uns... sie verlieren Rinder und Pferde und auch den anderen Viehbestand. Viele haben Kredite aufgenommen, um durch den Krieg zu kommen, da sie ihre Ernten ohne die Männer nicht einbringen konnten, und jetzt können sie nichts mehr zurückzahlen. Die Martins kaufen sämtliche Schuldscheine auf.« Er schüttelte den Kopf.

Kredite. Susannah wußte, daß Mark Kredite aufgenommen hatte, um die Vollblüter zu kaufen, die er zur Zucht benötigte. Sie hatte etwas von dem Geld zurückzahlen können, indem sie im Lauf der

Jahre ein paar der Tiere verkaufte, aber jetzt, das wußte sie, brauchten sie den Bestand, der noch übrig war, dringend zur Zucht. Wenn außerdem noch welche gestohlen worden waren...

»Fehlen auch Pferde, Miguel?«

Er nickte. »Zehn bis jetzt. Deshalb bringt Jaime sie nun jeden Abend zur Ranch zurück.«

Susannah schloß die Augen und rechnete. Sie brauchten das Geld, jeden Dollar. Und Wes brauchte außerdem eine beträchtliche Summe, damit er wieder neu anfangen konnte.

Sie durften nicht noch mehr verlieren.

Sie legte die Serviette hin. »Ich geh' Señor Redding suchen.«

»Nicht allein«, sagte Wes.

Susannah sah ihn geduldig an. »Ich bin in den letzten vier Jahren auch allein ausgeritten, Wes. Und ich nehme das Gewehr mit. Ich verspreche, vorsichtig zu sein. Könntest du dir die Bücher vielleicht mal ansehen?«

Er zögerte. Das alles paßte ihm ganz und gar nicht. »Ich weiß nicht recht...«

Miguel mischte sich ein. »Die Probleme treten meist erst nachts auf, Señor.«

Wes blickte Susannah an. »Du bist wirlich vorsichtig?«

»Ich bleibe auf unserem Land«, versprach sie.

»Wenn du in ein paar Stunden nicht zurück bist –«

»Dann kannst du mich ja suchen«, beendete Susannah den Satz. Bevor er noch etwas sagen konnte, stand sie auf und ging in ihr Zimmer, um sich umzuziehen. Sie war auf einmal ganz aufgeregt und durcheinander. Vorfreude erfüllte sie, Vorfreude und Erregung, die sie immer dann empfand, wenn sie mit Rhys Redding zusammen war oder auch nur an ihn dachte.

Sie zog ihr Reitkostüm an. Es war violett und paßte zu ihren Augen. Er hatte sie bisher nur in abgetragenen, verblaßten Kleidern oder in Männerhosen gesehen. Sie bürstete ihr Haar, das sie letzte Nacht gewaschen hatte, und band es mit einem Seidenbändchen zurück. Sie warf einen raschen Blick in den Spiegel, erfreut, daß sie nun nicht mehr wie eine Vogelscheuche aussah.

Susannah warf einen letzten Blick auf das Zimmer. Vor vier Jahren hatte sie es eine Nacht lang mit Mark geteilt. Sein Geist war hier, doch er war lange nicht so stark wie unten im Wohnzimmer, wo sie so viel Zeit mit den Fallons verbracht hatte. »Ich vermisse dich wirklich, Mark«, flüsterte sie. Aber es war der Freund, den sie in diesem Raum spürte, nicht der Ehemann. Sie stellte sich vor, daß er sie anlächelte.

Sie nahm nicht das Pferd, auf dem sie hergekommen war, sondern sattelte ihre Stute, Fancy. Sie wieherte leise und erfreut, als Susannah ihr über den Hals streichelte. Die Stute war klein, aber wendig; sie hatte ein blauschwarzes Fell und war ausgesprochen sanft. Das Tier, ein Geschenk von Mark, bewegte sich leichtfüßig; es war das reinste Vergnügen, auf ihm zu reiten. Susannah sattelte die Stute selbst und benutzte einen Holzblock, um in den Damensattel zu kommen. Sie wollte die paar Männer, die sich um die Pferde kümmerten, nicht deswegen belästigen. Die Ranch besaß ohnehin zu wenige Arbeiter, und sie war es gewohnt, für sich selbst zu sorgen. Und sie wollte außerdem Fragen aus dem Weg gehen. Oder Warnungen. Sie wollte bloß eins ... Rhys Redding sehen, wollte sicher sein, daß er noch hier war, wollte ...

Sie wußte nicht, was sie noch wollte. Alles was sie wußte, war, daß sie bei ihm sein wollte, sich sicher fühlen wollte, wie sie's nur bei ihm konnte.

Susannah folgte dem ausgetretenen Pfad am Fluß entlang, der die beiden Anwesen der Carrs und der Fallons verband. Die zwei Familien hatten praktisch zusammengelebt, eine Freundschaft, die mit den Vätern ihren Anfang nahm.

Sie wußte nicht, wo Rhys hingegangen war oder wann er zurückkommen würde oder ob er überhaupt wieder zurückkommen würde. Es war einfach absurd, wie wenig sie über ihn wußte. Über Mark hatte sie alles gewußt. Sie konnte jede seiner Handlungen, jede seiner Reaktionen voraussagen. Sie wußte, daß er immer das Richtige tat.

War sie deshalb so fasziniert von Rhys? Er war das krasse Gegenteil, so unberechenbar wie ein Sturm. Sie erreichte den Hügel, auf dem die Ranch der Carrs einst gestanden hatte, und sah ein Pferd dort grasen. *Sein* Pferd.

Es wieherte ihrer Stute zu, die erwartungsvoll hin- und hertänzelte und den Kopf zu Susannah umdrehte, als wollte sie fragen, ob sie den Fremdling begrüßen dürfe. Mein Pferd ist keinen Deut besser als ich, dachte Susannah angewidert. Läßt sich durch ein hübsches Gesicht blenden.

Doch sie ließ dem Tier seinen Willen, und beide, Roß und Reiterin, bewegten sich mit klopfendem Herzen auf den Mann und das Pferd zu.

Sie sah Rhys im Gras knien und stieg ab, was weit einfacher war, als in den Damensattel zu kommen. Sie nahm ihre Stute, die wieder leise wieherte, am Zügel und ging auf ihn zu.

Rhys fuhr vorsichtig mit einem langen Stock durch das hochgewachsene Gras. Er schien etwas zu suchen. Dann hielt er inne und blickte wie überrascht zu ihr auf. Sie wußte jedoch, daß er ihr Näherkommen längst bemerkt haben mußte. Er war viel zu intuitiv und vorsichtig, als daß es anders hätte sein können. Er erhob sich, und wieder dachte sie, wie groß und attraktiv er doch war. Die Pistole, die er während der vergangenen Wochen immer im Gürtel getragen hatte, war verschwunden, und er sah fast nackt aus ohne sie.

»Mrs. Fallon«, begrüßte er sie spöttisch.

»*Major* Redding«, erwiderte sie.

Er grinste. »Also gut, Susannah.«

»Mir ist Rhys auch lieber.«

»Was tust du hier alleine?« fragte er und ignorierte ihre Bemerkung.

»Ich bin doch nicht allein«, sagte sie mit nicht geringer Befriedigung.

»Ah, damit hast du mich erwischt, Susannah. Was tust du also hier *mit* mir?«

»Versuchen, dich davon zu überzeugen, daß du schießen lernen mußt«, sagte sie mit einem frechen Grinsen und blitzenden Augen. »Miguel macht sich Sorgen um dich.«

»Gut.«

»Warum die Komödie?«

»Verrate nie deine Stärken.«

»Oder Schwächen?«

»Die ganz besonders.«

»Hast du denn welche?«

Er lächelte, und auch seine Augen erwärmten sich sekundenlang, wurden dann jedoch wieder so undurchdringlich und emotionslos wie immer. »Natürlich nicht, Mrs. Fallon.«

Sie sah ihn vorwurfsvoll an. »Auf unserer Ranch kannst du jedem vertrauen. Alle arbeiten schon jahrelang für uns.«

»Ich vertraue niemandem«, sagte er, und sein Lächeln war verschwunden.

»Niemandem?«

»Niemandem.«

»Da muß man sich aber einsam fühlen.«

Er schüttelte den Kopf. »Es hält mich am Leben«, sagte er.

Sie versuchte es noch einmal. »Nicht einmal mir oder Wes?«

»Ganz besonders nicht dir und Wes.«

»Warum?«

Er legte den Kopf zur Seite und verzog den Mund zu einem leisen, höhnischen, ja, fast einschüchternden Lächeln. »Ich vertraue nie hübschen Frauen, Miss Susannah, oder ehrenhaften Männern. Dein Mann hätte mich sicher verabscheut, nach allem, was ich von ihm gehört habe.«

»Er hätte dich gemocht.«

Er zog ungläubig eine Augenbraue hoch.

»Er mochte Männer mit Kompetenz«, sage Susannah.

»Klingt wie ein Ausbund an Tugend.« Das war gewiß kein Kompliment.

»Nein«, antwortete Susannah langsam. »Das war er nicht. Er war lieb und treu, aber er konnte auch rücksichtslos sein und hatte ein starkes Temperament. Einem guten Kampf ging er nie aus dem Weg.«

»Und du hast ihn geliebt?« Er versuchte, die Frage höhnisch klingen zu lassen, was nicht so recht gelang. Er haßte den beinahe sehnsüchtigen Wunsch nach Verneinung, der darin mitschwang. Er hoffte inbrünstig, daß sie ihn nicht gehört hatte.

Susannah blickte kummervoll zu ihm auf, und Rhys fühlte wie sich sein Herz zusammenzog. Das Herz, das er geglaubt hatte, nicht zu besitzen. Seine beherrschte, kalt analysierende, emotionslose Seite zog ein geradezu perverses Vergnügen aus dem instinktiven Wissen, daß keineswegs alles perfekt war. Er schluckte die aufsteigenden Gefühle herunter. Oder hoffte zumindest, daß er's getan hatte. Und wartete auf ihre Antwort.

»Er war mein bester Freund«, erwiderte sie schlicht.

Rhys mochte den Schmerz nicht, der ihn auf einmal durchzuckte. So einfache Worte. Und doch so vollkommen fremd für ihn. Er hatte nie einen Freund gehabt. Hatte nie jemandem so weit vertraut, daß Freundschaft hätte entstehen können. Das einzige Mal, daß er je jemandem die Hand gereicht hatte, war bei Lauren Bradley gewesen, und der Himmel wußte, was ihn das gekostet hatte, sowohl physisch als auch finanziell. Ja, sogar emotional, Teufel noch mal, so sehr er auch haßte, zugeben zu müssen, daß er Gefühle besaß.

»Ich glaube nicht, daß das meine Frage beantwortet«, sagte er und haßte sich dafür, daß er weiter in sie drang, wo er doch überhaupt nicht sicher war, ob er's überhaupt wissen wollte. Aber er konnte nicht anders.

Traurig sah sie ihn an, forschte in seinem Gesicht, suchte nach etwas darin. Und er wußte, wonach. Sie suchte nach einem Grund, um ihm etwas so Persönliches anzuvertrauen.

Auf einmal wollte er es gar nicht mehr wissen. Er wollte nicht, daß sie den Grund fand, nach dem sie suchte. Er trat einen Schritt zurück, eine Bewegung, die mehr als nur körperlichen Abstand zwischen sie legte, und sah, daß sie verstand.

»Warum bist du noch mal hierhergekommen?« fragte sie im Versuch, so zu tun, als ob nichts vorgefallen wäre, als ob die starke Anziehung, die zwischen ihnen knisterte, überhaupt nicht vorhanden wäre, als ob sie nicht bemerkt hätte, daß er für ganz kurze Zeit versucht hatte, sich ihr – gefühlsmäßig – zu nähern.

Er zuckte die Schultern. »Weiß nicht genau. Hab' mich nur so umgesehen. Konnte ebensogut hierherreiten als sonstwohin.« Die abgebrochene Hälfte von einem Paar Sporen, die er gefunden hatte, erwähnte er nicht.

»Du hättest mit Jaime herkommen können.«

»Ich bin kein Kuhhirte«, sagte er kurz angebunden. »Hab' auch nicht die Absicht, einer zu werden.«

»Was beabsichtigst du dann?«

»Frag deinen Bruder.«

»Warum?«

»Ein kleines bißchen Erpressung, würde ich sagen.«

»Ich glaube nicht, daß dich das abhalten könnte... wenn du wirklich gehen wolltest.«

Verflucht, sie durchschaute ihn viel zu leicht.

»Das würde es auch nicht«, stimmte er zu seiner Überraschung zu. »Aber ich muß noch ein paar Dinge erledigen. Ich werd' morgen nach Austin reiten.«

»Das ist ein harter Ritt.«

Er zog erneut die Augenbrauen hoch, und sie blickte ihn unschuldig an. Ein harter Ritt war das letzte, was ihm etwas ausmachte.

»Komm mit«, sagte sie plötzlich.

»Wohin?«

»Zu einem meiner Lieblingsplätze.« Ihre hoffnungsfrohe Stimme war unwiderstehlich. Sie streckte die Hand aus, und Rhys ertappte sich dabei, wie er sie gegen seinen Willen ergriff. Seine Stimmung hob sich auf einmal wie von selbst.

Sie führte ihn auf die Kuppe des Hügels und auf der anderen Seite wieder ein Stück hinunter, dorthin, wo eine alte, verwitterte Eiche mit frischen, frühlingsgrünen Blättern in einsamer Pracht wuchs. Sie zog ihn zu dem Baum und deutete nach unten, wo unzählige Wildblumen auf den welligen Hügeln blühten. Die Sonne schien hell auf sie hernieder und verstärkte mit ihrem Glanz noch die unterschiedlichen Schattierungen von Gold und Gelb. Unter ihnen erstreckte sich eine scheinbar endlose Ebene.

»Unsere Rinder haben hier immer gegrast«, sagte sie. »Für mich war das alles hier immer so friedlich, so sicher, obwohl in der Gegend hin und wieder Indianerüberfälle vorkamen.«

Er konnte es ebenfalls fühlen, den Frieden und das unerklärliche Gefühl hierherzugehören, das ihn bis in die Grundfesten erschütterte. Er hatte nie das Gefühl gehabt, irgendwo hinzugehören, sah sich eher wie ein Blatt im Wind, ohne Halt. Er hatte einmal versucht, seßhaft zu werden, aber es hatte nicht funktioniert. Er war ein Fremdling, ein Außenseiter geblieben wie immer.

Nicht so wie Susannah. Sie paßte überallhin. Das Unglück schien sich an ihre Fersen geheftet zu haben, aber sie strahlte dennoch eine Art Hoffnung, eine Unbesiegbarkeit aus, die nie wirklich zu erschüttern war. Er hatte gesehen, welche Wunder sie bei Wes bewirkt hatte, hatte sie unterwegs beobachtet, wie sie ohne Klagen Entfernungen zurücklegte, die die meisten Männer kaum geschafft hätten. Sie verwirrte ihn. Sie war ihm ein Rätsel.

Und mehr.

Ihre Hand lag immer noch in seiner, und jetzt schlangen sich ihre Finger auf eine so intime Weise um die seinen, daß es ihn brandheiß durchfuhr.

Sie sah wunderschön aus an diesem Morgen: Das Reitkostüm, ihr Haar mit einem violetten Band zurückgebunden. Sie sah frisch und unberührt aus und sehnsuchtsvoll. Ihr Blick, der über die Ebene unter ihnen schweifte, war so traurig. Erinnerungen, dachte er. Erinnerungen an ihre Familie. An ihren Mann.

Er schluckte hart. Nur aufgrund seiner in langen Jahren hart erworbenen Disziplin hatte er es geschafft, sich von ihr fernzuhalten. Er sagte sich immer wieder, daß er es um seinetwillen, nicht um ihretwillen tat.

Und auf einmal schien das alles keine Rolle mehr zu spielen. Er begehrte sie! Er wollte nicht, daß sie an einen anderen Mann dachte. Nicht mal an einen Toten.

Rhys fühlte, wie die Spannung, wie die Erregung in ihm wuchs, wie die rohe, hungrige Begierde, die sich jeder Beherrschung, jedem rationalen Gedanken, jedem Warnsignal widersetzte, unerträgliche Ausmaße annahm. Das Atmen fiel ihm auf einmal schwer; er kämpfte um jeden Atemzug, während sein Geschlecht schmerzhaft gegen den Stoff seiner Hose drückte. Er hatte schon oft Lüsternheit empfunden, doch nie zuvor mit solch unkontrollierbarer Sehnsucht, mit einer Sehnsucht, sich in ihr zu vergraben, die fast an Besessenheit grenzte – nicht nur, um seine Lust zu stillen, sondern um ein noch viel mächtigeres, unerklärliches Bedürfnis zu befriedigen.

Er schloß seine Hand fest um die ihre und ergriff mit der anderen rauh ihr Kinn, zwang sie, ihn anzusehen, und fühlte sie erschauern, als er sie gegen sein hartes Fleisch preßte. Ihr Blick traf den seinen, und das Violett ihrer Augen wurde dunkler, wurde intensiver, und auch ihre Wangen bekamen eine sanftrosa Farbe. Mit bebenden Lippen sah sie zu ihm auf, und ihr erwartungsvoller Gesichtsausdruck ließ den Schmerz in seinen Lenden unerträglich werden.

Sie stellte sich auf die Zehenspitzen. Ihr Kopf reichte ihm kaum bis ans Kinn.

Er küßte sie, und ihre Reaktion war von solch sehnsuchtsvoller Unschuld, daß es plötzlich um seine Beherrschung geschehen war. Diesmal, das wußte er, konnte und würde er sich nicht zurückhalten.

Er würde nehmen, was ihm angeboten wurde. Und zum Teufel mit den gottverdammten Konsequenzen.

13

Rhys hätte nie geglaubt, daß das Paradies wirklich existierte. Selbst als er Susannah das erste Mal sah, damals im Gefängnishospital, und sich kurz fragte, ob sie ein Engel wäre, hatte er nicht geglaubt, daß es das Paradies wirklich gab. Jedenfalls nicht für ihn.

Aber er wußte, daß er diesem Ort nun so nahe kam, wie er es je sein würde.

Wie sollte er sonst die Gefühle erklären, die wie ein Buschfeuer in ihm loderten? Selbst, Gott helfe ihm, in seinem Herzen, das er schon vor Jahren zum Schweigen gebracht zu haben glaubte. Er hatte eigentlich vor, sie hart zu küssen, um etwas von der Erregung, die sich in den letzten Wochen in ihm aufgestaut hatte, loszuwerden, doch in dem Moment, in dem seine Lippen Susannahs berührten, wurden sie wie von selbst weich und zärtlich. Er fühlte, wie sein Körper vor Lust vibrierte, wie sich sein Geschlecht qualvoll verhärtete. Sie war so weich und süß und roch so gut. Nicht wie die parfümierten Londoner Damen, sondern nach frischer Seife und einem Hauch von Blumenduft.

Sie bediente sich nicht der Tricks der Frauen, die er gekannt hatte: dramatisches Wimpernflattern, gekonntes Streicheln und Berührungen an den wichtigsten Stellen – das alles hatte mit Zuneigung nichts zu tun. In ihren Augen jedoch lag lediglich ein ehrliches Erstaunen, Verwunderung über das, was geschah, da war kein Heucheln oder gar falsche Entrüstung. Wieder kam ihm der Gedanke an Unschuld, aber wie konnte sie unschuldig sein? Sie war verheiratet gewesen.

Und zwar mit einem Mann, an dem ihr offensichtlich viel gelegen war. Der von jedermann geachtet und geliebt wurde. Dieser Gedanke machte Rhys auf einmal überraschend zornig, genauso, wie er gegen seinen Willen von Zärtlichkeit überwältigt worden war. Sein Mund verschlang sie mit einer Heftigkeit, die er bis dahin unterdrückt hatte.

Er riß sie mit wilder, unkontrollierbarer Begierde an sich. Er wollte ihr angst machen, sie abschrecken, jenen Blick aus ihren Augen vertreiben, der sein Herz jedesmal höher schlagen ließ und der ihm sagte, daß seine Seele am Ende vielleicht doch noch intakt war.

Er wollte nicht, daß ihn jemand so ansah.

Warum bedeutete es ihm dann so viel? Warum wollte er sie dann lieber zärtlich küssen, sie verführen, statt sie einfach zu nehmen? Er glitt mit der Hand zu ihrer linken Brust, strich über ihre Brustwarze, über die weiche Halbkugel und fühlte ihre Reaktion: das Anschwellen, das Verhärten der Warze. Sie schmiegte sich an ihn, ihre Arme umschlangen seinen Rücken, ihre Finger krochen in sein Hemd, und seine Haut begann zu brennen und zu prickeln.

»Susannah«, stöhnte er und streifte mit den Lippen über ihren Hals, wo er ihren rasch pochenden Puls spürte, und als er ihre Kehle mit hungrigen Küssen bedeckte, fühlte er, wie sie erschauerte, fühlte, wie sie unter seiner Berührung vor Erregung vibrierte. Er fühlte auch, daß sie von derselben Lust ergriffen war wie er; er hatte die Kontrolle über seinen Körper verloren.

»Ich hab' dir doch gesagt, du sollst nie einen Wolf reizen«, flüsterte er ihr mit tiefer, kehliger Stimme ins Ohr, während er ihre zarte Ohrmuschel mit seiner Zungenspitze liebkoste und Lustschauder bei ihr auslöste, die sich auch auf ihn übertrugen, als sie sich noch enger an ihn schmiegte, gleichsam mit ihm verschmolz. Sein Geschlecht, das unerträglich hart war und schmerzhaft pulsierte, dehnte den Stoff seiner Hose und drückte sich in die Falten ihres Rocks. Er schluckte hart, ein Gefangener seiner übermächtigen Begierde.

Er wußte, wie verwundbar Susannah im Moment war, in so vieler Hinsicht. Wie bereit war sie für ihn? Wie bereit war sie überhaupt? Sie hatte mehr Kummer erfahren als andere, hatte mehr zu ertragen als andere. Und trotz des Selbstbewußtseins, der Unabhängigkeit und der Kompetenz, die sie die meiste Zeit über an den Tag legte, hatte Rhys dennoch den einen oder anderen verlorenen Blick von ihr aufgefangen, hatte die Erleichterung auf ihrem Gesicht gesehen, wenn er nach einem seiner Erkundungsgänge wieder aufgetaucht war. Er war in ihr Leben getreten, als sie jemanden brauchte. Das war alles. Sie brauchte ihn.

Und er brauchte eine Frau. Teufel noch mal, aber er brauchte eine Frau. Das war alles.

Er löste seinen Blick lange genug von ihr, um die Umgebung abzusuchen. Unten hoppelte ein Hase vorbei, und über ihnen zog ein Vogel über den blauen Himmel. Die Pferde machten sich an der Stelle, wo er sie angebunden hatte, schnaubend und wiehernd miteinander bekannt. Eine Biene summte nur ein paar Meter von ihnen entfernt um ein paar Wiesenblumen herum. Abgesehen von diesen natürlichen Geräuschen war alles still und friedlich. Im Moment zumindest.

Rhys beugte sich vor, hob Susannah auf seine Arme und trug sie zu einer Stelle, an der das Gras dicht und weich aussah. Er küßte sie lange, hart und intensiv als er sie auf den Boden legte und sich neben sie setzte, das eine Bein ausgestreckt, das andere angewinkelt. Er stützte das Kinn einen Moment lang auf sein Knie und sah suchend in ihr Gesicht, während er sanft mit der Hand über ihr Handgelenk und an ihrem Arm hinaufstrich.

»Hübsche kleine Susannah«, sagte er. »Komm und laß dich von mir auf ein Abenteuer entführen.« Es war keine Frage, sondern eine fast samtige Einladung.

Er sah, wie sich der Glanz in ihren Augen etwas trübte. »Ist es das, Rhys? Ein Abenteuer? Ein… Spiel?«

»Das ist alles, was ich anzubieten habe, kleines Mädchen. Mehr nicht. Nicht mal ein Morgen.«

Sie biß sich auf die Lippe, um das Zittern zu unterdrücken. Er wußte, daß sie ihm nicht zeigen wollte, wie sehr sie seine Worte verletzt hatten. Ihre Lippen waren von seinen Küssen bereits leicht geschwollen, und jetzt, wo sie ganz leise zitterten, waren sie unwiderstehlich süß und verführerisch. Und äußerst gefährlich. Am liebsten hätte er seine Worte wieder zurückgenommen, ihr etwas anderes gesagt, etwas, das den Glanz in ihre Augen zurückbringen würde, den Glanz, den er gelegentlich auf ihrer langen Reise gesehen hatte. Aber geschickter Lügner, der er war, konnte er in diesem Fall einfach nicht lügen. Nicht ihr gegenüber.

Er wußte, daß es gar nicht nötig war, wußte so sicher, wie er's in jener Nacht am Fluß gewußt hatte, daß sie dieselbe quälende Sehnsucht verspürte, dasselbe Knistern, das Reaktionen in ihm auslöste, die nicht unbedingt vertraut waren. Er knabberte an ihrem Ohrläppchen, und wieder liefen Schauer der Erregung durch ihren Körper. Und durch seinen.

Er hatte schon mit den begabtesten Kurtisanen Englands geschlafen, aber nie zuvor hatte er eine solche Vorfreude, eine solche Erregung, ja, eine solch rohe, nackte Gier nach einer Frau gefühlt. Noch nie hatte er sein Herz so heftig klopfen gefühlt, noch nie eine so überwältigende sinnliche Glut, wie sie ihn durchströmte, wenn er sie berührte, ja, sie nur ansah und dieselbe Begierde in ihren Augen reflektiert fand. Sie hatte etwas so Ehrliches und Aufrichtiges an sich, und er fragte sich flüchtig, ob es das war, was er an ihr erobern wollte. Und ersticken. Wollte er sie korrumpieren, sie auf sein Niveau herabziehen?

Was war er überhaupt für ein Bastard?

Aber es gab kein Zurück mehr. Er wußte, daß er nicht mehr aufhören konnte, selbst wenn er gewollt hätte, nicht, wenn ihre feucht schimmernden, leicht verschleierten Lavendelaugen mit solch verzweifelter, sehnsüchtiger Begierde zu ihm aufblickten. Und voller Vertrauen. Himmel noch mal, das Vertrauen. Aber einer Kombination aus beidem – Begierde und Vertrauen – konnte er einfach nicht widerstehen.

Mit langsamen, sinnlichen Bewegungen öffnete er ihre Knöpfe, wobei seine Finger besitzergreifend auf ihrer Haut verweilten. Hitze durchfuhr ihn in heißen Wogen, und er mußte sich zwingen, langsam vorzugehen und sie nicht jetzt gleich, in diesem Moment zu nehmen, wie es sein Körper, wie es sein schmerzhaft pochendes Geschlecht verlangte. Unter dem Kleid trug sie ein Korsett, das sich eng über ihre Brüste spannte und das er geschickt lockerte. Er fuhr mit der Hand darunter und streichelte sie, dann zerrte er es so weit nach oben, daß er mit den Lippen ihre linke Brustwarze erreichen konnte. Er knabberte und kostete daran und fühlte wieder, wie sie von lustvollen Schauern geschüttelt wurde und wie sie mit ihren kleinen Händen über seinen Rücken fuhr und sie dann in seinem dichten schwarzen Haar vergrub.

Sie lagen ausgestreckt am Boden, er angespannt und zum Bersten erregt, sie zitternd vor Verzückung unter der Geschicklichkeit seiner Hände. Er sah die Überraschung in ihren Augen, die erstaunte Lust und fragte sich, ob sie das hier vielleicht zum ersten Mal erlebte.

Er löste seine Hände von ihr und knöpfte sein Hemd auf, warf es achtlos beiseite. Dann knöpfte er auch seine Hosen auf, zögerte jedoch, sie ebenfalls auszuziehen. Sie sah ihm ruhig zu, mit geröteten Wangen, die Lippen feucht. Sie fuhr mit der Hand über seine breite Brust und vergrub die zarten Finger in seinem schwarzen Brusthaar, fuhr dann wieder hinab über Haut, die sich fest über seine harten Bauchmuskeln spannte.

Jetzt war es an ihm zu erschaudern, die Erregung zu zügeln, die ihn zu überwältigen drohte. Aber er konnte nicht. All seine legendäre Beherrschung löste sich in Nichts auf, weggepustet von einer zierlichen kleinen Person mit sanften Händen und Augen, die gleichzeitig entschlossen und erwartungsvoll und auch ein wenig ängstlich zu ihm aufblickten. Diese Kombination war stark. Zu stark für ihn. Er hätte sie am liebsten beruhigt, ihre Ängste zerstreut, doch das war das allerletzte, was er jetzt tun konnte. Er würde nicht bleiben. Er hatte nie vorgehabt zu bleiben. Es gab hier nichts für ihn. Wenn er blieb, würde Susannah eines Tages entdecken, was und wer er war, und das würde er auf keinen Fall zulassen. Außerdem hatte er nicht den Wunsch, mit Erinnerungen zu konkurrieren.

Aber sein Körper gehorchte seinem Verstand nicht mehr. Sein Körper kannte weder Skrupel noch Ängste noch Einwände. Er kannte nur die Begierde. Und die zeigte er auf die deutlichste, unverhüllteste Weise, indem er auf jede ihrer Berührungen reagierte und so seine eigenen verdammten Entscheidungen traf.

Er fühlte, wie sie mit den Lippen über seine Brust strich, wie sie an ihm knabberte und feurige Pfade über harte Muskeln zog. Da konnte er sich einfach nicht länger zurückhalten. Er zog ihr die knielange Unterhose herunter und fuhr mit der Hand zwischen ihre Beine. Er hörte ihr überraschtes Keuchen und dann ein lustvolles Seufzen, als sie ihm ihren Unterleib entgegenbog.

Sie rief seinen Namen, und Freude durchzuckte ihn, als er ihn aus ihrem süßen Mund hörte. Und es war nicht bloß Freude, was er empfand, sonder etwas, das weit tiefer ging, das noch befriedigender war. Sie dachte jetzt nicht an ihren Mann. Er preßte seinen Unterleib an sie, senkte den Mund auf ihre Lippen, die sich sehnsuchtsvoll öffneten und ihn einließen.

Es war ihr gottverdammtes Vertrauen, das ihm zum Verhängnis wurde, das sein Herz einen Schlag lang aussetzen ließ, das seinen Willen schwächte und seine Urteilskraft zunichte machte. Er drang mit der Zunge in ihren Mund, erforschte ihn, rauh und besitzergreifend, dann auf einmal wieder sanft, zärtlich, und er stellte zu seiner Überraschung fest, daß er genauso gerne geben wie nehmen wollte.

Er zog sich die Stiefel aus, schob das Messer, das er sich ans Schienbein geschnallt hatte, in einen der Stiefel und zog dann die Hosen herunter. Er legte sich halb auf Susannah und fühlte ein Brennen, ein Lodern, für das es nur noch eine Heilung gab, das wußte er. Blitze zuckten zwischen ihnen, heftig und brutal und doch verschmelzend in ihrer Intensität. Die Lust überwältigte ihn, eine Lust, die so groß war, daß sie ihn zu zersprengen drohte. Er riß sie an sich, sein Mund war unersättlich, wollte mehr, immer mehr. Seine Hände glitten an ihrem Körper hinab und wieder hinauf und wieder hinab; er fühlte die sengende Hitze, die sie beide erfüllte.

Und er fühlte ihren Atem, warm und rasch, als sie ihn fest an sich zog und so auch die letzte Barriere, die ihn noch zurückhielt, sprengte. Er drang mit einer Ungeduld in sie ein, die er mühsam zu zügeln suchte. Langsam, sagte etwas in ihm. Es mußte Jahre her sein, daß...

Und er wollte ihr nicht weh tun. Alles in ihm sträubte sich gegen den Gedanken, ihr noch mehr Schaden zuzufügen, obwohl er wußte, daß er allein durch seine Anwesenheit, allein durch die Tatsache, daß er seiner Lust nachgab, ihr bereits weh tat. Doch er konnte sich nicht bremsen. Einen derart heftigen Gefühlssturm hatte er noch nie erlebt und auch nicht die Süße des Vertrauens, und das war es, was sie ihm schenkte, ganz gleich, was er auch zu ihr gesagt hatte, und er wußte es.

Für diesen einen Augenblick würde er dieses Vertrauen annehmen. Er drang tiefer in sie ein, fühlte die honigsüße Wärme einer scheuen Bereitschaft. Sie schlang die Arme um ihn und klammerte sich an ihn; sie wimmerte, als er tiefer und tiefer eindrang; er fühlte, wie sie ihn zitternd willkommen hieß, wie sie sich instinktiv zuerst mit ihm, dann gegen ihn bewegte und ihn mit neuen Hitzewellen erfüllte, die in jeden Teil seines Körpers vordrangen. Er bewegte sich in einem Rhythmus, der wilder und wilder wurde, spürte, wie auch sie mit derselben Leidenschaft reagierte und fast qualvoll seinen Namen herausschrie.

Aber er konnte nicht aufhören. Nicht jetzt.

Er hörte sie lustvoll stöhnen, fühlte ihre Lippen, die über seine Haut glitten, während sie sich an ihn klammerte, mit Armen und Beinen umschlang. Er versuchte den Höhepunkt hinauszuzögern, versuchte ihrer beider Lust zu verlängern, versuchte die kostbaren Momente der Verschmelzung andauern zu lassen. Er fühlte ihre Zähne an seinem Hals, fühlte, wie sie mit einem Hunger an ihm knabberte, der seinen Körper konvulsiv erschauern ließ.

Susannah dachte ... o Gott, sie wußte nicht, was sie dachte. Herrlich, es war einfach herrlich, die Gefühle, die sie durchpulsten, die Wogen der Verzückung, die über ihrem Körper zusammenschlugen. Er paßte in sie hinein, als ob er für sie geschaffen wäre, pulste an den empfindlichen Wänden ihrer Weiblichkeit, füllte sie aus, drang mit jedem seiner Stöße tiefer und tiefer in ihr Inneres vor, bis sie das Gefühl hatte, explodieren zu müssen, die Intensität nicht länger ertragen zu können. Sie schrie, schrie aus purer Lust, aus Freude an ihm, und doch ... sie wußte, daß da noch mehr war, sie wußte nur nicht, wie sie noch mehr ertragen konnte. Ihr Körper reagierte aus jahrhundertealten Instinkten heraus, bäumte sich auf, bäumte sich ihm entgegen, nahm ihn tiefer und tiefer in sich auf, bis ... sie die herrlichste, unglaublichste Explosion fühlte. Nie gekannte Blitze durchzuckten sie, donnernde Wogen der Lust schlugen über ihr zusammen, wie eine einzige riesige Flutwelle, nichts, nichts was sie bisher erlebt hatte, ließ sich damit vergleichen.

Rhys glaubte, in Millionen schimmernder Teilchen zu zerspringen, als er ein letztes Mal in sie hineinstieß und dann die Erlösung fand. Er schloß die Augen, genoß jedes köstliche Zucken, während ihre Muskeln sich um ihn zusammenzogen, als wollte sie ihn für immer in ihrem Schoß festhalten. Er blickte in ihr Gesicht, fürchtete sich halb vor dem, was er darin lesen könnte – Angst, Verachtung – aber nichts davon war darin, lediglich ein Ausdruck erstaunter Glückseligkeit, und es war das schönste Geschenk, das er je bekommen hatte.

Das einzige Geschenk, das er je bekommen hatte.

Er hielt sie fest umschlungen, legte seine Wange mit einer Zärtlichkeit an die ihre, die ihn fast schmerzte. Wie konnte sie ihn so einfach annehmen? Wo sie doch so wenig über ihn wußte?

Susannah sah ihn mit ihren großen lavendelfarbenen Augen an. »Ich wußte nicht, daß es so sein kann.«

Ihre Worte waren ein Schock für ihn, obwohl er bereits das Gefühl gehabt hatte, daß sie recht wenig Erfahrung besaß. Sie war so eng gewesen, so schrecklich eng, und hatte sich bewegt, als ob sie es zum ersten Mal tat. Ihre überraschten Lustschreie hatten ihn sowohl erstaunt als auch entzückt. Er war nie ein zärtlicher Liebhaber gewesen, hatte nie gewußt, was es hieß, Lust zu schenken, statt nur zu nehmen. Er hatte nie Klagen gehört, das stimmte, aber nun wußte er, daß es auch anders sein konnte, nun, da er sie auf so neue, so unendlich zärtliche Art umfangen hielt, sie gleichsam beschützte.

Ich wußte nicht, daß es so sein kann.

»Und was ist mit deinem Mann?«

»Er ist … am Tag nach unserer Hochzeit nach Mississippi aufgebrochen.« Der Glanz in ihren Augen erlosch ein wenig, und Rhys hätte sie am liebsten getröstet. Aber er wollte auch mehr erfahren. Er teilte es ihr mit seinen Augen mit.

Der rosige Hauch auf ihren Wangen, den sie noch von ihrer leidenschaftlichen Begegnung trug, vertiefte sich, aber sie sagte nichts weiter. Sie wandte den Blick von ihm ab auf den Himmel über ihnen, wo ein Falke, offensichtlich auf Beutesuche, seine Kreise zog. Ganz plötzlich stürzte er in die Tiefe und war verschwunden. Sie zitterte. Rhys' Augen, die während ihres Liebesakts weich und zärtlich geworden waren, waren nun hart und neugierig auf sie gerichtet. Finster. Geheimnisvoll. Durchdringend. Wie der Falke, der seine Beute im Auge hat.

Und doch – seine Hände waren so unglaublich sanft, so zärtlich, daß sie fast das Gefühl hatte, er bestände aus zwei verschiedenen Wesen. Sie wußte nicht, wem sie vertrauen sollte. Doch das hatte sie ja bereits getan, nicht? Sie hatte ihm gerade erst einen Teil von sich selbst geschenkt, einen Teil, den sie Mark nicht hatte geben können, Mark, der ihn sich so sehr gewünscht hatte. Sie wollte nicht an ihre Hochzeitsnacht vor vier Jahren denken. An Marks Gesichtsausdruck, als er merkte, daß sie keine Reaktion zeigte, daß sie sich verzweifelt bemühte, ihm etwas vorzumachen. »Das kommt schon noch«, hatte er beruhigend gesagt, aber sie hatte den tiefen Schmerz in seinem Gesicht gesehen und in diesem Moment gewußt, daß ihre Heirat ein schrecklicher Fehler gewesen war. Sie wußte, daß sie ihn betrog, obwohl sie ihm doch nur ein wenig von der Loyalität und Treue, die er ihrer Familie geschenkt hatte, zurückgeben wollte.

Mit Rhys Redding mußte sie sich nicht bemühen. Sie hatte nie wirklich daran geglaubt, daß es für jede Frau nur einen Mann gab. Nicht, bevor sie Rhys in jenem Hospital gesehen und das unerträgliche Gefühl gehabt hatte, das dies der Mann war, der ihr bestimmt war, auch wenn es noch so kitschig klang. Sie hatte versucht, dagegen anzukämpfen, besonders nach dem Vorfall mit den Deserteuren, weil sie eine Graumsamkeit und Rücksichtslosigkeit in ihm entdeckt hatte, von der sie nicht sicher war, ob sie sie akzeptieren konnte, aber es war, als wollte man sich von der Sonne fernhalten, der Sonne, die die Welt mit Licht erfüllte und Wärme spendete.

Aber sie konnte nicht über Mark sprechen. Der Verlust schmerzte sie noch zu sehr und auch die Schuldgefühle, nicht das gewesen zu sein, was er sich gewünscht hatte.

Sie hatte sich schon gefragt, ob etwas mit ihr als Frau nicht stimmte, doch nun wußte sie, daß das nicht der Fall war. Sie fühlte noch immer die Nachwirkungen jener unglaublichen, unvergleichlichen Verzückung, die sie soeben erlebt hatte, fühlte immer noch die Wärme, mit der er ihre Seele erfüllt hatte. Und dennoch, trotz der herrlichen, intimen Momente der Wärme und Nähe fühlte sie auch jetzt die Einsamkeit in ihm, fühlte sein stummes Ringen um Distanz zu ihr. Sie konnte es sehen, in seinen Falkenaugen konnte sie es sehen.

Aber sogar Falken paaren sich.

Der Falke flog wieder hoch am Himmel über ihnen, ein lebloses Kaninchen in den Klauen, und plötzlich merkte sie, daß die Geräusche um sie herum verstummt waren. Eine seltsame, unheimliche Stille folgte dem Angriff des Raubvogels.

Susannah sah Rhys an. Sein Blick war ebenfalls dem Falken gefolgt. Sie legte die Hand an seine Wange, an die harten, ausgeprägten Züge, die ein solch faszinierendes Ganzes ergaben. Seine dunklen, undurchdringlichen Augen wurden einen Moment lang weich, und ein Muskel pulste an seinem Hals, was ein für ihn untypisches Zeichen von Gefühl war. »Du erinnerst mich an einen Falken«, sagte sie lächelnd.

Er zog seine herrlichen Augenbrauen hoch.

»An einen Nachtfalken«, fügte sie hinzu.

»Ich wage kaum, nach dem Grund zu fragen.« Aufrichtiger Humor lag in seiner Stimme, nicht der sonst übliche Spott.

Sie legte sinnend den Kopf zur Seite, während sie über ihre nächsten Worte nachdachte.

»Der Falke ist ein sehr schlagkräftiges Tier.«

Er lachte. Zum ersten Mal, seit sie ihm begegnet war, lachte er. Sogar seine Augen lächelten mit, und sie mußte denken, wie erstaunlich ihn das veränderte, wieviel menschlicher es ihn machte, ja, sogar irgendwie… zugänglich. »Ich frage mich, wie du das meinst«, sagte er grinsend.

Susannah dachte über ihre Worte nach. Sie hatte gemeint, von der Wirkung her, aber es konnte auch etwas ganz anderes bedeuten. Sie lächelte ihn an. »In jeder Beziehung, denke ich.«

»Es ist gut, das zu wissen, Liebchen«, sagte er und glitt mit den Finger über ihren Rücken und über ihr kleines festes Hinterteil und ließ sie erneut am ganzen Körper erschauern.

Liebchen. Er hatte das Wort langsam und sinnlich gesagt, und das Kribbeln auf ihrem Rücken drang nach innen, obwohl sie wußte, daß er es nur leicht dahingesprochen hatte. Und doch… es klang so schön, besonders mit seiner tiefen, rauhen Stimme mit dem klangvollen Akzent.

Aber sie hatte keine Zeit, weiter darüber nachzudenken, denn sein Mund preßte sich bereits wieder auf ihren und erstickte damit jede weitere Bemerkung. Sie fragte sich flüchtig, ob das vielleicht der Grund dafür war. Oder gab's einen anderen?

Und dann hörte sie auf zu denken.

Beim zweiten Mal küßte und streichelte Rhys sie mit langsamer, sinnlicher Zärtlichkeit, bis Susannah fast verging vor Sehnsucht, ihn wieder in sich zu spüren. Sie wußte natürlich, daß sie ihn immer begehren würde, seine Wildheit, die sich mit Momenten unendlicher Zärtlichkeit abwechselte. Wie immer war er unberechenbar. Seine Reaktionen, sein Handeln waren unberechenbar, ließen sich niemals voraussagen. Sie fragte sich, ob sie's je können würde und ob sie's überhaupt wollte.

Er quälte und erregte sie mit seinen zärtlichen Händen, mit seinem Mund, und dann drang er langsam, ganz langsam in sie ein, bewegte sich mit langsamen, kraftvollen Stößen in ihr, bis sie dachte, verrückt zu werden vor Lust, bis sich die Welt wie ein Kreisel um sie drehte und sie in einen Strudel der Gefühle riß, der sie alles vergessen ließ und in einer Explosion gipfelte, die sie bis in jede Faser ihres Seins erschütterte und mit einer Ekstase erfüllte, von der sie nicht gewußt hatte, daß es sie gab.

Auch er erschauerte heftig, als er den Höhepunkt erlebte, und rollte sich dann auf den Rücken, wobei er sie mit sich zog. Sie war erfüllt von einer warmen, wohligen Wärme, die sie beide umhüllte, wie ein warmes Federbett an einem kalten Winterabend.

Sie hörte das Pochen seines Herzens und fühlte seinen warmen Atem an ihrer Wange, und nichts in ihrem Leben war ihr je so richtig, so … vorbestimmt erschienen.

Sie küßte ihn. Mit all der Liebe und Sehnsucht, mit all der Zärtlichkeit und dem Erstaunen, das er in ihr geweckt hatte, küßte sie ihn. Ganz weich, ganz langsam, ganz zart, bis sie hörte, wie er plötzlich scharf den Atem einzog.

»Nicht«, sagte er fast qualvoll. »Du darfst nicht denken …«

Sie fuhr mit der Zunge sanft über die winzigen Fältchen in seinen Augenwinkeln, die immer dann sichtbar wurden, wenn er in die Sonne blinzelte. »Nicht … was?«

»Nicht denken, daß da mehr ist … als …«

Er rang um Worte. Er rang nie um Worte. Dieser Gedanke setzte sich in ihr fest, während sie gleichzeitig wußte, was er sagen würde. Die Erkenntnis, daß es ihm schwerfiel, es zu sagen, dämpfte den Schlag etwas, der, wie sie wußte, kommen mußte.

Sie wartete, aber er sagte nichts weiter. Statt dessen stand er auf und fing an sich anzuziehen. Er mußte sich dazu umdrehen, und sie sah die hellen Narben auf seinem Rücken und die häßliche Narbe an seiner Seite. Sie fragte sich, wie es möglich war, daß sie sie nicht unter ihren Fingerspitzen gefühlt hatte.

Rhys schien nicht zu merken, daß sie ihn musterte, während er sich mit einer geschmeidigen Bewegung das Hemd überzog. Es klebte fast sofort an seinem schweißglänzenden Körper, und sie sah zu, wie er die Ärmel hochkrempelte. Zögernd langte sie nach ihrer eigenen Kleidung. Sie hätte für immer hierbleiben können.

Sie hatte sich kaum das Korsett über den Kopf gezogen, da war er auch schon da, vollkommen angkleidet, die Augen überraschend klar, der Gesichtsausdruck überraschend hilflos. Er half ihr in ihr Reitkostüm und schloß mit geschickten Fingern die Knöpfe. Als er fertig war, zögerte er kurz und fuhr dann mit der Hand durch ihr Haar, strich es zurück. »Du hast wundervolles Haar«, sagte er. »Teufel noch mal, aber ich würde es am liebsten immer streicheln.«

Das war das erste wirkliche Kompliment, das er ihr je gemacht hatte. »Danke«, sagte sie ernst.

Er stand einen Moment lang unschlüssig da, als ob er nicht wüßte, was er sagen sollte. »Ich wollte nicht, daß ... daß das passiert«, meinte er schließlich.

»Ich weiß«, erwiderte sie. *Aber ich wollte es.* Sie hätte es am liebsten laut gesagt, konnte aber nicht. Außerdem wußte er es sowieso. Sie wußte, daß er's wußte. So wie er alles zu wissen schien.

»Wir gehen besser.« Aber er rührte sich nicht. Sie sah einfach wunderhübsch aus, wie sie so auf dem Hügel stand und ein leichter Wind durch ihr zerzaustes Haar wehte.

»Ja«, erwiderte sie, rührte sich jedoch ebenfalls nicht. Sie konnte nicht. Ihre Beine gehorchten ihr nicht. Sie wollte hier, auf diesem Hügel bleiben, wo sie immer zum Träumen hergekommen war und wo sie von nun an immer herkommen würde, um in Erinnerungen zu schwelgen.

Er schüttelte langsam den Kopf, als ob er an ihrer beider Verstand zweifelte. Dann streckte er die Hand aus und ergriff die ihre. Er fühlte, wie sich ihre Finger vertrauensvoll um die seinen schlossen. Gottverdammt noch mal. Fast rauh zog er sie zu den Pferden und half ihr in den Sattel. »Ich reite mit dir zurück. Du solltest nicht allein hier draußen sein.«

Susannah zuckte die Schultern. »Ich bin immer allein ausgeritten.« Sie blickte auf das Gewehr an ihrem Sattel. »Außerdem kann ich schießen.«

Da mußte er grinsen. »Ja, ich erinnere mich.« Und er erinnerte sich tatsächlich an die kalte Gelassenheit, mit der sie auf den Mann geschossen hatte, der ihren Wagen stehlen wollte. Aber sie hatte auf sein Bein gezielt, während Rhys auf das Herz gezielt hätte. Das war ein wichtiger Unterschied, einer, der im Ernstfall entscheidend sein konnte.

Er wartete nicht auf ihre Antwort und schritt zu seinem Hengst, der sich seiner Männlichkeit ebenfalls schmerzlich bewußt war. Rhys verspürte Mitgefühl mit dem Tier. Er strich ihm über den Hals, und es beruhigte sich ein wenig. Das Pferd würde jedoch trotzdem eine starke Hand brauchen, und Rhys war das gar nicht unwillkommen. Er brauchte etwas, um seine Gedanken von dem Geschehenen abzulenken. Er brauchte Zeit, um das alles einzuordnen. Er brauchte Zeit und Abstand, mußte allein sein. Aber er würde nicht zulassen, daß sie allein zurückritt. Nicht nach dem, was vor ein paar Tagen passiert war. Wes war ein Schwachkopf, ihr zu erlauben, allein auszureiten – und ein noch größerer Schwachkopf, sich nicht zu denken, was passieren würde.

Er lenkte sein Pferd neben Susannahs. »Warum verkaufst du Land's End nicht einfach?« fragte er plötzlich. »Es ist zuviel für dich und ... Wes.«

Sie versteifte sich. »Ich habe es vier Jahre lang geführt.«

»Aber du hast nie zuvor diese Art von Problemen gehabt, nicht wahr?«

»Wir hatten einige Probleme, doch.«

»Verkaufe, Susannah.«

Sie versteifte sich noch mehr. »Das ist nicht das, was Mark gewollt hätte. Deshalb –«

»Deshalb was?«

Aber sie zögerte. Ihre großen lavendelblauen Augen sahen auf einmal tief verletzt aus, fast tödlich verletzt. Ihr Mann. Lag es daran, daß sie an Mark Fallon, den Gentleman dachte? Wünschte sie, er wär's gewesen, der sie in die Freuden der Liebe einführte? Und warum tat ihm der Gedanke so weh? Er hatte doch bekommen, was er wollte.

Und bald würde er ohnehin fort sein. Das war das Beste für sie. Und für ihn. Warum fühlte er dann bei dem Gedanken eine so schreckliche Leere? Dieser Morgen war ... interessant gewesen, sehr interessant, sogar bemerkenswert. Aber nicht mehr als das.

Er fluchte erneut. Er haßte es, mit sich selbst zu streiten. Das hatte er schon seit Jahren nicht mehr getan, zumindest nicht mehr, seit er sein Gewissen abgetötet hatte. Das letzte, was er brauchen konnte, war eine fröhliche Wiederauferstehung.

»Was macht dein Bruder?« fragte er, weil es ihn überraschte, daß Wes Susannah erlaubt hatte, allein auszureiten, besonders nach dem Überfall auf die Ranch, ganz zu schweigen von Carrs Aversion gegen Rhys.

»Seinen Kater auskurieren, denke ich.«

Rhys' Lippen verzogen sich verächtlich. »Dir ist doch wohl klar, daß er keine große Hilfe sein wird.«

Susannah sah ihn an. »Er wird sich wieder fangen. Es ist bloß... das Heimkommen und der Schock über den Verlust der Ranch – unser Zuhause.«

Rhys' Schweigen sagte mehr als Worte. Und er haßte sich deswegen. Er sollte ihr Zärtlichkeiten sagen, statt ihr noch mehr Kummer zu machen. Aber er mußte es tun. Er konnte nicht zulassen, daß sie glaubte, das hier wäre mehr, als es in Wirklichkeit war, daß er bleiben würde, daß ihm ernsthaft etwas an ihr lag. Er mußte unbedingt verhindern, daß sie sich diesem Irrglauben ergab.

Er fühlte, daß sie ihn ansah, fühlte ihren ernsten, entschlossenen und doch so verletzlichen Blick auf sich, ein Blick der ihn wie mit Messern durchschnitt. Es erstaunte ihn, daß sie ihn nie um etwas bat, weder um Trost noch um Versprechungen noch um Hoffnung. Er wünschte, sie täte es.

Und dann wandte sie ihren Blick wieder von ihm ab und auf den Weg vor ihnen, und sie ritten schweigend weiter, bis Land's End in Sicht kam. Vor der Veranda wartete eine Gruppe berittener Männer, und Rhys sah Wes aus der Tür kommen. Selbst von hier aus konnte er ihre bösartige, zornige Haltung sehen.

»Lieber Gott«, flüsterte Susannah, »die Martins«. Bevor Rhys noch reagieren konnte, hatte sie ihre Stute zum Galopp angetrieben und raste auf das Haus zu.

Rhys fluchte. Schon wieder. Und folgte ihr.

14

»Verschwindet von unserem Land!«

»Ganz schön starke Worte für einen einbeinigen Yank... besonders, wo wir doch hier sind, um euch 'nen Gefallen zu tun.«

Wes funkelte die fünf Männer wütend an und wünschte, er hätte ein Gewehr mit hinausgenommen. Aber er war von ihrer Ankunft überrascht worden, als er gerade an einem Glas Whiskey nippte. Er hatte gehofft, daß es seinen Kopf klären würde, aber das Gegenteil war der Fall, und das hätte er eigentlich wissen müssen.

»Yep«, sagte einer der Männer. »Wir haben gehört, daß du wieder daheim bist. Warum gehste nich in den Norden, wo du hingehörst?«

Wes versuchte vergeblich, seine Wut zu zügeln, als er antwortete: »Und was hast du während des Kriegs gemacht, Hardy, abgesehen von rauben und morden?« Vielleicht, dachte er flüchtig, ist er ja doch noch zu Gefühlen fähig.

Der Mann fuhr mit der Hand an seine Waffe, aber der Reiter neben ihm hob gebieterisch die Hand. Er blickte sich wachsam um und sah die drei Männer, die am Korral arbeiteten und nun zu ihnen herübersahen, und die zwei Reiter, die herangaloppiert kamen. »Wir wollen keine Scherereien, Carr«, sagte er mit aalglatter Stimme. »Wir wollen bloß mit Miss Susannah reden. Hab' gehört, daß sie wieder zurück ist. Und auch die schlechten Nachrichten über Mark. Tut uns echt leid.« Das boshafte Glitzern in seinen Augen strafte seine Worte Lügen.

Er drehte sich um, als Susannah, gefolgt von Rhys, heranritt und ihr Pferd zügelte.

»Was willst du hier, Lowell?« fragte Susannah.

Der Sprecher, der älteste der Gruppe, lächelte schmeichlerisch. »Wir ham gehört, daß Mark gefallen ist. Wollten unser tiefes Mitgefühl ausdrücken.« Er blickte Rhys an, und seine Augen wanderten sofort zu seiner Hüfte, wo er offensichtlich das Fehlen des Pistolengürtels bemerkte. Er blickte ihn forschend an, überlegte und fand Rhys offenbar unbedeutend. Er wandte sich wieder an Susannah. »Wollte auch sagen, wie leid es uns tut, von eurer alten Ranch zu hören. Muß wohl der Blitz eingeschlagen sein oder so was, denk' ich mal. Als gute Nachbarn sind wir hergekommen, um euch ein Angebot zu machen.«

»Ich höre«, sagte Susannah ruhig und scheinbar emotionslos, aber Rhys sah das Feuer in ihren Lavendelaugen. Er hatte es schon öfter gesehen.

»Ich kauf' euch beide Ranches ab. Geb' euch 'nen verdammt guten Preis dafür.« Er strahlte sie an. »Kannst nach Austin gehen und dort auf großem Fuß leben.«

»Was verstehst du unter einem guten Preis?«

»Na, wenn man die Schulden betrachtet, die ihr auf beiden Grundstücken habt, würd' ich sagen, daß fünftausend echt großzügig is.«

Susannah lachte laut auf. »Unser Viehbestand allein ist ja schon mehr wert.«

»Sind Sie sicher, Miss Susannah?«

»Selbst unter Berücksichtigung der Rinder, die ihr uns gestohlen habt, Lowell.« Sie sprach langsam und bedrohlich. »Und was den Blitzschlag betrifft, ich glaube, ich weiß, wer den verursacht hat.«

Rhys bewunderte Susannah, wenn auch widerwillig, schon seit ihrer ersten Begegnung, doch noch nie so sehr wie in diesem Moment. Nichts von dem sehnsüchtigen Mädchen von vorhin war mehr zu sehen. Wo sie zuvor weich gewesen war, war sie nun stahlhart. Er lehnte sich im Sattel zurück und schaute so harmlos wie möglich drein und genoß den überraschten, ja, verwirrten Blick des Mannes, der offensichtlich erwartet hatte, daß sie sein Angebot annahm.

»Dafür haben Sie aber keine Beweise, Miss Susannah.«

»Für dich Mrs. Fallon«, erwiderte sie scharf. »Und die Beweise kriegen wir schon noch. Bis dahin macht, daß ihr fortkommt.«

»Denken Sie man lieber drüber nach, *Mrs.* Fallon. Das Angebot steht 'ne Woche. Denken Sie besser gründlich drüber nach. Wie wollen Sie und dieser... Krüppel denn zurechtkommen?«

Susannah blickte Rhys an und das tat auch der Mann, der gerade gesprochen hatte. »Wer sind Sie?« fragt er.

Rhys ignorierte den Mann und wandte sich an Susannah. »Ich dachte, Sie hätten gesagt, es gäbe nicht mehr sehr viele Wilde in den Kolonien«, sagte er in seinem arrogantesten Ton und ließ den Blick geringschätzig über die drei Männer gleiten.

Die drei Martins fuhren wütend auf. Es war nicht schwer zu erkennen, daß sie Brüder waren. Sie hatten die gleichen fleischigen Gesichter, die gleichen kalten, blaßblauen Augen. Rhys hatte schon Schlangen gesehen, die besser aussahen, aber er ließ sich nichts anmerken.

»Ein Ausländer«, sagte einer der Martins naserümpfend.

»Ein Dandy«, höhnte ein anderer, als ob er eine lästige Fliege verscheuchen wolle, und Rhys sah auf einmal trotz seiner abgetragenen Kleidung wirklich wie ein Dandy aus, wie Susannah fand! Vielleicht war es ja sein oberflächlicher Gesichtsausdruck oder die Art seiner Haltung. Er sah ganz und gar nicht wie der gefährliche Mann aus, der er, wie sie wußte, sein konnte. Wieder fragte sie sich, warum er sich so verstellte, während sie gleichzeitig seine enorme Schauspielkunst bewundern mußte. Und dann kam ihr noch ein anderer, unwillkommener Gedanke. Hatte er ihr vorhin vielleicht auch nur etwas vorgespielt? Sie verdrängte den Gedanken ungeduldig. *Los, konzentrier dich auf die Martins.*

Unbewußt fuhr sie mit der Hand an den Abzug ihres Gewehrs, das sie immer bei sich trug. Sie kannte die Martins, auch wenn Rhys sie nicht kannte, und es war ihnen zuzutrauen, daß sie einen unbewaffneten Mann einfach niederschossen. Aber Rhys saß ganz gemütlich auf seinem Pferd und schien sich der Tatsache, daß er gerade ein paar der gemeinsten und niederträchtigsten Hurensöhne von ganz Texas beleidigt hatte, überhaupt nicht bewußt zu sein.

Der älteste der Brüder wandte sich an Susannah. »Sie bringen Ihrem Besuch besser 'n paar Manieren bei, besonders, wo er keine Knarre hat. Is nich sicher hier draußen ohne 'ne Knarre.«

Rhys schenkte ihm ein blendendes Lächeln. »Ich dachte, ich würde ein *zivilisiertes* Land erforschen.«

»Erforschen«, äffte ihn einer der Martins nach. »Er forscht.«

Aber der Sprecher der drei ignorierte den Spott seines Bruders. »Wolln Sie damit sagen, wir wärn nich zivilisiert?«

»Sie tragen doch Waffen«, bemerkte Rhys und schnitt eine angeekelte Grimasse. »Nur Barbaren tragen heutzutage noch Waffen.« Aus dem Augenwinkel sah er, daß Wes ins Haus geschlüpft und mit einem Gewehr zurückgekommen war, während die Martins ihre gesamte Aufmerksamkeit auf den Neuankömmling gerichtet hatten. Es brauchte all seine Konzentration, um seine Rolle perfekt zu spielen, während er gleichzeitig überlegte, wie schnell er wohl das Messer an seinem Schienbein erreichen könnte. Einmal kurz bücken und ein rascher Wurf.

Er hatte sich für diese Taktik entschieden, als er Susannah, die auf das Haus zugaloppierte, gefolgt war. Die fünf Männer waren schwer bewaffnet, und er hatte außerdem rasch erkannt, daß Wes nicht bewaffnet war. Er wußte, daß er die Rolle des nichtsnutzigen englischen Dandys perfekt spielen konnte. Schließlich hatte er genug von der Sorte in London beobachtet. Er wußte genau, wie weit er gehen konnte, um die Besucher abzulenken und Wes eine Chance zu geben, sich eine Waffe zu holen. Zumindest wußte er gewöhnlich, wie weit er gehen durfte. Jetzt war er sich jedoch nicht mehr so sicher, wenn es nach den Blicken ging, mit denen ihn die Männer maßen – wie eine lästige Fliege, die sie am liebsten zerquetscht hätten.

»Ihr habt gehört, was meine Schwester gesagt hat.« Die Männer blickten zurück auf die Veranda und sahen Wes dort auf eine Krücke gelehnt stehen, ein Gewehr in der Hand. »Macht, daß ihr von unserem Land verschwindet.«

Die Ablenkung gab Susannah genügend Zeit, ihr Gewehr aus der Halterung herauszunehmen und auf den Sprecher zu richten. »Du hast meinen Bruder gehört, Lowell.«

»Eine Woche«, sagte der Mann. »Ich geb' euch 'ne Woche.« Er warf Rhys einen bösartigen Blick zu. »Und Sie machen besser, daß Sie von hier verschwinden. Ich mag Ausländer nicht.«

»Ich bin am Boden zerstört«, erwiderte Rhys mit einem sanften Grinsen, das Susannah durchaus charmant fand. Es verschwand jedoch sofort wieder, und Susannah verstärkte ihren Griff um den Abzug.

Lowell Martin blickte Susannah durchdringend an und nickte dann den anderen vier Männern zu. Sie wendeten ihre Pferde und trabten davon.

Wes sah zu, wie sie die staubige Straße entlang verschwanden, dann senkte er das Gewehr und lehnte sich an die Hauswand, während Rhys abstieg und Susannah aus dem Sattel half.

Sie eilte rasch zu Wes, und Rhys folgte ihr langsam und lässig. Er war auf eine Fragenkanonade vorbereitet. Er wurde nicht enttäuscht.

Wes funkelte ihn zornig an. »Wo waren Sie?« Sein Blick schweifte zu Susannah, blieb eine Sekunde lang an einem Grashalm in ihrem Haar hängen und an ihren plötzlichen errötenden Wangen.

»Forschen«, sagte Rhys mit einem spöttischen, zufriedenen Gesichtsausdruck, der, wie er wußte, Wes rasend machen würde. Aber der Whiskeyatem des Mannes gefiel ihm ganz und gar nicht und auch nicht, daß er offensichtlich überrascht worden war. »Während Sie getrunken haben, wie ich sehe.«

»Was zum Teufel wollen Sie damit sagen?«

Rhys wußte ganz genau, was er meinte. Susannah. Aber er tat, als ob er nicht verstand. »Oh, meine kleine Vorstellung. Ich wollte Ihnen bloß genug Zeit geben, das zu tun, was Sie schon die ganze Zeit hätten tun sollen. Hier aufpassen.« Trotz der Lässigkeit seines Tons schwang eine unübersehbare Schärfe in seiner Stimme.

Wes blitzte ihn an, bevor er den Blick senkte. Er fuhr sich mit der Hand ans Gesicht und rieb sich über sein stoppeliges Kinn. Er sah wieder hoch. »Sie haben recht, Redding. Damit haben Sie recht, aber ich hab' Sie schon mal gewarnt. Halten Sie sich von meiner Schwester fern.«

»Und was, wenn ich's nicht tue?« Rhys ärgerte ihn absichtlich.

»Dann werde ich Sie töten.«

»Dafür haben Sie doch nicht mehr genug Mumm.« Rhys drehte sich um und sah Susannahs kalkweißes Gesicht, sah Augen, die ihn anflehten aufzuhören. Da wurde er auf einmal wütend, stinkwütend, auf sie, auf sich selbst. Indem sie schwieg, verleugnete sie, was heute morgen passiert war. Verleugnete ihre gemeinsamen Stunden. Verleugnete ihn. Es war klar, daß sie sich deswegen schämte. Nun, warum auch nicht?

Er drehte sich abrupt um, stapfte zu seinem Pferd und schwang sich, ohne die Steigbügel zu benutzen, in den Sattel. Ohne sich noch einmal umzudrehen, spornte er sein Pferd an und galoppierte davon.

Rhys hockte auf seinem Pferd, das rechte Bein über den Sattel gehängt. Er benutzte immer noch den Kavalleriesattel und nicht einen der viel schwereren Ranchsättel mit dem Sattelhorn vorne.

Unter ihm strömte der Fluß dahin. Er war den Martins eine Zeitlang aus der Entfernung gefolgt, um sicherzugehen, daß sie sich auch wirklich aus dem Staub machten. Dann war er zum Fluß zurückgeritten.

Er verstand die Wut nicht, die in ihm brodelte. Und gefallen tat sie ihm noch viel weniger, Teufel noch mal. Wut zerstörte den inneren Frieden, das kühl berechnende Urteilsvermögen. Wut bedeutete Fehler. Und erreichen tat man damit gar nichts. Das hatte er schon vor langer Zeit gelernt. Und außerdem wußte er, daß seine Wut unvernünftig war. Was hatte er denn erwartet? Daß Susannah der ganzen Welt verkündete, daß sie mit ihm geschlafen hatte?

Er war nie, niemals unvernünftig. Niemals – bis heute, verdammt noch mal. Aber all seine lange unterdrückten Emotionen schienen auf einmal zu explodieren wie eine Weinflasche, bei der die Fermentierung nicht stimmte. Eine Zutat zuviel war beigemischt worden.

Susannah.

Susannah mit den vielen Gesichtern. Freche Susannah. Zärtliche Susannah. Leidenschaftliche Susannah. Zur Hölle mit ihr!

Er hatte geplant, morgen nach Austin zu reiten und sich um seine Finanzen zu kümmern. Darüber hinaus hatte er keine Pläne gemacht. Aber der Auftritt der Martins heute morgen änderte alles. Susannah und Wes Carr jetzt im Stich zu lassen, würde bedeuten, zwei neugeborene Kätzchen vor der Höhle des Löwen zurückzulassen. Er wußte, daß er nicht zulassen konnte, daß Susannah allein gegen sie kämpfte, und kämpfen würde sie. Genausowenig konnte er Wes Carr ihrer zweifelhaften Gnade anheimgeben.

Warum, wußte er nicht. Er war mit Nathan gereist. Hatte an seiner Seite gekämpft. Hatte zahllose Abenteuer mit ihm erlebt. Hatte von ihm gelernt. Aber nie hatte er sich ihm gegenüber auch nur eine Sekunde lang verpflichtet gefühlt. Er hatte den Mann ja nicht mal richtig gemocht, obwohl er ihn wegen seines vollkommenen Mangels an Gewissen bewundert hatte. Sie waren einfach bequem füreinander gewesen. Nichts weiter – nicht mal nach vielen Jahren. Er wußte immer, daß Nathan ihn ohne Zögern umgebracht hätte, wenn es sich für ihn gelohnt hätte. Rhys hatte immer dafür gesorgt, daß es sich nie lohnte.

Warum also fühlte er sich nach zwei Monaten für einen Mann verantwortlich, der offensichtlich haßte, was und wer er war?

Er stieg ab und ging zum Flußufer. Er hob einen Stein auf und ließ ihn übers Wasser hüpfen, während er zusah, wie sich kleine Kreise darin bildeten, die sich ausweiteten und schließlich wieder verschwanden.

Eine Woche. Sie hatten wahrscheinlich eine Woche, bevor es Schwierigkeiten geben würde. Er würde wie geplant nach Austin gehen und Vorkehrungen treffen, daß ihm etwas Geld geschickt wurde. Vielleicht würde er ein, zwei Tage bleiben. Ja, sich vielleicht sogar eine Frau nehmen. Susannah aus seinem Blut rauskriegen. Wollust. Das war's, Lust, nicht mehr. Er war einfach schon zu lange ohne eine Frau.

Und Wes Carr? Seine gottverdammte Wunde mußte wohl seinen Verstand beeinträchtigt haben, daß er gerade jetzt zu saufen anfing.

Rhys beruhigte sich. Ein paar Tage fort von diesem Schlamassel und er hätte sich wieder soweit im Griff, daß er seinen Prinzipien treu blieb – sich nie irgendwo reinziehen lassen, nie schwach genug werden, um Gefühle für andere zu entwickeln und, last but not least, allzeit auf der Hut sein vor genau diesen Fußangeln.

Das war alles, was er brauchte. Ein paar Tage.

Susannah wußte, daß Rhys fort war, noch bevor sie es erfuhr. Es war, als ob sich die Sonne verdunkelt hätte.

Sie wußte nicht, wann er letzte Nacht zurückgekommen war und ob er etwas gegessen hatte. Aber Miguel sagte, er wäre heute morgen noch vor Sonnenaufgang aufgebrochen und habe sich zuvor nach dem Weg nach Austin erkundigt.

Er hatte nicht gesagt, ob er wiederkommen würde.

Sie war nicht sicher, ob er's diesmal tat.

Sie hatte das plötzliche Aufblitzen von Wut und noch etwas in seinen Augen gestern nachmittag nicht übersehen. Eine Art Enttäuschung. Von ihr.

Vielleicht hätte sie etwas zu Wes sagen sollen, hätte darauf bestehen sollen, daß Rhys im Haus schlief, hätte den Mann, mit dem sie zusammengewesen war, verteidigen sollen. Aber Wes' Selbstvertrauen stand immer noch auf so wackeligen Füßen – buchstäblich. Sie fürchtete, wenn sie sich ihm offen widersetzte, würde er wieder zur Flasche greifen.

Erin! Sie fragte sich, ob Erin schon gehört hatte, daß sie wieder zurück waren. Die Martins hatten's jedenfalls gehört, und normalerweise sprachen sich Neuigkeiten unter den Anwohnern des Colorado Rivers rasch herum. Sie hatte Erin in den letzten Jahren immer wieder getroffen, hatte ihr Neuigkeiten von Wes weitergegeben, zumindest das bißchen, das sie wußte. Und Erin wartete immer noch, obwohl sich ihre Familie einer Heirat zwischen ihr und dem Mann, den sie für einen Verräter hielt, erbittert widersetzte. Susannah wußte, daß Wes' Briefe an Erin von ihrer Familie abgefangen worden waren, bis sie, Susannah, sie ihr bei heimlichen Treffen selbst aushändigte.

Aber sie wußte, daß Wes nicht die Absicht hatte, ein Eheversprechen einzulösen, das er vor dem Krieg gemacht hatte, bevor Erins Familie erfuhr, daß er für den Norden kämpfen würde, bevor Wes sein Bein verloren hatte. Sie wußte jedoch auch, daß Wes die feurige rothaarige Tochter des größten Plantagenbesitzers der Gegend immer noch liebte. Das hatte sie an der Qual in seinen Augen gesehen, damals im Hospital, wenn sie Erins Namen erwähnte.

Und nun, da seine kleine Erbschaft – die kleine Ranch und fast alle ihre Rinder – weg war, war Wes mit Sicherheit noch mehr als zuvor überzeugt, Erin nichts mehr bieten zu können.

Susannah vermutete, daß sich Erin und ihre Familie mittlerweile ebenfalls in finanziellen Schwierigkeiten befanden. Der Großteil ihres Vermögens war in Sklaven und in Baumwolle angelegt gewesen. In den letzten Jahren hatten sie nicht sehr viel von ihrer Baumwolle auf den Markt bringen können, und nun gehörte die Sklaverei ganz der Vergangenheit an. Es konnte sehr leicht sein, daß die Familie MacDougal vor dem finanziellen Ruin war und damit ebenfalls auf der Liste der ehrgeizigen Martins stand.

Susannah wurde von Erins Eltern gerade noch toleriert; nur ihre Ehe mit Mark hatte sie davor bewahrt, zur Außenseiterin zu werden, doch warf man ihr natürlich ihr Verhältnis zu ihrem Bruder vor. Sie wußte, daß Mr. MacDougal, ebenso wie sein Schwiegersohn, der ihm half, die Überreste der Plantage zu bewirtschaften, noch immer ein fanatischer Sezessionist und Konförderierter war. Sean MacDougals einziger Sohn, Erins Bruder, war zusammen mit Marks Bruder am Glorietapaß gefallen. Jetzt waren nur noch die zwei Töchter übrig: Heather, die Sam Harris geheiratet hatte, und Erin.

Erin hatte trotz des enormen Drucks, den Sean und Mary MacDougal auf sie ausübten, in den letzten vier Jahren sämtliche Anträge von anderen Männern kategorisch abgelehnt. Sie beharrte darauf, daß ihre Verlobung mit Wesley Carr immer noch bestand, und wenn sie Wes nicht haben konnte, dann wollte sie keinen.

Sie waren ein schönes Paar, sie und Wes, dachte Susannah. Sie war außerstande gewesen, den Mann zu lieben, der sie liebte, und jetzt liebte sie jemanden, der sie wiederum nicht liebte. Und Wes ... er liebte und wurde geliebt, konnte das aber nicht akzeptieren. Verrückt. Sie waren beide verrückt.

Sie verstand immer noch nicht ganz, wie sie sich so völlig in ihren Nachtfalken hatte verlieben können, in einen Mann, der ihr ein vollkommenes Rätsel war. Ein Mann, der ganz offensichtlich jegliche Bindung oder Verpflichtung verabscheute. Ein Mann, von dem sie nicht mal wußte, ob sie ihn je wiedersehen würde.

Sie durfte nicht weiter darüber nachdenken. Sie richtete ihre Gedanken statt dessen auf ihre Probleme mit den Martins. Eine Woche. Sie hatte wohl eine Woche, bevor es zu mehr Gewalttätigkeiten kommen würde. Sie mußte unbedingt mit anderen Familien über das sprechen, was in den Monaten, in denen sie fort war, vorgefallen war. Vielleicht waren sie nun, da der Krieg vorbei war, ja bereit, sich gegen die Martins zusammenzuschließen.

Wes war, Gott sei Dank, heute morgen mit Jaime ausgeritten, um die Pferde auf die Weide zu treiben. Er hatte letzte Nacht keinen Tropfen mehr angerührt, zumindest nicht, soweit sie wußte. Er war heute früh nach Miguels Besuch und der Mitteilung, daß Rhys Redding samt seinen paar Habseligkeiten verschwunden war, ungewöhnlich still und kleinlaut geworden.

Sie wäre fast mit ihnen gegangen. Sie war in den letzten drei Jahren fast immer mit den Cowboys hinausgeritten, aber wieder überlegte sie es sich im letzten Moment anders. Obwohl es ihrer hart erkämpften Unabhängigkeit und Autorität empfindlich weh tat, gab es jetzt nichts Wichtigeres, als Wes' Selbstvertrauen wiederherzustellen. Also hatte sie zugesehen, wie sie davonritten und nur zwei Mann zurückließen, um auf die restlichen Tiere und das Haus aufzupassen.

Sie war unruhig durchs Haus gewandert, bevor sie sich schließlich entschloß, Erin zu besuchen und auch in Jacob's Crossing, dem kleinen Marktflecken, der sich optimistischerweise als Stadt bezeichnete, vorbeizusehen. Hannah brauchte ein paar Vorräte und Lebensmittel und Susannah Informationen – und etwas zu tun, bevor sie noch ganz den Verstand verlor. Sie würde den leichten Pferdewagen nehmen. Und ihr Gewehr. Und eine Pistole.

Und sie würde sämtliche Gedanken an einen gewissen schwarzhaarigen Waliser aus ihrem Kopf verbannen. Das würde sie!

Das Haus der MacDougals benötigte dringend einen neuen Anstrich. Es sah viel schäbiger aus als vor vier Jahren, als das Anwesen noch das Vorzeigeobjekt des ganzen Bezirks gewesen war. Die Zäune mußten geflickt werden; die Baumwollfelder waren nur zum Teil bestellt, und es befanden sich kaum Arbeiter dort. Auch die Sklavenhütten sahen total verlassen aus.

Die MacDougals gehörten zu einer Reihe von Sklavenbesitzern, waren wahrscheinlich sogar die größten im Bezirk und, bis zum Krieg jedenfalls, auch die reichsten. Doch wie jeder hier in Texas betrieben sie ihre Plantage auf der Basis von Tauschhandel: den Samen, den sie zur Anpflanzung brauchten, bezahlten sie später in Baumwolle und so weiter. Als ihre Sklaven von der Niederlage des Südens erfuhren und außerdem hörten, daß Mexiko eine sichere Zuflucht bot, machten sie sich einer nach dem anderen aus dem Staub. Und jetzt gab es keine Arbeiter mehr, die die Baumwollernte hätten einbringen können, um die Schulden abzubezahlen. Wie Wes und sie selbst waren auch die MacDougals in Gefahr, alles zu verlieren, was sie noch besaßen.

Als sie heranfuhr, richtete sich eine gebückt im Gemüsefeld arbeitende Gestalt auf, und Susannah sah, daß es Erin war. Susannah erkannte außerdem Heather und Sam sowie einige von den Hausbediensteten, die sich über das Feld beugten. Erin winkte und kam auf sie zu, wobei sie sich eine verschwitzte rote Strähne, die aus ihrem Strohhut geschlüpft war, aus der Stirn wischte. Sie sah ganz und gar nicht mehr aus wie das gutgekleidete, immer fröhliche Mädchen, das Wes gekannt hatte.

Dennoch begrüßte Erin sie mit einem müden Lächeln. »Alle, außer einer Handvoll Arbeiter haben uns verlassen, als sie vom Kriegsende hörten«, erklärte sie. »Papa mußte denen, die blieben, jedem einen Hektar Land versprechen, aber es sind trotzdem nicht genug, um auch nur ein Viertel von der Baumwolle, ganz zu schweigen vom Garten, zu bearbeiten. Wir helfen, wo wir nur können. Hast du was von Wes gehört?« Sie sprach fast ohne Atem zu holen, und ihr Gesicht war voller Sorge.

»Er ist wieder daheim«, sagte Susannah und kletterte vom Wagen.

Erin schloß die Augen, und Susannah wußte, daß sie ein Dankgebet sprach. Als sie sie wieder öffnete, sah sie noch beunruhigter aus. »Ist er… ist er wohlauf? Warum ist er nicht mit dir gekommen? Wann kann ich ihn sehen?« Mit einer fast verzweifelten Geste strich sie über ihr Haar, das in einem schlampigen Knoten gebunden war, und Susannah sah die Blasen an ihren Händen.

Susannah zögerte. »Er wurde verwundet, Erin. Es ist jetzt alles ein bißchen schwierig für ihn.«

»Verwundet? Wie?«

»Sein rechtes Bein, Erin. Es mußte amputiert werden.«

»Heilige Mutter Gottes«, flüsterte Erin, meinte dann aber entschlossen: »Aber immerhin ist er noch am Leben. Ich muß ihn sehen.«

Susannah biß sich nervös auf die Unterlippe. »Ich muß dich warnen, Erin. Er denkt… er kann nicht mehr für dich sorgen… daß… daß er dich freigeben muß.« Sie konnte Wes' Ausdruck einfach nicht benutzen. *Krüppel.*

»Ach, denkt er das?« sagte Erin mit leiser, entschlossener Stimme. »Und ich hab' wie eine Blöde auf ihn gewartet!«

Susannah mußte grinsen, als sie das gefährliche Glitzern in Erins Augen sah. Erin war immer schon recht temperamentvoll gewesen.

Sie hatte Wes einmal einen Magenschwinger versetzt, als er und Mark sich betrunken hatten. Susannah dachte immer, daß die beiden ein gutes Paar abgäben, aber nun mußte sie sichergehen, daß Erin Wes nicht verletzte. »Dann macht's dir also nichts aus?«

»Natürlich macht's mir was aus«, sagte Erin. »Aber nicht so, wie du meinst. Es macht mir was aus, weil ich weiß, wie schmerzlich das für ihn sein muß, weil ich's ja fast selber fühlen kann. Aber das heißt nicht, daß ich zulasse, daß er mich zu einer alten Jungfer macht. Ich hab' ihm schon vor dem Krieg gesagt: er oder keiner. Und keiner kommt gar nicht in Frage. Ich werde mit dir zurückreiten.«

»Und deine Familie?«

»Denen wird's natürlich nicht passen, aber so gesehen hat's ihnen noch nie gepaßt«, sagte Erin ehrlich. »Ich hab' nie so über den Krieg gedacht wie sie. Ich hab die Sklaverei nie gemocht, und ich bin froh, daß es damit vorbei ist«, fügte sie trotzig hinzu. »Selbst wenn ich nun selbst auf dem Feld arbeiten muß.« Doch dann breitete sich Kummer auf ihrem Gesicht aus. »Ich weiß nicht mal, ob wir die Plantage behalten können. Wir können schon seit zwei Jahren keine Steuern mehr bezahlen.«

»Die Martins kaufen alles auf, wie ich hörte«, sagte Susannah vorsichtig.

»Alles, was sie nicht stehlen können«, sagte Erin zornig. »Sie haben unsere letzte Baumwollernte übernommen, haben gesagt, sie würden sie in einen mexikanischen Hafen bringen. Doch ihre Männer kamen mit leeren Händen zurück, erklärten, sie wäre von Banditen gestohlen worden und man könne sie nicht dafür verantwortlich machen. Und jetzt sagt uns die Bank, daß sie sich nach dem Kaufpreis der Plantage erkundigt haben...«

»Wie viele noch?« fragte Susannah. Sie war im letzten Jahr ziemlich isoliert gewesen. Sie hatte einige Gerüchte von ihren eigenen Männern gehört, aber die anderen Farmer und Viehzüchter mochten weder sie noch ihre Familie noch die Tatsache, daß eine Frau Marks Ranch leitete.

»Ich könnte dir ein Dutzend Namen nennen.«

»Wir glauben, daß Lowell Martin Wes' Ranch niedergebrannt hat.«

Erin nickte. »Ich hab' davon gehört – hinter geschlossenen Türen natürlich. Papa würde Wes' Namen nie in meiner Gegenwart erwähnen.«

»Gab's denn noch andere?«

Erin nickte. »Keine Beweise natürlich, aber den Embrys wurden sämtliche Rinder fortgetrieben und ihre Felder zertrampelt. Sie haben daraufhin verkauft, zu zehn Cent für den Dollar, wie ich hörte.«

»Glaubst du, die Leute werden sich zusammenschließen?«

»Du meinst so 'ne Art Bürgerwehr, wie vor ein paar Jahren?«

Susannah nickte.

»Ich weiß nicht«, sagte Erin. »Alle haben so viele Verluste zu beklagen...«

»Wes –«

»Wes ist der letzte, der dafür eintreten könnte«, sagte Erin traurig. »Es herrscht immer noch jede Menge Haß.« Sie mußte gar nicht hinzufügen, daß ein Großteil davon auch aus ihrer Familie kam. »Aber Mark... du bist doch nach Virginia gegangen, um ihn zu suchen?«

»Er ist tot, Erin. In Virginia gefallen.«

Erin umarmte sie spontan. »Es tut mir so leid für dich, Sue.«

Susannah fühlte, wie sich ihr Herz verkrampfte. Sie hatten früher einmal so viel miteinander unternommen, Wes und Erin, sie und Mark. Tanz- und Richtfeste, Picknicks und Kirchenfeste. Sie rang um Worte. »So habe ich auch Wes gefunden. Er war im Libby-Gefängnis in Richmond.«

»Im Gefängnis?« flüsterte Erin. »Ach, Susannah.«

»Ich hatte Glück, ihn überhaupt zu finden.«

»Und ihr seid den ganzen Weg bis hierhergekommen? Ganz allein?«

»Wir hatten ein wenig Hilfe.«

Erin sah sie neugierig an.

»Ein ... Waliser. Er war mit Wes zusammen im Gefängnis. Ich glaube, er ist gut für Wes.«

»Ein Waliser? Was hatte der in einem Konföderiertengefängnis zu suchen?«

»Weiß ich auch nicht genau.«

Erin sah noch verwirrter aus, aber ihre Sorge um Wes erstickte jedes Interesse an einem Fremden. »Können wir gleich gehen?«

»Ich muß noch in Jacob's Crossing vorbeifahren und ein paar Lebensmittel einkaufen. Und Wes ist heute morgen mit Jaime ausgeritten. Ich weiß nicht, wann er wieder zurück sein wird.«

»Das ist mir egal«, meinte Erin stur. »Ich will dasein, wenn er zurückkommt.«

»Wahrscheinlich wirst du kein sehr herzliches Willkommen erleben. Wahrscheinlich wird er mir an den Kragen wollen.«

»Das überlaß nur mir«, sagte Erin mit unerschütterlicher Zuversicht. »Ich will bloß schnell Heather Bescheid sagen, daß ich mit dir zu Abend esse.«

Sie rannte davon, bevor Susannah noch etwas sagen konnte, und sie sah, wie Erin mit ihrer Schwester, die noch auf dem Feld arbeitete, stritt, wie sie trotzig das Kinn hob, bevor sie wieder zu ihrer Freundin zurückkehrte. »Komm mit rein, ich muß mich schnell umziehen«, sagte sie. »Ich seh' sicher schrecklich aus.«

»Ist es denn klug, sich noch länger hier aufzuhalten?« fragte Susannah.

»Nö«, antwortete Erin grinsend. »Aber keine zehn Pferde halten mich jetzt von Wes fern. Weder Papa noch Sam, nicht mal Gott. Ich will auf gar keinen Fall, daß Wes mich in dem Aufzug sieht.«

Susannah verstand sie nur zu gut. Sie wußte noch, wie sie sich oft gefühlt hatte auf ihrer langen Reise von Virginia nach Texas – staubig und runtergekommen – und wie sehr sie gewünscht hatte, sich für Rhys hübsch machen zu können. Aber sie machte sich Sorgen wegen Sean MacDougal.

»Papa ist nicht hier«, sagte Erin verschwörerisch, »und ich glaube nicht, daß Sam schon weiß, daß Wes wieder zurück ist. Aber wir beeilen uns trotzdem besser.«

Die üblichen Hausbediensteten waren nicht da, und so folgte Susannah Erin nach oben, wo sie wartete, während sich Erin wusch und dann statt des abgetragenen Baumwollkleids ein einfaches, aber sehr hübsches blaues Kleid anzog, das das Blau ihrer Augen noch mehr hervorhob. Sie bürstete ihr Haar und band es mit einem passenden blauen Band zurück und zog dann Handschuhe über ihre geröteteten, rissigen Hände. Ihre Wangen zeigten bereits einen rosigen Hauch, der wohl von ihrer Vorfreude herrührte, und ihre Augen waren so blau wie ein klarer Sommerhimmel. Susannah hoffte bloß, daß Wes ihr die Freude nicht vollkommen verdarb.

Das Umziehen hatte nur wenige Minuten gedauert. Erin konnte es offensichtlich kaum noch erwarten. Es war mehr als vier Jahre her, seit Wes in den Krieg gezogen war. Sie ergriff Susannahs Hand und rannte kichernd wie ein Schulmädchen die Treppe mit ihr hinunter. Susannah konnte Erins Ungeduld verstehen. Wenn doch auch sie bloß gewußt hätte, ob Rhys Redding wieder zurückkam. Wenn. Wenn so vieles…

Hannah begrüßte Erin mit einem Lächeln. »Ich hab' Sie vermißt, Miss Erin.«

»Ich hoffe, Wes denkt genauso«, sagte Erin, die zum ersten Mal ihre Nervosität zeigte. Sie hatte Susannah während der Fahrt nach Jacobs' Crossing und dann zur Ranch mit Tausenden von Fragen über Wes gelöchert. Wie sah er aus? Wie ging's ihm? Hatte er irgendwas über sie gesagt? Hatte er irgendwas über die letzten vier Jahre erzählt? Hatte er vor, die Carr-Ranch wieder aufzubauen?

Susannah wünschte bloß, sie wüßte auch nur einige der Antworten.

»Sie sollten eigentlich bald zurück sein«, sagte Hannah. »Kann ich Ihnen ein bißchen Limonade anbieten?«

»Limonade«, seufzte Susannah, »es ist Monate her, daß ich Limonade hatte.«

»Ich hab' die Zitronen vor vier Wochen gekauft«, sagte Hannah. »Und hab' sie für eine besondere Gelegenheit aufgehoben. Wüßte nicht, welche besser wäre als eure Heimkehr.« Stille folgte. *Noch besser wäre gewesen, wenn Mark auch heimgekommen wäre.* Sie sagte es nicht, doch die unausgesprochenen Worte schienen wie ein Echo im Raum zu hängen.

Erin fing an, auf und ab zu gehen, und schlug vor, daß sie nach draußen gingen und dort warteten. Susannah hielt das für eine sehr schlechte Idee, sagte aber nichts. Sie hatte schreckliche Angst davor, daß Wes die Flucht ergreifen würde, wenn er Erin sah, was auf einem Pferd viel leichter zu bewerkstelligen war als auf Krücken. Sie versuchte sich einzureden, daß Wes Erin nicht widerstehen konnte, wenn er im selben Raum mit ihr war. Ihre Bedenken mußten sich wohl deutlich in ihrer Miene abzeichnen, denn Erin setzte sich ohne ein Wort wieder hin.

Sie versuchten über Belangloses zu reden, aber es war schwierig. Erin fragte immer wieder nach ihrer Reise, und der Schatten von Rhys Redding schien nicht aus dem Raum weichen zu wollen. Wie sollte sie auch über ihre Reise reden, über die Deserteure, über die langen Tage und über die noch längeren Nächte, ohne ihren Nachtfalken zu erwähnen oder an ihn zu denken? Und das tat schrecklich weh.

»Wo ist er?« fragte Erin auf einmal, als sie beide einen Moment lang schwiegen.

»Wes?«

»Nein, Dummchen. Der Mann, der mit euch gekommen ist.«

Susannah versuchte ein nachlässiges Schulterzucken. »Er ist nach Austin geritten.«

»Kommt er wieder?«

Ob er wiederkommt? Er muß. »Ich weiß nicht«, sagte sie.

»Erzähl mir von ihm.«

»Da gibt's nicht viel zu erzählen. Er ist Waliser.« Selbst für Susannahs Ohren besaßen ihre Worte einen eigenartig zärtlichen Klang. Sie hoffte bloß, daß Erin es nicht gehört hatte.

»Ich hab' noch nie jemanden aus Wales getroffen. Wie ist er denn so? Ist er ganz anders?«

Lieber Gott, und wie! Total anders. »Ein bißchen.«

»Das sagt gar nichts, Sue.«

Ich weiß. Was soll ich sagen? »Es gibt nichts zu sagen. Er wollte eben einfach den Westen kennenlernen.« Susannah sah Erin an und merkte auf einmal, daß ihre Freundin ihr überhaupt nicht zuhörte. Sie stellte nur deshalb Fragen, um ihre Nervosität zu verbergen.

»Es wird schon gutgehen«, sagte sie leise.

»Wird es das?« meinte Erin. »Er kann manchmal so hirnrissig stur sein. Und es ist so lange her.«

Susannah blieb eine Antwort erspart, denn in diesem Moment hörten sie Hufschläge. Zumindest hoffte sie, daß sie ihr erspart blieb. Denn vielleicht hatte sie soeben in ein ganz anderes Wespennest gestochen.

Susannah hörte das Geräusch von Krücken auf der Veranda und hielt den Atem an. Sie spürte Erins Nervosität, und ihre Freundin griff nach Susannahs Arm und hielt ihn fest umklammert. Trotz ihrer äußerlichen Ruhe fürchtete sich Erin offensichtlich schrecklich.

Susannah kannte diese Angst, kannte die Ungewißheit. Sie fühlte sie schon den ganzen Tag. Sie fühlte sie schon seit Tagen, ja, Wochen. Es hatte damit zu tun, daß sie sich um jemanden sorgte, der sich nicht viel aus ihr machte. Sie konnte nicht an das Wort Liebe denken. Sie konnte einfach nicht. Susannah zwang ihre Gedanken wieder in die Gegenwart zurück.

Die Tür öffnete sich, und Wes trat herein. Seine Kleidung war staubig, seine Stirn schweißbedeckt, und das dunkle Haar klebte ihm, nun, da er den Hut abgenommen hatte, am Kopf. Er sah schrecklich müde aus, wie er so auf seinen Krücken lehnte, so als ob er sich mit letzter Kraft daran festhalten würde.

Wie von einer unsichtbaren Kraft gelenkt, richtete sich sein Blick direkt auf Erin. Er fuhr hoch, und sein Gesicht wurde leichenblaß, die dunkelblauen Augen funkelten eiskalt.

Als er schließlich sprach, klang seine Stimme ebenfalls eisig.

»Was zum Teufel hast du hier zu suchen?«

15

Rhys versuchte es. Er versuchte es ehrlich. Er stattete jedem der Saloons einen Besuch ab. Er beäugte die Frauen mit einem wissenden Blick, der jede Menge Wimpernflattern, lüsterne Blicke und noch unverhülltere Aufforderungen nach sich zog.

Er versuchte, den Eifer der Frauen als schmeichelhaft zu empfinden, doch er wußte, daß es zu ihrem Geschäft gehörte. Dennoch schienen sich die Damen bei ihm weit intensiver zu bemühen als bei den anderen.

Etwas von seiner Anziehungskraft, das wußte er, war auf seine Kleidung zurückzuführen. Gleich nachdem er in der Stadt angekommen war, hatte er bei einem Herrenausstatter angehalten. Er war überrascht, so etwas in der jungen Hauptstadt von Texas überhaupt vorzufinden. Es fühlte sich verdammt gut an, wieder ordentliche Kleider auf dem Leib zu tragen, ein Luxus, den er sich bisher immer gegönnt hatte. Er genoß es, teure, maßgeschneiderte Anzüge zu tragen. Er mochte den Kontrast von feinem, schwarzem Stoff über einem weichen weißen Leinenhemd. Zur Bezahlung verwendete er ein paar von den Goldmünzen, die er bei den Deserteuren in Carolina gefunden hatte.

Er hatte deswegen keine Skrupel. Sobald sein eigenes Geld eintraf, würde er die Münzen ersetzen und sie Susannah und Carr geben. Bis dahin war respektable Kleidung ebenso notwendig wie das Pferd, das er gestohlen hatte. Er mußte schließlich aussehen wie ein reicher englischer Dandy, wenn er einen Bankier davon überzeugen wollte, sich all die Mühe wegen der Geldüberweisung zu machen, ihm vielleicht sogar einen Vorschuß einzuräumen.

Und er konnte verdammt noch mal darstellen, wen oder was er wollte. Er war ziemlich gut, wenn es darum ging, einen arroganten Earl oder Baron zu mimen. Und sogar noch besser, nachlässige Verkäufer einzuschüchtern, indem er den hochmütigen Schnösel spielte.

Nach einem gepflegten heißen Bad, einer frischen Rasur und einem Haarschnitt sowie neuer Kleidung, suchte er die größte Bank der Stadt auf. Der Bankangestellte warf nur einen Blick auf den hochgewachsenen, distinguierten Mann mit dem hochmütigen Gesicht und eilte spornstreichs davon, um den Bankier, einen untersetzten Mann mittleren Alters, zu holen. Er mußte seinen richtigen Namen angeben, aber bei der Entfernung zur Ostküste sollte es an sich unmöglich sein, eine Verbindung zwischen ihm und einem gewissen Blockadebrecher, der in Virginia einen Unionsoffizier getötet hatte, herzustellen.

Der Bankmanager, ein Mr. Josiah Baker, war natürlich sofort bereit, zu Diensten zu sein, besonders als Rhys sich als Lord Rhys Redding vorstellte und die Summe nannte, die er überwiesen haben wollte. »Haben Sie vor, sich hier in dieser Gegend niederzulassen, Lord –?«

»Mr. Redding«, sagte Rhys herablassend. »Ich möchte nicht, daß man von meinem Titel erfährt.

»Mr. Redding«, beeilte sich der Bankier eifrig zu versichern. »Haben Sie vor, sich hier niederzulassen?«

»Ich ziehe es in Erwägung«, sagte Rhys, der aus Erfahrung wußte, daß der Titel und die Aussicht auf künftige Geschäfte die Zusammenarbeit enorm beschleunigen würden. Der Mann war offensichtlich ganz scharf darauf, mit ihm ins Geschäft zu kommen, besonders natürlich, eine so große Summe in seiner Bank deponiert zu haben; und er stand, wie so viele Amerikaner, einem Adelstitel fast ehrfürchtig gegenüber.

Rhys verspürte keinerlei Gewissensbisse über die Titelanmaßung. Es war schließlich nur eine kleine Lüge. Sein Vater war immerhin ein Lord gewesen, und Rhys selbst hatte früher einmal ein großes Anwesen besessen. Was machte es schon aus, daß er ein Bastard war und das Anwesen beim Kartenspiel gewonnen hatte.

»Ich hoffe sehr, daß Sie in diesem Fall über eine künftige Zusammenarbeit mit uns nachdenken«, sagte Baker. »Wir gelten als das beste und fundierteste Unternehmen von ganz Texas. Es gibt nicht viele Banken, die jetzt, nach dem Krieg, noch flüssig sind...«

Rhys nahm die angebotene Zigarre und roch leicht verächtlich daran, bevor er sie sich gnädig anzünden ließ. »Genau deshalb bin ich ja auch zu Ihnen gekommen. Sie können das Ganze beschleunigen, nicht wahr?« »Schiffsverkehr und Kommunikationswege sind leider noch nicht ganz wiederhergestellt«, erklärte Baker. »Wir wissen nicht genau, was wir zu erwarten haben, aber ich werde tun, was in meiner Macht steht. Doch ich fürchte, es wird mindestens acht Wochen, wahrscheinlich sogar zwölf dauern. Ein Schiff nach England, die Genehmigung und ein Schiff zurück nach Amerika.«

Rhys nahm einen langen Zug aus der Zigarre und lehnte sich lässig im Sessel zurück. Schmeckte verdammt gut nach all den tabaklosen Monaten. »Ich ziehe es vor, meine Geschäfte geheimzuhalten«, sagte er.

»Aber natürlich, Mr. Redding. Die Anonymität unserer Kunden ist unser oberstes Gebot«, beeilte sich Baker zu versichern. Dann beäugte er Rhys vorsichtig, als ob er versuchte, zu einer Entscheidung zu gelangen. Offensichtlich war er zu einer gekommen. »Falls Sie einen kleinen Vorschuß benötigen...?«

Rhys warf ihm einen vernichtenden Blick zu. »Das wird nicht nötig sein.« Noch nicht jedenfalls, doch er hatte sich den Weg bereitet, falls es notwendig werden sollte.

»Selbstverständlich nicht«, sagte der Bankier eilig. »Wo kann ich Sie erreichen, wenn die Geldmittel eintreffen?«

»Ich wohne auf einer Ranch südlich von hier. Ich werde mich gelegentlich bei Ihnen melden.«

»Selbstverständlich«, sagte der Bankier. Es war offensichtlich, daß sein Besucher nicht mehr über seinen derzeitigen Aufenthaltsort zu sagen wünschte. Der Bankier führte das auf den Wunsch des Mannes nach Anonymität und Vertraulichkeit zurück. Er strahlte geradezu über die glänzenden Aussichten, die sich ihm hier boten. Der Fremde mußte ein Riesengeschäft im Auge haben, wenn er soviel Geld benötigte, und die Bank wiederum suchte händeringend nach reichen Kunden, nun, da der Krieg so viele ihrer alten ruiniert hatte. Er versuchte, seinen Eifer nicht gar zu deutlich zu zeigen.

»Einen Drink, Mr. Redding?«

Rhys überlegte. Diese Art von Vertraulichkeit wäre in England unerhört gewesen, aber hier konnte sie sich zu seinem Vorteil erweisen. Es konnte durchaus sein, daß er Geldmittel benötigte, bevor die seinen eintrafen. Er nickte herablassend. Ich muß wirklich überzeugend sein, dachte er bei sich, als der Mann daraufhin eilfertig eine Flasche Whiskey aus einem Schränkchen holte. An der dunklen, intensiven Färbung des Getränks konnte er sehen, daß es von sehr guter Qualität sein mußte.

Während der Bankier zwei kräftige Portionen eingoß, lehnte sich Rhys zurück und genoß seine Zigarre. Nichts entging ihm, weder die leichte Nervosität des Bankiers noch der Stapel Papiere auf dessen Schreibtisch.

»Irgendwelche Neuigkeiten vom Krieg?« fragte er.

»Kirby Smith hat sich endlich ergeben«, antwortete der Bankier. »Die Unionstruppen können jeden Tag eintreffen. Ich mochte Abe Lincoln nicht, aber es sieht so aus, als ob der Süden für seinen Tod bitter bezahlen müßte.« Er reichte Rhys seinen Drink. »Der Himmel weiß, was uns jetzt bevorsteht. Die verdammten Hetzer haben uns das eingebrockt. Ich war immer für Sam Houston ... eine Menge Leute in Austin waren für ihn. Ich glaube, es war Texas' Entscheidung, sich für unabhängig zu erklären, die uns am Ende das Genick gebrochen hat.« Er nahm einen tiefen Schluck; offensichtlich fragte er sich, ob er zuviel gesagt hatte. »Aber Texas steht vor einer großen Zukunft. Einer ganz großen Zukunft.«

»Dann auf die Zukunft«, sagte Rhys, erhob sein Glas und sah, wie sich der Bankier merklich entspannte.

»Auf die Zukunft, Mr. Redding.« Der Bankier strahlte.

Nachdem er dieses Vorhaben hinter sich gebracht hatte, machte sich Rhys auf die Suche nach einer anderen Art von Erfüllung, oder doch zumindest nach ein paar Stunden des Vergessens. Er wollte nicht an Susannah denken oder an den Morgen, den er mit ihr verbracht hatte, oder auch nur glauben, daß er sich irgendwie von anderen romantischen Begegnungen dieser Art unterschied. Eine Frau, egal, welche, würde das schon beweisen.

Also machte er die Runde durch sämtliche Saloons von Austin; er war sicher, daß irgendeine der verfügbaren Frauen ihn ebensosehr reizen würde wie Susannah – was wiederum der Beweis dafür wäre, daß sich nichts in seinem Leben geändert hatte.

Aber das hatte es. Gewöhnlich bevorzugte er Blondinen, aber jede Blondine, die er sah, ließ ihn so kalt wie eine walisische Januarnacht. Er legte den Arm um eine besonders üppige, wurde jedoch nur an Susannahs zarten Körper erinnert. Egal, was er auch tat, sein Körper zeigte keinerlei Reaktion, ganz besonders nicht jener Teil von ihm, der sich bisher noch immer zu jeder Gelegenheit aufgeschwungen hatte.

Er kam sich vor wie ein gottverdammter Eunuch.

Er hatte beabsichtigt, ein paar Tage fortzubleiben, sich den Genüssen der Stadt hinzugeben, egal, wie vulgär diese auch sein mochten. Aber gegen Mitternacht wurde ihm klar, daß es sinnlos war. Er wollte keines der geschminkten Weiber. Ihre so offen zur Schau getragenen Reize ließen ihn vollkommen kalt. Er wollte keine – außer Susannah.

Rhys verließ die Saloons schon bald. Und das auch noch nüchtern, dachte er angewidert. Er verspürte nicht mal den Wunsch zu trinken, weil ihm zu allem Überfluß auch noch Wes in den Sinn gekommen war. Er hatte nicht vor, sich dem Suff zu ergeben. Aber Himmel noch mal, er konnte Wes Carr verstehen. Er fühlte sich ganz genau wie der Krüppel, für den Carr sich hielt. Das hatte man nun davon, wenn man sich in das Leben anderer hineinziehen ließ.

Und jetzt hatte er keine Wahl mehr. Zwölf Wochen. Zwölf verdammte Wochen, bevor sein Geld eintraf. Zwölf Wochen, während der er etwas gegen die Martins unternehmen mußte.

Trotz seiner Absicht, ein paar Tage in der Stadt zu verbringen, entschied Rhys sich anders, als er die Stufen zu seinem Hotelzimmer hinaufstieg. Huren waren keine Hilfe. Eine andere Umgebung auch nicht. Und Saufen schon gar nicht.

Er mußte sein Leben einfach wieder in den Griff kriegen, so wie auch Carr es wieder in den Griff kriegen mußte. Er mußte sich seinen inneren Dämonen stellen und sie besiegen. Er mußte Susannah beweisen, daß es nichts weiter als ein Ausrutscher war, ein kurzes Zwischenspiel, das mit dem wirklichen Rhys Redding, mit dem herzlosen, seelenlosen Rhys Redding, den er kannte, verstand und akzeptierte, nichts zu tun hatte. Und die einzige Art, ihr das klarzumachen, war, ihr schonungslos zu zeigen, wer er war, so schonungslos und so hart wie möglich.

Erin zuckte nicht mit der Wimper, als Wes hereingestampft kam und grob fragte, was zum Teufel sie hier zu suchen hätte.

Ganz im Gegenteil: Sie blieb Wes in ihrer Antwort nichts schuldig. »Dafür sorgen, daß du dein Wort hältst«, sagte sie.

»Vergiß es«, erwiderte Wes. »Ich gebe dich frei.«

»Nun, das kannst du vergessen. Ich will meine Freiheit nicht.«

Einen Moment lang besänftigten sich Wes' Züge, wurden dann jedoch wieder hart. »Ich will dich nicht heiraten, Erin. Ich bin über dich hinausgewachsen.« Seine Worte waren bewußt grausam, und alle drei Anwesenden wußten es.

Nur Susannah konnte Erins Schmerz fühlen, denn die Hand ihrer Freundin grub sich noch fester in ihren Arm.

»Tatsächlich?« fragte Erin mit leiser, herausfordernder Stimme. »Du willst also nicht?«

Wes humpelte zu einem der großen Sessel und setzte sich.

»Ich hab' mich verändert, Erin. Der Junge, den du gekannt hast, den gibt es nicht mehr.«

»Das Mädchen auch nicht«, sagte Erin. Sie zog die Handschuhe aus und zeigte Wes ihre Hände. »Ich arbeite jetzt mit meiner Schwester auf dem Feld. Ich hab' gelernt, meine Kleider selbst zu nähen und auch zu kochen. Stört dich das? Stören dich meine Hände? Wir haben uns alle verändert, Wes. Es blieb uns nichts anderes übrig. Aber eins hat sich nicht geändert. Ich liebe dich. Und ich werde nie einen anderen lieben.«

»Das bringt doch nichts, Erin. Ich besitze nichts. Nicht mal zwei Beine, um wieder neu anzufangen.«

Erin konnte es nicht länger aushalten. Sie stand auf und ging zu ihm, setzte sich auf die Lehne seines Sessels. Mit der Hand strich sie liebevoll über sein Gesicht, über jede Linie, jede Kurve, jede neue Falte. Sie beugte sich hinunter und küßte ihn, ganz langsam. Sie küßte ihn, bis seine Lippen reagierten. Hungrig. Fast verzweifelt.

»Ich liebe dich«, flüsterte Erin, als sich ihre Lippen schließlich trennten. »Ich hab' dich so vermißt. Ich hab' gebetet und gebetet und gebetet, daß du wieder nach Hause kommst.« Sie fühlte, wie Tränen in ihr aufstiegen, aber nicht um seinetwillen, sondern wegen all der Jahre, der Tage, der Stunden, die sie verloren hatten.

»Das bringt nichts«, beharrte Wes. »Ich kann nicht zulassen, daß du dich an… an einen Krüppel bindest.«

»Ich bin aber doch schon an dich gebunden«, sagte sie. »Weißt du das denn immer noch nicht?«

»Aber deine Familie –«

»Die konnten früher nichts an meinen Gefühlen ändern und jetzt erst recht nicht mehr«, sagte sie.

»Da ist noch ein anderer Krieg, der uns bevorsteht. Ich will dich da nicht hineinziehen.«

»Papa ist aber schon mit drin. Die Martins und ihre… Freunde… wollen auch unser Land haben.«

»Verdammt noch mal, Erin. Es wird nicht funktionieren. Ich hab' doch nichts mehr. Ich muß noch mal ganz von vorne anfangen, und ich weiß nicht, ob ich das schaffe.«

»Was das Neuanfangen betrifft, das müssen wir alle, einschließlich meiner Familie. Und du schaffst alles, was du schaffen willst.«

Sie knabberte schamlos an seinen Lippen, und er hätte sie am liebsten in die Arme genommen und nie wieder losgelassen. Das wünschte er sich mehr als alles andere, aber er konnte nicht. Er konnte ihr das einfach nicht antun. Er konnte es sich selbst nicht antun.

»Außer auf zwei Beinen gehen, einer Stute beim Fohlen helfen oder Rinder mit Brandzeichen versehen oder so viele andere Dinge, die ich früher für selbstverständlich hielt.« Einschließlich lieben. Wie konnte er jetzt noch mit ihr schlafen? Wie konnte er die Beine um sie schlingen, wie er es sich früher einmal erträumt hatte? Er sah sich hilfesuchend nach Susannah um, aber sie war verschwunden. Er fühlte, wie Erins Hand über sein Gesicht streichelte, und schloß die Augen. Es war so lange her, so unendlich lange, seit er sie zuletzt berührt hatte. Er hatte sein möglichstes versucht, sie seit der Amputation aus seinem Gedächtnis zu streichen, aber es hatte nie wirklich funktioniert. Sie war schon viel zu lange bei ihm, seit vier langen Jahren. Er hatte in all den langen einsamen Nächten an sie gedacht, und auch während der Kämpfe, wenn er versuchte, ihretwegen am Leben zu bleiben, und auch während all der endlosen Märsche und des Wartens, des ewigen Wartens.

Sie war so voller Leben, schon immer, ihre Augen blitzten frech, vergnügt oder liebevoll, je nachdem. Sein Herz stand still, wenn sie bloß den Raum betrat, sie konnte seine schlechte Laune mit einem einzigen Lächeln in Rauch auflösen. Aber sie war nun mal an Wohlstand gewöhnt, an Bedienstete und an Geld, und er besaß nicht mal ein Haus, in das er sie hätte bringen können.

Und er glaubte nicht ertragen zu können, daß sie seinen häßlichen Stumpf sah, der immer noch gelegentlich näßte, der ihn nachts nicht schlafen ließ, der an Stellen kribbelte, die gar nicht mehr vorhanden waren. Er konnte ihr nicht zumuten, seine Nächte voller Alpträume mit ihm zu teilen, Nächte, in denen er wie ein Wilder gegen Erinnerungen ankämpfte.

»Geh nach Hause, Erin«, sagte er rauh.

»Sue hat mich zum Abendessen eingeladen.«

»Dann iß mit ihr zu Abend«, sagte er grob. »Ich werd' mit den Arbeitern essen.«

»Zum Teufel mit dir, Wes. Wir sind verlobt.«

»Ich löse die Verlobung.«

»Das kannst du nicht. Du liebst mich immer noch.«

»Nein«, bestritt er.

Erin beugte sich vor und fuhr zuerst zart und dann mit einer Leidenschaft, die sich in vier langen Jahren aufgestaut hatte, mit ihren

Lippen über die seinen. Sie fühlte, wie er sich anfangs zu wehren versuchte, doch dann gab sein Mund nach und verschlang den ihren mit einer Gier, die Bände über seine eigene Frustration und seine eigene Sehnsucht sprach.

Er schlang die Arme um sie, Arme, die immer noch stark und beschützend und einfach herrlich waren. Sie wußte, wann das Feuer in ihm zu lodern begann, das Feuer, das immer dagewesen war, seit sie sich zum ersten Mal als Mann und Frau berührt hatten. Es war so schwer gewesen zu warten, nicht der Sehnsucht, der Begierde nachzugeben, die sie beide erfüllte, aber sie hatte immer gewußt, daß sie ihn eines Tages heiraten würde. Das hatte seine Abwesenheit einigermaßen erträglich gemacht.

Und nun war das Feuer wieder da, brannte stärker und heller als je zuvor, weil sie ihn fast verloren hätte, weil sie vier Jahre lang gewartet und gebetet und sich aus Einsamkeit in den Schlaf geweint hatte.

Und jetzt war er wieder da, und sie hatte nicht die Absicht, ihn gehen zu lassen. Sie konnte fühlen, daß ihn dieselbe Verzweiflung erfüllte wie sie. Seine Lippen hingen mit geradezu leidenschaftlicher Dringlichkeit an den ihren, und sie spürte die fast unerträgliche Spannung und Härte seines Körpers, sah seine verzerrten Gesichtszüge, als er mühsam, aber vergebens, um Beherrschung rang.

»Ich liebe dich«, flüsterte sie an seinem Mund und hörte sein qualvolles Stöhnen. Alle Zweifel, die sie vielleicht noch bezüglich seiner Gefühle gehabt haben mochte, lösten sich in diesem Moment in nichts auf. Sie wußte, daß sie ihm seine törichte Ehrenhaftigkeit in bezug auf ihre Heirat austreiben konnte. Sie hatte sich noch nie von irgend etwas oder irgendwem davon abhalten lassen, ihn zu lieben. Das war jetzt auch nicht anders.

Wes zog sie fest an sich; er konnte einfach nicht anders. Er hatte so lange gewartet, da konnte er jetzt einfach nicht aufhören, nicht, wo er ihren warmen Körper an dem seinen fühlte, den süßen Duft ihres Haares einatmete und seine samtige Weichheit spürte.

Er hätte sie am liebsten für immer festgehalten, und einen kurzen Moment lang erlaubte er sich das Gefühl von ein wenig Hoffnung; vielleicht, vielleicht würden sie ja …

Mit diesem noch äußerst zerbrechlichen Gedanken im Kopf genoß er ihre Nähe, fuhr mit den Lippen über ihre Wange und wieder zu ihrem Mund und küßte sie mit ungezügelter Leidenschaft. Seine Zunge fand Einlaß, forschte, suchte, nahm sie in Besitz.

Sie war ganz sein. Sie schmiegte sich an ihn, schmiegte sich in seine Arme und reagierte auf eine Weise, wie sie nie zuvor reagiert hatte. Verschwunden war die reiche, wohlerzogene Plantagenbesitzerstochter, als die sie ihre Mutter ein Leben lang erzogen hatte. Er brauchte sie. Sie wußte es. Wenn er sich's doch bloß eingestehen könnte. Wenn er sie doch bloß akzeptieren könnte. Wenn er doch bloß einsehen würde, daß sie gemeinsam unschlagbar waren!

Sie glitt von der Sessellehne herunter. Fast ohne es zu merken, schlüpfte sie auf seinen Schoß, preßte sich an ihn und übersah dabei, daß sie damit seinen Stumpf gegen das Stuhlbein drückte. Er konnte ein qualvolles Stöhnen nicht ganz unterdrücken, und sie fuhr rasch zurück. Auf ihrem Gesicht spiegelte sich sein Schmerz wider, als sie merkte, was sie getan hatte.

»O Wes«, flüsterte sie und zitterte am ganzen Körper. Ihre leidenschaftliche Umarmung brannte noch in ihr, brannte noch auf ihren hochroten Wangen. »Was kann ich tun?« fragte sie verzweifelt.

»Geh nach Haus«, sagte er mit rauher Stimme. »Mach, daß du von mir fortkommst, zum Teufel.«

»Nein.« Ihre blauen Augen blitzten entschlossen, während sie in die geliebten Züge starrte. Sie waren genau so, wie sie sie in Erinnerung hatte: starke, regelmäßige Gesichtszüge, die durch das Leid, durch die neuen Linien um Augen und Mund sogar noch attraktiver geworden waren. Seine Augen waren von dunkelblauer Farbe und hatten sich mehr als nur ein wenig verändert. Sie erinnerte sich, daß sie früher heller gewesen waren, von einem übermütigen Funkeln, das von seiner Abenteuerlust zeugte. Doch nun war sein Blick brütend, nach innen gerichtet, ebenso wie sein Mund, der früher einmal so leicht gelacht hatte und nun grimmig zusammengepreßt war. Er hatte recht. Er hatte sich verändert. Aber sie auch. Sie war in diesen vier Jahren des Wartens reifer geworden. Sie hatte gelernt, was wichtig war. Und Wes Carr war wichtig.

»Bitte.« Er bettelte fast, und das brach ihr das Herz. Wes Carr hatte noch nie im Leben um etwas gebettelt. Ihr Widerstand zerbrach, als ihr klarwurde, daß sie heute wohl nicht mehr viel erreichen würde. An der Art, wie er dasaß, an seiner steifen Haltung konnte sie sehen, daß sein Bein immer noch schmerzte, als ob ihm die kleinste Bewegung Qualen verursachte.

»In Ordnung«, sagte sie. »Für heute. Nur für heute. Aber ich hab' vier Jahre lang auf dich gewartet, Colonel Carr, und ich hab' nicht die Absicht, mir jetzt einen Korb geben zu lassen.« Bevor er noch etwas sagen konnte, beugte sie sich zu ihm und küßte ihn ganz sanft, ganz langsam, ganz zärtlich. Es war ein sehnsüchtiger, liebevoller Kuß, der ihm zeigen sollte, daß sie jedes Wort meinte, das sie gesagt hatte.

Und bevor er noch protestieren konnte, war sie auch schon leise aus dem Raum geschlüpft.

Rhys starrte lange auf das Ranchhaus, bevor er sein Pferd in Trab setzte. Rauch stieg aus dem Kamin auf, und es sah einladend aus.

Er mußte an Ridgely und sein großes Anwesen denken, das er beim Glücksspiel gewonnen hatte. Das Herrenhaus war sechsmal so groß wie das Haus vor ihm, aber es hatte ganz gewiß nicht dessen Wärme und Gemütlichkeit. Er hatte das Riesenhaus im Lauf der Zeit hassen gelernt, vielleicht, weil Blut daranklebte, das Blut des Mannes, der Selbstmord beging, als Rhys seinen Besitz antrat. Er hatte in dem alten Kasten gehockt und gedacht, dadurch vielleicht die Akzeptanz der Kreise gewinnen zu können, in die er Einzug halten wollte. Nichts dergleichen. Er besaß weder das Geschick noch das Interesse, um ein Anwesen wie dieses zu leiten, und so waren die Felder verkommen, das Personal mürrisch und faul geworden. Er war, um die Wahrheit zu sagen, ziemlich erleichtert gewesen, als er es an den rechtmäßigen Besitzer hatte weitergeben können.

Land's End dagegen wirkte wie ein richtiges Zuhause. Das Heim eines anderen. Mark Fallons Heim. So wie Susannah Fallons Ehefrau gewesen war.

Rhys hatte schon einmal versucht, sich was vorzumachen. Das würde ihm nicht ein zweites Mal passieren.

Zwölf Wochen. Zwölf Wochen, um ihr Problem mit den Martins zu lösen. Zwölf Wochen, bis er wieder das tun oder dorthin gehen konnte, wohin er wollte.

Zwölf Wochen mit Susannah! Er durfte sie nicht wissen lassen, daß er ihretwegen blieb. Er wollte nicht wieder wie ein Held dastehen, wo er doch alles andere als das war.

Er würde sein möglichstes tun, um als Riesenarschloch zu erscheinen.

Und sein möglichstes war sehr, sehr gut.

Er blickte an seiner Kleidung hinab. Er hatte noch zwei Hemden und ein weiteres Paar maßgeschneiderter Hosen gekauft. Er hatte sich in den letzten Jahren an gute Kleidung gewöhnt und wußte auch, daß es zu seinem neuen Image des Dandys gehörte, oder, wie die Amerikaner wohl sagten, eines Greenhorns. Irgendwie gefiel ihm der Gedanke, Wes, der es besser wußte, der einige seiner Talente kannte, damit zu ärgern.

Aber er würde sich von Susannah fernhalten. Sie war sehr, sehr gefährlich für seine Pläne. Die Tatsache, daß er letzte Nacht allein zu Bett gegangen war, war Beweis genug. Nachdem er sich einen Abend lang sämtliche verfügbaren Damen angesehen hatte, mußte er feststellen, daß jede einzelne von ihnen bloß ein blasser Abklatsch derjenigen war, die ihn vor zwei Tagen derart erregt hatte. Er konnte sich einfach nicht überwinden, mit einer von ihnen ins Bett zu gehen.

Pest und Hölle. Diese zwölf Wochen würden unerträglich werden.

Susannah sah Rhys kommen. Sie hatte schon den ganzen Tag lang immer wieder aus dem Fenster gesehen, obwohl sie wußte, daß es höchst unwahrscheinlich war, daß er so bald zurückkehren würde – wenn überhaupt. Austin lag fast fünfzig Meilen entfernt.

Freude durchzuckte sie bei seinem Anblick. Er ritt so gut, so lässig, als ob er im Sattel geboren worden wäre. Als ob er wirklich ein englischer Lord wäre.

Eigentlich spielte es keine Rolle, wer oder was er war, sondern nur, daß er ihr Herz bis zum Hals klopfen ließ und daß sie sich sicher und geborgen bei ihm fühlte. Besonders nach ihrem letzten Zusammenstoß mit Wes. Der bloße Gedanke daran ließ sie erschaudern.

Er war gegen Spätnachmittag hereingestolpert und direkt auf sein Zimmer gegangen. Und zu einer Flasche, wie sie vermutete, so wie letzte Nacht, nachdem Erin gegangen war. Er hatte sich geweigert, irgend etwas zu essen, und sie eine Verräterin geschimpft, weil sie

Erin hierhergebracht hatte; er hatte die Tür hinter sich zugeschlagen und war verschwunden. Und heute morgen war er schon vor dem Frühstück wieder weg gewesen.

Nun, zumindest arbeitete Wes. Dafür war sie weiß Gott dankbar. Aber statt erschöpft zu sein, war er anscheinend die ganze Nacht lang aufgeblieben. Sie konnte das Poch, Poch seiner Krücken bis in die frühen Morgenstunden hören.

Arme Erin, die er gestern so grob fortgeschickt hatte. Aber immerhin wußte Erin, womit sie es zu tun hatte. Sie kannte Wes seit ihrer Kindheit und war absolut davon überzeugt, wieder zu ihm vordringen zu können, daß er den Verlust seines Beins am Ende akzeptieren und sein Leben wieder anpacken würde. Zusammen mit ihr.

Susannah dagegen wußte gar nichts über den Mann, den sie glaubte zu lieben. Nicht, woher er kam oder wo er so zu kämpfen gelernt hatte oder auch nur, wo er hingehen würde. Sie wußte, daß Wes Erin liebte, und das war es, was Erins Hoffnung aufrechterhielt, aber sie, Susannah, konnte nichts Derartiges von ihrem Nachtfalken annehmen. Es konnte ebensogut sein, daß er sich einfach nahm, was er wollte, genau wie ein Raubvogel, und dann wieder davonflog, als daß er hierblieb und sich eine Zukunft mit ihr aufbaute. Und ersteres war sogar wahrscheinlicher. Viel wahrscheinlicher.

Und doch – er war zurückgekommen!

Sie ging hinaus auf die Veranda. Es dämmerte bereits, und sein Pferd sah ziemlich mitgenommen aus, er jedoch wirkte vollkommen entspannt. Und unglaublich attraktiv in dem weißen Hemd, den schwarzen Hosen und dem schwarzen Gehrock. Attraktiv und distanziert. Auf seinen Wangen lag ein leichter Bartschatten, aber abgesehen davon wirkte er überhaupt nicht müde. Seine Augen blitzten so hell, wachsam und mißtrauisch wie immer.

»Mrs. Fallon«, begrüßte er sie mit jenem kühlen Spott, den er so gekonnt einsetzte. Sie fragte sich sogar einen Augenblick lang, ob sie sich die herrlichen Stunden, die sie miteinander verbracht hatten, vielleicht bloß eingebildet hatte.

»Wir haben dich nicht so früh zurückerwartet«, meinte sie vorsichtig.

»Aber du hast mich zurückerwartet.« Es war mehr eine Feststellung als eine Frage. Und es verursachte ihr ein wenig Unbehagen, vielleicht deshalb, weil er immer zu wissen schien, was sie dachte.

»Ich hab's gehofft.«

»Und dein Bruder?«

Sie mußte auf einmal grinsen. »Wes? Ob er auch gehofft hat, daß du wiederkommst, oder wie es ihm geht?«

Er stieg mit einer lässigen, eleganten Bewegung ab. »Die Antwort auf die erste Frage kenne ich. Also wird's wohl das zweite sein.«

»Sei mal nicht so sicher, was die erste Frage betrifft«, sagte Susannah. Sie wußte, Wes war klar, daß sie Rhys Redding brauchten. Er würde es nur nie zugeben. Aber im Moment konnte sie nicht sehr viel über Wes nachdenken. Rhys war viel zu nahe, obwohl er zwei Meter entfernt stand.

Er sah einfach unwiderstehlich aus. Aber das tat er ja immer, wie sie sich eingestehen mußte, jedenfalls für sie. Egal, ob verschwitzt und hemdsärmelig oder, wie jetzt, tadellos gekleidet und selbst in der Nachmittagshitze noch kühl und von lässiger Eleganz. Er sah aus, als ob er geradewegs aus einem englischen Salon käme. Das nahm sie zumindest an, denn sie wußte nicht, wie englische Salons aussahen. Der Gedanke versetzte ihr einen Stich. Sie wußte so wenig über *seine* Welt.

»Gab's irgendwelche Schwierigkeiten?«

Unfähig, den Blick von diesem neuen Rhys abzuwenden, schüttelte sie den Kopf. Und doch hatte sie bereits so viele davon gesehen. Ein Dutzend verschiedener Persönlichkeiten in ein und demselben Mann. Das einzige, was gleichblieb, war seine hochgewachsene, geschmeidige Gestalt, in der so viel Kraft lag. Die Stimme, die Sprechweise, ja, sogar seine dunklen Augen veränderten sich ständig.

»Du siehst anders aus«, stieß sie schließlich hervor und kam sich seltsam unbeholfen, fast töricht vor.

Er zuckte die Schultern. »Ich hab' immer noch das Geld von den Deserteuren. Ich mag nun mal gute Kleidung, besonders maßgeschneiderte.«

War er deshalb nach Austin gegangen? Nur um sich etwas zum Anziehen zu kaufen? Oder vielleicht noch etwas anderes? Der Gedanke hämmerte schmerzlich in Susannahs Hirn. Und in ihrem Herzen.

Und das Geld. Sie verspürte auf einmal einen Stich der Enttäuschung. Sie und Wes brauchten jeden Dollar, den sie kriegen konnten. Und doch war es Rhys' Geld. Daran bestand kein Zweifel. Sie und Wes wären jetzt tot, wenn er ihnen nicht beigestanden hätte. Aber die Tatsache, daß er losgezogen und offensichtlich eine beträchtliche Summe von dem Geld ausgegeben hatte, ohne vorher etwas zu sagen, tat schon weh. Das alles zeigte wieder einmal, wie sehr er sich von ihnen unterschied, wie wenig er bereit war, sein Einzelgängertum aufzugeben. Und offensichtlich war er nicht der Meinung, daß weitere Erklärungen nötig waren. Nun, das waren sie auch nicht.

Oder doch?

Er beobachtete sie mit wachsamem Amüsement, und da wußte sie, daß er nur auf einen Grund wartete, sich aus dem Staub machen zu können. Sein Gesicht hatte wieder jenen herausfordernden Ausdruck, der ihr und Wes sagen sollte: *Nehmt mich, wie ich bin, oder ihr seht mich nie wieder*.

Es war schon zum Auswachsen, und dennoch mußte sie sich fragen, ob das nicht auch einen Teil seiner Anziehungskraft ausmachte. Und, Gott steh ihr bei, die Anziehungskraft war stärker als je zuvor. Sie vibrierte fast vor Sehnsucht, ihr ganzer Körper vibrierte vor Lust, ihre Nervenenden glühten geradezu, glühten so stark, daß sie das Gefühl hatte, er müßte die Hitze spüren, die von ihr ausging. Es knisterte wieder zwischen ihnen, so stark und so leidenschaftlich, daß es sie mit magnetischer Kraft zueinander hinzog.

Er fühlte es auch. Das konnte sie aus dem verblüfften Verstehen, das sich auf seinen Zügen ausbreitete, sehen, bevor er sie rasch wieder unter Kontrolle brachte und auf jene trockene Art lächelte, die sie inzwischen so liebte. Und fürchtete.

»Muß ein langer Ritt gewesen sein«, sagte sie schließlich. »Und das Abendessen ist fast fertig. Darf ich dich zum Essen einladen?«

Seine Augen funkelten vergnügt. »Ich dachte, dein Bruder hätte mich in die Arbeiterbaracke verbannt.«

»Dies ist mein Haus«, sagte sie trotzig.

»Ist mir noch gar nicht aufgefallen«, meinte er in der schleppenden Sprechweise der Texaner, die er inzwischen perfekt beherrschte. Das konnte einen schon aus der Fassung bringen. Ebenso wie die

Herausforderung, sich Wes zu widersetzen. Und nicht nur, was das Abendessen betraf.

Er trat näher, und sie fühlte, wie sie zu zittern anfing, wie sie es kaum noch aushalten konnte vor Sehnsucht, sich in seine Arme zu werfen und seinen harten Körper wieder an sich zu spüren. Die Luft vibrierte vor Hitze, vor Leidenschaft, und sie konnte kaum mehr denken. Sie hob den Blick zu seinen Augen und sah dort einen ähnlichen Gefühlssturm. Er trat auf sie zu. »Glaubst du wirklich, daß das eine gute Idee ist?« Seine Stimme klang fast wie ein Schnurren. Wie das Schnurren eines Tigers. Verdächtig leise. Täuschend sanft.

»Nein«, antwortete sie, »aber das ist mir egal.«

»Dem großen Bruder aber nicht.« Er neckte sie, doch es lag auch eine Frage in seiner Stimme.

»Wes... ist nach oben gegangen. Ich glaube nicht, daß er zum Abendessen runterkommt«, hörte sie sich selbst in fast verführerischem Ton flüstern und war überrascht, wie gut sie schon darin war... im Verführen. Aber sie kam sich nicht dreist vor. Nicht bei ihm. Nicht bei ihrem Nachtfalken.

Seine Augen bohrten sich in die ihren, jene finsteren, brütenden Augen, die ein solches Rätsel für sie waren. Und dennoch wußte sie, daß er dieselbe überwältigende Anziehungskraft fühlte wie sie, sonst wäre er nicht hier, würde nicht so regungslos vor ihr stehen, so angespannt.

Er wollte nicht hiersein. Das wußte sie ebenfalls. Er hatte etwas Frustriertes an sich, das sie überdeutlich spüren konnte, eine Art verblüfftes Begreifen, daß er einmal nicht die absolute Kontrolle über seine Handlungen besaß. Das gefiel ihm kein bißchen, aber er konnte nichts dagegen tun. Gar nichts.

Diese plötzliche, instinktive Gewißheit ließ ein Hochgefühl in ihr aufkommen, und neue Hitzewellen durchströmten sie. Sie wagte jedoch nicht, sich ihre Freude anmerken zu lassen. Statt dessen wartete sie, denn sie wußte, daß sie ihn nicht drängen durfte.

Er nickte plötzlich. »Aber ich muß mich zuerst waschen.«

Susannah ließ sich das Gefühl, einen Sieg errungen zu haben, nicht anmerken. Sie drehte sich um und wollte ruhigen, gemessenen Schritts ins Haus zurückgehen, doch ihr Versuch mißlang ebenso kläglich wie seiner, sich von ihr fernzuhalten.

16

Der große Raum wirkte schrecklich eng und schrecklich klein.

Zumindest erschien es Susannah so. Hannah hatte das Essen serviert und sich dann in die Küche zurückgezogen, als hätte sie die Spannung im Raum gespürt. Der Tisch, an dem sie aßen, befand sich in einer Ecke des großen Wohnzimmers.

Wes hatte es, wie erwartet, abgelehnt, zum Abendessen herunterzukommen. Sie hatte ihm nicht gesagt, daß sie einen Gast hatten, geschweige denn, wen. Ihr Bruder befand sich seit Erins Besuch in einer äußerst schlechten, reizbaren Stimmung, und Susannah konnte auf sein finsteres Gesicht beim Essen gut verzichten.

Es gab nichts Besonderes: bloß etwas Eintopf aus dem riesigen Kessel, von dem auch schon die Rancharbeiter etwas bekommen hatten. Dazu gab es frisch gebackenes Brot und frisch gerührte Butter. Für Rhys war es nach dem Libby und den langen Wochen im Sattel das reinste Festessen, obwohl er sich in Austin eine teure Mahlzeit gegönnt hatte. Er fragte sich, ob es die Anwesenheit von Susannah war, die ihm das Essen so versüßte.

Ihre Lavendelaugen blitzten schelmisch, als ob sie wüßte, daß sie ihn gegen seinen Willen hierhergelockt hatte. Sie war einfach unwiderstehlich, wenn sie so dreinblickte, wenn ihr Gesicht so sorglos wirkte. Sie war bezaubernd. Bezaubernd und unwiderstehlich. Er sehnte sich danach, sie zu berühren.

Er mußte all seine Willenskraft aufbieten, um die Hände am Besteck zu lassen, und er aß langsam und bedächtig, um seine Gedanken mit etwas anderem zu füttern als mit schelmischen Blicken, samtiger Haut und dem leisen Duft nach Blumen. Und obwohl das Essen vorzüglich war, mußte er sich anstrengen, es herunterzukriegen, da ein anderer Teil seiner Anatomie einen Bärenhunger zu entwickeln begann.

Um die Spannung zu lösen, sprach er ein Thema an, das ihn, wie er hoffte, ablenken würde. »Du hast immer noch nicht gesagt, wie's deinem Bruder geht?« Es war eine Frage.

Susannah zögerte stirnrunzelnd, und da wußte Rhys, daß etwas nicht stimmte. Er vermutete, daß sie hin- und hergerissen war zwischen ihrer Loyalität ihrem Bruder gegenüber und dem Bedürfnis, mit ihm über das zu sprechen, was vorgefallen war. Rhys wußte es bereits. Er hatte schon mal erlebt, wie ein Mensch langsam dem Alkohol verfiel. Wes hatte bessere Gründe zu trinken als die meisten, aber das half Susannah wenig.

»Was ist los?« fragte er.

»Gestern hat Wes das Mädchen, das er vor dem Krieg heiraten wollte, wiedergesehen.«

»Und jetzt will sie ihn nicht mehr, stimmt's?« riet Rhys. Mit zwei Ausnahmen, von denen eine ihm gegenübersaß, hatte er nie viel von Frauen gehalten.

Susannah schüttelte den Kopf. »Du kennst Erin nicht. Nein, sie will ihn mehr denn je.«

Rhys fing an zu verstehen. Der verdammte Schwachkopf. Rhys war schon immer der Meinung gewesen, daß man sich nehmen sollte, was man kriegen konnte. Der einzige Grund, warum er im Moment zögerte, noch mal mit Susannah zu schlafen, war um seinetwillen. Er wollte sich emotional nicht noch mehr engagieren als ohnehin schon. Er wollte keine Verantwortung übernehmen. Für niemanden.

Und ganz bestimmt nicht für den verdammten Moralapostel Wes Carr. Doch Susannah sah ihn mit einer fast flehentlichen Hoffnung an, die ihm ins Herz schnitt.

»Und er will sie nicht mehr?« fragte er, sie bewußt mißverstehend.

Susannah sah ihn aus schmalen Augen an, als ob sie wüßte, daß er ihr wieder etwas vormachte. »Natürlich will er sie. Sie haben sich schon immer geliebt.« Sie ignorierte seinen amüsierten Blick, der die Existenz von Liebe leugnete.

»Und wo liegt dann das Problem?«

»Nun, sein Bein natürlich«, sagte sie ungeduldig, weil sie wußte, daß er sie besser verstand, als er vorgab.

»Wenn er doch bloß sein verdammtes Selbstmitleid überwinden würde«, sagte Rhys, der plötzlich wütend auf sich war, weil er sich eigentlich einen Dreck um das Ganze scheren sollte, »er könnte alles tun, was er wollte. Ich kannte jemanden in England, einen ehemaligen Soldaten, der ebenfalls ein Bein verloren hatte. Es gab nichts, was er nicht tun konnte.« Das war eine Lüge. Er kannte niemanden dieser Art, aber Susannahs Augen hatte sich mit Tränen gefüllt, und das hatte er noch nie ertragen können.

»Wie?«

Rhys ließ sich rasch etwas einfallen. »Er hat sich ein künstliches Bein machen lassen. Er brauchte nicht einmal Krücken.«

Susannahs Augen erhellten sich, und ihre Unterlippe zitterte leicht. Er hätte am liebsten daran geknabbert, so verführerisch sah sie aus. »Glaubst du, wir könnten jemanden finden, der uns so eine Beinprothese macht?«

Gottverdammt noch mal. Wo war er da hineingeraten? Nun, allzu schwierig konnte das ja nicht sein. Im Geiste überlegte er bereits, wie es zu bewerkstelligen wäre. So, wie er ein Talent für Dialekte und Sprachen besaß, war er auch sehr gut, wenn es galt, zu improvisieren, ein Talent, das ihm vor allem in Afrika vorzügliche Dienste geleistet hatte.

»Vielleicht«, antwortete er vorsichtig und wünschte, er hätte das Thema Carr gar nicht erst zur Sprache gebracht – zumindest nicht, bis er das Lächeln auf ihrem Gesicht sah, bis er den Blick sah, der sagte, daß er, Rhys Redding – Schurke, Betrüger und Bastard – alles tun konnte. Alles.

Wenn sie wüßte.

Er wandte sich wieder seinem Teller zu, doch das Essen schmeckte auf einmal wie Sägemehl. Irgendwie hatte er sich schon wieder verpflichten lassen und das auch noch für einen verdammten Trottel, den er nicht einmal leiden konnte.

Susannah sah, daß er sich wieder vor ihr verschloß, und suchte ängstlich nach einem anderen Thema. »Die Martins versuchen auch anderen Familien das Land wegzunehmen.«

Er blickte auf, doch diesmal vermied er ihre Augen. Die waren viel zu gefährlich. »Ach?«

»Dem halben Landkreis, um die Wahrheit zu sagen«, meinte sie. »Sie kaufen die Schuldscheine auf, und dann passiert verschiedenes – Felder werden niedergetrampelt, Vieh gestohlen, Rancharbeiter getötet –, damit die Leute ihre Schulden nicht mehr zurückzahlen können.«

O nein! Er wußte, was sie da versuchte. Ihn in einen Strudel hineinziehen. Andere Menschen waren ihm vollkommen egal. Und ganz sicher solche, die Susannah wegen ihres Bruders die kalte Schulter zeigten. Er versuchte zu kauen, doch nun schmeckte das Essen nicht mehr nur wie Sägemehl, es war obendrein noch gallenbitter.

»So viele der einflußreichen Männer sind gefallen«, sagte sie. »Mehr als zwei Drittel der Männer aus diesem Bezirk sind in den Krieg gezogen, und viele der Kompanien, in denen sie dienten, wurden nahezu ausgelöscht. Es gibt niemanden, der jetzt noch gegen die Landräuber vorgehen könnte.«

»Warum war dein ... Mann so weit im Osten?«

»Er war bei einer der Kompanien, die nach Shiloh geschickt wurden. Er ist dort einem General aufgefallen, der ihn als Kundschafter einsetzte, und wurde einfach weitergereicht, während sich die Kämpfe immer weiter nach Osten ausdehnten.«

»Und Wes?«

»Das ist ja die Ironie des Ganzen. Er wollte nicht gegen seine Freunde und Nachbarn kämpfen, also hat er sich freiwillig bei einer Armee im Osten gemeldet. Es kann gut sein, daß sie in ein und derselben Schlacht gegeneinander gekämpft haben, Mark und Wes. Ich glaube, das ist es auch, was Wes so ans Herz geht. Wir alle sind zusammen aufgewachsen. Mark und Wes standen sich wirklich nahe, fast wie Brüder. Mark war der einzige, außer Erin, der sich auf Wes' Seite gestellt hat, als dieser beschloß, für den Norden zu kämpfen, er war der einzige, der meinen Vater verteidigt hat, als dieser sich gegen eine Sezession aussprach. Wir schulden ihm so viel.«

Deshalb hat sie ihn auch geheiratet. Das wurde ihm auf einmal klar. Sie hatte an jenem Morgen nicht gesagt, daß sie ihren Mann geliebt hatte, nur, daß er ihr bester Freund gewesen wäre. Und jetzt ... jetzt sagte sie, daß sie ihm etwas *schuldete*. Nicht liebte. Schuldete. Jetzt ergab ihre Unschuld, die er nie so recht begreifen konnte, auch einen Sinn. Er mußte an etwas denken, was sie noch gesagt hatte. *Mark hätte das nicht gewollt* – das hatte sie geantwortet, als er sie fragte, warum sie nicht einfach alles verkaufte.

Sie war genauso nobel und ehrenhaft wie ihr Bruder. Und verdammt stur, was das betraf. Er hätte ihr mehr Verstand zugetraut, besonders, nachdem sie sich so geschickt durch die Konföderiertenlinien geschwindelt hatte. Doch obwohl ihn diese neue Seite ihres

Charakters einigermaßen störte, war das bei ihrer Ehe und wie er sie nun begriff aus irgendeinem Grund nicht der Fall.

Doch sie schien seine Grübeleien gar nicht zu bemerken. Sie war gerade dabei, auf etwas hinzuweisen, was er lieber nicht gehört hätte. »Der Sheriff tut gar nichts. Erin sagt, alle glauben, daß er von den Martins bestochen wird. Man redet über eine Bürgerwehr, aber es gibt niemanden, der genug Führungskraft besitzt, um die Leute zusammenzubringen.«

Rhys gefiel gar nicht, wie sie ihn dabei ansah. Er gähnte, als ob er gelangweilt wäre. »Die finden schon jemanden«, sagte er wegwerfend, »wenn ihnen genug dran liegt.« Rhys zögerte kurz und fügte dann gleichmütig hinzu: »Dein Bruder vielleicht...«

»Er hat für die Yankees gekämpft. Keiner wird auf ihn hören.«

»Ihr Pech«, sagte er. »Warum zerbrichst du dir den Kopf darüber?«

Susannah biß sich auf die Unterlippe. »Sie sind meine Nachbarn.«

»Hören sich für mich nicht wie Nachbarn an«, erwiderte er.

»Rhys...?«

»Nein«, sagte er rundheraus.

Sie sah ihn wieder mit jenem Blick an, der sagte, daß sie Dinge in ihm sah, die nicht da waren.

»Und überhaupt«, sagte er, »warum sollten sie auf mich hören? Ich bin britischer Staatsbürger und... nicht viel mehr als ein aalglatter Abenteurer.«

»Nicht immer.« Ein freches Grinsen lag auf ihren Zügen. »Obwohl du dich aalglatt gut anstellst.«

Er wünschte, er hätte den verdammten texanischen Dialekt nie benützt. »Die würden doch nie auf einen Fremden hören.«

»Das frage ich mich«, überlegte sie laut. »Du hast etwas an dir...«

»Das die Leute dazu bringt, mich zu verabscheuen«, beendete er ihren Satz, wobei er an Wes' Meinung über ihn dachte.

»Wie lange wirst du bleiben?« fragte Susannah in einer plötzlichen Änderung ihrer Taktik.

»Kommt drauf an, wie lange ich's in der Baracke aushalte.«

»Du kannst jederzeit hier wohnen.«

Er riß die Augen in gespieltem Entsetzen auf. »Damit alle über uns reden?«

»Nicht, solange Wes hier ist.«

»Ah, und da haben wir auch schon unser anderes Problem.«

»Er wird sich schon dran gewöhnen.«

»Das bezweifle ich.« Nicht, bevor es in der Hölle so kalt wurde wie an einem verdammten walisischen Januartag, und er hatte nicht die Absicht, so lange zu bleiben.

Er stieß den Teller von sich, stand auf und streckte sich. Es war ein langer Tag im Sattel gewesen. Ein verdammt langer Tag. Punkt. Viel zuviel Zeit zum Nachdenken. Und zu viel nachdenken, das hatte er schon vor langer Zeit gelernt, tat dem Wohlbefinden gar nicht gut. Da war's schon besser, sich an seine Instinkte zu halten, und sein Instinkt sagte ihm, daß er Fersengeld geben sollte.

Trotzdem, er wünschte, Susannah würde nicht so verdammt zart und sehnsüchtig aussehen. Und so zart ist sie im übrigen gar nicht, mahnte er sich. Sie hatte unterwegs so gut durchgehalten wie ein Mann, hatte diese Ranch vier Jahre lang allein geleitet. *Das darfst du nie vergessen.*

Und sie will was von dir.

Das Problem war nur, daß er auch etwas von ihr wollte, aber er fürchtete, daß ihre Bedürfnisse nicht ganz übereinstimmten. Zumindest nicht in jeder Beziehung.

»Du kannst trotzdem gerne hier wohnen«, sagte sie. »Wir haben ein Gästezimmer.«

»Nicht dein Zimmer?« meinte er grob und rang sich sogar ein lüsternes Grinsen ab. So schwer war's gar nicht.

Er sah die plötzliche Verwirrung auf ihrem Gesicht, sah wie er sie mit seiner plumpen Aufforderung verletzt hatte.

»Ist… ist es das, was nötig ist, damit du bleibst?«

Ihre leise, entschlossene Stimme war für ihn wie ein Schlag in die Magengrube. Sie war bereit, ganz offen zu seiner Geliebten zu werden, sogar vor ihrem Bruder. Er mußte an ein anderes derartiges Angebot denken, vor Monaten in England. Himmelherrgott, er hätte nie gedacht, daß ihm das noch mal passieren würde, daß er einer Frau begegnete, die meinte, sich im Austausch für seine Hilfe opfern zu müssen. Das war ein verdammt empfindlicher Schlag für sein Ego.

»Nein, Mrs. Fallon, das ist es nicht. Ich bleibe so lange, bis ich gehen will. Bis dahin tue ich, was ich kann, um dir gegen die Martins zu helfen. Dir. Nicht deinen Nachbarn. Und auch nicht Wes. Ich schere mich einen Teufel um die ganze Bande.« Er drehte sich um, war auf einmal wütend auf sich und auf sie. Auf sie, weil sie ihn noch tiefer in die Probleme anderer hineinziehen wollte; auf sich, weil er sie im Moment so sehr begehrte, daß er in fast alles eingewilligt hätte. Aber nur fast. Sie legte die Hand auf seinen Arm. »Es tut mir leid«, sagte sie. »Ich wollte dich zu nichts drängen.«

»O doch, das wolltest du«, entgegnete er, doch sein trockenes Lächeln nahm seinen Worten die Schärfe.

»Ich begleite dich hinaus.«

»Glaubst du, ich finde den Weg nicht?«

»Ich fürchte, du könntest wieder verschwinden.«

»Nicht gleich. Ich hab' dir doch ein Holzbein versprochen, nicht wahr?«

Sie standen draußen unter dem blauschwarzen Nachthimmel. In einigen Ranchgebäuden und in der Schlafbaracke brannte noch Licht, und über ihnen hing ein Halbmond im sternenklaren Himmel. Ein Pferd wieherte, und ein anderes antwortete, und ein Grashüpfer zirpte seine Nachtmelodie. Eine einsame Gestalt mit einem Gewehr in der Hand hockte auf einem Steinblock am Zaun, der den Zufahrtsweg zur Ranch absperrte.

Eine kühle Brise raschelte in den Bäumen im Hof, und King Arthur, der Bulle, stampfte im Korral mit den Hufen. Trotz seiner Müdigkeit und Erschöpfung von dem langen Ritt war Rhys rastlos... wie immer, wenn er in ihrer Nähe war. Er fürchtete, wenn er anhielt, würde er sie packen und in seine Arme ziehen und diese weichen, einladenden Lippen küssen...

Himmelherrgott noch mal, er fühlte, wie er schon bei dem bloßen Gedanken hart wurde; allein ihre Nähe genügte. Warum zum Teufel hatte ihm das Ding gestern nicht gehorcht? Warum ausgerechnet bei Susannah Fallon?

Er spürte ihre Hand auf seinem Arm. Er hatte das Jackett ausgezogen und über die Schulter gehängt. Und nun drang ihre Berührung durch den Stoff bis auf seine Haut und ließ es heiß in ihm aufsteigen. Er begehrte sie sogar noch mehr als gestern. Es jagte ihm einen gehörigen Schrecken ein, wie sehr.

»Danke, daß du zurückgekommen bist«, sagte sie.

»Wußte sowieso nicht, wohin.«

»Ich … hab' dich vermißt.«

»Tun Sie das nicht, Mrs. Fallon«, warnte er sie, obwohl ihm klar war, daß er im Grunde mehr sich selbst warnte. Er konnte sich mittlerweile kaum noch einen Tag ohne sie vorstellen, ohne ihr Lächeln, das zwischen Unsicherheit und Entzücken hin und her schwankte, das ihn reizte und verführte.

»Wirst du mir je mehr von dir erzählen?«

»Da gibt's nicht viel zu erzählen.«

Sie warf ihm einen zweifelnden Blick zu. »So wie du Dialekte und Akzente nachahmst …«

Er zuckte die Schultern.

»Und die Leute anfunkelst.«

Er hob fragend eine Augenbraue.

»Der Deserteur damals in Virginia hat sich fast in die Hosen gemacht vor Schreck«, sagte sie mit einem leichten Grinsen. »Und mich erschreckst du auch manchmal, wenn du wütend bist.«

Er zog auch die andere Augenbraue hoch. »Das scheint dich ja nicht sehr gestört zu haben.«

»Nur, wenn's um andere geht«, sagte sie. »Es ist schwer, vor jemandem Angst zu haben, der einem das Leben gerettet hat.«

»Dann muß ich's in Zukunft wohl besser machen«, sagte er mit einem leichten Grinsen. Susannahs Herz klopfte rascher. Im Moment sah er fast wieder zugänglich aus, wie auf ihrem Hügel. Sie lehnte sich an ihn, genoß seine Stärke, die Härte seines Körpers und erinnerte sich daran, wie hart er tatsächlich sein konnte.

»Ah, Mrs. Fallon, das dürfen Sie nicht tun.«

»Warum nicht?« fragte sie unschuldig.

Er beugte den Kopf und sah sie an. Seine Augen hatten sich an die Dunkelheit gewöhnt, aber er konnte die ihren nicht genau erkennen. Er konnte sich nur erinnern, wie leidenschaftlich sie vor zwei Tagen geleuchtet hatten, als er …

Er schüttelte den Kopf, um die Erinnerungen loszuwerden. »Du hast mich nach meiner abscheulichen Vergangenheit gefragt.« Der alte Spott lag wieder in seiner Stimme.

»War sie denn so abscheulich?«

»Oh, ziemlich sogar. Viel zu abscheulich für die zarten Ohren einer Lady«, erwiderte er in seinem gepflegtesten britischen Upper-Class-Akzent. Sie legte die Finger an seinen Mund. Es war eine so sinnliche, so unglaublich verführerische Geste. Sie zeichnete die Konturen seiner Lippen und die Furchen an seinen Mundwinkeln nach. »Ich bin schon lange keine Lady mehr.«

»Du wirst immer eine Lady sein.« Der Spott war ausnahmsweise einmal verschwunden, und er war ebenso überrascht über die Aufrichtigkeit in seiner Stimme wie sie.

»Auch nach ... nach dem Tag auf dem Hügel?«

»Besonders danach.«

Er hätte am liebsten ihre Finger in den Mund genommen und daran geknabbert. Am liebsten hätte er überall an ihr geknabbert.

»Rhys ...«

Er wandte sich ab. »Hmmmmm?«

»Wende dich bitte nicht von mir ab.«

Er grinste sie frech an. »Ich dachte, du hättest Angst, das Zimmer mit mir zu teilen.«

»Nicht vor dir, sondern vor der Art, wie du's gesagt hast.« Sie zögerte. »So roh«, fügte sie hinzu.

Da drehte er sich wieder zu ihr um. »Ich habe nun mal einen grausamen Zug, Mrs. Fallon. Wußten Sie das etwa noch nicht?«

»Ich denke, du willst, daß ich das glaube«, erwiderte sie. »Ich denke, du willst mich um meinetwillen von dir fortscheuchen.«

»Ich tue nie etwas für einen anderen.«

»Du hast gesagt, einmal hast du's getan.«

»Zu meinem unendlichen Bedauern, ja«, gab er zu. »Das war mir eine Lehre. Jetzt bin ich vorsichtiger.«

»Du hast aber schon so viel für Wes und mich getan«, meinte sie.

»Ich hatte meine Gründe.«

»Und was waren das für Gründe?« fragte sie. »Oh, ich weiß, zu Anfang wolltest du aus dem Libby raus, aber dann ... danach hattest du jede Menge Gelegenheiten, dich aus dem Staub zu machen.«

Er zuckte mit den Schultern. »Wußte nicht, wo ich sonst hätte hinsollen.«

Susannah blickte zweifelnd zu ihm auf. »Ich kann nicht glauben, daß das der einzige Grund ist.«

Wieder zuckte er mit den Schultern. »Glaub, was du willst.«

»Komm und übernachte im Haus«, bot sie ihm erneut an.

Er berührte ihr Gesicht, zeichnete zarte Muster auf ihre Haut. »Das willst du nicht wirklich. Und es könnte sehr gut sein, daß ich mich mit deinem Bruder schlagen müßte.«

»Ich will nicht, daß du von hier fortgehst, daß du Texas verläßt.«

»Werde ich auch nicht. Eine Zeitlang zumindest.«

»Vor ein paar Minuten warst du ganz weit weg... Tausende von Meilen von mir entfernt. Warst du in England?«

»Nein«, antwortete er ehrlich. Das hätte er gar nicht gekonnt, nicht, wenn sie ihm so nahe war. Er hatte lediglich versucht, und das ohne Erfolg, das Gefühlschaos, das sie in ihm hervorrief, ein wenig hinter sich zu lassen.

»Wirst du dorthin zurückgehen? Nach England?«

»Ich weiß nicht.«

Das war eins der wenigen Male, die er sich unentschlossen zeigte.

»Wie ist England eigentlich?«

Er entspannte sich ein wenig. »Kalt. Und es regnet sehr viel. Es ist neblig. England ist sehr grün, saftig grün, vielleicht wegen all dem Regen. Hier ist es... eher goldfarben. Wie in Afrika.«

»In Afrika?«

»Ich hab' dort ein paar Jahre verbracht«, sagte er fast abwesend und gar nicht so, als ob er gerade ein wahres Kleinod an Information fallengelassen hätte. Sie saugte den Schatz begierig in sich auf.

Afrika. Exotisches, fremdes Land. Vielleicht erklärte das ja zum Teil seine Rätselhaftigkeit, dieses geheimnisvolle Etwas, das ihn von allen anderen Männern unterschied.

»Was ... was hast du in Afrika gemacht?« fragte sie. Sie konnte ihre Neugier nicht zügeln. Sie wollte mehr über ihn erfahren.

Vielleicht lag es ja an der milden Nacht oder an der Anziehung, die zwischen ihnen knisterte, oder an der plötzlichen Nähe, die er, wie sie wußte, ebenfalls verspüren mußte, auf jeden Fall blickte er sie forschend an und begann zu sprechen.

»Ich war ein Söldner, ein Kundschafter, *Mrs.* Fallon«, erklärte er mit jenem Lächeln, das einen verrückt machen konnte. »Ich habe Siedler ins Landesinnere geführt.« Er sagte nicht, was er sonst noch getan hatte.

Susannah war vollkommen fasziniert, mehr als noch zu Anfang, und das wollte etwas heißen. Afrika, wunderte sie sich erneut. Ein Wort aus einem Geographiebuch. Es gab soviel Rätselhaftes an Rhys Redding, und dieser kleine Leckerbissen verstärkte es nur noch, statt ein wenig Klarheit zu bringen. Nach seiner Aussprache und seiner Redeweise zu schließen, mußte er eine gute Erziehung genossen haben. Er hatte gesagt, er wäre der Sohn eines Lords, aber mit solchem Hohn, daß sie nicht wußte, ob sie es glauben sollte oder nicht. Wie wurde ein Mann wie er Söldner in einem so fernen Land wie Afrika? Und landete dann in einem Gefängnis der Konföderierten? Eine Wette, hatte er gesagt. Aber das erklärte auch nicht viel.

»Kannst du deshalb so gut mit Waffen umgehen?« fragte sie. »Und so gut reiten?«

Er nickte. »Irgendwie erinnert mich Texas an den südlichen Teil von Afrika, die wogenden Hügel, die Ebenen. Gebiete, die so groß sind, daß man tagelang unterwegs sein kann, ohne einer Menschenseele zu begegnen.«

»Du sagtest, du hast ... Siedler begleitet?« *Mehr*, dachte sie gierig. *Erzähl mir mehr.*

»Ich bin mit einer Grundstücksfirma unterwegs gewesen, die den südlichen Teil des Landes besiedeln wollte.« Er zuckte mit den Schultern. »Ich war Führer, Jäger, Beschützer.« *Spieler, Opportunist. Schatzsucher.*

Ihre Hand fand die seine, und ihre Finger verwoben sich mit den seinen. »Wie ist Afrika?«

»Das ist das gleiche, als fragte man, wie Amerika ist«, erwiderte er. »Afrika ist der zweitgrößte Kontinent der Erde und hat mit deinem Land viel gemein. Riesige Wälder, Ebenen wie diese, endlose Wüsten.«

»Und was sind das für Leute, die dorthin auswandern?«

Wieder zuckte er mit den Schultern. »Leute, die denken, der Regenbogen wäre zum Greifen nah, die ihn aber nie erreichen, also ziehen sie immer weiter. Abenteurer oder Möchtegern-Abenteurer, die Land kaufen, ohne zu wissen, was sie damit anfangen sollen.« In seinen Worten lag sehr viel Zynismus. »Und dann die Idealisten und die Missionare. Sie kommen, um eine neue Gesellschaft aufzubauen, um Eingeborene zu bekehren, die gar nicht bekehrt werden wollen, und zwingen ihre Kultur Menschen auf, deren Werte und Tugenden den ihren oft weit überlegen sind.

»Und du? Wie paßt du da hinein?«

»Ah, damit hast du mich erwischt, Liebchen. Ich passe nirgends hinein.«

In seinen Worten lag ein Anflug von Kummer, so leicht, daß man ihn fast hätte überhören können. »Erzähl mir von den Tieren«, drängte sie, bevor er wieder in Schweigen verfallen konnte.

»Ah, also die sind wirklich spektakulär«, sagte er, und ein Glanz trat in seine schwarzen Augen. »Die Tiere sind Afrikas Reichtum. Es gibt riesige Herden davon. Gazellen, Antilopen, Giraffen, Zebras. Herrliche, stolze Löwen. Und Flamingos. Vögel jeglicher Art und Couleur. Also, die Tiere vermisse ich wirklich.«

Susannahs Hand umklammerte die seine fester. Sie wünschte, sie wäre mit ihm dort gewesen, hätte mit ihm die Gazellen, Antilopen und Flamingos gesehen. Sie wollte so sehr, daß seine Augen strahlten und daß sein Mund lächelte. Sie fühlte sich ihm in diesem Moment näher als je zuvor, näher sogar als an jenem Morgen auf dem Hügel, denn heute nacht teilte er etwas von sich selbst mit ihr. Sie wußte nicht, warum. Sie wußte nur eins: Sie wollte, daß diese Minuten ewig anhielten. Er hatte eine Intensität an sich, die sie wie ein Magnet anzog. Doch angezogen fühlte sie sich immer von ihm, fasziniert von jenem flüchtigen Dämon, der ihn beherrschte und der sie sowohl ängstigte als auch lockte.

»Du hast Afrika geliebt, nicht wahr?«

»Ja, vielleicht. Damals war mir das nicht klar. Ich dachte immer nur an England, an eine Rückkehr. Jetzt weiß ich wirklich nicht mehr, warum eigentlich. Ich nehme an, ich war auch nur einer dieser Leute, die nach dem Regenbogen jagen, nur um feststellen zu müssen, daß er sich jedesmal in Luft auflöst, sobald man ihm nahe kommt.« Er bewies eine fast schmerzliche Aufrichtigkeit, die er nie zuvor gezeigt hatte. Er gewährte ihr einen kurzen Blick in eine Seele, die er gewöhnlich jedem Eindringling gegenüber fest verschlossen hielt.

Er lehnte sich an den Zaunpfosten des Korrals und lächelte sie ein wenig schief an. »Also baue nie auf Regenbogen, Liebchen. Sie sind sehr, sehr unzuverlässig.«

»Aber schön anzusehen und wert, sie zu genießen«, sagte sie.

»Aus der Entfernung, vielleicht ... solange dir klar ist, daß ein Regenbogen nichts weiter ist als eine Lichtbrechung, eine Illusion. Kaum drehst du dich einen Moment lang um, ist er auch schon verschwunden.«

»So wie du?«

»Nun, als Regenbogen hat mich bisher noch keiner bezeichnet«, sagte er mit einer Grimasse.

Susannah legte den Kopf schief. »Nein. Dafür bist du viel zu greifbar.«

»Ah, Susannah. Ich bin überhaupt nicht greifbar. Ich bin eine Person, die du dir erschaffen hast. Ich bin eine Illusion, so wie der Regenbogen.«

»Du fühlst dich aber nicht an wie eine Illusion.«

Nein, weiß Gott nicht. Er fühlte sich in diesem Moment ganz besonders als das an, was er war: ein Mann. Ein sehr erregter Mann. Er sah sie an. Ihr schwarzes Haar war mit einem Band zurückgehalten, und sie hob ihm ihr Gesicht entgegen, erwartungsvoll und herausfordernd. Zum Teufel, wo war seine Willenskraft?

Verlangend beugte er den Kopf, und sie reckte sich zu ihm hoch, bis sich ihre Lippen trafen. Beide waren sie von derselben heftigen Sehnsucht, von derselben heißen Lust erfüllt, von einem Gefühl, das so stark war, daß die Luft um sie herum zu singen schien. Er schlang die Arme um sie und riß sie besitzergreifend an sich. Der Wunsch, sie überall zu berühren, war quälend heftig. Er wollte über ihren Rücken streichen, wollte fühlen, wie sie vor Erregung zitterte, genau wie vor zwei Tagen. Er fühlte ein unerträgliches Brennen in seinen Lenden, eine Sehnsucht, die, wie er langsam glaubte, mit Susannah begann und mit ihr endete. Ob es immer so bleiben würde? Selbst wenn er fort war?

Der bloße Gedanke verlieh seinem Kuß einen fast verzweifelten Charakter, eine Wildheit und Unkontrollierbarkeit, die ihn bis in sein Innerstes erschütterte.

Wenn sie doch bloß ungestört wären, aber das waren sie nicht. Er ... sie bedeutete ihm zuviel, als daß er mit ihr ins Haus gegangen wäre, trotz seiner groben Bemerkung von vorhin. Was Wes dachte, kümmerte ihn nicht besonders, ihr Schmerz zuzufügen, widerstrebte ihm jedoch sehr, wie er feststellen mußte. Und er wußte, daß eine Rauferei mit ihrem Bruder genau das bewirken würde.

Gott helfe ihm, aber er wurde auf seine alten Tage noch ehrenhaft! Er haßte, was sie mit ihm machte, seinen Schutzwall Schicht für Schicht abzutragen, so daß er bald nicht mehr wußte, wer er eigentlich war.

Er löste sich sanft, aber entschlossen aus ihren Armen. Er vermied ihren Blick. »Es war ein sehr langer Tag.«

»Frühstückst du morgen mit uns?«

»Ich glaube nicht, daß das eine gute Idee ist, Liebchen.«

»Warum nicht?«

»Muß ich das wirklich erklären?«

»Nur, wenn du nicht das fühlst, was ich fühle.«

Seine Brauen zogen sich interessiert zusammen. »Und was wäre das?«

Sie versuchte, das Unbeschreibliche zu beschreiben. »Hunger«, sagte sie schließlich. »Aber nicht unbedingt auf Essen.«

Er hätte sich beinahe verschluckt, und sein eigener Hunger wurde noch stärker. »Du kannst ganz schön… offen sein, weißt du?«

»Ich weiß, und das ist ja das Komische. Ich war mal ein Ausbund an Tugend. Na, beinahe jedenfalls«, fügte sie hinzu.

Er grinste, ein Grinsen, das diesmal auch seine Augen erreichte. »Ein Ausbund an Tugend? Über Land ziehen wie eine Zigeunerin. Auf Leute schießen. Männerhosen anziehen. Tugendhaftigkeit, mein Liebes, scheint nie deine Stärke gewesen zu sein.«

Susannahs Herz flatterte wie wild, als sie hörte, wie zärtlich er »mein Liebes« sagte. Fast, als ob er es ehrlich meinte. Aber bevor sie noch weiterfragen konnte, trat er zurück.

»Gute Nacht, Mrs. Fallon«, sagte er, aber diesmal lag kein Sarkasmus in seiner Stimme, sondern bloß eine rauhe Wärme, die sie von Kopf bis Fuß erglühen ließ. Sie blickte ihm nach, während er auf die Arbeiterbaracke zuging.

Er hielt inne, als er die Tür öffnete, und zuckte zusammen, als ihm der fröhliche Schnarchchor ans Ohr drang. Verdammt, er hätte heute nacht in ihrem Bett schlafen können.

Was hatte er sich bloß dabei gedacht? Er hoffte nur, daß Edelmut nicht ansteckend war. Der Himmel helfe ihm, falls es so sein sollte!

Leider hatte er den Verdacht, daß dem so war, und daß es ein verdammt einsames Geschäft war.

Wes blickte aus dem Fenster seines dunklen Zimmers. Kein Licht; er wollte es so haben. Das paßte zu seiner finsteren Stimmung.

Er beobachtete, wie Rhys Redding seine Schwester in die Arme nahm, sah, wie sie sich an ihn schmiegte, wie die beiden Silhouetten zu einer einzigen verschmolzen. Er versuchte sich einzureden, daß es Wut war, die ihm in die Glieder fuhr, aber er wußte, daß es nicht stimmte. Es war die Leere, die in ihm herrschte, Leere und Eifersucht. Seine eigene, schreckliche Einsamkeit.

Wie sehr er sich wünschte, das gleiche mit Erin tun zu können, sie einfach in den Armen zu halten, sich ihrer Zärtlichkeit hinzugeben, sich mit ihrer Hilfe von den Schmerzen und den Alpträumen und den Erinnerungen zu befreien.

Er schluckte hart und schmeckte den bitteren Nachgeschmack des Whiskeys, den er getrunken hatte. Und mehr als das: Er schmeckte den Ekel vor sich selbst, vor dem, was aus ihm wurde.

Redding ging nun, und Wes fiel ein Stein vom Herzen. Die Anziehung zwischen den beiden war ihm keineswegs entgangen; verdammt, er hätte taub und blind sein müssen, statt bloß verkrüppelt, um es nicht zu bemerken.

Verkrüppelt. Es gab immer noch Momente, in denen er das vergaß. Morgens, wenn er aufwachte, zum Beispiel und das fehlende Bein kribbeln fühlte. Es war dann immer, als ob er die schlimme Nachricht aufs neue erfahren würde. An jedem Morgen seines Lebens sagte ihm sein eigener Körper, daß er kein ganzer Mensch mehr war. Also hatte er kaum etwas zu Susannah gesagt. Er wußte, daß sie Redding brauchten, und das machte ihn wütend wie nichts zuvor in seinem Leben. Er konnte die Seinen nicht beschützen und mußte sich hinter einem Abenteurer, oder etwas noch Schlimmerem verstecken.

Er wandte sich vom Fenster ab und blickte auf die Flasche, die auf dem Tisch stand. Er wollte noch einen Drink. Gott, wie sehr er sich nach dem Vergessen sehnte, das ihm der Alkohol, zumindest eine Zeitlang, schenkte.

Er biß die Zähne zusammen. Nein, nicht heute nacht. Wenn er die heutige Nacht ohne einen Drink überstand, würde er vielleicht auch den morgigen Tag ohne überstehen. Er mußte einfach. Für Susannah, wenn schon nicht um seiner selbst willen. Er durfte sie einfach nicht mehr mit Redding alleinlassen.

17

»Bill ist immer noch nicht zurück.«

Normalerweise war das kein Grund zur Beunruhigung, aber heute sahen sich Wes und Susannah, die gerade beim Abendessen saßen, besorgt an. Bill Morris war um die Mittagszeit aufgebrochen, um in der Stadt ein paar Vorräte einzukaufen.

Wes kämpfte sich hoch. »Ruf ein paar Männer zusammen«, sagte er zu Jaime. »Ich komme mit euch.«

Susannah wurde ganz übel. Sie ahnte Schlimmes. Bill war einer ihrer jungen Rancharbeiter und gewöhnlich recht zuverlässig. Sie wußte, daß er gern mal im Saloon der Stadt einen hob, aber nicht jetzt, nicht, wo er wußte, wieviel Sorgen sie sich machen würden.

Susannah wäre am liebsten mitgegangen, aber ihr Bruder hatte inzwischen mehr und mehr Verantwortung übernommen, und sie wollte nichts tun, um sein langsam wachsendes Selbstvertrauen wieder zu erschüttern.

Lieber Gott, wie sie es haßte, rumzusitzen und ihn davonreiten zu sehen, zuschauen zu müssen, wie die Dinge auf der Ranch ohne sie vonstatten gingen, keinen Anteil daran zu haben, aber sie wußte, daß sie es Wes zuliebe tun mußte. Es war ungeheuer wichtig für ihn, die Erfahrung zu machen, daß er immer noch die Führung übernehmen und einen Beitrag leisten konnte, um dann irgendwann wieder auf eigenen Füßen zu stehen.

Und Rhys. Er war ihr in den letzten Tagen, genauer gesagt seit jenem Kuß am Korral, sorgfältig aus dem Weg gegangen. Sie wußte nicht, wo er jetzt gerade war, und das schmerzte sie. Sie wollte ihn hierhaben. Sie brauchte seinen Trost. Sie wollte, daß er mit Wes ging und dafür sorgte, daß es keine Schwierigkeiten gab. Aber das konnte sie von keinem der beiden Männer verlangen. Sie fühlte sich so verdammt hilflos, hin und her gerissen zwischen dem Drang, etwas zu tun und ihrem Bedürfnis, zu nähren und zu schützen.

So schluckte sie also sämtliche Einwände und Alternativvorschläge herunter und sah zu, wie Wes zum Gewehrständer humpelte und sich ein Gewehr davon aussuchte. Während der letzten drei Wochen hatte sie fast schon zu hoffen gewagt, daß die Martins sie in Ruhe lassen würden. Sie hätte es wirklich besser wissen müssen.

Susannah und Wes erwarteten schon seit Ablauf ihrer einwöchigen »Gnadenfrist« Probleme oder Gewalttätigkeiten irgendwelcher Art, doch nichts war bisher passiert. Susannah mußte an das sprichwörtliche Schwert des Damokles denken, das an einem Haar über ihnen hing. Und jetzt wußte sie, daß Lowell Martin es höchstwahrscheinlich genau so geplant hatte.

Die Wachen, die tagsüber die Pferde auf den Weiden bewachten, waren verdoppelt worden, und ein doppeltes Kontingent an Männern war auch des Nachts rund um die Ranch postiert. Das bedeutete, daß die Arbeiter siebzehn bis achtzehn Stunden am Tag auf den Beinen waren, und die Stimmung war entsprechend gespannt.

Sie fragte sich oft, was sie wohl über Rhys Redding dachten, ob sie mehr als nur das Greenhorn, den Gast in ihm sahen. Keiner hatte Fragen gestellt, sondern seine Anwesenheit, wenn auch nicht ihn selbst, einfach akzeptiert.

Susannah stellte fest, daß sie ihn mieden. Er war anders als sie. Und ihm schien das ganz recht zu sein. Er war nicht unfreundlich, aber auch nicht zugänglich. Ein Mindestmaß an Höflichkeit mußte genügen. Er sagte »Guten Tag«, statt »Hallo«. Er vermied darüber hinaus jegliche Rancharbeit, verschwand häufig während des Tages, übernahm nachts jedoch öfters eine Wache. Dann stand er immer draußen, eine reglose, einsame Gestalt, von der niemand wußte, ob sie im Ernstfall überhaupt etwas taugte.

Seit ihrem Gespräch am Korral mied er sie also, tippte lediglich an den Hut, wenn er sie sah, und lächelte sie mit jenem schiefen, spöttischen Lächeln an, das so unnachahmlich war. Doch er blieb nie stehen, um sich mit ihr zu unterhalten. Ihr nun erwachter Körper nahm seine Distanziertheit, sein Verschwinden, noch schwerer hin als während ihrer Reise. Er ging einfach seiner Wege, wo immer die auch hinführten. Er kam zu den Mahlzeiten nie ins Haus und kehrte gewöhnlich erst spätabends zur Ranch zurück. Dann ging er meist sofort zur Baracke.

Auch wenn Rhys sie aus freien Stücken mied, hatte Wes ihr in den letzten Wochen unmißverständlich klargemacht, daß er seine Verantwortung als ihr Bruder ernstzunehmen gedachte. Er schien entschlossen zu sein, sie nicht mehr mit Rhys allein zu lassen. Ja, er nahm sogar das Abendessen wieder mit ihr ein und begleitete sie, wenn sie danach noch einen Abendspaziergang machte. Alles nur, um sie nicht aus den Augen zu verlieren.

Leider war sein neuerwachter und einst von ihr ersehnter Beschützerinstinkt nicht mehr vonnöten, wie sie sich bitter eingestehen mußte. Rhys Redding hatte offensichtlich das Interesse an ihr verloren.

Der Gedanke war schrecklich für Susannah. Und jetzt, als sie besorgt zusah, wie Wes zur Tür humpelte, wünschte sie sich mehr denn je, Rhys wäre hier. Aber sie hatte keine Ahnung, wo er steckte. Sie wußte nur, daß er schon frühmorgens ausgeritten war.

Ihre Sehnsucht nach ihm war überwältigend. Sie sehnte sich nach seiner natürlichen Kompetenz, nach seiner Selbstsicherheit, nach der tröstlichen Versicherung, daß mit Bill alles in Ordnung war und Wes nicht in irgendwelche Schwierigkeiten hineinrannte. Sie wünschte, er würde ihr beistimmen, daß sie nicht zu gehen brauchte, daß sie Wes mehr Zeit geben mußte.

Sie wollte Rhys so sehr, daß sie sich am liebsten in ihrem Bett zusammengerollt und geweint hätte.

Und sie fragte sich, ob sie je aufhören würde, ihn zu begehren.

Wes und fünf andere sattelten ihre Pferde. Sie fanden den Wagen auf dem halben Weg zur Kreuzung. Er lag umgestürzt am Straßenrand. Die Vorräte waren verschwunden, die Pferde ebenfalls. Bill war tot, zerquetscht unter dem Wagen. Ihr anschließender Besuch beim Sheriff half ihnen auch nicht weiter.

»Muß 'n Unfall gewesen sein«, sagte der Gesetzeshüter. »Kann keine Kugeln nich seh'n.«

Wes versuchte mühsam, seine Wut im Zaum zu halten. »Kann auch keine Vorräte nich seh'n«, äffte er den Sheriff nach.

Der warf ihm einen langen, harten Blick zu. »Schaun Sie, Sie sin hier nich gerade beliebt. Kann verstehen, daß 'n paar Leute denken, das Recht zu haben, sich nehmen zu können, was rumliegt.«

»Werden Sie irgendwas unternehmen?«

»Och, ich frag' natürlich rum, klar. Aber erwarten Sie mal nich zuviel.«

Wes konnte seine Frustration kaum noch im Zaum halten. Nun, man hatte ihn ja gewarnt, und jetzt wußte er auch, warum. Der Sheriff stand offensichtlich auf der Lohnliste der Martins. »Ich werd' mich selber darum kümmern«, stieß er zornig hervor.

Der Sheriff maß ihn mit einem verächtlichen Blick. »Ein einbeiniger Yankee?« Das waren dieselben Worte, die die Martins benutzt hatten, und wieder stieg in Wes das altbekannte Gefühl von Machtlosigkeit auf. Außerdem war es für ihn ein Beweis dafür, daß die Martins und der Sheriff miteinander geredet haben mußten, und zwar erst kürzlich. Am liebsten hätte er dem Sheriff einen Fausthieb verpaßt, mitten in sein fettes Grinsen, aber nicht mal das konnte er. Er würde flach auf die Nase fallen. Er biß die Zähne zusammen, stieg aufs Pferd und galoppierte davon, verfolgt vom höhnischen Gelächter des Sheriffs.

Rhys kam zwei Stunden nachdem Wes fortgeritten war zurück. Als er die Neuigkeiten hörte, kam er sofort zum Haus, um mit Susannah zusammen zu warten. Er saß stocksteif und mit zusammengekniffenem Mund da.

»Willst du, daß ich ihnen nachreite?« fragte er.

Sie mußte eine der schwersten Entscheidungen ihres Lebens treffen. »Nein«, sagte sie. Wes würde ihr nie vergeben, wenn sie ihm Rhys Redding als Kindermädchen nachschickte. Ihr Bruder hatte eine Entscheidung getroffen, eine Entscheidung, die sie schon lange herbeisehnte, nämlich, die Verantwortung zu übernehmen, und da durfte sie ihm keine Steine in den Weg legen.

Trotzdem, das Warten war quälend. Rhys hatte sich bewußt ganz auf die andere Seite des Raums gesetzt und hielt sowohl seine Augen als auch seinen Körper auffällig abgewandt. Es war, als ob jene Momente der Vertrautheit am Korral nie existiert hätten.

Sie bot ihm etwas zu essen an und war überrascht, als er akzeptierte. Er aß, wie er alles tat: mit einer Maske kühler Gleichgültigkeit, die durch die wachsame Intensität seines Blicks jedoch Lügen gestraft wurde.

Er fing an, Hannah zu bezaubern, als ob das seine Methode wäre, nicht aus der Übung zu kommen. Auch das machte er vorzüglich, und Hannah, die sonst recht vorsichtig war, wenn es um Leute ging, die sie nicht kannte, schmolz dahin wie Schnee an der Sonne. Er fragte nach ihrer Familie, lockte Geschichten aus ihr heraus, die nicht mal Susannah gehört hatte.

Da merkte Susannah auf einmal, daß sie anfing, sich ein wenig zu entspannen, während sie zuhörte, mit welchem Eifer die Haushälterin plötzlich erzählte. Sie sah zu Rhys hinüber und fand seinen Blick auf sie gerichtet, einen Blick, den er sofort wieder hinter seiner Maske verbarg, nicht jedoch, bevor sie das leidenschaftliche Glühen darin gesehen hatte, die nackte Gier, mit der er sie ansah. Auch ihr wurde bei diesem Blick schwindelig vor Erregung, und sie wußte in diesem Augenblick, daß er ihr lange nicht so gleichgültig gegenüberstand, wie er sie glauben machen wollte.

Wenn sie sich nicht so schreckliche Sorgen um Wes gemacht hätte, hätte sie vielleicht etwas unternommen. Doch noch während sie darüber nachdachte, hörte sie Hufschlag und rannte zur Tür. Alle sechs Männer kehrten zurück. Mit einem glücklichen Grinsen auf dem Gesicht wirbelte sie herum, direkt in Rhys' Arme.

Er öffnete sie automatisch, und sie konnte seine Hitze an ihrem Leib spüren und wie sie seine Arme kurz an sich preßten, bevor er sie losließ und zurückwich, als ob er einen Schlag erhalten hätte. Sie drehte sich um und sah Wes mit finsterem Gesicht die Veranda heraufkommen.

Sie drehte sich wieder zu Rhys um. Das spöttische Lächeln lag wieder auf seinen Zügen, während er Wes erwartungsvoll entgegenblickte. »Sie haben ein verdammt gutes Dinner verpaßt«, sagte er leichthin. »Und – den vermißten Reiter gefunden?«

Wes funkelte ihn böse an. »Er ist tot.«

Rhys wurde sofort ernst. »Weiß man, wer …?«

»Ich weiß es, kann aber nichts beweisen. Der Sheriff sagt, ich als Yank müßte mit Feindseligkeiten wie diesen rechnen.«

»Dann hat's also angefangen«, sagte Rhys mit kalter, emotionsloser Stimme.

»Es hat angefangen«, bestätigte Wes mit einem stählernen Unterton, der neu war.

Wes, Susannah und Jaime beschlossen in dieser Nacht, daß kein Rancharbeiter mehr allein ausreiten dürfe, und auch Susannah mußte künftig auf ihre Alleinritte zu Erin oder zu ihrer alten Ranch verzichten.

Die einzige Ausnahme, das wußte Susannah, war Rhys, der niemandes Befehl folgte. Wie um es klarzustellen war er letzte Nacht kurz nach Wes' Rückkehr abrupt gegangen.

Aber zu ihrer Überraschung sattelte er am nächsten Morgen zusammen mit den anderen Arbeitern sein Pferd und schloß sich dem Auftrieb auf die Weide an. Susannah stand auf der Veranda und sah zu, wie sie fortritten. Ihr Herz klopfte stürmisch wie immer, wenn sie ihn sah.

Rhys sah sie dort stehen. Sie trug ein blaues Kleid, das ihre lavendelfarbenen Augen noch mehr hervorhob. Das stellte er sich zumindest vor, denn er war ihr nicht nahe genug, um es sehen zu können.

Teufel noch mal, aber er wünschte, er könnte diese Augen aus seinen Gedanken verbannen, wie er schon so vieles andere in seinem Leben aus seinen Gedanken verbannt hatte. Aber sie hatte sich langsam, aber sicher in sein Herz gestohlen, ganz gleich, wie sehr er sich auch dagegen wehrte, wie angestrengt er versuchte, Abstand zu gewinnen, er konnte ihr einfach nicht mehr entkommen. Als die Tage ereignislos verstrichen waren, hatte er schon halbwegs gehofft, daß die Drohung vielleicht übertrieben gewesen war, daß er gar nicht mehr gebraucht wurde und gehen konnte, ohne unerledigte Dinge zu hinterlassen. Unerledigte Dinge. Das war alles. Kein Gewissen oder gar Loyalität oder dergleichen Unsinn. Er haßte eben einfach, wenn etwas unerledigt blieb. Es störte ihn.

Also hatte er beschlossen, an diesem Morgen mitzureiten. Er brauchte die Ablenkung durch die Gesellschaft anderer. Wie oft hatte er in den vergangenen Tagen zum Haus gehen wollen! Wie oft hatte es ihn gedrängt, in das Fenster zu klettern, das zu ihrem Zimmer führte! Wie oft hatte er sich vorgestellt, ihren Hals, ihre Brüste zu küssen und noch einmal in ihren weichen Schoß einzudringen!

Er konnte sich solchen Unsinn einfach nicht leisten. Er hatte gedacht, wenn er sie einmal besessen hatte, würde die überwältigende Anziehungskraft nachlassen. Irrtum. Sie war sogar noch stärker geworden, noch zwingender. Sie war fast immer da, in fast jedem seiner wachen Momente und manchmal auch im Schlaf. Er wachte dann schweißgebadet auf, sein Geschlecht hart und pochend, und er mußte all seine Widerstandskraft aufbieten, um Susannah weiterhin fernzubleiben.

Es nicht zu tun, würde eine Katastrophe bedeuten. Für sie. Für ihn. Es gab einfach keine Zukunft für sie beide. Er war nicht der Typ Mann, der heiratete – selbst wenn sie ihn noch haben wollte, nachdem sie über seine Vergangenheit Bescheid wüßte, wenn sie wüßte, daß er der Bastard einer Hure, ein Lügner und Betrüger war. Wenn er seiner Begierde nachgab, würde er nur noch Schlimmeres anrichten, und das konnte er ihr einfach nicht antun. Sich selbst ebensowenig. Es war ihm noch nie schwergefallen, mit sich zu leben; er wollte nicht, daß sich das jetzt änderte.

Um seine niederen Instinkte in eine etwas produktivere Richtung zu lenken, konzentrierte er seine gesamte Aufmerksamkeit auf das Land, das sie durchritten. Er hatte bereits weite Gebiete davon erkundet; nun würde er sich noch vertrauter mit der Ranch, dem Weideland und dessen Grenzen machen.

Und mit den Verstecken! Man wußte nie, wann man sie einmal brauchte. Er sagte nichts zu den anderen, hielt Abstand wie immer und den Blick allzeit in Bewegung, forschend, suchend nahm er jeden Baum, jeden Hügel, jedes Tal in sich auf. Straßen. Entfernungen. Orientierungspunkte.

Er genoß den Ritt, trotz seiner beunruhigenden Besessenheit von Susannah Fallon. Es war ein ungewöhnlich schöner Tag: Die Sonne schien, und zarte Schäfchenwolken zogen über einen strahlend blauen Himmel. Das erinnerte ihn an die sorglosen Tage in Afrika. An das pure physische Vergnügen an einem guten Ritt... an das Gefühl der Sonne auf der Haut an einem unvergleichlichen Tag wie diesem.

Wenn seine Gedanken bloß nicht mit so vielen anderen Dingen beschäftigt gewesen wären. Hübsche, dunkelhaarige Dinge. Verantwortung. Himmel noch mal, er haßte es, Verantwortung zu übernehmen. Das hatte er immer schon. Es schränkte einen bloß ein, beschnitt die Freiheit und auch die Wahlmöglichkeiten.

Das Problem war nur – und das beunruhigte ihn am meisten –, daß er sich gar nichts anderes wünschte, als hierzubleiben. Aber hier gab es kein Zuhause für ihn. Das wußte er. Genausowenig wie anderswo. Es war reiner Wahnsinn, es sich überhaupt vorzustellen.

Er beobachtete, wie Jaime und Wes die Pferde an den Vorderbeinen fesselten und die Wachen rund um die Herde postierten. Jaime hatte versucht, freundlich zu sein, aber Wes hatte ihn wie gewöhnlich überwiegend ignoriert.

Rhys fragte sich, ob Wes vielleicht ihre Umarmung vor vierzehn Tagen gesehen hatte. Das sollte ihm jedenfalls zu denken geben, bevor er sich noch einmal mit Erpressung versuchte. Rhys stellte überdies mit einiger Befriedigung fest, daß Wes heute morgen nicht nach Whiskey roch, und sein Gesicht war auch nicht rot und aufgequollen, wie manchmal in den ersten Tagen, nachdem sie Texas erreicht hatten.

Aber das langweilige Pferdehüten wurde ihm schon bald öde, und um die Mittagszeit rief er Wes daher einen ironischen Gruß zu und galoppierte davon. Er wandte sich gen Westen, einem Teil des Ranchgeländes zu, das er noch nicht ganz erkundet hatte. Er wußte, daß Wes sich über sein Verbleiben und ob er vielleicht zur Ranch zurückritt, Sorgen machen würde. Er wußte es genau, aber er verscheuchte den Gedanken. Wes konnte verdammt noch mal denken, was er wollte.

Er mußte über die Martins nachdenken, als er, sobald er außer Sichtweite der anderen war, sein Pferd zügelte und in eine langsamere Gangart verfiel. Der gestrige Mord war das erste warnende Säbelrasseln gewesen. Mehr würde folgen. Er wünschte bei Gott, er wüßte besser über sie Bescheid.

Er berührte das Gewehr, das er am Sattel befestigt bei sich trug. Er trug immer noch keinen Pistolengürtel wie jeder andere auf der Ranch, einschließlich Wes. In Afrika hatte er immer einen getragen, und er fürchtete nun, daß die Selbstverständlichkeit, mit der er ihn trug, zuviel über ihn verraten würde. Jeden Mann mit einem Pistolengürtel umgab eine gewisse Aura, die mehr als Worte darüber sagte, wie gut er damit umgehen konnte. Eine Art natürliche Vertrautheit. Er wollte nicht, daß man ihm *seine* Vertrautheit mit der Waffe jetzt schon anmerkte. Dieses Wissen konnte sich als zu wertvoll für Susannahs Feinde herausstellen.

Susannah. Warum landeten seine Gedanken am Ende immer wieder bei ihr? Er hatte bisher nie länger als ein paar Stunden oder höchstens vielleicht eine Woche lang an ein und dieselbe Frau gedacht, und das auch nur, wenn sie besonders gut war, was gewisse Fertigkeiten anging. Gewöhnlich wurde er ihrer recht bald überdrüssig.

Er kannte Susannah jetzt schon seit Monaten, und seine Faszination, seine Begierde wurde mit jedem Tag stärker und stärker, bis sie ihn fast verzehrte. Er verstand das einfach nicht. Er hatte noch nie mit jemandem auf diese Art geschlafen, nicht mit solch sanfter, bewußter Zärtlichkeit, von der er nicht gewußt hatte, daß er sie überhaupt besaß. Und seine Lust war nie größer gewesen, war nie herrlicher befriedigt worden.

Allein der Gedanke daran ließ ihn wieder steif werden, erfüllte seinen Körper mit Glut, und er schüttelte den Kopf, um wieder klar denken zu können, um sich statt dessen auf gefährlichere Dinge konzentrieren zu können. Oder auf weniger gefährliche, dachte er grinsend.

In dem Versuch, seinen Gedanken zu entfliehen, trieb er sein Pferd zu einer schnelleren Gangart an. Er hatte sich inzwischen weit von Wes und den anderen Rancharbeitern entfernt, mehr als einen Stundenritt, schätzte er, als er über einen Hügel ritt und Reiter auf sich zukommen sah.

Wenn er nicht so mit Susannah beschäftigt gewesen wäre, hätte er ihr Kommen vielleicht schon eher gespürt. Nun, über verpaßte Gelegenheiten... Er überlegte blitzschnell, wie er sich am besten verhalten sollte. Was würde Rhys Redding, den er darzustellen versuchte, jetzt tun? Fersengeld geben oder dableiben und sie mit der Arroganz empfangen, die er ihnen schon neulich unter die Nase gerieben hatte? Gottverdammt, genau das war es, er hatte an Susannah gedacht und war unvorsichtig geworden.

Verflucht. Er wußte es doch wirklich besser!

Es waren mindestens zwölf, vielleicht mehr. Sie kamen unheimlich schnell auf ihn zu. Welche Waffen standen ihm zur Verfügung? Er überlegte rasch: ein Gewehr und ein Messer, das in seinem Stiefel steckte. Er entschied sich für die klügere Lösung. Er zog sein Pferd herum, stieß ihm die Fersen in die Seiten und galoppierte davon, was das Zeug hielt.

Und er hätte es auch geschafft, wenn sein Reittier nicht in ein Kaninchenloch geraten wäre. Es stürzte der Länge nach zu Boden und blieb auf der Seite liegen. Rhys hatte gerade noch Zeit, sich vorher aus dem Sattel zu werfen und sich aufzurichten, als er auch schon von den Reitern umringt wurde. Zwei von ihnen richteten ihre Gewehre auf ihn.

Ihr Anführer war, wie er feststellte, Hardy Martin, der Bruder des Rudelführers, der damals mit Susannah verhandelt hatte. Rhys zwang sich zu einer lässigen Haltung, während das arme Pferd neben ihm qualvoll strampelte – offensichtlich war sein Bein gebrochen. Er warf einen Blick auf sein Gewehr, das noch im Halfter steckte.

»Wen haben wir denn da – das großmäulige Greenhorn«, höhnte Hardy Martin. »Und reiten kann er auch nich, wie ich sehe.«

»Der Wilde«, erwiderte Rhys, der einfach nicht anders konnte, als es dem Schurken heimzuzahlen. Er trat zu seinem Pferd und bückte sich nach seinem Gewehr. Er hielt erst inne, als ein Schuß ertönte und Staub zu seinen Füßen aufwirbelte.

»Ich denke, sogar ein Wilder wird gestatten, daß ich dieses Tier hier von seinem Leid erlöse«, sagte er. In seiner Stimme lag wieder die arrogante Überheblichkeit eines englischen Lords. Himmel, er hatte diese Schnösel oft genug erlebt und nicht selten sogar, wenn auch widerwillig, bewundert.

Hardy blickte einen seiner Männer an. »Kümmre dich drum.«

Der Mann senkte sein Gewehr und erledigte das Pferd mit einem gezielten Schuß. Rhys empfand tiefes Bedauern, ja, Kummer. Das Pferd hatte ihn ein ganzes Stück Weges getragen, und Tiere hatten ihm schon immer nähergestanden als Menschen. Noch ein Minuspunkt für die Martins.

Falls er je die Chance zu einem Gegenschlag bekam. Wenn er sich Hardy Martin so ansah, zweifelte er daran. Er warf einen Blick auf sein Gewehr, das nun unter dem toten Pferd eingeklemmt war. Er fluchte innerlich, während er den Mund zu einem verächtlichen Lächeln verzog. »Und was kann ich für Sie tun... Gentlemen?«

Hardy Martin knurrte. »Zeit, daß dir mal jemand Manieren beibringt.«

»Sie zum Beispiel?« fragte Rhys und zog erstaunt die Augenbraue hoch. Er bezweifelte sowieso, hier lebend wieder rauszukommen, und da wollte er verdammt sein, wenn er vor ihnen kriechen würde. Selbst der erbärmlichste Engländer, dachte er mit der Überheblichkeit des Walisers, würde das vor diesem Abschaum nicht tun.

Hardy blickte auf einen seiner Männer. »Kein Pferd. Da wird er wohl laufen müssen.«

Ein anderer nickte. »Ich werd' ihm dabei helfen.« Rhys beobachtete mißtrauisch, wie der Mann ein Lasso von seinem Sattel nahm und es schwang. Rhys duckte sich, und es fiel zu Boden, doch da wirbelte auch schon ein anderes und noch eins und noch eins.

Bis sich eins um seinen Körper schlang und rasch zusammengezogen wurde, bevor er noch Gelegenheit fand, es herunterzureißen. Er versuchte, das Messer in seinem Stiefel zu erreichen, wurde jedoch mit einem brutalen Ruck umgerissen, und dann trabten die Männer auch schon davon, wobei sie ihn hinterherzerrten.

Er landete auf dem Rücken und rollte sich sofort herum, versuchte aufzustehen, während sie ihn über trockene Erde und Felsbrocken schleiften. Das Blut lief ihm am Arm herunter, und seine Kleidung wurde in Fetzen gerissen. Er spürte einen brennenden Schmerz an der Hand, als er sich diese an einem scharfen Felsbrocken aufriß. Er holperte auf und ab wie ein Sack Kartoffeln, schlug immer wieder schmerzhaft am Boden auf und blutete inzwischen aus zahlreichen Riß- und Schürfwunden.

Plötzlich hielten die Reiter an, und Hardy ritt zu ihm und musterte ihn unzufrieden, während sich Rhys langsam und qualvoll hochrappelte.

Hardy blickte seine Männer an und höhnte: »Wollen sehen, wie grün er wirklich is.« Er bedeutete einem von ihnen, abzusteigen und zu Rhys zu gehen. Ein kräftiger Ruck am Seil, und er wurde erneut zu Boden gerissen, und der Mann, der zu ihm getreten war, riß Rhys die Stiefel von den Füßen, wobei das Messer herausfiel.

»He, Jungs, seht euch das an. Ob er überhaupt damit umgehen kann?«

»Teufel, nö«, sagte Hardy. »Muß wohl zum Weitwerfen oder so was sein. Bind ihm die Flossen zusammen und zieh ihn hoch.«

Rhys sah, wie der Mann ein Stück von dem Lasso, an dem man hinterhergeschleift hatte, abschnitt und das Messer in seinen Gürtel steckte. Großer Gott, ihm taten sämtliche Glieder weh. Aber seine Wut war größer als seine Schmerzen und auch größer als seine Vorsicht.

Der Mann, der dachte, Rhys' Mut wäre inzwischen gebrochen, beugte sich vor und wollte seine Hände packen. Das war ein Fehler. Rhys vergaß seinen Plan, den harmlosen Engländer zu spielen. Er vergaß alles bis auf seinen Drang, es den Männern heimzuzahlen. Mit einer Bewegung, die so blitzschnell war, daß keiner ihn aufhalten konnte, riß er das Messer aus dem Gürtel des Mannes und rammte es ihm in den Bauch. Dann stieß er ihn sofort gegen eins der Pferde, das stolperte und seinen Reiter abwarf. Rhys packte den Mann am Genick und wollte es schon zurückreißen, so wie vor Monaten bei dem Armeemajor, als er auch schon von zahlreichen Armen gepackt wurde.

»Tötet ihn nicht«, hörte er jemanden brüllen, »noch nicht«, und er spürte, daß Gefahr von hinten drohte. Als er sich umdrehen wollte, wurde ihm auch schon eine Pistole über den Schädel gehauen. Er versuchte noch, sich zu ducken, wurde aber von zu vielen Händen festgehalten, und so traf die Waffe ihn an der Seite seines Kopfes. Dunkelheit umfing ihn.

Er wachte auf, als ihm jemand Wasser ins Gesicht schüttete. Er versuchte sich zu bewegen, konnte es aber nicht. Seine Hände waren fest auf seinen Rücken gebunden, und um seinen Hals lag eine Schlinge. Das Hemd war ihm ausgezogen oder heruntergerissen worden, und er war barfüßig.

»Hat mehr Mumm, als ich gedacht hätte«, sagte Hardy, richtete sich im Sattel auf und blickte auf ihn hinunter. In der Hand hielt er das Ende des Seils, das um Rhys' Hals geschlungen war. »Kann 'n bißchen dauern, bis du zu wimmern anfängst.« Er mußte grinsen. Der Gedanke amüsierte ihn offensichtlich

Er wandte sich an einen anderen, der gerade wieder seine Feldflasche am Sattel festmachte. Über dem Pferd hing ein lebloser Mann. »Haste Hooper festgebunden?«

Der Mann nickte.

»Dann laß uns gehen. Hab 'ne Idee, wie wir uns 'nen kleinen Spaß machen können. Da gibt's 'n richtig schönen Baum, nicht allzu weit von hier.« Er drehte sich wieder zu Rhys um. »Macht dir doch nix aus zu laufen, hä?«

Rhys schwieg und versuchte, seine Wut zu zügeln. Er hatte schon einmal zu rasch gehandelt. Zweimal war er heute schon unvorsichtig gewesen. Also stand er einfach bloß da, hoch aufgerichtet, als ob er nicht bereits aus einem Dutzend Wunden bluten würde.

Hardy zuckte die Schultern und spornte sein Pferd zu einem langsamen Trab an, wobei er sich nicht die Mühe machte, sich umzusehen, ob Rhys auch mitkam.

Rhys sah, wie sich das Seil langsam spannte. Er war durstig. Himmel, war er durstig. Aber seine Beine fingen an, sich wie von selbst zu bewegen, und er versuchte, so leicht wie möglich aufzutreten, während er mit bloßen Füßen über die heiße, trockene Erde und die Steinbrocken lief. Er mußte das Seil schlaff halten, oder er würde sich das Genick brechen. Und er war noch nicht bereit zu sterben. Noch nicht.

Oh, das würden sie ihm büßen. Das würden sie ihm bitter büßen. Er würde nicht sterben, bevor er's ihnen heimgezahlt hatte.

Susannah! Er versuchte an Susannah zu denken. Nicht an die Schmerzen. Nicht an seinen Durst. Nicht an die Erschöpfung. Nur an Susannah, an ihre Lavendelaugen und an ihr Lächeln, an den frischen Duft ihres Haares.

Halt das Seil schlaff, mahnte er sich immer wieder, aber es fiel ihm zunehmend schwerer. Die Schlinge kratzte seinen Hals auf und zog sich zusammen, wenn er stolperte, aber Hardy verlangsamte dann sein Tempo, als ob er sichergehen wolle, daß sein Opfer nicht zu früh ins Gras biß. Er ließ das Pferd nun im Schrittempo gehen, aber Rhys war vollkommen erschöpft, seine Füße nur noch eine blutige Masse, und er stolperte immer häufiger. Die Schlinge um seinen Hals war in einen Doppelknoten gebunden, der sich zusammenzog, wenn daran gezogen wurde, sich aber wieder lockerte, wenn die Spannung nachließ.

Er wußte nicht, wie weit er gelaufen war, als sie schließlich unter einer großen Pappel anhielten. Hardy warf sein Ende des Seils über einen Ast und band es um den Stamm herum fest. Rhys mußte aufrecht stehenbleiben, wenn er sich nicht selbst erwürgen wollte. Das Seil hatte etwas Spiel, aber nicht viel. Er wartete auf das, was nun kam. Er fand es nur allzubald heraus.

Hardy nickte einem seiner Männer zu, der eine Peitsche von seinem Sattel nahm. »Wollen doch mal sehen, wie das Greenhorn tanzen kann«, sagte er. »Und 'n bißchen betteln. Uns um Entschuldigung bitten für sein großes Maul.«

»Und für Hooper«, fügte ein anderer hinzu.

»Yep, vielleicht hängt er sich ja selbst auf.«

Die Peitsche fuhr durch die Luft und wirbelte den Staub zu Rhys' Füßen auf, und Rhys wußte, daß sie ihn zucken und hüpfen sehen wollten, damit er sich selbst erdrosselte. Er zwang sich stillzustehen.

»Na, willst du nich langsam anfangen zu betteln?« fragte Martin. »Willst du dich nich noch mal über unsere Manieren lustig machen?«

Rhys hatte nie im Leben um etwas gebettelt. Das würde er auch jetzt nicht tun. »Die sind erbärmlicher als Schweinemist«, sagte er verächtlich.

Hardy nickte dem Mann zu, und wieder sauste die Peitsche durch die Luft, und diesmal traf sie ihn quer über Brust und Arme, schnitt ihm tief ins Fleisch. Rhys schloß die Augen vor dem scharfen Schmerz. Die Peitsche hatte seine kaum verheilte Wunde verfehlt. Nächstes Mal hatte er vielleicht weniger Glück. Und er konnte sich nicht bewegen. Nicht mit der Schlinge um seinen Hals.

Wieder schnalzte die Peitsche, und er wappnete sich gegen das Kommende. Er durfte nicht hinfallen. Auf gar keinen Fall. Aber wieviel konnte er einstecken, bevor er zusammenbrach? Diesmal traf ihn die Peitsche am Rücken. Und noch mal.

Er mußte an einen anderen derartigen Vorfall denken. Vor vielen Jahren, als eine andere Peitsche durch die Luft pfiff und ihm das Gefühl gab, kein Mensch mehr zu sein, ja, sogar weniger wert als ein Pferd oder ein Hund. Damals konnte er nichts dagegen tun. Aber jetzt, jetzt sah die Sache ganz anders aus. Wenn er überlebte.

Er zwang sich, Hardy anzusehen. Der Mann hatte einen verblüfften Ausdruck auf dem Gesicht. Ebenso wie der Mann, der die Peitsche schwang. Es war offensichtlich, daß sie nicht begreifen konnten, warum er nicht um Gnade winselte, warum er nicht herumsprang, um der Peitsche auszuweichen. Das war es, was sie wollten, womit sie sich zu unterhalten gedachten. Aber er wußte, daß ihn die Peitsche so oder so treffen würde, also wollte er schon verdammt sein, wenn er ihnen die Befriedigung gab, die sie wollten.

Es war außerdem offensichtlich, daß er bald das Bewußtsein verlieren würde. Er konnte sich kaum noch auf den Beinen halten, und sein Körper war blutüberströmt. Das Seil war bereits fest angespannt, weil er ein wenig in die Knie gesackt war.

Die Männer berieten sich. Er sah, daß sie über sein Schicksal verhandelten. Einige ihrer Worte verstand er. »Lowell wird das gar nich gefallen – so ganz ohne sein Okay.«

»Beim anderen hat's wie 'n Unfall ausgesehen.«

Hardy war offensichtlich nicht bereit, die Einwände gelten zu lassen. »Er hat uns gesehen.«

»Aber er hat auch Hooper gekillt«, sagte ein anderer. »Wenn er ein Wort sagt, behaupten wir einfach, ihn auf Hoopers Pferd ertappt zu haben. Zeigen Hoopers Leiche. Dann hängt er, und zwar legal.«

»Yeah«, stimmte Hardy zu. »Und bis dahin soll'n die Leute mal sehen, was denen passiert, die sich uns in den Weg stellen.«

»Wenn er's überhaupt bis zurück schafft...«

Aller Augen wandten sich Rhys zu und musterten ihn abfällig.

Hardy zögerte. »Der arrogante Bastard... jetzt sieht er nich mehr so hochmütig aus.«

»Was is, wenn er's nich schafft?« fragte einer.

Ein anderer zuckte mit den Schultern. »Weiß doch keiner, wer's war. Er is 'n Ausländer, der bei 'nem Yank wohnt.«

Rhys zwang sich, aufrecht stehenzubleiben, während mit solcher Gleichgültigkeit über sein Schicksal verhandelt wurde. Die Schlinge lang ihm nun eng um den Hals, und sein ganzer Leib brannte höllisch.

Hardy grinste auf einmal. »Nun, wir geb'n ihm 'ne faire Chance. Mal seh'n, ob er's nach Haus schafft.« Er nahm ein Messer heraus, durchschnitt das um den Baumstamm geschlungene Ende des Seils, und Rhys fiel auf die Knie.

Hardy trat zu ihm. »Das passiert, wenn man versucht, eins unserer Pferde zu klau'n«, sagte er. »Hab' ihn auf frischer Tat ertappt, stimmt's, Jungs? Gleich nachdem seins tot war. Diese Ausländer haben einfach keinen Respekt vor unseren Gesetzen.«

Hardy starrte Rhys durchdringend an. »Wenn du uns anzeigst, werd' ich erzählen, daß wir dich beim Stehlen erwischt ham. Daß du auf Hoopers Pferd gehockt bist und wir ihn nich finden konnten. Und weil du 'n Fremder bist, ham wir dich nich gleich aufgeknüpft, sondern dir bloß 'ne kleine Lektion erteilt. Aber der Sheriff könnte sich fragen, wo der gute alte Hooper steckt, und es könnt' sein, daß wir dann unsere Pflicht erfüllen und dem Sheriff suchen helfen.«

Er drehte sich zu dem Mann mit der Peitsche um. »Ich glaub', er hat noch 'ne kleine Extralektion nötig. Wir mögen keine Fremden in Texas. Besonders keine hochnäsigen nich.«

Die Peitsche pfiff durch die Luft und traf ihn schmerzhaft über den vorherigen tiefen Einschnitten. Sein Rücken war ein einziges blutiges Zickzackmuster.

»Mach, daß du aus Texas verschwindest«, sagte Hardy, »oder ich knüpf' dich nächstes Mal wirklich auf.« Er lachte. »Wenn du's überhaupt schaffst, so wie du aussiehst. Es is 'n weiter Weg. 'n verdammt weiter Weg.«

Rhys zwang sich, in der halb knienden Position zu verharren, bis ihre Hufschläge in der Ferne verklangen. Und dann fiel er flach mit dem Gesicht nach unten auf den Boden, und sein Blut vermischte sich mit dem Staub und dem Gras, und sein keuchender Atem wirbelte kleine Staubwölkchen auf.

18

»Verdammt, Junge, ich hab' gesagt, ich hab's eilig.«

Ein sehr junger Rhys mühte sich verzweifelt, den Sattel auf das unruhig stampfende Pferd zu schwingen, aber seine gewöhnlich so ruhige Hand wirkte diesmal nicht. Der Braune war fast in Panik, und Rhys sah die Peitschenspuren an seinen Flanken und verstand, warum das Tier so nervös war. Er wünschte, er könnte ebenso wie das Pferd ausschlagen, wenn er gequält wurde.

Aber er hielt den Mund, denn er wußte, daß ihm jede Bemerkung eine Ohrfeige oder Schlimmeres eingetragen hätte. Er versuchte, dem Pferd den Sattel über den Rücken zu werfen, aber er war klein, erst zehn, und das Pferd schreckte gegen die Wand seiner Box und hätte ihn beinahe erdrückt.

Der Besitzer des Tiers trat ungeduldig in die Box und riß grausam am Halfter des Braunen, an seinem empfindlichen Maul. Er hob die Peitsche und schlug auf das Tier ein, und Rhys versuchte, so schnell er konnte aus der Box zu kommen.

Plötzlich traf ihn die Peitsche am Rücken, zerriß ihm das dünne, viel zu enge Hemd. Rhys fühlte den brennenden Schmerz und auch das Blut, das ihm den Rücken hinablief.

»Fauler kleiner Bastard«, schimpfte der Mann, und Rhys, der schwach war vor Hunger und der ständig herrschenden kalten Feuchtigkeit im Stall, wo er schlafen mußte, Rhys schlug zurück. Mit einer plötzlichen, unerwarteten Bewegung, geboren aus ohnmächtiger Wut und Hoffnungslosigkeit, schlug er zurück. Er haute dem Mann die Peitsche aus der Hand, die in weitem Bogen davonflog.

Aber er war nicht schnell genug. Der Mann packte ihn an dem, was noch von seinem Hemd übrig war, und schwang erneut die Peitsche, wieder und wieder. Rhys versuchte sich zu einem Knäuel zusammenzurollen, versuchte sich vor dem Schmerz zu verschließen, wie er sich vor so vielen Dingen verschließen mußte, vor dem Hunger und der Einsamkeit, vor dem gefräßigen Maul der Angst, Angst, die ihn nie ganz verließ.

Wieder und wieder hörte er die Worte des Mannes. »Bastard.«

Das hatte auch seine Mutter gesagt. »Du bist der Sohn von 'nem Lord – nich, daß er dich gewollt hätt'.« Er hörte die Worte seiner Mutter, während ihm die Peitsche tief ins Fleisch seines Rückens schnitt. Er erinnerte sich an jedes einzelne. »Krepieren hättste soll'n.«

Rote Ringe wirbelten vor seinen Augen, und er kämpfte darum, nicht das Bewußtsein zu verlieren, weil er fürchtete, vielleicht nie wieder aufzuwachen. Statt dessen verschloß er sein Herz, verschloß es für immer und leistete hier und jetzt einen Schwur: Wenn er größer war, würde ihn niemand, aber auch niemand mehr anfassen. Keiner würde ihn mehr einen Bastard nennen. Niemand. Nie wieder...

Nie wieder. Er kämpfte sich hoch. Nie wieder, dachte er, würde ihn jemand anfassen und es überleben. Er mußte es bis zurück schaffen. Er mußte es bis nach Land's End schaffen. Und ... dann würden sie bezahlen.

Bitter bezahlen.

Wes war es schließlich, der Rhys fand.

Er und einer von Miguels Söhnen brachten gerade eine Reihe von Pferden zum Korral zurück – es war spätnachmittags – als er in der Ferne Bussarde kreisen sah. Wes wußte nicht genau, warum er sich entschloß nachzusehen; es hätte genausogut ein kleines Tier sein können, aber in letzter Zeit war einfach zuviel passiert. Er übergab das Seil, mit dem die Pferde aneinandergebunden waren, an seinen Begleiter und ritt auf die besagte Stelle zu.

Wes sah, daß es ein Mann war, bevor er noch wußte, wer. Aber dann sah er das schwarze Haar und wußte instinktiv, daß es Rhys Redding war. Als er näher kam, fluchte er laut. Wenn das Haar nicht gewesen wäre, hätte er den Mann wahrscheinlich gar nicht mehr wiedererkannt. Er war über und über mit Dreck und Blut verschmiert, seine Haut hing ihm in Fetzen vom Leib, und auch sein Gesicht war völlig aufgeschürft und zerschnitten. Er sah Spuren im Sand, offensichtlich die von Rhys, offensichtlich hatte er sich bis hierher geschleppt, und er fragte sich, wie weit Redding wohl auf diese Weise gekommen war.

Ob er überhaupt noch lebte?

Wes stieg ab und nahm dabei seine Feldflasche mit. Er signalisierte Miguels Sohn, näher zu kommen. Als der junge Mann Rhys sah, machte er erschrocken das Kreuzzeichen. »Lebt er noch, Señor?«

Wes kniete sich auf sein gesundes Bein und hielt mit dem Stumpf Balance. Ein Seil war um Reddings Hals geschlungen, und Wes nahm ein Messer heraus und durchschnitt es. Er fühlte nach dem Puls an Reddings Hals und stellte erleichtert fest, daß er noch schlug. Er erschrak erneut, als er den roten Striemen um Rhys' Hals sah.

Er betrachtete die Wunden, die Abschürfungen und die zerrissene Hose. Rhys waren die Hände auf den Rücken gebunden. Wes durchschnitt rasch auch diese Fesseln. »Ich würde sagen, er ist geschleift und ausgepeitscht worden. Der Himmel weiß, was sonst noch. Bastarde«, stieß er zwischen zusammengepreßten Zähnen hervor. Er mochte Redding nicht, aber das hier würde er nicht mal seinem schlimmsten Feind wünschen, außer vielleicht denen, die ihm das angetan hatten. Redding war überhaupt nur noch hier wegen ihm, Wes, wegen seiner Drohungen und wegen seiner Schwester. »Gottverdammte Bastarde«, wiederholte er. Und dann mußte er an Susannah denken und schluckte.

Wes dachte daran, ihn irgendwoandershin zu bringen, aber er wußte nicht, wohin. Kein anderes Haus im Bezirk würde ihn aufnehmen, das war klar. Und Redding brauchte einen Arzt. Er brauchte dringend einen Arzt.

Er goß ein wenig Wasser auf Rhys' Gesicht und freute sich, als dieser daraufhin langsam die Augen öffnete. Er starrte ihn einen Moment lang an, bevor sich seine Lippen zu seinem typischen trockenen Lächeln verzogen. »Ich würd' das lieber trinken, als... mich damit ersäufen zu lassen«, meinte er mit mühsam keuchender, abgehackter Stimme, was mehr als Worte sagte, wie durstig er sein mußte.

Wes konnte nicht anders, als ebenfalls zu lächeln. Zumindest hatten sie ihm seine ätzende Persönlichkeit nicht ausgetrieben. Er half Redding, den Kopf zu heben, und hielt ihm die Feldflasche an die Lippen, ließ das Wasser langsam in seinen Mund tröpfeln. Er sah, wie er gierig schluckte, und mußte erneut fluchen. »Ich nehme an, Sie werden's wohl überleben«, sagte er schließlich.

Rhys' dunkle Augen fixierten ihn. »Damit ich's diesen gottverdammten Bastarden heimzahlen kann«, sagte er.

Egal, wie schlimm Rhys Redding auch dran war, Wes war verdammt froh, daß es die Martins waren, die der Waliser haßte. Er vermutete, daß sie einen schweren Fehler begangen hatten, indem sie ihn leben ließen. Der Blick, mit dem er ihn ansah, war ganz anders als alles, was Wes bisher bei ihm gesehen hatte; eine eiskalte Wut funkelte darin, die ihm Schauder über den Rücken jagte. Er dachte, der Blick, mit dem der Waliser die Banditen damals angesehen hatte, wäre einschüchternd genug gewesen; aber im Vergleich zu der stillen, abgrundtiefen Wut, die nun in seinen Augen funkelte, geradezu freundlich. Wes wußte, daß sein Krieg, seiner und Susannahs, nun auch Rhys Reddings Krieg geworden war, und für einen Augenblick bedauerte er die Martins sogar.

»Lowell Martin?« fragte er.

»Sein Bruder, der hinterhältige Kojote«, antwortete Rhys.

»Soll ich den Sheriff holen?«

Rhys schüttelte den Kopf. »Das ist jetzt meine Sache!« Er stieß die Worte mit tiefer, bedrohlicher Stimme hervor. Es war ein Schwur. Er bewegte sich, und ein Zittern lief durch seinen Körper.

Redding hielt inne, um die Schmerzen unter Kontrolle zu bringen, und Sekunden später entspannten sich seine Züge unmerklich. »Wie Sie schon sagten, der Sheriff ist wahrscheinlich gekauft. Martin sagte... wenn ich ihn anzeige, würden er und seine Männer behaupten, sie hätten mich auf einem gestohlenen Pferd gesehen, und daß sie mir deswegen... eine Lehre erteilt hätten. Und dann würden sie die Leiche des Mannes... dem das Pferd gehörte, ›entdecken‹.«

Wes glaubte zu wissen, was nun kam. »Was ist mit ihm passiert?«

»Ich habe ihn getötet«, antwortete Rhys emotionslos.

»Und die haben Sie am Leben gelassen?«

»Ein Exempel, denke ich«, sagte Rhys. »Und ich... denke nicht, daß sie wirklich glaubten, daß ich's bis zurück schaffen würde. Wenn Sie nicht vorbeigekommen wären...«

»Ich habe die Bussarde gesehen...«

Rhys schloß die Augen. »Ich weiß nicht, wie weit ich gekommen bin. Da war ein alter Cottonwood, ein Galgenbaum.«

»Gott im Himmel«, hauchte Wes. »Das ist mindestens drei Meilen von hier. Wie zum Teufel sind Sie –?« Er blickte auf den am Boden liegenden Mann. Offensichtlich war dieser drei Meilen auf Füßen gelaufen, die nur noch rohe Fleischklumpen waren, die Hände auf den völlig zerfetzten Rücken gebunden. Es mußte die Hölle gewesen sein.

Aber jetzt war keine Zeit zum Reden, und Wes wußte das. Die aufgeplatzte Haut mußte dringend gereinigt und versorgt werden. »Können Sie aufstehen?« fragte er.

Rhys öffnete die Augen, Augen, die jetzt fast klar waren. Er nickte.

»Nehmen Sie Jesus' Pferd. Er kann eins der anderen nehmen. Er hilft Ihnen beim Aufsteigen.«

Rhys nickte wieder. Er blickte auf seine Brust, auf das getrocknete Blut. »Ihr Hemd«, sagte er.

Wes sah ihn verwirrt an.

»Ihr... Hemd. Ich will... will Susannah... keinen Schreck einjagen. Mein Rücken... ich glaub', der ist... sogar noch schlimmer.«

»Sie wird es sehen müssen.«

Rhys schüttelte den Kopf. »Nein. Sie... oder Hannah. Schwören Sie's.«

Wes schüttelte den Kopf. »Sie hat Sie schon im Hospital gepflegt. Ich verstehe –«

»Sie müssen mich nicht verstehen. Ihr Wort... daß sie meinen Rücken nicht sieht?«

Wes nickte schließlich. Er wußte nicht, ob es möglich war, aber er sah, daß Redding sich nicht eher von der Stelle rühren würde, als bis er es ihm versprochen hatte. Wes kannte Susannah nur zu gut. Sie würde sofort alles in die Hand nehmen wollen. Gottverdammt.

»Sagen Sie's.«

»Ich schwör's«, sagte Wes ein wenig gereizt. Es war das erste Mal, daß Redding ihn je um etwas gebeten hatte. Das konnte einen schon aus der Fassung bringen.

Wes zog sich an seinen Krücken hoch, beugte sich dann vor und hielt Rhys die Hand hin. Jesus tat dasselbe. Der Mexikaner war siebzehn und ziemlich schlank, aber er hatte eine drahtige Kraft. Redding ergriff jedoch Wes' Hand, und Wes vermerkte mit einiger Befriedigung, daß er sowohl die Stärke als auch die Balance besaß, die Redding brauchte, um hochzukommen – sogar mit den verdammten Krücken.

Redding schwankte kurz, und Wes sah, daß er die Lippen fest zusammengepreßt hatte. Er sah, wie sein Halsmuskel zitterte, und wußte, daß die Schmerzen unerträglich sein mußten. Er glaubte nicht, jemals eine solche Willenskraft gesehen zu haben... drei Meilen, um Himmels willen. »Ihr Hemd...«, wiederholte Redding.

Er stand nun, wenn auch leicht schwankend, aus eigener Kraft.

Wes zog sein Hemd aus und reichte es ihm. »Das Blut da wird den Stoff gleich durchnässen.«

»Das meiste ist schon getrocknet«, sagte Redding, der sich das Hemd vorsichtig überzog.

Wes wußte, daß er Höllenqualen leiden mußte. Er blickte Jesus an. »Geh und hol den Doktor.«

Der Mexikaner nickte, zögerte jedoch einen Moment lang. »Sie kommen zurecht, mit den Pferden … und dem Señor?«

Wes nickte. »Sobald wir Señor Redding mal auf dem Pferd haben, geht's schon.« Er sah Redding an, der nickte.

Der Mexikaner sah ein wenig zweifelnd drein, ging aber zu seinem Pferd und hielt es fest, während Rhys zu ihm humpelte. Jesus verschränkte die Hände, beugte sich vor und wartete, daß Rhys seinen linken Fuß hineinsetzte.

Rhys ergriff das Sattelhorn – diesmal war er weiß Gott dankbar dafür – und setzte einen seiner blutigen Füße in Jesus' Hände. Dann zog er sich mühsam und qualvoll in den Sattel, ohne die Steigbügel zu berühren.

»Wird es gehen, Señor?«

Nein. Aber er würde es überleben, wie er schon so vieles überlebt hatte. Er nickte. »Danke«, sagte er und blickte auf die blutigen Hände des Mexikaners.

»Das ist gar nichts, Señor. Ich werde Ihnen den Doktor holen.«

Rhys zwang sich zu lächeln. »Sei vorsichtig.«

»Die haben meinen Bruder umgebracht. Ich bin immer vorsichtig, aber eines Tages werde ich ihn rächen.«

»Das werden wir beide, Jesus«, sagte Rhys leise. »Wir beide werden das tun.«

Rhys zwang sich, im Sattel zu bleiben. Das Sattelhorn, das er zuvor verschmäht hatte, war nun sein einziger Halt, und er klebte daran wie ein Blutegel an seinem Opfer. Er war nicht sicher, ob er Wes und Jesus die Wahrheit gesagt hatte. Er war ganz und gar nicht sicher, ob er's schaffen würde.

Bis jetzt hatte ihn der blanke Haß durchhalten lassen. So oft hatte er aufgeben wollen, aber etwas in ihm war nicht bereit, Hardy Martin diese Befriedigung zu verschaffen.

Er versuchte verzweifelt, einen Gedanken zu finden, an den er sich klammern konnte. Nein, nicht Susannah. Nicht das Mitleid, das auf ihrem Gesicht geschrieben stehen würde, nicht das Entsetzen, das sie beim Anblick der Peitschenspuren überfallen würde. Besonders, wenn sie die alten sah. Sie waren zwar verblaßt, fast ganz verblaßt, aber immer noch sichtbar. Eine Frau, mit der er geschlafen hatte, hatte sie einmal gefühlt und ihn deswegen ausgefragt. Seitdem behielt er entweder das Hemd an, wenn er mit einer Frau ins Bett ging, oder sorgte dafür, daß sie seinen Rücken nicht sah. Das hatte er auch bei Susannah so gemacht.

Es war etwas so ... so Erniedrigendes, so ... abgrundtief Beschämendes an einer Auspeitschung, an dem Strick um seinen Hals. Er schluckte, konnte immer noch die Würgeschlinge um den Hals fühlen und auch die Demütigung, hinter einem Pferd hergeschleift zu werden wie ein Tier. Die Wut hielt ihn bei Bewußtsein, und er überlegte, wie er's ihnen heimzahlen würde. Er würde die Martins ruinieren. Er würde sie ebenso erniedrigen, wie sie ihn erniedrigt hatten.

Susannahs Krieg war der seine geworden.

Susannah lief ruhelos auf und ab. Das Warten machte sie noch verrückt.

Sie hatte gehofft, daß Rhys Redding noch vor dem Abendessen zurückkommen würde. Und Wes war auch spät dran. Die anderen waren schon vor einer Stunde zurückgekehrt und hatten gesagt, daß Wes unterwegs wäre.

Wo steckten sie bloß?

Sie wünschte, sie wäre heute morgen mit ihnen gegangen, aber sie war so entschlossen gewesen, Wes die Verantwortung zu überlassen. Aber es nagte an ihr, es nagte gewaltig, dieses Gefühl der Ohnmacht, das Bedürfnis, endlich wieder etwas tun zu können.

Und Rhys? Wie sehr sie danach hungerte, ihn zu sehen. Jeden Tag war das so. Und jeden Tag wurde ihr Hunger stärker, unerträglicher. Die gelegentlichen Blicke, die sie auf ihn erhaschte, machten alles nur noch schlimmer.

Er hatte heute morgen anscheinend mit den anderen Arbeitern gefrühstückt, und sie hatte ihn auch nur flüchtig gesehen, als er mit Wes und Jaime davonritt. Sie fragte sich, ob er seine Meinung über die Rancharbeit geändert hatte, doch dann war einer der Arbeiter zurückgekommen und hatte gesagt, daß Rhys gegen Mittag wieder davongeritten sei.

Allein an ihn zu denken, tat schon weh. Alles in ihr sehnte sich nach ihm, sehnte sich danach, bei ihm zu sein. Es schmerzte sie bis in ihre Seele. Sie mußte so viel an ihn denken. Ihr geliebter Nachtfalke, unfaßbar und flüchtig wie immer.

»Reiter!«

Sie hörte den Ruf, lief zur Tür und riß sie auf.

Zwei Männer und eine Pferdeherde. Sie erkannte Wes in dem Mann, der die Tiere an der Leine führte. Der andere –

Lieber Gott, das war Rhys. Sie sah sein schwarzes Haar, aber sonst war nicht viel wiederzuerkennen. Nicht sein Pferd und auch nicht seine Haltung, mit der er ritt. Er konnte sich kaum noch im Sattel halten, seine Schultern waren nach vorne gesunken und...

Da sah sie das Blut und auch die Abschürfungen und Wunden in seinem Gesicht. Seine Füße befanden sich nicht in den Steigbügeln, sondern baumelten lose an den Flanken des Pferdes herab. Er war barfuß, und seine Füße waren in einem schrecklichen Zustand.

Ihre Kehle schnürte sich zusammen, und das Herz wollte ihr stillstehen. Einen Augenblick lang ballte sie die Hände zu Fäusten, dann rannte sie zu ihm hin. »Rhys!«

Er sah sie kaum an. Wes rief ihr zu: »Los, hol Hilfe.«

»Was ist passiert?« fragte sie, unfähig, den Blick von Rhys abzuwenden.

»Das sag' ich dir später. Um Himmels willen, nun hol schon Miguel oder Jaime, damit sie ihn nach oben bringen.«

Das brauchte sie gar nicht. Auf einmal waren überall Männer, und Wes erteilte Befehle, ganz wie früher. Aber sie bemerkte es kaum. Sie sah nichts, außer den Wunden, die ihr Nachtfalke erlitten hatte, sah die geisterhafte Blässe seines normalerweise tief gebräunten Gesichts, sah die zusammengepreßten Lippen, die bei ihm, wie sie aus Erfahrung wußte, ein Zeichen großer Schmerzen waren.

»O Rhys«, sagte sie, und das Herz wollte ihr brechen. Sie streckte die Hand aus, um ihn zu berühren, doch er zuckte zurück. Sie zog die Hand rasch wieder zurück.

Da blickte er sie endlich an. Es fiel ihm schwer, das konnte sie sehen. »Ich bin in Ordnung«, sagte er. Er schwang sein Bein über den Sattel und glitt vom Pferd, wobei er leicht zusammenzuckte, als seine Füße den Boden berührten.

Jaime war auch schon da und legte den Arm um Rhys. Rhys zuckte zusammen und richtete sich kerzengerade auf. Himmelherrgott, das tat höllisch weh. Aber Jaime wußte ja nichts von seinem Rücken. Noch nicht. Niemand wußte etwas, außer dem Mexikanerburschen und Wes, und aus irgendeinem Grund vertraute er darauf, daß sowohl Jesus als auch Wes den Mund hielten.

Also drängte er die Schmerzen zurück und sagte nichts, als der Arm des Mannes auf die rohen Striemen drückte.

»Das zweite Schlafzimmer rechts«, sagte Susannah zu Jaime und wollte schon hinterhereilen.

»Sue!«

Sie drehte sich um, als sie Wes' Stimme hörte.

»Bleib hier«, sagte er.

»Aber –«

»Wenn dir was an dem Mann liegt, dann bleib hier«, fügte Wes hinzu.

»Nein«, sagte sie.

»Er will es so, verdammt noch mal!«

Das brachte sie zum Stehen. »Was ist passiert?«

»Hardy Martin.«

»Sein Füße –«

»Ich weiß noch nicht alles«, sagte Wes, »aber er hat die Hölle durchgemacht und will jetzt nicht drüber reden.«

»Ich... ich kann ihm helfen.«

»Jesus ist schon den Doktor holen gegangen.« Seine Worte waren kurz angebunden, und er mußte nicht hinzufügen, daß es Reddings Wunsch war. Das war nicht nötig. Sie wurde rot, und ihre Augen füllten sich mit Tränen.

»Was kümmert *dich* das überhaupt?« Ihre Frage war unerwartet heftig, und man merkte, wie sehr er sie verletzt hatte.

Wes wünschte, er hätte Redding sein Wort nicht gegeben, aber das hatte er nun mal. Und er verstand Reddings Wunsch. Verdammt, er verstand ihn sogar sehr gut. Er verstand ihn besser als die meisten.

»An ihm persönlich liegt mir nicht viel; aber an... an einem Mann, der hier auf unserem – auf deinem – Grundstück Gast ist, liegt mir jede Menge. Nenn es eine Verletzung der Gastfreundschaft oder wie auch immer. Und ich richte mich nach seinen Wünschen.«

Ein Teil von Susannah bemerkte Wes' neu gefundene Autorität und Entschlossenheit, aber der andere Teil, der größere Teil, konnte nur Rhys sehen, großer Gott, und wie er ausgesehen hatte, und wie sehr sie ihm helfen wollte!

Wenn dir was an dem Mann liegt, dann bleib hier. Es brach ihr fast das Herz, wenn sie an ihren verwundeten Nachtfalken dachte. Sie liebte ihn, o Gott, wie sehr sie ihn liebte.

Wes wandte sich an Hannah, die aufgeregt und besorgt in der Nähe stand. »Wir brauchen heißes Wasser und jede Menge Handtücher. Und die Salbe. Und Whiskey. Jede Menge Whiskey.« Er humpelte davon, zu dem Zimmer, in das Rhys gebracht worden war. Susannah biß sich fest auf die Lippen und schmeckte Blut. Dann eilte sie Hannah hinterher. Wenn sie schon sonst nichts tun konnte, dann doch zumindest Wasser heiß machen und Handtücher zusammensuchen. Vielleicht ein paar Verbände.

Tränenblind füllte Susannah die Töpfe mit Wasser, während Hannah Holz in den Ofen schichtete. Das alles war ihre Schuld. Sie hatte Rhys immer wieder dazu gebracht zu bleiben, obwohl er doch gar nicht wollte. Sie und Wes. Sie beide waren dafür verantwortlich.

Wieviel soll er noch aushalten? Da war diese schreckliche Verletzung, mit der er im Libby gelegen hatte, und jetzt dies. Sie wußte nicht mal, wie schlimm es um ihn stand. Das war das Schlimmste. Sie wußte nicht, was passiert war, ob man auf ihn geschossen hatte. Sie wußte, wie grausam Hardy Martin sein konnte. Einmal, als sie noch zur Schule gingen, hatten sie und Mark ihn gesehen, wie er einen Hund quälte. Mark hatte sich daraufhin auf Hardy gestürzt und ihn verprügelt – und das vor den Augen einer ganzen Reihe von Schulkameraden, die bei seinen Schreien herbeigeeilt waren. Das hatte er Mark nie verziehen. Und ihr auch nicht.

Lowell war von etwas differenzierterer Natur als sein Bruder, er war schlauer, aber ebenso grausam. Die Martins hatten bis zum Krieg nichts besessen, und sie hatte zugesehen, wie sie im Laufe der Zeit davon profitierten. Und je mehr sie profitierten, desto gieriger wurden sie.

Das Wasser kochte... Nein, das war zu heiß. Sie zog rasch den Topf beiseite und stellte ein anderes Gefäß darauf, erwärmte rasch das Wasser und trug dann beide Töpfe zur Tür des Schlafzimmers. Hannah, die die Handtücher, die Salbe und eine Flasche Whiskey trug, folgte ihr.

Susannah hörte Stimmen von drinnen, aber sie waren zu leise, um etwas zu verstehen. Sie klopfte, und die Tür öffnete sich. Jaime nahm die Töpfe und dann auch die anderen Sachen. Susannah konnte Wes' Rücken sehen, aber seine Gestalt versperrte ihr die Sicht auf das Bett. »Wie geht's ihm?« flüsterte sie.

Jaimes' junges Gesicht war hart, seine Kiefermuskeln angespannt, und seine Augen funkelten zornig. »Er kommt schon wieder in Ordnung«, sagte er. »Schicken Sie den Doktor rein, sobald er da ist.«

»Kann... kann ich denn gar nichts tun?«

Seine Züge entspannten sich ein wenig, während er den Kopf schüttelte. »Ich glaube nicht, Miss Susannah. Nun, vielleicht doch. Haben Sie ein Nachthemd... eins von Mark vielleicht oder von Ihrem Vater?«

Etwas zu tun. Susannah nickte. »Ich finde schon eins.«

Sie wies Hannah an, auf der Veranda zu warten, falls der Doktor eintraf. Sie ging in das Zimmer, das sie vor so langer Zeit eine Nacht lang mit Mark geteilt hatte. Sie hatte seine Sachen seit ihrer Rückkehr nicht angefaßt. Sie wußte nicht mal, was er besaß. Sie schloß kurz die Augen, um die aufsteigenden Tränen, um den unerträglichen Kummer, der sie wie heißes Blei durchströmte, niederzukämpfen. War sie etwa wie Jonas in der Bibel? Brachte sie allen, die sie liebte, nur Unglück? Da war ihr Vater. Da war Mark. Und Wes. Und jetzt auch noch Rhys! Sie mußte ihn fortschicken. Wenn er wieder gesund wurde, mußte sie ihn einfach fortschicken! Sie würde ihm sagen, daß sie ihn nicht länger brauchten.

Verzweiflung, Kummer, Leere und Angst überfielen sie gleichzeitig. Verzweiflung und Leere um ihrer selbst willen. Kummer und Angst um Rhys. Ein Nachthemd! Es war so lächerlich wenig, was sie für ihn tun konnte! Schließlich fand sie eins. Leinen. Dünn. Aber sie konnte ihn sich einfach nicht in einem Nachthemd vorstellen. Nicht seinen harten, durchtrainierten wunderschönen Körper.

Was hatten die Martins ihm nur angetan?

Sie schluckte hart, schloß die Truhe, in der sie nach dem Hemd gewühlt hatte, und brachte das Kleidungsstück zu Rhys' Zimmer, mußte es durch eine Tür reichen, die kaum einen Spaltbreit aufgemacht wurde. Am liebsten hätte sie sich dagegengeworfen, so sehr wünschte sie sich, ihn sehen, bei ihm sein zu können.

»Ein bißchen mehr«, hörte sie Wes' sanfte Stimme. So ganz anders als das mürrische Geknurre, das er seit einiger Zeit von sich gab. »Noch ein paar Schlucke.« In seiner Stimme lag eine Sanftheit, ja Zärtlichkeit, die sie seit Kriegsbeginn nicht mehr gehört hatte. Sanft überredend.

»Verflucht, ich will keinen –« Rhys' Stimme war irgendwie anders, hart, ohne den aristokratischen Tonfall darin, mehr wie ... wie was? Sie konnte es nicht sagen. Sie war ... einfach anders.

»Ich werd' verdammt noch mal diese Wunden hier nicht säubern, bevor Sie nicht etwas mehr Whiskey getrunken haben«, sagte Wes mit einer Festigkeit, die Susannahs Herz normalerweise erwärmt hätte, aber dieses Herz war nun viel zu unsicher, viel zu ängstlich.

Und dann schloß Jaime die Tür auch schon wieder. Vor jedem Eindringling. Vor ihr.

Sie lehnte sich an die Wand, kam sich ausgestoßen vor und fühlte sich schrecklich einsam und verloren. Doch dann richtete sie sich auf. Sie merkte, daß sie nicht nur sich selbst leid tat, sondern auch um Rhys jammerte. *Ihm* würde beides nicht gefallen. Susannah biß entschlossen die Zähne zusammen, verbannte die Tränen und ging hinaus, um mit Hannah auf den Doktor zu warten.

Rhys unterdrückte ein Stöhnen. Der Whiskey half – der Whiskey, den er nicht hatte trinken wollen. Aus Wes' Blick konnte er ersehen, daß Susannahs Bruder genau wußte, warum er den Whiskey zuerst nicht hatte haben wollen. Er wollte nicht abhängig davon werden – wie Wes, der auf dem besten Weg dazu gewesen war.

Wes war rot geworden und hatte ihn ein wenig zerknirscht angesehen, doch er bestand darauf, daß er mehr trank. »Wir haben nichts anderes«, sagte er, »und ich werde diese Wunden hier nicht säubern, bevor Sie nicht noch mehr getrunken haben.«

Also hatte Rhys ein paar Schlucke genommen und dann noch ein paar. Er versuchte, sich nicht zu verkrampfen, als er sah, wie Wes ein Handtuch in dem heißen Wasser anfeuchtete und dann langsam begann, seinen Rücken, wo die schlimmsten Wunden waren, zu reinigen.

Wes und Jaime packten Kissen rund um ihn herum, damit seine aufgerissene Haut sowenig Kontakt wie möglich mit dem Bett hatte.

Ganz ließ sich das natürlich nicht vermeiden, und jede Bewegung war die reine Qual für ihn. Er konzentrierte sich auf diese Schmerzen, auf jede einzelne Sekunde, auf jedes Brennen, das ihn wie mit Messern durchschnitt. Er wollte sich daran erinnern, wenn er Jagd auf Hardy Martin machte.

»Himmel«, sagte Jaime, »ich wünschte, Doc Campbell wäre schon hier.«

»Weiß Gott, ich auch«, sagte Wes. Ihr Patient sagte nichts. Sein Gesicht war vollkommen ausdruckslos, als ob er jedes Gefühl daraus verbannt hätte.

Wes fuhr vorsichtig über die roten, aufgeplatzten, dreckverkrusteten Wundränder. Er bemerkte ein paar sehr alte Narben, sagte aber nichts. Er wußte nur, daß sein Respekt vor Rhys Redding wuchs. Wenn es nach ihm ginge, er würde wahrscheinlich plärren wie ein Baby, wenn man ihm so was antäte. Das machte ihn noch lange nicht so wie den Waliser, aber er mußte ihn einfach bewundern. Er konnte sich immer noch nicht vorstellen, wie der Mann so weit hatte gehen können.

Schließlich war er fertig. An den Rückenwunden konnte er sonst nichts mehr ausrichten. Ganz bestimmt würde er keinen Alkohol darübergießen, solange der Doktor nicht da war. »Können Sie sich umdrehen?« fragte er.

Redding richtete sich unbeholfen auf. »Ich glaub' nicht, daß ich das versuchen möchte.«

»Das reicht schon«, sagte Wes, beugte sich vor und fing an, Reddings Brust zu reinigen. »Warum gehen Sie nicht zurück nach England?« fragte er plötzlich.

»Ich dachte, Sie wollten, daß ich bleibe ... so sehr, daß Sie mich sogar erpreßt haben.«

»Das war falsch. Es ist unser Krieg.«

»Nicht mehr«, stieß sein Patient zwischen zusammengebissenen Zähnen hervor.

Wes sah, wie ein Muskel in Reddings Wange zuckte, als er daranging, einen weiteren tiefen Schnitt zu säubern. »Tut mir leid«, sagte er plötzlich und überraschte damit auch sich selbst. »Ich – wir hätten Sie nicht bitten dürfen, unsere Kämpfe auszufechten.«

Rhys blickte zu ihm hoch, sah ihm in die Augen. »Das brauchen

Sie nicht. Ich wär' wahrscheinlich krepiert, wenn Sie nicht vorbeigekommen wären.«

Wes grinste. »Das glaube ich nicht. Sie sind zu verdammt stur, um zu sterben und … zu verdammt kaltblütig.«

Rhys sah ihn erneut an, und diesmal lag kein Humor in seinem Blick. »Ich war verflucht nahe dran«, sagte er langsam. »Viel zu nahe.«

Wes hielt inne. Er zog die Braue hoch, genau wie Rhys es gelegentlich tat.

»Amüsiert Sie das?« fragte Rhys irritiert.

»Nur, daß Sie endlich zugeben, auch nur ein Mensch zu sein.«

Rhys funkelte ihn böse an.

»Warum hatten Sie keine Pistole dabei?«

»Kleine Fehleinschätzung meinerseits«, sagte Rhys. »Aber ich habe schon vor langer Zeit herausgefunden, daß es von Vorteil ist, wenn deine Feinde deine … Fähigkeiten nicht kennen. Normalerweise bin ich vorsichtig. Diesmal war ich jedoch leider abgelenkt.«

»Ich glaube nicht, daß ich den Grund dafür wissen möchte.«

»Glaube ich auch nicht«, meinte Rhys. »Aber das war ein Fehler, den ich nicht noch mal mache.«

Wes' Lächeln verschwand, aber seine Berührung blieb weiterhin sanft.

Er war fast fertig, als es an der Tür klopfte. Jaime ließ einen ältlichen Mann mit einer schwarzen Tasche herein. Er warf nur einen Blick auf Rhys' zerschundenen, aufgerissenen Oberkörper. »Die Martins?«

Wes nickte.

Der Mann trat ans Bett und streckte Rhys die Hand hin. »Dr. Campbell. So wie Sie aussehen, können Sie sich glücklich schätzen, noch am Leben zu sein.«

»Kleine Fehleinschätzung der Gegenseite«, sagte Rhys.

Der Arzt sagte nichts dazu. Er fuhr vorsichtig über die aufgeplatzte Haut auf Rhys' Brust und Rücken. Er hielt den Atem an.

»Ich muß einige der Schnitte vernähen, oder Sie behalten ein paar sehr häßliche Narben zurück.« Sein Blick fiel auf die frisch verheilte Wunde, die Rhys in Virginia abbekommen hatte. »Sieht aus, als ob Sie ein sehr interessantes Leben führen, Mr. –«

»Redding«, mischte sich Wes rasch ein und begegnete Rhys' finsterem Blick. »Er ist unser Gast.«

Der Arzt schüttelte den Kopf. »Die Dinge sind einfach nicht mehr so wie früher. War noch nie so beschäftigt wie jetzt. Fürchte, das meiste davon ist auf die Martin-Jungs zurückzuführen.«

»Und keiner unternimmt was gegen sie?« fragte Wes.

»Gibt nicht mehr viele, die stark genug wären«, meinte der Doktor. Er erwähnte ein Dutzend Männer, die tot waren, alles einstige Freunde von Wes und Wes' Vater. »Jeder hat Angst.« Er sah Wes an und dann auf sein amputiertes Bein. »Ich bin froh, daß Sie wieder zurück sind, Wes. Wir brauchen Sie.«

Wes warf ihm einen zynischen Blick zu. »Den Yankee?« Seine Worte waren bitter und bewußt herabsetzend.

»Lassen Sie ihnen 'n bißchen Zeit.«

»Ich weiß nicht, ob wir die haben.«

Der Arzt musterte ihn vorsichtig. »Klingt nicht nach dem Wes Carr, den ich kannte. Den konnte nichts aufhalten.« Er wechselte das Thema. »Draußen steht eine sehr besorgte junge Lady. Warum gehen Sie beide nicht raus und unterhalten sich ein wenig mit ihr, während ich mich um Mr. Redding kümmere?«

Wes sah Rhys an, der nickte. »Sagen Sie ihr bloß, mit mir wäre soweit alles in Ordnung.«

Der Doktor wartete, bis Wes und Jaime gegangen waren, und richtete dann seine gesamte Aufmerksamkeit auf Rhys. »Stimmt das?«

Rhys hob fragend eine seiner buschigen Augenbrauen.

»Ist mit Ihnen alles in Ordnung?«

»Teufel, nein.«

Der Doktor lächelte. »Dann wollen wir uns mal an die Arbeit machen.«

Dr. Campbell verließ das Haus zwei Stunden später, aber nicht, bevor er eine Tasse Kaffee von Susannah, die besorgt sein Gesicht nach irgendwelchen Nachrichten über den Patienten durchforschte, entgegengenommen hatte.

»Er wird 'ne Menge Schmerzen haben und 'ne Menge Ruhe brauchen, obwohl ich Ihnen schon jetzt sagen kann, daß Sie ihn höchstwahrscheinlich festbinden müssen. Verdammt beste Konstitution, die ich je gesehen habe.«

Susannah hätte am liebsten geschrien. Keiner, weder ihr Bruder noch Jaime, wollten ihr sagen, was eigentlich passiert war.

»Was genau«, fragte sie den Doktor, »sind denn seine Verletzungen?«

»Schnitte, Schürfwunden und ähnliches«, sagte Campbell. »Nichts, das nicht wieder heilen würde. Interessanter Mann. Wo kommt er her?«

»Aus Wales«, sagte Wes, und Susannah funkelte ihn böse an, da ihr nicht verborgen blieb, daß hier irgendeine Verschwörung im Gang war, die sie davon abhalten sollte, Näheres über Rhys' Verwundung zu erfahren. Nun, das Wichtigste aber war, daß ihr Nachtfalke leben würde.

»Kann ich ihn sehen?«

Der Doktor schüttelte den Kopf. »Ich habe ihm was zum Schlafen gegeben. Er wollte es nicht nehmen, bis ich ihm gesagt habe, daß er nur mit Ruhe und Schlaf wieder zu Kräften kommen würde. Also stören Sie ihn jetzt bloß nicht.«

Als er gegangen war, wandte sich Susannah an Wes. »Was ist mit ihm passiert?«

Wes erzählte ihr die Kurzfassung. »Hardy Martin und ein paar andere haben ihn überrascht. Haben ihn hinter einem Pferd hergeschleift. Er hat verdammtes Glück, daß er noch am Leben ist. Ich glaube nicht, daß Hardy das wollte, aber als der Feigling, der er ist, hat er's nicht selber zu Ende bringen können. Wenn man Redding tot in den Hügeln oder auf der Prärie gefunden hätte, hätte jeder dafür verantwortlich sein können.«

»Aber wenn er lebt...«

»Hardy hält ihn für 'nen harmlosen Grünschnabel. Er hat gedroht, ihm Pferdediebstahl und Mord in die Schuhe zu schieben, falls Redding überlebt und den Mund aufmacht.«

»Wir müssen Rhys dazu bringen, daß er geht«, sagte Susannah.

Wes schüttelte den Kopf. »Ich weiß nicht, warum du ihn überhaupt mitgeschleppt hast.«

Susannah zögerte. »Weißt du noch, als wir Kinder waren und ich diesen Falken mit nach Hause gebracht habe?«

Wes' Augen verengten sich. »Er ist gestorben.«

»Ich weiß«, sagte sie leise. »Aber Rhys hat mich ein bißchen an diesen Falken erinnert, als er im Krankenhaus lag. Wild und frei ... und so schwer verletzt. Aber ungebrochen. Ich dachte, vielleicht ...«

»Könntest du diesen hier retten«, beendete er den Satz für sie. »Wenn ich mich nicht irre, hat dich der Falke gebissen.«

Susannah zuckte zusammen. Natürlich mußte er sie ausgerechnet daran erinnern. »Nun, wir müssen ihn jedenfalls dazu bringen, daß er geht. Er hat genug mitgemacht.«

Wes ließ ihren Blick nicht los. »Unmöglich. Keine Chance, Schwesterchen. Jetzt nicht mehr.«

»Aber –«

»Wenn du ihn bittest, die Ranch zu verlassen, wird er sich einfach 'ne andere Bleibe in der Gegend suchen. Er will Hardy Martin, und, bei Gott, er wird ihn auch kriegen.«

Susannah sah ihn mit tränennassen Augen an. »Was haben wir bloß getan, Wes?«

»Deinen Falken haben wir losgelassen, Sue.«

In ein Leinennachthemd gehüllt, das durch die dicken Verbände, die er darunter trug, noch unförmiger wirkte, bewegte sich Rhys, der immer noch auf dem Bauch lag, vorsichtig ein Stückchen. Er hatte nur einen kleinen Schluck von dem Betäubungsmittel, das ihm der Doktor dagelassen hatte, genommen. Er wollte einen klaren Kopf behalten.

Er hatte sich alles genau eingeprägt, was der Arzt gesagt hatte, während er zwei besonders tiefe Wunden auf seinem Rücken vernähte. Rhys hatte ihn nach den Martins gefragt, nach jeder Familie, der unerklärliche Unfälle zugestoßen waren, hatte ihn nach den finanziellen Verhältnissen der Martins gefragt und auch nach dem Sheriff.

Der Doktor plapperte frei von der Leber weg, offensichtlich in dem Bemühen, seinen Patienten abzulenken, während er die Peitschenhiebe zunähte und Salbe auf die durch das Schleifen verursachten Schürfwunden strich. Als er schließlich auch Rhys' Füße verbunden hatte, seufzte er tief auf. »Sie werden mindestens eine Woche nicht laufen können.«

Rhys starrte ihn lediglich mit einem Blick an, der, wie er wußte, den guten Doktor aus der Fassung bringen mußte. Es gab daraufhin keine weiteren Prognosen mehr über die mögliche Geschwindigkeit, in der seine Genesung vonstatten gehen würde.

Aber er verfügte nun über einige nützliche Informationen, Informationen, die er sorgfältig in seinem Gedächtnis speicherte. Zehn Familien, die allesamt entweder am Fluß selbst oder an dessen kleineren Zuflüssen lebten, hielten noch gegen die Martins aus. Sechs weitere hatten aufgegeben und ihr Land an sie verkauft.

Zehn Familien!

Die Frage war, wie brachte man sie zusammen.

Er mußte an Susannahs Worte von neulich abends denken. Sie brauchten einen Führer. Wes würden sie nicht folgen. Wahrscheinlich würden sie niemandem folgen, der etwas mit ihm zu tun hatte. Die Wunden, die der Krieg geschlagen hatten, saßen noch zu tief.

Wie also?

Ihm fiel ein, wie Susannah ihn neulich genannt hatte. Falke. Ein Nachtfalke.

Die Gedanken, die Ideen stürmten nur so auf ihn ein, und jede einzelne wollte gehört werden. Ein Führer. Vielleicht konnte er ja einen erfinden. Vielleicht jemanden, den sie nicht kannten, dem sie aber vertrauen könnten.

Rhys wußte, daß er sich die Martins mit ziemlicher Sicherheit auch allein vorknöpfen könnte. Einen nach dem anderen. Aber das wollte er jetzt nicht mehr. Er wollte nicht, daß Susannah deswegen Schwierigkeiten bekam. Oder daß man mißtrauisch wurde.

Und das, was er im Sinn hatte, ging sogar noch tiefer, war weniger philantropisch. Er wollte die Martins leiden sehen, wollte, daß sie alles verloren, klammheimlich und ohne zu wissen, wie und warum. Und dann ... dann war die Zeit der Abrechnung gekommen.

Der Nachtfalke. Klang gut. Wie die Namen der englischen Straßenräuber von einst. Richtig passend.

Da ihn die unerträglichen Schmerzen ohnehin nicht schlafen ließen, lag Rhys wach und schmiedete Pläne.

Und er lächelte, ein Lächeln, das bar jeden Humors war.

19

Das Herz klopfte ihr bis zum Hals, als Susannah am nächsten Morgen mit einem Essenstablett zu Rhys' Zimmer ging. Niemand, der sie ansah, versuchte sie aufzuhalten.

Wie gewöhnlich überraschte er sie auch diesmal. Sie wußte nicht, was sie erwarten würde, vielleicht ein halbtoter Rhys Redding, aber obwohl sein Gesicht vollkommen zerschunden und auch seine Hände in einem schlimmen Zustand waren, blitzten seine schwarzen, unergründlichen Augen, als ob nichts geschehen wäre. Wie immer waren sie schwer zu lesen, aber sie hätte schwören können, daß sie bei ihrem Anblick freudig aufleuchteten.

Die Geschwindigkeit, mit der er sich erholte, hatte sie immer schon erstaunt, aber nie mehr als jetzt. Er war wie ein Unkraut, das in einem Garten wuchert: je mehr man versuchte, es zu zerstören, es auszureißen oder niederzutrampeln, desto schneller schien es sich wieder aufzurichten.

Sie mußte lächeln über diesen Vergleich. Das war jedenfalls ein Unkraut, das sie nicht loswerden wollte. Der Gedanke ließ ihr Schauder über den Rücken laufen, und Hitze durchschoß sie wie ein Pfeil.

Rhys sah sie ein wenig verblüfft an, wußte nicht recht, was er von ihrem Gesichtsausdruck halten sollte. Dann blickte er auf das Tablett, das sie mit hereinbrachte. Er sah seltsam aus in dem weißen Nachthemd. Er und dieses Kleidungsstück, das paßte einfach nicht zusammen. Der weiße Leinenstoff kontrastierte mit seinem Haar, mit seinen Augen und mit seiner tief gebräunten Haut und auch mit den dunklen Bartstoppeln, die ihm wieder dieses finster-attraktive Aussehen verliehen. Sie vermutete, daß dies das erste Nachtgewand war, das er je getragen hatte, obwohl sie beim besten Willen nicht hätte sagen können, wie sie auf den Gedanken kam. Aber so war's nun mal. Und ihr wurde auf einmal noch heißer.

»Ich dachte gerade«, sagte sie, »daß du einfach nicht unterzukriegen bist. Ich habe einen Halbtoten erwartet.«

Sein schiefes Lächeln war zu ihrer Überraschung voller Humor. »Dazu ist schon mehr nötig als dieser erbärmliche kleine Feigling.«

Sie ging zu ihm und setzte das Tablett auf seinem Schoß ab. Sie sah ihn an und konnte nicht anders, als die Hand an seine geschwollene, zerschundene Wange zu legen. »Er hat seine Sache aber ziemlich gut gemacht.«

»Nicht halb so gut, wie's nötig gewesen wäre, Liebes«, sagte Rhys leichthin. »Ich war früher ein Straßenjunge in London. Dein Gott kann auch keine zähere Rasse erschaffen als diese.«

Ein Straßenjunge in London. Noch so ein Kleinod an Information. Und wieder brachte es mehr Verwirrung als Klarheit. Der Sohn eines Lords. Ein Straßenjunge in London. Afrika. Blockadebrecher. Nichts davon ergab einen Sinn. Sie fragte sich, ob er diesen kleinen Leckerbissen hatte preisgeben wollen oder nicht, doch als sie ihm in die Augen sah, wußte sie, daß er's absichtlich getan hatte. Er sagte nie etwas, ohne es sich vorher zu überlegen. Zumindest fast nie. Genau das hatte er sagen wollen, und nun wartete er, wie sie darauf reagierte.

Sie enttäuschte ihn nicht. Sie legte den Kopf schief und grinste ihn an. »Ein Straßenjunge in London, ein Söldner in Afrika. Was sonst noch, Major Redding?« Sie konnte es nicht lassen, ihn ein wenig zu necken.

»Ein Major bestimmt nicht«, sagte er.

»Nein«, stimmte sie leise zu und strich sanft mit der Hand über sein Gesicht, »nichts, das so gewöhnlich wäre.«

Da veränderte sich sein Ausdruck, wurde einen Augenblick lang fast unsicher, als ob er eine Antwort wie diese nicht erwartet hätte.

»Keine Fragen?«

Sie lächelte. »Ich habe schon vor langer Zeit festgestellt, daß du mir nur das erzählst, was du erzählen willst.«

Seine aufgerissene, zerschundene Hand ergriff die ihre. Er drehte sie um und betrachtete ihre Handfläche, sah die Schwielen, die sie wahrscheinlich vom Reiten hatte, sah die Stärke dieser Hand, einer Hand, die so zärtlich sein konnte. »Sie sind eine ganz außergewöhnliche Frau, Mrs. Fallon.«

»Du bist auch ziemlich einzigartig.« Sie grinste. »Der Doktor hat gesagt, jeder andere wäre tot gewesen. Ich habe erwartet, eine halbe Leiche vorzufinden, statt dessen muß ich feststellen, daß du fast vollständig wiederauferstanden bist.«

»Nicht vollständig«, sagte er. »Ein paar Tage werde ich wahrscheinlich schon noch brauchen.«

»Der Doktor sagte, ein paar Wochen.«

Rhys zog lediglich eine seiner Augenbrauen hoch, was ihm wieder diesen amüsierten Gesichtsausdruck verlieh.

»Und was dann?« fragte sie und hielt den Atem an.

»Dann mache ich, was du von mir gewollt hast... mich um dein Problem, um das Problem von jedem hier kümmern.«

Sie schüttelte den Kopf. Ihr Lächeln war verschwunden, und sie sah ihn flehentlich an. »Das will ich nicht mehr.«

»Was willst du dann?«

»Daß du dich nicht mehr in Gefahr begibst. Ich will nicht, daß dir noch mal was zustößt, besonders nicht meinetwegen. Wes will es auch nicht mehr.«

Bei ihrer letzten Bemerkung sah er besonders zweifelnd drein, doch dann zuckte er nur mit den Schultern. »Es ist nicht mehr deinetwegen«, sagte er und überraschte sie damit, daß er zugab, früher eventuell aus einem derartigen Motiv heraus gehandelt zu haben.

»Was wirst du tun?«

Aber mit seiner Mitteilsamkeit war es schon wieder vorbei, und sie wußte es. Seine Hand spielte mit ihrer viel kleineren, dann zog er sie überraschend an seine Lippen und küßte sie mit einer Zärtlichkeit, die gleichzeitig so unerwartet galant war, daß sie ihn bloß verblüfft anstarren konnte. Er begegnete ihrem Blick, und zum ersten Mal sah sie in seinen Augen etwas wie wirkliche Verletzlichkeit. Es war nur ein Aufblitzen und gleich wieder verschwunden.

»Danke, daß du dich um mich sorgst, Liebes«, sagte er mit tiefer, vibrierender Stimme, aber in leichtem Ton. Es hatte spöttisch klingen sollen, was aber nicht funktionierte, nicht mit dem plötzlichen Ausdruck von Verwundbarkeit in seinen Augen, und sie hatte das Gefühl, daß da noch mehr war, was er unausgesprochen ließ. Den ersten Gedanken, der ihr dabei in den Sinn kam, konnte sie nicht glauben. *Das hat noch nie jemand für ihn getan.* Nein, das war nicht möglich, natürlich hatte sich schon jemand um ihn gesorgt. Viele Leute mußten ihren Nachtfalken mögen. Wie hätte es anders sein können?

Wie war das möglich, obwohl doch alles in ihr sich nach ihm

sehnte, seinen Schmerz und seine Gefühle teilte? Obwohl sie ihn mit einer Verzweiflung liebte, daß sie Angst hatte, es zu zeigen?

Aber diese wenigen Sekunden der Nähe waren schon wieder vorbei, die Gelegenheit für immer vorüber. Er hatte ihre Hand wieder losgelassen, um seinen Kaffee zu trinken und zu essen.

»Rhys?«

Er hob den Blick, und die Gefühle, die sie geglaubt hatte, in seinen Augen zu sehen, waren verschwunden. »Was wirst du tun?«

»Noch mal nach Austin gehen«, sagte er. »Sobald ich kann. In zwei Tagen vielleicht.«

»Das habe ich nicht gemeint.«

»Es ist besser, wenn du nichts weißt«, sagte Rhys.

»Und Wes?«

»Der ebenso.«

»Kommst du wieder zur Ranch zurück?«

Seine Augen waren schwärzer denn je, sein Blick noch undurchdringlicher. »Ich weiß noch nicht.«

Sie ballte die Hände zu Fäusten. Sie hatte das schreckliche Gefühl, daß etwas Schlimmes passieren würde. Er konnte doch nicht allein gegen die Martins und all ihre Männer kämpfen. Aber es war genau das, was er vorhatte, und sie wußte es. »Geh fort von hier.«

»Nach allem, was ihr, du und dein Bruder, angestellt habt, um mich herzukriegen?«

»Bitte.«

»Nein.« Seine Antwort klang so endgültig, daß sie am liebsten geschrien hätte.

Es gab nichts, was sie noch hätte sagen können. »Brauchst du noch Wasser? Oder soll ich dich rasieren?«

Er fuhr sich mit der Hand an die Wange, zog eine Grimasse und lächelte trocken. »Ich fürchte, das wäre eine ganz andere Art von Folter.«

Ihr Blick glitt tiefer, über das Laken, das seinen Unterleib bedeckte. Selbst damit und mit dem Nachthemd war seine Erektion nur zu deutlich sichtbar.

Susannah zwang sich, den Blick wieder nach oben zu richten und ihre eigene, zitternde Reaktion zu ignorieren. »Kann ich denn gar nichts für dich tun?«

»Erzähl mir alles über die Leute hier, alles, was die Martins getan haben. Dr. Campbell hat mir schon einiges erzählt, aber ich will mehr wissen. Alles, was du weißt.«

»Warum?«

Er blickte sie an und sagte nichts.

»Erin«, meinte sie, während sie wieder einmal akzeptieren mußte, daß er keine Erklärungen abgab.

»Erin?«

»Wes' Verlobte. Meine Freundin. Sie kennt hier jeden.«

Er sah überrascht aus. »Und du nicht?«

Sie zögerte. »Ich ... habe den Kontakt ein bißchen verloren.«

Er musterte sie mit seinen Kohleaugen. »Das tut weh, nicht wahr?« sagte er plötzlich, den Mund grimmig zusammengepreßt.

Sie imitierte sein gleichgültiges Schulterzucken. »Ach, es macht nichts.«

Er nickte, aber sie wußte, daß er ihr nicht glaubte. Sie wünschte, sie selbst würde es glauben. Aber die Tatsache, daß man sie schnitt, war eine Wunde, die nicht verheilen wollte. Sie hatte die Leute immer gemocht, hatte ihre Gesellschaft gemocht, jeden einzelnen auf seine Art. Die letzten vier Jahre waren verdammt einsam gewesen.

»Kannst du sie herholen?«

»Aber sicher«, sagte Susannah. »Ich bin überrascht, daß sie nicht schon längst hier war.«

»Zwei Nächte«, sagte er, »mehr brauche ich nicht.«

Sie beäugte ihn zweifelnd, ihr Blick glitt über sein Gesicht, seine Hände und weiter nach unten. Sie wußte immer noch nicht, wie schlimm er eigentlich verletzt war; sie wußte nur, wie er ausgesehen hatte, als er gestern ankam, seine völlig untypische Haltung, die hängenden Schultern, die blutigen Fußsohlen, das zerschundene Gesicht, das heute sogar noch schlimmer aussah, da die Blutergüsse erst richtig hervortraten.

»Wirst du's tun?« fragte er sie.

Sie nickte. Natürlich würde sie. Sie würde wahrscheinlich sogar über glühende Kohlen laufen, wenn er sie darum bäte. Eine ziemlich demütigende Feststellung. Aber wahr.

Er nahm noch einen Schluck Kaffee und bewegte sich vorsichtig. Zu vorsichtig. So vorsichtig, daß es ihr fast das Herz brach.

Er sah auf und bemerkte ihren Blick. »Sag mir alles, was du weißt«, befahl er.

Und sie gehorchte.

Stunden später war Rhys wieder allein. Es war spätnachmittags, und er zog sich mühsam auf die Füße. Er haßte das verdammte Nachthemd, aber es verbarg seinen Rücken. Trotzdem, er kam sich wie ein Idiot darin vor. Er schlief immer nackt und haßte überflüssige Kleidungsstücke. Er trat vorsichtig auf. Jesus, das tat weh.

Er blickte durchs Fenster auf die Aktivitäten draußen. Noch ein Tag. Es war mehr als vierundzwanzig Stunden her seit seinem gestrigen Zusammenstoß mit Martin.

So vieles hatte sich in diesen vierundzwanzig Stunden geändert.

Als Susannah ihn angefleht hatte zu gehen, als sie sagte, daß Wes ebenso dachte, hatte er eine seltsame Schwäche in seinem Innern verspürt, eine Schwäche, die seinen gesamten Verteidigungswall für einen kurzen Moment niederriß.

Niemand, nicht Lauren Bradley und auch nicht Adrian Cabot, die dem, was man als Freunde bezeichnen konnte, in seinem Leben noch am nächsten gekommen waren – selbst in der kurzen Zeit, in der sie sich gekannt hatten –, niemand hatte je zuerst an ihn gedacht. Das war ein völlig neuer Gedanke, ein völlig neues Gefühl, eine völlig neue … Last.

Susannah? Susannah konnte er zum Teil noch verstehen. Sie war wahrscheinlich die … Himmel noch mal, er wußte nicht, was sie war. Die loyalste, die mitfühlendste, die warmherzigste Frau, die er kannte? Da er mit jenen Qualitäten bisher nie nähere Bekanntschaft gemacht hatte, war er sich nicht sicher.

Aber Wes Carr? Das verstand er nun überhaupt nicht. Daß er von Carr gerettet worden war, hatte ihn nicht überrascht; der verdammte Idiot würde wahrscheinlich jede arme Seele retten, die blöd genug war, sich in eine solche Lage zu bringen – wie er –, aber das Verständnis des Mannes, seine unerwartete Sanftheit, mit der er seine Wunden gereinigt hatte, überraschte und erschütterte Rhys zutiefst. Und dann sein Wunsch, er möge gehen – also, das überstieg nun wirklich sein Begriffsvermögen.

Es sei denn, er dachte, daß Rhys möglicherweise mehr Schaden als

Nutzen verursachen würde. Das ist ein Gedanke, dachte Rhys zynisch. Das mußte es sein.

Nun, war auch egal. Er durfte Wes nicht mit seinen Plänen in Verbindung bringen. Wes war viel zu leicht erkennbar mit seinem fehlenden Bein. Und wahrscheinlich auch zu ehrbar für einige der Methoden, die Rhys vorschwebten.

Ein bißchen Safeknacken, zum Beispiel. Ein kleiner Raub hier und da. Ein wenig Rinderdiebstahl, bloß, damit sie wußten, wie sich das anfühlte. Rhys wußte, daß er über Fähigkeiten verfügte, die weder Wes noch Susannah je bei ihm vermuten würden.

Durchs Fenster sah er Susannah auf den Korral zugehen. Ihr schwarzes Haar hatte sie zu einem nachlässigen Knoten geschlungen. Sie sprach mit einem der Cowboys. Ihr Kleid war schlicht, und dennoch hatte er das Gefühl, sie noch nie schöner gesehen zu haben. Er schluckte, als er daran dachte, wie sie ihn angesehen hatte, selbst mit seinen häßlichen Bartstoppeln. Als ob…

Als ob er noch mal ganz neu anfangen könnte, als ob er all das wäre, was sie sich wünschte. Aber am Ende dieser Schlacht würde sie wahrscheinlich schreiend vor ihm Reißaus nehmen. Nein, Susannah würde das nicht tun. Aber ihre wundervollen Lavendelaugen würden ihn wahrscheinlich mit Angst und Abscheu anblicken. Nun, da wäre er schon weg, bevor er das sah. Längst weg. Warum tat ihm dieser Gedanke nur so verdammt weh?

Susannah mußte Erin gar nicht einladen. Ihre Freundin tauchte am nächsten Tag von selbst in einem Einspänner auf, nachdem sie im Dorf vorbeigeschaut hatte, um Vorräte einzukaufen, und dabei von irgendwelchen Schwierigkeiten bei den Fallons gehört hatte. Niemand wußte etwas Genaues. Und niemand sprach darüber, außer im Flüsterton.

Und sie hörte noch andere Neuigkeiten. Föderationstruppen waren eingetroffen. Einige hatten gesehen, wie sich Lowell Martin mit dem Captain unterhielt.

Rhys, dem bereits die Decke auf den Kopf fiel, war vorsichtig ins Wohnzimmer gehumpelt. An den Füßen trug er nichts als die Verbände. Es tat immer noch höllisch weh, und seine Füße waren noch zu sehr geschwollen, als daß sie in eins der Stiefelpaare gepaßt hätten, die Susannah ihm zum Probieren gegeben hatte: von ihrem toten Mann, von ihrem Bruder und von ihrem Schwiegervater. Rhys kam sich vor wie ein verdammter Leichenfledderer, obwohl es nicht das erste Mal war, daß er Kleidungsstücke von Toten trug. Aber das hier war irgendwie anders. Viel persönlicher. Das gefiel ihm nicht. Und er haßte das verdammte Nachthemd. Wenigstens trug er jetzt eins von seinen Hemden, nachdem er sich einen Lappen über die Rückenwunden gelegt hatte, damit seine äußerst limitierte Garderobe nicht ruiniert wurde.

Zu behaupten, daß er ein wenig neben sich stand, war untertrieben. Sogar Susannah bewegte sich nur auf Zehenspitzen, wenn sie in seiner Nähe war. Als er auf der Türschwelle aufgetaucht war, hatte sie etwas über die Anweisungen des Doktors gemurmelt, doch er hatte sie bloß mit diesem Blick angesehen, der sagte, halt dich von mir fern, halt dich weit fern.

Das tat sie zwar nicht, aber sie sagte auch nichts mehr.

Susannah wußte wirklich nicht, was sie mit ihm machen sollte. Er war rastlos, obwohl sie an seinem angespannten Gesichtsausdruck sehen konnte, daß er immer noch große Schmerzen hatte.

Er fragte nach Wes und grunzte nur, als sie meinte, er sei mit Jaime gegangen. Er frühstückte mit ihr und dankte Hannah auch höflich genug, aber als sein Blick wieder auf Susannah fiel, war er verschlossen wie immer.

Nur als er sich vom Tisch erhob und leicht schwankte, zeigte er einen leisen Anflug von Schwäche, doch dann schritt er vorsichtig zu einem Sessel, setzte sich nieder und lehnte sich ebenso vorsichtig und langsam zurück.

Susannah, die zuerst erfreut gewesen war, ihn zu sehen, mußte schon bald feststellen, daß er für belanglose Unterhaltung nicht in Stimmung war. Er hatte sie am Tag zuvor vollständig ausgesaugt, was ihre Kenntnisse über die kleine Gemeinde betraf, und nun schien er das Interesse an ihr verloren zu haben, schien in seine Gedanken, in seine Pläne versunken zu sein, Pläne, die er offensichtlich nicht mit ihr zu teilen gedachte.

Er fragte nach Papier und Bleistift, und sie sah zu, wie er etwas skizzierte, wußte jedoch nicht, was. Den ersten Versuch zerknüllte er und versuchte es erneut. Schließlich war er zufrieden.

Sie ging und half Hannah bei der Küchenarbeit. Einige der Männer würden zum Mittagessen zurückkommen. Die anderen bekamen ihr Essen mit Packpferden gebracht. Sie überlegte, ob sie mitgehen sollte.

Doch dann tauchte Erin auf, offensichtlich auf der Suche nach Wes. Sie trug ein hübsches Kleid, und Susannah wußte sofort, daß ihr jeder Vorwand, der ihr erlaubte, herzukommen, recht gewesen wäre. Susannah hatte den vertrauten Ruf »Reiter!« gehört und war, halb in der Erwartung, die Martins wiederzusehen, auf die Veranda hinausgetreten. Rhys war hochgefahren und hatte sie begleitet, wobei er diesmal eine Pistole in den Gürtel unter seinem Hemd steckte und ein Gewehr in Reichweite der Tür legte. Susannah sah, wie Erin bei Rhys' Anblick die Augen aufriß, und wußte, warum. Er stand neben ihr und war noch größer als Wes, der selbst nicht gerade der Kleinste war. Die finsteren Züge des Walisers waren trotz der Blutergüsse und Schwellungen noch gut genug zu erkennen.

»Erin«, sagte sie, als ihr klarwurde, daß sich die beiden noch nicht begegnet waren, daß Rhys zuvor immer irgendwo unterwegs gewesen war, »das ist Rhys Redding. Er ist der Mann, der uns von Virginia hierherbegleitet hat. Rhys, das ist Erin MacDougal, meine beste Freundin.« Meine einzige Freundin hätte sie beinahe hinzugefügt, unterließ es dann aber.

Sie wußte nicht, was von Rhys zu erwarten war, doch er verbeugte sich charmant und zog Erins Hand an die Lippen.

Erin warf Susannah, die lächelnd mit den Schultern zuckte, einen raschen Blick zu.

»Erfreut, Ihre Bekanntschaft zu machen, Miss MacDougal«, sagte Rhys und ignorierte Erins weit aufgerissene, ja, entsetzte Augen beim Anblick seines geschwollenen, regenbogenfarbenen Gesichts.

»Sollte ich vielleicht fragen, was passiert ist?«

Susannah verdrehte die Augen.

»Eine kleine Meinungsverschiedenheit, Miss MacDougal«, sagte Rhys leichthin und mit einem charmanten Lächeln auf den zerrissenen Lippen. Susannah hätte ihn am liebsten umgebracht oder sogar noch Schlimmeres mit ihm angestellt als die Martins, nach der eisigen Behandlung, die sie den Großteil des Tages über von ihm genossen hatte.

Rhys war wieder ganz Dandy, überaus charmant, und völlig harmlos mit seinen weiß bandagierten Füßen. Und ganz Upper-Class-Brite. Das Chamäleon war wieder da.

Erin sah sich um. »Wo ist Wes?«

Susannah grinste verschwörerisch. »Er ist draußen auf der Weide bei den Pferden.«

»Ich bin gekommen, weil ich... euch sagen wollte, daß Konföderationstruppen eingetroffen sind. Ein kleiner Trupp wurde in Jacob's Crossing stationiert.« Sie sah Rhys an. »Und es gab Gerüchte über irgendwelche Schwierigkeiten hier.«

Rhys zuckte mit den Schultern. »Eine kleine Meinungsverschiedenheit in bezug auf meine Nationalität, fürchte ich«, sagte er in fast gleichgültigem Ton. »Dem Greenhorn mal zeigen, wo's langgeht, so nannten sie das, glaube ich.«

Erins Augen zogen sich besorgt und mitfühlend zusammen, und Susannah mußte lächeln. Erin hatte schon immer ein weiches Herz gehabt, aber Rhys brauchte Mitleid wahrscheinlich weniger als jeder andere.

Susannah verließ die beiden und schickte einen der Arbeiter fort, um Wes zu holen. Sie ließ ihm ausrichten, es gäbe Neuigkeiten, die er erfahren sollte. Föderationstruppen. Sie wußte nicht, ob das gute oder schlechte Nachrichten waren, ob sie hier waren, um sie zu beschützen oder um sie auszuplündern.

Erin war mit Rhys im Haus, als sie wieder zurückkam, und sie verspürte einen heftigen Stich von Eifersucht, als sie die beiden zusammen sah, Rhys, der die andere Frau mit seinem Charme einwickelte wie ein Gentleman, der einer Lady den Mantel umhängt. Aber er war kein Gentleman. Das hatte er ihr oft genug versichert, nicht wahr?

Susannah schalt sich. Sie kannte Rhys Redding gut genug, um zu wissen, daß er dafür einen Grund haben mußte. Aber es tat dennoch weh, ihn so aufmerksam einer anderen Frau gegenüber zu sehen. Denk an gestern, sagte sie sich. Wie er deine Hand mit... mit solcher Zärtlichkeit geküßt hat.

Oder war das vielleicht auch bloß Theater gewesen? Er war so verdammt gut darin, daß sie nicht sicher sein konnte. Sie fragte sich, ob sie's je sein würde.

Rhys fragte Erin nach ihrer Familie, und innerhalb von Minuten wußte er die komplette Geschichte über die gestohlene Baumwollernte im letzten Herbst. Susannah war erstaunt, wieviel Erin ihm erzählte, ja, sie nannte sogar Zahlen, wie hoch der Verlust war, der Wert der Baumwolle und wer die möglichen Käufer hätten sein können. Susannah wußte nicht, warum er an jeder Einzelheit interessiert war, und auch nicht, warum Erin alles so bereitwillig erzählte, aber er bekam wirklich die persönlichsten Dinge aus ihr heraus. Wie hoch die Plantage verschuldet war, die Drohungen der Martins.

Und dennoch tat er das alles auf eine Art, daß Susannah sicher war, Erin merkte nichts von seiner Absicht, sie auszuforschen, oder davon, wieviel sie preisgab. Erins Augen waren fast glasig, während sie sich von dem Zauber einwickeln ließ, den Rhys, wie Susannah wußte, mit einem kleinen Lächeln und dem intensiven Blick seiner Augen spinnen konnte, wenn er nur wollte. Und als er fertig war, lehnte er sich zurück und ließ eine Hand über die Sessellehne baumeln.

Aber Wes hatte die beiden Köpfe bereits gesehen, wie sie zusammensteckten – Erins und Rhys'. Susannah war so fasziniert von seiner Vorstellung, daß sie Wes gar nicht hatte kommen hören, bis seine zornbebende Stimme von der Tür her ertönte.

»Ach, wie gemütlich!«

Seine Stimme vibrierte förmlich vor Eifersucht, und Susannah konnte ihn nur zu gut verstehen. Sie verspürte eine nicht geringe Befriedigung angesichts seines besitzergreifenden Tons.

Erins Gesicht, bis dahin so ernst und konzentriert, leuchtete bei seinem Anblick, trotz seines mißbilligenden Tons, wie ein Kronleuchter auf. Und Rhys strahlte geradezu mit seinem unnachahmlich lässigen Lächeln, das Wes so auf die Palme brachte.

Wes funkelte ihn wütend an und richtete den Blick dann auf Susannah. »Du hast nach mir schicken lassen?«

Sie nickte. »Erin hat erzählt, daß Föderationstruppen ihr Hauptquartier in Austin aufgeschlagen haben und daß jetzt ein kleines Kontingent in Jacob's Crossing stationiert wurde. Sie haben sämtliche Zivilgewalt übernommen.«

Wes humpelte zu dem großen Sofa und setzte sich, wobei er Erin keine Sekunde aus den Augen ließ; das sehnsüchtige Glitzern darin war nicht zu übersehen. »Und was halten meine lieben Nachbarn davon?« fragte er vorsichtig.

Erin begegnete seinem Blick. »Sie hassen es.«

Wes seufzte. »Wird meiner Beliebtheit wahrscheinlich nicht gerade förderlich sein. Ich muß hinreiten und mit den Männern über mein Verschwinden aus dem Libby reden.« Er warf seiner Schwester einen kühlen Blick zu. »Der Himmel weiß, wie ich das erklären soll.«

Erin riß die Augen auf. Sie verstand nicht. Sie sah von Susannah zu Wes und dann zu Rhys, der im Sessel fläzte, als ob er überhaupt keine Sorgen kennen würde.

»Lowell Martin wurde gesehen, wie er mit dem Captain der Truppe sprach«, meinte Erin.

»Mit dem Captain? Weißt du, wie er heißt?«

Erin schüttelte den Kopf.

Wes blickte zu Rhys hinüber. »Das könnte die Dinge ändern. Vielleicht nimmt jetzt ja die Armee die Sache in die Hand.«

Einen Moment lang war der Falkenblick wieder da, durchdringend und gefährlich, doch das wilde Aufblitzen war ebenso schnell verschwunden, wie es aufgetaucht war, und Susannah bezweifelte, daß Erin es gesehen hatte. Ihre ganze Aufmerksamkeit galt Wes.

»Nein, wird sie nicht«, sagte Rhys einfach. Dann erhob er sich mit lässiger Grazie. »Zeit für mein Nachmittagsschläfchen, fürchte ich«, sagte er mit gelangweilter Stimme. »Miss MacDougal, es war mir ein Vergnügen.«

Er schritt von dannen, als ob seine Füße so heil wären wie immer und mit einer Arroganz, zu der nur er fähig war, wie Susannah dachte.

20

Wes' Mund wurde ganz trocken, als er Erin ansah.

Nachdem Rhys seinen spektakulären Abgang gemacht hatte, schützte Susannah Vorbereitungen fürs Abendessen vor und verschwand in der Küche. Wes vermutete zunächst, daß da eine Art

Verschwörung gegen ihn im Gange war, verwarf den Gedanken jedoch wieder. Redding scherte sich nicht genug um andere, als daß er sich die Mühe gemacht hätte.

Außer vielleicht aus Rache. Und das beunruhigte Wes. Er hatte keine Ahnung, wozu Rhys Redding fähig war; vermutlich zu einer ganzen Menge. Ihm persönlich wäre es viel lieber, wenn sich die Armee der hier herrschenden Gesetzlosigkeit annähme – ganz im Gegensatz zu Redding.

Aber all diese Gedankenfetzen zerstoben mit einemmal, als er Erin und das zärtliche Lächeln auf ihrem Gesicht, die Sehnsucht in ihren Augen sah, die ihm das Herz aufgehen ließ. Er brauchte ihre Zärtlichkeit. Er brauchte ihr Lachen. Ihre natürliche Lebensfreude. Er wollte gar nicht dran denken, wann er das letzte Mal wirklich gelacht oder auch nur sorglos gelächelt hatte.

Und jetzt saß ihm ein Kloß von der Größe eines Felsbrockens in der Kehle. Er hatte in den letzten Wochen festgestellt, daß er tatsächlich Dinge tun konnte, von denen er nie gedacht hätte, je wieder dazu fähig zu sein, daß er nicht vollkommen nutzlos war, aber trotzdem … er war kein ganzer Mann mehr.

»Danke, daß du die Nachrichten gleich gebracht hast«, sagte er etwas steif. »Ich glaube nicht, daß es sonst jemand getan hätte.«

»Deine Arbeiter hätten bald genug davon erfahren«, sagte sie, und ihre Augen verschlangen sein Gesicht förmlich, jede Linie, jeden Ausdruck, der darüberhuschte. »Eigentlich war's nur ein Vorwand, weißt du?« Sie schenkte ihm jenes verschmitzte Lächeln, von dem er immer glaubte, die Kobolde mußten es ihr mitgegeben haben. Sie war vollkommen ohne Falsch, vollkommen ehrlich, und das war auch der Grund, warum er ihr immer vertraut hatte. Warum er sie immer geliebt hatte.

Und nun lag ihr Herz in ihren Augen, in ihrem Gesicht, und es schien Fragen zu stellen, auf die er keine Antworten hatte. Er besaß jetzt etwas mehr Selbstvertrauen, aber war das genug?

Er hatte nicht nur eine Gliedmaße verloren, sondern auch seinen ganzen Einfluß in der Gemeinde. Er war ein Paria, ein Ausgestoßener, und das würde er auch aus ihr machen.

Nein, er konnte und durfte nicht von ihr verlangen, das bißchen Leben, das ihm geblieben war, mit ihm zu teilen. Noch nicht. Besonders nicht, bevor die Sache mit den Martins ein für allemal geklärt war. Nicht, bevor er sicher war, daß er sie und alles, was ihm gehörte, beschützen konnte.

Vielleicht dann. Dies war der erste richtige Hoffnungsschimmer, der in ihm aufglimmte, und etwas davon mußte sich in seinem Gesicht gezeigt haben, denn sie stand auf und schlüpfte neben ihm aufs Sofa, ergriff seine Hand und hielt sie ganz fest.

»Ich vermisse dich so, Wes, jetzt, wo ich weiß, daß du hier bist. Es war schlimm genug, als du Tausende von Meilen von mir weg warst, aber jetzt ... ist es einfach unerträglich. Ich suche dauernd nach Ausreden, um hierherzukommen, und dann habe ich Angst, daß du mich deswegen haßt.«

Wes vergrub sein Gesicht in ihrem Haar. »Ich könnte dich nie hassen, kleiner Frechdachs«, sagte er und nannte sie unversehens wieder bei ihrem alten Spitznamen, den er ihr einmal gegeben hatte. »Es ist bloß ... ich muß die Dinge erst mal klären.«

Erin wollte so viel sagen. Sie wollte sagen, daß ihr seine Verwundung egal war, aber sie wußte, daß es im Moment nichts nützen würde. Sie war immer schon in der Lage gewesen, Dinge, die ihn betrafen, zu fühlen, oft schon bevor er es wußte. Ihr war beispielsweise schon vor ihm klar gewesen, daß er sich den Yankees anschließen würde. Sie hatte den inneren Kampf verfolgt, den er mit sich ausfocht, aber sie hatte geschwiegen, obwohl es ihr schwerfiel. Aber sie liebte ihn schon ihr ganzes Leben lang, schon seit sie und Susannah Kinder waren und er und Mark die Rolle von Beschützern übernahmen. Der Tag, an dem er sie gebeten hatte, ihn zu heiraten, war der glücklichste ihres Lebens gewesen; der Tag, an dem er ging, der traurigste.

Und jetzt war er wieder da. Ernst statt sorglos. Bitter statt fröhlich. Zurückhaltend und vorsichtig, wo er früher, ohne zu zögern, gehandelt hätte. Er war anders. Und doch derselbe. Und sie liebte ihn sogar noch mehr, liebte ihn gerade um all der Dinge willen, die er erduldet hatte, liebte ihn gerade wegen der neuen Fältchen in seinem Gesicht und wegen der Augen, die nun so ernst und still blickten. Sie liebte und haßte sein starkes Ehrgefühl, seine unverbrüchliche Loyalität gegenüber anderen.

Wie konnte sie ihn bloß davon überzeugen, daß nur er sie glücklich machen, daß nur er, ganz gleich, ob er beide Beine hatte oder nicht, ihr Leben lebenswert machen konnte?

»Was hältst du von unserem Gast?« fragte er plötzlich, und Erin mußte einen Moment überlegen, bevor sie antwortete. Sie wußte, er versuchte ihre Aufmerksamkeit auf etwas anderes zu lenken, und dennoch lag in seiner Frage eine seltsame Dringlichkeit. Und da fiel ihr sein Gesichtsausdruck wieder ein, als er hereingekommen war.

»Er ist... sehr charmant.«

»Charmant?« wiederholte er mit einer Stimme, die kurz vor der Explosion stand.

Erin, die gewöhnlich sehr offen und ehrlich war, merkte das. Konnte es sein, daß er eifersüchtig war? Das gefiel ihr. Das gefiel ihr sogar sehr. Und er hatte behauptet, er wolle sie nicht mehr, wäre über sie hinausgewachsen!

Sie nickte. »Ich finde ihn faszinierend«, sagte sie. »Ich habe noch nie jemanden aus England kennengelernt, geschweige denn aus Wales.«

Wes' Augen verengten sich gefährlich und er sah aus, als ob er einen Frosch verschluckt hätte. »Faszinierend?« fragte er.

»Du plapperst alles nach«, beschwerte sie sich und konnte das fröhliche Zwinkern in den Augen kaum noch zurückhalten. »Ich hoffe, er bleibt noch länger.«

»Du hoffst...?«

Eine dunkelblonde Haarsträhne fiel Wes in die Stirn, und er zog bedrohlich die Augenbrauen zusammen. Er sah ziemlich finster und gefährlich aus, und plötzlich war mehr Leben in ihm, als sie seit seiner Rückkehr gesehen hatte. In seinen hellblauen Augen loderte zum ersten Mal seit langem wieder ein Feuer, ein Feuer, das Erin kannte. Sie konnte es selbst fühlen, tief in sich, und es brannte heiß.

Sie liebte seine Empörung, seinen... Zorn, der mehr als alles andere sagte, wieviel ihm noch an ihr lag.

Sie nickte ernst, obwohl sie wußte, daß sie das wahrscheinlich lieber nicht tun sollte, aber alles, was ihn aus seiner Lethargie, aus seiner Verzweiflung riß, die ihr bei ihrem ersten Besuch fast das Herz gebrochen hatte, war sein momentanes Unbehagen wert. In Wahrheit hatte ihr Susannahs Besucher eher Gänsehaut verursacht, so als ob etwas an ihm nicht stimmte, sie konnte nur nicht sagen, was. Sie wußte, daß Susannah völlig hingerissen war von dem Mann, das war nur zu offensichtlich. Aber trotz seines Charmes war etwas an ihm, das sie irgendwie aus der Fassung brachte.

»Halt dich von ihm fern«, befahl Wes.

»Warum?« fragte sie. »Er ist doch euer Gast.«

»Er ist kein Gast«, bestritt er, obwohl der Mann ausgesehen hatte, als ob er sich hier wie zu Hause fühlte, als er sich für sein »Nachmittagsschläfchen« zurückzog.

»Was ist er dann?« fragte sie mit weit aufgerissenen Augen. Fasziniert beobachtete sie, wie sich Wes' Gesicht wieder verfinsterte.

Jesus. Was sollte er darauf sagen? Wes hatte keine Antwort. Keine, die einen Sinn ergab jedenfalls. Er wußte nicht, wie es passiert war, wie der Waliser eine solche Bedeutung in ihrem Leben hatte gewinnen können, wie er sogar ihn dazu gebracht hatte, sich fürsorglich um ihn zu kümmern.

»Ein Rancharbeiter«, antwortete er schließlich.

Der Zweifel stand unübersehbar in Erins Gesicht geschrieben. Sie hatte noch niemanden gesehen, der weniger wie ein Rancharbeiter gewirkt hätte, als der Waliser mit seinem lässigen Charme. Es war schon erstaunlich, wie interessiert er für kurze Zeit an ihr gewesen war und wie er dann plötzlich alles Interesse verloren zu haben schien.

»Bleibt er länger?«

Wes' Halsmuskel zuckte. »Ich weiß nicht.«

Das war auch eine recht eigenartige Bemerkung, aber sie ließ es dabei bewenden. Er sah so zornig aus, nach Gift und Galle, wie ihr Vater sagen würde. Auf einmal konnte sie nicht anders, als sich zu ihm zu beugen, näher und näher, bis sich ihre Lippen trafen, und dann vergaß sie alles über den seltsamen Besucher, denn Wes' nahm sie in die Arme, und sie fühlte, wie sich sein Zorn in eine fast qualvolle Zärtlichkeit verwandelte.

Susannah hielt abrupt inne, als sie den Raum betreten wollte. Erin war endlich wieder in Wes' Armen. Sie drehte sich rasch um und ging in die sogenannte neue Küche zurück. Dort gab es eine Wasserpumpe und einen Kochherd; die alte Küche war in einem kleinen Häuschen außerhalb untergebracht gewesen, das über einen überdachten Verbindungsweg vom Ranchhaus her erreichbar war. Jetzt wurde es nur noch als Vorratskammer benutzt. Als sie die neue Küche zum ersten Mal sah, hatte sie sie für reinen Luxus gehalten, und auch jetzt noch gab es Momente, in denen sie sich bewundernd umsehen mußte.

Doch das war noch das Geringste. Sie würde mit Freuden in der ärmsten Hütte leben – mit Rhys –, aber sie wußte, daß das nie geschehen würde. Er ließ niemanden so nahe an sich heran. Aber Wes... vielleicht gab es doch noch Hoffnung, und das ließ ihr Herz höher schlagen.

Sie half Hannah bei der Zubereitung des Abendessens. Sie hoffte, daß Erin blieb, daß Wes sie bat, mit ihnen zu essen, daß sie einen Hochzeitstermin bekanntgaben. Die Hitze in der Küche nahm zu, und ihre Gedanken wanderten wie von selbst zu Rhys, und da war es auf einmal nicht mehr nur der Ofen, der ihre Wangen zum Glühen brachte. Susannah ging zur Tür und blickte hinaus.

Die Nachmittagssonne schien hell, und sie sah, wie eine Pferdeherde hereingetrieben wurde. Dann erblickte sie Rhys. Er stand etwas abseits im Schatten der Scheune. Er schien tief in ein Gespräch mit Jesus vertieft zu sein. Wie war er hinausgekommen? Vom Wohnzimmer her hatte sie niemanden außer Wes und Erin gehört; sie hatte nicht mal die Vordertür gehört, die normalerweise ziemlich laut quietschte. Und er hatte auch nichts zu suchen da draußen, er sollte noch im Bett sein und sich ausruhen und nicht auf seinen aufgerissenen Füßen herumlaufen.

Wie immer, wenn sie Rhys beobachtete, rang sie mit sich. Ihre mütterliche Seite wäre am liebsten rausgelaufen und hätte ihn gehörig ausgeschimpft; die Frau in ihr, die ihn immer besser zu verstehen begann, wußte jedoch, daß er das verabscheut hätte. Sie wußte instinktiv, daß sie ihn am besten halten konnte, wenn sie ihn überhaupt nicht hielt.

Also beobachtete sie ihn nur und fragte sich, warum er sich, wo er doch den Kontakt zu den anderen Arbeitern bewußt vermied, auf einmal so angeregt mit Jesus unterhielt. Das tat er gewöhnlich nur, wenn er etwas im Schilde führte.

Sie erwog diesen Gedanken sorgfältig. Oberflächlich betrachtet war es schrecklich, daß sie einen Mann wie ihn derart lieben konnte.

Oder das wäre es, wenn sie nicht noch andere Seiten an ihm bemerkt hätte, Zärtlichkeit und Mitgefühl, wenn auch nur hin und wieder.

Wieder einmal ging sie all die Tatsachen durch, die sie über ihn wußte. Es war so wenig. Ein kleiner Satz hier, eine überraschende Einzelheit da. Das einzig Beständige, das sich wie ein roter Faden durch all die Informationen zog, war seine Einsamkeit. Er hatte nie einen anderen Menschen erwähnt, außer der Frau, mit der er gewettet hatte. Offensichtlich war er immer schon allein und auf sich gestellt gewesen, ein Einzelgänger, der es nicht anders kannte.

Der es nicht anders wollte?

Sie war nicht sicher. Es hatte Momente gegeben, so flüchtige Momente, in denen sie etwas anderes in ihm gesehen hatte, doch dann hatte er sich wieder vor ihr verschlossen, wie er sich vor allen Menschen verschloß. Sie sah, wie er von Jesus wegging, und zwar mit derselben lässigen Grazie, trotz seiner Verletzungen, mit derselben überheblichen Arroganz, die ihn so von den anderen unterschied. Und ihr Herz quoll über vor Liebe und Sehnsucht, vor dem Bedürfnis zu geben. Sie wünschte so sehr, ihm etwas geben zu können.

Und etwas zu nehmen; sie war ehrlich genug, es sich einzugestehen. sie wollte seinen Körper an dem ihren fühlen, wollte fühlen, wie er mit ihr verschmolz. Sie wollte ihn in sich zucken fühlen, und der bloße Gedanke verwandelte ihr Inneres in weiche, glühende Lava. Sie hungerte nach ihm, wie sie nie zuvor nach einem Mann gehungert hatte, denn nun wußte sie… kannte sie die unglaublichen Gefühle…

»O Rhys«, hauchte sie, als sie ihn hinter dem Haus verschwinden sah. Da wurde ihr plötzlich klar, daß er sein Zimmer durchs Fenster verlassen haben mußte. Warum?

Warum so vieles?

Lieber Gott, warum?

Rhys versuchte erneut, sich ein Paar Stiefel überzuziehen. Himmelherrgott, das tat höllisch weh, seine Füße taten höllisch weh. Aber schließlich schaffte er es, sich in die größten Stiefel zu quetschen, die Susannah gefunden hatte.

Morgen würde er noch mal nach Austin gehen. Es gab gewisse Dinge, die er brauchte und nur dort erhalten konnte. Ein Pferd ohne

Brandzeichen zum Beispiel. Etwas mehr Kleidung. Ein paar Werkzeuge. Er hatte die Liste im Kopf und konnte es kaum noch erwarten.

Jesus hatte ihm das letzte fehlende Glied zu seinem Plan geliefert. Der Junge war so scharf auf Rache, daß er ihm bereitwillig einen Namen, der ihm ein paar Türen öffnen würde, genannt hatte. Das war alles, was Rhys noch gebraucht hatte, und er wußte, daß Jesus den Mund halten würde, sogar seinem Vater gegenüber. Er hatte es geschworen, denn Rhys hatte ihm klargemacht, daß er sonst jeden auf der Ranch gefährden würde. Aber es war nicht nur das. Rhys wußte, daß der Junge – nein, Jesus war bereits ein Mann, selbst mit siebzehn – nichts über die Art seiner Verletzungen gesagt hatte. Daher vertraute ihm Rhys, wie er sonst kaum jemandem vertraute; er hatte bereits bewiesen, daß er vertrauenswürdig war.

Rhys wußte jedoch, daß er Jesus nicht weiter in die Sache hineinziehen durfte. Er wollte nicht, daß dem Jungen etwas zustieß.

Also versuchte er in den Stiefeln, die höllisch auf seine immer noch geschwollenen Füße drückten, zu laufen. Nun, es war erträglich. Und während er so herumging, um sich an die Schmerzen zu gewöhnen, tat er, was er bei diesen Gelegenheiten oft tat: an etwas anderes denken, um sich abzulenken. Das war seine beste Waffe gegen Schmerzen.

Zumindest früher einmal.

Aber nun wanderten seine Gedanken immer unweigerlich zu Susannah und wie sehr er sie begehrte. Es war diese Besessenheit, die ihn heute morgen so kurz angebunden gemacht hatte, obwohl er sie am liebsten gepackt und, trotz seiner Wunden, zum Bett getragen und sich tief in ihr vergraben hätte.

Sein hartes, pochendes Geschlecht schmerzte ihn ebenso wie sein zerschundener Rücken. Nie zuvor hatte er eine Frau so begehrt wie sie. Besonders heute morgen, als ihre Lavendelaugen ihn so voller Sehnsucht anblickten. Jedesmal, wenn er sie ansah, wurde er steif und hart... und sehnte sich verzweifelt nach ihr. Er hatte sich noch nie nach jemandem gesehnt, hatte noch nie jemanden gebraucht. Noch nie im Leben. Und jetzt war bestimmt nicht die Zeit, damit anzufangen. Ablenkungen wie diese konnte er weiß Gott nicht gebrauchen.

Wes und das Mädel, Erin, zu beobachten, hatte auch nicht gerade geholfen. Wes' anfängliche Wut hatte ihn zunächst amüsiert und auch, wie sie sich beim Anblick des Mädchens in nichts auflöste, wie deren Gesicht wiederum aufleuchtete wie eine Weihnachtskerze, als sie ihn erblickte. Und solche Kalbsaugen, wie die beiden einander machten, hatte er auch noch nicht gesehen. Er hoffte bei Gott, daß er das nie tun würde. Warum ging also der verdammte Schmerz in seinen Lenden nicht weg?

Rhys setzte sich sogar mit Wes, Erin und Susannah an den Abendbrottisch, obwohl er nicht genau wußte, warum. Um sich zu amüsieren, sagte er sich. Statt dessen empfand er jedoch eine seltsame Leere, wenn er Wes und Erin ansah.

Es war offensichtlich, daß Wes immer noch stur an seinem Stolz und an seinem Ehrgefühl festhielt, aber es war ebenso klar, daß das Mädel ihn langsam weichkochte. Susannah hatte einen Reiter zu den MacDougals geschickt und sagen lassen, daß Erin zum Essen blieb und danach sicher nach Hause gebracht werden würde.

Rhys mochte sie. Dieses Eingeständnis erstaunte ihn, aber es war so. Sie sah das hochgebundene Hosenbein gar nicht, sondern nur den Mann, und das machte sie zu etwas ganz Besonderem. Nicht edelmütig – er haßte Edelmut –, aber natürlich, realistisch. Wes war ein Schwachkopf, sie nicht zu nehmen, wo er es sich doch offensichtlich wünschte.

Warum nahm *er* dann Susannah nicht? Er blickte auf und fand ihre Augen auf sich gerichtet. Er fühlte, wie sein Geschlecht hart wurde – so wie heute morgen. Er konnte es nicht verhindern, aber die fast schmerzhafte Sehnsucht nach ihr überwältigte ihn einfach. Er wußte, daß sie etwas davon in seinen Augen gesehen haben mußte, denn auch ihre funkelten auf einmal so heiß und leidenschaftlich, daß er alle Willenskraft aufbieten mußte, um sich nicht noch mehr von seinen Gefühlen anmerken zu lassen. Ihr Blick sprach Bände – es lag ein Hunger, eine Gier darin, die seiner in nichts nachstand. Schauer der Erregung durchliefen seinen Körper, und er rang um Beherrschung.

Sie waren fast fertig mit dem Essen, als der Ruf ertönte, daß Reiter ankämen.

Sowohl Wes als auch Rhys erhoben sich sofort. Wes humpelte rasch zum Gewehrständer und nahm sich eine Waffe. Er war mittlerweile recht geschickt geworden. Rhys und Susannah griffen ebenfalls nach einem Gewehr, und zu dritt gingen sie zur Tür. Susannah öffnete.

Erin stand direkt hinter Rhys und erkannte den herankommenden Reiter als erste. »Sam!« rief sie.

Susannah sah Rhys an. »Erins Schwager.«

Wes lehnte das Gewehr an die Wand und humpelte auf seinen Krücken hinaus. Erin folgte ihm.

»Sam?« erkundigte er sich vorsichtig. Sam Harris war einer seiner erbittertsten Gegner gewesen, als bekannt wurde, daß er sich der Union anschließen würde.

Harris ignorierte ihn und sah Erin an. »Dein Vater… man hat heute nachmittag auf ihn geschossen.«

Erin erbleichte. »Ist er…?«

Sam Harris nickte, das Gesicht vor Wut und Kummer verzerrt. »Er wollte ein frisch zugerittenes Pferd ausprobieren… Wir haben versucht, ihn dazu zu überreden, jemanden mitzunehmen, aber er weigerte sich. Das würde ihn bloß aufhalten, meinte er.«

»Wer?«

Sam richtete den Blick auf Wes, der die Frage gestellt hatte. Er zögerte, als ob er nicht mit ihm sprechen wolle, sagte dann aber kurz: »Keine Zeugen… wie üblich. Als er nicht wieder auftauchte, sind wir ihn suchen gegangen. Als wir ihn fanden, war er schon tot. Das Pferd war weg.«

»Hatte es ein Brandzeichen?« Wes hatte eine seiner Krücken an die Tür gelehnt und den freien Arm um Erin geschlungen. Er hielt sie ganz fest. Ihr Gesicht war kalkweiß, und ihre Augen blickten immer noch ungläubig und verwirrt.

»Nein«, sagte Harris bitter. »Wir haben so wenige Leute –« Er sah Erin an. »Ich begleite dich nach Hause. Deine Mutter braucht dich jetzt.«

»Ich komme mit«, sagte Wes.

»Nein!«

Wes starrte ihm direkt in die Augen. »Der Krieg ist vorbei, Sam. Erin braucht uns jetzt alle.« Seine Stimme klang fester und selbstbewußter als je zuvor, denn er fühlte, wie Erin in seinem Arm zitterte. Sie brauchte ihn jetzt wirklich, mehr als er seinen Stolz brauchte.

»Ich will, daß er mitkommt«, sagte Erin leise. »Bitte, Sam.«

»Dein Vater...« Er beendete den Satz nicht. Nichts, was er zuvor gesagt hatte, machte die Tatsachen klarer. Ihr Vater war nicht mehr hier, um etwas gegen Wes' Besuch einzuwenden. Erin biß die Tränen zurück, klammerte sich aber fest an Wes' Arm.

Sams Gesicht wurde noch grimmiger, und er zuckte hilflos mit den Schultern. »Tu, was du willst.«

»Ich komme auch mit«, sagte Susannah.

Aber Wes drehte sich zu ihr um und schüttelte den Kopf. »Ich weiß nicht, wann ich wieder zurück sein werde. Ich glaube, einer von uns ist das äußerste, was die MacDougals im Moment ertragen können.« Das tat weh, war aber nur allzu wahr. Das hier war seine Sache, und er würde verdammt sein, wenn er nicht mitkäme, gleichzeitig jedoch wollte er Sams Toleranz nicht überstrapazieren. Er warf Rhys einen durchdringenden Blick zu, war jedoch nicht wirklich besorgt, was ihn betraf. Bei seinen Verletzungen konnte er die beiden wohl ruhig alleine lassen. Und er bot immerhin etwas Schutz.

Susannah zögerte. Sie dachte immer noch, es wäre das beste, wenn sie mitkäme. Sie umarmte Erin. »Du sagst mir Bescheid, wenn du mich brauchst, wenn ich irgendwas für dich tun kann?«

Erin nickte tränenblind und klammerte sich an Wes.

Und dann half Wes ihr auf den Wagen und kletterte neben sie auf den Sitz. Auf seinem Gesicht lag grimmige Entschlossenheit. Er schnalzte mit den Zügeln, und die Pferde trotteten davon.

Susannah war allein mit Rhys. Sie waren hineingegangen, und plötzlich standen sie dicht beieinander. In Susannahs Augen brannte der Schmerz des neuerlichen Verlustes. Dann war sie in seinen Armen.

»Hört das denn nie auf?« Sie weinte. »Das Töten?«

Er hielt sie eng an sich gedrückt, achtete nicht auf die schmerzenden Striemen auf seiner Brust.

Wie von selbst trafen sich ihre Lippen, verschmolzen miteinander, wurden eins. Er beugte sich vor und hob sie hoch, trug sie in sein Schlafzimmer. Seine Stärke schien ungebrochen, trotz seiner schweren Verletzungen.

Diesmal gab es kein Zögern. Nur die Ungeduld und der Hunger von zwei Menschen, die sich zu lange zurückgehalten hatten, die einander mit einer Verzweiflung und Leidenschaft begehrten, die keinen Raum mehr für Beherrschung ließ.

Sie waren wild und hemmungslos.

Ohne auf Knöpfe oder Nähte zu achten, riß er ihr die Kleider vom Leib. Auch sie riß seine Hose einfach auf. Sie fing an, sein Hemd aufzuknöpfen, aber er ergriff ihre Hände und hielt sie davon ab. Da ließ sie sie zu seinen Hüften gleiten und berührte seinen steif aufgerichteten Schaft. Sie tat, was sie noch nie zuvor getan hatte, ließ die Finger über die samtige, straff gespannte Haut gleiten, fühlte seine Härte und fragte sich, wie er sich überhaupt noch beherrschen konnte.

Er konnte es nicht.

Er ließ sie aufs Bett gleiten und legte sich auf sie, den Oberkörper hochgestemmt, die Arme links und rechts von ihr, so daß sie gefangen war. Ein süßes Gefängnis, ein Gefängnis, das sie erträumt hatte.

Sie genoß jede seiner besitzergreifenden Bewegungen.

Er kitzelte, quälte sie zunächst ein wenig mit seiner Erektion, reizte ihre Sinne bis ins Unerträgliche. Sie hatte solche Sehnsucht nach ihm, wollte ihn so sehr in sich spüren, daß sie dachte zu sterben, wenn es nicht gleich passierte. Jetzt gleich!

Sie vergrub die Hände in seinem Haar und bog ihm ihren Unterleib entgegen, preßte sich an ihn, und er stieß kraftvoll in sie hinein, kein Kitzeln mehr, sondern ein Nehmen, ein Besitzen, fordernd, plündernd, hemmungslos. Und sie liebte es. Sie genoß es. Sie schwamm in Gefühlen.

All ihre Angst um ihn, der Schmerz über seinen Schmerz, ja, sogar ihr Kummer wegen Erin gipfelten in einer Art verzweifeltem Wunsch nach Leben, nach Erneuerung, nach etwas Lebendigem und Herrlichem und Unsterblichem.

Auch sie bewegte sich, und ihrer beider Rhythmen ergänzten sich, verschmolzen miteinander. Sie blickte in seine Augen, und einen Augenblick lang waren sie nackt. Verzweifelt. Hungrig. So hungrig. Dann verlangsamte sie ihre Bewegungen und ließ ihre Hüften kreisen, langsam und zärtlich, ein lockender Tanz, lockend und verführerisch und liebevoll, und gleichzeitig besitzergreifend und lustvoll. Die köstliche Reibung baute sich in Wellen auf, brandete zwischen ihnen hin und her, immer wilder, immer intensiver, bis sie glaubte, vor Lust zu bersten. Sie wollte alles, wollte den Gipfel.

Ihr Blut raste, und die Muskeln in ihrem Schoß zogen sich heftig um seinen Schaft zusammen, als sie in den Abgrund der Verzückung stürzte. Rhys stöhnte lustvoll, als auch er den Höhepunkt der Ekstase erlebte, und sie spürte seine Härte, seine Muskeln, spürte die Kraft, mit der er sie in Besitz genommen hatte. »Susannah«, keuchte er, während sie sich zitternd aneinanderkrallten, »mein Gott, Susannah!«

Aber sie konnte nicht sprechen. Sie konnte nur leise wimmern, während er sie fest in den Armen hielt und gemeinsam fühlten sie das köstliche Nachbeben, den ekstatischen Rausch von etwas so Wundervollem, daß es keinen Namen dafür gab.

21

Susannah stand neben Wes auf dem kleinen Familienfriedhof der MacDougals, wo Sean MacDougal zur letzten Ruhe gebettet wurde.

Erin und ihre Schwester standen mit bleichen Gesichtern neben ihrer schluchzenden Mutter. Hausbedienstete waren ebenso vertreten wie eine Anzahl von Frauen und Kindern aus benachbarten Farmen und Plantagen. Es fiel auf, daß fast keine Männer darunter waren, was Susannah erneut erschreckend klarmachte, wie viele von ihnen in den vier Kriegsjahren gefallen waren. Und die Martins taten das Ihre, um die Zahl der Toten zu vergrößern.

»Asche zu Asche«, rezitierte der Priester.

Aber das Leben hat so viel mehr zu bieten, dachte Susannah mit ihrer neu gewonnenen Erfahrung. Leben! Hatte Sean MacDougal ein erfülltes Leben gehabt? Sie hoffte es. Sie ergriff Wes' Hand und hielt sie ganz fest. Sie wußte, wie sehr er wünschte, jetzt neben Erin stehen zu können, aber Erin war zwischen ihre Mutter und ihre Schwester gedrängt worden – alles, damit der abtrünnige Wes Carr nicht in ihre Nähe kam. Sie litt mit Wes, vielleicht sogar noch mehr als zuvor. Denn nun wußte auch sie über Seelenschmerz Bescheid.

Er war vor drei Tagen weggegangen, an dem Morgen, nachdem sie sich geliebt hatten.

Susannah hatte sich in seine Arme schmiegen wollen, so wie sie es in der Nacht ein paarmal getan hatte, doch diesmal war er verschwunden gewesen.

Sie schloß die Augen und hörte nicht mehr richtig hin, was der Priester sagte.

Warum spürte sie ihn bloß immer noch, spürte seine Härte, seine Zärtlichkeit, mit der er sie angefüllt hatte? Sie erschauderte trotz der heißen Sonne und fühlte plötzlich Wes' Hand auf ihrer Schulter. Sie schüttelte den Kopf, versuchte sich auf die Worte des Priesters zu konzentrieren und nicht auf Träume und Illusionen.

Rhys. Wo war er bloß hingegangen? Würde er sich jemals richtig von ihr verabschieden, bevor er ging? Ein zärtlicher Kuß nach einer leidenschaftlichen Liebesnacht? Die Worte, die eine Frau nach einer solchen Nacht hören wollte?

Das einzige, was sie wußte, war, daß er wiederkommen würde. Sie wußte nicht, wann. Aber sie wußte, er würde wiederkommen. Das fühlte sie mit absoluter Gewißheit.

Aber Rhys Redding zu lieben war fast so, als ob man ein Phantom lieben würde.

Alles war gesagt, und Blumen wurden ins Grab geworfen. Susannah ergriff Erins Hände. Sam, der nun die Rolle des Hausherrn übernommen hatte, drängte die Gäste nach drinnen. Susannah bemerkte, daß er für jeden der anwesenden Männer ein paar Worte übrig hatte, nur Wes ignorierte er. Ein paar der Anwesenden hatten ihn mit einem knappen Nicken begrüßt, doch mehr Freundlichkeit war von seinen einstigen Freunden nicht zu erwarten.

Sie litt mit ihm, litt, wenn sie seine zusammengepreßten Lippen, seinen beherrschten Gesichtsausdruck und das Leid sah, daß ihm die Zurückweisung der Leute offensichtlich zufügte. Sie legte ihre Hand auf seine, die Hand, die er fest um die Krücke gekrallt hatte, und er senkte den Blick und lächelte grimmig. »Tut mir leid, daß du meinetwegen jetzt auch… geächtet wirst«, sagte er.

»Du bist mehr wert als ein Dutzend von denen«, erwiderte sie heftig, und dann kam Erin heran, die sich offenbar nicht um die Vorhaltungen ihrer Mutter kümmerte.

»Ja«, sagte sie, stellte sich auf die Zehenspitzen und gab ihm vor aller Augen einen Kuß. »Das bist du ganz sicher. Danke, daß du gekommen bist.«

Wes sah ihr eindringlich in die Augen. »Kommst du zurecht? Soll ich bleiben?«

Sie schüttelte den Kopf. »Nein, jetzt nicht. Mutter ist noch zu sehr außer sich. Ich komme morgen vorbei.«

Wes nickte und beobachtete, wie sie wieder zu Mutter und Schwester zurückging. Susannah bemerkte, daß seine Knöchel weiß hervortraten, wo er die Krücken umklammert hielt. »Sie wird schon zurechtkommen«, flüsterte sie. »Sie ist stärker, als sie aussieht.«

»Ich weiß«, sagte Wes. »Ich fange gerade an, das zu begreifen.«

Susannah blickte zu ihm auf. Wes' Gesicht war finster und verschlossen. Langsam gingen sie zu ihrem Einspänner zurück, während sie die Leute in verachtungsvollem Schweigen musterten.

Ganz in Schwarz näherte sich Rhys, ein dunkelbraunes Pferd am Zügel führend, der Ranch der Martins.

Er beobachtete das zweistöckige Haus schon seit zwei Nächten, zwei dunklen, nahezu mondlosen Nächten. Nur eine schmale Sichel verbreitete noch ein wenig Licht, was die Schatten zwischen Bäumen und Häusern jedoch nur noch tiefer erscheinen ließ.

Er versuchte, nicht an Susannah zu denken, obwohl er sich qualvoll nach ihr sehnte. Es war drei Nächte her, seit sie sich geliebt hatten, und er spürte immer noch jenen herrlichen Gefühlssturm, die Ekstase, die er mit ihr geteilt hatte; er begehrte sie, er hungerte nach ihr.

Aber er hatte in diesen drei Tagen viel erreicht. Er war in Austin gewesen und hatte Josiah Baker beim Wort genommen und um einen Vorschuß ersucht. Er bestand darauf, ein »altes Familienerbstück« als Pfand dazulassen – eins der Schmuckstücke, die er den Banditen in Virginia abgenommen hatte. Er hatte den Schmuck für eine solche Gelegenheit aufbewahrt, obwohl es Susannah und Wes lieber gewesen wäre, wenn er ihn an die Behörden übergeben hätte, damit er in den Staat zurückgeschickt werden konnte, wo er gestohlen worden war. Nein, im Moment war der Schmuck viel zu wertvoll und nützlich für ihn.

Mit dem Geld in der Tasche suchte er anschließend mehrere Zimmerleute und Schmiede auf und zeigte ihnen seinen Entwurf eines Holzbeins. Er bat sie um Verbesserungsvorschläge. Schließlich wählte er je einen Schmied und einen Zimmermann aus und forderte sie auf, zusammenzuarbeiten. Er sagte, er würde wiederkommen und sich die Resultate ansehen, wobei er ein hübsches Sümmchen als Anreiz hinterließ.

Er kaufte außerdem ein paar Werkzeuge, neue Kleidung, zwei Paar Stiefel und das Pferd, das er nun ritt. Das andere Tier hatte er bei einer Familie namens Diaz untergestellt. Jesus hatte Ramon Diaz empfohlen, dem Susannahs Vater einmal behilflich gewesen war, als er fast seinen Grund und Boden verloren hätte. Diaz hatte schon lange auf eine Gelegenheit gewartet, den Gefallen zu erwidern. Als Rhys also, unter Einsatz all seines Charmes, erklärte, daß er Wes und Susannah dabei helfen wolle, ihren Besitz vor Landräubern zu schützen, war Diaz nur allzugern bereit, alles zu tun, was in seiner Macht stand, einschließlich der Unterbringung seines Pferdes und einiger Sachen. Diaz hatte kaum Fragen gestellt, nachdem Jesus Rhys' Worte mit einem ernsten Nicken bestätigt hatte.

Rhys hatte alles mit Präzision vorbereitet, hatte sich auf dem Rückweg von Austin mit Jesus getroffen und war mit ihm zu der kleinen Farm der Diaz' geritten, die gut zwanzig Meilen westlich von Susannahs Ranch lag. Das Anwesen der Diaz' war zu klein und unbedeutend, um das Interesse der Martins zu erregen. Es war offensichtlich, daß sie kaum fürs Überleben der fünfköpfigen Familie reichte. Das Land war trocken, und nur ein tiefer Brunnen lieferte Wasser.

Rhys hatte vorläufig in dem kleinen, etwas schäbigen Stall Quartier bezogen. Er ritt davon, wenn es dunkel wurde und er und sein Pferd nur noch Schatten in der Schwärze der Nacht waren. Er hatte gehört, daß die Martins oft nachts unterwegs waren, also bezog er im sumpfigen Uferland des Flusses Position, beobachtete und wartete. Mit dem Fernglas, das er sich in einem Geschäft in Austin besorgt hatte, konnte er die Ranch gut übersehen.

In der ersten Nacht geschah nichts Ungewöhnliches – abgesehen von den üblichen Aktivitäten auf einer Ranch. Keiner verließ das Anwesen. Also ließ er sich in der zweiten Nacht unter einem Baum nieder. Und wartete.

Rhys konnte sehr geduldig sein, wenn er ein Ziel vor Augen hatte. Er mochte die Nacht, besonders eine so klare wie diese. Kaum Mondschein, aber eine Fülle von Sternen, als ob jemand eine Handvoll Sternenstaub in den Nachthimmel geschleudert hätte. Einer leuchtete heller als die anderen. Wie Susannah, dachte er flüchtig, bevor er den Gedanken als poetischen Blödsinn abtat. Wenn es etwas gab, was er nicht war, dann ein Dichter.

Besonders nicht heute nacht. Heute nacht hatte er Ruchloses im Sinn.

Er berührte das Tuch, das er um den Hals trug. Es war, wie seine übrige Kleidung auch, rabenschwarz und paßte zu dem schwarzen, breitkrempigen Hut, den er aufhatte und zu dem praktischen schwarzen Baumwollhemd und den Hosen, bis hinunter zu den schwarzen Stiefeln. Alles schwarz. Er grinste, wenn er an seine Kostümierung dachte, aber sie diente ja einem »guten Zweck«.

Rhys Redding beabsichtigte, den Nachtfalken zu einer Legende zu machen, einer Legende, die die geschundenen Rancher vereinigen und die Martins das Fürchten lehren würde. Und um das zu bewerkstelligen, mußte er eine völlig neue Person erschaffen, eine, die nie mit Wes oder Susannah oder mit ihrem exzentrischen englischen Gast in Verbindung gebracht werden konnte.

Der Nachtfalke würde ein Texaner sein, ein Texaner mit der Aussprache eines Texaners, das hatte er an dem langen Nachmittag, nachdem er von Martin ausgepeitscht worden war, beschlossen. Er hätte Hardy Martin mit Leichtigkeit töten können, aber da wären dann immer noch zwei weitere Brüder, und er wollte nicht, daß Susannah oder Wes vielleicht für seine Taten bezahlen mußten. Es war viel besser, wenn die ganze Gemeinde daran beteiligt war und nicht einer einzelnen Person die Verantwortung zugeschoben werden konnte; und die einzige Art, das zu bewerkstelligen, war, ihnen eine Führerfigur zu präsentieren. Einen Helden.

Also spielte er am Ende doch noch den Helden. Nur für kurze Zeit, das hoffte er jedenfalls. Der Gedanke war fast lachhaft. Aber durchführbar. Sein Hauptziel bestand jetzt darin, es den Martins gründlich heimzuzahlen. Sie sollten zusehen müssen, wie sie alles verloren, was sie an sich gerafft hatten, wie all ihre Pläne den Bach runtergingen.

Dafür war er sogar bereit, den Helden zu spielen. Eine Art Held jedenfalls.

Und sich an der Ironie des Ganzen zu erfreuen.

Er hob wieder den Feldstecher an die Augen und spähte hindurch, erkannte Bewegung, Männer, die ihre Pferde sattelten. Er lehnte sich an den Baumstamm zurück. Er fragte sich, wie viele die Ranch wohl verlassen würden.

Er sah, wie die Lichter im Haus ausgingen. Alle Lichter. Er wußte, daß Lowell Martin verheiratet war, was wahrscheinlich bedeutete, daß eine Frau im Haus war. Hoffentlich schlief sie in einem der Schlafzimmer im ersten Stock.

Rhys fühlte, wie ihn auf einmal Spannung erfüllte, die vertraute Vorfreude, wenn es galt, sich einer gefährlichen Situation zu stellen. Links von ihm schrie eine Eule, und die Flußfrösche quakten ihre eigene Melodie. Er genoß die nächtlichen Geräusche, fühlte sich gleichzeitig eins mit ihnen und doch wieder nicht. Er mochte dieses Gefühl, allein zu sein, nur sich selbst verantwortlich.

Die Reiter galoppierten davon, und Rhys zwang sich stillzusitzen. Es mußte Wachen geben, irgendwelche Posten, die zurückgeblieben waren.

Er ließ sich fast eine halbe Stunde Zeit, bevor er aufbrach. Sein Pferd hatte er bereits im Dickicht angebunden, und mit seiner schwarzen Kleidung verschmolz er vollkommen mit der Finsternis. Er wußte, daß er nur ein Schatten von vielen war. Seine Füße schmerzten immer noch von der Tortur vor einer Woche, aber er ignorierte sie und schlich rasch über die Weiden auf das Haus zu.

Er kauerte sich ins hohe Gras und sah sich sorgfältig um. Ja, da waren Wachen. Zwei zumindest konnte er sehen, einen Mann am Scheuneneingang und einen anderen auf der Veranda des Hauses. Keiner von beiden machte einen sonderlich wachsamen Eindruck. Einer saß auf einem Stuhl, die Lehne ans Scheunentor gekippt; der andere rauchte gemütlich eine Zigarette; sein Gewehr lag neben ihm.

Welchen sollte er sich zuerst vornehmen?

Er entschied sich für den beim Haus. Er konnte sich auf die Veranda schleichen, die sich um das ganze Haus erstreckte, und den Mann blitzschnell überwältigen. Vielleicht mußte er sich den anderen dann ja gar nicht mehr vorknöpfen.

Vorsichtig schlängelte er sich durchs Gras auf die Seite des Hauses zu. Dann zog er die Stiefel aus und schlich auf Strümpfen lautlos über die hölzernen Verandadielen. Er trug jetzt einen Pistolengürtel, den er in Austin gekauft hatte. Er war ebenfalls schwarz und sah ziemlich gefährlich aus. Die Waffe selbst war ein Colt, der beste, der zu haben war, wie ihm der Ladenbesitzer stolz verkündet hatte.

Rhys nahm ihn jetzt heraus. Er umklammerte ihn an der Mündung. Völlig lautlos schlich er sich hinter den Mann, der sorglos in Richtung Straße blickte, wo die anderen verschwunden waren. Rhys hob die Pistole und schlug dem Wachtposten hart über den Schädel. Er fing ihn auf und ließ ihn lautlos zu Boden gleiten.

Dann überlegte er. Sollte er sich auch hinter dem anderen hermachen und eventuell ein Geräusch, einen Schrei riskieren? Es konnten noch andere Posten in der Gegend sein. Oder sollte er einfach ins Haus gehen und hoffen, daß der Mann an der Scheune nichts Ungewöhnliches bemerkte?

Rhys entschied sich sofort für die zweite Lösung. Er lehnte den Posten an eine der Verandasäulen, so als ob er friedlich dort sitzen würde. Er lebte noch, war aber für eine Weile kaltgestellt – und würde morgen mit einem gewaltigen Brummschädel aufwachen.

Rhys öffnete die Tür und wartete ein wenig, bis sich seine Augen an die Dunkelheit gewöhnt hatten. Er zündete ein Streichholz an und schirmte den Schein vorsichtig mit der Hand ab. Er suchte nach einem Schreibtisch. Oder einem Safe. Er suchte nach den Schuldscheinen, die die Martins von den verschiedenen Schuldnern aufgekauft hatten.

Er wußte, daß er sich beeilen mußte, bewegte sich aber dennoch ruhig und überlegt. Im Wohnzimmer war nichts zu entdecken, also ging er zur nächsten Tür, die in einen Raum führte, der aussah wie ein Arbeitszimmer. Sowohl ein Schreibtisch mit dicken Papierstapeln wie auch ein Safe befanden sich darin.

Das Streichholz verbrannte ihm die Finger, also blies er es aus und schlich sich im Dunkeln zum Schreibtisch. Dort entzündete er ein weiteres Streichholz und öffnete rasch die oberste Schublade, durchwühlte sämtliche Papiere. Nichts. Nichts, das wie eine Besitzurkunde oder wie ein Schuldschein aussah.

Er betrachtete den Safe. Teufel noch mal, es war lange her, seit er zuletzt versucht hatte, einen zu knacken. Das war eins der Dinge, die Nathan ihm beigebracht hatte, und auch einer der Gründe, warum Nathan London überstürzt verlassen mußte. Aber Rhys hatte es noch nie selbst versucht; das hatte er letztlich immer vermieden. Es war auch gar nicht nötig gewesen, bei seinem Geschick im Kartenspiel. Das hatte ihm genug Geld eingebracht, und zwar mit weit geringerem Risiko. Trotzdem, er war schon immer für alles Nützliche aufgeschlossen gewesen und hatte es also gelernt, indem er an einem alten Safe in einem viktorianischen Lagerhaus übte.

Nun nahm er all seine Konzentration zusammen und versuchte sich an alles zu erinnern, was Nathan ihm gesagt hatte. Leg dein Ohr ans Schloß, dreh es rum und warte auf das Klicken, auf ein leichtes Einschnappen. Rhys brauchte jetzt kein Streichholz. Er verließ sich nur auf Gehör und auf Tastsinn, während sich seine Augen langsam an die Dunkelheit gewöhnten.

Nichts geschah. Kein Klicken. Kein Einschnappen. Er versuchte sich zu erinnern, wie es sich damals angefühlt hatte. Er und Nathan hatten in dem Lagerhaus übernachtet, wo Waren für eine Karawane ins Landesinnere lagerten. Man hatte sie als Begleitschutz angeheuert. Es war, als heuerte man Wölfe zur Bewachung einer Schafherde an, aber Nathan und er waren fast abgebrannt gewesen, als sie in Afrika ankamen.

In dem Safe damals war nichts drin gewesen, aber Nathan hatte sich die Zeit damit vertrieben, Rhys beizubringen, wie man ihn knackte, und dann noch einmal bei einem Kaufmann, der versucht hatte, sie übers Ohr zu hauen. Sie hatten sich nur das genommen, was er ihnen schuldig war. Nathan wollte mehr nehmen, aber Rhys war dagegen gewesen. Dann hätten sie den Mann bloß auf den Fersen gehabt; man wäre hinter ihnen hergewesen, wenn sie mehr genommen hätten.

Genug. Genug von der Vergangenheit. Verdammt, die Zeit wurde knapp. Und dann hörte er es, das Klicken, fühlte den Rhythmus des Schlosses. Einmal, zweimal, dreimal, und es öffnete sich.

Rhys zündete noch ein Streichholz an und spähte hinein. Haufenweise Geld. Bündel davon. Und Papiere. Er nahm eins davon heraus. Die Besitzurkunden. Die Flamme verbrannte ihm erneut fast die Finger. Noch ein Streichholz. Eine Rechnung. Warum bewahrten sie eine Rechnung im Safe auf? Und dann grinste er, als er sah, um was es sich handelte. Baumwolle. Da war sie, gottverdammt noch mal. Die MacDougalsche Baumwolle. Der Mann mußte verrückt sein, die Rechnung aufzuheben, aber er schien sowieso ein verdammter Hamster zu sein, wenn man sich den Schreibtisch und den Safe so ansah.

Wieder verbrannte er sich beinahe. Noch eins. Das mußte das letzte sein. Er mußte von hier verschwunden sein, bevor der Posten draußen das Bewußtsein wiedererlangte oder bevor sein Kompagnon mißtrauisch wegen seiner Regungslosigkeit wurde. Rhys lauschte außerdem ständig auf irgendwelche Geräusche von oben, aus dem ersten Stockwerk.

Er hielt die Rechnung ans Licht. Die Gesamtsumme des Verkaufs belief sich auf 25 000,– Dollar. Er blickte auf das Bündel grüner Föderationsgeldscheine und nahm genau 25 000,– Dollar davon heraus. Danach griff er sich die Besitzurkunden und die Rechnung. Er fuhr mit der Hand in seine Tasche und zog einen Zettel mit der Zeichnung eines Falken heraus, den er statt der Dokumente hineinlegte. Dann schloß er den Safe wieder.

Das Büro lag im hinteren Teil des Hauses. Er schlich sich ans Fenster, öffnete es und schlüpfte hinaus. Leise kehrte er zu der Stelle zurück, an der er seine Stiefel gelassen hatte, nahm sie und eilte rasch den Hügel hinab zu dem Wäldchen, in dem er sein Pferd angebunden hatte. Als er gerade dort angekommen war, hörte er auch schon einen Schrei und dann einen Schuß.

Er band das Pferd los und schwang sich leicht in den Sattel. Die Stiefel hielt er immer noch in den Händen. Er versetzte sein Tier in einen leichten Trab. Hinter ihm, vom Haus und vom Hügel her, ertönten weitere Rufe.

Erin und ihre Schwester hatten es endlich geschafft, ihre Mutter ins Bett zu bekommen. Der letzte betrunkene Gast hatte die Totenwache ebenfalls verlassen. Das war ein alter irischer Brauch, dem Toten die fröhliche Wacht zu halten, genau wie Sean MacDougal es sich gewünscht hätte. Alkohol war in Strömen geflossen und das Essen hätte gut und gerne gereicht, um eine ganze Armee von ausgehungerten Konföderierten zu verköstigen. Die Gäste waren laut, um nicht zu sagen ausgelassen gewesen.

Sie trat an die Tür und blickte in den klaren Nachthimmel. Sie wünschte von ganzem Herzen, daß Wes jetzt hier wäre. Er hatte so verbissen ausgesehen auf der Beerdigung, so ausgestoßen. Selbst in ihrem Kummer und in ihrer Trauer um ihren Vater konnte sie seinen Schmerz fühlen.

Plötzlich hörte Erin Hufschlag und fragte sich, ob sich einer der Gäste vielleicht verirrt hatte. Angst kroch in ihr hoch, denn sie mußte an ihren Vater denken. Keiner war mehr sicher, nicht mal mehr auf seinem eigenen Grund und Boden. Sie wandte sich dem Geräusch zu und wünschte, sie hätte eine Waffe bei sich.

Da kam Sam heraus, und er war vorbereitet. Er hielt ein Gewehr in der Hand. Genau in diesem Moment tauchte ein Reiter aus dem Nichts auf. Er verschmolz so sehr mit der Finsternis, daß nur der Hufschlag seines Pferdes sein Kommen verraten hatte.

Sam richtete das Gewehr auf den Mann, und der Reiter zügelte sein Pferd und hob die Arme, um zu zeigen, daß er friedliche Absichten hegte. Aber in einer Hand war etwas, ein Lederbeutel. Er lenkte sein Pferd direkt vor die Tür. »Miss Erin«, sagte er in dem weichen, gedehnten Dialekt der Texaner, ohne Sam und sein Gewehr zu beachten.

»Ein Geschenk«, sagte der Reiter, beugte sich hinunter und reichte Erin den Beutel. »Ich hoffe, es hilft ein bißchen an einem so traurigen Tag wie diesem.«

Der Mann hatte den Hut tief über die Augen gezogen und ein Tuch über Nase und Kinn gebunden. Dennoch gab er auf eine seltsame, schweigende Art zu verstehen, daß er keine Bedrohung darstellte. Sam trat näher. »Wer sind Sie?«

»Ein Freund«, erwiderte der Mann leise. »Einer, der bereit ist, gegen die Martins zu kämpfen. Sagen Sie's den anderen.«

»Aber –«

Der Reiter brachte sein nervöses Pferd mit einem leichten, liebevollen Tätscheln zur Ruhe. »Gehen Sie nicht zum Sheriff. Das hier ist Privatsache. Die Rechnung stammt aus dem Safe der Martins, aber sie können nichts unternehmen, nicht ohne ihren Diebstahl zuzugeben.«

Ein Anflug von Humor schwang in seiner Stimme mit. »Es dürfte mehr als genug da sein, um Ihre Schulden bei den Martins zu begleichen.«

Seine Worte ergaben weder für Erin noch für Sam einen Sinn.

»Wer...?« wollte Erin fragen, aber dort, wo noch eben Roß und Reiter gestanden hatten, war auf einmal nur noch eine schwarze Leere, und sie hörten, wie das Geräusch von Hufschlägen rasch leiser wurde.

»Also, ich will verdammt sein«, sagte Sam und beäugte den Lederbeutel mit einem Blick, als ob eine Klapperschlange darin wäre.

Sie gingen zusammen hinein und öffneten den Beutel beim Schein einer Öllampe. Geld fiel heraus, bündelweise. Und dann noch eine Art Dokument und noch ein Stück Papier mit der Zeichnung eines Falken. Erin nahm die Zeichnung; Sam griff nach der Rechnung, und sein Gesicht wurde knallrot, als er das Datum und die Anzahl der Baumwollballen las. Es war tatsächlich die MacDougalsche Sendung. Er zählte das Geld. »Mein Gott«, sagte er, »fünfundzwanzigtausend Dollar.«

Erin, die immer noch die Zeichnung in der Hand hielt, sah ihn verwirrt an. »Aber... wer... ?«

Sam schüttelte langsam den Kopf. »Ich weiß nicht, Erin. Nichts an ihm kam mir bekannt vor.«

»Es muß jemand sein, den wir kennen. Wie hätte er sonst –«

»Wie hätte er sonst von der Baumwollsendung wissen können? Oder warum kümmert es ihn überhaupt?«

Erin begegnete seinem starren Blick. »Und warum sagte er, wir sollen's den anderen erzählen?«

Die Nachricht verbreitete sich wie ein Lauffeuer unter den Ranchern und Plantagenbesitzern. Der Falke, der nachts gekommen war. Man nannte ihn fast sofort den Nachtfalken.

Er hätte fast ausgesehen wie ein Falke, meinte Sam, so wie das Zeichen, das er hinterlassen hatte. Er war ebenso finster und gefährlich, ebenso scheu.

Wer war er? Was wollte er? Wie war er an das Geld und an die Papiere herangekommen? Es stammt aus dem Safe der Martins, hatte er gesagt, aber wie war das möglich?

Auch der Sheriff hörte von den Gerüchten und suchte die MacDougals auf, die jedoch nur die Köpfe schüttelten, als ob sie nicht wüßten, wovon er sprach. Er zog mit zornrotem Gesicht, aber unverrichteter Dinge wieder ab.

Lowell Martins Gesicht war ebenfalls krebsrot gewesen; so erzählte ein Mann, der bei der Western Union im Telegrafenamt arbeitete, als dieser hereingestürmt war und einen neuen Safe aus Austin bestellt hatte.

22

Susannah hörte zwei Tage nach Sean MacDougals Beerdigung von dem Nachtfalken.

Erin hatte endlich Zeit gefunden vorbeizukommen. Sie entschuldigte sich, daß sie es am Vortag nicht wie versprochen geschafft hatte, aber der nächtliche Besuch des Fremden hatte die Plantage der MacDougals in gewaltigen Aufruhr versetzt. Der Sheriff war vorbeigekommen, und ihre Mutter war untröstlich gewesen, daß Sean MacDougal nicht mehr erleben durfte, wie die Gerechtigkeit ihren Lauf nahm.

Die Nachricht verbreitete sich schnell, und ein endloser Strom männlicher Besucher kam auf der Ranch vorbei. Man schloß sich mit Sam ein und versuchte herauszufinden, wer der Mann war und was er wollte.

Susannah hörte schweigend zu, während Erin den Mann in Schwarz beschrieb, den Inhalt des Beutels erwähnte und auch sein Versprechen wiederzukommen. »Keiner weiß, wer er ist«, schloß sie.

Wo ist er jetzt?

Susannah ballte die Hände zu Fäusten. Sie hatte Rhys seit Tagen nicht mehr gesehen, nicht seit jener Nacht, in der er mit ihr geschlafen hatte. Sie hatte ihn weder gesehen noch von ihm gehört.

Es war fast nicht zum Aushalten, daß sie nun aus anderem Munde von ihm hören mußte.

Wo steckt er bloß?

Die Frage hallte in ihrem Kopf. Warum war er nicht zurückgekommen? War er wieder verletzt?

Wes kam in diesem Moment angeritten; Susannah hatte ihn holen lassen und hörte aufmerksam zu, während Erin ihre Geschichte wiederholte. Jeder wußte mittlerweile Bescheid, aber die Ranch der Fallons wurde immer noch so sehr gemieden, daß ihnen niemand die Nachricht gebracht hatte. Außerdem waren sie derzeit so knapp an Männern, daß niemand Kontakte mit den Arbeitern der anderen Ranches pflegen konnte.

»Ein schwarzes Pferd?« fragte Wes und versuchte zu begreifen. Er hatte Rhys Redding seit Sean MacDougals Tod nicht mehr gesehen. Wo zum Teufel hatte er ein schwarzes Pferd her? Aber es mußte Redding sein. Sein Mund verzog sich zynisch bei dem Gedanken. Texanische Mundart, ein schwarzes Pferd, ein ausgezeichneter Reiter. Ein Phantom. Und er hatte schon gedacht, Redding hätte sie am Ende doch noch aufgegeben, hätte ihren Rat befolgt und sich aus dem Staub gemacht. Früher konnte ich Menschen besser beurteilen, dachte Wes bei sich, aber Redding war ihm ja schon von Anfang an ein Rätsel gewesen.

»Fast schwarz«, erwiderte Erin und bemerkte Wes' Stirnrunzeln mit einiger Verwirrung.

Wes fluchte unterdrückt. Typisch Rhys Redding, die Sache ganz allein auf sich zu nehmen. Ohne ein Wort. Ohne eine Erklärung. Und natürlich ohne das Ganze vorher mit ihnen zu besprechen. Himmelherrgott, ein Wegelagerer, ein Bandit.

Trotzdem, als er Erin die Worte des Mannes wiederholen hörte, konnte er nicht anders, als über die Ironie und die Gerechtigkeit der Sache nachzugrübeln. Die Rechnung stammt aus dem Safe der Martins, aber sie können nichts dagegen unternehmen, nicht, ohne ihren Diebstahl zuzugeben.

Er mußte an die Drohung denken, die Redding damals erhalten hatte. Wenn er den Mund aufmachte und etwas über die Auspeitschung sagte, würde man ihm Pferdediebstahl, ja vielleicht sogar Mord anlasten. Wie hübsch er doch den Spieß umgedreht hatte.

Und dennoch … einen Safe knacken.

Er sah, daß Susannah ihn anblickte, und in ihren Augen blitzte es, als ob sie jeden Gedanken lesen könnte, der ihm durch den Kopf schoß. Vielleicht, weil sie dieselben hatte.

Doch das Gespräch drehte sich bereits wieder um die Identität des maskierten Fremden. Susannah und Wes spielten mit, erwogen die verschiedensten Möglichkeiten, während sie sich gleichzeitig fragten, was Rhys Redding als nächstes im Sinn hatte. Und warum er nicht zur Ranch zurückgekommen war.

»Sam hat die meisten der Rancher zu einem Treffen morgen abend eingeladen. Sie wollen über die Martins reden – und über den Mann, der sich Falke nennt«, sagte Erin, ohne den Blick von Wes abzuwenden. Sie wußte, daß er in jedem Fall von dem Treffen erfahren würde, und wollte ihn vorbereiten.

Sein Gesicht verfinsterte sich. »Aber mich nicht. Liegt's daran, daß ich für den Norden gekämpft habe oder weil ich ein Krüppel bin?« Er lachte bitter. »Nun, zumindest kann mir keiner vorwerfen, ich wäre dieser Falke.«

Erin riß erstaunt den Mund auf. Es gab niemanden in der Gegend, der mehr Integrität besaß als Wes Carr. Und trotzdem… da war etwas in seinen Augen, das mehr zu sagen schien als seine Worte.

Aber sie hätte beim besten Willen nicht sagen können, was. Der Reiter hatte zwei Beine gehabt. Soviel hatte sie gesehen. Und Wes Carr war einfach zu verdammt ehrlich, um eine Maske auch nur in Betracht zu ziehen. Das war eine der Eigenschaften, die sie so an ihm liebte, obwohl es ihn dazu geführt hatte, für den Norden zu kämpfen.

Sie seufzte. »Es wird Zeit brauchen, Wes, bevor sie dir verzeihen, daß du dich auf die Seite der Union gestellt hast. Ein paar Meilen von hier hat man ein paar Männer aufgehängt, nur weil sie sich zum Norden bekannten. Das waren Deutsche aus dem Gebiet um San Antonio.« Sie schüttelte den Kopf. »Sie sind so stolz auf ihre eigenen Prinzipien, ich begreife einfach nicht, wie sie anderen ihre Überzeugung verübeln können.«

Er zuckte mit den Schultern. »Das ist mir klargeworden, als ich nach Hause kam, aber ich hab' gehofft… Teufel, ich weiß nicht, was ich gehofft habe.«

Eine plötzliche Stille trat ein, senkte sich wie ein grauer Schatten über die drei.

»Ich fahre morgen nach Jacob's Crossing und rede mit diesem Armeecaptain. Ich denke, das wird's auch nicht besser machen«, sagte Wes abschließend, »aber sag' Sam, falls ihr ... Hilfe benötigt, werd' ich tun, was ich kann.«

Sie nickte. Sie riß den Blick von ihm los, konnte die Verzweiflung darin nicht länger ertragen.

»Ist Mr. Redding noch hier?«

Irgendwo. Irgendwo ist er. Die Worte hingen förmlich zwischen Wes und Susannah in der Luft.

Wes nickte grimmig.

»Geht es ihm besser?«

Wes warf Susannah einen raschen Blick zu. Sie lächelte. »Viel besser, denke ich.«

»Ich habe etwas Suppe für ihn im Wagen.«

Wes funkelte sie an und wollte schon etwas sagen, doch Susannah unterbrach ihn. »Er wird sich sehr darüber freuen.«

»Ich gehe jetzt besser. Hab' versprochen, zum Abendessen wieder zurück zu sein«, sagte Erin, die sich offensichtlich nur schwer trennte. Susannah entschuldigte sich rasch und ging auf die Veranda hinaus. sie blickte auf den Fluß hinunter. Wenn sie bloß wüßte, wo ihr Nachtfalke war, sie würde ihr Pferd satteln und zu ihm reiten.

Sie überlegte, wie er wohl aussah, so ganz in Schwarz. Sie hatte ihn schon mal in schwarzer Kleidung gesehen, aber das war ein Anzug gewesen, nicht so, wie Erin ihn beschrieben hatte. Er hatte unverschämt gut ausgesehen, so finster und attraktiv mit seinen schwarzen Haaren. Sie versuchte sich ihn vorzustellen, wie Erin ihn beschrieb – in einem schwarzen Hemd, einem gefährlich aussehenden Pistolengürtel und enganliegenden schwarzen Hosen. Nun, Erin hatte vielleicht nicht enganliegend gesagt, aber Susannah stellte es sich so vor. Seine Hosen lagen immer eng um seine langen, muskulösen Oberschenkel. Bei der Vorstellung liefen ihr sinnliche Schauer über den Rücken, und in ihrem Schoß pulsierte es erregt. Sie zweifelte keine Sekunde lang, daß er der mysteriöse »Falke« war. Es paßte einfach perfekt zu ihm. Aber warum war er nicht zur Ranch zurückgekehrt, wenn er wieder in der Gegend war?

Wes' Mißbilligung bei der Erwähnung des Safes war ihr nicht entgangen, doch irgendwie schien er auch Verständnis zu haben. Sie wußte außerdem, warum Rhys seine Pläne nicht mit Wes besprochen hatte. Wes war ziemlich... strikt, was diese Dinge betraf.

Wie sie auch – früher einmal. Aber diese Tage waren vorbei. Sie kämpften jetzt ums Überleben, und es gab niemanden, den sie sich mehr an ihrer Seite gewünscht hätte als ihn.

Rhys, wo bist du?

Er kam später an diesem Abend angeritten.

Susannah hatte nur in ihrem Essen gestochert, und Wes hatte es nicht mal angerührt. Susannah wußte nicht, was er und Erin besprochen hatten, nachdem sie gegangen war, aber ihr Bruder hatte den Mund grimmig zusammengekniffen, und auch die Linien um seine Augen traten deutlicher hervor.

Wes ging auf sein Zimmer, nachdem er die um die Ranch verteilten Posten noch mal überprüft hatte, und ließ Susannah allein im Wohnzimmer. Hannah, die gerne mit den Hühnern schlafen ging, hatte sich bereits hingelegt.

Da hörte Susannah den inzwischen vertrauten Ruf »Reiter!« und fühlte, wie sich ihr Magen zusammenkrampfte. Das Gefühl, das so stark war in allem, was ihn betraf, sagte ihr, daß der Reiter Rhys war. Sie legte ihr Buch beiseite und ging zur Tür.

Ein einzelner Reiter kam auf einem kastanienbraunen Pferd herangeritten. Das sah sie sofort. Kein schwarzes Pferd. Kein dunkler Brauner. Ein Fuchs. Derselbe, mit dem er weggeritten war. Er war gekleidet wie neulich, als er aus Austin zurückkam – schwarzes Jackett, feine Hosen. Kein Pistolengürtel, aber ein Gewehr, das in einer Satteltasche steckte. Er trug keinen Hut, sein Gesicht war gebräunt, die Augen so finster und undurchdringlich wie immer.

Sie stand auf der Veranda und beobachtete, wie er zur Scheune ritt, vorbei an den bewaffneten Wachtposten, und abstieg. Sie wußte, daß er sie gesehen hatte, doch er ignorierte sie und führte das Pferd in den Stall.

Susannah konnte einfach nicht anders. Ihre Füße trugen sie automatisch dorthin. In der Tür blieb sie kurz stehen und beobachtete ihn, wie er die Jacke auszog, sorgfältig über eine Seite der Box legte, die Ärmel hochkrempelte und anfing, sein Pferd abzusatteln.

Als sie zu ihm trat, sah sie, wie sich sein Rücken mit einemmal versteifte, als ob er einen Schlag erhalten hätte. Sie verstand seine Reaktion nicht. Andererseits wurde sie aus seinen Reaktionen ohnehin nur selten schlau, nahm ihn meist einfach nur, wie er war, weil ihr gar nichts anderes übrigblieb. Nein, sie wollte ihn auch so nehmen, wie er war.

»Ich habe mir Sorgen um dich gemacht«, sagte sie schließlich nach einer angespannten Stille.

Er wollte etwas sagen, hielt jedoch inne und lächelte sie trocken an. Dann wurde sein Lächeln auf einmal zu einem fröhlichen Grinsen, das seine Züge erhellte und sein Gesicht derart veränderte, daß sie sich vor Überraschung an der Boxwand festhalten mußte. Das war der Rhys, den sie so selten sah, der sich aber so schnell in ihr Herz geschlichen hatte. Ein kurzer Blick auf den kleinen Jungen, der sich hinter seiner zynischen Fassade verbarg.

»Ich wollte eigentlich sagen, daß es keinen Grund gab, sich Sorgen zu machen, aber ich hab' dir wohl doch welchen gegeben, nicht wahr?« sagte er mit jenem für ihn so typischen Anflug von Selbstironie. »Scheint, als ob du oder dein Bruder mich dauernd irgendwie bemuttern würden.«

Er hob den Sattel vom Rücken des Pferdes, als wäre er federleicht, und legte ihn über die Boxwand, nicht weit von Susannahs Händen entfernt. Sie fürchtete, daß sie zitterten, diese Hände, vor Sehnsucht, ihn zu berühren, um sicherzugehen, daß er wohlauf war, daß ihm nichts fehlte. Ihre Blicke trafen sich einen Moment lang, und seine Augen schienen noch dunkler zu sein als sonst und bis auf den Grund ihrer Seele zu sehen, ohne etwas preiszugeben, ohne etwas von dem zu verraten, was ihre eigenen Augen verraten mußten: die Leidenschaft, die zwischen ihnen vibrierte, die die Luft zwischen ihren Körpern so aufheizte, daß sie das Gefühl hatte, in Flammen aufzugehen.

Doch sein Blick verriet nichts.

Aber sein Körper. Die Reaktion seines Körpers ließ sich nicht unterdrücken. Seine Hand ballte sich zur Faust, und sein Rücken versteifte sich. Sie senkte den Blick. Seine Hose spannte sich an der Stelle, wo sein Schaft erregt anschwoll.

Sein Blick folgte dem ihren, und seine Lippen verzogen sich zu einem Lächeln, aber diesmal war es ein gefährliches Lächeln, ohne jeden Humor. Er packte sie und zog sie rauh an sich. Seine Lippen verschlangen sie mit einer Gier, daß sie dachte, sterben zu müssen vor Lust.

Ein verlockender Gedanke.

Sie genoß seinen Hunger, die Leidenschaft, mit der er sie umfaßt hielt, seinen Zorn darüber, ihr wieder einmal nicht widerstehen zu können. Auf einmal wußte sie, warum er nicht früher zurückgekehrt war.

Sein Körper zeugte von der Begierde, die er empfand, die sein Gesicht jedoch nicht zeigte. O Rhys, hätte sie am liebsten ausgerufen, während sich ihre Arme fester um ihn schlangen, es ist in Ordnung, Gefühle zu zeigen, zu lieben und zu wünschen, geliebt zu werden, aber er schien das so sehr zu verabscheuen, daß er absichtlich ferngeblieben war.

Sie klammerte sich an ihn, preßte ihren Körper an seinen, dankbar, daß die Scheune leer war, daß die Wachtposten alle draußen waren. Sie fühlte ihn hart und groß werden, während seine Lippen und seine Zunge ihren wilden, leidenschaftlichen Liebestanz in ihrem Mund tanzten. Wild und ungezähmt. So wie er.

Sie fühlte, wie sich seine Nackenmuskeln zusammenzogen, als sie zärtlich mit den Fingern darüberstrich. Nein, nicht darüberstrich, dafür war ihre Berührung zu leidenschaftlich. Sie verführte ihn mit ihren Fingern, begehrte ihn, massierte ihn und spürte, wie er von sinnlichen Schauern geschüttelt wurde. Sie lernte in letzter Zeit jede Menge über Verführung. Komisch, wie leicht es ihr fiel.

Bei dem Gedanken lächelte sie unter seinen Lippen, und er fühlte es. Er hob den Kopf und sah sie etwas verwirrt an. »Lachst du mich etwa aus?« fragte er steif, obwohl auch in seiner Stimme Belustigung mitklang.

»Ach, ich hab' bloß glücklich gekichert«, verteidigte sie sich.

Um seine Mundwinkel zuckte es. »Man hat mir ja schon vieles vorgeworfen, aber Damen zum Kichern zu bringen, nicht«, sagte er streng, doch seine Augen blitzten, wirkten gar nicht mehr so ausdruckslos wie zuvor.

»Du runzelst gar nicht mehr die Stirn«, bemerkte sie frech.

»Du hast eine Art, mich schwach zu machen, Miss Susannah«, sagte er, »trotz meiner guten Vorsätze.«

»Warum?«

»Warum was?« Er hielt sie fest umschlungen und sah mit Interesse auf ihr Gesicht hinunter.

»Warum nimmst du dir vor, die Stirn zu runzeln?«

»Um kleine Mädchen zu verscheuchen.«

»Ich bin kein kleines Mädchen.«

Sein Mund wurde wieder grimmig. »Nein, Susannah, das bist du nicht. Kein kleines Mädchen. Aber ich bin nicht gut für dich.«

»Bist du deshalb fortgeblieben?«

»Zum Teil.«

»Und warum noch?«

Susannah überlegte. Was hatte er ihr versprochen? Gewöhnlich vermied er doch Versprechen wie die Pest. Sie blickte fragend zu ihm auf.

Aber statt ihr zu antworten, legte er die Finger an ihre Lippen, Lippen, die unter seiner Berührung bebten, und fuhr zart über ihr Gesicht, verzauberte sie mit seinen Fingern, so zärtlich, so wundervoll, daß es sie noch mehr erregte als seine ungezügelte Wildheit von vorhin.

So sanft. So zart. So viel zärtlicher als sein erster hungriger Kuß. Welch ein Gegensatz, wieder eine vollkommen andere Seite an ihm, eine Seite, die er vor ihr zu verbergen versuchte, die er niemandem zeigen wollte. Sie hörte ihn stöhnen, tief und qualvoll, und wußte, daß sein Schutzpanzer langsam zu zerbröckeln begann. Und er wußte es auch.

Sie legte einen Moment lang die Hand an sein Gesicht, legte sie an seine leicht stoppelige Wange, genoß die Rauheit, das Kitzeln. Sie liebte ihn so sehr, liebte diesen Mund, der zuckte, um seine Gefühle zu verbergen, liebte diese Augen, die gelernt hatten, jeden Anflug von Schwäche zu verbergen. Er haßte sie, diese Momente der Schwäche, und doch war er hier und erlaubte und ertrug es, daß sie in ihm forschte.

»Ich wollte eigentlich nicht zurückkommen«, sagte er mit leiser, eindringlicher Stimme.

»Weil du der Falke bist?« fragte sie.

Er beobachtete sie wachsam, genau wie der Raubvogel, den sie soeben erwähnt hatte. »Dann hast du's also gehört.«

»O ja«, erwiderte sie leise.

Er stritt es nicht ab. Er kannte sie zu gut.

»Und dein Bruder?«

Sie nickte. »Erin kam und hat's uns erzählt.«

»Ist sie deswegen gekommen oder um Wes zu sehen?«

Sie grinste. »Beides.«

»Ich hoffe... er wird bald wieder vernünftig.«

»Eine recht eigenartige Bemerkung für einen Mann wie dich.«

»Hmmmmmm«, sagte er und ließ seine Hände zu ihren Brüsten hinabgleiten. »Könnte ihm helfen.«

Sie blickte zu ihm auf. »Und was hilft dir?«

»Du«, sagte er. »Leider.«

»Und du willst dir nicht helfen lassen?«

Er knabberte an ihrer Halsgrube. »Nicht unbedingt«, sagte er so undeutlich, daß sie ihn kaum verstand.

Sie wollte ihm versichern, wie gern sie ihm helfen würde, aber er verschloß ihren Mund mit einem leidenschaftlichen Kuß und verhinderte jede weitere Frage.

Und sie wollte auch gar nichts mehr fragen. Aber zuerst...

Sie löste sich von ihm und eilte zur Tür. Mit einem raschen Griff schob sie den Riegel vor. Dann drehte sie sich mit einem spitzbübischen Grinsen zu ihm um.

Ein einladendes Grinsen.

Ein verführerisches Grinsen.

Er brauchte es gar nicht.

Ihre Körper waren bereits entflammt, brannten lichterloh, als ihre Lippen erneut zu einem wilden Kuß verschmolzen. Kein Wort fiel mehr zwischen ihnen, während sie sich hungrig liebkosten und ihrer Leidenschaft freien Lauf ließen.

Rhys nahm Susannah auf seine Arme, ergriff eine Decke und trug sie zur Mitte des Stalls. Den Heuhaufen in der Nähe verschmähte er. Er wußte, wie verdammt unbequem diese Dinger sein konnten, und wollte keine Ablenkung. Jetzt nicht.

Er schaffte es, die Decke auszubreiten während er Susannah noch auf den Armen trug, dann legte er sie nieder und ließ sich mit einer geschmeidigen Bewegung neben sie sinken. Seine Hände waren bereits damit beschäftigt, seine Hose aufzuknöpfen.

Sie sah ihm mit großen Augen und bebend vor Erregung, vor Erwartungsfreude zu. Ihr Blut kochte, ihre Nervenenden vibrierten vor Lust. Er war ein so prachtvoller, atemberaubender Anblick, wie er sich die Stiefel abstreifte und dann die Hose und sich dann neben sie kniete. Er trug immer noch sein Hemd, und sie sehnte sich danach, ihn ganz nackt zu sehen, so wie auf dem Hügel. Doch er beschäftigte sich bereits mit ihrer Bluse und mit ihrem langen Rock, und plötzlich wollte sie nur noch seine Hände auf ihrer nackten Haut fühlen. Sie konnten so sanft sein. So geschickt. So zärtlich.

Dies war die einzige Gelegenheit, bei der er ihr ein wenig von sich selbst gab, bei der sein Blick sanft wurde und der zynische Zug um seinen Mund verschwand, um einem sinnlichen Lächeln zu weichen.

Sie wollte nicht daran denken, was passierte, wenn jemand versuchen sollte hereinzukommen. Es war ihr egal. Sie hatte sich so einsam und verlassen gefühlt ohne ihn, hatte sich so leer gefühlt und solche Angst um ihn ausgestanden.

Das Herz wollte ihr fast zerspringen vor Glück, nun, da er sich auf sie legte, da sie ihn berühren konnte, mit ihm zusammen sein konnte, nun, da sie wußte, daß er sie ebenso begehrte, wie sie ihn.

Er bedeckte ihren Körper mit fiebernden Küssen. Überall. Von ihrem Hals über ihre Schulter... hinunter zu ihren Brüsten, wo ihn ihre Brustwarzen schon sehnsüchtig erwarteten. Eine Woge der Lust überwältigte sie, während er an ihr saugte. Sie bäumte sich auf, als er sein hartes, pochendes Glied an ihre Beine drückte, sich an ihr rieb, sie neckte und quälte und nur auf den richtigen Moment wartete, um sich in ihrem warmen Schoß zu vergraben.

»O Rhys«, flüsterte sie. Oder war es ein Wimmern? Sie wußte nur, wie lebendig, wie herrlich sie sich auf einmal fühlte, wie ihr ganzer Körper nur auf ihn gewartet zu haben schien.

Sein Mund war wieder über ihr, ebenso wie sein harter, muskulöser Körper, und sie hörte auf zu denken. Sie fühlte. Sie fühlte und liebte. Mit ihrem ganzen Körper, mit ihrer ganzen Seele liebte sie ihn.

Sie bog ihm ihr Becken entgegen, und er drang in sie ein und begann sofort heftig zu stoßen. Sie umschlang ihn mit Armen und Beinen, wollte ihn noch tiefer in sich spüren, wollte ihrer beider Körper so vollständig vereinigen, daß es kein Zurück mehr gab. Lust, schiere heiße, pochende Lust explodierte in ihr, überflutete sie, erregte sie noch mehr, ließ ihrer beider Bewegungen verschmelzen, ein sinnlicher, wortloser Liebesgesang, den nur ihr Herz hörte. Und seins, hoffte sie. Betete sie.

Und seins.

Und dann vergaß sie alles um sich herum, weil sie in einen Strudel der Gefühle gerissen wurde. Herrliche, wilde, unerträgliche Gefühle. Und dann, als sie dachte, es nicht mehr ertragen zu können, explodierte sie in einem heißen Feuerwerk der Ekstase, zuckte und bebte unter den Lustwellen, die über ihr zusammenschlugen, jede einzelne trieb sie zu neuen Höhen, und sie kostete sie aus, jede der Wellen, bevor die nächste kam.

Ihr Rhythmus verlangsamte sich, tiefe, satte Befriedigung lag in ihren letzten Bewegungen, in dem sinnlichen Ausklingen ihres Tanzes, und das war vielleicht sogar das Wundervollste, dieses Ausklingen, einfach dazuliegen, er auf ihr, auf die intimste, schönste Weise verbunden und zu spüren, wie die Wogen der Erregung langsam verebbten, um einem unendlichen Glücksgefühl Platz zu machen.

Rhys rollte sich auf den Rücken und zog sie mit sich, so daß sie nun auf ihm lag und sein Gewicht sie nicht länger niederdrückte. Er hielt sie fest, ganz fest, fester noch als während ihres Liebesaktes.

Seine Augen waren nicht länger wachsam. Sie brannten vor Leidenschaft. Sein Blick kann einen fast in Flammen aufgehen lassen, dachte sie.

Und genau das passierte auch.

Das zweite Mal war langsamer, war kreativer. Sie hätte nie gedacht, daß zwei Menschen so kreativ sein konnten. Sie hoffte, er auch nicht, wußte aber, daß das ein törichter Traum war. Er führte sie mit sicherem Geschick, saugte an ihren Brüsten, und sie fühlte, wie er wieder groß und hart in ihr wurde. Dann umschloß er ihr kleines festes Hinterteil mit seinen großen, schlanken Männerhänden, setzte sie fest auf seine Hüften und fing an, ihren kleinen Po in Bewegung zu setzen, führte sie, bis sie begriff, und dann begann sie, auf ihm zu reiten, auf dem Schaft zu reiten, der sie so vollständig ausfüllte und mit einer Ekstase erfüllte, die anders war als alles, was sie bisher erlebt hatte. Auch er bewegte sich nun, bäumte sich rhythmisch unter ihr auf, und sie hatte auf einmal ein ganz eigenartiges

Gefühl von Macht, als ob sie plötzlich der Aggressor wäre, ein höchst begehrter Aggressor. Sie fühlte, wie sie ihn tiefer und tiefer in sich aufnahm, wie er sich weiter und weiter in sie hineinrammte. Lieber Gott, wie gut sich das anfühlte, wie konnte sich das nur so ... so herrlich, so unvergleichlich anfühlen.

Susannah sah ihn an, sah das Lächeln, das um seine Lippen spielte, das sinnlichste Lächeln, das sie je gesehen hatte. Sie legte einen Finger an dieses Lächeln, zeichnete es nach, wie um es für immer dort festzuhalten. Sie schluckte hart, als sie sah, wie sehr es sein Gesicht veränderte, wie es seinen Zügen fast so etwas wie Zufriedenheit, ja sogar Glück schenkte.

Doch dann wurden seine Bewegungen fieberhafter, ebenso wie die ihren, und alles, was sie noch wußte, war, daß es sie hochriß, in den Himmel, ein Stoß, der sie alles vergessen ließ, der sie mit einer Verzückung erfüllte, mit einer Ekstase, die ihr die Sinne raubte.

Danach lagen sie einige Augenblicke lang gesättigt aufeinander. Susannah wußte, daß sie sich eigentlich hätte schämen sollen. Sie hatte sich gerade benommen wie – wie das hemmungsloseste Weibsbild.

Aber sie konnte sich nicht schämen. Nicht bei Rhys. Nicht vor ihm. Sie glaubte nicht, daß sie sich je schämen würde, wenn sie mit ihm zusammen war.

Und wenn nun ein Kind kam? Der Gedanke prickelte verführerisch. Es würde ihr nicht leid tun, nein, ganz sicher nicht. Es hat sein Gutes, wenn man von den anderen geschnitten wird, dachte sie lächelnd. Man konnte dann fast alles tun, was man wollte. Und im Texas dieser Tage war es vielleicht sogar schlimmer, ein Yankeesympathisant zu sein als eine unverheiratete Mutter.

Ein Junge mit rabenschwarzem Haar und kohlschwarzen Augen, aber einer, der lächelte. Der kicherte und lachte. Der ohne Angst liebte und sich lieben ließ.

Der Gedanke machte sie auf einmal sehr traurig.

»Susannah?«

Sie zwang sich zu lächeln.

»O Susannah«, sagte er und seufzte geschlagen. »Du erweckst in mir den Wunsch, ein Mann mit Grundsätzen zu sein, und dann bringst du mich dazu, sie wieder zu brechen.«

Er sah so frustriert aus, daß sie auf einmal wirklich lächeln mußte. »*Ich* erwecke in *dir* den Wunsch, Grundsätze zu haben?«

»Teufel noch mal, aber ich fürchte, es ist so«, sagte er zerknirscht. »Ich hab nicht viel Erfahrung, was Grundsätze betrifft. Mein erster lautete, dich nicht zu verführen. Du siehst, wie erfolgreich ich bin.«

Sie beugte den Kopf und küßte ihn. »Ich glaube, ich mag dich so, wie du bist.«

Rhys grinste frech. »Soviel zu Grundsätzen. Aber ich denke, wir sollten doch ... diskret sein.«

»Ich glaube, darin sind wir auch nicht besonders gut«, meinte sie.

Er sah sich um und mußte an die Männer draußen denken. Er schnitt eine Grimasse.

Er schob sie von sich herunter. Zögernd, wie sie dachte. Sehr, sehr zögernd. Sie wollte etwas sagen, etwas Besitzergreifendes, etwas, das er hassen würde. Doch dann gab sie sich mit einem »Ich bin froh, daß du wieder da bist« zufrieden.

Er grunzte.

Sie sah zu, wie er sich die Hose anzog, dann die Stiefel. Sein Leinenhemd war zerknittert und klebte an seiner Haut.

Susannah fühlte sich zu faul und wohlig, um irgend etwas zu tun. Und sie wollte nicht, daß er ging. Egal, was die anderen dachten.

Er trat wieder zu ihr und sah sie kopfschüttelnd an. Ihr schwarzes Haar hatte sich aufgelöst und umrahmte ihr Gesicht in wilden Locken. Ihre Wangen waren gerötet, ihre Lippen reif und geschwollen. Ihre Lavendelaugen würden den Himmel ganz von alleine erleuchten.

Sie sah zum Anbeißen aus. Zum Küssen. Und er hatte sich noch nie im Leben etwas so sehnlichst gewünscht – zu behalten gewünscht. Der Gedanke schockierte ihn. Entsetzte ihn. Das letzte, was sie brauchte, war einen Kerl wie ihn

Warum war er bloß zurückgekommen?

Weil ich es nicht mehr ausgehalten habe. Er hatte es versucht, zum Teufel, er hatte es wirklich versucht. Da war die Ranch der Diaz', von der aus er operieren konnte, aber er hatte sich eingeredet, daß er mehr Informationen benötigte, Informationen, die er nur hier bekam.

Eine Lüge. Und gewöhnlich machte er sich nichts vor. Er verkrampfte sich. Nur, weil er an sie gedacht hatte, hatte er sich neulich erwischen lassen. Nur wegen seiner gottverdammten Unvorsichtigkeit. Und jetzt belog er sich auch noch, machte sich was vor.

Er wünschte bei Gott, sie würde ihn nicht so ansehen, mit dieser sehnsüchtigen Erwartung, mit dieser verdammten Entschlossenheit. Er beugte sich vor und reichte ihr ihre Kleider, die sie nur zögernd annahm. Sie ließ sich Zeit, und jede ihrer Bewegungen erschien ihm verführerischer als die andere. Er hätte sie am liebsten für die nächsten Jahre mit ins Bett genommen. Das Problem war nur, er wollte auch mit ihr aufwachen. Und dafür gab's nun mal keine Lösung.

»Wirst du wieder ausreiten«, meinte sie, »als der Falke?«

Er zuckte nur mit den Schultern.

»Morgen abend findet ein Teffen statt... um über ihn und über den Mord an Mr. MacDougal zu reden.«

Er grinste, wieder jenes alte Grinsen, das nichts preisgab. »Kannst du rausfinden, was sie sagen?«

Sie nickte. »Erin wird es uns erzählen.«

»Ich frage mich, ob die Martins etwas davon wissen«, sagte er.

Susannah sah ihn verwundert an. »Warum?«

»Falls sie's tun, kann ich dir garantieren, daß sie irgendwas im Schilde führen, und sicher nichts Gutes.«

Sie runzelte die Stirn. »Jetzt werden sie dich wahrscheinlich erwarten.«

»Vielleicht.«

»Rhys...?«

Sie war jetzt vollständig angekleidet, und er zog ihr einen Strohhalm aus dem Haar. Seine Hand zögerte kurz, bevor er sie sinken ließ.

»Ja?« antwortete er, konnte aber nur daran denken, wie weich sich ihr Haar anfühlte, wie Samt und Seide. Wie gut sie roch.

Sie zögerte. »Du bist doch vorsichtig, nicht?«

Ein sonderbares Gefühl, wenn sich jemand um einen sorgte. Es fühlte sich aber auch... sehr gut an. Er nickte schweigend. Er wollte nicht fort. »Ich gehe als erster.«

Sie nickte. Sie wollte mehr.

Er zog sich seine Jacke an, fuhr mit den Fingern durch sein schwarzes Haar und ging ohne ein weiteres Wort.

23

Wes war am nächsten Morgen äußerst schlechtgelaunt und finster. Susannah wußte nicht genau, warum. Sie hoffte, er hatte sie letzte Nacht nicht mit Rhys in die Scheune gehen sehen, verwarf den Gedanken jedoch wieder.

Er hätte ans Scheunentor gehämmert, wenn er's gesehen hätte.

Und sie glaubte nicht, daß ihm die Arbeiter etwas sagen würden, falls sie überhaupt jemand bemerkt hatte. Nur zwei Männer waren in der Nähe auf Posten gewesen, und die hatten nicht die Ranch sondern ihre Umgebung im Auge gehabt. Außerdem war ein geschlossenes Scheunentor nichts Ungewöhnliches. Und sie wußte, daß die Loyalität der Männer, nachdem sie vier Jahre lang die Ranch geleitet hatte, ihr galt.

Dennoch funkelte Wes sie böse an.

»Hab' gehört, daß Redding letzte Nacht zurückgekommen ist«, sagte er, und da wußte sie, daß er heute morgen bereits draußen am Korral gewesen sein mußte.

Sie nickte.

Wes blickte sie finster an – und nicht nur, weil sie wieder die Hose trug, die sie schon auf ihrem Weg hierher angehabt hatte. Er zog fragend die Augenbrauen hoch.

»Ich hab's satt, immer nur rumzusitzen und zu warten«, sagte sie trotzig. *Besonders nach letzter Nacht.* Sie konnte einfach nicht mehr nur herumsitzen und lesen oder nähen und kochen.

»Du solltest wirklich nicht mit den Männern ausreiten«, beharrte er.

Da riß Susannah der Geduldsfaden. »Was glaubst du, was ich in den letzten vier Jahren gemacht habe, als du und Mark fort wart? Ich mußte die Ranch hier leiten!«

Sein Gesicht verfinsterte sich. »Und was war mit Stan... und Miguel?«

Sie stieß langsam den Atem aus. Es war Zeit, daß er endlich begriff. Sie war nicht mehr die kleine Schwester, die es zu beschützen galt. »Stan war wundervoll. Miguel ebenso und jetzt auch Jaime. Aber... ich mußte doch wissen, was vorging. Ich mußte über die Arbeiten auf der Ranch Bescheid wissen, falls den beiden irgendwas passierte. Ich mußte all das wissen, um überhaupt beurteilen zu könnten, was man von den Männern erwarten kann.«

Wes starrte sie fast verständnislos an. Er hatte sich seit dem gemeinsamen Heimweg so in seinen eigenen Kummer vergraben, daß er überhaupt nicht daran gedacht hatte, wie gut sie inzwischen ritt, wie gut sie mit einem Pferd und mit einer Waffe umgehen konnte. Er hatte an nichts anderes als an sich selbst gedacht.

Und jetzt begriff er plötzlich. »Aber... warum...« Doch er mußte nicht weitersprechen. Sie brauchte ihn überhaupt nicht. Er war eher eine Last für sie. Sie war hier im Haus geblieben, hatte die kleine Schwester gespielt, nur um ihm seinen Stolz wiederzugeben. Er hatte das also nicht allein geschafft. Er fühlte, wie der alte Frust, wie die alte Wut wieder in ihm hochstieg.

Er fuhr hoch und stützte sich auf die Tischplatte. »Verdammt noch mal, ich bin kein Almosenempfänger.«

Susannah sprang ebenfalls auf. Sie war auf einmal stinkwütend. Sie hatte die ganze Nacht damit verbracht, an Rhys zu denken, wie er sich wieder vor ihr zurückgezogen hatte. Sie hatte versucht zu tun, was das Beste für beide Männer war, hatte ihre eigenen Wünsche und Bedürfnisse zurückgestellt und all die mühsam erworbene Unabhängigkeit und Kompetenz der letzten vier Jahre verleugnet. Sie hatte jedem der beiden so viel gegeben, wie sie nur konnte, und dennoch ließ Rhys Redding sie immer wieder stehen, und ihr Bruder wollte das Geschenk, das sie ihm von Herzen zu geben versuchte, nicht annehmen, ja, er verabscheute es sogar.

In diesem Moment wurde ihr klar, daß sie sich wieder in das kleine achtzehnjährige Mädel, das es jedem recht machen wollte, verwandelt hatte. Das war der Grund für ihre Heirat gewesen, das war der Grund, warum sie so viele ihrer Wünsche und Bedürfnisse unterdrückt hatte. Vier Jahre, die sie auf sich gestellt gewesen war, vier Jahre, während der sie ihre eigenen Entscheidungen getroffen hatte. In diesen vier Jahren hatte sie genug Selbstvertrauen in ihre Fähigkeiten erworben, um den weiten Weg nach Richmond alleine zu schaffen – und auch den schweren Rückweg durchzuhalten –, aber irgendwo unterwegs hatte sie das Gelernte wieder verdrängt, vielleicht, weil Wes sie so an die Vergangenheit erinnerte. Oder vielleicht auch, weil sie sich so in Rhys verliebt hatte und fürchtete, ihn wieder zu verlieren. Aber wie konnte man etwas verlieren, das einem nie wirklich gehört hatte?

Vielleicht war ja beides daran schuld. Nun, damit war jetzt jedenfalls Schluß. Das würde sie für niemanden mehr tun.

»Ich hab' dich auch nicht gebeten, einer zu werden«, sagte sie. »Ich wollte bloß, daß du wieder auf die Beine kommst, daß du das tust, was du tun kannst – und ich weiß, daß du's kannst! Tut mir leid, wenn ich dich damit beleidigt habe.« Sie ging zur Tür, drehte sich aber noch mal um. »Glaubst du, es war leicht für mich zuzusehen, wie du dich in den ersten Tagen hier fast kaputtgemacht hättest? Glaubst du, es war leicht für mich, hier zu sitzen und zu warten? Zu warten, ob du – oder Rhys – wiederkommt, jedesmal, wenn ihr weggeritten seid? Zur Hölle mit dir, Wes. Zur Hölle mit dem verdammten, dummen Stolz der Männer... und mit ihrer Arroganz.«

Sie riß die Tür auf und rannte fast in Rhys hinein, der dort stand, als ob er gerade hatte klopfen wollen. Er hielt ein Bündel im Arm.

Sie funkelte ihn zornig an und fegte an ihm vorbei zum Korral. Dort stand ein bereits gesatteltes Pferd, und ein Mann wollte soeben aufsteigen.

»Ich nehm' ihn, Kenny.«

»Miss Susannah?« Er war noch sehr jung, wie die anderen auch, zu jung, um im Krieg gedient zu haben, und er verehrte sie wie ein Hündchen.

Sie schenkte ihm ein blendendes Lächeln, eins, das das Gefühlschaos, das in ihr tobte, verbarg. Auf einmal wußte sie, wie Rhys das immer machte. Es war gar nicht so schwer, wenn man den richtigen Anreiz hatte. Sie haßte sich deswegen.

Aber sie nahm ihm die Zügel aus der Hand und schwang sich leicht in den Sattel. Dann spornte sie das Tier an und galoppierte davon.

Die zwei zurückgebliebenen Männer starrten sich verdattert an.

Rhys hatte zugesehen, wie sie davongestürmt und ganz allein fortgeritten war, und wußte, daß er ihr nachreiten sollte. Er mußte daran denken, was ihm zugestoßen war, als er mit den Gedanken woanders war, und er hatte das deutliche Gefühl, daß sie im Moment nicht auf Vorsicht bedacht war.

Er drehte sich zu Wes um, der ganz blaß geworden war. »Was in Himmelherrgottsnamen –?«

Wes hatte eine neue Zielscheibe. »Was zum Teufel tun Sie wieder hier?«

»Ich bringe Ihnen das hier«, sagte Rhys, immer noch ein wenig verwirrt. »Ich war in Austin.«

»Sie waren beim Safeknacken«, warf ihm Wes vor.

Rhys lächelte wieder sein schiefes, vieldeutiges Lächeln, war mit den Gedanken aber immer noch bei Susannah. »Das auch. Haben Sie vielleicht was dagegen?«

»Ich hab' was gegen Sie«, sagte Wes bitter.

Rhys mußte an Susannahs zornigen Blick denken. Er zuckte mit den Schultern. »Da sind Sie nicht der einzige, aber ich glaube nicht, daß wir das jetzt diskutieren sollten. Es gefällt mir nicht, daß Susannah ganz alleine da draußen ist.«

Er sah, wie Wes mit sich kämpfte; er war besorgt und zugleich so zornig, daß er am liebsten irgend jemandem den Schädel eingeschlagen hätte. Was war zwischen Bruder und Schwester vorgefallen? Rhys legte das Paket beiseite. »Wär nicht schlecht, wenn Sie das hier probieren, wenn Sie Zeit haben. Inzwischen werde ich ihr nachreiten.«

Wes funkelte ihn zornig an, fast so wie Susannah vorhin, aber er packte seine Krücken. »Ich komme mit Ihnen«, sagte er.

Rhys zuckte die Achseln. »Wie Sie wollen.« Er drehte sich um und ging, ohne auf Wes zu warten. Er schritt rasch zur Scheune und sattelte den Hengst, den er nun gewöhnlich ritt. Er wußte, daß Wes ebenfalls in die Scheune gekommen war, spürte seinen zornigen Blick im Rücken. Doch er ignorierte ihn, stieg auf und galoppierte aus der Scheune. Er folgte der Richtung, die Susannah eingeschlagen hatte.

Sein erster Gedanke war die Ranch ihres Vaters, der Hügel, der kleine Friedhof, die Wiesenblumen. An diese Blumen würde er immer denken, wenn er an sie dachte.

Er wußte nicht, warum er auf einmal solche Angst um sie hatte, eine Angst, die sein Herz wie mit Eisenfingern umkrallte. Irgend etwas stimmte nicht. Er wußte nicht, was zwischen ihr und Wes vorgefallen war, aber der Blick, den sie ihm zugeworfen hatte, sagte ihm, daß auch hier etwas ganz und gar nicht stimmte.

Er mußte gar nicht lange überlegen, um auf den möglichen Grund zu kommen. Er wußte, daß er sie letzte Nacht ziemlich abrupt verlassen hatte, aber er hatte einfach nicht gewußt... was er noch hätte sagen sollen.

Er würde ihr keine Versprechungen machen, die er nicht halten konnte, und Dinge sagen, die er nicht ehrlich meinte. Nicht zu ihr. Und er war so stinkwütend auf sich selbst gewesen. Er begriff einfach nicht, warum er sich nicht von ihr fernhalten konnte, warum er immer wieder zu ihr zurückkam, obwohl er wußte – wußte, verdammt noch mal, daß er ihr damit nur weh tat. Und sich auch.

Tatsache war aber nun mal, daß er nichts taugte, daß er nicht gut für sie war, es nie sein würde. Er hatte sein ganzes Leben lang gelogen und die Leute betrogen, hatte nie einen Freund gehabt oder auch nur gewußt, wie man sich Freunde macht, war nie lange genug an einem Ort geblieben, um ein Zuhause zu haben. Er hatte nie irgend etwas mit einem anderen Menschen geteilt, hatte nie jemandem vertraut, und er bezweifelte, ob er jetzt noch damit anfangen konnte. All das würde Susannah herausfinden, und es würde das Leuchten in ihren Augen zum Erlöschen bringen.

Er wußte, daß er das nicht ertragen konnte. Er hatte nicht die Absicht, sie an sich zu binden, an einem Mann ohne Skrupel, ohne Ehre, wo sie doch so viel von beidem besaß. Er mußte an letzte Nacht denken. Verflucht, aber er hatte sie bereits korrumpiert. Sie war kein leichtes Mädchen, aber sie wußte einfach nicht, wie man nur ein wenig gab. Sie mußte alles geben.

Und er wußte nicht, was er mit allem anfangen sollte.

Rhys fragte sich, warum ihm diese Selbsterkenntnis so weh tat. Und auf einmal wollte er doch all das haben, was sie ihm gab. Das war der Grund, warum er sich nicht von ihr fernhalten konnte. Er hatte nie so eine Zärtlichkeit, so eine Liebe und Verbundenheit erfahren, und sie war so unwiderstehlich für ihn wie Honig für einen Bären oder der Apfel für Adam. Egal, wie sehr er's veruschte, er konnte nicht von ihr wegbleiben.

Und wenn sie schwanger wurde?

Der Gedanke durchfuhr sein Herz wie mit einer glühenden Klinge. Ein Kind. Die Frauen, mit denen er bisher geschlafen hatte, hatten sich wenig Gedanken über diesen Aspekt der menschlichen Paarung gemacht. Entweder paßten sie auf, oder sie waren verheiratet und konnten das Kind als legitim ausgeben, oder sie waren Huren, die ihre eigenen Methoden besaßen. So wie seine Mutter.

Bastard. Warum bist du nicht krepiert wie die anderen. Die Worte seiner Mutter. Jedesmal, wenn er ihr in die Quere gekommen war. Er hatte rasch gelernt, ihr aus dem Weg zu gehen, sich unsichtbar zu machen. Und sich selbst, seine Persönlichkeit unsichtbar zu machen, war sein Leben geworden.

Er spürte, wie es ihm die Kehle zuschnürte. Und einen Moment lang konnte er kaum atmen. Ein Baby. Eins, das aussah wie Susannah. Sie hatten beide dunkles Haar, er und Susannah, nur daß seine Augen fast schwarz waren, während ihre dieses unglaubliche, zarte Lavendelblau hatten.

Rhys schloß einen Moment lang die Augen vor dem Schmerz, der in seinem Innern brannte, vor der plötzlichen, unerklärlichen Sehnsucht, die sein Herz durchbohrte. Er versuchte, die Gefühle gewaltsam zu unterdrücken, so wie er die körperlichen Schmerzen nach der Tortur mit den Martins durch schiere Willenskraft überwunden hatte.

Nur das hier war schlimmer, viel schlimmer. Die anderen Schmerzen waren vorübergehend. Das hatte sie erträglich gemacht.

Bei dem Gedanken, daß Susannah allein dort draußen war und vielleicht den Martins in die Hände fiel, sträubten sich ihm die Haare. Er hatte sich noch nie um jemanden Sorgen gemacht. Und es war wirklich erschreckend.

»Susannah«, flüsterte er, schmeckte ihren Namen auf seiner Zunge. Er wußte, daß ihr Name für immer in sein Herz, in sein Gedächtnis eingegraben war. Er wollte sie sicher wissen. Er wollte sie spüren. Er wollte sie bei sich haben, unter sich, auf sich. Er wollte sie, wie er nie im Leben etwas gewollt hatte.

Die einzige Lösung, das wußte er, war, die Dinge hier so schnell wie möglich in Ordnung zu bringen und sich dann aus dem Staub zu machen.

Aus dem Staub machen… Ein unerträglicher Gedanke.

Susannah verlangsamte ihr Pferd. Schaum tropfte ihm vom Maul, und sie fühlte, wie seine Flanken zitterten. Wie um sich zu entschuldigen, fuhr sie besänftigend mit der Hand über seinen Hals.

Sie war nicht zu ihrem früheren Zuhause geritten. Zu viele Erinnerungen. Sie wollte keine Erinnerungen mehr.

Aber hier waren auch welche, hier am Fluß, wo sie den Falken gefunden hatte. Jener andere Falke, der nicht zu zähmen gewesen war.

Am liebsten hätte sie geglaubt...

Was?

Daß sie Rhys einfangen und zähmen konnte? So wie die Falken in England, die man zur Jagd abrichtet? Sie hatte die ungezügelte Wildheit in seinen Augen gesehen – zweimal – einmal in Virginia und das zweite Mal nach seinem Zusammenstoß mit den Martins. Sie hatte sie durch seine Rastlosigkeit, als sie unterwegs waren, gespürt und hier wieder. Auch hier schien er nie stillsitzen, nie lange irgendwo bleiben zu können. Immer war er unterwegs, immer verschwand er, als ob er fürchtete, eingefangen und festgehalten zu werden.

Selbst in den zärtlichsten Momenten, wenn seine Hände sanft und sein Blick weich wurde, war eine unterschwellige Wildheit in ihm, lag eine Andeutung von Zynismus in seinem Ausdruck.

Sie stieg ab. Sie war froh, daß sie nicht auf einem Damensattel ritt. Auch das hatte sie eine Zeitlang getan. Wes und Rhys zuliebe. Das war nicht ihr wahres Ich, schon lange nicht mehr. Und genutzt hatte es auch nichts.

Wes schien mutloser denn je. Und Rhys? Wie töricht von ihr zu glauben, daß ein Kleid und ein Damensattel etwas ändern würden.

Sie blickte sich um. Sie war mindestens zwölf Meilen von der Ranch entfernt, wahrscheinlich auf dem Land der Ables. Es war schwer, das zu beurteilen, da keins der Grundstücke umzäunt war. Die Martins lebten gleich auf der anderen Seite des Flusses.

Die Ables waren, wie Erins Familie, Baumwollpflanzer und Sklavenbesitzer gewesen. Und wie die MacDougals mußten sie nun, nach vier Jahren Krieg, um ihre Existenz kämpfen. Sie hatten mehr Glück gehabt als die meisten; zwei ihrer drei Söhne waren unverletzt heimgekehrt. Aber ihr Wohlstand war dahin.

Das Leben war anders geworden, viel schwerer, für so viele von ihnen, außer für die Martins. Ihre Gedanken kehrten zu den drei Brüdern zurück, die sie schon ihr Leben lang kannte.

Sie taten ihr leid, außer Hardy, der schon immer ein Schläger gewesen war. Die anderen beiden, Lowell und Cate, waren Außenseiter, unsicher und verlegen in den abgetragenen Sachen, aus denen sie gewöhnlich längst herausgewachsen waren. Es war offensichtlich, daß es den dreien an mütterlicher Fürsorge gefehlt hatte. Sie kamen nicht regelmäßig zur Schule, und manchmal, wenn sie doch auftauchten, waren sie voller blauer Flecke, vermutlich die Handschrift ihres Vaters. Den Vater hatte man als Pferdedieb gehängt, als Lowell vierzehn und Hardy zwölf gewesen waren.

Und dann kam der Krieg, und praktisch jeder Mann in der Gegend meldete sich freiwillig. Lowell, der der intelligenteste und hübscheste der drei war, bekam einen Job in einem Laden, und als der Besitzer starb, übertrug ihm seine Witwe die Leitung. Er verbesserte sein Äußeres, wahrscheinlich mit tatkräftiger Unterstützung der Witwe, die ihn ein Jahr später auch prompt heiratete. Er erhöhte die Preise und erwarb im Jahr darauf die Ranch einer Witwe, deren Mann im Krieg gefallen war und die nun zu ihrer Familie im Osten zurückgehen wollte. Es gab keine anderen Käufer, nicht, wo der Süden so kurz vor der Niederlage stand, und Lowell erwarb das Anwesen für ein Butterbrot. Dann zog er mit seinen Brüdern dort ein, und seine Gier nach Land wuchs.

Weil so viele Familien Kredit im Laden hatten, wußte er genau über die finanziellen Verhältnisse eines jeden Bescheid; er wußte, wer in Schwierigkeiten war und wer nicht, und benutzte dieses Wissen, um billig Land zu erwerben, um die Schuldscheine von der im Zusammenbruch befindlichen Bank aufzukaufen. Wenn eine Familie sich weigerte zu verkaufen, trafen sie auf einmal unerklärliche Unglücksfälle. Arbeiter verschwanden. Der Viehbestand verringerte sich auf rätselhafte Weise. Stück für Stück hatte er so ein riesiges Gebiet aufgekauft, und nun standen nur noch zehn Familien seinem Ziel, den Großteil des Flusses und des Grenzgebietes zu beherrschen, im Weg.

Und in dieser Zeit hatte sich Lowell obendrein den Anstrich von Ehrenhaftigkeit zugelegt.

Susannah starrte über den Fluß auf das Land, das nun ihm

gehörte. Er wollte das Gebiet, auf dem sie sich befand, ebenfalls unbedingt in die Finger bekommen, und auch die Ables hatten Verluste in ihrem Viehbestand hinnehmen müssen. Die Scheune war eines Nachts auf mysteriöse Weise abgebrannt, wobei die darin aufbewahrte Baumwollernte natürlich vernichtet wurde. Und zwei Pferde kamen ebenfalls um.

Das war, bevor James und Andy Able abgemagert und ausgezehrt aus dem Krieg zurückkehrten und feststellen mußten, daß sich das Glück für sie wie für so viele andere gewendet hatte. Sie schufteten nun Tag und Nacht auf den Feldern, auf denen nicht länger Baumwolle wuchs, denn dafür benötigten sie Arbeitskräfte, über die sie nicht mehr verfügten.

Der Krieg hat soviel Verzweiflung und Kummer gebracht, dachte sie. Warum mußten die Martins alles noch schlimmer machen?

Sie hatte bei einer Gruppe von Pyramidenpappeln am Flußufer haltgemacht. Von hier aus war die Ranch der Abels nicht zu sehen; das Haus stand nicht, wie bei den meisten anderen, in der Nähe des Flusses. Ein paar Rinder, Longhorns, waren hergekommen, um zu trinken.

Susannah wußte von Erin, daß einige der Rancher und Plantagenbesitzer daran dachten, ihren verbliebenen Rinderbestand zu einer großen Herde zusammenzuführen, außerdem so viele wilde Rinder wie möglich einzufangen und die Herde dann nach Nordosten, nach Kansas City oder sogar noch weiter nördlich, in die Bergarbeiterstädte von Colorado zu treiben, wo es, wie man hörte, genügend Käufer gab. Das Geld hatten alle bitter nötig. Aber das bedeutete auch, ihre Familien wieder allein zu lassen, und das war bei den derzeitigen unsicheren Verhältnissen nicht machbar.

Sie führte das Pferd, das sich inzwischen abgekühlt hatte, ans Wasser und erlaubte ihm, langsam zu trinken. Sie würde im Schritttempo zurückreiten, auch wenn es dann ziemlich spät wurde. Wes würde sich Sorgen machen.

Ach, zur Hölle. Ich habe mir genug Gedanken um ihn gemacht, um sie alle, dachte sie trotzig.

Sie zog das Pferd am Zügel und führte es zurück zu den Bäumen. Sie war gerade aufgestiegen, als sie Reiter am anderen Ufer auftauchen sah. Sie zog sich tiefer zwischen die Bäume und ihr dichtes

Blattwerk zurück und beobachtete, wie acht Reiter am gegenüberliegenden Ufer anhielten. Ihr Magen verkrampfte sich, als sie sah, wie zuerst einer, dann noch einer, ihre Gewehre herauszogen und auf die friedlich saufenden Rinder zielten.

Susannah hörte einen Schuß und sah, wie eins der Tiere zusammenbrach. Ihr wurde speiübel. Das war die reinste Abschlachterei, willkürlich und ohne jeden Grund. Sie hörte eins der getroffenen Rinder jämmerlich schreien und griff nach ihrem Gewehr. Sie wußte, daß das ein Fehler war, konnte aber nicht anders.

Sie war eine gegen viele, und der Fluß war im Moment ziemlich seicht. Aber sie konnte einfach nicht tatenlos zusehen. Die Rinder brachen in Panik aus und platschten wild im Wasser umher. Sie hörte Gelächter von der anderen Flußseite. Sie zielte auf den Hut eines Mannes und zog am Abzug. Der Hut flog in weitem Bogen davon. Sie hörte die Männer trotz des lauten Brüllens der Rinder fluchen. Und dann sah sie, wie die Männer zu ihrer Seite hinüberspähten, um herauszufinden, woher der Schuß gekommen war. Sie zog sich noch ein Stück weiter zurück und feuerte erneut, diesmal direkt vor eins der Pferde.

Die Männer debattierten laut, und sie wußte, daß sie überlegten, ob es klug war, den Fluß zu durchqueren. Sie fing an, ihr Pferd langsam rückwärts vom Fluß weg durch die Bäume zu lenken. Da hörte sie einen lauten Ruf. Dann ein Schuß. Ein brennender Schmerz durchfuhr sie, als die Kugel ihren Arm streifte. Sie drehte ihr Pferd rasch herum. Nichts wie fort von hier!

Susannah hörte lautes Platschen, als die Reiter den Fluß durchquerten, und dann noch einen Schluß, diesmal von ihrer Seite aus. Sie zögerte und sah sich um. Ein Mann trieb im Wasser, und zwei andere bückten sich, um ihn rauszufischen. Sie drehte sich wieder zurück und sah einen einzelnen Reiter auf einem Fuchs, das Gewehr sicher im Arm. Er zielte erneut.

Rhys! Wie hatte er sie bloß gefunden? Woher wußte er, wohin sie geritten war? Aber es überraschte sie eigentlich nicht.

Und dann tauchte noch ein Reiter hinter ihm auf. »Wes!« schrie sie.

Auch er hatte sein Gewehr in der Hand und zielte auf die Männer, die sich nun umdrehten und wieder zur anderen Uferseite zurückritten. Der Verwundete ritt zusammen mit einem anderen.

Rhys und Wes feuerten noch ein paar Schüsse ab und beschleunigten damit ihren Rückzug. Aber gerade, als sie über die Böschung verschwunden waren, hörten sie weitere Pferde kommen.

Zwei Männer, einer davon in der grauen Hose der Konföderierten, galoppierten heran und betrachteten Wes, Susannah und Rhys mit finsteren Gesichtern.

Rhys hatte sein Pferd neben sie gelenkt und blickte auf das Blut auf ihrem Arm, das bereits ihre Bluse durchtränkte. Sie folgte seinem Blick und war erstaunt, wie rot alles war. Sie hatte sofort gewußt, daß es keine ernsthafte Wunde war; sie konnte den Arm noch bewegen, und auch ihre Finger schienen noch zu funktionieren. Nach dem ersten scharfen Brennen hatte sie nicht mehr viel Schmerzen verspürt, dafür waren die Ereignisse viel zu schnell über sie hereingebrochen. Zuerst Rhys und dann Wes und jetzt auch noch die beiden Ables.

Rhys sprang vom Pferd und streckte die Arme aus. Er fing sie auf, als sie, seinem wortlosen Befehl folgend, aus dem Sattel glitt. Auch Wes stieg ab und humpelte auf sie zu, wobei er die beiden Neuankömmlinge ignorierte.

Rhys riß den Ärmel ihrer Bluse ab und wischte damit das Blut ab; seine Bewegungen waren unglaublich sanft, aber seine Augen blitzten vor Wut. Er sah Wes an. »Fleischwunde, offensichtlich ein Streifschuß.« Er riß einen Streifen vom Blusenärmel ab und band ihren Arm über der Wunde fest ab, um die Blutung zu stillen.

Er und Wes drehten sich zu den Reitern um. Wes lehnte sich auf eine seiner Krücken. Seine blauen Augen waren wachsam und mißtrauisch auf die beiden gerichtet. »James, Andy«, begrüßte er sie.

Das Gesicht des jüngeren hellte sich ein wenig auf, und er nickte. Er stieg ab und ging zu Susannah. »Was ist passiert?«

Susannah wollte auf ihn zugehen, aber Rhys legte ihr die Hand auf die Schulter und hielt sie zurück. »Die Männer tauchten plötzlich auf und fingen an, eure Rinder abzuschießen.« Sie nickte.

Der andere Reiter stieg nun ebenfalls ab. Er kam mit finsterem Gesicht auf sie zu und vermied dabei Wes' Blick. »Susannah«, sagte er. »Teufel, jetzt machen sie nicht mal mehr vor Frauen halt. Komm mit zum Haus. Die Wunde muß versorgt werden.« Er sah Rhys an, der um einiges größer war als er. »Sind sie das Greenhorn, von dem ich gehört habe? Sie halten das Gewehr aber nicht wie eins.«

Susannah blickte von einem zum anderen. Trotz James Ables Angebot lag keine Freundlichkeit in seiner Stimme, nicht so wie damals, als sie noch Schulfreunde waren.

Rhys zuckte die Schultern. »Ich weiß, wie man mit einem Gewehr umgeht«, sagte er mit seinem britischen Akzent und mit einer Stimme, die voller Verachtung für sein Gegenüber war.

Das Gesicht des Mannes rötete sich. »Hab' gehört, daß Hardy und seine Jungs Sie 'n bißchen zugerichtet haben.«

Rhys zuckte gleichgültig mit den Schultern. »Etwas übertrieben. Ich denke nicht –«

Susannah unterbrach ihn. »James, das ist Rhys Redding. Rhys, James Able. Und Andy Able.«

Sie hörten ein klägliches Muhen vom Fluß her, und James und Andy marschierten in die Richtung, aus der es gekommen war. Susannah hörte einen Schuß und dann noch einen.

Rhys fuhr herum. Wes trat näher zu Susannah.

Und dann kamen James und sein Bruder wieder zurück. Andy senkte den Kopf. »Ich mußte zwei der verwundeten Tiere töten.« Sein Gesicht war angespannt, die Lippen fest zusammengepreßt. »Verdammte Schlächter. Es gab keinen Grund...«

Er wandte sich an Susannah. »Schätze, du hast die anderen Tiere gerettet. Danke.« Dann wanderte sein Blick zu Wes und hinunter zu seinem fehlenden Bein. »Hab' davon gehört«, sagte er leise. »Tut mir verdammt leid, Wes.«

Wes richtete sich auf. Er haßte es, an sein Bein erinnert zu werden, aber es war die erste aufrichtige Geste, die er seit seiner Heimkehr erhalten hatte, das erste Zugeständnis von Menschen, die er einst Freunde nannte. Er nickte, wollte etwas über den dritten Bruder sagen, der gefallen war, überlegte es sich jedoch anders, weil er nicht sicher war, ob seine Worte gut aufgenommen werden würden.

Selbst James' Mund hatte sich ein wenig entspannt, aber er stand immer noch ziemlich steif da, offensichtlich nicht gewillt, dasselbe Zugeständnis zu machen wie sein Bruder. Statt dessen sah er Susannah an. »Komm, wir bringen dich zum Haus.«

Sie blickte auf ihren Arm. Die Blutung hatte aufgehört. Es tat jetzt ziemlich weh, brannte heftig. Aber sie wollte nicht zu den Ables gehen, nicht in ein Haus, in dem sie und Wes normalerweise unwillkommen waren. Sie wollte nach Hause. Sie wollte Rhys' Hände spüren, nicht die widerwilligen Hände von Leuten, die ihr und Wes den Rücken gekehrt hatten.

»Danke«, sagte sie langsam, »aber es ist nicht so schlimm. Ich reite lieber zu unserer Ranch zurück.«

Andy verstand und errötete. »Susannah...«, begann er, beendete seinen Satz jedoch nicht, als er ihren Gesichtsausdruck sah. »Wenn wir irgendwas für euch tun können...«

Wes schüttelte den Kopf, und Rhys half Susannah aufs Pferd. Er wartete, bis er sicher war, daß sie gut im Sattel saß, und drehte sich dann zu den Ables herum. Seine Augen waren verachtungsvoll auf sie gerichtet, und selbst James wurde es bei diesem Blick unbehaglich. Rhys sah sie einige Augenblicke durchdringend an und schritt dann zu seinem Pferd. Er schwang sich leicht in den Sattel und folgte Susannah und ihrem Bruder, die ihre Tiere in einen langsamen Trab versetzten.

24

Susannah versuchte, nicht an die Schmerzen in ihrem Arm zu denken. Das war nichts im Vergleich zu dem, was sowohl Wes als auch Rhys durchgemacht hatten. Wenn die beiden weit schlimmere Schmerzen mit stoischer Gelassenheit ertragen konnten, dann konnte sie es auch.

Sie blickte hinüber zu Wes, sah die starre Haltung, mit der er im Sattel saß. Und dann blickte sie zurück. Sie wünschte sie hätte es nicht getan. Für jemanden, der sonst nie Emotionen zeigte, zeigte Rhys jede Menge. Wut. Mißbilligung. Und noch etwas, das sie nicht bestimmen konnte.

Ihr Magen krampfte sich zusammen. Sie kannte ihn nun seit Monaten und hatte nur zweimal gesehen, daß er einen Fehler machte, einmal als Hardy Martin ihn erwischte, und das andere Mal gerade eben, als er den Ables gegenüber mehr preisgab als beabsichtigt. Sie konnte seinen unversöhnlichen Blick, mit dem er die beiden gemessen hatte, nicht vergessen. Das war alles andere als der harmlose Engländer, den er aller Welt vorspielte. Und trotzdem... sein Talent für Dialekte ahnte niemand. Keiner würde vermuten, daß er der Nachtfalke war.

Susannah blickte sich erneut um. Rhys' Gesicht war grimmig. Sie wollte gar nicht wissen, was in ihm vorging.

Sie war so dumm gewesen. Sie wußte es. Sie hätte nicht alleine ausreiten dürfen. Und den Schuß abfeuern. Wenn Rhys und Wes nicht aufgetaucht wären...

Aber es hatte sie nicht überrascht, Rhys zu sehen. Sie vertraute auf ihn. Er war immer da, wenn sie Hilfe brauchte. Er war ihr Schutzengel wider Willen geworden.

Sie wollte aber keinen Engel. Sie wollte ihn, den Mann aus Fleisch und Blut.

Sie sah zu Wes hinüber. »Wie habt ihr mich gefunden?«

»Ich hab' dich nicht gefunden«, sagte er. »Das war Redding.«

Susannah sah ihn fragend an, und Wes fuhr zögernd fort, als ob es ihm schwerfiele zuzugeben, daß er Hilfe gebraucht hatte, noch dazu Reddings. »Ich hab' ihn auf unserer alten Ranch eingeholt. Es war klar, daß du nicht dort gewesen bist. Also sind wir zurückgeritten, und er hat deine Spur gefunden.« Wes zuckte mit den Schultern. »Frag mich nicht, wie. Aber gefunden hat er sie, und dann hörten wir die Schüsse.« Er schwieg einen Augenblick lang. »Tut mir leid, Sue, das von heute morgen. Ich... hab' einfach einen Sündenbock gebraucht, und du... du warst die leichteste Zielscheibe.«

»Gib Erin eine Chance, Wes.«

»Sie verdient mehr, als ich ihr bieten kann.«

Susannah schüttelte zornig den Kopf. »Warum glauben die Männer immer, daß sie diese Entscheidung treffen könnten? Ist es nicht ihr Recht zu wissen, was sie will? Und nicht deins?«

»Ich kann nicht –«

»Natürlich kannst du. Du hast King Arthur – er ist ein prächtiger Bulle, und mit ihm kannst du eine neue Zucht anfangen. Miguel und sein Sohn würden alles für dich tun. Du hast Papas Land, und du hast seine Träume.«

»Und welchen Traum hast du?« fragte er leise.

Susannah wagte nicht, sich umzusehen. »Ich will, daß Marks Ranch überlebt.«

»Und?«

»Frag nicht, Wes«, sagte sie und zwang sich, sich nicht umzudrehen.

Er kniff die Augen zusammen, sagte aber während des ganzen Rückwegs nichts mehr.

Sowohl Rhys als auch Wes wurden von Hannah aus Susannahs Zimmer gescheucht, und beide liefen ruhelos im Wohnzimmer hin und her, während Hannah heißes Wasser, Alkohol und Bandagen mit ins Zimmer nahm.

Rhys zumindest lief auf und ab.

Wes humpelte. Er hatte große Schuldgefühle wegen seiner bitteren Worte von heute morgen. Aber an irgend jemandem hatte er sich abreagieren müssen, und seine Schwester war das leichteste, das verwundbarste Ziel gewesen. Lieber Gott, was geschah bloß mit ihm?

Wenn doch bloß die Schmerzen vergehen würden. Wenn doch bloß das Gefühl der Hilflosigkeit und Ohnmacht verschwinden würde. Aber er wußte, daß das keine Entschuldigung war. Andere hatten in den letzten vier Jahren mehr als er gelitten. Mark hatte sein Leben verloren, verdammt noch mal. Mark und Marks Bruder. Und er saß hier und tat sich selbst leid und jagte seine Schwester in Gefahren hinaus.

Er blickte zu Rhys hinüber, seiner Nemesis, und sah noch ein Gesicht, das von Schuld zerfressen war. Er wollte gar nicht wissen, worin die bestand. Er hatte mit seinen eigenen Schuldgefühlen genug zu tun.

»Wird der Nachtfalke heute nacht wieder unterwegs sein?« fragte Wes, wußte die Antwort jedoch bereits. So gut kannte er Redding inzwischen.

Rhys antwortete nicht, aber sein Gesichtsausdruck wurde wieder undurchdringlich.

»Warum?« fragte Wes. »Warum die Maskerade?«

Rhys überlegte, ob er die Frage ignorieren sollte, aber er konnte die tiefe Besorgnis, die qualvolle Hilflosigkeit auf Wes' Gesicht einfach nicht ignorieren.

»Ich will nicht, daß etwas auf Sie oder Susannah zurückfällt«, antwortete er leise und ohne jeden Spott.

»Aber warum dann die Visitenkarte?«

Rhys blieb stehen, trat ans Fenster und blickte hinaus.

»Redding?«

Rhys drehte sich um.

»Ein Spiel?«

Rhys' Gesicht nahm wieder seinen ironischen Ausdruck an. »Könnte man sagen. Ein verdammt gutes Spiel sogar.«

Wes setzte sich müde in einen Sessel. »Das hätte ich Ihnen vor ein paar Tagen noch abgekauft. Jetzt nicht mehr.«

»Es ist mir scheißegal, was Sie mir abkaufen oder nicht«, sagte Rhys.

Wes sah ihn an. »Sie wollen, daß sich die Leute zusammentun, das ist es, nicht wahr?«

Rhys zuckte mit den Schultern. »Glauben Sie, was Sie wollen.«

»Verdammt noch mal, Mann, müssen Sie immer so kratzbürstig sein?«

Rhys hob spöttisch die Braue, und Wes stieg die Röte ins Gesicht. Doch der Texaner ließ nicht locker. »Was haben Sie vor?«

»Auge um Auge«, sagte Rhys. »Sie haben auf Susannah geschossen.« Er überließ es Wes, sich den Rest selbst zu denken.

»Sie wollen sich einen der Martins vornehmen?«

Rhys zuckte mit den Schultern.

»Ich komme mit.«

Rhys schüttelte den Kopf. »Nein.«

»Ich kann immer noch schießen, verdammt noch mal.«

»Und Ihr Pferd hat ein Brandzeichen. So wie Sie.« Rhys blickte bezeichnend auf Wes' Bein. »Glauben Sie, irgendeiner Ihrer sogenannten Nachbarn wird mitmachen, wenn Sie dabei sind?« Er war bewußt verletzend. »Und ich kann hier nicht eher fort, als bis ich weiß...«

Wes krampfte sich zusammen. Sogar sein fehlendes Bein schien zu zucken. Redding mußte nicht weitersprechen. *Als bis ich weiß, daß Susannah nicht mehr in Gefahr ist.*

Es war schwer, sich vorzustellen, daß Redding nicht mehr da sein würde. Er ist wie eine chronische Krankheit, dachte Wes trocken. Ein Zustand, an den man sich gewöhnt und mit dem man leben lernt. Und nach einer Weile weiß man gar nicht mehr, wie man ohne sie leben soll. Und Susannah… mein Gott, Susannah?

Je eher Redding ging, desto besser.

»Es wird Zeit, daß ich wieder meinen Mann steh'«, beharrte Wes stur.

Rhys betrachtete ihn nachdenklich, dann blickte er auf das Paket, das er heute morgen mitgebracht hatte. Es war nach Susannahs überstürztem Aufbruch vollkommen in Vergessenheit geraten. Er wußte nicht, wie Wes es aufnehmen würde, aber vielleicht war's ja ein Anreiz für ihn.

Rhys holte es und ging damit zu Wes. »Susannah hat mich gebeten, das hier für Sie zu besorgen«, sagte er mit einem herausfordernden Blick.

Wes blickte auf das Bündel und packte es langsam aus. Er hielt inne, als er merkte, was darin war. Ein Stück Holz, leichtes Holz, das wie ein Bein mit einem Fuß daran geformt war. Der Fuß besaß eine Art Feder, mit der er an dem anderen Glied befestigt war. Der obere Teil war so geformt, daß sein Stumpf darin Platz fand. Daran befestigt war ein Lederband, mit dem die Prothese an seinem Oberschenkel festgebunden werden konnte.

Rhys zuckte mit den Schultern. »Vielleicht funktioniert's ja gar nicht, oder es braucht noch Verbesserungen. Ein Schmied und ein Zimmermann in Austin haben's entworfen. Ist nicht schwer, ein paar Änderungen vorzunehmen.«

Wes beäugte den Apparat mit einer Freude, die Rhys nicht erwartet hatte. Er blickte auf. »Kein Brandzeichen mehr? «

Rhys sah ihn an. Es war offensichtlich, daß Wes nun, da seine Schwester fast getötet worden war, unbedingt bei Rhys' Feldzug gegen die Martins dabeisein wollte. Kein Brandzeichen mehr hieß, daß er auch nicht als Einbeiniger erkannt werden konnte. »Vielleicht nicht.«

»Dann komme ich nächstes Mal mit…« Wes haßte es zu bitten.

»Das Bein funktioniert ja vielleicht gar nicht.«

Wes vermutete das Gegenteil, da Rhys es hatte anfertigen lassen.

Seine Kompetenz hatte er immer schon bewundert, auch wenn sie ihm manchmal gewaltig gegen den Strich ging. »Und wenn doch?«

»Dann ist da immer noch das Problem mit Ihrem Pferd und *dessen* Brandzeichen.«

»Das läßt sich mit Leichtigkeit verbergen«, sagte Wes, und seine Augen blitzten. »Etwas getrockneter Schlamm, und weg ist es.«

Rhys zögerte. Er war es gewöhnt, allein zu arbeiten. Es gefiel ihm nicht, auch noch die Verantwortung für einen anderen zu übernehmen. Wes war ein Risiko, doch Rhys wußte, daß, wenn er Texas verlassen wollte, Wes genug Selbstvertrauen besitzen mußte, um die Dinge hier zu überehmen.

»Sie wollten doch den Armeeposten in der Stadt aufsuchen?«

Wes nickte. Das hatte er in seiner Sorge um Susannah fast vergessen, aber es mußte getan werden.

»Gehen Sie hin«, meinte Rhys. »Und machen Sie sich mit dem Bein vertraut ... und dann ...«

»Blasen Sie heute nacht dann ab?«

»Nein.«

»Redding!«

»Das hier ist eine persönliche Sache«, meinte Rhys kurz angebunden und in einem Ton, der keinen Widerspruch duldete.

»Glauben Sie nicht, daß es für mich auch eine persönliche Sache ist?«

»Ich weiß nicht, ob Sie den Mumm dafür haben.«

»Nach vier Jahren Krieg?«

»Das ist es ja, Carr. Das war Krieg.«

»Das hier auch«, sagte Wes mit gepreßter Stimme. »Die Martins sind zu weit gegangen.«

»Ich muß an die Banditen in Virginia denken. Sie wollten nicht, daß ich sie töte.«

»Ist es das, was Sie vorhaben?«

Rhys sah ihn an. »Wenn es sein muß.«

»Und wenn nicht?«

»Auge um Auge«, sagte er leise. »Eine Kugel in den Arm.«

»Und Hardy ... wenn sie ihm begegnen?«

»Also, das ist eine ganz andere Sache«, sagte Rhys sanft, beinahe schnurrend, als ob er eine besonders köstliche Mahlzeit im Sinn hätte. »Aber auch da würde ich mich mit Auge um Auge zufriedengeben.«

»Und wenn uns die Armee hilft...?«

»Nach dem, was ich gehört habe, werden sie den Teufel tun. Nicht mehr als der Sheriff.«

»Ich muß es jedenfalls versuchen.«

»Tun Sie das«, sagte Rhys, »aber ohne mich.«

»Gehen Sie nicht heute abend. Warten Sie.«

»Nein«, sagte Rhys.

Zu Rhys' Überaschung gab sich Wes geschlagen. Er zuckte mit den Schultern. »Nun, ich kann Sie nicht aufhalten.«

»Nein«, sagte Rhys wieder, drehte sich um und ging.

Wes wartete ungeduldig auf der Veranda eines Hauses, das von der Armee konfisziert worden war. Eine Witwe lebte immer noch in einem der oberen Schlafzimmer, aber der Rest des Hauses war offenbar von einem Captain Harry Osborn belegt worden.

Eine neue Flage der Vereinigten Staaten flatterte von einem Fahnenmast am Haus. Wes wußte, daß General Gordon Granger von der Unionsarmee im Juni in Texas gelandet war und die Autorität der Vereinigten Staaten über den Staat Texas als wiederhergestellt erklärt hatte, daß sämtliche Erlasse und Gesetze der Konföderation null und nichtig waren und die Sklaven frei. Wes wußte außerdem von Erin, daß nun das Militärrecht herrschte und sämtliche zivilen Gerichte durch Armeetribunale ersetzt worden waren. Um die Dinge noch schlimmer zu machen, gab es darüber hinaus Gerüchte, daß viele Mitglieder der Besatzungstruppen Schwarze wären, ein rotes Tuch für die Texaner, die nie zuvor besiegt worden waren. Männer, die sich öffentlich widersetzten oder Teile ihrer grauen Uniformen trugen, wurden verhaftet.

Ein Sergeant kam an die Tür, als Wes klopfte, und erklärte, Captain Osborn wäre zu Zeit beschäftigt, und er müsse draußen warten, bis er dran sei. Wes klemmte sich die Krücken unter einen Arm und lehnte sich gegen einen Verandapfosten. Er konnte beobachten, wie die Bewohner des kleinen Orts das Haus wie die Pest mieden, oft sogar die Straßenseite wechselten, nur, um nicht daran vorbeigehen zu müssen.

»Sein Magen zog sich zusammen.

Die Tür öffnete sich, und Lowell Martin kam heraus. Er grinste, eine Zigarre zwischen den Zähnen. Sein Grinsen verschwand jedoch, als er Wes erblickte, und er nahm rasch die Zigarre aus dem Mund.

»Carr«, sagte Lowell. »Kommst du, um meinen Freund Captain Osborn zu besuchen?« Seine Stimme klang höhnisch.

Wes juckte es in den Fingern. Er hätte ihn am liebsten erwürgt. Doch er blieb ruhig auf seine Krücken gestützt stehen. Er hatte Reddings Apparat ausprobiert und war ein paar Schritte damit gegangen. Es tat weh – er fürchtete, daß es immer weh tun würde –, aber er konnte damit leben. Aber für seine Fahrt in die Stadt hatte er sein Hosenbein wieder hochgebunden.

»Halt dich von meiner Ranch fern, Lowell.«

»Hab' gehört, du hast 'n paar Schwierigkeiten gehabt. Zu blöd auch. Ist das Greenhorn inzwischen verschwunden?«

Wes ignorierte die Frage. »Hast du schon gehört, daß heute auf meine Schwester geschossen wurde?«

Aufrichtiges Entsetzen flackerte über sein Gesicht. »Nein... wer?«

»Ein paar deiner Männer, wie's aussieht. Pfeif deine Hunde zurück, Lowell, oder ich werd's für dich tun.«

»Du und wer noch? Dieser Grünschnabel von Engländer, den du beherbergst? Hab' gehört, daß niemand sonst was mit dir zu tun haben will. Und vergiß nicht die Zahlung auf dein Grundstück. Die ist schon überfällig.«

Wes hatte etwas von Rhys Redding gelernt. Er zeigte seine Wut nicht. Er starrte Lowell lediglich an, als ob er ein lästiges Insekt wäre. Er hoffte, er war so gut wie Redding, bezweifelte es aber.

Lowell zuckte mit den Schultern. »Wird dir nix helfen, dem Captain Lügen aufzutischen, Carr. Er weiß genau, wer hier loyal ist und wer nicht.«

»Du warst noch nie irgend jemandem oder irgend etwas gegenüber loyal.«

»Aber natürlich. Keiner von uns ist rausgegangen und hat für die Sezessionisten gekämpft. Hatte nicht mal 'nen Schwager, der's getan hat.«

Wes versuchte es mit einer anderen Taktik. »Hab' gehört, du hast neulich Nacht 'n paar Papiere verloren.« Er setzte dasselbe Grinsen auf wie Redding; das Grinsen, das er immer so gehaßt hatte.

Der satt-zufriedene Ausdruck verschwand von Lowells Gesicht. Er starrte Wes mit seinen blaßblauen Augen an, als ob er herausfinden wolle, was dieser wußte.

»Entschuldige mich«, sagte Wes. Er humpelte an ihm vorbei, öffnete die Tür und betrat das Hauptquartier der Unionsarmee.

Ein fettleibiger Offizier stand auf. »Was zum Teufel?« er hielt inne, als er Wes' Bein bemerkte. »Sie müssen Carr sein.«

»Colonel Wesley Carr, Armee der Vereinigten Staaten«, antwortete Wes kühl. Der Offizier sah aus, als ob er nie eine Schlacht aus der Nähe gesehen, geschweige denn eine mitgemacht hätte. Seine Uniform wäre an einem Mann mit einer anderen Figur tadellos gewesen. Doch an ihm sah sie schlampig aus. Wie sie sich über seinen mächtigen Bauch spannte. »Und Sie sind?«

»Captain Osborn. Sie tragen Ihre Uniform nicht.«

»Hab' schon seit Monaten keine mehr. Die Rebs sind nicht gerade rücksichtsvoll damit umgegangen.«

»Sie waren ein Gefangener der Rebellen?«

»Im Libby, ja. Konnte kurz vor der Übergabe entfliehen.«

»Hab' gehört, Ihr Schwager war ein Held der Rebs.« Er klang merkwürdig distanziert, ja, fast defensiv. Wes erkannte, daß dies nicht der Mann war, dem er beichten konnte... daß er sich sozusagen selbst aus der Armee entlassen hatte.

»Sie haben richtig gehört«, erwiderte Wes frostig.

»Man hat mich davor gewarnt, daß Sie die Rebs favorisieren... wegen Ihrer Schwester.«

»Und wo haben Sie gekämpft, Captain?« Sein herablassender Ton ließ dem andern die Röte ins Gesicht steigen.

»Ich habe in Washington gedient.«

»Nun, das dachte ich mir«, sagte Wes verächtlich. »Was hat Sie hierhergeführt? Dachten Sie, hier wär's sicher? Oder daß Sie ein wenig für sich beiseite schaffen könnten?«

Der Mann lief knallrot an. »Sie haben kein Recht, das zu sagen. Ich bin hier für Gesetz und Ordnung zuständig, und ich habe Freunde in Washington. Sie halten sich also besser raus.«

Aber Wes dachte nicht daran. »Ich möchte wissen, was Sie gegen die Zustände hier unternehmen wollen.«

»Diese Rebellen, meinen Sie?«

»Ich meine Lowell Martin und seine Brüder.«

Die Augen des Captains verengten sich. »Das sind die einzigen Unionstreuen hier in der Gegend. Lowell Martin ist sehr hilfsbereit.«

»Das sind Feiglinge, die nur deshalb mit der Union sympathisieren, weil's profitabel für sie ist.«

Der Captain fuhr auf. »Das glaube ich Ihnen nicht. Sie wollen doch bloß diese Reb-Ranch für Ihre Schwester retten. Er hat mir alles über Sie erzählt.«

»Wieviel bezahlt er Ihnen?«

»Wie können Sie –«

»Ich kann verdammt noch mal alles, was ich will«, sagte Wes. »Ich habe vier Jahre lang für dieses Recht gekämpft.«

»Ich kann Sie verhaften lassen –«

»Versuchen Sie's«, sagte Wes. »Jesus«, fügte er angewidert hinzu, »ich brauche frische Luft.« Ohne ein weiteres Wort drehte er sich um und ging.

Rhys zählte die Wachen. Es gab eine ganze Anzahl davon heute nacht. Und sie waren wesentlich wachsamer als neulich.

Tatsächlich war die Ranch der Martins von ihnen umringt.

Aber das war kein Problem. Er würde sich einen nach dem anderen vorknöpfen. Doch auf diese Weise bekam er nicht, was er wollte: einen der Martin-Brüder.

Auge um Auge. Zahn um Zahn. Und er wollte sein Auge heute nacht haben. Er wollte es haben, bevor sich Wes Carr einmischte.

Er wußte nicht genau, wie er an einen der Martins herankommen sollte. Es konnte bedeuten, sich noch mal ins Haus schleichen zu müssen, und er war nicht sicher, ob er das riskieren wollte.

Eine Ablenkung, das war's. Eine Ablenkung, die sie herauslockte.

Er schätzte die ungefähre Zeit. Es mußte zirka zwei oder drei Uhr morgens sein. Er war zuvor zur Ranch der Diaz' geritten, hatte sich umgezogen und das Pferd gewechselt und sich dann auf den Weg hierher gemacht. Die letzten paar Meilen war er mit äußerster Vorsicht vorgegangen. Er hatte nicht die Absicht, sich noch mal in die liebevollen Hände der Gebrüder Martin zu begeben.

Eine Ablenkung. Er überlegte fieberhaft. Rinder. Das war das beste. Die Herde in Panik versetzen – alles loslassen, was vier Beine hatte. Wenn er Glück hatte, verloren sie mehr Tiere als die Ables heute früh. Der Gedanke gefiel ihm. Es würde ihm auch nichts ausmachen, selbst ein paar mitzunehmen.

Er fragte sich, ob sie wohl Brandzeichen trugen. Doch diese Gepflogenheit war erst vor kurzem in Texas eingeführt worden, wie er gehört hatte. Rinder waren hier bis vor einem Jahr noch nicht wertvoll genug gewesen, um sich die Mühe zu machen, sie zu kennzeichnen. Bei Pferden war das anders, die waren wirklich kostbar. Da fiel ihm das gestohlene Pferd der MacDougals wieder ein, das, für das Erins Vater hatte sterben müssen. Er fragte sich, ob es wohl im Stall der Martins stand.

Aber das mußte warten. Heute abend kam erst mal einer der Martins dran. Sie mußten lernen, daß ihnen alles, was sie taten, mit gleicher Münze heimgezahlt wurde. Das würde sie in Zukunft vielleicht ein wenig vorsichtiger machen.

Rhys ließ das Pferd im Gebüsch am Flußufer zurück. Seine Füße waren mittlerweile fast verheilt und seine Schritte daher rasch und sicher.

Er fand einen Posten unter einem Baum; der Rauch seiner Zigarette verriet ihn. Rhys machte sich von hinten an ihn heran. Ein rascher Handkantenschlag an die Halsseite, und die Sache war erledigt. Er fesselte und knebelte den Mann, bevor er zwei weitere Männer auf seinem Schleichweg zur Ranch kaltstellte. Schließlich erreichte er die umzäunte Weide. Ein Mann saß auf dem Zaun, ein Gewehr im Arm.

Der Mond schien heute ein bißchen heller, eher ein Kuchenstück als eine Sichel. Zarte Schleierwölkchen glitten immer wieder über seine leuchtende Oberfläche und tauchten die Umgebung für kurze Zeit in tiefe Finsternis. Rhys wartete, bis eine der Wolken den Mond verdeckte, sprang rasch und lautlos vor und riß den Mann vom Zaun, wobei er ihm eins über den Schädel schlug, so daß dieser lediglich ein überraschtes Grunzen ausstoßen konnte.

Er öffnete das Gatter und war froh, daß die unruhig gewordenen Tiere den unterdrückten Laut übertönt hatten. Er sah sich um. Ein Pferd ohne Sattel, aber mit Zaumzeug war nicht weit von ihm am Zaun festgebunden. Er nahm ein Blatt mit der Zeichnung des Falken heraus und stopfte es dem Posten in die Jackentasche. Dann schlich er zu dem Pferd, wobei er das Gatter offenließ. Ein paar der Rinder wurden nervös. Er sprang mit einem Satz auf den Rücken des Pferdes und feuerte dann die Pistole über der Rinderherde ab. Ein lautes Muhen und Brüllen folgte. Dann Panik, und die Rinder drängten Hals über Kopf zum Gatter und ergriffen die Flucht. Er beugte sich tief über den Hals des Pferdes und war in der Dunkelheit damit fast unsichtbar. Er sah, wie im Haupthaus die Lichter angingen. Zwei Männer in langen Unterhosen kamen herausgerannt, beide mit Gewehren, und er erkannte Lowell und dann den dritten Bruder, Cate, den er am Tag ihrer Ankunft auf Susannahs Ranch gesehen hatte.

Männer brüllten, rannten hin und her und versuchten den panischen, verängstigten Rindern auszuweichen. Einige rannten zur Scheune, und einer kam auf sein Pferd zu, sah jedoch nicht den Reiter auf seinem Rücken.

Er hätte Lowell jetzt erschießen können. Er hätte es auch fast getan, aber – etwas hielt ihn zurück. Und dann entdeckte der Jüngere neben Lowell plötzlich Rhys und hob das Gewehr. Rhys feuerte und sah, wie der Mann sich an die Schulter fuhr und zu Boden fiel.

Rhys stieß dem Pferd die Fersen in die Seiten und galoppierte davon. Er hörte noch mehr Schreie hinter sich. Und Schüsse. Aber er saß tief über den Hals des galoppierenden Pferdes gebeugt, lenkte es ausschließlich mit den Beinen. Er wußte genau, in welche Richtung er sich wenden mußte – durch die unbewachte Zone, die er sich zuvor freigemacht hatte, indem er die Wachen ausschaltete.

»Laßt ihn nicht entkommen, verdammt noch mal!«, brüllte jemand, und er dachte, das müsse Lowell sein, nach dem Befehlston zu schließen. Eine Kugel pfiff über seinen Rücken, und er duckte sich noch enger über das Pferd, flüsterte ihm ermutigend zu, doch das Tier gab ohnehin sein letztes.

Sie erreichten das Wäldchen, und er zügelte das Pferd und lenkte es an die Stelle, wo sein eigenes Tier wartete. Dann glitt er herab und packte die Zügel des gestohlenen Pferdes. Er gab ihm einen kräftigen Klaps auf die Flanke und jagte es davon. Rhys stieg auf sein eigenes Pferd und lenkte es in den Fluß. In der Ferne hörte er Rufe und Schreie. Sie waren hinter dem Pferd her, das er soeben freigelassen hatte.

Rhys erreichte glücklich das andere Ufer und ließ den Braunen in einem gemächlichen Trab laufen. Zu seiner Befriedigung stellte er fest, daß ihm ein paar verstreute Rinder durch den Fluß auf das Grundstück der Gebrüder Able gefolgt waren.

Sah so aus, als ob der junge Andy Able doch noch ein paar seiner Tiere zurückbekäme.

25

Wes hörte am nächsten Morgen davon. Da er wußte, daß Rhys etwas hatte unternehmen wollen, schickte er Jaime am anderen Morgen in die Stadt, um soviel wie möglich herauszufinden. Im einzigen Saloon des Ortes hörte er einigen Cowboys von der Martin-Ranch zu, die eingekehrt waren, nachdem sie Munition eingekauft hatten.

»Er war wie 'n Phantom«, sagte einer der Männer, kippte seinen Drink herunter und bestellte noch einen. »Man hat nix von ihm gesehen. Aber er hat Cate direkt an der Schulter erwischt.«

»Remming is gefeuert worden«, sagte ein anderer, der wohl die Aufmerksamkeit des Barkeepers erregen wollte, um vielleicht einen kostenlosen Drink herauszuschinden. »Der Boß hat ihn am Boden liegend gefunden, mit 'nem Zettel in der Tasche. Weiß nich, was draufstand, aber der Boß war ganz schön wütend. Redet grade mit dem Militärkommandeur.«

»Ich werd' einfach nicht schlau draus. Wer ...?«

»Muß einer der Rancher sein.«

»Hab' gehört, die waren alle bei 'ner Versammlung, ums selbst rauszukriegen.«

»Sie sind nicht lange geblieben«, kam die hilfreiche Stimme des Barkeepers. »Sie haben sich in einem meiner Hinterzimmer getroffen. Sind früh wieder gegangen.«

»Das heißt, jeder in der ganzen verdammten Gegend könnt's gewesen sein«, sagte einer der Arbeiter der Martins angewidert.

»Ich denk' dran, mich aus dem Staub zu machen. Hab' nich angeheuert, um gegen Gespenster zu kämpfen. War schon zweimal beim Haus... und keiner hat ihn gesehen. Bloß immer diese gottverdammten Zettel.«

Ein Mann, der offenbar draußen Wache gehalten hatte, kam herein. »Der Boß kommt gerade aus dem Büro des Captains.«

Die Männer bezahlten eilig und verließen den Saloon. Jaime, der mit dem Rücken zur Bar in einer Ecke gesessen hatte, stand auf und ging an den langen Tresen. »Noch 'n Bier«, sagte er.

»Hab' dich schon 'ne Zeitlang nicht mehr hier gesehen«, sagte der Barkeeper.

»Mag die Gesellschaft hier nicht besonders.«

Der Barkeeper zuckte mit den Schultern. Er war außerdem der Inhaber des kleinen Etablissements, das der Treffpunkt der Stadt war – der einzige Treffpunkt, schon seit zwanzig Jahren. »Ich auch nicht. Der Krieg hat die Dinge ganz schön verändert.« Er zögerte. »Hab' gehört, Wes war gestern in der Stadt.«

Jaime nickte vorsichtig.

»Hat wohl den neuen... Yankee-Offizier besucht. Sah nicht gerade glücklich aus, als er wieder rauskam.«

»Wes gefällt genausowenig, was hier vorgeht«, sagte Jaime. »Die Martins sind auch hinter ihm her.«

Der Barkeeper nickte. »Zeit, daß der Krieg endlich richtig aufhört.«

»Die Leute hier scheinen nicht gerade in versöhnlicher Stimmung zu sein.«

»Andy hat letzte Nacht für ihn gesprochen – sagte, er solle an den Treffen teilnehmen dürfen.«

»Und die anderen?« Der Barkeeper schüttelte traurig den Kopf. »Noch nicht... aber sie werden ihre Meinung schon noch ändern.«

»Wenn jeder tot oder verjagt ist«, sagte Jaime bitter. »Begreifen die denn immer noch nicht, daß sie zusammenhalten müssen?«

»Sie wissen's... aber – verdammt, Jaime, du weißt doch, wie die Stimmung hier ist... und dieser blaubäuchige Captain macht's auch nicht gerade besser.«

Jaime nickte. »Ich weiß. War zuerst auch nicht gerade glücklich, für Wes Carr arbeiten zu müssen, aber das war ich Mark und Susannah schuldig. Aber ich sag' dir eins, mit seinem einen Bein arbeitet der härter als wir alle zusammen, und ich hab' gesehn, wieviel Schmerzen er hat. Yankee oder nicht, das muß man respektieren.«

Jaime warf eine Münze auf den Tresen und ging.

Wes beäugte Rhys mißtrauisch. »Und was jetzt?«

Wes war auf der Ranch zurückgeblieben, nachdem Jaime seinen Bericht abgeliefert hatte und zu den anderen Männern auf die Weide hinausgeritten war. Nach der letzten Nacht war er nicht sicher, ob er Susannah allein lassen konnte. Er wußte nicht, wer die größere Bedrohung für seine Schwester war, die Martins oder Rhys Redding. Außerdem wußte er nicht, ob sich Susannah still verhalten würde. Wenn er nicht so verdammt mit sich selbst beschäftigt gewesen wäre, hätte er ihre Rastlosigkeit schon längst bemerkt, hätte schon längst gemerkt, daß da eine Bombe kurz vorm Explodieren war.

Aber er hatte die Veränderungen an ihr ignoriert, ihre neue Selbstsicherheit, ihr neues Selbstbewußtsein, das er schon in Richmond und auf ihrer Reise hierher bemerkt hatte. Er hatte so viele Dinge ignoriert, und er wußte, daß es nun an der Zeit war, sein Schneckenhaus zu verlassen und sich mal gründlich umzusehen. Er war sich jedoch ganz und gar nicht sicher, ob seine kleine Schwester, egal, wie groß und tüchtig, dem Waliser gewachsen war.

Also begrüßte er Rhys, der später am Nachmittag angeritten kam, mit einer gehörigen Portion Zurückhaltung. Er wünschte, er würde nicht allmählich anfangen –

Nein, er würde Rhys Redding nie mögen. Der Mann besaß keine Grundsätze, nicht die geringsten. Aber er hatte ein paar andere verdammt gute Eigenschaften, und Wes mußte einige davon, wenn auch widerwillig, anerkennen.

Trotzdem, das Lächeln, das auf Susannahs Gesicht bei Reddings Anblick aufgegangen war wie die Sonne, das gefiel ihm gar nicht. Genausowenig ihr offensichtliches Entzücken, jedesmal, wenn sie ihn sah.

Doch ihre ersten Worte nahmen ihm den Wind aus den Segeln.

»Wes hat mir das… das Bein gezeigt, das du mitgebracht hast«, sagte sie und sah Rhys dankbar an.

Rhys blickte zu Wes hinüber, der sich angelegentlich mit dem Putzen seines Gewehrs beschäftigte. »Funktioniert's?«

Wes nickte. »Ich muß noch ein bißchen dran arbeiten, aber … ich glaube, es funktioniert.« Ein Muskel an seinem Kiefer zuckte, als er versuchte, das eine Wort herauszuwürgen. »Danke.«

Rhys sah sogar noch verlegener aus als Wes, und da mußte Wes grinsen. »Dankbarkeit ist 'ne verdammte Last, stimmt's?« sagte er.

»Kann nicht viel darüber sagen«, antwortete Rhys mit dem Anflug eines Lächelns.

»Hätte ich auch nicht angenommen«, kommentierte Wes und wechselte dann geschickt das Thema. »Hab' gehört, Sie hatten letzte Nacht viel Spaß.«

Und dann setzten sie sich zusammen und tauschten aus, was sie wußten: was wirklich auf der Ranch der Martins passiert war und Jaimes Bericht. Rhys hob den Kopf und sah Susannah an, die sich zu ihnen gesetzt hatte und aufmerksam zuhörte.

»Kann ich einen Kaffee haben?« fragte er.

»Ich mach' dir rasch welchen«, sagte sie, froh, etwas für ihn tun zu können nach allem, was er für Wes getan hatte. Sie war sogar willens, den offensichtlichen Versuch, sie von den Gesprächen der Männer auszuschließen, zu übersehen, Gespräche, die die Männer wohl für zu gefährlich oder ungeeignet für ihre zarten Ohren hielten. Nun, sie hatte ihre eigenen Pläne, was das betraf.

Sobald sie gegangen war, blickte Wes Rhys an. »Und was jetzt?« fragte er.

Rhys nahm die Satteltaschen, die er mit hereingebracht hatte, und holte einen Stoß Papiere heraus. »Ich hab' die hier neulich nachts mitgenommen.«

Wes blätterte sie durch. Sein Vater war Anwalt gewesen, und Wes hatte eine Zeitlang ebenfalls mit der Idee gespielt, ja, sogar ein wenig von der Juristerei bei ihm gelernt, bevor er sich dazu entschieden hatte, sich ganz der Ranch zu widmen. Aber er besaß immerhin gewisse Grundkenntnisse.

»Die haben Sie aber nicht letzte Nacht erbeutet?«

»Nein«, antwortete Rhys fröhlich.

»Wann haben Sie sich entschlossen, sie mir zu zeigen?«

»Gestern.«

»Warum nicht schon früher?«

»Ich wollte nicht, daß Sie mir mit der Ehrenmasche kommen. Von mir verlangen, daß ich sie zurückgebe oder so einen Blödsinn.«

»Und jetzt?«

»Jetzt sehe ich einen Lichtblick am Horizont.«

Wes war sicher, daß das kein Kompliment war, aber er konnte ein Lächeln dennoch nicht ganz verbergen. Rhys Redding konnte sogar den Engel Gabriel dazu überreden, Teufelswerk zu tun, wenn er wollte. Und ihn auch noch dazu bringen, daß er's gerne tat. Oder es zumindest rechtfertigen konnte.

Redding ließ ihn nicht aus den Augen. »Was fangen wir damit an?«

Wes kicherte. »Ich dachte, das hätten Sie alles schon längst ausgeknobelt.«

Rhys zuckte mit den Schultern. »Ich kenne euer Rechtssystem nicht. Ich dachte, Sie hätten vielleicht ein paar Ideen.«

Wes starrte die Dokumente nachdenklich an. »Ich weiß auch nicht genau. Die Besitzurkunden hier helfen keinem. Sie gehören Leuten, die bereits vertrieben wurden. Außerdem gibt's sicher Kopien davon in Austin. Aber die Schuldscheine ...« Seine Augen blitzten, besaßen mehr Glanz, als Rhys je an ihm gesehen hatte. Rhys sah in dem Moment ein Stückchen von dem Mann, der Wes einmal gewesen sein mußte, und verstand Susannahs Fürsorge auf einmal. »Außer, wenn es noch lebende Zeugen gibt, die bereit sind auszusagen, kann ich mir nicht denken, wie sie das mit den Schuldscheinen nachweisen wollen. Und der einzige Zeuge, den ich mir vorstellen kann, ist der verdammte Schurke von Bankier, der sie den Martins verkauft hat. Er hat sich schon vor Monaten aus dem Staub gemacht, nachdem er alle ausverkauft hat. Himmel, Martin muß kochen vor Wut.«

Wes sah die Schuldscheine durch, überprüfte, auf welche Namen sie ausgestellt waren. »Marks Schuldschein ist nicht dabei«, sagte er. »Und auch nicht der von den MacDougals. Hier ist einer von den Ables, alle von der Bank überschrieben. Der verdammte Elias hat sie alle verkauft.«

»Der Bankier?«

Wes nickte. »Elias hat den Martins anscheinend sämtliche Schuldscheine verkauft. Er hat außerdem das Stadtsäckel mitgenommen, als er sich ein paar Monate später aus dem Staub machte.«

»Besitzt Lowell Martin noch ein Büro?«

»Ja, in der Stadt«, sagte Wes. »Aber da wird man Sie sicher erwarten. Wir warten besser ab, was passiert.«

»Nachdem der Falke noch einmal unterwegs war«, sagte Rhys. »Um diese Schuldscheine an die Leute zu übergeben, auf die sie ausgeschrieben sind.«

»Sie wollen die Suppe wohl noch ein wenig mehr anheizen?«

Rhys sah ihn nur mit hochgezogener Augenbraue an. »Wollen Sie mitkommen?«

Wes grinste. »Warum nicht, jetzt wo ich zwei Beine habe?«

Susannah fand Rhys endlich allein. Er und ihr Bruder hatten den ganzen Nachmittag lang die Köpfe zusammengesteckt, und obwohl sie einerseits froh über ihr neues Einvernehmen war, fühlte sie sich andererseits ausgeschlossen.

Sie hatte ihre überwältigende Freude bei seinem Anblick, als er in der Tür auftauchte, einfach nicht verbergen können. Sie hatte sich schreckliche Sorgen um ihn gemacht, da sie nur zu gut wußte, daß er letzte Nacht auf irgendeine Art Rache aus gewesen war. Sie wußte nicht, ob es an den Schmerzen in ihrem Arm oder an ihrer Sorge um ihn lag, daß sie die ganze Nacht nicht hatte schlafen können.

Ihr Zorn von gestern war weitgehend verraucht angesichts der Bestürzung und Sorge in Rhys' und Wes' Gesichtern und nicht zuletzt nachdem Rhys sie so vorsichtig und fürsorglich vom Pferd gehoben und ins Haus getragen – und sie so offensichtlich ungern an Hannah übergeben hatte...

Und als sie heute das kurze besorgte Aufblitzen seiner Augen sah, bevor er den Vorhang wieder herunterließ, verschwand auch noch das letzte bißchen Zorn.

Er sah so elegant aus, selbst in seiner Arbeitskleidung, sein attraktives Gesicht mit den dunklen Augenbrauen und den Augen so voll beherrschter Emotion.

Er runzelte die Stirn. »Solltest du nicht besser liegenbleiben?«

Sie lächelte. Sie mußte an ihren Entschluß von gestern denken. Sie würde nicht mehr verbergen, wer sie war, und auch nicht die Stärke, die sie besaß. »Schau mal an, wer da spricht. Ich hatte bloß einen Kratzer, während du –«

Sein Stirnrunzeln vertiefte sich noch, und er wollte schon etwas sagen, als Wes hereinkam; sofort steckten die beiden wieder die Köpfe zusammen. Susannah wußte nicht, ob sie sie absichtlich ausschlossen, aber auf sie wirkte es jedenfalls so.

Sie hatte es einfach satt, immer draußen gelassen zu werden. Diesmal, beschloß sie, würde sie mitmachen. Selbst wenn sie dazu ein paar Tricks anwenden mußte.

Susannah konnte Wes schließlich dazu überreden, wieder mit den Männern auszureiten. Sie versicherte ihm, daß sie sich wohl fühlte und keinen Schutz mehr benötigte. Die Martins würden es nicht wagen, am hellichten Tag anzugreifen. Sie sah, wie er sich am Korral einen Moment lang mit Rhys unterhielt und dann, offensichtlich zufrieden, daß Rhys ebenfalls ging, fortritt.

Susannah wartete, bis Rhys sein Pferd gesattelt hatte und weggeritten war. Sie schickte Jesus, Miguels Sohn, auf eine Besorgung und sattelte dann ihr eigenes Pferd. Auf die Schmerzen in ihrer Schulter achtete sie dabei nicht. Dann folgte sie Rhys so weit, bis sie sicher war, daß er sie auf keinen Fall allein zurückschicken würde. Und dann ritt sie zu ihm.

Er sah sie finster an. »Was tust du hier draußen ganz allein?«

»Ich bin nicht allein«, entgegnete sie.

»Teufel noch mal, Susannah, das ist kein Spiel.« Seine Augen blitzten vor Wut, und Susannah genoß es, daß sein harter Panzer einmal einen kleinen Riß bekommen hatte.

»Ich dachte, du magst Spiele«, sagte sie unschuldig. »Das ist es doch, was du tust, hast du gesagt.«

Wenn Blicke töten könnten, dann wäre sie jetzt schon im Leichenschauhaus. Doch dann glättete sich seine Stirn, und seine Lippen verzogen sich zu seinem vieldeutigen Lächeln.

»Also gut«, gab er nach. »Wo willst du hin?«

»Da, wo du hingehst.«

Er runzelte erneut die Stirn und blickte finster, obwohl er befürchtete, daß das nicht länger funktionierte. »Das geht nicht.«

»Doch«, sagte sie einfach. »Ihr könnt mich nicht länger ausschließen, du und Wes. Ich gehöre auch dazu, sogar mehr als ihr zwei. Und wenn es sein muß, dann folge ich dir, wo immer du auch hingehst. Du kannst mich nicht aus dem Zimmer schicken wie ein kleines Kind.«

Er rutschte unruhig auf seinem Pferd hin und her. Offensichtlich wußte er nicht, was er tun sollte. Es war eins der wenigen Male, daß sie ihn so sah. »Du bist ganz bestimmt kein Kind, Susannah«, bemerkte er trocken.

»Dann sag mir, wo du hingehst.«

»Es ist besser, wenn du's nicht weißt.«

»Warum?«

Zur Hölle, er hätte nicht sagen können, warum, außer aus dem einen Grund, daß es seiner Gewohnheit entsprach, alles für sich zu behalten und die Dinge allein zu erledigen. Es hatte ihn schon genug gekostet, Wes ins Vertrauen zu ziehen, was notwendig gewesen war, denn er wußte wirklich nicht, was er mit den Papieren aus dem Safe der Martins hätte anfangen sollen. Er wußte nicht, wie man jemandem vertraute oder mit jemandem etwas teilte. Für ihn war das wie ein Selbstbetrug, ein Verrat an allem, woran er glaubte.

Und dennoch... es gab einen Grund dafür, sie nicht allein hier draußen herumreiten zu lassen.

Rhys hätte sie am liebsten irgendwo hingebracht, wo sie ungestört waren, wo sie endlich wieder allein sein konnten. Sie sah wunderschön aus in der tiefstehenden Nachmittagssonne. Ihr schwarzes Haar schimmerte, und ihre großen Lavendelaugen waren herausfordernd statt sanft auf ihn gerichtet, und wie gewöhnlich erregte ihn das weit mehr als jede Hilflosigkeit es konnte. Das war die Seite, die er so an ihr bewunderte, die die Blitze zwischen ihnen zucken ließ. Das Duell, die Reibung, die Stimulation. Sie trug heute wieder Hosen, und sie schmiegten sich eng an ihren schlanken, aber sanft gerundeten Körper. Und er wußte, wie stark dieser Körper war und wie willig. Er fühlte, wie sich die Glut der Erregung in ihm ausbreitete, fühlte, wie es zwischen seinen Schenkeln zu pulsieren begann und sein Schaft steif wurde. Er verfluchte sich innerlich für seine Unfähigkeit, sich zu beherrschen, wo er sich doch früher immer hatte beherrschen können.

Aber zum Glück hatte er jetzt keine Zeit, und er schickte ein dankbares Stoßgebet gen Himmel – so ungewöhnlich das auch für ihn war. Er hatte ihr schon genug angetan.

Rhys wußte, daß er ihr nicht erlauben konnte, ihm zu folgen. Es war zu gefährlich. Er wußte jedoch auch, daß sie nur ein guter Grund davon abbringen konnte. Er entschied sich ausnahmsweise einmal für die Wahrheit.

»Ich reite zur Farm der Diaz'«, sagte er. »Dort habe ich in letzter Zeit öfters übernachtet. Ich kann dort mein Pferd unterstellen und meine Kleidung wechseln.«

»Der Nachtfalke«, sagte sie. »Dann bist du heute nacht also wieder unterwegs.«

»Mit deinem Bruder«, sagte er. »Ich habe ein paar Papiere gefunden, die einige deiner Nachbarn vielleicht gern zurückhaben möchten. Es ist nicht gefährlich«, sagte er, weil er sie wegen ihres Bruders beruhigen wollte.

Sie beruhigte sich ein wenig. »Danke, und auch für –«

Er nickte und schnitt ihr damit das Wort ab. »Er wird schon wieder in Ordnung kommen.«

»Dank dir.«

»Ich hab' damit nichts zu tun«, erwiderte er kurz angebunden.

Susannah beschloß, das Thema nicht weiter zu vertiefen. Stattdessen wählte sie ein anderes. »Kann ich heute nacht mitkommen?«

»Nein.«

»Warum nicht?«

»Jemand könnte nervös werden und schießen, bevor er Fragen stellt.«

»Das könnte dir ebensogut passieren.«

Er grinste wieder auf die alte, selbstironische Art. »Ich habe mehr Leben als eine Katze, und ich glaube nicht, daß das bei dir auch der Fall ist.«

»Du hast schon so viele verbraucht.«

Sein Lächeln verschwand. »Dann will ich Ihnen einen anderen Grund nennen, Mrs. Fallon. Ich scheine unvorsichtig zu werden, wenn du in der Nähe bist. Und ich denke, deinem Bruder würde es genauso gehen. Willst du das wirklich riskieren?«

»Nein«, sagte sie und erkannte, daß er das eine Argument gefunden hatte, mit dem er sie überzeugen konnte. Aber sosehr es ihr auch widerstrebte, wieder zurückbleiben zu müssen, sie würde die beiden nie in Gefahr bringen wollen. »Wann kommst du wieder zurück?«

»Morgen.« Sie sah ihm fragend, forschend in die Augen. Würde er wirklich?

Er nickte.

»Rhys?«

Er sah sie an.

»Sei vorsichtig.«

Einen Moment lang schien er den Blick nicht mehr von ihr losreißen zu können. Sie sah, wie einer seiner Wangenmuskeln zuckte. Seine Stimme klang rauh, als er schließlich antwortete: »Ich bin immer vorsichtig.«

»Nicht immer«, entgegnete sie, und bevor er noch etwas sagen konnte, zog sie ihr Pferd herum und galoppierte zur Ranch zurück. Sie wußte, daß er ihr folgen würde, bis sie in Sicherheit war.

Rhys und Wes trafen sich an dem vereinbarten Ort, dem Friedhof, wo Wes' Vater begraben lag. Wes war ebenfalls ganz in Schwarz gekleidet, nur daß nichts zusammenpaßte, nicht wie bei Rhys. Er hatte sämtliche Schubladen und Schränke durchwühlt, bis er gefunden hatte, was er brauchte. Und nun trug er einen Schlapphut statt des breitkrempigen von Redding, aber für ihre Zwecke würde es genügen, besonders in den nachtschwarzen Morgenstunden, in denen sie unterwegs waren.

Wes fragte sich, was zum Teufel er machte, hier draußen, mitten in der Nacht. Das entsprach so gar nicht seinem Naturell, das offener war, das Kämpfe offen austrug, statt sich hinter einer Maske zu verstecken. Aber er verstand, worum es Redding ging, und auch seine Begründung – die Leute hier wieder zusammenzubringen –, und er war bereit, es auf einen Versuch ankommen zu lassen. Er wußte, daß er allein, besonders wenn Redding weg war, kaum eine Chance gegen die Martins hatte.

Trotzdem, es fuchste ihn, daß er Reddings Methoden nun quasi guthieß. Er hatte bis jetzt gewartet, um sich das Bein anzuschnallen. Er hatte es heute nachmittag auf seinem Zimmer noch mal probiert. Die ersten Minuten, ja, sogar die erste Stunde, war erträglich gewesen, doch dann nahmen die Schmerzen rasch zu. In Gedanken war er bereits damit beschäftigt, wie er die Prothese verbessern könnte, eine bessere Form für seinen Stumpf, eine Polsterung und eine verbesserte Schale, mit der sie sicherer am oberen Teil seines Beins befestigt werden konnte. Wenn die Prothese besser funktionierte, würde sie eine riesige Erleichterung für so viele darstellen, denen es so wie ihm ging. Trotz der Schmerzen versprach sie eine Freiheit, die nicht zu überbieten war. Er wußte, daß er auch das Redding zu verdanken hatte.

Redding wartete bereits bei ihrer alten Ranch auf ihn. Er saß entspannt im Sattel seines Braunen. Wes fragte sich flüchtig, wo er das Tier wohl her hatte, und entschied, daß er's lieber nicht wissen wollte.

Redding war eine eindrucksvolle Erscheinung. Er ragte gen Himmel wie ein mystisches Wesen. Er saß auf seinem Pferd, als ob er im Sattel geboren worden wäre, so gut wie jeder Texaner, und das wollte schon etwas heißen. Wes wünschte bei Gott, er könnte den Mann besser verstehen, aber Rhys Redding entzog sich jeder präzisen Beschreibung: gut, böse, gemein, gerecht, ehrenhaft, lügnerisch – alles Klassifikationen, mit denen man gewöhnlich einen Menschen beschrieb. Doch er schien ein wenig von all diesen Eigenschaften zu besitzen.

Und immer wenn Wes dachte, er finge langsam an, Rhys zu verstehen, verwirrte er ihn erneut, wie neulich, als er das verdammte Holzbein anschleppte. Selbst mit den Mängeln hatte es viel Überlegung gekostet, viel Einfallsreichtum und … Geld, um es herzustellen.

Teufel noch mal, dachte er und benutzte dabei unbewußt Rhys' Lieblingsfluch. Der Mann war ein Zauberer, nicht nur was Susannah, sondern auch was ihn betraf. Hier stand er nun, mitten in der Nacht, angezogen wie ein gottverdammter Trottel und spielte Robin Hood. Plötzlich mußte er über sich selbst grinsen und merkte auf einmal, wie er von einem Hochgefühl ergriffen wurde, so wie er es in den ersten Kriegstagen verspürt hatte, als ihm alles eher wie ein edles Abenteuer vorgekommen war, statt wie der Alptraum aus Blutvergießen und Tod, der später daraus wurde.

Er ritt zum Friedhof hinüber und stieg ab, nahm die Krücken aus der speziellen Halterung, die Redding entworfen hatte, und legte sie neben das Grab seines Vaters. Er wickelte das künstliche Bein aus der Decke, in die er es gehüllt hatte. Dann schnallte er es sich an den Beinstumpf. Den Fuß hatte er zuvor bereits in einen Stiefel gesteckt, der zu dem an seinem gesunden Bein paßte. Er benutzte den Grabstein, um zu stehen. Dann griff er nach dem Sattelknauf und warf noch einen Blick nach unten. Zwei Beine, bei Gott.

Wes steckte den linken Fuß in den Steigbügel und schwang sich vorsichtig in den Sattel. Das Holzbein lastete mit seinem Gewicht ein wenig auf seinem Stumpf und streifte den Rücken des Pferdes, aber er schaffte es. Sein Hochgefühl nahm zu.

Er drückte dem Pferd die Schenkel in die Flanken und lenkte es dorthin, wo Rhys stand.

So ein gemeinsamer nächtlicher Ritt gab einem das seltsame Gefühl von Kameradschaft. Wes dirigierte Rhys zu den Häusern der Leute, auf die die Schuldscheine ausgeschrieben waren. Die zwei Männer lieferten sie dann abwechselnd ab. Zuerst ein lauter Ruf, mit dem man sich als Freund identifizierte, dann, als sich die Tür öffnete, ein Paket, das auf die Veranda geworfen wurde, bevor der Reiter wieder verschwand.

Fast wie damals, als ich noch ein kleiner Junge war und Streiche ausheckte, dachte Wes, aber dies hier war ernst, tödlich ernst, denn das Leben und die Zukunft von Menschen stand auf dem Spiel. Und trotzdem, er fühlte sich so lebendig. So unglaublich lebendig.

Nach einigen Stunden jedoch konnte er es vor Schmerzen kaum noch aushalten. Das Gewicht des künstlichen Beins drückte unerträglich auf seinen empfindlichen Stumpf, und nur mit eisernem Willen schaffte er es weiterzumachen. Rhys folgte ihm zurück bis zum Friedhof, wo Wes das Bein abschnallte und die Krücken wieder am Sattel befestigte. Dann stieg er wieder aufs Pferd.

Wes ritt allein weiter und blickte nur einmal zurück zu dem Reiter unter der großen Eiche, die Wes so gut kannte.

Rhys wartete, bis Wes verschwunden war. Er wünschte, er könnte mit ihm reiten, nach Hause, zu Susannah. Aber es war im Moment einfach zu riskant. Er mußte das Pferd und die Kleidung zur Ranch der Diaz' zurückbringen. Wes würde allein zurechtkommen müssen.

Seine Achtung vor Wes war in den letzten Stunden gestiegen. Der Texaner war unermüdlich und hatte kein einziges Mal geklagt, obwohl ihm die Schmerzen, die er litt, ins Gesicht geschrieben standen.

So viele Dinge brachten zur Zeit seine sonst so geordneten Gedanken durcheinander. Er fing tatsächlich an, sich Sorgen um andere zu machen. Sogar um den prinzipientreuen Wes Carr, und das erschreckte ihn wie kaum etwas in seinem bisherigen Leben.

Ganz zu schweigen von seiner brennenden, unerträglichen Leidenschaft für die Schwester des Mannes. Das hätte er sich noch erklären können, wenn da nicht die Gefühle wären, die er für sie empfand. Etwas wie Entzücken zum Beispiel, wenn er sie bloß sah. Sein ungewöhnlicher Mangel an Beherrschung, wenn er mit ihr zusammen war. Die Zärtlichkeit, die ihm die Kehle zuschnürte, wenn er sie berührte.

Er mußte an ihr Gesicht denken, als sie ihn heute morgen mit solcher Freude begrüßt hatte. Er war noch nie so begrüßt worden, so von ganzem Herzen. Ihre Augen blitzten, und ihre zarte Haut glühte, und ihr Mund verzog sich zu jenem köstlichen Lächeln, in das er immer am liebsten hineinbeißen würde. Teufel noch mal, er fühlte sich, als ob ihm jemand einen Magenschwinger versetzt hätte.

All das waren vollkommen fremde Gefühle für ihn, und daher war ihnen auch nicht zu trauen.

Ein paar Wochen länger, und das Geld aus England würde da sein. Noch ein paar Tage, so hoffte er, und der Nachtfalke hätte die Rancher zusammengebracht. Sein Ziel war es, Vertrauen in den Nachtfalken aufzubauen, um dann Wes Carr als denjenigen zu entlarven. Das war der Grund, warum er mit solcher Sorgfalt und Vorsicht auf dem Prinzip »Auge um Auge« bestand, warum er nicht eher auf Cate geschossen hatte, als bis dieser auf ihn zielte, warum er nicht mehr Geld genommen hatte, als den MacDougals zustand. Er wollte das sogenannte Gesetz nicht überstrapazieren, ebensowenig wie Wes' Gewissen.

Wes, da war er sicher, wußte noch nichts von der endgültigen Rolle, die Rhys ihm in seinem Spiel zugedacht hatte.

Und dann würde er, Rhys, gehen und diesen speziellen Ausflug in das tückische Treibsandgebiet der Ehrenhaftigkeit hinter sich lassen.

Lowell Martin warf krachend sein Rechnungsbuch auf den Schreibtisch. Er blickte den Sheriff an, den Sheriff, der keine Macht mehr hatte.

»Wer zum Teufel könnte es sein?«

Der Sheriff zuckte mit den Schultern. Wieder schwirrten jede Menge Gerüchte im Ort herum. Der schwarzgekleidete Mann, der sich selbst der Nachtfalke nannte, war letzte Nacht erneut bei verschiedenen Ranches am Flußufer aufgetaucht. Keiner sagte etwas, aber wo einst besorgte Gesichter waren, gab es nun offenes Grinsen.

Und die Beschreibungen wichen außerdem stark voneinander ab, fast, als ob er tatsächlich ein Phantom wäre. Er ritt auf einem Braunen; nein, auf einem Rappen; nein, auf einem Fuchs. Er war groß, klein, mittelgroß.

»Es muß einer von denen sein, die heimgekehrt sind«, sagte Lowell. »Es ging erst nach dem Krieg los.«

»Nicht, bevor Wes Carr nach Hause kam«, sagte der Sheriff.

»Er kann's nicht sein. Carr hat doch bloß noch ein Bein. Die Leute würden ihn erkennen.«

»Was ist mit dem Engländer?«

Lowell schüttelte den Kopf. »Der trägt nicht mal 'ne Pistole. Im übrigen habe ich einen Mann auf der Plantage der MacDougals. Hab' gehört, der Mann würde wie ein Texaner reden.«

»Was ist mit den beiden Ables?«

Lowell zuckte die Schultern. »Warum jetzt? Warum sollten sie bis jetzt gewartet haben? Und meinen Safe zu knacken ist keine leichte Sache. Kein Cowboy könnte das. Was ich bloß nicht verstehe, ist, was er will. Warum er 'ne Maske trägt.«

»Vielleicht wissen die Leute, daß du Spione auf den Ranches hast.«

»Das können sie gar nicht wissen.«

»Was ist mit den Militärs?«

»Ich hab'den Captain davon überzeugt, daß sie nichts weiter sind als Rebellen. Das und ein paar Dollars haben ihn auf unsere Seite gebracht.«

»Warum setzen wir keine höhere Belohnung aus?« sagte der Sheriff. »Die Leute sind doch zur Zeit ohnehin ziemlich knapp bei Kasse.«

Lowells Miene erhellte sich. Er war fest davon überzeugt, daß jedermann im Grunde ein Dieb war. Er nickte. »Ich werd' morgen mit dem Unionscaptain reden.«

Nachdem der Sheriff gegangen war, blickte Lowell auf den Schuldschein der MacDougals, der auf seinem Schreibtisch lag. Er hatte ihn heute aus seinem Bürosafe genommen. Er wußte nicht, warum er ihn getrennt aufbewahrt hatte, diesen hier und den von Mark Fallon, aber so war's nun mal.

Nein. Das stimmte nicht. Er wußte genau, warum. Er schluckte, als er an das Mädchen dachte. An die eine Person, die nie auf ihn herabgesehen hatte, die ihn immer wie ein menschliches Wesen behandelt hatte, wenn alle anderen ihn wie Dreck behandelten.

Er begehrte sie schon seit Jahren, aber sie hatte nur Augen für einen einzigen Mann. Er haßte diesen Mann dafür.

Er berührte seinen Schnurrbart. Er war ein durchaus gutaussehender Mann. Das hatte er seiner Frau Louise zu verdanken, und noch anderen Dingen. Sie hatte ihm gezeigt, wie man sich kleidet, wie man sich herrichtet. Nun, er war vielleicht ein wenig beleibt, aber das waren mittlerweile alle Martins, jetzt, da soviel Essen auf dem Tisch war, wie sie nur wollten. Das ging sicher auf die Tage zurück, in denen sie wenig, ja, fast nichts besaßen.

Aber alles in allem hatte er sich in einen attraktiven Mann verwandelt, in einen beeindruckenden Mann, der Einfluß auf wichtige Leute besaß. Anders als seine Brüder.

Er dachte an die beiden. Cate... nun, Cate war ein Hohlkopf. Er besaß nicht viel Grips, aber er tat, was man von ihm verlangte. Aber Hardy... Hardy konnte alles ruinieren. Er hatte diesen grausamen Zug, der seine Urteilskraft trübte. Aber es waren trotzdem seine Brüder, die einzige Familie, die er hatte, und er glaubte an den Zusammenhalt der Familie, egal, wie gut oder schlecht sie war.

Und Louise? Er versuchte wirklich, nett zu ihr zu sein, aber es wurde immer schwerer. Sie war zehn Jahre älter als er, und das sah man ihr weiß Gott an. Abgehärmt und fett war sie. Immer nörgelte sie an irgend etwas oder irgend jemandem herum. Sie hatte es ihm ermöglicht, reich zu werden, hatte einen einflußreichen, mächtigen Mann aus ihm gemacht, aber jetzt brauchte er jemand anderen.

Er brauchte das Mädchen.

26

Susannah ritt am nächsten Tag mit Wes und den Cowboys auf die Weide.

Wenn sie Rhys und Wes schon nicht auf ihren nächtlichen Unternehmungen begleiten konnte, wollte sie zumindest bei der Leitung der Ranch wieder eine größere Rolle übernehmen, besonders, da Wes nun wußte, wieviel sie in den Kriegsjahren geleistet hatte.

Wes war an diesem Morgen offensichtlich ziemlich müde, aber sie stellte keine Fragen, und von sich aus erzählte er nichts. Er war sicher zurückgekehrt; Rhys offenbar auch, obwohl sie ihn noch nicht gesehen hatte. Das war alles, was zählte. Wes warf einen skeptischen Blick auf ihre Reitkleidung – Hosen –, sagte aber nichts. Es gab eine Art Waffenstillstand zwischen ihnen, was das betraf, eine wachsende Toleranz füreinander.

Er überraschte sie, als er um die Mittagszeit zu ihr ritt und mit entschlossenem Gesicht meinte: »Ich habe nachgedacht. Vielleicht ist es wirklich Zeit, unsere alte Ranch … wiederaufzubauen.«

Sie aß gerade ein Stück Brot und hielt mitten im Schlucken inne. Sie schaffte es jedoch gerade noch, den Brocken runterzukriegen. »Und Erin?«

Wes zögerte. »Ich … ich weiß nicht. Ich glaube nicht, daß ihr wirklich klar ist …«

»Ich glaube, daß es ihr sehr wohl klar ist«, sagte Susannah. Sie biß sich auf die Lippe und stürzte sich dann in das heikle Thema. »Wenn sie den ganzen letzten Monat lang deine üble Verfassung ertragen konnte, dann wird sie sicher auch mit so …«, sie suchte nach dem richtigen Wort, »so einer Unbequemlichkeit wie deinem Bein fertig.«

Wes lehnte sich im Sattel zurück und grinste. »War ich wirklich so schlimm?«

»Schlimmer« bestätigte sie. »Und blind noch dazu, wenn du immer noch nicht gemerkt hast, was du da wegwirfst.«

»Es ist nicht bloß das Bein, Sue. Ich hab' ihr nichts zu bieten … nicht bevor die Sache mit den Martins endlich vorbei ist. Und selbst dann muß ich wieder ganz von vorne anfangen.«

Susannah seufzte. »Fast alle müssen das.«

Wes zögerte. »Und du?«

»Was meinst du?«

»Redding«, sagte Wes ohne Umschweife.

Sie zuckte die Schultern, versuchte ihre eigenen Befürchtungen zu verbergen. »Er geht wieder.«

»Du liebst ihn, stimmt's?«

Sie überlegte, ob sie's abstreiten sollte. Aber warum? Sie hatte ihm vorgeworfen, der Wahrheit davonzulaufen. »Ja«, sagte sie leise. »Und deshalb bin ich auch so wütend auf dich. Du kannst was tun wegen Erin. Ich nicht. Rhys ist ein Einzelgänger... ein Abenteurer. Er will keine Bindungen. Das hat er unmißverständlich klargemacht.«

»Sei da nicht so sicher, Schwesterchen«, sagte er mit einem leichten Grinsen. »Ich habe gesehen, wie er dich anschaut. Ich habe auch Augen im Kopf.«

Sie schüttelte den Kopf. »Er wird gehen.«

»Hmmmmmm«, sagte er nicht ganz überzeugt. Er hätte nie erwartet, daß Redding überhaupt so lange blieb. Und Redding selbst auch nicht, das wußte Wes. Etwas hielt ihn fest, und Wes war sicher, daß es nicht Pflichtgefühl war.

Er sah seine Schwester an und merkte, wie erwachsen sie geworden war. In gewisser Beziehung sogar mehr als er, wenn er ehrlich war. Sie hatte gelernt, die Dinge hinzunehmen, wie sie waren, er dagegen nicht. Er fragte sich, ob das gut oder schlecht war.

Aber statt noch mehr zu sagen, wendete er sein Pferd und galoppierte zu seinen Männer zurück. Er war der letzte, der ihr Ratschläge erteilen konnte. Sie beide mußten ihre persönlichen Kämpfe selbst ausfechten, und zwar jeder für sich.

Steckbriefe hingen am nächsten Tag an allen Hausecken. Überall. Im ganzen Colorado-Gebiet südlich von Austin. Die Anklage lautete »Versuchter Mord an Cate Martin«. Die Beschreibung ließ jedoch ein wenig zu wünschen übrig: »Trägt schwarze Kleidung, reitet einen Braunen oder einen Fuchs.«

Unterschrieben von U. S. Captain Harry Osborn. Man bot tausend Dollar für die Festnahme des »Banditen«, der sich der Nachtfalke nannte.

Rhys mußte insgeheim lächeln, als er das Plakat zum ersten Mal sah. Was war besser, um das Vertauen der Rancher zu gwinnen, als ein von ihrem verhaßten Feind herausgegebener Steckbrief?

Weder Susannah noch Wes teilten jedoch seine Freude, als er später an diesem Nachmittag dort auftauchte, wo sie die Pferde weideten. Er sah ungewöhnlich frisch und elegant aus, während Susannah sich verschwitzt und schmutzig fühlte. Sie fragte sich, wie er das nur immer wieder schaffte.

Sie hatte ihn seit zwei Tagen nicht mehr gesehen, und in ihren Augen sah er immer attraktiv aus, ganz gleich, was er trug. Sie merkte, wie ihre Hände, die die Zügel hielten, leicht zitterten. Sein Haar war ein wenig vom Wind zerzaust, und eine schwarze Locke hing ihm in die Stirn. Sein Blick war auf sie gerichtet, und seine Augen brannten vor Leidenschaft. Doch sonst wirkte er vollkommen entspannt.

Er ritt zu Wes und nahm ein Papier aus der Tasche, das er ihrem Bruder reichte. Susannah nahm es Wes aus der Hand. Ein Steckbrief.

Sie sah Wes an, der die Stirn runzelte. »Das heißt, daß jeder Kopfgeldjäger in Texas hinter uns her sein wird.«

Rhys zuckte die Schultern. »Keiner weiß etwas.«

Susannah sah Wes' besorgtes Stirnrunzeln, und etwas von seiner Unruhe übertrug sich auf sie. »Aber wenn du ...«

Rhys schüttelte den Kopf. »Keiner hat eine Ahnung, wo der Nachtfalke herkommt oder wann er wieder zuschlägt. Die Steckbriefe da sollten die Rancher sogar noch enger zusammenschließen.«

Er sah so unglaublich entspannt, so zuversichtlich aus, daß Susannah ihre Sorgen verdrängte. Von Erin wußte sie bereits, daß die Rancher den Nachtfalken schützen würden. Sie wußten nicht, wer er war, aber alle vermuteten, es sei einer von ihnen, und würden deshalb ihr Leben für ihn geben.

Wes äußerte seine Befürchtungen. Er hatte gelernt, wenig oder nichts von seinen Nachbarn zu erwarten. »Da bin ich mir nicht so sicher. Jeder braucht doch Geld.«

»Dann werden wir eben dafür sorgen, daß niemand erfährt, wer der Nachtfalke ist.«

Wes war unschlüssig. »Wann reitet er wieder?«

»Ich weiß nicht«, sagte Rhys. »Das hängt davon ab, was als nächstes passiert. Ob die Martins mehr tun als das.«

Susannah wünschte, er würde nicht so ... verdammt unwiderstehlich auf einem Pferd aussehen, aber leider sah er ja immer unwiderstehlich aus, ob er nun ging, stand oder ritt...

Oder lag. Auf ihr.

Sie fühlte heiße Schauer über ihren Rücken prickeln. Sie fragte sich, ob es immer so sein würde. Aber das würde sie ja nie erfahren.

Rhys lenkte sein Pferd zu ihr. »Susannah«, sagte er, und in seiner Stimme schwang Sehnsucht mit, als hätte er sie ebenso vermißt wie sie ihn. Sein Blick tastete sie ab, als ob sie ein besonders köstlicher Leckerbissen wäre.

Zwei Tage. Und ihr kam es vor wie zwei Jahre.

Er verschlang sie förmlich mit den Augen. Sie verspürte einen ebenso heftigen Hunger nach ihm, der sie am ganzen Leib erzittern ließ.

Aber es reichte im Moment schon, ihn bloß zu sehen, ihn in Sicherheit zu wissen. Bei ihr.

Sie wußte, daß sie nicht weiterhin auf ihrem Pferd hocken und ihn wie ein verträumtes Schulmädchen anstarren konnte. Sie blickte Wes an, dann wieder Rhys. »Ißt du mit uns zu Abend?«

Er zögerte.

Susannah sah, wie seine Hand leicht zitterte, und sie fragte sich, ob er auch dieses innerliche Flattern spürte, die ersten Vibrationen des Vulkans, den nur er in ihr wachrief. Sie sah erneut Wes an. »Wir könnten Erin einladen... rausfinden, was die Leute über die Steckbriefe sagen«, fügte sie hastig hinzu.

Wes warf ihr einen vernichtenden Blick zu, und Susannah, die sich durchschaut sah, zuckte zusammen. Ihr Vorwand, Erin einzuladen war ganz offensichtlich das: ein Vorwand.

»Ich finde, das ist keine schlechte Idee«, sagte Rhys. Wes und Susannah blickten ihn an. Es war das erste Mal, daß er einem geselligen Zusammensein nicht ablehnend gegenüberstand.

»Ganz normale Neugier über den Nachtfalken«, fügte Rhys ironisch hinzu. »Ein bißchen Neugier sollten wir schon zeigen, so wie die anderen auch.«

»Ich reite zurück und sag's Hannah«, sagte Susannah. »Dann reite ich rüber zu Erin.«

»Aber nicht allein«, warnte sie Wes.

»Ich begleite sie«, sagte Rhys. »Ich hab' für heute genug vom Pferdehüten.«

»Sie haben ganze fünf Minuten gehütet«, bedeutete ihm Wes.

Rhys sah ihn mit einem schiefen, spöttischen Lächeln an. »Wie gesagt, ich habe genug für heute.« Er blickte Susannah an. »Fertig?«

Susannah warf einen Blick auf Wes und mußte an ihr Gespräch von heute morgen denken. Doch dann erinnerte sie sich an ihren Vorsatz. Auch sie war wichtig, und im Moment würde sie so viel von Rhys nehmen, wie sie kriegen konnte.

Susannah wußte nicht so recht, was sie zu ihm sagen sollte nach ihrem hemmungslosen Beisammensein in der Scheune neulich, deshalb versetzte sie ihr Pferd in einen raschen Trab, der eine Unterhaltung unmöglich machte. Rhys hielt mit ihr mit, versuchte weder, sie zu drängen, noch sie zu einer langsameren Gangart zu bewegen. Gelegentlich warf sie einen verstohlenen Blick auf ihn, aber sein Gesicht war wieder undurchdringlich, der warme Ausdruck in seinen Augen hinter einer Maske der Gleichgültigkeit verschwunden.

Als sie die Ranch erreichten, stieg er ab, um ihr vom Pferd zu helfen. Er fing sie mit Leichtigkeit auf, doch dann verrutschte die Maske, und er hielt sie einen Augenblick zu lange fest. Seine Augen durchbohrten sie mit einer Leidenschaft, die ihr den Atem stocken ließ.

Rhys schluckte hart, und Susannah merkte, daß er lange nicht so gleichgültig war, wie er sie glauben machen wollte. Sie erinnerte sich an Wes' Worte von heute morgen. *Ich habe gesehen, wie er dich ansieht.* Susannah konnte sich nicht vorstellen, daß er so leicht durchschaubar war, besonders nicht Wes gegenüber, aber …

Aber. Das war das große Wort. Rhys war nicht wie Wes. Er sehnte sich nicht nach Heim und Herd und nach einer Familie, so wie Wes. Sie hatte noch nie jemanden kennengelernt, der so zufrieden damit war, ein Außenseiter und Einzelgänger zu sein. Ja, der sogar eine Kunst daraus machte. Der sich standhaft weigerte, auch nur das Geringste von sich selbst zu geben oder auch nur etwas von seiner Unabhängigkeit aufzugeben.

Und dann stellte er sie auf die Füße und wandte sich wieder seinem Pferd zu, doch Susannah sah ihn an. »Ich glaube, ich nehme besser den Damensattel, um zu Erin zu reiten.«

Er zog die Augenbraue hoch angesichts dieser Rückkehr zum Herkömmlichen, sagte aber nichts.

Sie wollte schon erkären, daß das leichter für Erin wäre, hielt sich aber im letzten Moment zurück. *Er* erkärte ja auch nie etwas. Also schuldete *sie* ihm ebenfalls keine Erklärung. Sie drehte sich um und eilte ins Haus, hielt nur kurz inne, um Hannah mitzuteilen, daß sie mindestens zu dritt, vielleicht auch zu viert beim Abendessen wären.

Susannah wusch sich rasch und bürstete ihr Haar. Sie band es mit einem blauen Band zusammen und zog ihr blaues Reitkostüm an, das, das die Farbe ihrer Augen so unterstrich. Sie warf einen Blick in den Spiegel und zuckte zusammen, als sie ihre gebräunte Haut sah. Dann biß sie sich auf die Lippen, damit sie röter wurden. Sie neigte den Kopf ein wenig zur Seite und überlegte kurz, was ein Mann wie Rhys Redding, der wahrscheinlich die schönsten Damen Londons ausgeführt hatte, wohl an ihr finden mochte.

Ziemlich wenig. Ihr Gesicht entsprach so gar nicht dem Geschmack der Zeit: Das Kinn war viel zu energisch, ihr Haar zu lockig und ungebärdig, ihre Augen, nun, die leuchteten, besaßen aber eine Farbe, die viel zu ungewöhlich war. Sie war alles andere als eine porzellanblasse Schönheit, das Gegenteil von den blonden, blauäugigen Damen, die, wenn man *Godey's Lady's Book* Glauben schenkte, dem Geschmack der Männer in England und in Europa entsprachen.

Und dann ihr Kleid. Abgetragen und total aus der Mode, wenn's überhaupt je modern gewesen war – obwohl, immer noch besser als die Männerhosen, die sie angehabt hatte. Sie seufzte. Wes sah Dinge, die nicht vorhanden waren. Sie war... einfach bequem für Rhys Redding. Nichts weiter.

Nachdem sie diese Tatsache im Geist klargestellt hatte, zog sie sich die Reitstiefel an und ging wieder hinaus, wobei sie sich innerlich gegen Rhys' unleugbare Attraktivität wappnete.

Er hatte bereits die Sättel auf ihrer Stute ausgetauscht und lehnte nun lässig an einem Zaunpfosten. Susannah versuche sich gegen das Hochgefühl, gegen die Erleichterung, die sie jedesmal bei seinem Anblick übermannte, zu stählen – sogar jetzt, obwohl nur wenige Minuten vergangen waren. Wie konnte sein Gesicht nur so ausdruckslos, so emotionslos sein, während sie so durchschaubar war wie Fensterglas? Sie bemerkte, daß er sie rasch musterte, und fragte sich, ob es ein bewundernder oder amüsierter Blick war. Sie ergriff die Hand, die er ihr entgegenstreckte, um ihr aufs Pferd zu helfen, und die Berührung brannte und prickelte wie Feuer. Ihr Blick flog zu seinem Gesicht, und plötzlich sah sie, was Wes gemeint hatte. Seine Augen waren nicht länger verhangen und amüsiert, sondern dunkel, lodernd, leidenschaftlich, ja, begehrlich auf sie gerichtet. Mein Gott, so viel Gefühl. Wie ein Sturzbach. Lust, Leidenschaft und noch etwas. Erinnerungen blitzten in seinen Augen auf, heiße, überwältigende Erinnerungen – und sie wußte ganz genau, welche. Ihr eigener Körper begann zu zittern, wenn sie nur daran dachte.

Sie sah, wie er die Zähne zusammenbiß. Ein Wangenmuskel zuckte, und der Griff seiner Hand wurde auf einmal so fest, daß sie dachte, er würde ihre Finger zerquetschen. Aber sie sagte nichts, beobachtete nur, wie er mühsam um Beherrschung rang, wie er versuchte, seine Miene wieder zur Maske erstarren zu lassen. Als er merkte, daß er ihr weh tun mußte, lockerte sich sein Griff plötzlich ein wenig, und der unaussprechliche Zauber dieses Moments schien gebrochen.

Er stieß langsam den Atem aus und blickte hinunter auf ihre Hand, die ganz weiß war von seinem Griff. »Tut mir leid, Miss Susannah«, sagte er spöttisch im texanischen Dialekt. Wie immer staunte sie, wie gut er die gedehnte Sprechweise nachahmen konnte. So ganz anders als seine sonst so gepflegte, etwas abgehackte Aussprache und doch so natürlich. Wenn sie's nicht besser gewußt hätte, sie hätte schwören können, daß er aus Texas stammte. Schon wieder das Chamäleon. »Man sollte dir verbieten, dieses Kleid zu tragen.«

Beinahe hätte sie verächtlich geschnaubt. Das Kleid war gar nichts, leider. Aber in ihrer plötzlichen Erregung freute sie sich über sein Kompliment.

Und dann hob er sie so mühelos in den Sattel, als wöge sie nicht mehr als eine Feder. Doch diesmal vermied er ihren Blick. Zum ersten Mal ging er einer Herausforderung aus dem Weg.

Die Spannung am Abendbrottisch war fast mit Händen zu greifen, zumindest für Susannah. Sie war ebenso stark zwischen Wes und Erin wie zwischen ihr und Rhys. Die Unterhaltung verlief daher recht stockend, wobei sich das verbale Gespräch hauptsächlich auf die Martins und ihre Absichten bezog und das nonverbale darauf, was die beiden Paare am liebsten miteinander gemacht hätten.

Die Rancher, so ergab das Gespräch, fühlten sich offenbar durch den Nachtfalken ermutigt. Da sie aufgrund der gestohlenen Schuldscheine nicht mehr unmittelbar vor dem Ruin standen, hatten sie beschlossen, ihren alten Plan wiederaufzunehmen, sich zusammenzuschließen, die verbliebenen Rinder zu einer Herde zusammenzutreiben, nach Norden zu gehen und genug Geld zu beschaffen, um wieder neu anzufangen. Sie würden ihr restliches Geld zusammenlegen, und einige würden zu Hause bleiben und sich um ihre und um die Familien der Abwesenden kümmern. Keiner wußte, wer der Nachtfalke war, aber sie waren fest davon überzeugt, daß er aus ihren Reihen stammte. Nachdem sich jetzt ein Mann gegen die Martins erhoben hatte, waren auch sie bereit, sich zu verteidigen. Die Mutlosigkeit und Lähmung, die sie nach dem Verlust so vieler Angehöriger und nicht zuletzt nach dem verlorenen Krieg befallen hatte, wurde nun durch Entschlossenheit ersetzt. Die Weigerung eines der ihren, sich geschlagen zu geben, hatte die schwelenden Reste von Mut wieder angefacht.

Erin war ebenso entschlossen. Sie berührte Wes während des Dinners häufig, und Susannah vermutete, daß die Berührung den beiden ebenso durch und durch ging, wie ihr und Rhys. Was war bloß los mit den Männern? Warum waren sie so stur? Und so eigensinnig? Immer wußten sie, was am besten war, obwohl sie im Grunde keine Ahnung hatten.

Aber Wes, der immer noch unsicher war, was seine Zukunft betraf, weigerte sich, das Eheversprechen von vor fünf Jahren zu erneuern, obwohl er Erin kaum aus den Augen ließ… Erin, die sich einmal mehr ihrer Familie widersetzt hatte, um heute abend hiersein zu können. Sie hatte ihrem Schwager unmißverständlich klargemacht, daß er nicht über sie bestimmen konnte und sie schon an einen Stuhl binden müßte, um sie davon abzuhalten, mit ihren Freunden zu Abend zu essen.

Und Rhys – nun, nach außen hin war er unterhaltsam und charmant, doch Susannah wußte, daß Erin, wenn sie nicht so auf Wes konzentriert gewesen wäre, hinter Rhys' wohleinstudierten

Charme geblickt hätte. Er hatte heute abend eine Intensität an sich, die wie eine Flamme in ihm loderte. Susannah konnte die glühende Hitze, die von seinem Blick ausging, fühlen, konnte die Flammen fühlen, die an ihr leckten.

Und dann verließ er sie abrupt, meinte, er hätte Wachdienst, und Wes und Erin, ganz ineinander vertieft, merkten kaum etwas und sagten nichts. Als Wes Erin eine Stunde später nach Hause brachte, war von Rhys Redding keine Spur mehr zu sehen.

Eine Woche verstrich, dann noch eine. Die Ruhe vor dem Sturm, sagte sich Susannah.

Obwohl sie alles andere als ruhig war. In ihrem Körper stürmte es bereits wie bei einem wütenden Orkan.

Für einen Mann, der behauptete, kein Ehrgefühl zu besitzen, schien Rhys Redding zur Zeit geradezu ein Ausbund davon zu sein. Er wohnte nun auf der Ranch, so daß er im Ernstfall verfügbar war, hielt sich jedoch seit dem Ritt zu Erin MacDougal und jenem unbehaglichen Dinner strikt von ihr fern.

Ein Muster bildete sich heraus, eins, das ihr gar nicht gefiel. Susannah fühlte immer, daß Rhys nahe war, aber sie sah ihn nur selten. Und sie glaubte zu wissen, warum. Er hatte immer noch vor zu gehen und wollte sie nicht verletzen. So wie Wes Erin nicht verletzen wollte. Aber keiner der Männer erkannte, wie sehr sie es bereits taten.

Sie fand es nicht einmal seltsam, daß Rhys Redding, der Wes am Anfang so verabscheut hatte, nun mehr und mehr wie er wurde, und Wes, der Rhys ebensowenig hatte leiden können, war seit jener Nacht, in der sie zusammen ausgeritten waren, Rhys immer ähnlicher geworden. Rhys schien etwas von Wes' unbestechlicher Integrität angenommen zu haben, und Wes sah die Welt nun mehr mit Rhys' Augen – eher pragmatisch. Sie war nicht sicher, ob ihr das gefiel oder nicht.

Sie konnte nur zusehen und warten, wie die anderen auch, und ihre Tage waren so voller Sehnsucht und die Nächte … so einsam, besonders wenn sie ans Fenster trat und eine Gestalt an einem Zaunpfosten lehnen sah und wußte, daß es Rhys war. Sie wußte jedoch ebenfalls, daß sie ihn vertreiben würde, wenn sie zu ihm ginge. Er war wieder zu einem Schatten geworden, zu einem Phantom.

Zwei Wochen nach dem Dinner machten die Martins über den Militärkommandeur ihren nächsten Zug. Jede der Familien erhielt einen Bescheid, daß sie die Steuern vom letzten Jahr nicht bezahlt hätten. Wenn der fällige Betrag nicht sofort beglichen würde, würde ihr Besitz zur Versteigerung freigegeben. Wer der Hauptbietende war, mußte nicht erst hinzugefügt werden.

Sie hatten zehn Tage, um zu bezahlen. Susannah wußte, das war unmöglich. Fünfhundert Dollar waren ein Vermögen. Und sie hatten keine Zeit mehr, um ein paar Pferde zu verkaufen, nicht genug jedenfalls, um einen halbwegs anständigen Preis zu erzielen. Wes hatte eine Rechnung über zweihundert Dollar für das Land, das sein Vater ihm hinterlassen hatte, erhalten.

Das machte insgesamt siebenhundert Dollar. Es hätte ebensogut eine Million sein können, dachte Susannah.

Also waren die Anstrengungen des Nachtfalken doch vergebens gewesen. Es wäre nicht einfach für Lowell Martin gewesen, die Schuldscheine zu belegen und einzutreiben, doch nun hatte er eine andere Methode gefunden, um zu bekommen, was er wollte.

Sie schwiegen, während sie am Abendbrottisch saßen. Rhys war verschwunden, kurz nachdem ein Armeekorporal den Bescheid überbracht hatte. Als Susannah Wes fragte, wo ihr Gast hingegangen wäre, zuckte dieser nur mit den Schultern. »Mir sagt er ja nichts.«

Susannah versuchte, die nagenden Sorgen und auch den immer stärker werdenden Zorn zu verdrängen. Sie brauchten Rhys jetzt. *Sie* brauchte ihn. Zur moralischen Unterstützung. Wegen seines Einfallsreichtums in jeder Situation, und wenn sie noch so aussichtslos erschien.

»Wir könnten ein paar Pferde verkaufen«, schlug sie vor, obwohl sie wußte, daß sie auf diese Weise nie genug Geld zusammenkriegen würden. Aber etwas war besser als gar nichts, besser als die Hände in den Schoß zu legen und zuzuschauen, wie die Martins ihnen alles wegnahmen, wie sie das Land aufkauften, das sich seit so vielen Generationen im Besitz ihrer Familie befand, in das so viele Jahre der Hoffnung und Arbeit und Liebe investiert worden waren. »Vielleicht bekommen wir ja genug zusammen, um die Steuern zu bezahlen.«

»Nein«, sagte er abrupt. »Ich nehme nicht noch mehr von dir an, verdammt noch mal.« Er zögerte. »Was ist mit dem Schmuck von diesen Deserteuren...?«

Susannah biß sich auf die Lippe. »Rhys hat ihn.« Oder doch nicht? Sie mußte an seine neue Kleidung, an das Pferd denken, das er bei den Diaz' untergestellt hatte. Sie wollte nicht gerade jetzt den Glauben an Rhys verlieren. Er war immer zur Stelle gewesen, wenn sie und Wes ihn gebraucht hatten. Immer. Sie würde nicht anfangen, gerade jetzt an ihm zu zweifeln.

Und er hatte ebensoviel Recht auf den Schmuck wie sie und Wes, wenn nicht noch mehr. Sie wären jetzt tot, wenn Rhys nicht gewesen wäre. Und trotzdem...

Sie begegnete Wes' Blick, und auch seine Augen waren überschattet. Sie versuchte sich zu erinnern, was an Schmuck dagewesen war. Nicht allzuviel, versuchte sie sich einzureden. Ein paar hundert Dollar, mehr war er bestimmt nicht wert, wo doch heutzutage jeder seinen Familienschmuck verkaufte...

Keiner von beiden aß viel. Wes ging hinaus, um einen der Posten an der Scheune abzulösen. Susannah folgte ihm zum Korral und setzte sich auf den Zaun.

King Arthur stampfte unruhig mit den Hufen, als er des unerwünschten Eindringlings gewahr wurde. Armer King Athur. Sie hatten noch keine Zeit gehabt, einen Harem für ihn anzuschaffen. Die Pferde standen an erster Stelle. Aber sie verstand seine Unruhe, seine Ungeduld.

Sie stand ja selbst kurz vor der Explosion.

Rhys hatte das Gefühl, als ob seine Nerven wie ein ganzer Ameisenhaufen kribbeln würden. Er hätte nie geglaubt, daß man eine Frau so begehren könnte. Nein, nicht einfach *eine* Frau. *Die* Frau. Die Frau mit den Samtaugen und der Haut wie Seide, deren Berührung selbst das wildeste Tier zähmen könnte. Und er fühlte sich im Moment auch wie ein wildes Tier. Gereizt und übellaunig.

Er klopfte auf seine Satteltaschen. Der Bankier in Austin war entsetzt gewesen, als Rhys verlangt hatte, ihm die gewünschten fünftausend Dollar in bar auszuzahlen.

»In bar?« hatte er ausgerufen. »Aber wissen Sie denn nicht, daß sich dort unten ein Bandit herumtreibt – ein Mann, der sich Nachtfalke nennt?«

Rhys zog lediglich die Brauen hoch. »Was für ein unzivilisierter Name.«

»Mr. Redding –«, wollte Josiah Baker fortfahren, aber etwas in den Augen seines Besuchers ließ ihm die Worte im Hals steckenbleiben. Eine plötzliche Härte, die er dort noch nie gesehen hatte. Er sank in seinen Sessel zurück und wischte sich erschöpft den Schweiß von der Stirn. Er wollte diesen exzentrischen Engländer, dessen Überweisung der Bank gerade ein sehr hübsches Sümmchen aufs magere Konto gebracht hatte, auf keinen Fall verärgern. Selbst nach dieser Auszahlung war noch jede Menge Geld übrig. Der englische Bankier, der die zwanzigtausend Dollar an eine Bank in Galveston überwiesen hatte, die die Summe wiederum an Baker weiterleitete, überschlug sich geradezu in seinem Begleitschreiben, wie froh er doch sei, daß Mr. Redding gesund und am Leben wäre.

Ersteres, dachte Rhys, ist ein wenig zweifelhaft. Hier saß er, bereit, Tausende von Dollar aus dem Fenster zu werfen. Als gesund konnte man das wirklich nicht bezeichnen, krank schon eher. Er litt an einer Krankheit namens Susannah.

Eine Krankheit, gegen die offenbar kein Kraut gewachsen war. Eine Krankheit, die er nicht bekämpfen konnte. Er konnte bloß hoffen, ihr vielleicht entfliehen zu können. Himmel noch mal. Geld zu verschenken! Ach sch… drauf, er würde auf jeden Fall einen Weg finden, es sich wiederzuholen.

Er sprach sich selbst vom Vorwurf der Sentimentalität frei, indem er sich die Gesichter von Hardy und Lowell Martin vorstellte, wenn sie hörten, daß auch ihr letzter Schachzug danebengegangen war. Er hatte außerdem der vorgesetzten militärischen Behörde in Austin einen kleinen Besuch abgestattet, und zwar einem Mann, der ihm von Josiah Baker empfohlen worden war, einem gewissen Colonel a. D. Sanford. Dieser hatte ihm ruhig zugehört, ja, sogar interessiert ausgesehen, als Rhys Zweifel daran äußerte, ob denn die Martins selbst für all ihr neu erworbenes Land besteuert worden wären, wo sie doch eine so enge Freundschaft mit dem dortigen Captain pflegten.

Er sei, log Rhys weiter, von einem Unionsoffizier, der sein Bein im Gefängnis von Richmond verloren hatte, gebeten worden, sich in dieser Sache zu erkundigen. Der Offizier selbst wäre leider noch zu krank, um einen so weiten Weg unternehmen zu können. Es war ohnehin ein Wunder, daß der Mann seine mutige Flucht aus dem Gefängnis und durch die feindlichen Linien überlebt habe, fügte Rhys hinzu, wobei er von seiner speziellen Rolle bei dem kleinen Abenteuer natürlich nichts erwähnte. Er sei, so meinte er, lediglich ein besorgter Freund der Familie.

Der Offizier, selbst ein Kriegsveteran, war beeindruckt. Offensichtlich hegte er nicht besonders viel Vertrauen in seinen untergebenen Offizier in Jacob's Crossing.

Rhys vermerkte mit nicht geringer Befriedigung, daß er seine Überredungskunst, seine Fähigkeit, die Wahrheit den Gegebenheiten – und seinen Zielen – anzupassen, noch nicht verloren hatte. Der Teufel wußte, daß er so tugendhaft geworden war, wie er sich's nur wünschen konnte. Die Tatsache, daß er Susannah in den vergangenen zwei Wochen kein einziges Mal angerührt hatte, strafte seine lebenslange Überzeugung zu nehmen, was verfügbar war, Lügen. Aber immer, wenn er in diese klaren, lavendelblauen Augen blickte, wußte er, daß er ihr nicht noch mehr von ihrer Selbstachtung nehmen konnte als ohnehin schon.

Zumindest würde er ihr eine funktionierende Ranch und, wenn alles gutging, einen Bruder hinterlassen, der für sich selbst sorgen konnte. Das war sein Geschenk. Sehr wenig für die Tage voller Leben und Wärme, die sie ihm geschenkt hatte, für all die Stunden der Zärtlichkeit, die er nie vergessen würde, für die Momente, in denen sie ihm das Gefühl gab, jemand zu sein, dem man vertrauen, ja, den man bewundern konnte.

Pest und Hölle, als nächstes würde er noch in sein Kissen heulen. Er biß die Zähne zusammen und spornte sein Pferd zu einer schnelleren Gangart an. Der Nachtfalke würde heute nacht wieder unterwegs sein.

27

Zwei Tage, dachte Susannah verzweifelt, als sie sich fürs Abendessen fertig machte. Zwei Tage, in denen sie nichts von Rhys gehört hatte, zwei Tage, seit er davongeritten war, nachdem er von den Steuern erfahren hatte. Kein Wort seitdem.

Sie konnte nicht anders, aber sie fühlte sich irgendwie betrogen. Das hatte er schon öfters gemacht, natürlich, war einfach verschwunden, nur, um mit einem neuen Trumpf im Ärmel wiederaufzutauchen.

Aber jetzt, wo Wes und sie so kurz davorstanden, alles zu verlieren, was sie besaßen, da brauchte sie einfach mehr als nur Vermutungen und Hoffnung.

Viel mehr.

Und sie wußte, daß Rhys Redding wahrscheinlich nicht mehr zu geben hatte.

Sie war nicht sicher, wie lange sie das noch aushalten konnte, dieses heftige Auf und Ab von Gefühlen – zuerst die Ungewißheit, die herzzerreißende Einsamkeit und die schreckliche Angst, er könne nicht mehr zurückkehren, und dann die wilde, heftige Erleichterung, wenn er's tat. Er war zum Mittelpunkt ihres Lebens geworden, mehr noch als die Ranch, und dieses Leben bekam sie einfach nicht mehr in den Griff.

»Reiter!« Der vertraute Ruf trieb sie vom Schlafzimmer hinaus auf die Veranda, wo Wes bereits stand und beobachtete, wie Andy Able herantritt.

Susannah empfand zuerst Enttäuschung, dann Sorge. Sie warf Wes einen raschen Blick zu und sah, daß auch er beunruhigt war. Es war das erste Mal seit Wes' Rückkehr, daß jemand anderer außer Erin und Sam vorbeikamen, der seine Schwägerin am Abend, an dem Erins Vater getötet worden war, abgeholt hatte.

Mit klopfendem Herzen fragte sich Susannah, was wohl der Grund von Andys Besuch sein mochte. Was war nun schon wieder passiert? Es muß wichtig sein, sonst würde er nicht zu uns Geächteten kommen, dachte sie bitter. Nun, inzwischen störte es sie nicht mehr. Inzwischen tat es ihr nur noch wegen Wes leid.

Wes zögerte, dann lud er Andy etwas kurz angebunden zu einem Drink ins Haus ein. Zu ihrer beider Überraschung nahm ihr Besucher die Einladung an.

Andy trug immer noch die Uniformhosen der Konföderierten, was nach den Gesetzen der neuen militärischen Machthaber nicht mehr erlaubt war. Er konnte dafür ins Gefängnis gehen, aber so gesehen müßten die Gefängnisse überfüllt sein, denn es sah so aus, als ob mindestens ein Viertel der männlichen Bevölkerung von Texas immer noch, ob aus Notwendigkeit oder aus Trotz, Kleidungsstücke der Konföderierten trug.

Susannah schenkte jedem der Männer eine gehörige Portion Whiskey ein und für sich selbst ein Glas Sherry. Andy sah sie zögernd an, als ob er nicht sicher wäre, ob er in ihrer Gegenwart sprechen könne.

Wes lächelte grimmig. »Sie hat die Ranch die letzten vier Jahre geleitet, meine auch. Was immer du zu sagen hast, sie hat ein Recht, es zu hören.«

Andy wurde rot. »Ich weiß«, sagte er. »Tut mir leid, Susannah.« Er nahm einen Schluck Whiskey. »Ihr habt doch sicher von dem Nachtfalken gehört.«

Wes nickte.

»Du hast nicht zufällig eine Ahnung, wer er ist?«

Wes verkrampfte sich.

Andy nahm noch einen tiefen Schluck und zuckte hilflos mit den Schultern. »Wir werden... verdammt...« Er blickte auf Susannah und wurde erneut rot. »Entschuldige Susannah.« Er fing noch mal an. »Wir werden einfach nicht schlau aus ihm. Er ist letzte Nacht wieder vorbeigekommen.« Wes verkrampfte sich noch mehr, und Susannah riß die Augen auf, aber Andy schien in seiner Verlegenheit nichts zu bemerken. »Er... hat Geld hinterlassen. Genug, um unsere Steuern zu bezahlen. Einige – die Thorntons, die Kellens, Oley Olsen – haben ihn gesehen oder zumindest was gehört. Als sie rausgingen, um nachzusehen, war er schon verschwunden. Nur ein Lederbeutel lag auf der Veranda – mit Geld, Dollars, und mit der Zeichnung eines Falken.«

Wes konnte sein Erstaunen nicht verbergen. Susannah genausowenig. »Geld?« fragte sie verblüfft.

Andys texanischer Stolz kämpfte mit seinem Sinn fürs Praktische. »Wir ... keiner von uns – nun, wir hassen es, jemandem etwas schuldig zu sein, aber wir wissen nicht, wie wir's zurückzahlen sollen und ...«

»Also habt ihr beschlossen, es für den Zweck zu verwenden, für den es gedacht war«, meinte Wes trocken.

Andys Gesicht wurde rot. »Du weißt ... du weißt nicht zufällig etwas darüber?«

Wes lachte bitter. »Habt ihr abgestimmt, und der Verlierer mußte losziehen, um mich das zu fragen?«

Andys Gesicht rötete sich noch mehr. »Ich denke, du hast ein Recht, das zu sagen, aber, nein, ich – ich hab' mich freiwillig gemeldet.«

»Warum?« fragte Wes rundheraus.

»Vielleicht ist es wirklich an der Zeit, den Krieg endlich zu begraben. Jemand, Gott allein weiß, wer, trägt anscheinend unsere Kämpfe für uns aus. Ich weiß nicht, wer er ist, aber wir würden ihm wirklich gerne danken und versuchen, ihm das Geld irgendwann zurückzuzahlen.«

»Warum fragst du bei mir?«

»Wir gehen zu jeder Ranch und Farm in der Gegend und stellen dieselbe Frage«, sagte Andy. »Wir hoffen, daß am Ende doch jemand vortritt und sich zu erkennen gibt.«

Susannah sah, daß Wes sich ein wenig entspannte.

»Und wir wissen, daß du auch Probleme hast«, sagte Andy unbehaglich. »Dieser Engländer, den sie zusammengeschlagen haben ... die Steuern.« Er zögerte einen Moment, als ob ihm gerade ein Gedanke gekommen wäre. »Sag mal, wo ist der Engländer eigentlich?«

»Ist für 'n paar Tage nach Austin geritten«, sagte Wes. »Glaub' nicht, daß ihn die texanische Gastfreundschaft sonderlich beeindruckt hat.«

Andy zuckte zusammen. »Nun, ich mach' mich besser wieder auf den Weg. Muß noch an ein paar anderen Ranches vorbei –«

»Habt ihr immer noch vor, die Rinder nach Norden zu treiben?«

Andy setzte sich wieder hin. »Yep.«

Wes zögerte. »Ich nehme an, ihr ... ihr wollt wohl keinen Yankee mit dabeihaben?«

Susannah wußte, wieviel ihn diese Frage kostete. Sie preßte die Hände zusammen. Bitte, lieber Gott…

Andys Blick fiel auf Wes' Beinstumpf.

»Um die Pferde hier kümmere ich mich auch«, sagte Wes. »Ich komm' schon zurecht. Und ich bin den ganzen Weg von Richmond hierher geritten.« Er sagte das wie selbstverständlich, aber Susannah wußte auch diesmal, wieviel es ihn kostete. Wes war früher einer der besten Reiter und Cowboys der Gegend gewesen. Und jetzt mußte er fast betteln.

Andy mußte auf einmal lächeln. »Ich werd' tun, was ich kann, Wes.« Er zögerte. »Aber ich kann nichts versprechen –«

Wes zog sich an seinen Krücken hoch. »Ich weiß«, sagte er, »danke trotzdem.«

Andy nickte Susannah zu. »Susannah, ich bin froh, daß dein Arm wieder in Ordnung ist.« Er zögerte einen Moment und streckte Wes dann die Hand hin. »Willkommen daheim.«

Auf Wes' Mund breitete sich ein Lächeln aus, und er ergriff die angebotene Hand, wobei er sich mit der anderen auf eine der Krücken stützte. Susannah merkte, wie ihr die Tränen in die Augen stiegen. Sie folgte Andy zur Tür.

»Danke«, sagte sie bewegt.

»Es tut mir leid, Susannah. Alles.«

»Vielleicht ist ja bald alles vorbei… all der Haß.«

»Vielleicht«, sagte Andy, aber seine Stimme klang zweifelnd. »Ich werd' wirklich tun, was ich kann.« Er zögerte. »Ist der Nachtfalke hier auch vorbeigekommen?«

Susannah schüttelte den Kopf.

»Könnt ihr die Steuern bezahlen?«

»Ich weiß nicht«, sagte sie bekümmert. Sie verstand einfach nicht, was vor sich ging – was Rhys tat, oder auch nur, wo das Geld herkam und warum er noch nicht zurückgekehrt war. Sie verstand gar nichts.

Andy stand verlegen vor ihr. »Wir haben ein bißchen mehr bekommen. Wir alle. Nicht viel, aber ich würde unseren Anteil mit euch teilen.«

Sie biß sich auf die Lippe, um nicht in Tränen auszubrechen. Vier Jahre Alleinsein, vier Jahre, in denen sie allein gekämpft hatte, und jetzt dieses Angebot. Sie konnte nichts sagen. Sie nickte nur stumm, nahm es weder an, noch lehnte sie es ab. Sie mußte mit Wes darüber reden, und sie bezweifelte, ob sein Stolz es erlaubte, das Angebot anzunehmen. Oder ihrer. Nicht nach den letzten vier Jahren. Sie wußte nicht mal, ob sie Rhys Reddings Geld annehmen konnte. Oder vielleicht auch, weil sie fürchtete, es möglicherweise doch zu tun.

Lieber Gott ... wo hatte er es her? Und warum war er noch nicht zur Ranch zurückgekehrt?

»Du mußt bloß ein Wort sagen«, meinte Andy, dessen Gesicht erneut rot geworden war, da er ihre ersten Gedanken offensichtlich verstanden hatte. Er drehte sich rasch um, stieg aufs Pferd und ritt davon.

Wes und Susannah gingen ins Haus. Wes ließ sich müde in einen Sessel fallen. Sie starrten sich an.

»Ich glaub's einfach nicht«, sagte er.

»Wo ist er?« fügte sie hinzu.

Wes ignorierte ihre Frage; er hatte selbst eine.

»Was für ein Spiel ist das nun wieder?«

»Wo hat er das Geld her?«

»Der Schmuck von den Banditen?«

»Der würde nicht so viel Geld einbringen«, sagte sie.

»Verdammt«, sagte Wes.

»Und warum jeder außer uns?«

»Vielleicht ist er noch nicht bis zu uns gekommen«, sagte Wes trocken. »Oder er weiß, daß wir's nicht annehmen würden.«

»Eine Bank?«

»Nur, wenn er sie überfallen hat.«

Sie riß die Augen auf, als sie merkte, daß ihr Bruder es vollkommen ernst meinte.

»Er hat doch auch einen Safe geknackt, nicht wahr?« sagte Wes. »Dafür muß man schon spezielle Kenntnisse besitzen.«

Susannah bekam ein ganz flaues Gefühl im Magen. »Aber er hat doch kein Geld genommen, bloß diese Schuldscheine und –«

»Wir wissen nicht, was er wirklich genommen hat«, sagte Wes und sah Susannah an, die hochfuhr und dann wieder in den Sessel sank.

»Aber das würde er nie tun.«

»Wirklich nicht?« Rhys Redding stand in der Tür. Keiner hatte sein Kommen bemerkt, und es hatte auch keine Warnung gegeben, da die Arbeiter ihn als zur Ranch gehörig betrachteten und bei seiner Ankunft daher nie Alarm schlagen würden.

Er war wieder in den schwarzen Anzug gekleidet, den er anhatte, als er das erste Mal in Austin gewesen war. Seine Haare waren windzerzaust, und ein paar Locken fielen ihm in die Stirn, was einen seltsamen Kontrast zu seinem sonst so eleganten und tadellosen Äußeren bot. Er lehnte lässig und offenbar äußerst an ihrer Unterhaltung interessiert im Türstock.

»Redding!«, explodierte Wes.

Rhys kam hereingeschlendert, die Augenbraue wieder auf jene herablassende Art hochgezogen, die Wes immer so auf die Palme brachte.

Susannah saß stocksteif da und kämpfte mit dem Ansturm ihrer Gefühle. Zuerst Erleichterung, ihn zu sehen, dann das schon vertraute Hochgefühl. Und dann eine unerklärliche, heftige Wut. Wut, die offenbar schon länger in ihr geschwelt hatte, geboren aus Frustration, Angst und Sorge. Wut über seine Arroganz, die sie bis jetzt immer hingenommen hatte. Wut über sein hochmütiges Einzelgängertum, das sie bis jetzt immer zu verstehen versucht hatte. Wut auf sich selbst, daß sie sich überhaupt um jemanden kümmerte, der dauernd einfach auftauchte und wieder verschwand, ohne jede Erklärung. Wut darüber, daß ihr so viel an einem Mann lag, dem offensichtlich so wenig an ihr zu liegen schien. Sie wußte nicht, ob sie nach all den Wochen, die sie in einer Welt der Angst und Unsicherheit hatte leben müssen, mehr Wut auf sich selbst oder auf ihn empfand.

Sie war stinkwütend.

Wie ein Kastenteufel war er immer wieder in ihrem Leben aufgetaucht und wieder verschwunden. Er spielte seine Spiele, wie er's ihr gesagt hatte, aber das machte es auch nicht gerade erträglicher.

Sie fühlte, wie der Vulkan in ihr zu brodeln begann, der Vulkan, der an der Oberfläche ruhig erschienen war, doch im Innern bereits seit einiger Zeit heftig rumorte. Sie wollte seine Maske herunterreißen, wollte seinen Panzer abreißen und sehen, ob der Mann, den sie manchmal glaubte, dahinter zu entdecken, wirklich da war oder ob sie sich nicht bloß alles einbildete. Hatte sie wirklich einen Menschen in ihm gesehen, der er nicht war, der er nie sein würde? Genau das hatte er ihr vorgeworfen. Und jetzt versuchte er offensichtlich, es ihr zu beweisen.

Doch wenn sie seine Maske herunterriß, konnte es natürlich passieren, daß sie feststellen mußte, daß er wirklich nichts weiter war als ein Spieler, ein Renegat ohne jeden Ehrbegriff ... und ohne jedes Interesse an ihr, außer dem offensichtlichen.

Sie funkelte ihn wütend an. Sie hatte die beiden Ranches vier Jahre lang geführt, war nach Richmond gereist, hatte eine Flucht aus dem Gefängnis organisiert, hatte, bis jetzt, jeden Versuch der Martins, ihr Land wegzunehmen, durchgestanden. Sie hatte sich selbst und ihr Leben in der Hand gehabt, und nun hatte sie gar nichts mehr, hatte jede Kontrolle verloren, besonders über ihre Gefühle.

Da veränderte sich auf einmal etwas in seinen Augen, die Härte schmolz dahin, und etwas wie Bedauern oder Kummer war darin zu sehen. Er hob die Hand, als ob er nach ihr greifen wolle, doch sie stand zu weit weg, also ließ er sie wieder sinken. Seit sie ihn kannte, war dies eines der wenigen Male, daß er unsicher wirkte.

»Ich habe keine Bank ausgeraubt«, sagte er einfach. Es war tatsächlich eine Erklärung, was vollkommen neu bei ihm war.

Wes starrte zuerst ihn, dann Susannah und dann wieder Rhys an. »Die Martins?«

Er schüttelte den Kopf. »Ich hatte selbst etwas Geld in England, das ich mir schicken ließ, als wir hier ankamen. Es ist erst vor ein paar Tagen eingetroffen.«

»Aus England? Ihr Geld?« Wes stand nun ebenso der Mund offen wie Susannah. Der Gedanke, daß Rhys Redding sein eigenes Geld an Fremde verschenkte, überstieg einfach sein Begriffsvermögen. »Aber warum, um Gottes willen?«

Rhys zuckte die Schultern, eine Geste, die Wes nur zu vertraut war und ihn immer wieder auf die Palme brachte. »Um die Martins zu ärgern«, war seine einzige Erklärung.

»Mein Gott«, meinte Wes, der sogar noch verblüffter über die Tatsache war, daß Rhys überhaupt etwas erklärte, als über die Erklärung selbst, so unglaublich sie auch war. »Sie verschenken Geld, nur weil Sie jemanden ärgern wollen?«

»Ich habe vor, es mir wiederzuholen«, sagte Rhys, »auf die eine oder andere Weise.« Aber sein Blick ruhte auf Susannah, nicht auf Wes, und war auf einmal wachsam und vorsichtig.

Susannah biß die Zähne zusammen. Keine seiner ach so seltenen Erklärungen bedeuteten ihr im Moment etwas. Alles, was sie fühlte, war ihr Schmerz, der so groß war, daß sie kaum atmen konnte, daß sie's kaum ertragen konnte. Und nicht nur das. Sie fühlte sich betrogen. Von ihm. Von sich selbst.

Sie hatte nie viel über ihn gewußt, nur die paar Brosamen, die er fallen gelassen hatte, und nun wurde ihr erneut klar, wie mager sie gewesen waren, selbst nach den intimen Momenten, die sie, wie sie glaubte, geteilt hatten. Die Tatsache, daß sie sich mit so wenig zufriedengegeben hatte, vertiefte ihre Wut noch. Sie war so verrückt nach ihm gewesen, hatte soviel Angst gehabt, etwas zu sagen oder zu tun, was ihn vertreiben könnte, was ihm das Gefühl geben könnte, eine unerwünschte Verantwortung zu übernehmen, daß sie ihre Verantwortung sich selbst gegenüber vollkommen vergessen hatte. Sie hatte ihm erlaubt, in ihrem Leben aufzutauchen und zu verschwinden, wie es ihm beliebte, hatte ihm ohne jeden Protest erlaubt, ganz allein Entscheidungen zu treffen, die ihr Leben betrafen.

Und jetzt, nach zwei Tagen, in denen sie vor Kummer und Angst fast gestorben wäre, tauchte er einfach wieder auf, als ob er nur zehn Minuten fort gewesen wäre, und rückte mit den erstaunlichsten Neuigkeiten heraus, so lässig, als redete er über das Wetter. Er sprach über riesige Geldsummen, als ob es nichts wäre, und ihr wurde klar, daß all ihre Ansichten über ihn falsch gewesen waren. Wie mußte er sich kaputtgelacht haben, als sie ihm eine Stellung anbot!

Ein Straßenjunge in London. Ein Söldner in Afrika. Wieviel davon stimmte? Vielleicht gar nichts. Aber er hatte es wahrhaftig fertiggebracht, sie vollkommen zu faszinieren. Sie fühlte sich sterbenselend.

Er dachte zweifellos, daß sie und Wes sein Geld, wie auch alles andere bisher – wenn auch widerwillig – annehmen würden. Susannah merkte, daß sie Rhys nie wirklich gekannt hatte und er sie ebenfalls nicht.

Sie blickte ihn an, sah, wie sich langsames Begreifen auf seinem Gesicht abzeichnete, und wußte, daß sich an ihrer Liebe zu ihm nichts geändert hatte. Ihr Körper reagierte immer noch mit derselben zitternden Leidenschaft, doch diesmal würde sie die Oberhand behalten, sonst würde sie sich vielleicht für immer verlieren.

»Das war unser Problem«, stieß sie mühsam hervor, bemüht, die aufsteigenden Tränen niederzukämpfen. »Unser Besitz, unser Heim. Es wäre nett gewesen, wenn du uns wenigstens ein wenig in deine Pläne eingeweiht hättest.«

Er stand nur da, wartete, sein Blick wieder undurchdringlich, aber seine Haltung war nicht länger lässig, sondern eher sprungbereit, angespannt, als ob er einen Schlag erwartete. Er sagte nichts. Er wartete.

»Und das Geld für unsere Steuern – soll das ein Almosen sein, die gute Tat, bevor du gehst, eine Geste der Großzügigkeit nach einem interessanten Spiel?«

Er schüttelte den Kopf, offensichtlich begriff er, worauf sie hinauswollte; sein Gesichtsausdruck blieb jedoch weiterhin undurchdringlich.

Sie schluckte hart; Tränen brannten ihr in den Augen. »Oder vielleicht ein Geschenk für geleistete Dienste?« sagte sie.

»Nein«, erwiderte er einfach, und sein tief gebräuntes Gesicht war auf einmal blaß, und sein Wangenmuskel zuckte. Am liebsten wäre sie zu ihm gelaufen, hätte dieses Gesicht in ihre Hände genommen. Sie brauchte all ihre Willenskraft, um es nicht zu tun.

»Ich dachte bloß...« Er zögerte. Er hatte sich noch nie im Leben für etwas gerechtfertigt. Er wußte nicht mal, wie man das machte. Er hatte getan, was er immer tat, sich auf ein Ziel konzentriert, ohne auch nur einen Gedanken auf andere zu verschwenden. Er hatte noch nie auf andere Rücksicht genommen. Teufel noch mal, es hatte nie jemanden gegeben, auf den er hätte Rücksicht nehmen können.

Aber sie unterbrach ihn, bevor er's richtig versuchen konnte. »Du. Du hast gedacht. Du hast getan.«

»Susannah –«

»Weißt du, wie ich mich dabei fühle?« fragte sie auf einmal, und ihre Stimme brach. »Wie nutzlos, wie unwichtig, wie... benutzbar? Wir wußten nicht, ob du noch lebst oder schon tot bist, ob du wiederkommen würdest...«

Ihr brach das Herz, brach in tausend kleine Stücke. Seit zwei Tagen hatte sie sich immer wieder sagen müssen, daß er vielleicht nicht zurückkam. Sie hatte verzweifelt versucht, sich nicht zuviel daraus zu machen. Aber sie hatte gelitten. Wie sie auch vorher immer gelitten hatte; jedesmal wenn er verschwand, war ein kleiner Teil von ihr gestorben. Sie wirbelte herum. Nein, er würde sie nicht weinen sehen. Auf keinen Fall. Das wäre die allerletzte Demütigung für sie.

Tränenblind suchte sie nach dem Ausgang. Sie fühlte sich tot, als ob sie gerade das zerstört hätte, was sie am Leben erhalten hatte. Aber etwas in ihr lebte noch, etwas, das sie in diesem Moment vorwärtstrieb. Ihr Hals war wie zugeschnürt, und in ihrem Kopf hämmerte es unerträglich.

Sie mußte weg von ihm. Weg von ihrer Wut. Von ihrer Verzweiflung. Von dem Bewußtsein, alles verraten zu haben, woran sie glaubte, was sie war, nur, um hinter einem Phantom herzujagen, noch dazu, wo sie wußte, daß sie sich Illusionen machte. Wie der Regenbogen. Nun, er hatte sie ja gewarnt.

Wie neulich wollte sie rennen, nur weg, weg von ihren Gedanken, von ihren Erinnerungen und Illusionen. Da stand Rhys' Pferd, an einem Zaunpfahl. Ohne zu überlegen, schwang sie sich in den Sattel. Sie würde einen Ort finden. Eine Zuflucht. Einen Ort, an dem sie die aufgestauten Tränen von mindestens sechs Monaten weinen konnte. Einen Ort… an dem niemand sie finden konnte.

Sie hörte, wie Rhys ihren Namen rief. Sorge, ja, Angst schwang in seiner tiefen, kehligen Stimme, doch sie achtete nicht darauf, stieß dem Tier die Fersen in die Flanken und galoppierte, eine Staubwolke hinterlassend, davon.

Rhys drehte sich zu Wes um, der sich hochgerappelt hatte.

»Sie darf nicht allein ausreiten – nicht heute. Die Martins werden wissen, was letzte Nacht passiert ist. Daß auch ihr neuster Plan schiefgegangen ist.«

Wes funkelte Rhys böse an, doch seine Züge glätteten sich, als er die Sorge in den Augen des anderen sah, die zusammengebissenen Zähne. »Sie mögen sie wirklich, stimmt's?«

Rhys antwortete nicht. Er konnte nicht. Er wußte nicht, wie er ja hätte sagen können, besonders, nachdem sie soeben ihre Gefühle so deutlich zum Ausdruck gebracht hatte. Susannah verabscheute ihn. Und warum auch nicht? Er wußte nicht mal, wie man eine Sache an ständig machte. Und er zuckte innerlich zusammen, als ihm plötzlich klarwurde, wie sie sich fühlen mußte. »Benutzbar« hatte sie gesagt. Hatte er ihr wirklich dieses Gefühl gegeben, wo er doch nur, auf seine Weise, versucht hatte, sie zu schützen, indem er sich von ihr fernhielt? Oder hatte er vielleicht nur sich selbst damit geschützt?

Wes war ebenfalls nicht besonders stolz auf sich. Er hatte gejammert und geklagt und war in Selbstmitleid versunken, bis nicht mal mehr er selbst sich länger ertragen konnte. Er wußte nicht, wie Susannah sie beide so lange ausgehalten hatte: Reddings Arroganz und sein Selbstmitleid und Egoismus.

»Sie geht sicher nicht zu unserer alten Ranch«, sagte er nachdenklich. »Sie weiß, daß wir da nach ihr suchen werden. Vielleicht ist sie ja zu Erin geritten.«

»Ich schau am Fluß entlang, Richtung Osten«, sagte Redding.

»Ich reite zu Erin«, verkündete Wes.

Aber keiner von beiden fand sie. Erin begleitete Wes, der bei verschiedenen anderen Ranches vorbeischaute. Sam erklärte sich bereit, seine restlichen Arbeiter ebenfalls auf die Suche zu schicken. Ein kurzer Halt bei den Ables ergab auch nichts, doch beide erboten sich, an der Suche teilzunehmen.

Und dann war es dunkel und sinnlos weiterzusuchen. Erin kehrte mit Wes nach Land's End zurück. Sie wollte dasein, wenn irgendwelche Nachrichten über Susannah eintrafen, oder wenn sie zurückkam. Außerdem wollte sie Wes nicht alleine lassen.

Rhys kam eine Stunde später angeritten, um zu sehen, ob Wes Erfolg gehabt hatte. Wenn sie bis zum Morgen nicht wieder zurückgekehrt wäre, meinte Rhys, würde er den Martins einen kleinen Besuch abstatten. Er wäre am liebsten sofort aufgebrochen, doch Wes hielt ihn davon ab. Es hatte keinen Sinn, sie noch mit der Nase draufzustoßen, daß Susannah allein draußen unterwegs war.

Gelassenheit und Objektivität waren immer Rhys' starke Seiten gewesen, besonders wenn etwas Wichtiges auf dem Spiel stand. Aber diesmal fehlte ihm beides. Er schritt unruhig im Haus auf und ab, dann in der Scheune. Er rieb das Pferd ab, das er geritten hatte. Er mußte einfach etwas tun.

Er wußte nicht genau, wann ihm der Gedanke kam, daß es Susannah genauso ergangen sein mußte, seit er ihr begegnet war. Wie Blitze zuckten die Erinnerungen durch seinen Kopf. Ihre Sanftheit, mit der sie ihn gepflegt hatte, ihre eiserne Entschlossenheit, als sie auf den Mann schoß, der versuchte, ihren klapprigen Wagen zu stehlen, ihr Mut, als die Deserteure sie festhielten, ihr unbeugsamer Wille, Wes die Verantwortung zu überlassen, wo sie sich selbst doch so verzweifelt danach sehnte, die Dinge wieder in die eigenen Hände zu nehmen.

Susannah war nicht der Typ Frau, der zu Hause hockte und wartete. Das wußte er, und es war einer der Gründe, warum er sie so anziehend fand. Ihr Mut und ihre Unabhängigkeit waren ihm wie guter Wein zu Kopf gestiegen. Doch er und Wes, jeder auf seine Weise, hatten ihre Unabhängigkeit erstickt; Wes, indem er seinen Wert beweisen mußte, und Rhys, indem er vor jeglichen Zügeln, die seiner Freiheit angelegt werden könnten, zurückschreckte.

Er fühlte sich, als ob er von einem Pferd in den Magen getreten worden wäre. Liebe. Er hatte das Wort sein ganzes Leben lang vermieden. Er hatte sich selbst davon überzeugt, daß er sie nicht brauchte, daß sie ihn nur schwächte, doch nun wußte er, daß das nicht stimmte. Er hielt sich selbst einfach nicht für liebenswert. Und deshalb hatte er Susannah zurückgestoßen, wieder und wieder, nur, damit er nicht den Schlag bekam, der, wie er wußte, kommen mußte.

Statt dessen hatte er sich diesen Schlag selbst versetzt.

Er fing an, sein Pferd wieder zu satteln. Er konnte nicht hierbleiben. Er mußte raus und sie suchen.

Und dann hörte er auf einmal den Ruf: »Miss Susannah. Es ist Miss Susannah.«

Er blickte aus dem Scheunentor.

Hochaufgerichtet ritt Susannah heran. Sie lenkte den Fuchs zunächst ums Haus, wo Wes und Erin gerade herauskamen, um sie zu begrüßen, dann drehte sie sich zur Scheune um. Rhys zog sich vom Tor zurück und wartete auf sie. Er wußte, daß sie hereinkommen würde, um ihr Pferd abzusatteln. Das tat sie immer.

Rhys stand im Schatten einer Box und beobachtete, wie sie hereinritt, dann trat er vor und half ihr trotz ihrer Gegenwehr beim Absteigen. Er ignorierte einfach ihren Versuch, selbst vom Pferd zu gleiten, fing sie rasch auf und hielt sie einen Moment lang ganz fest.

Er konnte die Erleichterung, die er nach seiner Angst um sie verspürte, nicht verbergen.

Sie wollte sich von ihm lösen, doch er hielt sie fest. Und dann versuchte sie's gar nicht mehr, denn ihr Körper, willig oder nicht, schmiegte sich wie von selbst an ihn, und ihre Lippen hoben sich automatisch seinem Mund entgegen.

Der Kuß war zunächst vorsichtig und dann wild, voller Leidenschaft, wie sie immer zwischen ihnen brannte. Es ist wie ein Buschfeuer, dachte er, wie ein afrikanischer Steppenbrand, durch Blitzschlag entzündet, und nichts, nichts auf Gottes Erden kann ihn aufhalten.

Er fühlte, wie er auf einmal zitterte, wie ihm die ausgestandene Angst noch in den Knochen saß, und er löste seine Lippen von den ihren und vergrub sie in ihrem weichen, samtigen Haar. Dann glitt er wieder hinunter zu ihrem Gesicht und schmeckte auf einmal das Salz von getrockneten Tränen. Plötzlich verabscheute er sich selbst wie noch nie in seinem Leben.

»Es tut mir leid«, sagte er zum ersten Mal in seinem Leben.

Ihre Augen weiteten sich, als er das sagte, und blickten ihn mit einer Traurigkeit an, die er nie vergessen würde.

Er zögerte, dann stieß er mühsam hervor: »Ich hatte kein Recht... ich hab' einfach... immer getan, was... ich dachte, tun zu müssen. Es gab nie jemanden...«

Niemand. Für Susannah war das ein schrecklich trauriges Eingeständnis, und auch der letzte Zorn schwand in diesem Moment dahin, nicht jedoch die Erkenntnis, daß Rhys Redding immer ein Fall für sich sein würde. Diesen Kampf hatte sie den ganzen Nachmittag lang auf einem einsamen Hügel mit sich ausgefochten.

Sie hob die Hand und legte sie an seine Wange, fuhr zärtlich über die harten Linien, die für immer dort eingegraben waren, eingegraben durch Umstände und Ereignisse, die sie vielleicht nie kennen würde.

Sie wäre in diesem Moment am liebsten dahingeschmolzen, hätte am liebsten genommen, was er ihr zu geben bereit war, aber sie konnte nicht, nicht diesmal, nicht, wenn sie der Mensch bleiben wollte, der sie war. Der Mensch, der sie einmal gewesen war.

Susannah sah ihm in die Augen. »Du zerreißt mich in kleine

Stücke.« In ihren Worten lag unendlicher Schmerz. Rhys verschloß die Augen davor, aber sie hingen dennoch in der Luft der einsamen Scheune.

Aber Susannah war noch nicht fertig. »Ich liebe dich, Rhys. Ich liebe dich, und ich weiß nicht, wie ich's überleben soll, dich zu lieben.«

Sie fühlte, wie er erzitterte. »Du kannst mich nicht lieben«, sagte er schließlich mit einer Endgültigkeit, als ob allein schon der Gedanke die unmöglichste Sache der Welt wäre.

»Warum nicht?«

Weil es nichts an mir zu lieben gibt, hätte er am liebsten geschrien, so laut, daß sie's verstand. Aber statt dessen stand er still da, und ein Schmerz erfüllte ihn, der völlig neu für ihn war.

Sie ergriff seine Hand und fuhr mit ihren Fingern darüber, als ob ihr diese Hand sagen könnte, was sie wissen wollte, und dann, ganz sanft, führte sie ihn zu der Stelle, an der sie sich das letzte Mal geliebt hatten. Zu ihrer Überraschung protestierte er nicht, und als sie zu seinen Augen aufblickte, stand darin eine Traurigkeit, wie sie sie noch nie gesehen hatte.

»Warum nicht?« fragte sie wieder, drängender diesmal.

Er biß die Zähne zusammen. Vielleicht war jetzt ja die Zeit, ihr die Wahrheit zu sagen und zu sehen, wie sich die Zärtlichkeit auf ihrem Gesicht in Abscheu verwandelte. Kannte er denn die Wahrheit überhaupt noch?

Seine Hand immer noch festhaltend, glitt sie zu Boden und zwang ihn, dasselbe zu tun, wenn er seine Finger nicht aus ihren lösen wollte, und das wollte er nicht, noch nicht jedenfalls. Ihre Hand war so warm, so sanft. Sie berührte nicht nur seine Finger, sie berührte ihn, sein Innerstes, und nach den Stunden der Angst um sie konnte er sie einfach nicht loslassen. Noch nicht. Das kam noch früh genug. In ein paar Minuten vielleicht schon.

Die Pferde stampften ruhelos in ihren Boxen. Susannah wußte, sie sollte sich um ihr Pferd kümmern, aber nichts war im Moment wichtiger als das hier. Rhys hatte sich einen Spaltbreit geöffnet, und vielleicht konnte sie ihn durch diesen Spalt ja erreichen. Sie wußte, daß ihr Bruder die anderen fernhalten würde. Wes hatte gesagt, daß Rhys in der Scheune sei, daß er sich Sorgen gemacht habe, und da hatte sie

Wes gebeten, sie eine Zeitlang mit Rhys allein zulassen. Ihr Bruder hatte Erin angesehen, hatte gesehen, wie sie nickte, und zögernd seine Einwilligung gegeben.

Und jetzt zeichnete Susannah Muster auf seine Hand, fühlte seine Unentschlossenheit, die unnatürliche Reglosigkeit seines sonst so energiegeladenen Körpers. »Warum nicht?« fragte sie wieder. »Warum kann ich dich nicht lieben?«

Er versteifte sich noch mehr, aber er zog sich nicht vor ihr zurück, wie sie's halb erwartet hatte. »Ich habe dir gesagt, ich wäre der Sohn eines Lords. Das mag stimmen, vielleicht aber auch nicht. Meine Mutter hat's mir gesagt, aber ich weiß nicht, ob sie's wirklich wußte. Sie war ... eine Prostituierte, weißt du, in einer kleinen schmutzigen Herberge in Wales.« Seine Worte klangen hart und quälend ehrlich. »Sie hat mir wieder und wieder gesagt, wie oft sie versucht hätte, mich noch vor der Geburt loszuwerden..., daß ich ein Kind des Satans wäre, der Saat des Teufels entsprungen, das sagte sie; deshalb hätte ich auch überlebt.«

Susannah fühlte sich ganz krank. Sie hätte nie gedacht, daß jemand solche inneren Qualen ertragen könnte. Die Verwirrung des kleinen Jungen klang aus seinem harten Ton heraus, trotz der fast nüchternen Art, in der er sprach.

Aber sie hatte Angst, irgendwelche Gefühle zu zeigen, Angst, er würde sie zurückweisen, als Mitleid auffassen. Langsam begann sie zu verstehen, warum.

Rhys zögerte. Er hatte halb erwartet, daß sie zurückweichen würde. Viele Frauen würden das, wenn sie von seiner Herkunft erfuhren. Doch als nichts geschah und sie weiterhin mit seiner Hand spielte, ihre zärtlichen Muster zeichnete und seinen Körper zum Singen brachte, da fuhr er fort, versuchte ihr klarzumachen, warum sie jemanden wie ihn nicht lieben konnte, warum das einfach unmöglich war. Und auch, wie und warum er tat, was er getan hatte. Allein.

»Sie starb, als ich sieben war«, meinte er einfach. »Ich habe nicht um sie getrauert. Ich war sogar erleichtert. Keine Hiebe mehr, kein Gebrüll. Der Besitzer der Herberge hielt mich danach nicht viel besser als einen Sklaven. Ich mußte die Pferde versorgen, den Schankraum putzen, Essen und Trinken zu Paaren hinaufbringen, die zu beschäftigt waren, um selbst herunterzukommen...« Er mußte nicht mehr sagen. Ihre Augen sagten ihm, daß es nicht nötig war. So groß waren sie, diese Augen, so groß und so traurig. So unendlich traurig. Er wollte nicht, daß sie um seinetwillen trauerten. Das hatte er nicht beabsichtigt. Er wollte sie warnen, ihr klarmachen, daß er nicht gut für sie war.

»Einmal«, sagte er, »war ich nicht schnell genug für einen der Gäste, einen Lord. Er hat mir deswegen die Peitsche gegeben, und da habe ich mir geschworen, nie wieder, nie wieder faßt mich jemand an, nicht, wenn er am Leben bleiben will. Und keiner hat's mehr getan – bis auf Hardy neulich... Weißt du, Liebchen«, sagte er mit seinem alten Spott, »meine Großzügigkeit deinen Nachbarn gegenüber hat wirklich nichts mit dir oder Wes zu tun. Das ist meine Rache, meine ganz allein.«

Aber Susannah hörte gar nicht hin. Sie mußte immer noch an den kleinen Jungen denken. Wie hatte sich der Sohn einer Prostituierten diese Manieren, die Sprechweise, die Erziehung angeeignet? »Was ist aus dem kleinen Jungen geworden?« fragte sie.

»Er rannte weg und wurde ein Dieb«, sagte Rhys mit beherrschter Stimme. »Die Straßen von London sind die beste Schule, die es gibt. Entweder du stiehlst, oder du stirbst. Also stahl ich. Ich war ein sehr guter Taschendieb, hatte eine Ader für krumme Geschäfte, tat alles für einen Penny. Und Freunde hatte man nicht, denn wenn man sich auf jemanden einließ, konnte es sein, daß man am nächsten Tag mit aufgeschlitzter Kehle aufwachte und das bißchen, das man besaß, auch weg war. Unter Halsabschneidern gibt's keine Loyalität, egal, was du auch hören magst«, sagte er trocken. »Da lernst du rasch, daß du keinem vertrauen kannst.«

»Und... Afrika...«

»Ah, Afrika«, sagte er in dem nachlässig amüsierten Ton, den er so oft gebraucht hatte, als sie sich kennenlernten. Noch ein Teil seines Schutzpanzers dachte sie. »In Afrika hab' ich meine Talente und Fähigkeiten vervollkommnet. Jagen. Betrügen. Wie man ein Dieb von mehr Schliff und Format wird. Ich hatte einen guten Lehrer, einen Mann namens Nathan. Also, der war wirklich ein Lord oder zumindest der Sohn eines Lords, bevor er enterbt wurde, weil er seinen Vater bestohlen hatte.«

»War er dein Freund?«

»Mein Freund?« Rhys lachte, aber wie am Anfang ihrer Begegnung lag kein Humor darin. »Ach nein, das nun wirklich nicht. Wie gesagt, unter Halsabschneidern gibt es keine Freundschaft, und Nathan war einer der besten. Aber er erkannte gewisse Talente in mir und machte sie sich zunutze. Er wurde mein Lehrer, und weil es wichtig war, daß wir uns nach außen hin gut präsentierten, hat er mir Manieren beigebracht, hat mir beigebracht, wie man spricht, Lesen und Schreiben, wie man sich in den besseren Kreisen bewegt und noch eine ganze Anzahl von Tricks, wie man jemanden übers Ohr haut. Ich war ein ausgezeichneter Schüler mit einer natürlichen Begabung für Betrügereien. Ich hatte ein Talent für Sprachen und Dialekte, das Nathan erstaunte, aber er lernte rasch, sich auch das zunutze zu machen. Ich konnte werden, was und wie auch immer er mich haben wollte. Ein Chamäleon, das sich auf einen Wink von ihm in eine andere Person verwandelte, eine Kreatur ohne Substanz, eine leere Maske.

Das ist alles, was ich bin, schöne Susannah«, sagte er wieder in jenem Ton, der jedes Gefühl verbarg. Doch Susannah fühlte die Spannung, die in ihm herrschte. »Kein Held, kein Ritter in strahlender Rüstung. Ein ganz gewöhnlicher Dieb.«

Trotz ihres Schmerzes angesichts der emotionslosen Art, in der er das alles erzählte, mußte sie plötzlich lächeln, als sie das Wort »gewöhnlich« hörte.

Er sah sie verblüfft, fast verletzt an.

»Es ist nur…« Zu ihrem Entsetzen fing sie auch noch zu kichern an, eine Reaktion auf den Sturm von Gefühlen, der in ihr tobte. Wenn sie nicht kicherte, würde sie weinen, und das würde ihn ganz sicher vertreiben. »Es ist… nur, daß… an dir… nichts *Gewöhnliches* ist.«

Rhys versuchte, die Stirn zu runzeln, zog die Augenbrauen auf seine typisch finstere Weise zusammen, doch dann begann sein Mund leise zu zucken. Er versuchte krampfhaft, nicht zu lächeln. Susannah reagierte wirklich nie, wie er erwartete. Hatte sie auch nie, und einen Moment lang fragte er sich, warum er angenommen hatte, daß sie's diesmal tun würde. Vielleicht verstand sie ja immer noch nicht das Ausmaß seines schlechten Charakters.

»Es gibt noch mehr«, sagte er streng.

Er beobachtete, wie sie versuchte, sich wieder zusammenzunehmen. Er ertappte sich dabei, wie er sie mit seiner freien Hand an sich zog, viel näher als beabsichtigt. Laß es bleiben, sagte er sich, konnte aber nicht anders. Sie war so unwiderstehlich mit ihrem süßen Gesicht, auf dem sich das Wechselspiel ihrer Gefühle abzeichnete, dem Mund, der versuchte, nicht zu kichern, dem Haar, das ihm in seidigen Wellen über den Arm fiel, so seidig, daß er am liebsten sein Gesicht darin vergraben hätte.

Teufel noch mal, er wollte all das sein, was sie in ihm sah.

Aber nichts hatte sich geändert. Er war immer noch Gift für jemanden wie sie, und etwas von dieser Überzeugung mußte sich in seinem Gesicht abgezeichnet haben, denn sie hörte auf einmal auf zu lächeln und blickte mit der demütigen Hingabe eines Hündchens zu ihm auf, das auf einmal glaubt, endlich ein liebendes Herrchen gefunden zu haben. Das konnte einen wirklich aus der Fassung bringen.

Aber er versuchte es trotzdem weiter. »Nach gut acht Jahren hatten wir uns ein hübsches Vermögen erworben, und ich dachte daran, nach England zurückzukehren, obwohl ich wußte, daß Nathan das nicht konnte. Vielleicht ja gerade deshalb. Nathan wurde immer leichtsinniger, fast so, als ob er den Tod suchen würde.«

Rhys zögerte. »Verdammt, ich weiß nicht, warum ich unbedingt zurückwollte, vielleicht bloß, um etwas zu beweisen. Nathan war wütend, weil ich gehen wollte, und machte sich auf und davon, auf Schatzsuche; er hatte gehört, daß jemand Diamanten gefunden hätte. Kurz bevor ich Victoria verlassen wollte, tauchte er wieder auf. Er hatte einen Diamanten bei sich, ein so wertvolles Stück, wie ich's noch nie gesehen hatte. Aber er litt unter einem heftigen Fieber und starb vier Tage später.

Ich hab' nie rausgefunden, wo er den Diamanten entdeckt hatte. Das war sein letzter Witz, seine Rache, weil ich ihn verlassen wollte. Er wollte, daß ich wußte, daß er ein Diamantenfeld gefunden hatte, daß es existierte und wartete, daß ich aber nie wissen würde, wo. Irgendwie hat er's bis zurück geschafft… bloß deswegen.«

Rhys zuckte die Schultern. »Aber es spielte keine Rolle. Nicht so, wie er dachte, jedenfalls. Ich hatte genug, um nach England zurückkehren zu können, und der Diamant machte mich reich, sehr reich sogar.« Sein Ton war wieder spöttisch. »Weißt du, ich habe meinen Vater nie vergessen, und in all den Jahren dachte ich, daß ich ... eines Tages meinen rechtmäßigen Platz finden würde. Aber die Gesellschaft sah das anders. Ich konnte mir den Einlaß mit meinem Söldnergeld und den aufgeklebten Manieren nicht erkaufen. Die sogenannte gute Gesellschaft durchschaute mich sofort, also beschloß ich, sie dafür bezahlen zu lassen. Ich war immer schon ein guter Spieler gewesen, selbst wenn ich nicht betrog, und so viele von den jungen Lords waren es nicht. Ich gewann einen Adelssitz, und es war mir egal, daß der Mann, der ihn an mich verlor, sich kurz darauf eine Kugel in den Kopf jagte.«

Das Kichern war ihr vergangen. Susannah fühlte den Sturm von Gefühlen, den er in sich eingeschlossen hielt, fühlte sein Bedürfnis, seine Sehnsucht nach Anerkennung, Anerkennung, die er nie gekannt hatte. Sie wußte jetzt, warum er nie mit ihr oder Wes über seine Pläne gesprochen hatte; er hatte nie in seinem Leben jemandem vertrauen können und wußte nicht, wie er sich ändern sollte. Sie weinte innerlich um ihn, weinte bittere Tränen um den Mann, der immer so allein gewesen war, der so offensichtlich nach einem Platz hungerte, an den er hingehörte. Und dennoch, trotz der Art, wie er gelebt hatte, steckte noch genug Anständigkeit in ihm; das wußte sie so gut wie nur irgend etwas. Egal, wie sehr er seine Gründe, sie begleitet zu haben, zu rechtfertigen suchte, er hätte sie jederzeit im Stich lassen können. Statt dessen hatte er geholfen, Wes wieder ins Leben zurückzuholen, hatte ihnen immer seinen Schutz geboten. Sie hatte gesehen, wie sanft er mit ihr und mit Tieren war: Selbst hinter der brüsken Art, die er bei Wes an den Tag legte, verbarg sich Güte. Da lag so viel unter der harten, bitteren Schale verborgen.

Sie legte die Hand an sein Gesicht, und ihre Finger folgten den grimmigen Linien um seine unergründlichen schwarzen Augen, hinunter zu den Lippen, die er nun fest zusammengepreßt hielt, um ihr Urteil zu erwarten.

Sie beugte sich vor und küßte diesen Mund, reizte ihn, spielte damit, bis er sich entspannte. Und gerade als er nachgeben wollte, rückte sie ein wenig von ihm ab. »Ich liebe dich, Rhys Redding«, sagte sie leise. »Ich werde dich immer lieben.«

»Das kannst du nicht.«

»Du willst immer noch bestimmen, was ich kann und was nicht«, sagte sie. »Was ich tun soll und was nicht.«

»Aber –«

»Ich kann die Tatsachen nicht ändern, Rhys. Und du auch nicht.«

Sie sah, wie seine Kiefermuskeln arbeiteten. »Ich kann dir nie geben, was du brauchst«, sagte er mit zerrissener Stimme. »Ich weiß nicht... ich weiß nicht, wie man jemanden liebt.«

»Doch, ich glaube schon«, sagte sie langsam, »sonst würdest du mir das nicht erzählen.«

»Susannah –«

Aber sie schnitt alle weiteren Worte, alle weiteren Proteste mit ihrem Mund ab, und sofort flammte das Buschfeuer wieder zwischen ihnen auf, verzehrend, unaufhaltsam, alles verschlingend.

Und sie wußten beide, daß es nicht verlöschen würde.

28

Susannah fand in dieser Nacht keinen Schlaf. Immer wieder mußte sie an das denken, was Rhys ihr mit so brutaler Offenheit gesagt hatte. Sie zweifelte nicht an seinen Worten.

Sie verstand Rhys nun besser als vorher, was nicht viel heißen wollte. Aber sie wußte auch, daß sie ihn wahrscheinlich nie ganz verstehen würde; die Kräfte, die ihn trieben, konnte sie einfach nicht nachvollziehen.

Bis zum Krieg hatte sie sich immer sicher gefühlt, sogar in einem Land, das so gnadenlos sein konnte. Ihr Vater und ihr Bruder hatten sie immer beschützt, und dann auch Mark. Sogar während des Krieges war sie sich ihrer liebevollen Zuneigung sicher gewesen, selbst wenn sie nicht da waren. An Liebe hatte es ihr noch nie gemangelt.

Die Liebe der anderen, das Bewußtsein, daß andere ihr vertrauten und an sie glaubten, war es auch, was es ihr ermöglicht hatte zu wachsen, und aus diesem Quell hatte sie geschöpft, dort hatte sie die Kraft gewonnen zu tun, was getan werden mußte: die zwei Ranches aufrechtzuerhalten, nach Richmond zu gehen, Wes zurückzubringen, sich gegen die zu wehren, die ihr das geliebte Erbe entreißen wollten.

Rhys Redding dagegen hatte nie das Geschenk des Vertrauens oder der Zuneigung, ja, offenbar nicht mal der Freundschaft kennengelernt. Er hatte nie jemanden gehabt, außer sich selbst. Sie hätte am liebsten um den Jungen, um den Mann geweint, aber der Kummer saß viel zu tief, war viel zu stark, als daß er mit Tränen hätte gestillt werden können.

Ebenso wie der Kummer, den sie um ihrer selbst willen empfand, weil sie sich fragte, ob es nicht vielleicht schon zu spät für ihn war, sein Einzelgängertum aufzugeben, seine Überzeugung aufzugeben, daß man nur überleben konnte, wenn man sich ausschließlich auf sich selbst verließ, und daß jede Bindung ein Desaster bedeutete.

Zu versuchen, ihn zu verstehen, war keine Lösung. Das zeigte nur die enorme Größe des Problems. Es überraschte sie zu hören, daß er sich als nicht gut genug für sie empfand, wo sie doch tief in ihrem Innern der Überzeugung war, daß er ein texanisches Mädchen, das Hosen trug und wie ein Mann ritt, nicht lieben konnte, nachdem er vermutlich die schönsten Frauen Englands gehabt hatte.

Aber diese neuen Erkenntnisse erschreckten sie mehr als die alten. Sie wußte, wie stur ihr Bruder in dieser Hinsicht war, daß er sich standhaft weigerte zu akzeptierten, daß Erin ihn um seiner selbst willen liebte, trotz seines fehlenden Beins.

Warum waren Männer nur so unglaublich blöd?

Susannah fühlte immer noch Rhys' heiße Küsse von letzter Nacht. So gierig, so hungrig. Aber sie hatten nicht miteinander geschlafen, obwohl ihre Körper mit dieser Entscheidung, die Rhys getroffen hatte, offensichtlich nicht einverstanden gewesen waren. Ihre Entscheidung war's jedenfalls nicht gewesen, obwohl sie wußte, daß diesmal, im Gegensatz zum ersten Mal, als sie sich völlig selbstvergessen geliebt hatten, viele Augen auf die Scheune gerichtet waren.

Nach ihrem langen, qualvollen Kuß hatte sich Rhys von ihr gelöst, sie schief angelächelt und gemeint, er brächte sie jetzt wohl besser nach Hause. Sie wollte nicht, doch er hatte bereits wieder all seine Schutzwälle aufgerichtet, sah sie wieder mit emotionslosen, undurchdringlichen Augen an. Nur der Muskel, der in seinem Hals zuckte, zeigte ihr, wieviel Beherrschung ihn das kostete. Oder lag es vielleicht daran, daß er bereute, so viel gesagt zu haben?

Doch sie verwarf den Gedanken wieder. Egal, unter welchem Druck er stand, Rhys sagte nie mehr, als er sagen wollte. Er hatte sie abschrecken wollen, vielleicht sogar sich selbst daran erinnern, wie hoch die Barrieren zwischen ihnen waren. Für sie existierten sie nicht, aber sie wußte, wie stark und unüberwindlich sie für ihn waren. Wenn sie ihm doch nur begreiflich machen könnte, daß sie so dünn wie Papier waren, daß nur seine Überzeugung sie so stark machten.

Susannah wußte jedoch eins genau. Er würde nicht wieder verschwinden, nicht wie bisher, nicht nachdem er wußte, wie sie darüber empfand, nicht nach seinem tiefen Bedauern, ihr so weh getan zu haben. Er würde nicht gehen, ohne es ihr vorher zu sagen.

Zumindest das hatte sich geändert.

Wes sagte nichts, als sie später das Haus betrat, sondern registrierte lediglich ihre geröteten Wangen und verkündete, daß er Erin nun nach Hause bringen würde. Und den anderen Ranchern sagen, daß sie in Sicherheit war.

Sie nickte und ging auf ihr Zimmer. Sie wünschte, Rhys wäre bei ihr.

Andererseits jedoch gab es soviel, über das sie erst einmal nachdenken mußte. Sie konnte ebenso durchtrieben sein wie er, vorausgesetzt, sie kannte die Spielregeln. Und sie fing langsam an, sie zu lernen.

Lowell Martin verbrachte den Morgen damit zuzusehen, wie ein Rancher nach dem anderen seine Steuern bezahlte. Sie standen schön brav in einer Schlange vor dem Steuerbüro und grinsten fröhlich. Im einzigen Saloon der Stadt wurde gefeiert.

Aus der Gerüchteküche und auch von seinen Spionen auf den verschiedenen Ranches erfuhr er, woher das Geld gekommen war. Schon wieder der Nachtfalke.

Verdammt, wo hatte der Mistkerl bloß das Geld her? Und warum verschenkte er's? Er konnte sich nur einen Grund denken: der Mann wollte sich zu einer Art Held machen, wie ein verdammter Robin Hood oder so was.

Das ergab einfach keinen Sinn. Und Lowell Martin mochte es gar nicht, wenn er etwas nicht verstand. Er wußte außerdem, daß Heldentum gefährlich war. Furcht war seine Waffe, mit der er die Leute vertrieb. Wenn sie nun Hoffnung schöpften, konnte es sein, daß sie anfingen, sich zu wehren.

Und er hatte alles so sorgfältig geplant. Als die Schuldscheine futsch waren, hatte er seine nächste Karte ausgespielt: die Militärbesatzer gedrängt, die überfälligen Steuern einzutreiben. Er wollte dieses Tal haben. Er wollte es all denen heimzahlen, die früher, als er noch ein Junge war, auf ihn und seine Familie herabgeschaut hatten, die über seine Heirat höhnisch die Nasen rümpften, die über seine ehrgeizigen Pläne lachten.

Jetzt lachten sie nicht mehr. Er besaß nun mehr als jeder einzelne von ihnen. Aber das war noch nicht genug. Er wollte, daß sie zu ihm kamen und bettelten, um sie dann kalt und mitleidslos abzuweisen. Er hatte vor, das ganze Tal in seinen Besitz zu bringen.

Und das wäre ihm auch gelungen. Er wäre der wichtigste Mann südlich von Austin geworden – wenn nicht dieser verdammte Nachtfalke wäre.

Wer war er?

Seine Spione wußten nichts. Die Rancher hatten offenbar ebensowenig Ahnung wie er selbst. Sam vielleicht? Oder die Ables? Wieder und wieder ging er im Geiste alle Namen durch. Aber keiner davon machte wirklich Sinn. Keiner von ihnen besaß genug Geld, um alle Steuern zu bezahlen. Und sämtliche Steuern waren bezahlt worden. Alle, außer die von Susannah Fallon und Wes Carr.

Aber die waren sowieso Geächtete. So wie er früher.

Er ballte die Hand zur Faust. Jeder seiner Schachzüge war seit dem Auftauchen des Nachtfalken durchkreuzt worden. Lowell mußte einfach herausfinden, wer er war, mußte ihn loswerden, damit der Rest seines Plans aufging.

Aber wie?

Er mußte daran denken, wie sein Bruder angeschossen worden war – kurz nach dem Schuß auf Susannah Fallon. Und dann der Zettel: »Auge um Auge«. Der maskierte Reiter besaß offenbar einen gewissen… Beschützerinstinkt, was Frauen betraf.

Vielleicht war's das ja. Eine Falle. Und als Köder eine Frau.

Und er wußte auch schon haargenau, welche. Er bezweifelte, daß sich die Rancher an die U. S. Armee um Hilfe wenden würden. Sie vertrauten dem hiesigen Captain nicht – und das durchaus zu Recht. Und der Sheriff, Teufel, den hatte Lowell doch zehnmal in der Tasche.

Lowell würde seiner Frau nahelegen, in ihrem alten Haus in der Stadt zu bleiben, weil es dort sicherer für sie wäre, nun, da sie der Nachtfalke schon zweimal überfallen hatte. Und dann würde er sie, seinen Köder, auf seine Ranch bringen lassen. Und auf den Nachtfalken warten.

Den Gedanken, daß er vielleicht noch ein anderes, ein viel persönlicheres Motiv haben könnte, ließ er gar nicht erst aufkommen.

Er rief seine Brüder herein.

Erin MacDougal schnalzte leise mit der Zunge, und die Pferde setzten sich mit ihrem alten Zweispänner in Bewegung. Es war ein praktisches Vehikel, nicht wie der elegante Wagen, den ihre Familie vor dem Krieg so oft benutzt hatte. Jetzt kam ihr dieser Wagen ... ja, fast wie eine Farce vor angesichts der bitteren Armut, unter der sie alle im Moment litten.

Sie mußte lächeln, als sie an Wes Carr dachte, an die Stunden, die sie zusammen verbracht hatten, als sie besorgt auf Susannahs Rückkehr warteten. Er war zuerst unruhig auf und ab gehumpelt, dann hatte er sich neben sie gesetzt und ihre Hand ganz fest gehalten, so wie früher.

Er hatte sie geküßt, ein verzweifelter Kuß, geboren aus seiner Angst um seine Schwester, aus dem Bedürfnis nach Trost. Sie sah in diesem Moment die Liebe in seinen Augen, sah seine Sehnsucht nach ihr, und zum ersten Mal seit seiner Rückkehr gab er ihr nach, nahm sie mit einer Verzweiflung in die Arme, die der ihren in nichts nachstand.

Und dann, als Susannah wieder auftauchte, hatte er seine Erleichterung mit ihr geteilt, ja, hatte sogar ihrer wortlosen Bitte, Sue und den fremden Engländer allein zu lassen, nachgegeben. Sie wußte, daß es das war, was Sue wollte, so wie sie, Erin, Wes wollte.

Liebevoll dachte sie an das, was danach passiert war. Sie waren ins Haus gegangen, und er hatte sich an die Wand gelehnt, die Arme um ihre Taille geschlungen, und sie ganz fest an sich gezogen. Dann hatte er geflüstert: »Danke, daß du da bist«, und sie geküßt.

Sie liebte ihn so sehr. Sie liebte seine dunkelblauen Augen und sein widerspenstiges hellbraunes Haar, das die Sonne nun noch heller gebleicht hatte. Sie liebte die Stärke in seinem Gesicht, liebte seinen unbeugsamen Charakter, der ihn dazu getrieben hatte, im Krieg seinen eigenen Weg zu gehen und trotz der massiven Proteste der Nachbarn für seine Überzeugungen einzustehen. Sie liebte ihn dafür, wie er nun mit seinem Schicksal fertig wurde, wie er seinen eigenen Weg fand, ohne falsche Kompromisse einzugehen.

Das einzige, was ihr nicht gefiel, war seine sture Überzeugung, mit seiner Verletzung nicht mehr gut genug für sie zu sein. Sie konnte ihn einfach nicht davon überzeugen, daß es ihr schnurzegal war, ob er nun ein Bein oder zwei hatte. Er war immer noch Wes Carr, der anständigste, wundervollste Mann, den sie kannte. Ihr wurde immer noch heiß und schwindlig, wenn er sie küßte, und sie wünschte sich mehr denn je, die tieferen Geheimnisse zwischen Mann und Frau mit ihm zu erforschen. Das Bein, das er verloren hatte, war für sie ein Ehrenzeichen, nichts weiter, und nur die Schmerzen, die er, wie sie wußte, durchlitt, machten ihr etwas aus.

Ganz in ihre Gedanken, in die Erinnerung an sein Lächeln von letzter Nacht versunken, hörte sie das Geräusch herankommender Hufschläge zunächst nicht. Sie kutschierte mit ein paar Körben voller Eier, die sie im Lebensmittelladen verkaufen wollte, in den Ort. Auf dem Rückweg würde sie vielleicht bei Susannahs Ranch vorbeischauen. Sie fuhr fast jede Woche allein in den kleinen Ort, da jeder auf der Plantage viel zuviel zu tun hatte, um sie hinbringen zu können. Es gab keinen Grund zur Sorge. Auf dieser Straße war noch nie etwas vorgefallen, und außerdem hatte sie ein Gewehr bei sich.

Doch dann hörte sie etwas. Beunruhigt drehte sie sich um. Ein Mann in Schwarz kam rasend schnell auf sie zugaloppiert. Er ritt auf einem schwarzen Pferd, und in seiner Hand – o Gott, in seiner Hand hielt er eine Pistole, und in diesem Moment wußte sie, daß er schießen würde. Sie schlug heftig mit den Zügeln, und die Pferde setzten sich gehorsam in Galopp. Sie hörte das Geräusch des erwarteten Schusses, und die Pferde schnellten noch rascher vorwärts, doch dann verlor sie die Kontrolle über den Wagen. Das Gefährt eierte erbärmlich auf den dünnen Rädern, schwankte vor und zurück, während die Pferde panisch durchgingen. Und dann überschlug sich der Wagen, und sie wurde kopfüber heruntergeschleudert, und dann hüllte sie plötzlich Dunkelheit ein.

Der Zettel traf bei Sonnenuntergang auf der MacDougalschen Plantage ein.

»Wir haben Miss MacDougal. Wir tauschen sie nur gegen den Banditen, der sich der Nachtfalke nennt, aus.« Dann folgte eine Wegbeschreibung zu einer alten verfallenen Hütte im Hügelland und der Hinweis, daß der Nachtfalke bei Sonnenuntergang des folgenden Tages dort zu erscheinen habe. *»Sollte ein anderer außer dem Nachtfalken auftauchen, werden wir sie töten«*, hieß es abschließend.

So wie vor kurzem, als Susannah verschwunden war, machten sich die Männer der MacDougalschen Ranch auf, um die Nachricht zu verbreiten. Sam selbst ritt zu Susannahs Ranch, um Wes zu informieren.

Wes saß gerade mit seiner Schwester und dem Engländer, Redding, beim Abendessen. Sam schenkte ihm jedoch kaum Beachtung und händigte Wes wortlos den Zettel aus. Egal, was er selbst von Wes Carr halten mochte, Sam wußte, wie Erin für ihn empfand, und nicht einmal seine persönliche Abneigung konnte seinem Pflichtgefühl seiner Schwägerin gegenüber Abbruch tun.

Wes las den Zettel und reichte ihn an den Engländer weiter, dessen Kiefermuskeln sichtbar hervortraten. Wes' Hand, die auf dem Tisch lag, ballte sich zur Faust. »Ich kenne die Hütte. Keine Chance, da unbemerkt heranzukommen.«

Sam nickte. »Ich weiß. Ich hab' überlegt, ob ich die anderen Männer zusammentrommeln soll, um die Hütte zu stürmen, aber –«

»Sie könnte getötet werden«, beendete Wes den Satz für ihn.

Sam nicke. »Wir haben den umgestürzten Wagen gefunden. Die Pferde waren fort.«

Wes warf Rhys einen raschen Blick zu, während Sam zögerte und dann fortfuhr: »Hast du irgendeine Ahnung, wer dieser Nachtfalke sein könnte?«

Wes schüttelte den Kopf und wich Sams Blick aus. »Nein, aber nach dem, was ich so über ihn gehört habe... wird er sich für sie eintauschen lassen.«

Sams Gesicht spiegelte seine Unentschlossenheit wider. »Das können wir unmöglich verlangen, nicht nach alldem, was er schon für uns getan hat. Die Martins werden ihn ganz sicher töten. Sie können sich's nicht leisten –«

Wes hatte noch einen Vorschlag. »Oder einer von uns könnte vorgeben, der Nachtfalke zu sien«, sagte er langsam. Er blickte Susannah an, deren Gesicht unter der leichten Sonnenbräune aschfahl geworden war.

Sam nickte. »Daran habe ich auch schon gedacht.« Er zögerte einen Moment lang und fügte dann grimmig hinzu: »Es... es findet ein Treffen statt, morgen mittag. Auf meiner Plantage.« Er schluckte hart. »Falls du kommen möchtest...« Er ließ die halbherzige Einladung in der Luft hängen, doch Wes nickte.

Die drei warteten, bis der Hufschlag von Sams Pferd verklungen war, bevor sie zu sprechen anfingen. Die schmerzvollen Linien in Wes' Gesicht wirkten noch tiefer, der Blick aus seinen blauen Augen war verzweifelt. »Falls ihr irgend etwas...«

Rhys war es, der darauf antwortete, und seine gewöhnlich so melodiöse Stimme klang hart und gepreßt. »Das wird es nicht«, sagte er und stellte damit klar, daß er die Bedingungen anzunehmen gedachte.

»Nein«, erwiderte Wes in scharfem Ton. »Ich werde gehen. Sie ist... mein Mädchen.«

Rhys warf einen bedeutsamen Blick auf die Gegend von Wes' Beinstumpf. »Ich habe eine Chance, Sie nicht«, sagte er brüsk. »Das ist mein Spiel, nicht Ihres. Ich habe das alles angefangen. Und ich werd's auch beenden.«

»Das können Sie nicht. Nicht allein.«

»Glauben Sie, daß sie sie töten werden?«

Wes nickte. Er war nicht sicher, was Lowell betraf, aber bei Hardy würde er lieber nichts riskieren. Falls Hardy bei Sonnenuntergang in der Nähe sein sollte und irgend etwas schiefging, bezweifelte Wes keinen Moment lang, daß der mittlere Bruder der Martins Erin töten würde. Und das mit Vergnügen.

»Dann lassen Sie mich die Sache in die Hand nehmen. Ich habe selbst ein paar Tricks auf Lager.« Rhys' Züge verhärteten sich. »Und wenn ich Sie festbinden muß, Sie werden nicht gehen. Ich will Ihr Wort darauf.«

Wes vergrub den Kopf in den Händen, zermarterte sich verzweifelt das Hirn, versuchte, Panik und Kummer nicht die Oberhand gewinnen zu lassen. Er war einem Kampf nie ausgewichen, besonders nicht, wenn jemand, den er liebte, in Gefahr war. Aber im Grunde wußte er, daß Rhys recht hatte. Wes wußte, daß er weder die Schnelligkeit noch die Beweglichkeit besaß, die er zur Rettung von Erin benötigte. Und trotz allem hatte er ein seltsames Vertrauen in Rhys Redding.

»Gehen Sie zu dem Treffen, Wes«, sagte Rhys, der zum ersten Mal seinen Vornamen benutzte. »Dort können sie mehr ausrichten –«

»Als Krüppel, meinen Sie«, sagte Wes bitter.

»Nein«, sagte Rhys. »Das habe ich nicht gemeint. Und Sie sind nur dann ein Krüppel, wenn Sie's selbst zulassen.« Er stand auf, seine schwarzen Augen musterten Wes mit scharfem Blick und wurden ein wenig sanfter, als sie sich auf Susannahs blasses Gesicht richteten. »Wo ist diese Hütte? Ich möchte mal einen Blick darauf werfen.«

Wes erhob sich und stützte sich auf den Tisch. »Das zumindest kann ich tun«, sagte er, »Sie dort hinbringen«.

»Wenn Sie tun, was ich sage«, meinte Rhys, und Wes nickte widerwillig.

»Ich komme auch mit«, sagte Susannah.

»Nein«, erwiderten beide Männer gleichzeitig. Es war das erste Mal, daß Susannah sie übereinstimmen hörte, und sie merkte, wie die Wut wieder in ihr hochkam.

»Warum nicht?«

Rhys ging zu ihr und blickte ihr ins Gesicht. Seine Augen waren wachsam und vorsichtig. »Weil einer hier sein sollte, falls jemand mit weiteren Nachrichten vorbeikommt«, sagte er durchaus einleuchtend. »Und drei Leute, die nachts unterwegs sind, fallen mehr auf, als zwei – oder einer«, fügte er hinzu und stellte damit klar, daß er vorhatte, ab einem gewissen Punkt allein weiterzureiten. Er legte die Hand an ihre Wange. »Ich zweifle nicht an deinen Fähigkeiten oder an deinem Mut... nur, hier bist du eine größere Hilfe.« Er grinste. »Ich bringe Wes sicher nach Hause.«

»Du kommst auch wirklich wieder zurück?« fragte sie. »Heute nacht?« Sie wußte, wie gefährlich der morgige Tag sein würde. Sie konnte den Gedanken nicht ertragen, ihn vorher nicht mehr zu sehen.

Ein Muskel in seiner Wange zuckte. »Ich komme wieder«, versprach er und merkte, daß es wahrscheinlich das erste Versprechen war, das er jemandem gemacht hatte und auch wirklich halten wollte.

Lowell beobachtete die schlanke Gestalt auf dem großen Bett. Sie wirkte so klein, und ihr rotbraunes Haar floß in wilder Unordnung über die weißen Kissen. Er hätte seinen Bruder umbringen können, als sie mit dem bewußtlosen Mädchen ankamen.

Seine Befehle waren strikt und genau gewesen. Hardy sollte sich als Nachtfalke verkleiden und das Mädchen bedrohen, dann würden seine Männer vorbeikommen und sie vor dem Banditen »retten«. Man würde sie auf seine Ranch bringen, damit sie sich ein wenig erholen konnte; dann würde er ihr ein Schlafmittel geben, das sie ruhigstellte, bis der Nachtfalke getötet worden wäre.

Wenn sie dann aufwachte, würde sie ihm dankbar sein, und den Tod des Nachtfalken würde er den Kopfgeldjägern zuschieben, die das Verschwinden des Mädchens als Anlaß genommen hatten, ihn festzunehmen. Er hatte vor, ihr zu sagen, daß die Nachricht, die er ihrer Familie hatte zukommen lassen, irgendwie verlorengegangen sein mußte.

Es war ihm egal, ob die Rancher ihm glaubten oder nicht. Der Sheriff würde es, trotz seiner geschmälerten Autorität, und ebenso Captain Osborne. Und Erin vielleicht auch, angesichts seiner »Freundlichkeit«. Vielleicht würde sie, jetzt wo sie in seinem Haus war, ja sogar feststellen, daß er einen feinen Ehemann für sie abgegeben hätte – vielleicht immer noch abgeben würde, vorausgesetzt, er wurde sein Weib los.

Er hatte ganz sicher nicht gewollt, daß ihr etwas zustieß. Fast hätte er den Arzt gerufen, aber das hätte all seine Pläne ruiniert. Er würde warten, würde sehen, ob sie in den nächsten Stunden wieder zu Bewußtsein kam. Inzwischen wartete Hardy mit zwanzig seiner Männer bei der Hütte. Der Nachtfalke würde ihnen diesmal nicht entwischen.

Wes begleitete Rhys den größten Teil des Wegs zu dem alten, verfallenen Anwesen, das schon vor Jahren, als der zugehörige Brunnen austrocknete, verlassen worden war. Als sie sich dem Ort bis auf eine Meile genähert hatten, befahl Rhys Wes, mit den Pferden hier auf ihn zu warten; er würde den Rest des Wegs zu Fuß zurücklegen und versuchen, eine Möglichkeit zu finden, wie die Hütte einzunehmen war, ohne Erin dabei zu gefährden.

Rhys fluchte über den Vollmond, der so hell am wolkenlosen Nachthimmel leuchtete. Er schlich rasch eine halbe Meile weit durchs hohe Gras, und dann erblickte er auf einmal die Wachtposten. Alle paar Meter stand einer auf den baumlosen Hügeln rings um das Anwesen, das offenbar zur landwirtschaftlichen Nutzung abgeholzt worden waren. Himmel noch mal, es mußten mindestens zwei Dutzend sein. Er ließ sich zu Boden fallen und kroch näher heran, bis er das Dach einer Hütte erblickte, aus deren Kamin Rauch aufstieg. Er wagte nicht, noch näher heranzugehen. Die Posten standen viel zu dicht, als daß er ein paar davon ohne Gefahr für sich selbst hätte überwältigen können. Und ohne Erin MacDougals Leben zu riskieren.

Er zog sich wieder zurück, und sein Hirn arbeitete bereits fieberhaft an einer Lösung. Es gab nicht viele. Die wahrscheinlichste war, daß er sein Leben für das des Mädchens eintauschen würde.

Zum ersten Mal, seit er denken konnte, bedeutete sein Leben etwas. In den vergangenen Wochen hatte er soviel Schönes, soviel Ungewöhnliches erfahren, daß er aus lauter Verwirrung darüber dauernd versucht hatte, Reißaus zu nehmen. Er lächelte ohne Freude. Das war typisch für sein Schicksal: Kaum hatte er etwas gefunden, für das es sich zu leben lohnte, wurde es ihm auch schon wieder entrissen.

Aber er hatte das Ganze angefangen und würde nun nicht zulassen, daß andere für seine Fehler büßten. Es war ein Fehler gewesen, nicht damit zu rechnen, daß die Martins zurückschlagen könnten, indem sie eine Frau kidnappten. Er hatte immer selbst für seine Fehler bezahlt. Es fiel ihm nicht ein, daß diesem Gedanken vielleicht, aber auch nur vielleicht, ein Anflug von Ehrenhaftigkeit innewohnen könnte.

Susannah erwartete sie bereits draußen auf der Veranda. Der Morgen war fast angebrochen. Wes ging mit grimmigem Gesicht und fest zusammengepreßten Lippen sofort zu Bett und nahm nicht mal das kleine Glas Brandy an, das sie ihm anbot.

Rhys nahm ein Glas Whiskey, schüttete es in einem Zug herunter und machte sich gleich wieder auf den Weg zur Tür. Susannah hielt ihn auf. »Du willst also morgen wirklich hingehen, nicht wahr?«

Rhys blickte auf sie hinunter. Ihre lavendelblauen Augen, die sonst immer so hell leuchteten, waren verhangen und traurig, und er wußte, daß er sich in diesen Augen verlieren könnte. Vielleicht hatte er das ja bereits. »Bitte nicht«, sagte sie und wartete gar nicht erst auf eine Antwort. »Geh nicht.«

»Was würdest du sonst vorschlagen?« fragte er.

»Die Armee... die Behörden...«

»Du weißt, daß die Martins sie in der Tasche haben«, sagte er leise. »Ich hab' dir gesagt, daß ich gerne Spiele spiele. Und die, die ich angefangen habe, beende ich auch.«

»Das ist kein Spiel.« Sie wünschte, sie hätte das Wort nie gehört. Sie mußte an das erste Mal denken, als er es gesagt hatte, vor Monaten, im Wald, als er versuchte, sie abzuschrecken. Damals war sie fasziniert gewesen. Jetzt erschreckte es sie zutiefst. »Wenn du allein dorthin reitest...«

Er berührte ihre Wange mit einer Zärtlichkeit, die ihr das Herz zerschnitt. Die zarte Berührung, die seine harte, emotionslose Fassade, die er so unbedingt aufrechtzuerhalten suchte, Lügen strafte, überraschte sie nicht länger. »Ach, Susannah, weißt du denn nicht, daß ich immer ein As im Ärmel habe? Ich besitze neun Leben, das habe ich dir doch gesagt, nicht wahr? Es braucht mehr als einen Mann, der Frauen kidnappt, um mich umzubringen.«

»Bitte geh nicht«, flüsterte sie wieder und sah ihn mit einem so flehentlichen Ausdruck an, daß es ihm fast das Herz zerriß. Auf einmal wußte er, was wirkliche Seelenqual war.

Nein, er würde es nicht tun. Er hatte sich geschworen, es nicht zu tun. Aber sie sah so verzweifelt aus, so... so unendlich traurig aus. Niemand hatte sich je einen Dreck darum geschert, ob er lebte oder tot war, und es war eine äußerst schmerzvolle Erkenntnis für ihn, daß es nun jemanden gab, der sich sorgte. Ein bittersüßer Schmerz.

Aber das war noch zu milde ausgedrückt. Er wollte ihre unendlich süße Sorge um ihn auskosten, wußte jedoch gleichzeitig, daß sie zu spät kam. Viel zu spät. Und bei Gott, es tat weh. Am liebsten hätte er sich in ihre Liebe, in ihre Sorge um ihn eingehüllt, hätte all das ausgekostet, was er bisher immer vermißt hatte.

Rhys schluckte. Es war, als bekäme man ein Stückchen Himmel gezeigt, bevor man in die Hölle verbannt wurde.

Er durfte es nicht noch schlimmer machen, indem er sie küßte. Aber er konnte einfach nicht anders. Er senkte den Kopf und küßte sie, ein langer, forschender, selbstloser Kuß, der ein Lebewohl enthielt.

Aber sie weigerte sich, es anzunehmen. Sie schlang die Arme um seinen Nacken, schmiegte sich an ihn und erwiderte seinen Kuß mit einer Verzweiflung und Leidenschaft, die ihm sagte, daß sie ihn am liebsten nie wieder losgelassen hätte. Er erzitterte, und alles in ihm krampfte sich zusammen. Und wieder fühlte er die rücksichtslose, alles verschlingende Gier nach ihr, die überwältigende Sehnsucht, die sowohl quälend als auch von unendlicher Süße war. Er schluckte, schmeckte, kostete von dem Geschenk, das sie ihm in diesem Moment zu geben versuchte, und etwas in ihm schwoll vor Entzücken, einem Entzücken, das so unendlich groß war, daß es ihn zu überwältigen drohte, selbst ohne ein weiteres Wort, ohne eine weitere Berührung.

Er wurde geliebt. Wurde auf eine Weise geliebt, die er nie für möglich gehalten hatte, wurde um seiner selbst willen, mit all seinen Fehlern und Unzulänglichkeiten geliebt. Er hielt sie ganz fest umschlungen, genoß diese Momente, die sein ganzes verpfuschtes, schäbiges Leben mit einem Schlag wettmachen, die all seinen leeren Jahren Bedeutung und Sinn verliehen, da sie zu diesem einen Augenblick geführt hatten.

Er legte die Wange an ihr Haar, an das schwarze, seidige Haar, das immer diesen zarten Duft nach Frühlingsblumen verströmte. Er merkte kaum, daß er sich bewegte, daß er ihr folgte, ihr Schlafzimmer betrat, sich neben sie, dann auf sie legte, sich mit ihr bewegte, sie liebte, ihr alles gab, was er hatte.

Er hielt sie ganz fest, wahrscheinlich das letzte Mal.

Sie halten. Sie lieben. Liebe. Ein Wort, ein Gefühl, ein Akt, der nun nicht länger ein Mysterium für ihn war.

Vierzig Männer kamen zu dem Treffen auf Sams Plantage. Sie alle standen hochaufgerichtet, mit zornigen, trotzigen Gesichtern da. Alle waren entschlossen, etwas zu unternehmen.

Man bot Wes einen Stuhl an, doch er lehnte ab. Er stand auf seine Krücken gestützt an der Wand. Er konnte nicht sitzen, nicht jetzt, wo Rhys Redding wieder verschwunden war. Der Waliser war bereits fort gewesen, als er an diesem Morgen aufgewacht war, und Susannahs Augen waren gerötet gewesen, ihre Miene mühsam beherrscht.

Wes hatte keine Fragen gestellt. Das mußte er gar nicht. Er brauchte bloß einen Blick auf Susannah zu werfen, um zu wissen, wie sehr sie Rhys liebte, wieviel Angst sie um den Mann ausstand, der ihm immer noch ein Rätsel war. Zuerst war er wütend auf Redding gewesen, doch diese Wut verrauchte rasch. Redding bot sein Leben im Austausch für das Mädchen, das Wes liebte. Und Susannah war eine erwachsene Frau, die wußte, worauf sie sich einließ.

Tatsächlich, dachte er, während er Erins Gesicht vor sich sah, muß ich den Mut und die Liebe und Entschlossenheit meiner Schwester bewundern. Wenn er ebenso selbstlos und hingebungsvoll gewesen wäre, dann wäre Erin jetzt vielleicht in Sicherheit und bei ihm. Er umklammerte den Griff seiner Krücke. Er könnte sich nie verzeihen, wenn ihr etwas zustieß. Er hatte Erin nicht aus Selbstlosigkeit zurückgewiesen, sondern aus durchaus selbstsüchtigen Gründen – und aus Angst. Er war nicht bereit gewesen, etwas zu riskieren, ganz besonders nicht eine Zurückweisung, während Susannah bereit war, alles zu riskieren.

Grimmig hörte er den Männern zu, die früher einmal seine Freunde gewesen waren, wie sie bitter darüber debattierten, was zu tun sei. Und er durfte nicht sagen, was gesagt werden müßte, nämlich, daß ein Fremder sein Leben für eine von ihnen zu geben bereit war. Es stand ihm nicht zu, die Identität des Nachtfalken preiszugeben.

Doch es gab etwas, das er tun konnte. Und er würde es tun. Aber zuerst mußte er diese Männer hier davon überzeugen, nichts Unüberlegtes zu tun, sich nicht hinter den Martins herzumachen und Erins Leben aufs Spiel zu setzen.

»Wenn wir angreifen, könnte Erin getötet werden«, warnte Sam.

»Aber wir können den Martins das nicht durchgehen lassen«, sagte ein anderer. »Es ist Zeit, was gegen sie zu unternehmen, verdammt noch mal.«

»Aber was?«

»Wenn vielleicht der Nachtfalke ...«, meldete sich Andy Able zu Wort.

»Wir wissen nicht mal, ob der Nachtfalke, wer immer er auch sein mag, von der Sache erfahren hat«, erwiderte ein anderer ungehalten.

»Selbst wenn, warum sollte er sein Leben riskieren? Außer, er ist einer von uns.« Zum x-ten Mal seit Wochen sahen sich die Männer gegenseitig prüfend an, versuchten, das Geheimnis zu ergründen. Wer von ihnen ...?

Die Zusammenkunft lief schon eine ganze Stunde, immer noch ohne Ergebnis.

Dann rief einer der schwarzen Diener, die bei den MacDougals geblieben waren, auf einmal: »Reiter!«

Alle stürzten an die Fenster, alle außer Wes. Er wußte, daß er sich in dem Gedränge ohnehin nicht bewegen konnte. Außerdem glaubte er zu wissen, wer da kam. Er hätte es schon eher wissen sollen. Rhys Redding beendete immer, was er angefangen hatte. Er wollte allein mit der Sache fertig werden und würde dafür sorgen, daß es auch so blieb.

Aber nicht, wenn Wes schneller war.

Er hörte, wie ein Stein auf der Veranda aufschlug und wie die Männer zueinander sagten: »Er ist's.«

»Der Nachtfalke.«

»Muß es wohl sein.«

»Aber wer ist er?«

»Hab' ihn nicht erkannt. Weder ihn noch das Pferd.«

Einer der Männer öffnete die Tür, nahm den Stein und band die Nachricht, die daran befestigt war, los.

»Tut nichts«, hieß es da. *»Ich stelle mich den Bedingungen.«*

Die Worte wurden vorgelesen und Stille folgte. »Das können wir nicht tun«, sagte einer. »Wir können ihn da nicht allein hingehen lassen.«

»Ist dir irgendwas an ihm bekannt vorgekommen?« unterbrach ein anderer.

»Nur, daß er ein ausgezeichneter Reiter ist«, sagte wieder einer.

»Ich verstehe das nicht... Woher wußte er von unserem Treffen?«

Eine lange Stille folgte. Ja, wie konnte er davon wissen? Die Nachricht war in aller Stille und Heimlichkeit unter Freunden und Ranchern verbreitet worden, wobei jedem Mann eingeschärft wurde, nichts zu sagen, nicht einmal zu ihren Ehefrauen oder den Rancharbeitern. Sie wollten nicht, daß die Martins etwas erfuhren. Wieder glitten forschende Blicke von Mann zu Mann. Irgend jemand hier jemand mußte einfach etwas wissen.

Doch niemand meldete sich auf die stumme Anfrage, und die Diskussion wurde fortgesetzt.

»Also, was sollen wir jetzt tun?«

»Wir«, sagte Wes, »tun gar nichts.«

Aller Augen richteten sich auf Wes, und die Gesichter waren feindselig. »Wir können nicht einfach rumsitzen –«

»Sie ist meine Verlobte, erwiderte Wes in scharfem Ton und gestand diese Tatsache damit nicht nur sich selbst, sondern auch allen Anwesenden ein. »*Ich* werde gehen.«

Eine plötzliche Stille legte sich über die Männer, kein Laut, kein Rascheln, nichts durchbrach das Schweigen.

Wes fuhr langsam fort. »Alles, was sie wollen, ist einen Mann in Schwarz. Das ist alles, was sie wissen.«

»Sie werden dich töten«, sagte Sam.

»Sie können's ja versuchen«, meinte Wes. Dann fügte er grimmig hinzu »Die Konföderierten haben's vier Jahre lang versucht.«

Einer der Männer blickte bezeichnend auf Wes' Stumpf. »Sieht verdammt aus, als ob's uns fast gelungen wär'.« Aber in seiner Stimme lag keine Feindseligkeit mehr und auch nicht auf den Gesichtern der anderen.

Wes mußte plötzlich grinsen. »Jemand hat mir mal gesagt, ›fast‹ zählt nicht.«

Sam zögerte, und sein Blick war nicht mehr so eisig. »Sie werden wissen, daß es nicht der Nachtfalke ist. Der hat zwei Beine.«

»Ich auch«, meinte Wes. »Ich – ich besitze eine Holzprothese. In schwarzer Kleidung und auf dem Pferd erkennt mich keiner. Und keiner würde wissen, wie lange ich das Holzbein schon habe.«

»Aber der Nachtfalke –«

»Ich werd' verdammt noch mal dafür sorgen, daß ich eher da bin als er«, meinte Wes grimmig. »Wenn ich Glück habe, lassen sie Erin frei, bevor er auch nur in die Nähe kommt. Ein paar von euch können ja an der Straße warten und ihn aufhalten.«

»Das gefällt mir nicht«, sagte Sam. »Ich möchte niemanden in so eine Falle tappen sehen.«

»Es muß dir ja nicht gefallen«, meinte Wes. »Halt dich einfach nur raus, bis Erin in Sicherheit ist.« Er lächelte grimmig. »Dann kannst du die Kavallerie ja loslassen, wenn du willst… Könnte sein, daß ich mich sogar freue, den Schlachtruf der Rebs zu hören.«

Aber es war unwahrscheinlich, daß Wes Carr ihn noch hören würde. Alle wußten es. Carr würde beim ersten Zeichen von Unruhe tot sein.

Wes wartete nicht länger. Er humpelte auf seinen Krücken zur Tür, bevor sie weitere Einwände erheben konnten. Sie hatten keine Wahl, wenn's nach ihm ging. Außerdem wußte er, daß er, der Yankee-Liebhaber, in ihren Augen noch der Entbehrlichste war. Nach den Erfahrungen, die er in den letzten Monaten gemacht hatte, erwartete er keine größeren Proteste mehr. Warum ihnen also überhaupt Zeit lassen, sich um ihr Gewissen zu sorgen? »Haltet euch bloß raus, bis Erin in Sicherheit ist«, wiederholte er, als er die Tür erreichte. Dann öffnete er sie und humpelte hinaus.

Nachdem Rhys an diesem Morgen verschwunden war und ein paar Stunden später auch Wes, schmiedete Susannah ihre eigenen Pläne. Sie würde nicht zulassen, daß Rhys in den Tod ging. Sie konnte immer noch fühlen, wie sie seine Zärtlichkeit wie ein warmer Mantel umhüllte. Sie wußte, daß er ihr auf die einzige Art, die er kannte, Lebewohl gesagt hatte, aber sie würde es nicht zulassen. Niemals.

Sie durchwühlte jeden Schrank im Haus auf der Suche nach schwarzer Kleidung, fand schließlich ein paar Stücke und setzte sich hin, um noch einige Änderungen vorzunehmen. Sie fand auch ein Messer und erinnerte sich daran, wie Rhys seins unter seinem Hosenbein versteckt hatte. Sie machte sich ein Band für jedes Bein. Dann fand sie auch noch die kleine Derringer, die Rhys ihr auf ihrer Reise von Virginia hierher gekauft hatte und steckte sie in ihren Hosenbund, und zwar am Rücken, wo keiner sie sehen konnte.

Susannah glaubte kaum, daß die Martins den Nachtfalken sofort erschießen würden. Sie würden mehr über ihn erfahren wollen. Wenn sie dann herausfanden, daß sie eine Frau war, würden sie sie vielleicht nicht durchsuchen. Wenn es ihr dann noch irgendwie gelänge, einen oder zwei von ihnen zu erwischen, ihm die Pistole an den Kopf zu halten und ihn zu zwingen, Erin freizulassen…

Wenn sie doch bloß ein bißchen Glück hätte.

Sie wußte nur eins, sie konnte nicht hier herumsitzen und noch länger warten. Sie liebte ihren Nachtfalken, und bei Gott, sie war bereit, um ihn zu kämpfen.

Sam Harris kam sich einfach lächerlich vor. Die schwarze Hose war zu kurz, aber es war die einzige, die er gefunden hatte. Sie hatte früher einmal seinem Schwiegervater gehört. Das Hemd war alt und viel zu eng, da sein Oberkörper bei all der harten körperlichen Arbeit in letzter Zeit viel kräftiger geworden war. Eine Arbeit, die früher von den Sklaven und nun von ihm selbst erledigt wurde.

Die Zusammenkunft hatte sich ohne Ergebnis aufgelöst. Man hatte sich einfach nicht einigen können, besonders nicht, nachdem Wes Carr gegangen war. Der einzige Punkt, in dem sie übereinstimmten, war, daß eine Erstürmung der Hütte keine gute Idee war. Der Vorschlag eines Mannes, sich doch an die U. S. Militärbehörden zu wenden, wurde mit Spott aufgenommen. Der Captain hatte sich ja bereits auf die Seite der Martins geschlagen.

Sobald die Männer fort waren, ging Sam hinaus, um die Rinder zu tränken. Je mehr er über die Situation nachdachte, desto wütender wurde er. Erin war seine Schwägerin, sie stand unter seiner Obhut. Kein verdammter Yankee-Liebhaber würde ihm seine Verantwortung abnehmen. Und genausowenig ein mysteriöser Fremder, der seiner Familie in der Not beigesprungen war.

Er war nicht im Krieg gewesen, nicht weil er zu wenig Mut gehabt hätte, sondern weil er wußte, daß ihn die Familie MacDougal brauchte, und die Konföderierten brauchten die Baumwolle und die Nahrung, die sie produzierten. Es war ihm gewaltig gegen den Strich gegangen, zuschauen zu müssen, wie die Männer einer nach dem anderen fortgingen, und dann von ihrem Tod zu erfahren, während er sich hier in Sicherheit befand.

Nun, jetzt konnte er vielleicht doch noch etwas tun. Dank dem Nachtfalken verfügte seine Familie jetzt über ein wenig Sicherheit. Das mindeste, was er tun konnte, war, seine Verantwortung in dieser Sache auch zu übernehmen. Wenn er jetzt gleich aufbrach, konnte er die Hütte noch vor Wes erreichen. Oder noch vor dem Nachtfalken.

Er kam sich in den geborgten Sachen zwar wie ein Idiot vor, fühlte sich aber besser als seit Jahren, während er sich das dunkelste Pferd im Korral aussuchte und bestieg.

Endlich... endlich konnte er in seinen ganz persönlichen Krieg ziehen.

Andy Able musterte frustriert ihren Bestand an Pferden. Kein einziges schwarzes darunter. Schließlich nahm er einen Braunen. Er schwang sein schwarzbehostes Bein in den Sattel und wollte gerade aus dem Scheunentor reiten, als sein Bruder, ebenfalls ganz in Schwarz, hereinkam. Sie starrten einander erstaunt an, dann mußten sie grinsen.

Andy wartete, während sein Bruder einen dunkelgrauen Wallach sattelte, und gemeinsam ritten sie fort.

Oley Olsen stöhnte, als er sein altersschwaches Bein in den Sattel der dunkelbraunen Mähre schwang, die fast ebenso viele Jahre auf dem Buckel hatte wie er.

Teufel noch mal, sein letztes Hurra. Er hatte sonst niemanden mehr. Ja, vor ein paar Tagen hatte er sogar noch überlegt, ob er sich nicht erschießen sollte, als er dachte, daß man ihn von seinem Land vertreiben würde, von dem Land, für das er gekämpft und auf dem er seine geliebte Frau begraben hatte. Und dann hatte ein Fremder in Schwarz auf einmal einen Hoffnungsschimmer in sein Leben gebracht.

Ihm blieb sowieso nicht mehr viel Zeit. Er hatte ein schwaches Herz, und der Doc meinte, er hätte höchstens noch ein Jahr. Der Gedanke, sich anstelle des Nachtfalken zum Tausch anzubieten, war ihm schon während des Treffens gekommen, aber er hatte nichts gesagt, aus Angst, man würde ihn auslachen oder ihn gar mit Gewalt von seinem Vorhaben abhalten.

Er hatte gegen die Comanchen gekämpft und zweimal gegen Santa Ana. Diese Martins, diese erbärmlichen Emporkömmlinge, waren nichts dagegen. Er vergewisserte sich, daß Bess, sein alter Schießprügel, geladen war, und versetzte seine Sara Jane in einen gemächlichen Trab.

Cal Thornton, dessen Farm an die Plantage der MacDougals angrenzte, wühlte nervös im Abstellraum herum. Er war auf der Suche nach einem schwarzen Hut. Irgendeinem.

Er warf einen Blick auf die Taschenuhr, die ihm sein Vater hinterlassen hatte. Die Taschenuhr und die Farm. Das war alles, aber er hatte aus der Farm etwas gemacht, worauf er stolz sein konnte, bis der Krieg kam, jedenfalls. Wie seine Freunde war auch er dem Ruf der Marschtrommeln gefolgt und hatte geglaubt, in ein paar Wochen wieder daheim zu sein. Statt dessen vergingen Monate und dann Jahre.

Sein Baby starb und dann auch seine Frau. Aus Einsamkeit, so glaubte er und nicht an Lungenentzündung, wie man ihm gesagt hatte. Auch das schrieb er den Yankees aufs Konto und in seiner bitteren Einsamkeit auch Wes Carr.

Doch vor ein paar Stunden, da hatte er gesehen, was wirklicher Mut war, ein Mut, den er bewundern mußte. Carr war der einzige unter ihnen, der bereit war, sich für ein Mitglied einer der Familien, die ihn geschmäht hatten, zu opfern, der einzige, der bereit war, etwas für den Mann zu tun, der sie alle gerettet hatte.

Cal hatte einen Fehler gemacht, was Wes Carr betraf. Jetzt schuldete er ihm etwas. Und er bezahlte seine Schulden.

Jesus schlug mit der Reitpeitsche auf sein Pferd ein. Die Nachricht, die Señor Redding ihm mitgegeben hatte, steckte sicher in seiner Tasche.

Auf nach Austin, zum Kommandanten der U. S. Soldaten. Er würde nicht vor dem Nachmittag dort eintreffen. Das war so spät.

Er wußte nicht, was der Señor plante, aber Jesus hatte das Gefühl, daß es gefährlich war. Sehr gefährlich. Er trieb sein Pferd zu noch größerer Eile an.

29

Susannah verließ das Haus zeitig, zeitig genug, um nicht auf Wes zu stoßen, der jeden Moment zurück sein konnte. Sie nahm ihre schwarze Stute und ritt zu ihrem alten Zuhause, zum Friedhof.

Sie stieg ab und ging zum Grab ihres Vaters. Sie fuhr mit den Fingern über die eingravierten Worte. »Du hättest ihn sicher gemocht«, murmelte sie. »Ich weiß es. Du hast immer in die Leute hineingesehen, in ihre Herzen. Und er hat ein gutes Herz. Er hatte bloß nie jemanden, an den er glauben konnte oder der an ihn glaubte.

Du hättest sicher nichts dagegen, Papa, ganz sicher nicht. Ich seh' dich vor mir, wie du über die Ränder deiner Brille guckst und ihn nach seinen Absichten fragst. Und er würde sie dir nicht sagen, aber du würdest sie trotzdem kennen. Du würdest die Sanftmut sehen, die er immer versucht zu verstecken. Du würdest seine Stärke sehen und warum er nie etwas Gutes von sich zeigen will. Aber es ist da. Er kann's nicht verstecken. Nicht immer.

Ich weiß nicht, ob es gutgehen wird, Papa, aber ich muß es einfach versuchen.«

Susannah blinzelte die Tränen weg, die in ihren Augen brannten, seit sie am Morgen aufgewacht war. Allein. Nur der Abdruck auf dem Kissen wies noch darauf hin, daß Rhys erst vor kurzem gegangen war. Das und der Schmuck, der auf ihrem Nachtkästchen lag, der Schmuck von den Banditen. Es war eine Geste, mit der er ihr zeigen wollte, wieviel sie ihm bedeutete, und sie freute sich sehr darüber.

Und es überraschte sie auch nicht, im anderen Zimmer Geld vorzufinden, genug Geld, um die Steuern zu bezahlen, nicht mehr, denn er wußte, daß sie und Wes nicht mehr annehmen würden.

Susannah stand wieder auf, klopfte sich die Erde von der Hose und steckte ihr Haar unter den breitkrempigen schwarzen Hut, den sie noch gefunden hatte, Er war alt und viel zu groß, aber das machte es leichter, ihr Haar, das sie hochgesteckt hatte, darunter zu verbergen.

»Ich komme wieder«, sagte sie zu dem Grab, aber sie wußte, daß das alles andere als sicher war. Es konnte gut sein, daß sie nie wiederkam.

»Reiter!« Der Ruf schallte über die Hügel bis zu den beiden Männern, die in der Hütte saßen und Karten spielten. Hardy und Cate sahen einander an. »Es ist früh.«

»Vielleicht isses ja Lowell«, meinte Cate hoffnungsvoll.

Hardy schüttelte den Kopf. »Dann hätten sie nich gerufen.« Er nahm das Gewehr, das bei der Tür stand. »Vielleicht kriegen wir jetzt ja raus, wer hinter all dem Trouble steckt.«

Er öffnete die Tür und beobachtete, wie der schwarzgekleidete Reiter herantritt. »Verdammt noch mal, hätte nicht gedacht, daß er's tun würd'.«

Der maskierte Reiter erreichte die Hütte. Hardy richtete das Gewehr auf ihn. »Runter vom Pferd. Aber immer schön langsam.«

Der Reiter glitt aus dem Sattel und Hardy starrte ihn überrascht an. Nach dem, was er so von seinen Spionen gehört hatte, war der Nachtfalke ein wahres Monster an Größe, bestimmt jedoch groß und stark genug, um mehrere von ihnen geräuschlos zu überwältigen. Aber dieser Mann war schlank und zierlich, sah nicht mal stark genug aus, um ein verdammtes Blümchen zu knicken.

Er konnte keine Waffen an ihm sehen, aber Hardy blickte trotzdem einen der Männer an, die ihn hierher eskortiert hatten. »Durchsuch ihn.«

Der Mann tat, wie ihm befohlen, hielt jedoch inne, als er an die Hüften des Reiters kam. »Es is 'ne Frau, Hardy, 'ne gottverdammte Frau.«

Hardy trat vor und riß ihr die Maske ab. »Susannah«, sagte er und fügte dann höhnisch hinzu: »Mrs. Susannah Fallon. Hätt' ich mir eigentlich denken müssen. Hat mehr Mumm als die Männer in der Familie.«

»Aber jetzt –«, begann Cate.

»Noch 'n Reiter«, ertönte der Ruf. »In Schwarz.«

Hardy runzelte die Stirn und packte Susannah am Arm. »Was zum Teufel versuchst du da abzuziehen?«

»Wo ist Erin?«, fragte sie.

»Geht dich einen Scheißdreck an«, sagte er, händigte das Gewehr an Cate aus und nahm eine Pistole, die er ihr an den Kopf hielt, während der zweite schwarze Reiter langsam heranritt.

»Runter vom Pferd«, befahl er dem Neuankömmling, und der

Reiter stieg langsam ab. »Den Pistolengürtel abnehmen, und zwar dalli«, befahl Hardy, und der Maskierte tat, wie ihm geheißen. Er blickte Susannah an, sah ihr Haar, das nun nicht länger unter dem Hut verborgen war.

»Du«, sagte der Reiter geschockt, und Susannah erkannte Andy Able.

»Was tust du denn hier?« Die Frage rutschte ihr einfach so heraus.

»Reiter im Anmarsch«, ertönte der resignierte Ruf von einem Hügel herunter.

Hardy und Cate sahen einander an. Susannah und Andy ebenso.

Hardy fluchte, hielt die Pistole aber immer noch an Susannahs Kopf, während auch der dritte Reiter herankam. Susannah wollte gar nicht raten, wer es war. Sie konnte an seiner Haltung sehen, daß es sich nicht um Rhys handelte. Dieser Nachtfalke saß mit hängenden Schultern im Sattel, und sein Pferd – nun, die ältliche Mähre schaffte es kaum noch über den Hügel bis zur Hütte.

Als er auf Hardys Befehl hin abstieg und die Maske abnahm, starrte Susannah zu ihrer Überraschung in Oley Olsens Gesicht. Hardy verdrehte die Augen. »Was zum Teufel hast du hier zu suchen, Alter?«

Oley sah ihn beleidigt an. »Ihr wolltet den Nachtfalken. Hier ist er.« Seine Augen glitzerten lustig, als sein Blick auf die anderen beiden schwarzgekleideten Gestalten fiel. »Scheint ja 'n ganzes Nest von uns zu geben.«

»Reiter«, ertönte der Ruf in der späten Nachmittagshitze.

Hardy fluchte wieder.

Oley wich keinen Zentimeter und fragte barsch: »Wo ist Miss Erin?«

Andy trat einen Schritt auf die Tür zu und musterte Hardy mit eisigem Blick. »Wenn ihr irgendwas zustoßen sollte –«

»Reiter«, ertönte es schon wieder, und zwei Männer, beide in Schwarz, kamen langsam herangetrottet.

Susannah erkannte einen von ihnen: ihren Bruder. Der andere… mein Gott, das war Sam Harris.

Wes, der von sechs Männern eskortiert wurde, die alle etwas verwirrt dreinblickten, weil sie nicht wußten, auf wen sie nun ihre Pistolen richten sollten, erreichte die beiden Martins als erster. Die

Nachtfalken hatten sich wie auf ein geheimes Kommando hin abgesondert und standen nun etwas abseits.

»Nehmt eure Masken ab«, sagte Hardy. »Himmel noch mal«, meinte er, »jeder gottverdammte Mann in der Gegend taucht hier auf. Und die Weiber obendrein.«

Cate blickte ihn besorgt an. »Was sollen wir jetzt tun? Wir können sie ja nicht alle erschießen.«

Wes stieg ab, aber Sam Harris blieb sitzen, zog jedoch seine Maske herunter. Wes, der auf Hardy zuhumpelte, nahm sie ebenfalls ab. Hardy starrte ihn entgeistert an, starrte auf seine zwei Beine.

»Reiter.« Ein neuer Ruf und nicht weniger resigniert als vorhin. Einen Moment lang starrten Hardy und seine Männer auf den zugewachsenen Feldweg, der zu der Hütte führte.

Hardy hatte kurz die Fassung verloren, als er sah, wie Wes zwar langsam, aber gleichwohl auf zwei Beinen auf ihn zukam, und die Pistole, die er noch auf Susannahs Kopf gerichtet hielt, verrutschte. Genau in diesem Moment griff Wes an, warf sich mit seinem ganzen Gewicht auf Hardy, und Andy tat das gleiche mit Cate. Oley, der bei seiner alten Mähre stand, schnappte sich die alte Bess und feuerte auf den Mann, der auf Wes zielte. Susannah zog rasch die Derringer aus ihrem Hosengürtel und zielte damit auf Hardy, der versuchte, sich unter ihrem Bruder hervorzukämpfen.

»Sag ihnen, sie sollen die Waffen wegwerfen«, befahl sie.

»Noch so 'n verdammter Reiter«, ertönte der neuerliche Ruf, und Susannah blickte auf den westlichen Horizont. Die Sonne ging soeben unter.

Ein hochgewachsener Mann in Schwarz, der auf seinem Pferd thronte wie ein mittelalterlicher Ritter, trabte heran.

Hinter ihm folgten zwei weitere schwarzgekleidete Männer. Susannah blickte Wes an, der zur Hütte trat und die Tür aufriß. Nichts. Leer. »Sie ist nicht hier«, sagte er.

Nun ertönte das Geräusch weiterer Hufschläge, und Susannah blickte auf. Noch zwei Männer in Schwarz kamen herangeritten, und Martins Männer machten sich aus dem Staub, zumindest die, die nicht von den Flinten der immer größer werdenden Gruppe von Nachtfalken in Schach gehalten wurden.

Mindestens acht von ihnen befanden sich mittlerweile vor der

Hütte, und es trafen noch mehr ein, alle in der Maske des Helden, dessen Ruf sich immer weiter verbreitet hatte, nachdem Rhys die Ranch der Martins zweimal überfallen und jeden, der ihm in den Weg kam, mit Leichtigkeit überwältigt hatte. Susannah konnte nur vermuten, was Martins Männer nun denken mußten. Man hatte ihnen offensichtlich befohlen, einen schwarzen Reiter durchzulassen und auf dem Posten zu bleiben; ihre Verwirrung wuchs, als immer mehr von der Sorte ankamen. Zwanzig gegen einen, das war überaus günstig, aber nun strömten die Helden von allen Seiten heran, tauchten wie von Zauberhand aus dem Nichts auf. Susannah wußte auch, daß die Martins nur deshalb hatten herrschen können, weil die Leute Angst hatten und untereinander uneins waren. Diese Angst war nun verschwunden, ebenso wie die Uneinigkeit. Seine Männer wußten das.

Hardy rappelte sich fluchend hoch. Während er von Susannahs Derringer in Schach gehalten wurde, nahmen ihm einige Nachtfalken die Pistole ab. Den anderen ebenso. Der Mann, den Oleys alte Bess zu Fall gebracht hatte, wälzte sich stöhnend am Boden.

»Feiglinge«, murmelte Hardy, als sich ein Mann nach dem anderen verdrückte. Aber seine Hand zitterte.

»Jetzt sag uns, wo Miss Erin ist«, meinte Wes, »oder ich verpasse dir mit dem größten Vergnügen dieselbe Behandlung, die du unserem Gast hast zukommen lassen.«

Rhys saß auf seinem Braunen und blickte sich um. Er hatte genau bis Sonnenuntergang gewartet, bevor er auftauchte, in der Hoffnung, die letzten Sonnenstrahlen würden seine Gegner vielleicht blenden. Er war überrascht, als er eine schwarzgekleidete Gestalt vor sich erblickte, die den alten Pfad zur Hütte entlangritt, nahm jedoch an, daß es einer von Martins Männern sein mußte.

Und dann hörte er den seltsamen Ruf »noch so 'n verdammter Reiter«, kümmerte sich jedoch nicht weiter darum, da er seine ganze Konzentration auf die Wachtposten gerichtet hatte, die das Anwesen umstanden. Und als er dann den Kamm des Hügels erreichte, da sah er sie, die bunt zusammengewürfelte Truppe schwarzgekleideter Männer mit ihren dunklen Pferden, vom edlen Vollblüter bis zum räudigsten Klepper.

Sein Blick erfaßte Susannah. Er würde sie überall erkennen. Und dann Wes. Sam Harris. Andy Able und sein Bruder. Die anderen kannte er nicht. Zuerst verstand er nicht, doch dann mußte er glauben, was ihm seine Augen mitteilten. Es waren mindestens acht Nachtfalken versammelt, und hinter ihm tauchten weitere auf, bereit, ihr Leben für ihn zu geben. Sie kannten Rhys nicht, wußten nicht, wer er war oder worin seine Motive bestanden, waren aber dennoch bereit, sich für ihn zu opfern. Einschließlich Susannah und Wes.

Als er auf die Hütte zuritt, hatte Rhys das Gefühl, als ob ihm jemand in den Magen getreten hätte. Was er hier sah, widersprach allem, was er in seinen sechsunddreißig Lebensjahren gelernt hatte. Allem, woran er geglaubt hatte.

Rhys bemerkte die Pistole, die auf Hardy gerichtet war, und einen Augenblick lang bedauerte er, daß ihm seine Rache aus der Hand genommen worden war, doch dann sah er Susannahs Gesicht, ihre Augen, die so voller Gefühl auf ihn gerichtet waren. Er zog die Maske herunter, stieg ab und ging zu den Ranchern, die die beiden Martins und sechs weitere Männer in Schach hielten.

Auch die anderen wandten sich ihm zu, wollten wissen, wer der neue Nachtfalke war. Aber sie waren nicht länger überrascht, nachdem ein Nachbar nach dem anderen aufgetaucht war. Der Engländer erregte kaum zusätzliches Interesse, verstärkte höchstens das Gefühl von Zerknirschung darüber, daß sie alle dieselbe Idee gehabt, aber jeder für sich verfolgt hatten.

Doch auch Stolz zeichnete sich auf den Gesichtern der Männer ab, auf allen Gesichtern, außer dem von Wes, der immer noch zutiefst besorgt war.

»Wo ist Erin?« fragte Rhys.

Wes ließ Hardy los, dem die Hände auf den Rücken gefesselt wurden. »Das elende Frettchen hier sagt, sie wäre auf der Ranch der Martins.«

Andy hatte Hardys Hände sicher zusammengebunden. »Los, gehen wir sie holen.«

Alle nickten. Sie hatten jetzt zwei von den Martins in ihrer Gewalt, das war eine gute Basis für einen Tausch. Die Männer hoben die Brüder auf zwei Pferde, fesselten die anderen an Händen und Füßen und ließen sie in der Hütte zurück.

»Also, wir gehen jetzt zu Martins Ranch«, sagte Sam Harris und blickte Rhys neugierig an.

Rhys drehte sich zu Susannah um, die seinem Blick standhielt. Beide sahen sich sekundenlang an, tauschten stumm ihre Gefühle aus. Rhys lächelte leise. »Ich nehme an, du hast vor mitzukommen«, sagte er.

Susannah nickte. »Sie ist meine Freundin.«

»Du tust eine ganze Menge für deine Freunde.«

»Du auch«, sagte sie, aber so leise, daß nur Rhys sie hören konnte. Er nahm ihren Arm. »Ich hab' Jesus nach Austin geschickt, um die Unionstruppen zu verständigen«, sagte er. »Ich wußte nicht…«

Ob ich noch am Leben sein würde. »Im Namen deines Bruders«, fügte er hinzu.

Sie zog eine Braue hoch, genau wie Rhys es oft tat. »Das wird ihm gar nicht gefallen.«

»Es ist Zeit, daß er seinen Frieden macht«, sagte er.

»Und du, Rhys Redding«, sagte sie, »hast du auch deinen Frieden gemacht?«

Er blickte sie einen Moment lang forschend an. »Ich weiß nicht, ob es so was für mich gibt.«

»Aber ich«, sagte sie mit einem so feierlichen Ernst, daß er ihr beinahe glaubte. Beinahe.

Er antwortete nicht. Das mußte er gar nicht. Die anderen saßen bereits in den Sätteln, die Martins ebenfalls. Man hatte sie wie Kartoffelsäcke auf die Pferde geworfen.

Rhys half Susannah in den Sattel und war dann selbst mit einem Sprung auf seinem Pferd, ohne auf die erstaunten Blicke der Anwesenden zu beachten. Er richtete sich kerzengerade auf und warf einen höchst arroganten Blick in die Runde.

Erin erwachte mit schrecklichen Kopfschmerzen. Ihr Arm tat weh, und sie fühlte sich wie zerschlagen. Aber am schlimmsten war ihr Kopf, der sich anfühlte, als ob dauernd jemand einen Gong darin anschlagen würde. Sie hatte das unbestimmte Gefühl, in fremder Umgebung zu sein. Langsam und zögernd öffnete sie die Augen, voller Furcht vor dem, was sie erwarten würde.

Sie sah Augen, die sie anstarrten, Augen in einem Gesicht, das man als gutaussehend hätte bezeichnen können, wenn es nicht so fleischig gewesen wäre. Sie zuckte instinktiv zurück. Und dann, als sie Lowell Martin erkannte, zwang sie sich, sich langsam zu entspannen.

Seine hellblauen Augen, die sonst so leidenschaftslos blickten, waren brennend auf sie gerichtet. Er streckte die Hand aus und tätschelte die ihre, die wie leblos auf dem Bettlaken lag. Sie widerstand dem Drang, sie zurückziehen.

Sie hatte immer schon ein wenig Angst vor ihm gehabt, auch wenn er ihr gleichzeitig leid tat. Sie versuchte, freundlich zu ihm zu sein, weil alle anderen es nicht waren, aber er hatte immer schon eine gewisse Verschlagenheit an sich gehabt, die sie abstieß. Und was seinen Bruder Hardy betraf... nun, der war nicht schwer zu verabscheuen. Er war von Natur aus grausam, und sie fürchtete ihn auf eine Weise, wie sie Lowell nie gefürchtet hatte. Ja, für sie war Hardy sogar ein Grund mehr, Lowell zu bedauern. Man konnte sich seine Familie schließlich nicht aussuchen, und Lowells Leben bestand zu einem Großteil darin, das Verhalten seines Bruders zu rechtfertigen oder zu versuchen, ihn aus Schwierigkeiten rauszuhalten.

Doch nun war ihr ziemlich unbehaglich zumute, ganz zu schweigen von den hämmernden Kopfschmerzen. Warum war sie hier?

»Lowell? Was... was ist passiert?« stieß sie schließlich mühsam hervor; ihr Mund war ganz trocken und pelzig.

»Dieser... Bandit wollte dich überfallen«, sagte Lowell. »Scheint wohl doch nicht der Held zu sein, für den alle ihn halten. Meine Männer sind zum Glück vorbeigekommen und haben ihn verjagt, aber deine Pferde sind leider durchgegangen.«

Erin versuchte verzweifelt, sich zu erinnern. Der schwarzgekleidete Mann. Der Falke. Der Mann, der sie alle vor soviel Unheil bewahrt hatte. Sie erinnerte sich jetzt... erinnerte sich, zurückgeblickt zu haben... ein Mann in Schwarz war auf sie zugeritten. Nicht der Nachtfalke. Den hatte sie in der Nacht nach der Beerdigung ihres Vaters gesehen. Groß, schlank, muskulös. Kein Gramm Fett war an ihm gewesen. Aber der Mann, der sie verfolgte... der war ziemlich untersetzt gewesen.

Sie schüttelte abwehrend den Kopf, viel zu verwirrt und betäubt, um zu denken, um zu überlegen, daß es vielleicht klüger wäre, mitzuspielen. Sie sah, wie sich sein Blick veränderte, wie etwas Gefährliches darin aufglimmte. »Meine Männer haben ihn gesehen«, beharrte er und fuhr fort, ihre Hand zu tätscheln. Angst stieg in ihr hoch und ersetzte das anfängliche Gefühl von Unbehagen. »Deine Frau…«

»Ist in der Stadt«, sagte er, und ihre Furcht wuchs. Sie hoffte bloß, daß er sie ihr nicht ansah.

»Warum… bin ich hier?«

Er umklammerte ihre Hand fester. »Meine Männer haben dich hergebracht, und ich hatte Angst, dich zu bewegen. Mach dir keine Sorgen, bei mir bist du in guten Händen.«

»Was ist mit Dr. Campbell?«

»Er ist nicht in seiner Praxis.«

»Meine Schwester… weiß sie von meinem Unfall?«

»Aber natürlich«, sagte er. »Wir haben ihr eine Nachricht geschickt.«

Warum ist sie dann nicht hier? Sam würde mich nie allein in diesem Haus hier lassen, nicht nachdem Papa…

Seine blaßblauen Augen wichen ihrem Blick aus. »Ich hab' etwas heiße Milch für dich vorbereiten lassen«, sagte er. »Ich hole sie. Ich bin sicher, dein… Schwager wird bald hiersein.«

Er verließ das Zimmer, und Erin versuchte sich aufzusetzen. Der stechende Schmerz im Kopf ließ sie fast wieder ohnmächtig werden. Aber etwas stimmte nicht, stimmte ganz und gar nicht. Wes. Sie wollte Wes. Sie sank wieder aufs Kissen zurück, als sich die Tür öffnete und Lowell hereinkam, eine Tasse in der Hand.

Er beugte sich vor und half ihr, sich ein wenig aufzusetzen, und sie konnte ein Schaudern nicht ganz unterdrücken. Sie sah, wie eine Reihe von Gefühlen über sein Gesicht zuckten, darunter Gekränktheit, doch dann hatte es wieder seinen üblichen geschäftsmäßigen Ausdruck. »Das wird dir helfen, dich besserzufühlen, Erin.«

Sie nahm gehorsam einen kleinen Schluck, doch die Milch schmeckte irgendwie komisch. Wenn sie doch bloß einen klaren Gedanken fassen könnte. Aber sie konnte nicht, nicht mit den unerträglichen Kopfschmerzen. Sie schluckte, und auf einmal erbrach sie die Milch wieder, spuckte sie über seinen Ärmel und auf das Bett.

Erin erwartete, daß er in Wut ausbrechen würde, aber er zeigte nur diese fast unheimliche Ruhe. »Ich hol' mehr«, sagte er.

Als er wieder verschwunden war, versuchte sie noch einmal aufzustehen. Ihr taten sämtliche Glieder weh, aber sie schaffte es, sich aufzusetzen. Dann begann sich erneut alles zu drehen, und sie fiel wieder zurück. Im Zimmer wurde es langsam dunkel. Wie lange war sie schon hier. *Wes, wo bist du? Ich brauche dich.*

Sie hörte Rufe, einen, dann noch einen. Hufgetrappel von zahlreichen Pferden. Versuch's. Bloß noch einmal. Versuch, aufzustehen. Schließlich stand sie und klammerte sich verzweifelt an den Bettpfosten. Du mußt hier raus. Lowell war so sonderbar, so unheimlich. Wieder sah sie das Bild des schwarzen Reiters vor ihrem geistigen Auge, sah seine fleischige, untersetzte Gestalt. Hardy! Es mußte Hardy gewesen sein.

Wieder begann sich alles um sie zu drehen, und sie fiel zu Boden. Da waren Männer, Männer in Schwarz. Sie kamen auf sie zu, waren über ihr. Und da war Wes…

Wir haben's geschafft! Das war Lowells erster Gedanke, als er die Rufe und das Geräusch ankommender Pferde hörte. Sie hatten den Nachtfalken erwischt.

Er öffnete die Tür, ohne sich Gedanken darüber zu machen, daß er nicht bewaffnet war. Er hatte den Pistolengürtel abgenommen, bevor er Erins Zimmer betrat. Er wollte sie nicht erschrecken. Er wollte, daß sie ihm vertraute.

Doch als er statt der erwarteten Männer ein Dutzend schwarzgekleideter Reiter auf sich zukommen und seine Brüder an die Sättel ihrer Pferde gefesselt sah, da wären ihm die Beine fast weggeknickt.

Die meisten seiner Männer waren mit Hardy und Cate geritten, um den Falken zu schnappen. Er wollte nicht, daß jemand Erin sah, jedenfalls nicht, bevor er wußte, was er mit ihr anfangen sollte. Und jetzt war er ganz allein. Nur drei Männer waren als Wachen auf der Ranch geblieben, und die standen mit hocherhobenen Händen vor den Gewehrmündungen der Männer in Schwarz.

Er wollte zurückweichen, zurück ins Haus, wollte sich ein Gewehr holen, aber der Mann an der Spitze der Gruppe schüttelte bedrohlich den Kopf. »Beweg einen Fuß, Lowell, und du und deine Brüder segnet das Zeitliche.«

All die schwarzgekleideten Gestalten, die schwarzen Hüte und dunklen Pferde hatten Lowell einen Moment lang total aus der Fassung gebracht und verwirrt, doch nun erkannte er Wes Carrs Stimme, erkannte seine hochgewachsene, kräftige Gestalt. Lowells Blick wanderte zu seinem rechten Bein. Da war es, bei Gott!

Also war Wes Carr die ganze Zeit der Nachtfalke gewesen.

Wütend stieß Lowell hervor: »Das ist Hausfriedensbruch.«

»Ich will Erin haben«, sagte Wes in eisigem Ton.

»Sie ... sie ist zu krank, um aufzustehen«, erwiderte Lowell. »Meine Männer haben sie gerettet ... vor, vor ...« Er ließ den Blick über all die schwarzgekleideten Männer gleiten und verstand auf einmal, was passiert sein mußte. Er sah Wes Carr an, den einen Mann, den die Gemeinde außer ihm und seinen Brüdern verabscheut hatte, und er sah, wie sie sich nun um ihn gruppierten, wie sie offensichtlich seine Führung akzeptierten. Lowells Blick glitt über die Gesichter der Able-Brüder, von Sam Harris, Cal Thornton, ja, sogar Oley Olsen. Und über den Engländer, der hochaufgerichtet und stolz im Sattel saß, der sogar sicherer im Sattel saß als die Texaner. Mißtrauen stieg in ihm auf, doch dann merkte er, daß es jetzt ohnehin keinen Unterschied mehr machte. Das einzige, was ihn aufhalten konnte, war eingetreten: Die Rancher hatten sich zusammengeschlossen. Eine Bürgerwehr. Ein alter texanischer Brauch. Er hätte nicht gedacht, daß noch soviel Mumm in ihnen steckte. Den hatten sie auch nicht gehabt, bis – bis der Nachtfalke aufgetaucht war.

Lowell sah seine Brüder an, die mit erbärmlichen Gesichtern auf ihren Pferden hockten. Hardy hatte ein paar Beulen davongetragen und zitterte merklich. Lowell zuckte die Schultern. Wenn er etwas war, dann ein Pragmatiker. Diese Schlacht hatte er verloren. Aber er besaß immer noch jede Menge Geld, den Laden und die Ranches, die er für einen Apfel und ein Ei erworben hatte. Er konnte das alles verkaufen und woanders neu anfangen.

Er zuckte die Achseln. »Sie ist oben in einem der Schlafzimmer«, sagte er, ohne sich die Mühe zu machen, eine Erklärung zu liefern. Mit Erklärungen hätte er beim Sheriff etwas ausgerichtet, vielleicht auch beim Unionscaptain, aber nicht bei diesen Männern mit den eisigen Mienen, die so offensichtlich bereit waren zu töten.

Wes stieg ab und humpelte mühsam auf seinem Holzbein zur Tür. Sam Harris wollte ebenfalls absteigen, aber Rhys beugte sich vor und legte ihm die Hand auf den Arm. Er schüttelte den Kopf. Harris setzte sich wieder zurück.

Wes stieg die Treppe hoch, wobei er sich am Geländer festhielt. Das erste Zimmer auf der rechten Seite war leer. Als er das zweite öffnete, sah er Erin auf dem Boden neben dem Bett liegen. Er humpelte rasch zu ihr, kauerte sich nieder und zog sie in seine Arme.

»Erin«, sagte er, »Erin.«

Sie öffnete die Augen, ihre himmelblauen Augen, die sogar die texanischen Kornblumen erblassen ließen, und starrte mit zitternden Lippen zu ihm auf. »Ich wußte, daß du kommen würdest«, sagte sie, und ihre Augen füllten sich mit Tränen. Er zog sie fest, aber dennoch sanft an sich, als ob er fürchtete, sie zu zerbrechen, und er küßte sie, küßte sie inbrünstig, wobei auch seine Lippen zitterten. Er mußte kämpfen, um sich nicht von seinen Gefühlen überwältigen zu lassen, von der schrecklichen Angst, die er um sie ausgestanden hatte. Er fühlte die Nässe auf ihren Wangen und auch auf seinen und wußte, daß auch seine Tränen darunter waren, Tränen, die sich mit den ihren vermischten.

Er löste die Lippen von ihrem Mund und drückte hauchzarte Küsse auf ihre Wangen. »Ich liebe dich«, sagte er.

Erin schloß die Augen, ließ die köstlichen, süßen Worte in sich nachklingen und auch die Erschütterung in seiner Stimme. Sie kostete sie aus, diese Worte, und etwas von ihren Schmerzen schwand, als sie das so lange ersehnte Geständnis hörte. Diese Chance würde sie sich nicht entgehen lassen, egal, wie schlecht sie sich fühlte.

»Wirst du mich heiraten?« fragte sie.

Er zögerte nur einen Sekundenbruchteil. Dann legte er die Hand an ihre Wange. »Scheint, als ob mir nichts anderes übrigbleibt ... damit du nicht wieder in Schwierigkeiten gerätst.«

»Aber –« Das war's nicht, was sie hören wollte.

»Und«, fügte er hinzu, »o Gott, wie ich dich brauche«, und dann schloß sich sein Mund über dem ihren und zeigte ihr, wie sehr.

Was sollte nun mit den Martins geschehen?

Wes und Susannah, die meinte, daß Erin weibliche Begleitung brauchte, waren zu dritt aufgebrochen, um sie nach Hause zu bringen. Wes hatte vorher angekündigt, daß Rhys Redding für ihn sprechen würde, und obwohl die Texaner Redding mißtrauisch musterten, mußten sie zugeben, daß auch er sich als Nachtfalke verkleidet hatte, um den richtigen zu retten. Sie alle waren stillschweigend übereingekommen, daß Wes Carr der Nachtfalke war, obwohl ein Rest Zweifel blieb. Wes war zum Beispiel bei ihnen gewesen, als der Falke das letzte Mal vorbeigekommen war.

Nun, so dachten sie, vielleicht war der Reiter ja nur ein Ablenkungsmanöver gewesen – möglicherweise sogar Susannah. Oder der Engländer. Doch niemand sagte etwas, und keiner drängte auf ein Geständnis, zumindest jetzt nicht. Sie alle waren viel zu beschämt.

»Wir könnten sie töten«, meinte der Engländer in einem so sachlichen Ton, daß allen ein Schauder über den Rücken lief. Besonders den Martins, die zusammengeschnürt dahockten wie fette Hühnchen.

»Keine schlechte Idee«, sagte Andy Able und freute sich diebisch über die bleichen Gesichter der Martins.

»Oder«, meinte Cal Thornton, »sie verlassen die Gegend und versprechen, nie wiederzukommen.«

»Nachdem sie mich für meine zerstörte Ernte entschädigt haben«, warf Oley ein.

»Und für unsere Rinder«, meinte der andere Able-Bruder.

»Für MacDougals Pferde«, erbot sich ein weiterer.

»Sie haben immer noch den Sheriff in der Tasche«, meinte Rhys, der sich gemütlich an die Hauswand gelehnt hatte. »Wenn wir sie gehen lassen, könnten sie alles abstreiten.«

Er hatte sein anmaßendstes Lächeln aufgesetzt, doch niemand schien sich daran zu stören.

»Ein Geständnis wäre vielleicht hilfreich«, sagte Andy.

»Das könnten sie ebenfalls ableugnen und behaupten, man hätte sie gezwungen«, meinte Oley.

Da meldete sich Sam Harris zu Wort. »Ich besitze die Kopie einer Rechnung, die beweist, daß sie meinem Schwiegervater eine ganze Ladung Baumwolle gestohlen haben. Ich habe sie bisher noch nicht benutzt, weil ich nicht verraten wollte, wie ich sie bekommen habe, aber... zusammen mit dem Geständnis...«

»Ich denke, wir sollten sie doch aufhängen«, entgegnete Rhys, dessen kühle, emotionslose Stimme den drei Martins ganz offensichtlich das Zittern beibrachte. Alle drei waren an Stühle gefesselt worden und mußten nun zuhören, wie über ihr Schicksal verhandelt wurde.

»Das wär 'ne Möglichkeit«, stimmte Cal Thornton zu, der Lowell Martins Gesicht sorgfältig beobachtete. Es war offensichtlich, daß die Martins den Engländer nicht länger für ein Greenhorn hielten. Er mußte grinsen. Die Martins würden sich mit fast allem einverstanden erklären, nachdem sie die kühl berechnende Stimme des Engländers gehört hatten. Er wußte, daß er es tun würde. Jesus, aber der Mann war kaltblütig.

Lowell, die Hände hinter die Stuhllehne gebunden, rang um Fassung. »Ihr könnte uns doch nicht hängen...«

Sam Harris blickte Rhys an. »Wes meinte, Sie würden für ihn sprechen.«

»Ah«, erwiderte Rhys, »das verursacht natürlich ein kleines Problem... Mr. Carr und ich vertreten nämlich ziemlich gegensätzliche Standpunkte, was ausgleichende Gerechtigkeit betrifft. Ich persönlich würde in jedem Fall für Hängen stimmen. Mein Gastgeber jedoch würde es höchstwahrscheinlich nur ungern sehen, wenn wir das Gesetz selbst in die Hand nähmen. Wenn dieses verkommene Subjekt hier sich bereit erklärt, all seine Schulden zurückzubezahlen...«

»Ich unterschreibe alles, was ihr wollt«, beeilte sich Lowell zu versichern. Der Schweiß stand ihm auf der Stirn. Er wußte ganz genau, was sie damals mit dem gottverdammten Engländer gemacht hatten. »Und wir werden Texas verlassen«, fügte er eilends hinzu.

»Und nur eure Pferde dürft ihr mitnehmen, sonst nichts«, sagte Andy.

»Zur Hölle mit dir«, stieß Lowell hervor, wurde jedoch wieder still, als er den schneidenden Blick sah, mit dem der Engländer ihn musterte; so scharf wie die Peitsche, mit der sie ihn bearbeitet hatten. Es lag etwas Unheimliches, Gefährliches in diesem Blick.

Andy meldete sich zu Wort. »Scheint, daß wir zwei Möglichkeiten haben«, sagte er. »Wir können die Martins entweder an Mr. Redding hier übergeben, da er das ausgeprägteste, äh, Gerechtigkeitsempfinden zu haben scheint. Oder Lowell willigt ein, Schadenersatz zu leisten und so schnell wie möglich von hier zu verschwinden. Sollen wir abstimmen?«

Die Hände hoben sich sehr langsam, alle genossen das Elend auf den Gesichtern der drei Männer, die beinahe das Leben aller Familien in der Gemeinde zerstört hätten. Das Endergebnis lautete fünf zu sechs.

»Vergeßt nie«, sagte Andy Able zu den Martins, »falls ihr je wieder hier auftauchen solltet, dann stimme ich das nächste Mal für Hängen. Und jetzt her mit Papier und Bleistift...«

Später an diesem Abend ritt Susannah, die sich auf dem Heimweg von der Plantage der MacDougals befand, noch bei ihrer alten Ranch vorbei. Es war fast Mitternacht, aber sie hatte jetzt keine Angst mehr, allein zu reiten. Sie hatte sich von Wes und Erin verabschiedet und wollte eigentlich direkt nach Hause reiten, doch dann änderte sie im letzten Moment ihre Richtung. Sie wollte ihrem Vater erzählen, was passiert war. Sie wollte einen Moment lang bei dem Baum verweilen, wo sie und Rhys sich zum ersten Mal geliebt hatten. Sie wollte Kraft sammeln für den Kampf, der ihr bevorstand. Den Kampf mit Rhys Redding.

Der andere Kampf war ausgestanden. Andy Able hatte bei den MacDougals vorbeigeschaut und ihnen den letzten Stand der Dinge mitgeteilt. Lowell Martin hatte ein Geständnis bezüglich einiger seiner Missetaten unterschrieben und eingewilligt, den Ranchern Wiedergutmachung für die erlittenen Verluste zu zahlen. Er und seine Brüder würden Zentraltexas umgehend verlassen.

»Und was ist mit dem Mord an MacDougal?« fragte Wes. »Und Stan?«

»Das könnten wir vor Gericht nie beweisen«, sagte Andy. »Sie hatten Stans Pferd nicht mehr. Es gab keine Zeugen. Und... einige von uns könnten ebenfalls Probleme bekommen.« Er brauchte nicht zu sagen, daß da immer noch ein nicht identifizierter Nachtfalke war, der einen gewissen Safe geknackt hatte.

Susannah wußte, daß Andy recht hatte, obwohl es ihr nicht gerade fair erschien nach allem, was die Martins getan hatten. Aber sie kannte auch Hardy, und der würde sich und seine Brüder früher oder später ohnehin an den Galgen bringen. Auch wenn sie mit dem Ergebnis nicht ganz zufrieden war, dieser Gedanke zumindest war irgendwie tröstlich.

Und sie hatte ihren Bruder wieder. Und ihr Zuhause. Ihre Freunde. Sie hatte gesehen, wie sie Wes anblickten, den Respekt, den sie ihm auf einmal entgegenbrachten. Sie wußte, daß sie ihn für den Nachtfalken hielten, und die einzige Möglichkeit, sie vom Gegenteil zu überzeugen war, die wahre Identität des schwarzen Robin Hoods preiszugeben. Sie wußte, daß Wes das nie tun würde. Nicht ohne Rhys Reddings Zustimmung.

Und nun hatte Rhys all das zu Ende gebracht, um das sie ihn gebeten hatten. Und mehr. So viel mehr. Sie fühlte, wie sich ihr Magen zusammenzog, während sie fieberhaft nach Argumenten suchte, die ihn zum Bleiben bewegen würden. Sie hatte das Gefühl, sich beeilen zu müssen, und gleichzeitig wollte sie der fälligen Unterredung am liebsten ganz ausweichen. Eile schien ihr deshalb geboten, weil er, wie sie wußte, jeden Moment verschwinden konnte, und ausweichen wollte sie, weil sie Angst hatte, er könnte nein sagen.

Sie ritt auf den Hügel zu, auf dem ihr altes Zuhause einst stand. Ihr Ziel war der Baum, der Baum, unter dem sie zum ersten Mal die zärtliche Seite von Rhys Redding kennengelernt hatte, wo er ihr das erste Mal ein Stück von sich selbst geschenkt hatte.

Susannah hörte das leise Wiehern eines Pferdes. Sie hielt den Atem an, als sie den Kamm des Hügels erreichte und Rhys Reddings Pferd erblickte, das mit hochaufgerichtetem Kopf wachsam in ihre Richtung sah.

Und dann sah sie ihn. Er stand unter dem Baum, und seine Umrisse zeichneten sich gegen den Mond ab. Er war immer noch ganz in Schwarz gekleidet, hatte jedoch den Hut abgenommen, und ein leichter Wind strich durch sein Haar.

Ihr Nachtfalke. Sie warf noch einen Blick auf sein Pferd. Da waren seine Satteltaschen, und sie schienen vollgepackt zu sein. Er war bereit zu gehen.

Susannah stieg ab und ließ ihre Stute bei dem Hengst stehen. Rhys hatte sich umgedreht und beobachtete sie. Seine Haltung war wachsam und unnachgiebig.

»Du wolltest gehen, ohne Lebewohl zu sagen?«

»Es ist das beste«, sagte er.

»Für wen?«

Er hob die Hand, als ob er sie berühren wollte, ließ sie jedoch wieder sinken. »Für dich.«

»Du machst es schon wieder«, sagte sie. »Immer bist du so sicher, was am besten für andere ist. Und was ist mit dir selbst?«

Er zuckte gleichgültig die Schultern.

»Dann sag mir, warum es besser für mich ist.«

»Das habe ich schon. Ich bin ein Dieb ... ein Spieler. Ein Bastard.«

»Hast du eine Ahnung, wie viele Leben, wie viele Schicksale du in den letzten Monaten gerettet hast?« fragte sie.

»Nicht absichtlich«, sagte er. »Ich –«

»Ich weiß«, unterbrach sie ihn. »Du hattest deine eigenen Gründe. Aber irgendwie sind die mit denen der anderen durcheinandergekommen.« Sie hielt einen Moment lang inne. »Wes will, daß du bleibst.«

Er sah sie mißtrauisch an. »Warum?«

»Er scheint dich zu mögen.«

»Unmöglich.«

Sie nickte. »Und er weiß, daß ich dich liebe.«

Er zuckte zusammen. »Du kannst –«

»Es ist so.«

Ihre Worte waren so eindeutig, so definitiv, daß Rhys zum ersten Mal unsicher wurde. »Wes kann ... gar nicht mit mir einverstanden sein«, sagte er.

»Er war derjenige, der mir gesagt hat, ich solle mich beeilen ... bevor du weg bist.« Es war nur eine kleine Lüge. Susannah wußte, daß Wes es getan hätte, wenn er nicht so mit Erin beschäftigt gewesen wäre. Zwischen ihnen beiden herrschte nun ein ganz neues Einvernehmen.

Plötzlich trat ein Glanz in seine Augen. »Er weiß aber nicht –«

»Oh, ich glaube, er weiß alles«, unterbrach sie ihn. Das zumindest war die Wahrheit. Susannah hatte es in Wes' Augen gesehen, und Mißbilligung war nicht darin gewesen.

»Himmel noch mal, Susannah, ich bin nicht gut für dich. Kannst du das denn nicht verstehen? Ich bin nie irgendwo länger geblieben –«

»Du hattest nie einen Ort, an dem du hättest bleiben können, kein Zuhause«, sagte sie. »Ein richtiges Zuhause.«

Ein richtiges Zuhause. Klang komisch. So seltsam. Aber, Teufel noch mal, es klang verlockend. Wie der Ruf einer Sirene. Ob es möglich war? Vielleicht. Ein paar Augenblicke lang, als er auf die Hütte zugeritten war und all die Nachtfalken erblickt hatte, wie sie über die Martins herfielen, und dann später bei der Ranch der Martins, als sein Rat auf einmal gefragt war, als Andy Able ihm zugezwinkert hatte, während sie über das Schicksal der Martins verhandelten, da hatte er ein nie gekanntes Gefühl der Zugehörigkeit empfunden. Man war ihm mit Respekt begegnet und bereit gewesen, das eigene Leben für ihn aufs Spiel zu setzen. Auch Wes.

Niemand hatte das je für ihn getan, und er hatte in jenem Moment eine fast schmerzliche Freude gefühlt, so groß, daß er sie kaum hatte verbergen können. Aber das konnte nicht andauern. Aus diesem Grund hatte er sich trotz allem entschlossen zu gehen. Deshalb und weil er nur selten von einer einmal getroffenen Entscheidung abrückte.

Aber jetzt... jetzt wurde er unsicher. Susannah wußte alles über ihn und liebte ihn immer noch, wollte ihn immer noch haben. Wes wußte – oder vermutete – es ebenfalls und wollte dennoch, daß er blieb. Und die anderen... nun, die hatten selbst ein paar Probleme mit ihrem Charakter, die es aufzuarbeiten galt. Und in den letzten Stunden hatten sie bereits gute Fortschritte gemacht.

Vielleicht konnte er das ja auch.

Die Sehnsucht in ihm wurde auf einmal so stark, daß er sie nicht länger unterdrücken, nicht länger ignorieren konnte.

»Ich liebe dich«, sagte sie. »Ich muß bloß eins wissen... ob du mich auch liebst. Das ist alles, weißt du? Mehr ist nicht nötig. Nur drei kleine Worte.«

Liebe. Das klang sogar noch verlockender als ein Zuhause. Er fühlte sich so seltsam, so heiß und sehnsüchtig. Er wollte Susannah. Er wollte alles an ihr, was sie so unvergeßlich machte: den Blick aus ihren Augen, wenn sie ihn ansah, das Gefühl, wenn sie sich an ihn schmiegte, die Berührung ihrer Hand, wenn sie unter dem Sturm der Emotion erbebte, die auch ihn zu überwältigen drohte.

Er kämpfte ein letztes Mal, versuchte ein letztes Mal, der Vernunft zum Sieg zu verhelfen; doch im Grunde wußte er, daß er die Schlacht bereits verloren hatte. »Ich bin nicht... ich weiß überhaupt nichts über Liebe...«

Sie schüttelte unwillig den Kopf, aber der Blick aus ihren Augen war sanft, als sie zu ihm aufschaute. »O Rhys, du hast mir so viel geschenkt in den letzten Wochen, ohne es überhaupt zu merken. Ich hab's gefühlt. Jetzt will ich es nur noch hören.«

Die Worte wollten ihm nicht über die Lippen kommen. Eine Verpflichtung. Ein Versprechen. Er hatte nie Versprechungen gemacht, zumindest nicht, bis er Susannah Fallon begegnet war. Ihr schien er schon so einige gemacht zu haben, selbst wenn er zu der Zeit nicht die Absicht gehabt hatte, sie auch zu halten. Oder doch? Vielleicht hatte er ihr ja sogar schon ein stillschweigendes Versprechen gegeben und hatte es nur noch nicht gemerkt.

Und jetzt, als er in Susannahs Augen blickte und das Vertrauen darin leuchten sah, als er den Blick sah, der ihm sagte, daß er ihr alles bedeutete, da wußte er auf einmal, daß er dieses Geschenk nicht zurückweisen konnte.

Rhys dachte an das, was ihn hierhergeführt hatte. Die einzige gute Tat seines Lebens, das Geschenk, das er Lauren Bradley und Adrian Cabot vor so vielen Monaten gemacht hatte. Er hatte sich oft darüber geärgert, besonders in der unmittelbaren Zeit danach. Doch nun begriff er, daß sich gute Taten doch lohnten. Vielleicht waren sie ja doch nicht so lächerlich, wie er immer geglaubt hatte.

Er beugte den Kopf und strich mit dem Mund über ihre Wange bis zu ihrem Ohr. »Ich liebe dich«, flüsterte er, und dann, als ihm schließlich klarwurde, was er da sagte, etwas lauter: »Ich liebe dich.«

Und dann riß er sie stürmisch in die Arme und schwang sie herum. Das klang wirklich gut.

»Ich liebe dich!« brüllte er aus voller Kehle, und ein Falke, der es sich in einem Baum gemütlich gemacht hatte, flatterte unter lautem Protest auf und flog schimpfend davon, ohne auf das fröhliche Gelächter der beiden Menschen unter ihm zu achten, das abrupt verstummte und einer seltsamen elektrisierenden Stille wich.

Epilog

Der Nachtfalke wurde entlang des Colorado Rivers zu einer Legende.

Keiner fand je seine wahre Identität heraus, aber die Geschichten über ihn lebten weiter, wurden mit jedem Jahr zahlreicher.

Einen Tag nach dem Zusammenstoß mit den Martins traf der U.S.-Militärkommandeur von Austin in Jacob's Crossing ein. Er beschuldigte den Unionscaptain prompt der Bestechlichkeit und ernannte Wes Carr zum Militärkommandeur des Bezirks, da er ein so »gutes Verhältnis« mit den Bewohnern pflegte.

Es war Wes Carr, der den Leuten die Wiedereingliederung in die Union der Vereinigten Staaten erleichterte, der dafür sorgte, daß jeder vor dem Gesetz gerecht behandelt wurde. Er baute das Haus seines Vaters wieder auf, und er und seine Frau Erin züchteten eine neue, ganz besondere Rinderrasse und zogen vier Kinder auf.

Rhys Redding wurde zu einer Säule der Gemeinde – einer recht eigenwilligen, aber immerhin. Man überhörte seine scharfen Bemerkungen und seine gelegentliche Anmaßung in Anbetracht der Summen, die er für die Errichtung einer neuen Schule und dann für Hochschulstipendien für die Jugendlichen des Ortes spendete. Er war bekannt für sein »weiches Herz« und daß er immer ein offenes Ohr für Menschen hatte, die in Schwierigkeiten steckten. Und sein Geschick im Kartenspiel war südlich von Austin geradezu legendär. Schon bald fand er keine neuen Mitspieler mehr und investierte seine Energien statt dessen in die Aufzucht der besten Rennpferde von ganz Texas.

Das erste seiner vier Kinder kam elf Monate nach Rhys' Ankunft in Texas zur Welt, acht Monate, nachdem seine Eltern geheiratet hatten. Es war ein Junge mit schwarzem Haar und schwarzen Augen, der offensichtlich fuchsteufelswild darüber war, daß man ihn aus seiner friedlichen Existenz im Mutterleib herausgerissen hatte.

Susannah warf nur einen Blick auf ihn und rief: »Mein kleiner Nachtfalke«, und Rhys zuckte zusammen. Er hatte genug von der Falknerei. Er versuchte, die Legende zum Einschlafen zu bringen, ebenso wie Wes, der für die meisten Leute in der Gegend des Colorado Rivers jedoch immer die Aura des schwarzen Reiters behalten würde.

Beglückt streckte Rhys seinem Sohn eine Hand hin, und ein winziges, kräftiges Händchen umschloß seinen Finger. »Ganz schön wild«, sagte er.

»Wie sein Vater.«

»Wo ich doch so friedlich wie ein Täubchen geworden bin, Liebes«, erwiderte er träge.

Sie kicherte. »Nein, das bestimmt nicht«, sagte sie. »Wie sollen wir ihn nennen?«

Er lehnte sich zurück und dachte nach. Dachte an alles, was ihn bis zu diesem Augenblick geführt hatte... zu diesem Augenblick höchsten Glücks, ein Glück, das er sich nie zu erträumen gewagt hätte. Er sah Susannah an und mußte daran denken, wie glücklich sie ihn gemacht hatte, in jeder Minute, seit sie zusammen waren.

»Roarke«, sagte er plötzlich.

»Roarke Redding?« Sie kostete den Namen aus. »Ummmm, ich glaube, das gefällt mir.«

»Es ist ein gälischer Name«, sagte er. »Für Herrscher.«

Sie zog fragend die Augenbraue hoch, ganz wie ihr Gatte.

»Du bist die Herrscherin meines Herzens«, sagte er, »und ich fürchte, er wird uns beide beherrschen.«

»Ah, aber keiner herrscht über dich, Rhys.«

»Hmmmmm«, meinte er zweifelnd. Doch bevor er ihr noch widersprechen konnte, hob sie ihm ihr Gesicht entgegen und küßte ihn zärtlich, und zusammen erklommen sie schwindelnde Höhen, der Falke und seine Gefährtin.

GOLDMANN

Kathleen E. Woodiwiss

Ihre wild-romantischen Geschichten von Kämpfen, Verrat und Leidenschaft aus längst vergangenen Zeiten sind die Lieblingslektüre von Millionen Leserinnen, und Kathleen E. Woodiwiss die erfolgreichste Autorin historischer Romane der jüngsten Zeit.

Wie eine Rose im Winter 41432

Der Wolf und die Taube 6404

Shanna 41090

Tränen aus Gold 41340

Goldmann · Der Taschenbuch-Verlag